죄인들의 숙제

박경리
장편소설

다산
책방

차
례

1. 엉겅퀴꽃

여덟 시가 지나면 득실거리던 다방 안은 휑뎅그렁해진다. 그렇지 않은 곳도 있겠지만 대개는 물 빠진 해변처럼 쓸쓸해지는데, 한시름 놓고 잡담을 하거나 화장을 고치거나 아니면 솜같이 풀어진 몸을 시트에 기대며 휴식하고 있는 레지들은 이런 시각에 찾아드는 손님에겐 관심을 가지지 않을뿐더러 때론 짜증스러운 마음으로 대하기까지 한다. 더욱이 오늘같이 이런 궂은 날에는.

한나절부터 비가 주룩주룩 내리더니 지금은 안개비로 변하여 다방 밖, 명동 거리에는 그 화려한 불빛이 뿌옇게 젖어서 밤과 안개비는 도시의 낭만을 교묘하게 조작하고 있었다.

모두 귀가를 서두르는가. 우산 쓴 군중이 지하도를 향해 몰려들 가고 음악이 멎은 다방 안은 봄이 된 지 이미 오래건만

으스스 추웠다.

우산을 접고 여자가 들어왔다. 레인코트에서 물방울이 떨어진다. 무척 오랫동안 빗길을 걸어 다닌 모양이다. 감색 코트의 깃을 세우고 부스스한 머리칼이 흘러내린 얼굴은 추위 때문인지 파르스름했고 입술도 파르스름하다. 여자는 자리에 앉자 레지를 손짓하여 커피를 청했다.

레지가 날라 온 커피 잔을 들고 여자는 오랫동안 조금씩 마셨다. 누구를 기다리는 것 같지는 않았고 커피를 마시는 품이 그것을 즐기는 것 같다. 그러나 주변에 대하여 거의 무심한, 무심하다기보다 다방이 아닌 자기 거실에서 혼자 커피를 마시고 있는 것 같은 모습은 다소 괴이한 느낌을 갖게 한다. 레지가 힐끔힐끔 쳐다보곤 한다. 신문을 읽고 있던 젊은 남자도 간혹 여자 모습을 살펴본다.

커피를 다 마시고 난 뒤에도 여자는 멍하니 앉아 있었다. 그러다가 신문 보던 젊은 남자와 눈이 마주쳤다. 비로소 제 자신이 다방에 앉아 있었던 것을 깨달았음인지 여자는 몹시 당황한다. 청소부가 와서 탁자랑 의자 밑의 쓰레기를 쓸어내려니까 여자는 다리를 한옆으로 치워주면서 벽면의 천덕스러운 모자이크를 바라보는데 당황했던 눈은 본시로 돌아갔고 으스스 추운 다방에 맥 빠진 음악이 울리기 시작했다.

거리에는 여전히 안개비가 내리고 우산 쓴 군중은 지하도를 향해 밀려가고 있었다.

연인인 듯 젊은 남녀가 즐거운 표정으로 들어와서 구석 자리를 차지했다. 신문을 보고 있던 남자는 신문을 접고 이제는 염치없이 감색 레인코트의 여자를 쳐다본다.

여자는 시선을 느끼지 않는 듯 앉아 있었다. 남자는 아마도 아까 시선이 부딪쳤을 때 당황해하던 여자의 표정을 다시 한 번 보고 싶은가 보다.

상대가 시선을 느끼지 못하는 듯 앉아 있는 것이 초조하였던지 남자의 눈이 다소 집요해진다.

'무엇을 하는 여자일까? 선생? 오피스걸은 아니겠고 가정부인은 물론 아니고 나이는? 서른? 스물여덟? 아니 서른둘?'
하다가 남자는 하품을 깨물며 여자로부터 시선을 거두려 하는데 드디어 시선이 부딪쳤다. 아까처럼 당황했는데 그 서슬에 핸드백을 집어 들고 여자는 일어섰다. 우산은 구석에 놔둔 채. 남자는 여보시오, 우산…… 하려다 귀찮아졌던지 내버려둔다.

'설마 비 맞고 갈까?'

고개를 돌려 남자가 돌아보았을 때 여자는 카운터에 기대듯 서서 전화 다이얼을 돌리고 있었다.

"은애, 나야."

상대방은 대뜸,

"너 어디서 전화 거니?"

하고 물었다.

"다방이야. 뭐 '향리'라나?"

"M극장 옆에 말이지?"

"그런가 봐. 옆에 극장이 있었던 것 같애."

"이 멍청아. 그래 지금 너 혼자 있니?"

"응…… 바뻐?"

"바쁠 건 없지만……."

떨떠름해하며 생각해보는 투다. 여자는 수화기를 고쳐 쥐면서,

"안 바쁘면 좀 나와라."

"글쎄 나가기가…… 방금 아빠가 들어왔거든."

"그래? 그럼 못 나오겠군. 끊는다."

여자는 서둘러 수화기를 놓고 자리로 돌아왔다. 신문 보던 남자는 나갔는지 없었고 저만큼 구석진 곳에 젊은 연인이 얼굴을 맞대다시피 소곤소곤 이야기를 하고 있었으며 네댓 명의 손님들이 가물에 콩 나듯 군데군데 자리를 차지하고 있었다.

피곤한 듯, 여자는 고개를 흔들어보고 목을 뒤로 젖히고 하더니 레지에게 다시 손짓했다.

"나 커피 한 잔 더 주실까?"

레지는 여자를 빤히 쳐다본다. 무슨 괴로운 사연이 있는 듯한, 밤늦은 외로운 여자 손님에게 여자인 레지는 대개 그런 잔인한 시선을 보내기 일쑤다.

"계란 하나 넣어주시고요."

아마 계란은 잔인한 눈길을 피하기 위한 여분의 주문인 듯싶다.

레지는 온종일 서서 나부대어 다리가 무거운 모양이다. 몸을 이리저리 기울이며 체중을 가늠하듯 카운터로 돌아가서 쪽지에 주문품을 적어 주방 창구에 디밀었다.

'어디 갈 데가 없을까…… 호텔 같은 데 가서 자버릴까. 달리는 버스에 치여 죽어버릴까…….'

마음속으로 중얼거린다. 여자는 갈 데가 없는 것을 잘 알고 있었으며 핸드백에 남은 돈이 얼마 안 되는 푼돈이라는 것도 그러려니와 호텔에 갈 용기가 없는 것을, 더군다나 여관 같은 곳은 공포가 앞서 엄두도 내지 못하는 자신을 알고 있었다. 버스에 치여 죽지 않을 것도 알고 있었다.

그것은 무서운 대결이었다.

팔 하나가 없는 빈 소매를 너풀거리며 상처투성이인 얼굴, 눈을 무섭게 부릅뜨고 희정希貞이는 다가왔다. 오른편 성한 손은 아령을 들고 있었다.

"언니! 왜 이러는 거요!"

희련希連이는 두 손으로 제 머리를 감싸안고 달아나면서 소리를 질렀다.

"이년아! 니 죽고 나 죽자!"

"제발 언니나 죽으세요!"

달아나면서 희련이는 다시 소리를 질렀다.

"이년아! 이 배은망덕한 년아! 네년이 그러고도 혼자 행복할 것 같으냐!"

희련은 달아나다가 그 말에 우뚝 멈추어 섰다.

마치 어느 영화의 장면 같았다. 사신死神에게 끌려 저승길을 가던 사나이처럼, 와이셔츠가 바람에 펄럭이던 그 장면처럼 희정이는 팔이 없어 빈 소맷자락을 너풀거리며 다가온다. 희련의 머릿속에는 불이 활활 붙고 있는 것 같았다. 증오가 전신을 불태워서 재를 만들어버릴 것 같았다. 목이 메고 사지가 찢어지는 것처럼 아팠다.

"배은망덕이라고요? 어쩌면 배은망덕이 안 되지요? 내 인생을 송두리째 전부 바쳐야만, 언니가 죽을 때까지, 이 세상에서 없어질 때까지, 은공 타령만 하고 살란 말이지요? 그럴 순 없어요! 돈으로 환산합시다. 돈으로 환산하란 말예요. 뼛골이 빠지게 벌어서 바칠게요."

"돈으론 안 된다! 돈만으론 절대로 안 된다. 너를 위해 흘린 숱한 나의 눈물, 견디기 어려웠던 고통, 그 많은 희생, 그것을 지금 와서 돈으로 환산하자고? 이 배은망덕한 년아!"

희정이는 아령을 들고 눈을 부릅뜬 채 여전히 다가오며 소리 질렀다. 희련은 물러서면서,

"숱하게 흘린 눈물이라고요? 견디기 어려웠던 고통이라고요? 많은 희생이라고요?"

"안 그랬었다고 하겠느냐?"

"천만에요, 천만에요! 그것은 모두 언니 자신을 위한 눈물, 언니 자신을 위한 고통이었어요. 나는 언니 불행의 제물이었던 거예요. 이런 값비싼 보상을, 그래요! 내 의지로 내가 살 수 없는 이런 처지를! 난 언니의 부속물도 꼭두각시도 아니란 말예요! 난, 나 혼자 걷고 싶은 거예요. 나도 이젠 삼십이 됐어요. 제발 언니, 언니 불행으로 날 묶으려 하지 말아요. 언니가 불행한 건 내 탓이 아니에요. 정말 내 탓은 아니란 말예요!"

"오냐, 이제는 너 똑똑하구나, 이제는 너 능력 있구나, 학식 있고 인물 좋고, 교양 있고 젊구나, 그래서 넌 내소박하는 권리도 있고, 너한테는 내가 버러지로밖에 안 뵐 거다. 오냐, 나는 병신이다. 추물이다. 무식하고 갈 데 올 데 없는 천더기다. 그래 너 그 도도한 오늘이 절로 이뤄졌느냐? 저절로 네가 솟았냐? 세상 사람들이 다 안다! 알고말고, 이 비참한 병신의 몸으로 널 어떻게 길렀는가 세상 사람들이 다 안다! 모르면 내가 알리겠다! 거리거리를 싸돌아다니면서 알리겠다. 이 배은망덕한 년아!"

"알리세요! 알리세요! 알리란 말이에요!"

희련은 목을 놓아 울기 시작했다. 새까만 절망이 그의 눈앞을 확 덮어버린다. 얼마나 오랜 세월, 이렇게 시달려왔는가고, 또 얼마나 앞으로 시달려야 하는가고.

"어머니! 어머니! 아아, 이건 지옥이며 고문 아닙니까? 날, 살

려주어요. 날, 날 악마로 만들어주시든지 아니면 천사로 있게
해주셔요!"

희련이는 절규하면서 다시 도망을 쳤다. 어디든 달아나야
한다고 생각했다. 벼랑을 마구 기어 올라갔다. 흙이 부슬부슬
무너졌다. 가슴이 답답하고 숨이 훅훅 차오른다. 어머니라고
불렀으나 이제는 소리가 되어 나오질 않았다. 벼랑을 기어 올
라가다가 희련은 뒤돌아보았다. 한쪽 소매를 너풀거리며, 희
정이 고래고래 소리를 지르며 쫓아온다. 아령을 들고 쫓아온
다. 희련은 다시 뛰었다. 뛰는데 제자리걸음이다. 아무리 뛰어
도 제자리걸음이다. 발목에 아령을 매단 것처럼.

"이년아 죽어라! 이년아 죽어라!"

어느새 벼랑 위에 나타난 희정이 아령으로 내리쳤다.

"아아아…… 어, 엄마…….."

"이년아 죽어라! 죽어라! 죽어라!"

희련은 목이 터지게 비명을 지르다가 눈을 떴다. 전신이 땀
에 흠뻑 젖어 있었다. 꿈을 꾼 것이다. 전신이 쑤셨다. 실제로
얻어맞은 것과 같이 몸을 움직일 수 없었다.

무서운 꿈이었다.

"아아 꿈, 꿈이었었구나."

그러나 희련은 꿈이어서 다행이었구나 하고 마음을 놓을 수
가 없었다. 분명히 꿈이었지만 그것은 또한 생생한 현실인 것
이다.

희련은 엎드려 배를 깔면서 베개 위에 얼굴을 얹었다. 꿈속에서처럼 새까만 절망이 밀려온다. 옛날에는 많이도 울었는데 하다가 그는 자기 자신에 대한 연민이 혐오로 바뀌는 것을 느낀다.

'겁쟁이! 의지박약! 위선자! 게으름뱅이! 전부 합해보면 난 쓰레기같이 쓸모없는 인간이야. 난 뭘 겁내고 있지? 양심을 무서워하고 있을까? 마음은 아파서 항상 쑤셨다. 아니야, 그보다 난 남의 이목을 두려워하고 있어. 배은망덕하다는 말을 무서워하고 있어. 그뿐이니? 난 적당한 편리주의자야. 난 첫째 세금이라든가 전기세라든가 그런 유의 온갖 용지를 받아드는 게 싫고 돈 계산을 하고 예금을 하고 계약을 하고, 어쨌든 주는 것이든 받는 것이든 간에 서류나 도장 같은 걸 만지는 게 싫다. 한 달의 계획을 세워, 특히 이런 계획 같은 건 골칫거리거든. 합리적으로 산다는 게 날 견딜 수 없게 하거든. 그러면 내 머리는 혼란을 일으키고 종래는 터져버릴 것만 같고 미쳐버릴 것만 같고 그런 면에서 난 언니를 이용하고 있다. 그리고 난 혼자서는 무서워 못 산다. 누군가가 보살펴주어야 살 수 있는 병신이야. 그래서 타협했던 걸까? 아니야! 난 노력했어. 언니한테서 떠나려고 얼마나 발버둥을 쳤을까. 그럴 때마다 언니는 무기를 내놨어. 내가 나가마, 날 내쫓으면 되지 않느냐, 네가 왜 나가니? 정 그러려면 내가 죽으면 되지 않겠느냐고. 거짓말인 줄 뻔히 알면서 그 위협에 내가 풀이 죽고 옴짝

달싹할 수 없는 것을 즐기고 있는 언니의 눈빛을 알고 있으면서. 어릴 적부터, 아주 어릴 적부터 그것은 언니의 유일한 취미며 낙이었어. 그럴 때마다 증오하면서, 치를 떨고 증오하면서 백의 하나 그렇게 할지도 모른다, 언닌 죽을지도 모른다는 백 중의 하나, 그 가능성 때문에 나는 벌벌 떨고 무서워하며 결국은 굴복하고 만다. 이것은 어쩔 수 없는 내 고질이다. 불구자라는 것은 언니의 특권이며 무기다. 적어도 내게만은 치명적인 무기인 것이다. 약한 자에게 더욱더 약해지는 나는 불구자 이하의 또 그 이하의 불구자다.'

희련은 베개에 얼굴을 파묻은 채 꿈과 연결된 현실이 바짝바짝 죄어들어 오는 것을 느낀다.

'K 부인의 옷, 찾아갈 날이 아마 오늘일 거야.'

희련의 생각은 갑자기 비약했다. 그는 몸을 돌려 반듯이 누워 천장을 올려다본다. 자조自嘲의 웃음이, 몹시 슬픈 웃음이 지나간다. 산다는 것은 하루하루 늪에 빠져들어 가는 상태인지도 모른다. 결코 이 늪에서 헤어나지 못하리라는 체념이 희련을 잠시 동안 진정시켜주었다.

"어쩌자고 이리 늦잠을 자니? 어서 일어나."

희정이 방문을 드르륵 열고 쑥 들어왔다. 팔이 없는 옷소매 하나가 덜렁덜렁 흔들리고 있었다. 눈 밑에 난 상처는 그의 얼굴을 얼마간 구겨놨다. 수술을 하고 또 해서 많이 나아진 편이지만 비참하게 보였으며 눈빛만은 맑은 듯했으나 그러나 역시 음산하다.

"K 부인 오늘 옷 찾아갈 거 아냐? 어서 일어나아."

희정은 서둘러댔다.

"언니 제발 방문 좀 두드리고 들어와요."

"뭐 남의 식군가?"

희정은 금세 발끈해서 말했다.

"기척이라도 내고 오면 좋잖아요."

"너같이 별난 애는 첨 봤다. 기척을 어떻게 내란 말이냐?"

"놀라지 않아요."

희련의 눈에 신경질이 모여든다. 일 년 열두 달 희정은 똑같은 행동을 되풀이하였고 역시 희련은 똑같은 말을 되풀이하였었다. 그것은 어느 쪽도 당길 수 없는 평행선平行線 같은 것이다.

"알겠다. 결국은 내 꼴이 보기 싫다 그 말이지?"

이것도 수천수만 번 들어온 말이다.

"이 쓸개 빠진 년이 이러고 너한테 붙어사니 구박받아야 싸지 싸아."

희정의 눈은 생기를 띠며 빛났다. 그러더니 희정이는 손등으로 눈물을 닦았다.

'아아 또 함정에 빠졌구나! 꿈 탓이야 꿈.'

희련은 눈을 꼭 감아버린다. 언제나 그러했듯이 희정의 눈물은 희련을 미치게 하는 대단히 진한 자극성을 지니고 있다. 그것은 염치없이 덤벼들며 희련의 심장을 난폭하게 찌르는 말의 전초전이기 때문이다.

"그렇게 보기 싫음 약을 먹여 죽여버리려무나. 그러면 넌 이 귀찮은 짐 덩어리를 벗어버릴 게 아니냐?"

희련은 말려들어 가지 않으려고 더욱더 굳게 눈을 감아버린다. 일단 이렇게 된 이상 말려들어 가지 않고는 끝장이 나지 않는다는 것을 알면서.

'꿈 탓이다! 꿈, 꿈은 재연될 것이다.'

희정은 서 있다가 팔짱을 끼며 쭈그리고 앉는다.

"나 같은 병신은 깡통을 들고 빌어먹으러 다녀야 할 건데 네 덕으로 이리 사니 네 눈에는 무척 주제넘는 인간으로 뵈겠지. 나도 안다, 알어. 하지만 사람이란 올챙이 적 일을 알아야 해. 어느 고아원에 굴러다니다가 어떻게 됐을지도 모를 네가 그래, 지금은 뉘 덕에 윤희련이냐?"

"언니 덕분이지요."

눈을 꼭 감은 채 희련이 중얼거렸다. 그러나 그의 입술은 하얗게 질려 떨고 있었다. 매번 듣는 말이건만 희련은 그럴 때마다 하얗게 질려서 입술을 떠는 것이었다.

"오냐, 알기는 아는구나. 나보다 많이 배웠으니 알기는 알아야 할 게다."

"아는 얘기를 밤낮 할 필요 없잖아요?"

희련은 눈을 뜨지 않고 대꾸한다. 아마 희정은 희련이 눈을 뜨고 정면으로 자기를 상대해주기까지 지구전을 펼 것이다.

"그래 아는 년이."

년 자가 나오자 하얗게 질린 희련의 얼굴은 새빨갛게 물들었다. 희련의 병적인 결벽성을.

"아는 년이 나를 이리 대하나? 옆에 얼씬도 못 하게 하구. 난 병신이다만 문둥병도 폐병쟁이도 아니야. 한 핏줄을 받은 동기간이 이럴 수 있느냐 말이다. 동기간이 이러는데 남은 말해 뭐 하겠니?"

둔하면서, 희정이 역시 병적으로 야욕스럽게 덮쳐 씌우는 것이었다. 극과 극인 두 성격은 영원한 평행선이다.

다방 '향리'의 문을 밀고 여자가 들어왔다.

집에서 입었던 평상복에 바바리코트만 걸치고 나온 듯 양말 신은 발에 고무신을 신고 있었다. 아마 집이 가까운 곳에 있나 보다. 평범한 용모이며 몸매는 듬직한 편이었다. 다만 커다란 눈이 아름답고 맑았다.

여자는 구석 자리에 우두커니 앉아 있는 감빛 레인코트의 여자를 보자 마음이 놓이는지 혼자 싱긋이 웃었다. 웃는 얼굴로 그는 다가갔으나, 상대는 아무것도 눈에 보이지 않는지, 여전히 멍한 자세로 있었다.

바싹 다가가서,

"희련아!"

앉은 여자는 펄쩍 뛰듯 놀랐다.

"놀라기도 잘한다. 넋을 놓고 앉았으니 그렇지 뭐야."

여자는 우산을 의자 옆에 세워놓고 마주 앉는다.

"은애…… 너, 너는."

"뭘 생각하고 있었니?"

"나 꿈, 꿈을 생각하고 있었구나."

당황한다.

"앉아 있는 꼴이라니, 이 멍충아."

"근데 너 애기아빠는 어쩌구?"

"밤낮 보는 얼굴인데 뭐."

"그렇지만……."

"네 전화받구 어쩔까 하고 있었는데 마침 언니한테서 전화
가 왔지 뭐니? 걱정하시나 봐."

"……."

"너한테서 전화 왔었다고 했더니 조금 안심하시는 모양이더
라마는 뭐 대단치도 않은 일 가지고 화를 냈다면서? 너도 성
질이 그래 큰일이다."

희련은 무릎 위에 놓은 핸드백의 끈을 잡아 비틀고 있었다.

"여태 있을까 하다가 어중잡고 나온 거야."

"빗길을 좀 돌아다녔더니만 춥고……."

"그럼 집으로 올 일이지."

"그래서 너하구 저녁이나 할까 싶어서 전활 걸었어."

"저녁 아직 안 먹었니?"

"정 선생한테 미안하게 됐구나."

"미안할 것도 없다. 웬일인지 해가 서쪽에서 뜨려는지 일찍 들어오지 않니? 그건 그렇고…… 난 저녁 먹었다만 배석할 테니까 저녁 하러나 가자. 입술이 파랗구나."

은애는 비 맞은 참새같이 오종종해 보이는 친구에게 진실된 애정을 느끼듯 말했다. 희련은 팔을 들어 시계를 들여다본다. 아홉 시를 넘어서고 있었다.

"관두지, 늦었는걸."

"그럼 여기서 토스트나 해달랄까? 보나 마나 너 온종일 굶었을 거야."

은애는 레지를 불러 토스트하고 커피 두 잔을 시킨다.

"무슨 꿈을 꾸었니?"

은애가 물었다. 희련은 씹어서 삼키듯 미묘한 미소를 띠었을 뿐 말이 없다.

"너도 사고덩어리구나. 성미가 그렇게 옹졸하고 참을성이 없구, 어떻게 세상을 살래? 언니도 좀 별나지만 너도 별나단 말이야."

"살다 살다 못 살면 죽지 뭐."

"사치스런 소리 하지 마."

"사칠까……."

"세상엔 정말 죽고 싶은 사람이 얼마든지 있어. 밥 한 끼를 위해서 인간 이하의 곤욕을 당하는 사람이 얼마든지 있단 말이야. 너 그런 소리 하면 벌받는다."

희련은 은애로부터 외면하며,

"마찬가지 아닐까…… 남보다 나은 집에서 고기반찬 먹는다구 인간 이하의 곤욕을 안 당하는 줄 아니? 조금도 잘난 것 없구 더 잘사는 것도 아냐."

"나 같은 현실주의자는 그렇게 자위하고 산다. 골치 아픈 그깟 얘긴 관두고, 참 아까 언니가 그러는데 K 부인이 몹시 화를 내고 갔다나?"

순간 희련의 표정이 험악하게 굳어졌다.

"너는 또 왜 그런 말을 내 귀에 넣어주니."

"왜?"

"정말 그런 소리 들으면 살고 싶지 않어."

"무슨 소리야?"

"언닌 내가 걱정이 돼서 전화 건 거 아니야. 그 K 부인 옷 때문에 그랬을 거야."

"그러니까 네 성미가 나쁘다는 거지. 걱정이 돼서 그럴 거라고 왜 생각지 못하니."

"현실주의자인 넌 거짓에 대하여 관대해지려 하고, 현실주의자인 우리 언니는 아주 거짓말쟁이야. 그 자신도 깨닫지 못하게 되어버린 거짓말쟁이야. 물론 내가 착하고 언니가 착하지 않다는 뜻하곤 달라. 나쁜 편은 아마도 나 자신일 거야. 네 말대로 성미 탓이겠지. 아귀아귀 산다는 게 치사스러운 것도 네 말대로 사치인지 몰라."

희련은 말을 하면서 스스로 한 말의 혼란으로 말려들어 가듯 말을 끊고 멍해졌다.

'내 성미 탓일까? 이 성미는 정말 사치스런 것일까? 아니야 아니야 아니야!'

은애는 가만히 바라만 보고 있었다. 그는 이럴 때 침묵하는 것이 제일 좋다는 것을 알고 있는 듯하였다.

"너 엉겅퀴풀 알지?"

별안간 희련이 물었다.

"……?"

"봄에 보랏빛 꽃이 피는 엉겅퀴 말이야. 풀인데 어찌나 가시가 모진지 찔리기만 하면 며칠씩이나 손가락이 아려."

"그게 엉겅퀴야?"

"응, 그런데 말이야, 그게 뚝 부러진 것을 봤을 때, 그때도 난 엉겅퀴라는 것이 밉고 싫었어. 그 질기고 뻣뻣하게 말라버린 꼴이 말이야."

"무슨 소릴 해?"

"질기고 강한 건 싫단 그 말이지."

"질기고 강하지 않음 낙오한다."

"누가 모르니?"

"잔소리 말고 결혼이나 해버려라."

"……."

"이번엔 내소박 않게 잘 골라야 한다."

은애는 화제를 돌려놓고 까르르 웃었다.

"그런 소리 말어. 알지도 못하고 내소박이 뭐야?"

희련은 팔을 저으며 질색을 했다.

"그럼 네가 소박맞았다는 거야?"

"둘 다 그랬지 뭐."

희련의 얼굴에는 공포의 빛이 스치고 갔다. 무서워서 못 산다는 바로 그 의식이 희련의 머리 한가운데를 쪼개고 지나가는 것을 그는 느낀다.

"나 이런 얘기 안 하려고 했었는데, 도리어 해버리는 편이 너에게 좋은 것 같아서……."

하며 은애는 희련을 곁눈질해 보았다.

"미스터 장 말이야, 며칠 전에 우연히 만났는데……."

희련의 얼굴이 굳어졌다.

"약혼을 했다는구나."

"약혼?"

희련의 목소리는 한 옥타브 높았다. 얼굴에는 의아해하는 빛이 스치고 지나갔다.

"왜, 섭섭하니?"

"아니야, 아니야, 정말 다행이구나."

희련은 맥이 쑥 빠지는지 시트에 등을 기대면서 조그마한 흔적이라도 찾아보려고 응시하는 은애 눈을 피하지 못해 애를 쓴다.

마침 레지가 커피와 토스트를 날라 왔다. 희련은 노르스름하게 구운 토스트 한 조각을 얼른 집었다.

그것을 찢어서 뜨거운 커피에 적셔 먹으며 희련은 침묵을 지킨다.

"희련아."

"……."

"지금도 난 늦지 않다고 생각하는데."

은애는 운을 떼듯 말했다. 다소 흥분이 되어 희련은 부지런히 토스트를 입속에 밀어 넣고 있었다.

"한번 서로가 만나면 헤어지지 말아야 한다는 게 나의 원칙이야. 그런 뜻에서 난 옛날 사람들이 그런대로 잘 살아왔다고 생각해. 웬만큼 안 맞는 점이 있더라도 결혼은 자유이기보다 의무인 것 같고 애정이기보다 생활인 것 같은 생각이 들어. 따지고 보면 부부란 생활을 위한 공범자 같은 게 아닐까? 순수하고 절대적인 사랑이 한 부부 사이에서 지속이 된다는 것은 그것은 특별이야. 희귀한 경우지. 모두 일심동체 되기를 맹세하지만 눈 닦고 보아 그런 행복한 사람이 몇이나 되는가. 대부분은 타인끼리 만나서 서로 여전히 고독한 게 부부이고 나 자신 결혼 생활을 하고 있지만 서로가 다 고독을 절도 있게 가누면서 생활에 보조를 맞추어나간다면 그저 원만하다 할 수 있을 것 같아."

말하는 은애 얼굴도 쓸쓸해 보였다.

"내가 뭐 너한테 이러고저러고 설교한다곤 생각지 말아. 결혼 생활 오 년을 통해서 괴로움도 많이 겪었고 위태로운 고비를 넘기면서 얻은 나대로의 생각이야. 최악의 경우까지 견디고 노력해보는 거라구. 그래서 하는 얘기지만 조금치라도 미스터 장한테 미련이 있다면 노력해보는 게 어떠냐 그 말인데 약혼은 했다지만 내 생각 같아서는 자포적인 것이 아닌가 싶어."

희련은 은애가 얘기하는 동안 한마디 말이 없다가,

"이제 나 정신이 돌아왔으니까, 나가자."

희련은 손수건을 꺼내 손을 닦고 나서 일어섰다.

"무슨 애가 이래? 넌 도무지 네 마음대로구나."

은애는 무안하여 화를 냈다. 그에게 어울리지 않게 한바탕 연설한 것이 공연한 혼자 시름을 했던 것 같아 멋쩍었을 것이다.

거리의 비는 아주 가늘어져서 어쩌면 비가 멎을 것같이 느껴지기도 했다. 아까보다 사람들은 많이 빠져나간 것 같았다.

"화났니?"

희련은 어리광스럽게 말했다. 우산을 들고 걸어가면서 은애의 옆모습을 살피는 그의 얼굴에 미안해하는 미소가 떠 있었다. 희련은 전혀 사람이 달라진 것같이 앳되어 보였다. 하기는 희련이라는 여자는 편리하게 생겨먹은 여자인지도 모른다.

희정이로 인한 괴로움과 우울증에 시달리어 그것을 실컷 앓고 나면 철없는 아이 같은 상태로 돌아갔으니까.

은애는 희련의 그런 철부지 같은 면을 사랑하여 고등학교에서부터 대학, 학교를 떠난 후 오늘에 이르기까지 우정을 지속해왔다. 은애의 우정에는 다분히 보호 의식 같은 것이 있었고 희련에게는 의지하고 때론 어리광을 피워보는 우정 이상의 것, 이를테면 희정과 희련의 사이에서 볼 수 없는 자매의 유대 같은 것을 그들은 지니고 있었다. 희정은 은애에게는 절대 그런 기색을 나타내지 않았으나 늘 은애를 두고 까닭 없이 시기하여 제 동기간에는 한 푼어치의 정을 베풀지 않으면서 남에게 엎어진다는 둥 급한 일 겪으면 남이 무슨 소용이냐는 둥, 희련에게 빈정거리곤 했었다.

"화났다! 어쩔래?"

은애는 툭 쏘아붙였다.

"흠."

목을 움츠리며 희련은 웃었다.

"남은 열중해서 말하는데 들은 체 만 체, 이 천하에 둘도 없는 에고이스트야."

"나……."

하다가 희련은 신중해지며 말을 잇는다.

"그 사람하고 한 번 헤어졌음 그만 아니겠니?"

"진작부터 그 말을 할 것이지. 약혼했다니까 네가 충격을 받

는 것 같아서 난 행여나 하고 생각했단 말이야. 공연히 헛물만
켜고 싱겁게시리 사람 병신 만들어놓고."

"내 생각엔…… 되도록이면 피차를 위해 이러쿵저러쿵 안
하는 게 좋을 것 같아서 말이야. 헤어졌음 그만이지, 안 그래?
자연스럽게 내버려두고 싶었던 거야. 그게 도리일 것 같아."

"알았어."

은애는 비로소 희련의 마음을 짚어보았던지 그 화제는 잘라
버리고,

"그럼 너 어쩔래?"

하며 물었다.

"어쩌긴? 차 타고 집에 가는 거지 뭐."

순간 그의 표정은 어두워졌다. 자기 자신에 대한 연민이랄
까, 고독이랄까, 길 쪽으로 멍한 시선을 던졌다.

기름을 부은 듯 비에 젖은 매끄러운 포도 위에 네온 불빛은
무지개 모양으로 가로누워 있었다. 오색의 아름다운 불빛을
차량은 쉴 새 없이 짓밟으며 지나가고 있었다.

"차 잡기 어려울 거야."

"못 잡으면 버스 타고 가지. 너나 어서 들어가. 정 선생 화내
실라."

그들은 헤어졌다.

은애의 모습이 보석상 모퉁이를 돌아가고 난 뒤 희련은 택
시를 잡으려고 애쓰는 기색도 없이 뿌유스름한 가등* 밑에서

서성거리다가 결국 버스정류장으로 건너와 버스에 오른다.

버스 속은 사람들의 땀 냄새가 물씬하게 코를 찔렀다. 피곤한 생활이 버스 속에 가득 차 있는 것을 희련은 느낀다. 반성과 죄송스러운 마음이 잠시 머물렀다. 그것은 집으로 돌아간다는 일에 용기를 안겨주기도 했다.

버스에 흔들리면서 희련은 은애로부터 들은 장기수의 약혼 소식을 생각하고 있었다. 깊이 믿어지지 않는 일이었다. 차라리 은애가,

'결혼을 했다는구나.'

했더라면 희련은 믿었을는지 모른다. 그러니까 희련은 약혼을 했다는 사실을 믿지 못하기보다 과연 약혼이 결혼까지 무사하게 가지겠는가 하는 위구심이 더 짙었던 것이다. 희련에게는 그럴 만한 이유가 있었다.

희련의 위구심이라는 것도 사실은 따지고 보면 상대적이기보다 전혀 자기 자신의 내부적인 감정의 상태라 할 수 있겠다. 장기수에게 어떤 결함이 있어 결혼까지는 가지 못하리라는 것도 아니요, 장기수가 도저히 자기를 단념하지 못하리라는, 말하자면 자신自信과 통하는 그런 것도 아니었다. 희련의 뭔지 정체를 잡을 수 없는, 공포, 불안, 불쾌감에서 놓여나고 싶어 하는 초조한 마음이 그런 위구심을 자아내게 하였다.

'정말 결혼까지 할까? 정말 약혼을 했을까?'

희련의 전남편인 장기수는 얼마 전까지만 해도 희련이 살고

있는 집 주변을 배회했었다.

"아주머니, 아까 장에 갈 때 장 선생님을 또 봤어요."

오랫동안 함께 지내온 식모가 말했었다. 벌써 여러 번 해온 보고였었는데 그 말은 바로 그저께의 일이었던 것이다.

"집 앞을 지나가시지 않겠어요? 호주머니에 손을 찌르고, 인사를 하려니까 외면을 해버리데요."

희련의 얼굴빛이 노오래지는 것을 본 식모는 더 이상 말하지는 않았다.

"뭐? 누가 외면을 하더라구?"

희정이 지나가다가 되물었으나 식모는 아무것도 아니에요 하며 자리를 떴던 것이다. 희정은 음산한 눈빛을 굴리며 캐물으려고 식모를 뒤쫓아 갔었다.

그뿐만이 아니다. 희련이는 서너 번인가, 골목에서 기다리고 있는 장기수와 부딪친 일이 있었다. 피워 문 담배를 던지고 희련을 향했을 때 이러지 말아야지, 이러지 말아야지 하며 희련은 자신에게 타일렀으나 본능, 위기를 민감하게 감지하는 동물의 본능과도 같이 허둥지둥 뛰어서 집 안으로 들어와 버렸던 것이다.

장기수를 그렇게 피해야 할 만한 아무런 이유가 없었다. 장기수가 당당하게 집을 방문하였더라면 도리어 희련은 손님으로서 그에게 한 잔의 커피를 대접할 만큼 여유를 가졌을는지도 모른다.

집 둘레를 배회한다거나 길목을 지키고 서 있었다는 떳떳하지 못한 행동을 비판하기 앞서 희련은 무섬증을 느꼈다. 무섬증은 혐오로 변하였고 장기수의 집념이 불안을 불러일으켰다. 하기는 무섬증 자체가 혐오 없이 일어나는 감정은 아니었지만.

그러니까 삼 년 전의 일이었다. 그들이 피차 합의하여 이혼한 것은. 서로 이의가 없었으므로 이혼에 따르는 하등의 귀찮은 일은 없었으며, 현재도 깨끗이 끝나버린 백지상태로 보아야 옳을 것이다. 더욱이 이혼을 하자고 한 편은 희련이 아니라 장기수였던 것이다.

"애정이 없는 생활을 더 지속할 필요가 있을까?"

담배 연기를 바라보며 장기수는 혼잣말같이 뇌었었다. 애정이 없다는 것은 희련의 편에서 그렇다는 것이다.

"이 이상 노력해보아도 별 신통한 결과는 없을 것 같은데, 어떻소. 말 좀 해보시지."

희련은 완강한 침묵을 지켰었다. 그럴 수밖에 없었던 것이다.

희련은 장기수가 애정의 척도를 어디다 두고 있는지 알고 있었다. 또 그것은 당연한 말이었는지도 모른다고 생각했던 것이다.

"극도로 수치심이 강한 걸까, 아니면 병적인 결벽증일까 하고 나도 많이 이해하려 했었소. 답답하여 그런 심리에 관한 서

적도 읽어보았지만……."

"알아요."

희련은 다음 말을 두려워하듯 말을 막았다.

"그러나 내 결론은 당신이 나를 싫어하고 있다는 것이오."

그 말을 할 때 장기수의 얼굴은 비뚤어지고 입술은 떨렸다. 한 남자로서 철저하게 손상된 자존심, 그 사실을 입 밖에 내는 비참한 자신을 안간힘을 다하여 누르며, 그러나 장기수의 어조는 조용했었다.

희련은 뭐라 말할 수 없었고 어쩔 수도 없는 일이었다. 죄인처럼 장기수의 얼굴을 피하는 도리밖에 없었다. 그는 애정을 운운하기보다 부부 사이에서 응당 행해지는 성생활을 오욕감 없이 받아들일 수가 없었다. 어쩌면 장기수 이상의 괴로움을 겪었는지도 모른다. 장기수의 말대로 애정이 없어 그랬을까.

애초 그들은 서로 사랑하여 만난 사이는 아니었다.

장기수는 아직 알려지지 않은 무명 화가였으며, 고등학교의 미술 교사였다. 그의 말에 의할 것 같으면 열여덟 살 때 육이오동란을 만나 인민군으로 끌려 나왔었다는 것이며 따라서 그는 무척 외로운 처지였다. 그 외로운 처지가 무엇보다 희정의 마음에 들어 중매쟁이하고 왔다 갔다 수선을 피운 끝에 결혼할 것을 희련에게 졸라댔다. 그러나 희련은 희정이 졸라댄다 해서 제 자신의 감정에 책임 없이 결혼했던 것은 아니었다. 본시 소극적인 성미에다가 여러 가지 희련의 환경으로 봐서 뾰족한 혼처가 나올 것 같지도 않았고 첫째는 연령상으로도 서둘러야 했으며, 결혼을 계기로 희정의 지배에서 벗어날 수 있다는 고려하에 장기수를 대하게 되었는데 우선 장기수가 무명이기는 하지만 화가라는 점이 마음에 들었다. 그저 수수하게 생긴 사내였으나 말수가 적고 성실해 보였다.

그러나 막상 결혼을 하고 보니 희련은 당황해졌던 것이다. 상식적인 사고로써 선택한 상대, 그 상식적인 판단 자체가 희련에게 치명적인 것이 될 줄은 미처 몰랐던 것이다. 처음 희련은 장기수라는 특정한 사람을 두고 느낀 감정이라기보다 남자, 막연하게 남자라는 그 자체에 대하여 자기 내부에서 혐오의 감정이 솟는 거라 생각했었다. 남자의 손이 자기 피부에 닿는 것을 견딜 수 없어 하는 것은 장기수의 말대로 극도의 수치감, 병적인 결벽증이라고도 생각했었다. 세월이 가면 나아지려니 하며 참으려고도 했었다. 이런 심리에는 희정의 존재도 약간은 작용했을 것이다.

불구자로서 결혼할 희망이 없는 노처녀 희정의 존재는 희련을 우울하게 하였고 자기만이 남과 같이 결혼한 정상의 생활을 죄스럽게 여겼던 것이다. 처음부터 그들이 별거를 했더라면 그렇게까지 악화하지는 않았을는지. 그러나 희련은 마찬가지 결과였을 거라 생각하고 있었다. 처음부터 별거를 못한 이유는 장기수가 하숙 생활을 해왔었고 능력이 부족했던 탓도 있었지만 희정의 무지하게 강한 주장은 마치 어떤 마술과도 같은 것이어서 희련을 얽어매었었다. 그리고 희정이나 장기수가 서둘러주지 않는 이상 일상의 일에는 등한하기 짝이 없는 희련으로서는 엄두를 낼 수 없었던 것이다. 그런 차에 희련은 결혼 생활에 공포심마저 느끼게 되어 별거에 대한 문제는커녕 생활 자체를 몽땅 시궁창에다 내버리고 싶은 심정이었으니.

버스에서 내린 희련은 길 쪽에 가까운 다방에 들어가서 쉬어갈까 싶은 마음을 누르고 또각또각 포도를 밟고 걸어간다. 실상 다방도 다 문을 닫은 뒤였었고.

차가 드나들 만했으니 그리 좁은 골목은 아니었다. 밤이 저물어서 지나는 사람이 없었을 뿐이다. 하기는 조용한 주택가이기에 한낮에도 쓸쓸한 길이기는 하지만. 주택들의 담장 안에는 제각기 수목이 우거져서 새어 난 불빛에 나무 그림자가 언뜻언뜻 지나갔다. 변덕스러운 하늘에는 어느새 별이 돋아나 있었고 비가 걷힌 뒤의 맑고 축축한 밤공기를 타고 향수香水 같은 라일락 내음이 콧가에 스쳤다.

희련은 라일락의 향기를 맡는 순간 그 달콤한 향기와 비슷한 행복이 어느 구석에선가 배어 나오는 것을 느낀다. 샘같이 소리도 없이 솟아나는 것 같기도 하고 어린 시절 굴러가는 공을 따라가다가 문득 하늘을 보았을 때 푸르고 높아서 몸이 붕 뜨는 것 같았던 그와 흡사한 느낌이 들기도 했다. 행복이라기보다 평화스러움이라 해야 옳았겠지. 모진 병을 앓고 일어난 사람이 여윈 손을 들어 햇빛에 비춰보는 것 같은 안식, 험한

영을 넘어선 나그네의 안도감 같은 것이다.

한참을 더 걸어가면 역시 그곳에도 라일락이 피어 있는, 어머니의 추억과 더불어 희련에게 남겨진 아담한 이 층 양옥의 대문이 그를 기다리고 있을 것이다. 희련은 그 앞에까지 당도하는 시간을 아끼듯 천천히 걸어간다.

온종일 비참했었다. 빗길을 헤매어 몸은 실실이 풀어졌으며, 심한 공복에 먹은 토스트의 뒷맛도 좋지는 않았다. 그러나 그의 기분만은 어떤 충일의 상태인 것이다. 이같이 나쁜 육체적 상태는 희련의 심리적 상태와는 관계가 없는 모양이다. 아니 도리어 그 반대인지도 모른다. 아마 비참하지 않았고 몸이 지치지 않았더라면 희련은 이 밤의 호젓한 거리를 거닐면서 행복하다 생각지는 않았을 것이다. 병을 앓아보지 않고 병후의 평화로움을 모르는 것처럼.

희련은 매양 이런 식으로 자기 자신을 가라앉혀 버리는 습성을 경멸하지 않은 것도 아니다. 실망하며 자신에게 부끄러움도 느낀다. 어쨌든 희정은 희련에게 태풍 같은 존재이며, 태풍이 휩쓸고 지나간 뒤 무자비하게 부서진 잔해殘骸의 엄숙한 순간을 희련은 살고 있는지도 모른다. 나약한 물체에 바위가 구른 것같이 그렇게 철저히 파괴된 희련은 또 얼마나 놀랄 만큼 빠르게 그 쓰라린 상처를 아물게 했는지, 이 두 사람의 배다른 자매 사이에 끊임없이 되풀이되는 파괴와 재생은 참 기묘한 숙명이라 할 수밖에 없었겠는데, 극과 극에 도사리는 이질異質이 결코 헤어지지 못한다는 것은, 그러나 숙명에만 전가轉嫁할 수 없고, 두 사람의 공범은 매우 확실한 것이라 할 수 있겠다. 희련이 희정의 불행을 십자가처럼 짊어진 데는 무언의 합의가 있었을 것이기 때문이다.

사람이란 나름에 따라 차이는 있겠지만 행복의 타성에 빠졌을 때보다 불행의 연속에서 간헐적으로 베풀어지는 즐거움이나 평화 같은 것이 더 농도 짙은 것이 아닐까. 상투적인 표현을 빌리자면 우환에 살고 안락에 죽는다는 따위의 문구 같은 것. 희련은 세상에 부러울 것 없는 그런 기분으로 야기夜氣를 마시며 걸어가는데 뒤에서 발소리가 나는 것 같았다. 열어젖혔던 문을 서둘러 닫아버리는 것처럼 희련의 의식이 바싹 오므라들었다.

"이봐요!"

그 소리에 희련은 전신의 피가 머리로 몰리는 것을 느낀다.

장기수가 가등 아래에서 시부저기 웃고 있었다.

"정신 다 나갔구면."

솟은 미간에 그늘이 져서 그의 눈은 움푹 들어간 것같이 보였다.

"이거."

장승같이 서 있는 희련에게 장기수는 우산을 내밀었다.

"우연히 같은 버스에 탔었지. 통 사람을 못 알아보더군. 알고도 모르는 체하는가 싶었지만 우산까지 내버리고 내리는 걸

보니 정신이 영 딴 데 팔려 있는 모양이야."

말수가 적은 장기수로서는 꽤 많은 말을 한 것이다.

그러나 역시 어색한 상면相面이 아닐 수 없다. 한때는 부부로 맺어진 사람들이 후미지고 밤늦은 골목에서 구만리 같은 거리를 둔 것처럼 마주 보며 서 있다는 것은.

"이거 받아요."

내밀었던 우산을 장기수는 다시 한번 쳐들었다. 희련은 우산을 받으면서,

"깨끗이 끝난 건데 어쩌자구."

입안이 바싹 말라서 언어는 윤곽을 잃었다. 희련은 입술을 축이고 나서 다시,

"어쩌자구 제 뒤를 밟는 거예요?"

"그건 무슨 말일까?"

장기수는 역시 시부저기 웃었다. 그러나 아까와는 달리 짙은 눈썹이 꿈틀하고 움직였다. 그는 여유를 가지려는 듯 담배를 꺼내었다.

"헤어졌으면 그만 아니에요. 뒤를 왜 따라다니느냔 말예요!"

희련은 혼란 속으로 빠지는 제 자신에게 경고하듯 언성을 높였다.

"오해하는구먼."

라이터를 켜대는데 장기수의 손이 눈에 띄게 흔들리는 것 같았다. 한 모금 빨고 연기를 토하면서,

"나 이 근처에 하숙하고 있소."

"……!"

"자연히 오가는 길에 만날 수도 있고 오늘도 우산만 아니더라면 희련일 불러 세우진 않았을 거요."

"그, 그럼 제가 오해했군요."

희련은 당황하며 굳었던 몸을 흩어뜨렸다. 그렇다면 더러 부딪친 일, 집 근처를 배회했던 일들에 대해 납득이 간다.

희련이 어쩔 줄 모르다가 발길을 돌리는데 장기수는 함께 따라 걷는다.

"나 어쩌면 외국에 갈지도 모르겠소."

대꾸가 없자 장기수는 다시,

"불란서에 가서 좀 있다 올까 싶어서."

희련은 담벽에 바싹 몸을 붙이며 걷는데 숨이 막힐 것 같았다. 집 대문이 어서 나타나 주기를 원하는 마음에, 한편 장기수에게 상처만 남긴 자신에 대한 죄의식이 혼돈되어 상대편의 말을 귀담아듣지도 않았다. 장기수 앞에서 떠나기만 하면 괴로운 자책감에서 놓여날 것만 같았다. 자기 죄의식에 대하여 변명의 여지가 없는 것은 강요에 의한 결혼이 아닌 점이었다.

집 앞에까지 왔을 때 희련은 버저를 허둥지둥 누르면서 고개를 비틀어 장기수 어깨 편에다 시선을 두고,

"안녕히 가세요."

그가 마치 따라 들어오기라도 할 것 같아 강한 방위선을 쳤

던 것이다.

장기수는 담배 연기를 내뿜으면서 턱을 쳐들고 눈은 내리깔 듯 희련을 바라본다.

"아주머니 늦으셨네요."

문을 열어준 식모는 장기수를 보자 목을 움츠렸다. 희련은 식모의 등을 밀 듯 허둥지둥 집 안으로 들어간다. 식모는 문을 잠그고 급히 따라오며 물었다.

"장 선생님 아니세요?"

물어볼 것도 없이 똑똑히 보았는데 사태가 매우 궁금했던 모양이다.

"아주머니하고 함께 오셨어요?"

"아니야!"

소리를 팩 지르고 희련은 집 안으로 쫓아 들어섰다. 희정이 부스스한 꼴을 하고 현관에 나와 있었다. 자다 일어난 모양이다. 희련은 이 층 층계를 탕탕 구르며 올라간다.

퉁명스러운 목소리로 희정이 뒤에서 뭐라고 했다. K 부인이 어쩌고저쩌고 그런 말인 것 같았다.

방으로 들어온 희련은 레인코트를 벗어 던지고 침대에 오도카니 걸터앉는다. 아래층에서 식모하고 희정이 주고받는 목소리가 들리더니 층계를 삐걱삐걱 밟고 올라오는 발소리가 났다. 사방이 쥐 죽은 듯 고요하여 그 발소리는 더욱 두드러지게 울려온다.

"저, 말이다."

희정은 미처 방 안에 들어서기도 전에 말부터 시작했다.

"그놈의 여편네가 어찌나 신경질을 부리던지 혼이 났다. 돈 푼이나 있다고 사람을 뭘로 아는지 얼굴에는 횟가루 칠갑을 해가지고. 온 세상에 아니꼬와서, 누군 저만 못한 줄 아는가."

아침에 서로 다툰 일은 까마득히 잊어버린, 그렇게 희정은 천연스럽게 말했다. 이럴 때마다 희련의 마음은 잔인해지고 왜 좀 기억을 못하는가 싶어지기도 했으나 오늘 밤만은 장기수의 일이 겹쳐서 멍청히 앉아만 있었다. 희정은 희련의 기분에 대해서만은 누구보다 민감하다. 물론 민감하다 해서 이해한다는 뜻은 아니다. 그는 K 부인의 욕을 하다 말고 희련의 기분을 떠볼 양인지 말머리를 돌렸다.

"아침에는 나도 좀 성밀 부렸지만 그래 날 골탕 먹여 네 속이 시원하냐?"

"……."

"지금이 대체 몇 신 줄 아니? 열두 시야, 열두 시."

"그러니까 날 자게 좀 내버려두어요."

희련은 별 절실하지 않게 처음으로 입을 떼었다.

"세상에 너 같은 애는 첨 봤다. 네 마음대로 안 되는 일이 뭐 있니? 그래 내가 잔소릴 좀 했기로 온종일 밤늦게까지, 어디 실컷 걱정 좀 해봐라 하구 싸돌아다녀? 사람의 애간장을 태워도 유분수지. 난 너 땜에 정말 다 늙는다."

보나 마나 코를 골며 늘어지게 잤을 텐데, 그러나 희정은 자기대로 자기의 진실성을 믿고 있으니 어쩌랴.

"오기만 오면 다시는 이런 꼴 안 보겠다 생각했지만 더러운 게 동기간의 정이다 보니까 풀리는군."

아닌 게 아니라 희정의 어조는 매우 부드러웠다. 눈에 눈물까지 글썽 담으며.

"언니?"

"왜?"

"미스터 장이 약혼을 했대."

저도 모르게 불쑥 나온 말이었다.

"뭐?"

"미스터 장이 약혼을 했단 말이야."

"뉘한테 들었니?"

"본인이 그러더라나."

희련은 은애한테서 들었다는 말은 피한다.

"잘됐구나. 그까짓 늘 푼수 없는 사내 생각할 것 없다. 남자 없음 못 사나?"

희련은 결국 되로 주고 말로 받았다. 무교양하고 야비한 희정의 말에 희련은 넌더리를 쳤다.

"그깐 남자 다 소용없다. 돈 없음 못 살아도 남자 없어 못 살까? 넌 돈에 관심이 너무 없는 게 탈이야. 부산 피란 시절의 피눈물 나던 일은 왜 생각 못 하니? 오늘 잘 먹었다고 내일 생각 안 하는 건 그건 사람도 아니다. 복이 없어서 남편 덕에 호강 못 할 바엔 진작 단념하구 기왕 직업을 가진 거니까 거기에나 정신을 들여서 장차 편히 살 생각이나 해라. 너같이 기분대로만 하다간 단골 잃기 십상이지. 아무튼 자기나 해. 내일이면 그 여편네 와가지고 지랄 한바탕할 게다. 불 끈다."

희련은 잠옷도 갈아입지 않았는데 희정은 불을 끈다. 그리고 그림자처럼 문에서 빠져나갔다.

귀를 막고 싶은 이야기, 귀를 막아도 희정의 목소리는 새벽종의 여음같이 방 안 가득히 밀려들고 있었다. 어둠 속에서 발을 침대 위에 끌어 올린 희련은 두 무릎을 웅크린다.

"고아 같다……."

중얼거린다.

누구에게도 이해되지 못하고 안으로만 옹그려드는 외톨박이 희정은 남자 없이 못 사느냐고 야비한 말로 언제까지나 자기 옆에 묶어두려 했지만 그러나 희련은 사랑 없이 고아 같은 마음으로는 도저히 살아갈 수 없을 것 같았다.

장기수와의 사랑이 없는 결혼 생활의 체험에서 그는 더욱 그렇게 생각했는지도 모른다. 어디엔가 꿈꾸며 소망해온 세계가 있을 것이며 언젠가는 그 세계와 마주치게 되리라는 희망이 장기수로 하여금 깨져버린 데서 희련은 더욱더 그렇게 느꼈는지 모른다. 그가 맞이한 곳에는 혐오만이 가득 차 있었으며, 그래서 그것을 때려 부수고 장난감 잃은 아이같이 마음이 허했기 때문에 그랬는지도 모른다. 이미 육체적으로 처녀가 아니면서 편협하게 움켜쥐고 있는 심리적인 처녀성 때문인지, 그것은 희련에게 비극이다. 남자 없이 못 사느냐고 윽박지르던 희정의 말투는 흔하게 굴러다니는 대화의 형태다. 그러나 희련은 끊임없이 상처를 받으며 면역을 얻지 못할 것이다. 바로 그 점이 장기수와의 생활을 파탄에 이르게 하지 않았던가. 그러나 그런 모든 것보다 결혼이나 이혼이 장기수의 잘못 아닌 희련 자신의 잘못, 자신의 생애를 무책임하게 내버린 회한이 그로 하여금 사랑이 없이 살 수 없다는 무력한 반항 의식으로 나타났을 것이다.

'어머니는 요조했었는데 희정이는 누굴 닮았는지 모르겠다.'

'어머니가 착했어요?'

'그럼 착하고말고. 신식 공부를 못 해서 네 아버지는 달가워하지 않았지만 법도 있는 집안의 규수라서 매사에 예절이 바르구.'

'언닌 그렇지 않아요. 무엇이든 막무가내인걸요.'

'그러니까 외가에서 잘못한 거지.'

'왜요?'

'쟤 어머니가 죽었을 때 외가에서 데려갔지. 대체 그럴 수밖에 없는 것이 너의 아버진 밤낮 객지 바람을 쐬구 다니니까. 생각해보면 성질도 나빠질 수밖에 없는 것이, 할머니는 외손녀를 끼고돌구 외숙모는 구박이니 그 틈새에서 삐뚤어지기야

했겠지.'

'법도 있는 집안이라면서요?'

'그것도 다 옛날 있을 적의 얘기지. 살림이 빠지면 자연 분쟁
이 생기고.'

언젠가 시골 고모 댁에서 고모와 희련이 나눈 대화였다.

희정이와 희련의 이복자매異服姉妹는 열두 살의 나이 차가
진다.

그러니까 해방 전의 이야기다. 희정이 열두 살 때 희정의 아
버지 윤치열은 희련의 어머니인 김향이하고 결혼했다.

당시의 사정을 좀 더 자세히 설명한다면 부모가 정해준 대
로 조혼早婚하여 고향에 내버려두었던 부인과 사별한 윤치열
은 착하기만 했던 아내의 죽음에서 충격을 받았던 모양이었
다. 무책임했던 만큼 또 사랑하지 않았던 만큼 회한이 컸었던
지 일본서 방탕 비슷했던 생활을 청산하고 서울로 돌아왔던
것이다. 그 같은 가정 형편뿐만 아니라 그는 불우한 화가였었
다. 일본이 전쟁 준비에 광분하고 있던 어두운 시대에 겪어야
하는 예술가들의 공동 운명이었었다고 할 수도 있겠으나 그
의 재질才質이 화려한 찬사의 각광을 받은 이십 대에 비하여 급
격한 망각 속에 묻혀버린 듯한 삼십 대는 시국이 어두웠던 탓
이기보다 변모한 그의 그림이 이해되지 못하였다는 데 원인이
있었다. 그림에 대한 정열 못지않게 명성에의 욕망이 강했던
만큼 깊은 패배 의식에 사로잡혀 있던 시기에 날아온 아내의

부고는 그에게 큰 충격을 주었던 모양이다.

　서울에 돌아온 그는 잠시 동안 어느 여학교의 미술 교사로 있었으나 얽매여 살지 못하는 성정이 직장을 그만두게 했고 암담한 날을 무위하게 보낼 무렵 우연히 화방에서 김향이라는 소녀를 만났던 것이다. 그것이 인연이 되어 향이는 윤치열에게 그림 지도를 받게 되었으며 그들은 서로 사랑하게 된 것이다. 그때 윤치열은 서른셋이었으며 향이는 스무 살이었다. 연령의 차라든지 윤치열의 형편을 들어 향이의 부친은 맹렬히 반대했으나 그들은 결국 결혼했으며 결혼한 이듬해 희련을 낳았다. 희련이 장기수가 화가였다는 점에 마음이 움직였던 것도 어쩌면 부모에 대한 그리움이 화가에 대한 동경으로 잠재된 탓이나 아닌지 모르겠다.

　외가에 맡겨진 희정은 가정을 가지게 된 윤치열에게 돌아왔어야 했을 것을 사정이 그렇질 못했다.

　"내 눈에 흙이 들어가기 전에는 서울 안 보내겠다. 새파랗게 젊은것이 아이 밥이나 제대로 챙겨주겠느냐? 곱게 볼 리도 만무하고 어미 없는 것만도 가슴이 메어질 것 같은데 구박받게 할 순 없다."

　외할머니의 반대도 완강했었지만 한편 젊은 아내에 대한 미안한 마음에서 윤치열도 못 이긴 체 흐지부지 내버려두었던 것이 잘못이었다.

　어미 없는 외손녀를 싸고도는 외할머니의 애정은 맹목적이었으며 거의 병적에 가까웠는데 살림마저 기울기 시작한 집안 형편이 겹쳐서 희정의 존재는 여간 큰 분쟁의 씨가 아니었다.

선천적으로 그런 면이 있기도 했겠지만 환경이 희정을 아욕이 강하고 집념이 무서운 아이로 만들었던 것 같았다. 대신 지적知的인 성장만은 아주 더디었던 것 같았고 뿐만 아니라 학교에 가기를 무척 싫어하며 식구들의 속을 무던히 썩였고 결국 중학조차 졸업을 못 하고 말았다.

그것을 전적으로 외할머니의 잘못만으로 돌릴 수 없는 이유는 희정의 집념이나 아욕을 꺾을 사람이 없었다는 점이다. 학교에 안 가겠다고 일단 벋대기만 하면 외삼촌이 회초리를 들어도 소용이 없었고 학교 선생님이 찾아와서 달래도 힐끔 쳐다볼 뿐 아무런 효험이 없었고 수그러드는 기색이 없었다. 결국 불쌍하고 측은한 마음에서 외할머니는,

"날씨가 춥다. 그만두어라. 감기라도 들면 어쩔려구."

한다거나,

"불쌍한 것! 내 간장에 못을 박아놓고 니 어미가 갔지. 그만두어. 평양 감사도 제 하기 싫으면 못 한단다."

혀를 끌끌 차며 나서서 말리었다. 만사가 그런 식이었다.

희정이는 할머니를 두고 제 뜻을 거역하려 드는 외부의 힘을 막기 위한 두꺼운 갑옷과도 같은 존재로 생각했으며, 그 밖의 식구들에게는 마음을 꼭 닫아놓고 적의에 가득 찬 눈초리로 대항하며 생장했던 것이다.

희정이 서울로 올라온 것은 스물한 살 나던 해였다. 외할머니가 세상을 떠났기 때문이다. 조야하고 굽힐 줄 모르게 자란 희정의 상경은 집안에 어두운 그림자를 던졌다.

윤치열이나 희련 엄마는 다 같이 그를 시골에 내버려둔 채 돌보지 못했다는 것에 대하여, 더군다나 그간의 경위야 어찌되었든 중학교조차 제대로 시키지 못한 것을 몹시 죄스럽게 생각하며 보상하는 마음에서 희정에게 애정을 가지려고 무던히 노력한 것만은 사실이었다. 그러나 그것은 철근콘크리트 벽을 맨주먹으로 치는 결과밖에 되지 못한다는 것을 그들은 이내 깨달았다. 그들 내외는 다 함께 죄의식에 사로잡히면서도 희정을 미워하지 않을 수 없게 되었고 음산하게 살피는 희정의 눈빛은 집안의 평화를 여지없이 흔들어놓았던 것이다.

부부는 희정이 때문에 싸웠다. 싸우면서 미묘한 공범의식共犯意識 같은 것을 느껴 그들은 더욱더 서로의 인격에 상처를 주었으며, 신경이 피곤하고 지칠 때까지 냉전을 하곤 했었다.

희정은 분명히 계모와 아버지 사이의 갈등을 즐기는 듯싶었다. 예민한 그들 부부는 희정의 악의를 모를 리 없었다. 그러나 희정은 어미 없는 약자의 처지, 불우한 존재라는 강한 방패를 지니고 있었으므로 그 악의에 겨누어져야 할 화살은 언제나 사랑하고 존경해온 부부 사이에서 시위를 당기는 결과를 가져왔으며 서로가 다 피해자라는 것을 의식하고 이해하면서도 부부의 관계는 고독하고 차갑게 식어갔던 것이다.

무엇보다 나이 젊은 희련 어머니를 괴롭게 하고 울게 하고 신경질을 부리게 한 것은 희정이 고의적으로 식모의 행세를 하는 일이었다. 남편 앞이면 더욱 그러했고 어쩌다가 손님이라도 찾아오는 날에는 아주 노골적으로,

'어차피 난 식모 같은 존재니까.'

하는 투의 행동을 취하는데, 이를테면 멀쩡한 식모를 놔두고 희정이 차 심부름을 한다거나 일부러 그런다고밖에 볼 수 없는 지저분한 차림으로 손님 눈에 띄게 현관 소제를 한다거나 빨래를 한다거나.

그럴 때마다 희련 어머니는,

"내가 내가 무슨 죄가 많아서."

하고 울었다. 그런 것을 덤덤하게 보아 넘길 만큼 신경이 굵질 못했던 것이다. 그럴수록 결과는 악화될 뿐이었다.

희정이 상경한 지 삼 년 만에 육이오가 터졌다.

삶의 터전이 송두리째 무너진 동란은 정치적인 이념이 희박하고 자유인으로 자처한 윤치열을—당시 그는 미대 강사로 있었다—월북케 했으며 길고 숨이 막힐 듯한 답답한 여름이 지나간 서울의 구이팔수복 전야는 살육의 피바다가 되었었다.

이때 변두리에 피신해 있던 희련 어머니는 폭격에 무너진 농가에서 사망하였고 희정은 한쪽 팔을 잃은 데다 얼굴에는 파편이 박히는 상처를 입었다.

다만 열한 살 먹은 희련이만은 상한 곳 없이 무사했던 것

이다.

이로부터 정신적으로 불구자라 할 수 있는 희정은 육체적으로도 불구자가 되었으며 이 엄청난 비극은, 그러나 가엾은 희정에게 어린 동생이 남겨졌다는 사실은 삶에의 통로를 열어준 것과도 같은 결과를 가져왔다.

희정에게는 본시부터 상대를 괴롭혀줌으로써 애정을 확인하려는 매우 불행한 습성이 있었다. 시초의 대상은 외할머니였었다.

터무니없이 꾸며대는 것은 아니었지만 숙모가 어쩌고 외삼촌이 어쩌고 또 사촌들이 어쩌고 하며 조그마한 티끌이라도 잡기만 하면 제 나름대로 상상하고 불려서 할머니에게 일러바치는 희정은 할머니의 심리를 읽어내는 데 놀랄 만큼 예민하였다. 그는 먹이를 챈 고양이같이 할머니의 감정을 희롱하다가 기어이 격노激怒케 하는 과정까지 몰고 가는 것이었다.

"그래 너희들은 에미 있고 자식 있구나! 너희들은 애비 있고 자식 있구나!"

노인은 쥐어짜는 것 같은 슬픔을 외치는 것이다.

아들과 며느리가, 또 손자들이 사실과는 다르다는 것을 설명하려 하여도 이때는 소용없고 가슴을 치고 싶도록 애처로움만 가득 찬 노인은,

"내 눈이 시퍼렇게 살아 있어도 이 지경이구나! 내 눈 하나 없어지면 눈먼 구렁이 갈밭에 들겠구나. 그래 가지고 복 받

아? 복 받겠느냐! 불쌍한 그것 하나를 못 봐서 눈엣가시처럼 생각하는 너희들이 복 받겠느냐? 제 자식 중히 여기면 길 가다 남의 자식 코도 닦아준다는데 누이 없는 불쌍한 조카자식, 그것 하날 못 봐서, 오냐, 좋다. 내가 나가마. 저걸 데리고 내가 나가마."

외삼촌과 외숙모는 기가 차서 한숨만 푹푹 내쉬고 사촌들은 희정에게 증오의 눈길을 쏟는 것이었다. 그러면 희정이는 다음의 연극으로 넘어가는데 말하자면 그것은 자살극인 것이다.

"나만 죽어버리면 될 거 아니에요? 죽고 말 테야요! 부모도 없는 구박둥이 살면 뭘 해? 눈칫밥 먹고 살면 뭘 해!"

하고는 강가로 뛰어가는 것이었다. 그러면 외삼촌은 죽어버리라고 외쳤고 불쌍한 할머니는,

"희정아! 희정아!"

목이 터지게 부르다가 애원하다가 늙은 몸이 그를 뒤쫓아가야 했다. 할머니는 강가 갈대밭에 웅크리고 앉은 손녀를 부둥켜안고 우는데 이때만은 희정이도 마음속에서부터 섧게 섧게 흐느껴 울었었다.

이런 짓은 번번이 되풀이되었다. 그러나 당하는 그 고통이 하도 심하였으므로 맹목적이던 할머니도 나중에는 희정의 자살극에 넌더리를 내게 되었다.

서울로 온 뒤 희정은 아버지에게 그것을 시도해보았다. 그러나 아버지는 자신의 의무를 다하지 못한 죄책감에서 딸에게

친절했을 뿐 사랑이 없는 것을 희정은 깨닫게 되었고 집안에서 물 위에 뜬 기름 같은 자신의 존재를 느끼었다. 그는 애정을 확인하는 대신 아버지의 죄의식을 쑤시어 고통을 주는 무기로써 자살극을 몇 번인가 연출했다.

만일 희정이 섬세하고 감수성이 예민하였더라면 그런 짓은 하지 않았을 것이다. 만일 희정이 악종惡種이었더라면 음험하고 잔인한 방향으로 물론 발전해갔을 것이다. 한마디로 희정은 선악善惡 이전의 욕심꾸러기라고나 할까, 판단이나 인식을 거치지 않고 아욕만 자랐다고 할까.

졸지에 양친을 잃은 희련은 전쟁 한가운데 내던져졌다. 성인이 되기는 했지만 세상 밖을 모르고 게다가 불구까지 된 희정의 경우도 마찬가지였으나.

희정을 두고 달리 의지할 사람이 없었던 희련은 품에 파고드는 강아지처럼 희정의 품에 파고들었다. 희정은 그를 안고 어떻게 할 바를 몰랐다.

가늠조차 할 수 없는 거대한 바윗덩이 같은 전쟁의 비극 속에서 희련이 고아가 되고 희정이 불구자가 되었다는 것은 먼지만큼의 질량도 못 되는 조그마한 사건에 불과했다. 그들은 자신들의 운명을 멈추어 서서 되새겨볼 만한 시간조차 허락되지 못한 피란길을 떠나야만 했다. 어디 희정이 자매만이 그랬겠는가. 개개인이 다 그러했고 길가에 나둥그러진 시체나 그 시체 옆에서 울부짖는 어린아이의 울음소리는 모두 눈앞에 우뚝 선 풍경이며 바람 소리였을 뿐이며 자신들이 짊어진 운명의 무게라든가 절망을 딛고 가는 발끝의 땅조차 의식하기 어려운 판국에.

그러나 희련이 고아가 되었다는 것과 희정이 불구자가 되었다는 공통된 단절감은 매우 중요한 일이었다. 그들 자매에게는.

"희련아 내 손 꼭 잡아라! 손 놓으면 안 된다! 떨어지면 안 된다!"

희정은 하나 남은 손으로 으스러지게 희련의 손을 잡았다.

"언니야! 언니야! 무서워!"

"언니야! 뛰지 말어! 함께 가아."

그들은 굳게 묶인 사슬이 되었다. 그들이 부산 바닥에까지 내려오는 동안 떨어지면 안 된다! 함께 가아! 하는 외침을 얼마나 많이 되풀이하였는지. 길섶에서 얼어붙은 하늘을 올려다보면서, 한 덩이의 밥을 농가에서 얻어먹으면서, 그러나 추위보다 굶주림보다 그들에게는 떨어진다는 것이 무서웠고 함께 못 가는 일이 무서웠던 것이다.

본시부터 희정은 희련을 귀여워했었다. 나이의 차가 많았던 탓도 있었고 선택의 의지를 아직 갖지 못했던 희련은 어떤 의미에서 희정의 가장 확실한 소유물이 될 수도 있었기 때문이다. 어릴 적에는 소녀가 소유하는 인형 같은 것이요, 어른이 된 후에는 모성 같은 본능으로 발전한 그 소유욕을 희정은 희련을 위한 봉사, 희생으로 생각했던 것이다.

사실 희련은 희정의 살아가는 힘이며 보람이었던 것이다.

옛날 희련이 두 살인가 세 살 적의 일이었다. 아장아장 걷기 시작했을 무렵이었으니까. 그때 희정은 서울을 다녀간 일이 있었다. 외롭게 비뚤어져서 자란 소녀는 무심하고 천사 같은 어린것이 혀 꼬부라진 소리로 언니야 언니야, 하며 불러주는 것을 몹시 기뻐했었다. 그는 어린것을 업어주기도 하고 안아주기도 했었는데 어린것의 마음을 송두리째 갖고 싶다는 욕망이 저도 모르는 잔인성으로 나타나게 되었다. 낯선 집에 와서 고독했던 희정으로서는 슬프고 어거지로 얻으려는 독점욕이었던 것이다.

아이들이란 층계를 기어 올라가기는 하지만 내려오지는 못한다. 그 점을 이용한 희정이 아이를 이 층에까지 데리고 올라가서는 저만 혼자 내려와 몸을 숨기고 아이의 동정을 살피는 그 못된 장난에 맛을 들인 것이다.

아이는 둘레둘레 살피다가 제 옆에 아무도 없는 것을 느끼자,

"언니야! 언니야!"

하고 불렀다.

희정은 자기를 찾는 아이 부르짖음에 희열을 느꼈다. 응, 나 여기 있다! 마음속으로 외쳐보는 그 순간만은 희정이 외롭지 않았다.

"언니야!"

하다가 아이는 무서움에 울음을 터뜨린다. 희정은 미친 듯 계단을 뛰어 올라가는 것이었다.

"아이 가엾어라! 아아 가엾어라. 우리 희련아. 언니 여 있네!"

아이를 답삭 안아주면 아이는 전신으로 의지하고 목을 껴안아주며 흐느끼는데 희정은 새가슴같이 뛰는 어린것의 심장 소리를 들을 수 있었다.

이런 심리는 외할머니에게 아픔을 줌으로써 애정을 확인하려던 것과 통한다.

다만 할머니에게서는 무한히 받으려는 것이요, 희련에게는 공포감을 줌으로써 절대적인 자기를 인식시키고 베풀고자 하는 차이점이 있다.

어쩌면 사람들은 대부분 이런 형태로써 사람을 사랑하고 또 사랑을 받으려 하는지도 모른다. 이성 간의 사랑에서도 그것을 사랑의 짙은 농도라 할지도 모른다. 그렇게 믿음으로써 그 사랑이 갖는 잔학성은 고발의 망網을 교묘히 빠져나가게 되고 자유에의 갈망이야말로 죄악으로 등장하게 되는 것이다.

아무튼 희정이 자신의 권능을 포기하지 않는 데는 그만한 이유 즉 자신의 애정의 절대함을 믿는 마음, 그 애정을 위해 희생하였다고 믿는 마음, 그것 자체를 포기하지 않는 이상 불가능한 일이겠다.

피란길에서,

"언니야! 언니야! 함께 가! 무서워!"

희련의 울부짖음은 희정에게 무슨 짓을 하든 살아야 한다는 강한 의지를 갖게 하였고 피란지 부산에서 그가 노상 입버릇같이 말하는 피눈물의 세월을 보냈다는 것은 거짓이 아니다. 부산 바닥에서 껌팔이, 떡장사 별의별 짓을 다하여 희련을 굶기지 않았고 공부까지 시켰던 것이다.

괴로웠던 세월의 추억은 희련에게 악몽과 같은 것이었고 희정에게는 그의 생애에서 어쩌면 가장 보람 있고 그리워지는 세월이었는지도 모른다.

그러나 현재 희련은 고통스러운 채무자債務者요 희정은 자신이 딛고 선 자리가 절대적이 아니었다는, 그러면서 안간힘을 쓰는 외롭고 허무한 채권자債權者인 것이다.

희련이 시골 고모 집에서 돌아오는 들판 길에는 보랏빛 엉겅퀴꽃이 피어 있었다. 독초도 아니요 얼마나 소박한 꽃이었던가. 아무도 돌아보는 사람 없이 수수하게 핀 꽃, 다만 그 가시가 너무 억세고 꺾으려 해도 꺾을 수 없게 질긴 줄기, 홀로 피고 못난 탓일까.

'불쌍한 언니, 가엾은 언니. 누구라도 좋다. 엿장수라도 좋고, 넝마주이라도 좋고, 언니가 마음을 열어주고 또 상대가 착하기만 한 사람이라면 난 무슨 짓을 해서라도 공주를 만들어주고 왕자로 만들어주겠는데…… 불쌍한 언니…….'

고모한테 하소연하러 갔던 애초의 목적은 까맣게 잊고 고모

가 희정을 좋게 말하지 않는 것만이 괘씸하여 돌아오는 희련
도 따지고 보면 모순의 덩어리였다. 새벽녘이 다 되어 희련은
피곤한 잠에 빠져들어 갔다.

2. 동행자

지난봄, 유치원에 들어간 첫딸 영이의 여름옷을 사줄 생각
으로 은애는 핸드백에 돈을 챙겨 넣고 현관을 나섰다.

"엄마! 어디 가아!"

복도를 탕탕 구르며 뒤쫓아오는 영이를 데려갈까 말까 망설
이다가 은애는 아무래도 피곤해질 것을 생각하여,

"엄마 저어기 간다."

"저어기가 어디야?"

네 옷 사러 간다 하면 틀림없이 앞장설 것이므로 행방은 덮
어둔 채,

"올 때 과자 사 올게. 언니한테 떼쓰면 못쓴다. 아가하고 노
는 거야?"

일러놓고 은애는 S백화점으로 갔다.

여느 때보다 백화점은 좀 덜 붐비는 것 같았다. 남편의 실제 수입에 비하여 늘 빠듯하게 내놓는 생활비를 무관심하게 받아 쓰고 있는 은애로서는 백화점에 올 기회가 그리 많지 않았다. 자기 재량의 한도액이 넉넉지 못하여 그렇기도 하려니와 은애 자신 되도록이면 피하고 싶은 곳이 백화점이었다. 값진 물건을 덜컥덜컥 사가는 사람들이 부러워서라기보다 화폐 뭉치나 수표액에 따라 사람이 가치 지어지는 것 같은 그곳의 분위기에 저항을 느끼기 때문이다. 하기는 그곳만이 그랬던 것은 아니었지만. 남편이 생활비를 빠듯하게 내놓는다 해서 살림이 어려운 은애의 처지는 아니었다. 용돈이 넉넉하지 않았다 뿐이지 중심가 H동에 대지 칠십 평에 이 층 양옥이 자가인 만큼 거기 따라 상당한 재력을 보유하고 있다 할 수 있겠고 냉장고다, 텔레비전이다, 피아노다, 하는 따위의 큼지막한 가구는 남편 자신이 사들여 왔으므로 그만하면 백화점의 고객들 중에서는 중류의 생활수준은 되는 셈이니 선망의 비굴감이 있을 까닭도 없다.

은애는 아동복 점포에 가서 여점원에게 여섯 살 계집아이의 옷을 보자고 했다. 여점원은 땀구멍에 분이 밀려서 번들번들한 얼굴에 함빡 웃음을 띠며 한편 물건을 살 손님인가 아닌가를 겨냥하듯 눈을 번득이며 부산스럽게 물건을 꺼내어 펼쳤다. 은애는 점원의 관상에서 점포를 잘못 택한 것을 깨달았으나 무덤덤하게 물건을 고르기 시작했다.

"이건 작을 것 같고 이건 바느질이……."

하다가 은애는 무심결에 얼굴을 들고 여점원 어깨 너머 제법 거리가 있는 양품부에 눈을 보냈다.

은애의 큼지막한 눈이 더욱 크게 벌어졌다. 평소 총명함을 안으로 밀어 넣고 침착한 빛을 잃지 않던 눈에 혼란이 인다.

'누굴까?'

은애는 본능적으로 주렁주렁 내걸어 둔 아동복 사이로 얼굴을 숨기며 건너편 양품부에서 눈을 떼놓지 않는다.

물건을 사려던 사람이 별안간 표정이 달라지면서 한곳에다 시선을 모으는 것을 깨달은 여점원이 고개를 뒤로 돌렸다.

양품부 앞에 물건을 잔뜩 펴놓고 한 쌍의 남녀가 열심히 고르고 있는 뒷모습을 본 여점원은 흔히 있는 일이어서 사태를 파악한 모양으로 물건 팔아먹기는 다 글렀다고 생각했던지 친절하며 상냥스러웠던 미소를 싹 거둬치웠다.

그리고 신경질적으로 물건을 챙기면서 남이야 죽을 쑤든 밥을 짓든 내 알 바 아니라는 식의 심술궂은 표정으로 은애를 힐끔힐끔 쳐다보았다.

'누굴까?'

남자의 뒷모습은 틀림없는 남편 정양구였다. 아침에 갈아입은 연회색 양복보다 그의 독특한 고수머리의 뒤통수는 착각을 일으킬 여지가 없었던 것이다.

남편 옆에 꼭 붙어 선 여자는 여자라기보다 뒷모습으로 추측한다면 소녀라는 편이 더 적절할 것 같았다. 등허리까지 늘 어뜨린 머리 모양이 그러했고, 레몬빛 티셔츠에 검정 타이트 스커트를 입고 있었다. 자칫 잘못하면 싸구려 구미풍. 그러니까 외인부대 근처의 그런 직업여성의 차림새로 볼 수도 있겠는데 그러나 워낙 세련되어 적당히 사귀고 적당히 헤어질 수 있는 그런 직업여성 같지는 않았다.

"어쩌시겠어요, 손님?"

여점원의 말이었다. 사겠느냐 안 사겠느냐, 안 사겠으면 가든지 하라는 말이겠다. 은애의 눈이 잠시 동안 점원에게로 옮겨졌다. 여점원은 비웃음을 머금고 있었다.

"잠깐만 기다려요."

은애는 위엄 있게 눈빛으로 그 비웃음을 눌러놓고 다시 시선을 먼저 자리로 보낸다.

그쪽에서는 점원이 무슨 우스갯소리라도 했는가, 남녀가 함께 웃는 몸짓을 했다. 그때 여자는 정양구를 갸우뚱히 올려다보았는데 얼른 눈에 띈 옆모습은 소녀 같았던 뒷모습보다는 나이가 더 든 것 같았다. 나이가 더 들어 보인다 하더라도 스물서넛은 결코 넘지 않았으리라.

정양구는 지갑을 꺼내어 돈을 치렀다. 점원은 돈을 받아 넣고 거스름돈을 준 뒤 상품을 포장하며 또 뭐라고 재미있는 말을 했던지 남녀는 아까처럼 웃는 몸짓을 했다. 그리고 서로 마주 보는 것이었다. 사랑하는 사람들만이 그럴 수 있는 정감적인 분위기는 이쪽에까지 스며오는 것 같았다. 정양구의 옆모습은 보이지 않았으나 여자는 아까보다 좀 더 선명한 옆모습을 드러내었다. 높이 솟은 코는 깎고 다듬은 듯 아름다웠다. 해외물을 듬뿍 마셨거나 아니면 혼혈混血을 연상하리만큼 윤곽은 깊고 표정은 풍부했으며 대담한 것 같았고 몸짓은 아주 자연스러웠다. 그는 고갯짓을 한 번 하며 머리를 뒤로 넘겼다.

은애의 낯빛이 푸르스름하게 변했다.

'저 여자는 누구일까?'

깊은 뜻도 없이 은애는 마음속으로 중얼거렸다. 여자가 정양구의 애인이라는 사실을 부정할 만한 아무런 근거도 발견할 수 없는 은애로서 누구일까 하는 의문은 한갓 타성이다.

상품 꾸러미는 정양구가 들고 여자는 핸드백만 팔에 걸친 채 그들은 나란히 계단 쪽을 향해 걸어나간다.

"미안해요."

은애는 점원에게 사과의 말을 남기고 허둥지둥 그들이 내려간 계단 쪽으로 걸어간다.

"아니 사람을 치네?"

젊은 건달 같은 사내가 눈을 부라렸으나 은애는 부딪혀 죄송하다는 말도 못 하고 걸음만 빨리한다. 무엇을 어쩌겠다는 생각은 조금도 떠오르지 않았다. 그의 머릿속에는 혼란만 있을 뿐이다.

백화점 밖으로 나왔을 때 은애는 석양에 눈이 부시다고 생각했으며 사람들의 무리를, 특히 지하도에서 꾸역꾸역 밀려 나오는 무리, 끝없이 그칠 줄 모르게 밀려 나오는 인군人群을 일종의 전율을 느끼며 바라보았다. 어쩌면 그것은 종말을 고하는 마지막 인간의 행렬 같기도 했고 어린 시절 피란 행렬의 기억이 눈앞에 재연되는 것 같은 착각을 느끼기도 했다. 은애는 맞은편 보도로 눈을 옮겼다. 정양구와 그 여자가 택시를 기다리는지 나란히 그곳에 서 있었다.

그들 앞을 차량들이 지나갔다. 차량에 가려졌다가 그들의 모습이 나타나곤 했다. 은애는 꽃 가게에 몸을 붙이고 그들을 바라본다. 이쪽 보도에도 사람들이 끊일 새 없이 지나가고 있었다. 사람들의 모습에도 그들은 가려졌다 나타나곤 했다. 은애는 사람들 무리에서 느낀 전율을 그냥 유지한 채 그들을 지켜본다. 물론 정양구는 자기 아내가 꽃 가게에 붙어 서서 자기들을 바라보고 있으리라는 생각을 꿈에도 하지 않았겠지만 나란히 선 두 사람의 태도는 어느 누구에게도 신경을 쓰고 있지 않는 태평스럽고 자연스러운 것이었다. 그들은 미소하며 서로 이야기를 하기도 했다.

정면에서 본 여자의 얼굴은 옆모습보다는 아름답지 못했다. 이마가 좁은 편이며 화장기가 없어 그랬던지 어떤 황량한 느낌조차 들게 하였다. 그러나 강한 개성이 갖는 매력만은 부인할 수 없었다. 그는 차가 오는 방향을 바라보다가 고갯짓을 하고 머리칼을 뒤로 넘겼다.

그들은 마침내 택시를 잡았다. 여자를 먼저 태우고 정양구가 여자 곁에 앉고 문이 닫히는 동시 택시는 서둘러 떠났다. 까만 빛깔의 택시는 그들을 실은 채 영원히 떠난 것처럼 은애 시야에서 사라지고 말았다.

은애는 그 자리에 그냥 멈추고 서 있다가 발길을 돌려 눈에 띄는 다방 문을 밀고 들어간다. 음악인지 사람의 소린지 은애 귀에는 꿀벌 떼가 왱왱거리듯 소음이 일시에 몰려왔다. 아무 데나 비어 있는 자리에 몸을 가라앉히며 핸드백 속에서 손수건을 꺼내어 피곤해진 눈언저리를 누른다.

"찬 것."

은애는 다가온 레지에게 마치 그를 쫓아버리기라도 하듯 말했다.

날라 온 아이스커피를 마시면서 은애는,

'상대가 누구이든 그것은 상관없는 일이야.'

혼란을 일으키고 있는 머릿속에 그 말은 얼음덩어리의 지렛대같이 쭉 뻗었다.

상대가 누구이든 자기 아닌 다른 여자를 사랑했다면 이미 부부의 관계는 해소돼야 하지 않겠느냐 그런 의도에서 나온 말은 결코 아니었다. 사실 그 말 자체는 은애에게 무의미한 것이었는지 모른다. 상관이 없다는 것은 남편이라든지 아내라든지 그 위치를 부정했던 것이 아니었고 남편이 취한 어떤 행동에도 자신은 관여할 바 아니라는 뜻이었을 것이다. 그러나 더 깊은 곳에서 은애는 자신을 검토하고 있는 자기 모습을 응시하고 있었다.

은애는 일 년에 한두 번쯤 자신과 정양구의 부부 관계를 생각해보는 일이 있다. 먼저 떠오르는 것은 그다지 불편이 없는 기계적인 생활이라는 느낌이요, 다음은 일정한 시간을 두고 어김없이 돌아가는 기계처럼 되풀이되는 일상日常이 자기에게 아무런 이상異常을 일으키게 하지 않았다는 바로 그 점이 병적이 아닌가고 의심해보는 일이다. 기계가 고장이 없다는 것과 사람이 고장이 없다는 것은 다르다고 은애는 막연히 생각해보는 것이다.

사람이 기계를 닮아간다는 것은 사람을 벗어나고 있다는 것이며, 사람이 아닌 것으로 변질되어간다는 것 이상의 병이 또 있을 수 있겠는가. 흔히들 현대인은 드라이한 감정이라는 말을 입에 올린다.

그 저의가 기계문명에의 순응인지 아니면 그것을 제압하기 위한 생활철학의 소산인지 알 수 없으나 은애는 그런 자의식 없이 어느덧 그렇게 되어진 자신을 깨닫고 아연해지는 순간이 있다.

은애는 바로 조금 전에 남편과 그 여자와의 다정스러운 풍경을 보고 충격을 받았다.

예기치 못했던 일은 남편의 실태가 아니었고 충격 그 자체였다. 왜냐하면 은애는 남편이 적당하게 외도를 하고 있다는 것을 알고 있었기 때문이다.

'상대가 누구이든 그것은 상관이 없는 일이야.'

의식 속에 얼음덩이의 지렛대같이 가로눕던 말은 실상,

'왜 충격을 받았을까?'

했어야 옳았다. 그렇게 자기 자신에게 반문했어야 옳았던 것이다. 그러나 은애는 왜 충격을 받는지 그 의문을 규명해나가는 것을 두려워했으며 충격 자체에 대하여 몹시 당황했던 것이다.

'내가 질투를 했었던가? 그이의 배신을 노여워했던가?'

한 여자로서, 그보다 아내로서 질투하는 것도 당연한 일이요, 노여워하는 것도 의당한 권리다. 그러나 은애는 주제넘고 파렴치하고 몹시 부도덕하게까지 느낀다. 질투의 감정을 죄악시하여 그랬던 것이 아니다. 교양 있는 여자로서 자존심을 옹호하여 그랬던 것도 아니다. 더더군다나 낡은 부덕婦德 같은 것에 얽매여 그랬을 리도 없다.

그에게는 그럴 만한 까닭이 있었다. 은애는 결혼 전에 불행한 연애를 했던 것이다.

말하자면 은애 자신이 부도덕했기 때문에 이중으로 겹쳐지는 부도덕을 혐오했다 할 수 있을는지.

과거가 외형적으로 혹은 인습적으로 부도덕의 굴레를 씌운다면 현재 남편에게 질투를 느낀다는 것은 자기 내부에다 부도덕의 먹칠을 하는 것인데 그 이유는 과거를 어떤 구석진 마

음에 숨겨두고 때때로 그 숨겨진 장소를 찾아가는 마음의 방
랑을 그는 그치지 않고 있었기 때문이다. 그러나 그는 한 번도
그것을 현실로서 가지려고 욕망해본 일이 없다. 따라서 생활
의 질서는 건전하였으며 기계를 닮아간다고 근심한 것도 바로
그 탓이었던 것이다.

은애는 바람이 아닌 연애를 하고 있다는 것을 확신할 수 있
는 조금 전의 풍경을 목격했다 해서 이혼할 마음은 추호도 없
다. 아니 그 이상의 사태에 마주치더라도 남편이 이혼을 제기
하지 않는 한 은애는 이혼을 생각지 않을 것이다. 언젠가 밤에
희련에게 말을 한 것과 같이.

'그럼 난 그이가 이혼을 제기할 것을 두려워하고 있었나? 생
활이 무너지는 것을, 집이 파괴되는 것을 두려워했었나? 영이
랑 민이랑…… 아빠 엄마랑, 이런 관계가 끝장날지도 모른다
는 불안에서 충격을 받았는가?'

지금까지 은애는 남편이 어떤 짓을 하건 가정을 깨지 않을
것만은 믿어왔다. 그 점에서 정양구는 은애 이상의 생활인이
며, 기계적인 일상에 불만이 없었으며, 게다가 은애에게는 없
는 출세욕, 혹은 재물을 쌓겠다는 야망이 강한 남자였다. 은
애의 애인과 친구 간이었던 정양구는 따라서 은애의 불행했던
연애의 전말을 잘 알고 있었으며 한편 그 역시 애정 문제의 출
발부터 쓰라림을 체험하였고 그 뒤 그 나름대로 사는 방법을
터득한 남자였다.

은애가 의식지 못한 사이에 생활에의 적응성을 지니게 된 데 반하여 정양구는 가능의 최대한도까지 발을 뻗어보겠다는 강한 의식하에 결코 타산을 잃지 않는 적응성을 지니고 있었다. 그들은 서로가 다 그 점을 잘 알고 있었다.

은애는 얼마간 자기 속에 파묻혀서 앉아 있다가 일어섰다. 막연했다. 그리고 그간 아무 소리도 들려오지 않았던 귀에 음악이랑 사람들의 왕왕거리는 소리가 한꺼번에 밀려왔다.

출입문 쪽으로 걸어 나오려 했을 때 어느 좌석에서 어떤 남자가 은애를 보고 알은체를 하며 엉거주춤 일어서는 것 같았다. 은애는 그것을 느꼈으나 막연함의 연속인 듯 시계가 흐릿하여 누구인지 확인할 수가 없었고 자기 아닌 다른 사람에게 그러는지도 모르겠다고 생각하며 다방 문을 밀치고 나와버렸다. 다른 사람에게 그러는지도 모르겠다는 생각은 그러나 확인하고 싶은 성의가 없었던 적당한 구실이었는지도 모른다.

밖으로 나온 은애는 백화점으로 되돌아가서 영이의 여름옷을 샀다.

옷 꾸러미를 들고 양과점에 가서 영이에게 약속한 과자를 샀다. 그리고 그는 곧장 영화관에 가서 표를 샀다.

하늘은 도시의 찬란한 불빛이 반영되어 희뿌옇게 보였다.

"희련이 꼴이 났구나."

영화관의 어둠 속으로 들어가며 은애는 쓴웃음을 머금었다. 오종종한 꼴을 하고 우두커니 앉아 있던 비 오는 날의 희련이를 생각했던 것이다.

안내원이 전지를 비춰서 찾아주는 좌석에 앉은 은애는 건성으로 화면을 바라보며 마음은 끝도 없고 연결도 없는 생각으로 헤맨다.

'요즘엔 별일 없는가? 잠잠한 걸 보니 서로가 서로 극단적인 성격이라면 그건 꼭 같다는 얘기도 되겠다. 하지만 남의 눈에는 언니 편이 더 불쌍하지. 고통은 희련이 쪽이 더 받겠지만.'

복잡한 자기 일은 싹 밀어내고 문을 닫아걸면서, 그러기 위해 희련의 경우를 생각해본다는 것은 다소 비겁한 짓이기는 했지만 그렇다고 해서 영화를 보는 것같이 그렇게 건성이기만 했던 것은 아니다.

은애는 이 경우 희련을 염두에 둘 만한 연관성을 지니고 있었던 것이다. 자기 자신과 희련의 차이점을 생각해보는 것은 아까 다방에서의 사념과 무관하지 않았다.

은애는 정양구와 자식을 낳고 그런대로 공동의 생활을 해나갈 수 있었지만 희련은 장기수와 함께 살 수 없었고 은애는 불행했던 연애에서 몸을 빼내어 마음 구석의 적당한 자리에다 과거를 간직하면서 현실에 적응할 수 있었지만, 희련은 그런 경우 결코 몸을 빼낼 수도 없거니와 마음 한구석에 밀어놓고 살 수도 없는 여자인 것을 은애는 알고 있었다. 은애는 희련의 감정이 여리고 상처에 견디기 어려워하면서도 타협 못하는 데 반하여 자기는 마음이 질기고 상처에 견디면서 타협하며 살아간다는 것을 알고 있었다.

은애는 영화를 보면서 줄곧 희련의 생각만 했다. 자기 일을 잊기 위한 다소 비겁한 것 같았던 생각은, 그러나 나중에는 열중되어 희련에서 시작된 연상은 희련으로 돌아가고, 또다시 돌아가고, 그 생각에서 놓여난 것은 영화관 밖에 나왔을 때다.

밤공기는 썰렁하고 높은 곳에서 별이 반짝이고 있었다.

터덜터덜 집으로 돌아갔을 때 문을 열어주면서 식모는 호들 갑을 떨었다.

"아주머니 어디 갔다 이제 오세요? 아저씨 벌써 들어오셨 어요."

"여기저기 좀 둘러보느라고."

은애는 피곤을 느끼며 집 안으로 들어섰다.

"저녁상은 드렸니?"

"아뇨."

"왜?"

"아주머니 오시면 하려구요. 아저씨도 아무 말씀 안 하시 기에."

"애들은 자니?"

은애는 현관에서 신발을 벗으며 물었다.

"과자 사 오실 거라고 기다리더니 그만 나가떨어졌네요."

"가엾게도……."

은애는 꾸러미를 들고 안방으로 들어갔다. 정양구는 벽에

등을 기대고 앉아서 신문을 읽고 있었다. 그는 신문으로 얼굴을 가린 채,

"어디 갔었소?"

하고 물었다.

"백화점에요."

은애는 쓴웃음을 깨문다.

"지금이 몇 신데 백화점이요?"

"백화점에 들렀다가 영화 보구 오는 길이에요."

정양구는 그 사실을 잡아보듯 한동안 묵묵히 말이 없다가,

"백화점에는 뭐 하러 갔댔소?"

"영이 옷 사러 갔었어요."

한참 있다가 다시 정양구는,

"어느 백화점 갔었소?"

하고 물었다. 은애는 S백화점이었노라 한다면 남편은 어떤 표정이 될까 생각하다가,

"H백화점에 갔었어요."

대답하고는 아뿔싸 하며 꾸러미를 집어 들고 슬그머니 장속에 넣고 옷을 갈아입는다.

"먼저 저녁 드실 걸 그랬어요."

"뭐…… 시장한 것도 아닌데."

은애는 목욕탕으로 가서 손발을 씻고 방으로 돌아왔다.

정양구는 신문을 방바닥에 밀쳐놓고 담배를 피우고 있었다.

항상 그랬던 것처럼 덤덤한 표정이었다.

"웬 사람들이 그리 많은지 이러다간 서울시가 폭발하겠어요."

은애는 여느 때보다 말을 많이 한다.

"늘어나게 마련이지, 뭐……."

하다가 정양구는 재떨이에 담배를 비벼 끄고,

"나 운전을 배워볼까 싶은데."

말을 꺼내었다.

"뭐라구요?"

"운전을 배워두는 게 좋을 것 같소."

"……."

"운전수 쓸 생각하면 차는 영 못 사게 된단 말이오."

"회사 차가 있는데 자가용은 뭣 하게요?"

"회사 차는 회사 차고 내 차는 하나 있어야지."

"그야 뭐 당신 알아서 하세요. 어차피 당신한테 소용되는 거니."

"아무래도 내 차는 하나 있어야……."

굳이 은애의 동의를 구하는 것도 아닌, 마음속으로 이리저리 계획을 세워보는 모양이다.

"운전하는 것도 예삿일이게요?"

"줄곧 모는 건 아니니까 힘들 건 없지. 그런데 차고가 문제거든. 아까부터 생각해보는데 차고 만들 자리가 마땅찮아. 무리하면 못 할 것도 없겠지만 집 꼴이 어떨는지."

"글쎄요. 애들 놀이터가 좁아지겠지요."

"뭐 애들은 더 좁은 집에서도 사는데 집 꼴이 어떨는지."

정양구는 역시 물질의 가치에다 중점을 둔다.

마침 저녁상을 식모가 가져왔다. 정양구는 내키지 않은 듯 상 위의 음식을 힐끔 쳐다보았다.

상을 놔놓고 나가려던 식모는 갑자기 생각이 났던지,

"참, 아주머니."

"······."

"아까 전화가 두 번이나 걸려왔어요."

아마 식모의 버릇인 듯 투가 호들갑스러웠다.

"어디서?"

"어딘지 모르겠어요. 어디냐고 물어도 대답은 안 하구 아주머니만 자꾸 대달라잖아요."

"누군데?"

"누구라는 말도 안 하구요."

"누굴까?"

"남자분이에요."

"남자분?"

은애는 이맛살을 찌푸린다. 정양구도 그리 기분 좋은 낯빛은 아니었다.

식모가 나간 뒤,

"누굴까?"

"누구긴, 아는 남자겠지."

정양구는 내뱉듯 말했다. 은애는 고수머리가 이마 위에 흘러내린 남편 얼굴을 흘끔 쳐다본다. 그와 그 여자가 나란히 석양빛을 받고 서서 택시를 기다리던 풍경이 선명하게 눈앞에 떠올랐다. 은애는,

'이이는 지금 어떤 남자의 전화 때문에 불쾌한 걸까? 어째서 그럴까? 아까 내 기분하고 비슷한 걸까?'

충격을 받은 저의를 캐려다 그만둔 은애는 남편이 불쾌해하는 마음의 바닥을 생각해보다가 그것도 그만두고,

'이 공동생활은 쉽사리 깨지진 않겠어.'

은애는 속으로 중얼거리면서 묘한 공범자 같은 심리 상태에 빠지는 것이었다.

저녁이 끝나가는데 그들은 다투기라도 한 듯 침묵을 지키고 있었다.

'아하…….'

은애는 수저를 놓는 순간 퍼뜩 머리에 떠오르는 것이 있었다. 그는 눈을 좁히며 정양구의 표정을 유심히 살핀다. 정양구도 성난 눈으로 은애를 쳐다보았다. 서로가 다 상대의 마음을 읽으려 하고 제 마음은 감추려 하는 시선이 얽혔다가 풀려났다.

'설마 그럴 리가.'

은애는 마음속으로 강하게 고개를 저었다.

상을 물린 뒤 그들은 텔레비전을 보는 둥 마는 둥 자리에 들 생각은 않고 어중간한 자세로 앉아 있었다.

은애는 남편이 한현설을 두고 불쾌해했으리라 짐작했다. 얼마나 오랜 세월이 지나갔는데 지금에 와서…… 했으나 이름을 대지 않고 전화를 걸어올 남자가 없었으며 있다고 친다면 한현설을 두고 달리 남자가 없었으니.

그러나 은애는 한현설이 자기에게 전화를 걸었으리라는 생각을 전혀 할 수 없었다. 더러 소식은 사람들을 통해 들었지만 은애가 결혼한 후 그를 본 일도 없고 전화로 대화를 나눈 일도 없었다. 전해오는 소식에 의하면 충실한 가장家長이라는 것이요, 집을 장만했다는 것이요, 부인이 알뜰하여 열심히 계를 모아 모처에 땅을 샀다는, 은애로서는 서글프기도 하고 외로워지기도 하는 그런 얘기뿐이었다. 어쩌면 그쪽에서도 은애의 남편이 돈독이 올라 열심히 뛰어다니며 젊은 나이에 상당한 재산을 모았다는 소식을 듣고 있는지도 모를 일이었다.

더욱이 최근에 와서 은애가 들은 소식은 보다 결정적인 것이어서 이름을 밝히지 않은 남자의 전화를 한현설과 연관시킬 수 없었다.

그러니까 희련을 '향리' 다방에서 만난 다음 날이었다.

밤사이에 비는 개고 화창하게 햇빛이 일렁이는 날씨였다.

뜰에는 노랗게 개나리 꽃잎이 떨어져 있었다.

이날 은애에게는 좋은 일과 서글픈 일이 있었다. 좋은 일이란 뜻하지 않게 일본에 있는 오빠로부터 선물을 보내온 일이었고, 서글픈 일이란 한현설의 소식이었다.

점심때쯤 되어 일본서 사업 관계로 잠시 왔다가 B호텔에 묵고 있다는 사람으로부터 전화를 받은 은애는 그곳 커피숍으로 부랴부랴 나갔던 것이다.

그곳에서 몸집이 작고 안경을 쓴 김 아무개라는 남자를 만난 은애는 궁금해하던 오빠 소식을 자세히 물을 수 있었다.

"근간에 한번 다녀가겠다 하더군요."

"정말 한번 나와주셨으면 얼마나 좋을는지, 동기간에 얼굴 잊어버리겠어요."

"한 십 년 됩니까?"

"이십 년이 다 돼가는걸요. 한 번 다녀가시긴 했지만."

"세월이 잠깐입니다. 나도 오래간만에 와보니까 서울이 영 딴판으로 변했구먼요. 그래서 새삼스레 내가 늙었구나 하고 생각해보았지요."

고지식하게 꼬박꼬박 살아왔을 것 같은 남자는 눈언저리에 주름을 모으며 웃었다.

남자에게 감사하다는 인사를 하고 조그마한 상자를 받아 든 은애는 커피숍을 나왔다. 프런트 옆을 지날 때 뭉뚝하고 짧은 종아리에 미니를 입은 여자가 은애 앞을 요란스레 구둣발 소리를 내며 가고 있는 뒷모습이 눈에 띄었다.

'그런 다리라면 유행도 죄악이지.'

은애는 다소 시니컬한 미소를 머금는다.

밖으로 나온 여자는 대단히 자신 있는 태도로 호텔 앞에 대기시켜놓은 자가용을 향해 걸어갔다. 운전사는 왕비 전하라도 모시듯, 그러나 그것은 몸짓만인 듯, 눈알은 유리알같이 무감동했으니 아마도 강요된 충성심인 듯싶었다. 허리를 굽히며 자가용 문을 열어주었다.

'세상은 편리해서 좋다. 나, 너 할 것 없이 돈만 있으면 겉가죽만이라도 저런 존엄성이 절로 굴러들어오니까. 지지리 궁상도 내사 싫지만 저런 꼴 될까 봐 무섭네.'

차에 오르려던 여자가 무슨 서슬에선지 휙 고개를 돌렸다. 우연히 눈들이 마주친다.

"아니, 은애 아냐?"

여자는 반가움을 나타내며 차에 오르려던 동작을 멈추었다. 은애는 대답 대신 싱긋이 웃었다. 대학의 선배 배윤주였다.

"얘 너 오래간만이구나. 어디 갔다 오는 길이니?"

은애는 B호텔의 건물을 눈으로 가리켜주고 여전히 싱긋이 웃기만 한다. 속으로 좀 안됐다는 생각이 들기도 해서.

"어쨌든 오래간만이다. 지금 심심해 죽을 판인데 마침 잘됐어. 나 차 한 잔 살게."

"차 한 잔 가지고는 안 되겠는데요, 언니."

"아아 글쎄, 뭘 하든⋯⋯."

윤주는 은애의 팔을 덥석 잡았다. 그리고 엉거주춤 서 있는 운전사에게,

"기다려."

하고 명령한 뒤 은애를 끌다시피 호텔 문을 어깨로 밀었다. 그의 목에 걸린 진주 목걸이는 덥고 갑갑해 보였으며 향수 내음이 뭉클하니 코를 찔렀다.

그들은 스카이라운지에 올라와 마주 앉았다.

은애는 여러 해 만에 와보는 이곳 분위기가 많이 변한 것같이 느껴졌다. 이곳 분위기가 변했다기보다 어쩌면 자기 자신이 변했는지도 모른다는 생각도 해본다. 장소는 그곳에 있는 사람의 기분에 따라 분위기가 달라질 수도 있는 것이니까. 지금 이곳은 은애에게 삭막한 느낌을 주었다. 방금 내다본 거리의, 한낮의 태양을 받고 번들거리는 거리의 풍경이 연속되어 있는 것만 같았다. 그 거리에는 사람 아닌 상품이 걸어 다니는 것 같았으며, 철제鐵製가 걸어 다니는 것 같았으며, 플라스틱이 걸어 다니는 것 같았으며 아니 그것들은 모두 차를 타고 지나는 것 같았던 것이다.

'그때는 나이도 젊었었고 밤에 내려다본 서울은 무척 아름다웠다. 마주 앉아서 소곤거리던 사람들 모습에서도 뿌연 분위기가 서리고 있었던 것 같았지. 내 생활 탓이야. 생활 탓이지.'

은애는 잠시 방황했던 마음을 눈과 함께 윤주 편으로 돌

렸다.

"난 누군가 했지요."

은애는 미소를 띠며 먼저 말을 걸었다.

"왜애?"

윤주는 기대에 찬 눈빛으로 되물었다.

"글쎄요……."

차마 마음속으로 욕지거리 비슷한 말을 중얼거렸다 할 수도 없는 노릇이다.

"하도 자신이 있어 뵈기에 눈에 띄더군요."

정도로 얼버무렸는데,

"내가?"

하며 윤주는 토끼같이 작은 눈알을 동그랗게 했다. 기분이 매우 좋다는 표시인 것이다.

어떤 바람을 탔는지 은애는 그 내막까지는 알지 못했으나 윤주의 남편은 아주 대단히 출세를 했다고도 하고 무더기로 돈을 잡았다고도 하고, 동창 간에 나도는 소문을 들은 적이 있었다.

과연 눈앞에 보는 윤주의 모습은 궁상기를 말끔히 벗고 차림새도 최상급일 뿐만 아니라 작은 눈이 파묻힐 지경으로 살이 쪄서 신관이 아주 좋아 보였다.

뭐 요즈음의 자가용쯤이야 흔해서, 하긴 흔하다고들 하지만 말이 그렇지, 홍수처럼 밀려가는 차량 중에서 자가용의 표지는 여전히 별같이 빛났으며, 그 자가용도 자가용 나름이라고,

천만 원대 이상으로 올라가는 종류이면 바라보는 사람들의 넋을 뽑을 만도 했으니 아직은 마이카족이라 하기에는 이른 것 같고 귀족이라 함이 보다 적절할 것 같은데 윤주의 경우는 자가용이 자랑스러운 그런 시기에서는 졸업을 한 듯싶었다. 갑자기 출세를 하거나 갑자기 많은 돈을 쥐게 된 사람들은 거의가 다 그들대로의 거쳐가는 과정이 있는 것 같았다. 정신이라고 한다면 이런 경우 표현이 온당할지 어떨지 모르겠지만 적당한 표현을 찾기까지 빌려 쓰기로 하고 그 정신 면에다가 역학적力學的 운운하는 것은 과연 망발이 될까? 사물을 처리하는데 졸속하다면 그 처리가 완전치 못하다는 결과가 되겠는데 축재나 출세가 비약적으로 실현될 때 그 공간을 정신도 함께 줄달음을 치게 될 것인즉 나타나는 행동이 치졸해질 수밖에 없다는 이야기가 되겠다. 그래서 이런 사람들의 전형은 필연적일 수밖에 없겠고 동서고금을 막론하고 별로 다를 바 없는 것 같기도 하다. 따라서 국가나 개인도 전통을 찾게 되는 것인지도 모르겠다.

이야기를 돌리겠는데 아무리 홍수같이 밀려가는 차량 중에서 자가용의 표지가 귀하다 하더라도 자가용의 소유는 상류사회의 초입初入 정도밖에 되지 못하는 지점에까지는 지금 와 있는 셈인데 윤주의 차림으로 참작하건대 그 초입은 이미 통과한 듯싶었고 다음 코스를 뛰고 있는 것같이 보였다.

모모某某한 모임의 명단에서 이름이 탈락되는 일이 없을 것 같고, 저명한 인사의 부인들과는 원만한 교제가 진행 중일 것 같고, 재력財力의 척도가 되는 저택이나 거기 따른 비품도 일률적이요 획일적인 완성에 도달한 것 같고 따라서 치장도 보조를 맞추어야 할 터이니 머리는 S미장원에서, 의상은 M양장점에서, 외식은 B레스토랑에서 그것도 품위를 유지하기 위한 일률적이고 획일적인 최고의 수준일 것이며, 더러 색다른 보석이 입수되었다 하여 단골 보석상에서 전화 연락을 해주는 정도까지. 뭐 그래서 나쁘다는 것은 아니며 모두가 다 그렇다는 얘기도 아니다. 그러는 사람이 보통이며 옛날의 장자풍長者風을 닮아서 안 그러는 사람은 이 바쁜 기계문명의 세상에서는 성인군자라는 이야기다. 욕망이란 대체로 엄숙해지고 싶어도 엄숙해질 수 없는 그 허점 때문에 여간한 사려가 없이는 광대가 될 수밖에 없다는 이야기일 뿐이다.

윤주는 숨이 넘어갈 만큼 자랑을 늘어놓기 시작하였다.

대체로 아까 말한 바와 같이 그 과정을 따른 이야기의 내용이었다. 윤주는 오랫동안 은애를 만난 일이 없었으므로 자기에 대한 인식에서 은애는 백지白紙의 상태라 생각했음인지 그 백지상태에다 자기에 대한 인식을 새까맣게 색칠해놔야겠다고 단단히 결심이라도 한 듯 성급하게 서둘러대었다.

어제는 누구네 집에 초대를 받아 누구누구를 만났고, 그 누구누구는 다 알 만한 사람인데 윤주는 그 사람 혹은 그 사람의 남편 되는 양반의 직책, 혹은 명예직, 학위 같은 것을 잊지 않고 덧붙였다.

'이거 맥주만 가지고는 안 되겠는걸? 기름이 지글지글한 청요리라도 먹든지 해야지.'

은애는 마음속으로 중얼거렸다. 누구나 다 체험하는 일이지만 자기와 무관한 이야기를 들어준다는 것은 여간한 인내심이 있지 않으면 안 된다. 인내한다는 것은 체력도 소모되고 배도 고파지는 법이다. 그럼에도 불구하고 딱한 일은 내가 사는 맥주를 마시니 영광으로 알아라, 알아라! 하고 다그치는 기색마저 나타내는 것이니 은애로서는 이중의 고충이 아닐 수 없었다.

"모두 사는 꼴이라니, 구질구질하구, 궁기가 줄줄 흐르고 가엾다고 생각하다가도 짜증이 난단 말이야. 글쎄 사람이 바빠죽겠는데 만나자 어쩌자 하구 말이야. 어디 얘기가 통해야지. 또그럴 새도 없구 말이야."

아무리 그러한들 은애로서는 윤주가 사주는 맥주를 영광스럽게 감사스럽게 마실 수는 없었다. 또 아쉬운 일이 있어 그를 찾아가거나 만나자 해서 통하지도 않는 얘기를 할 염려는 우선 없을 것 같아 마음속으로 맥주 맛같이 쓰디쓴 미소를 지을 수밖에 없었다.

윤주의 화제는 다시 자기 일로 돌아갔다. 윤주는 약지에 낀 큼지막한 비취반지가 어떤 경로를 밟고 제 손으로 들어왔는가 그것을 설명하기 시작했다.

이때만은 비취반지를 바라보는 은애의 눈이 번쩍 빛이 났다.

은애는 별로 보석을 가지고 있지 않지만 보석에 관해서만은 관심이 많은 편이었다. 그는 어릴 적에 읽은 『소공녀小公女』의 세라같이 없어도 있는 셈 치고 보석에 관한 책을 즐겨 읽었으며 그것에 대해서는 상당한 지식을 갖고 있었다. 은애는 앞으로 자기가 쓸 수 있는 충분한 돈이 생길 경우 보석을 모아 보고 싶다는 생각을 한 일이 있었다.

윤주가 끼고 있는 비취의 선명한 빛깔은 그리 흔치 않은 것이라고 은애는 생각했다. 세팅도 세련되어 마음에 들었다. 그러나 짧은 다리와 마찬가지로 윤주의 뭉뚝하게 못생긴 손가락은 그 영롱하고 고귀해 보이는 비취반지를 낄 만한 자격이 있을까 하고 은애는 심술궂은 생각도 해보는 것이었다.

'아무리 돈으로 닦고 다듬어도 하느님이 주신 본시의 모양만은 어쩔 수 없지.'

그런 생각을 하니까 윤주의 수다스러운 이야기는 지루하지 않았다. 또 은애는 보석에 관한 이야기는 좋아했으니까.

윤주는 급강하하듯 화제를 별안간 돌렸다.

"은애야, 너 옛날의 그 애인 말이야."

지금까지 관심이 있든 없든 무덤덤하게 이야기를 들어주고 있던 은애의 얼굴이 딱딱하게 굳어졌다.

"한현설 씨 말이야. 그이 마누라가 내 친구인 걸 너 알지?"

알다 뿐이겠는가. 은애는 똑똑히 기억하고 있었다. 윤주가 한현설의 아내는 자기 친구이노라 하며 은애에게 충고하던 일을. 한현설의 아내를 위해서만 그랬던 것은 아니었다. 은애 편에 서서 타일러주던 윤주는 수다스럽기는 했지만 좋은 면도 있는 여자였다. 은애는 잠자코 윤주의 눈을 바라보았다.

"딸만 셋을 낳아 죽겠다고 하더니 글쎄 며칠 전에 생남했지 뭐니? 입이 함박만큼 벌어져서 그 좋아하는 꼴이라니, 한현설 씨가 말이야."

은애를 괴롭혀주려고 하는 말은 아닌 것 같았다. 그것은 다음 말로써 증명이 되었다.

"연애를 하며 죽네 사네 했지만 그거 다 헛거야. 은애 너도 지금은 멀쩡하게 살고 있고 한현설 씨만 해도 그렇지. 이제는 자기 가정밖에 없는 줄 알고 아주 열심이야. 하지만 어디 그 직장이 신통해? 옮겨보겠다고 나더러 힘 좀 써달라지만 어중간하단 말이야. 좀 일찍 서둘러야 했을 것을, 그 나이면 벌써 기반을 잡았을 시긴데 듣기에 그 회사도 영 불경긴가 봐. 워낙 내외가 단단해서 집도 장만하고 땅도 좀 사났다더라만."

"그만하면 됐지요, 뭐."

은애는 시선을 옮기며 중얼거렸다.

"글쎄…… 아무튼 그때 넌 생각 잘했어. 연애하고 결혼을 구별할 줄 알았으니 현명했단 말이야. 감정도 중요하지만 우린 결코 생활의 여건을 무시할 수 없거든. 넌 지금 그들보다 잘살지 않니."

한참을 더 지껄이다가 윤주는 자기 차로 은애를 집까지 데려다주었다. 헤어지면서 그는,

"좀 나와서 바람도 쐬어라. 살림만 하지 말구."

은애는 피식 웃으며 그가 떠나는 것을 기다리는데 윤주는 다시 얼굴을 내밀고,

"전화하구 우리 집에 놀러 와, 응?"

했다.

은애는 두 무릎을 모으고 앉아서 텔레비전을 쳐다보며 그때 일을 생각하고 있었다.

'입이 함박만큼 벌어져서 그 좋아하는 꼴이라니, 한현설 씨가 말이야.'

은애 귀에 그 말이 똑똑하게 울리고 있었다.

'연애를 하며 죽네 사네 했지만 그거 다 헛거야.'

그 말도 새삼스럽게 무슨 계시같이 되살아나 마음속에서 울리고 있었다.

'필경은 인간이 모두 생활을 위한 노예라는 거지.'

정양구도 은애와 마찬가지로 텔레비전을 보고 있었으나 그역시 자기 마음속의 비밀을 검토하고 분석해보고 있는 것 같았다.

"안 주무시겠어요?"

은애 편에서 먼저 내면의 소리와 작별하고 정양구에게 말을 걸었다.

"자야겠군."

정양구 역시 자기 내면과의 대화를 황급히 끊는 듯 말하고 텔레비전을 껐다.

은애는 남편의 잠옷을 챙겨 내어주었다. 자신도 잠옷으로 갈아입고 자리를 깔면서,

"여보……"

하고 불렀다. 정양구는 구부린 은애의 뒷모습을 내려다보았다.

"나 비취반지 하나 안 사주시겠어요?"

"뭐라고?"

의아해하며 반문하는 정양구보다 은애 쪽이 더욱 당황한다. 왜 그런 말을 입 밖에 내었는지 은애 자신도 도무지 자기 의도를 헤아릴 수 없었기 때문이다.

"별안간 무슨 소릴 하는 거요?"

"글쎄…… 갑자기 가져봤으면 싶어서요."

정양구는 깔아놓은 이부자리 옆에 앉은 은애의 뒷모습을 한참 바라보다가,

"얼마나 하는데?"

"얼마라 할 수 없어요. 질이나 크기에 따라 다르잖아요? 작은 거라도 질이 좋은 게 갖고 싶어요."

은애 입에서 그런 말을 처음 듣는 정양구는,

"값이 적당한 게 있으면…… 알아보지."

하고 은애의 부탁을 거부하지는 않는다.

이때 전화벨이 시끄럽게 울렸다.

팔을 뻗쳐 정양구가 수화기를 들었다. 그는 텔레비전을 보며 제 생각에 빠져 있는 동안 잊었던 전화 이야기를 생각해내었던지 이맛살을 찌푸렸다.

"네, 그렇소."

목소리가 거칠었다.

"실례지만 댁은 뉘시오?"

따지고 든다.

"뭐라구요? 못 바꿔줄 것도 없지만 잠깐 기다리시오."

하더니 정양구는 노기에 가득 찬 눈으로 은애를 노려보며,

"전화받아! 어느 놈팡이가 술집에서 당신을 불러달라는구먼."

했다. 은애는 어리둥절해하다가 거칠게 내미는 수화기를 받는다.

"여보세요, 전화 바꿨습니다."

여자들의 웃음소리, 음악이 먼저 들려왔다.

"아, 은애 씨군요."

은애는 장기수의 목소리라는 것을 단박 알아차렸다. 그러나 은애 씨군요, 하며 아주 자기 애인 부르듯 하는 말투가 비위에 거슬렸다.

"네, 그렇습니다. 뉘시지요?"

쌀쌀하게 되묻는다.

"저, 장기숩니다."

"네, 그러세요? 밤늦게 웬일이시지요?"

밤늦게 무슨 전화질이냐 하는 기분으로 쏘아붙였다.

"나 술 좀 마셨습니다. 여, 여기는 술집입니다. 바아지요. 전화를 몇 번이나 걸었지만 마침 부재중이시라."

"용건부터 말씀하시지요."

"용건? 아 네, 용건 말입니까. 그, 그렇지요. 용건 말이지요. 술 좀 마셨습니다. 소심한 놈이 술 안 마시고 전화할 수 있겠습니까? 아 그런데……."

"밤도 늦고 했으니 내일 다시 걸어주시는 게 좋겠습니다."

은애는 화가 나서 말했다. 장기수는 어지간히 취하여 혀 꼬부라진 소리로 이야기도 두서가 없었다.

"아 여보세요? 용건이야 있지요. 분명히 있습니다. 그거는 그렇고, 그래 은애 씨까지 날 괄시하깁니까?"

"무슨 말씀을 하세요?"

"희련이하고 헤어졌다고, 계집한테 소박맞은 놈이라고, 그래 사람이 인사를 해도 못 본 척 하깁니까?"

"네?"

"나는 은애 씨를 존경하기 때문에 인사를 오, 올렸던 것입니다. 낮에 다방에서 일부러 일어서서 인사를 했지요."

"그러셨어요? 그렇다면 사과하겠습니다. 정말 전 몰랐어요."

은애는 생각이 났다. 낮에 다방에서 누군가가 인사를 했던 것같이 느낀 일이. 그러나 그것을 트집 잡아 전화질을 하는 장기수라는 사나이도 어지간히 옹졸하다 생각했다.

"뭐 그렇게 사과 안 하셔도 좋습니다. 괄실 받을 만한 놈이니까 괄실 했겠지요. 아암 나도 그 점은 알고 있습니다."

"몹시 취하신 것 같아요. 다음에 사과드리기로 하고 이만 끊겠습니다."

은애는 전화를 끊으려 하는데,

"아니 자, 잠깐만, 술 취했다 해서 용건을 말 못 할 정도는 아니고…… 들으십니까?"

은애는 눈살을 찌푸린 채 자리에 누운 정양구를 바라본다. 그는 눈을 감고 있었다.

"다름이 아닙니다. 물론 초대장은 보내겠습니다만 나도 개인전을 열게 됐다 그 말입니다. 그, 그러니까 그때 은애 씨께서 수고스러우시겠지만 희련이하고 함께 나와주십사 하고, 아물론 초대장은 보냅니다. 보내구말구요."

"네, 알았습니다."

은애는 수화기를 놓았다. 정양구는 누구냐고 묻지 않았다.

"희련이 남편이군요."

"……."

"낮에 다방에서 인살 했나 본데 모르고 나왔더니 인살 받아주지 않았다고 주정을 하잖아요."

"애인도 아닌데 주정을 해?"

정양구는 불쾌하게 내뱉었으나 의심은 푼 모양이었다.

"희련이 땜에 그러는 거겠지요, 뭐. 술 안 마셨을 때는 퍽 사람이 진중해 보이더니, 횡설수설하구 여간 옹졸하지 않네요."

"열등감 땜에 그러겠지."

정양구는 벽 쪽을 보고 돌아누우며 중얼거렸다.

"하긴 오죽하면 내소박을 맞았을까."

정양구는 또 혼자 중얼거렸다. 이상한 일은 정양구의 어투에는 상대를 멸시하는 한편 자기 자신을 학대하는 것 같은 기색도 있었다.

은애는 불을 끄고 자리에 들었다.

뜰에 비친 달빛이 어두워진 방 안으로 스며들었다.

그들은 서로의 체온을 느끼면서 제각기의 생각 속을 헤매다 정양구가 먼저 잠이 들고 은애는 낮에 본 여자의 얼굴과 한현설의 얼굴을 번갈아 눈앞에 떠올리다 잠이 들었다.

정양구가 눈을 떴을 때 장지문은 환했다. 기억에 뚜렷이 남은 꿈을 꾼 것 같지도 않았는데 이상하다는 생각이 퍼뜩 떠올랐다. 옆자리를 보았을 때 자리는 비어 있었다. 은애는 방 안에도 없었다. 부엌에 나가 식모와 함께 조반 준비를 하고 있는 모양이다.

정양구는 팔을 뻗어 머리맡에 있는 담배를 끌어당겨 하나 뽑아 물고 불을 붙인다.

‘어제 은애는 H백화점에 갔었다고 했었지.’

몇 번, 담배를 성급하게 빨고 연기를 뿜어낸다.

‘밤에는 비취반지를 사달라 했고, 늦게 들어왔어. 누굴 만났다는 얘기도 없이. 아 참 영화관에 갔었다고 했던가?’

집 앞을 굴러 내려가는 차량 소리가 들려왔다. 아침을 맞이한 도시의 술렁거림이 방 안에까지 밀려드는 것이다.

정양구는 반쯤 탄 담배를 비벼 끄고 이불을 젖히며 일어나 앉는다.

‘혼자 영화관엔 왜 갔을까?’

그러나 그것은 이상할 게 없었다. 은애는 가끔 혼자서 영화관에 가는 버릇이 있었으니까. 특히 비가 내리는 날엔 고무신을 끌고 우산만 들고 가까운 영화관에 혼자 가기를 좋아했었다.

‘별안간 왜 비취반지를 사달라 했을까?’

확실히 그것은 좀 이상했다. 정양구는 무슨 생각을 했던지 벌떡 일어났다. 그는 살그머니 장문을 열고 영이의 옷을 샀다던, 그 꾸러미를 꺼내 들여다본다.

‘S백화점의 포장지다.’

은애는 분명히 H백화점에 갔었다고 했다. 그 거짓말에 대하여 정양구는 의문을 가질 필요가 없었다. 은애가 거짓말을 했다는 사실이 모든 것을 설명해준 것이다.

‘나하고 남미를 보았군.’

정양구의 입가에 미미한 웃음이 감돌았다. 낭패하여 짓는 웃음은 아니었다. 불안해하거나 어색해하는 웃음도 아니었다. 복잡하면서 굳이 그 웃음의 정체를 잡겠다면 냉담하다고나 할까.

정양구가 꾸러미를 장속에 집어넣고 장문을 닫으려 했을 때 마침 은애가 방문을 열고 들어섰다.

서로의 눈이 마주친다. 처음으로 정양구는 당황했으며 그 당황해하는 꼴을 본 은애 역시 당황한다.

정양구가 먼저 수습을 했다. 그는 장문을 닫고 태연한 자세로 은애 옆을 지나서 세수를 하러 나간다.

이번에는 우두커니 선 은애 입가에 미미한 웃음이 감돌았다. 그러나 정양구와 달리 피곤하고 허虛한 웃음인 것 같았다.

그들은 출근하기까지 아무 일도 없었던 것처럼 일상을 되풀이하였다.

회사에서 차가 오고, 은애는 현관에까지 남편을 따라 나갔는데, 허리를 구부리고 구두를 신는 정양구의 파아란 목덜미를 내려다보며 어제 백화점에서 본 뒷모습을 상기하는 대신,

'순 깍쟁이, 주는 것도 받는 것도 인색한 이 사람이 연애를 해?'

막연하게 뇌며 은애는 피식 웃었던 것이다. 그러면서 이상하게 몸이 앞으로 밀려 나가는 것을, 은애는 손을 들어 남편의 어깨 위를 털어주었다. 정양구는 눈을 치뜨며 아내를 보았다.

다음 순간 그는 구부린 허리를 펴고 현관의 넓이를 가늠하듯 살피더니,

　"나 어쩌면 오늘 밤 못 들어올 거요."

　정양구의 어투에는 자기에 대한 종전과는 다른 은애의 관심을 거부하는 기미가 있는 듯했고 어제 있었던 일에 대하여 뭔지 어거지를 쓰고 있는 것 같은 기색이 있는 듯도 했다.

　"못 들어오신다구요? 어딜 가세요?"

　덮쳐 씌우듯 물었다. 평범한 용모에 다만 남달리 아름다운 은애의 눈이 바람을 탄 물결같이 흔들렸다.

　"새삼스럽게 왜 묻는 거요?"

　고수머리가 쏟아진 정양구 이마빡의 정맥이 부풀었다. 그러나 은애의 눈은 흔들리고 있었지만 안으로는 조용하고 깊었다.

　"물어보면 안 되나요?"

　"언제 당신이 내 행방에 대하여 물어본 일이 있소?"

　"왜 화를 내실까? 무심히 물어본 건데⋯⋯."

　"무심히?"

　"⋯⋯."

　"무심히 물어보았다 하면 내가 곧이들을 것 같소?"

　"왜 못 곧이들으세요?"

　"그런 식으로 말하는 게 아마 당신의 교양일 거요. 하지만 이런 경우는 교양이 아니라 허식이란 말이야. 왜 좀 더 솔직하

게 말을 못 하느냐 말이오. 그런다고 해서 내 행동에 변경이 있으리라는 말은 아니야."

잔인하게 내리쏘았다. 그러나 정양구의 말은 모두 진심이라 할 수는 없었다.

그는 은애의 성품을 알고 있었으며 은애의 마음도 알고 있었다.

다만 은애의 눈이 깊고 조용한 데 대한 심술 같은 것과 한편 그의 신조인 생활의 합리를 향해 내디디는 보조가 다소 흩어진다는 느낌이 그를 다소 성급하게 했던 것 같다. 그 원인은 은애에게 있다기보다 나이 어린 애인 남미에게 있었지만. 문 밖에서 클랙슨이 울렸다.

"어서 가보기나 하세요."

정양구는 현관의 문을 쾅! 소리 나게 닫아붙이고 나갔다.

자동차가 떠난 뒤에도 은애는 오랫동안 우두커니 현관에 서 있었다.

모든 것이 정지 상태로 들어간 것 같았다. 복도 저편에서 목덜미를 틀어잡는 듯 냉혹한 바람이 불어오는 것 같았다. 그러한 느낌은 옛날 한현설하고 연애하던 시절, 시시로 엄습해오던 그것이었다. 견딜 수 없이 괴로웠던 무위의 상태에서 다시 번져가던 두려움의 암흑.

"아주머니."

식모가 불렀다. 은애는 돌아본다.

"왜 그래?"

이상하게 식모를 쳐다보는 은애 눈에는 애정 같기도 하고 연민 같기도 한 빛이 가득 차 있었다. 그 눈과 부딪친 식모는 어리둥절해한다.

"저, 어제 그 전화 말예요? 공연히 지가 말했나 봐요."

그는 전화 때문에 내외가 싸운 것이라 속단한 모양이었고 그것의 일부 책임이 저에게도 있었다고 느끼는 눈치였다. 그러나 그보다 궁금증이 앞섰겠지.

은애는 식모 말에 대꾸 없이,

"애들 세수시켰어?"

하고 물었다.

"예."

"그럼 빨리 치워놓고 영이 데리고 유치원에 가야지."

"지금 안방에서 새 옷 입어보느라고 야단이에요."

은애는 식모의 말을 뒤통수로 들으며 뜰로 나왔다.

마당으로 나온 은애는 비를 찾아 마당을 쓸기 시작했다.

몇 그루 있는 어린 나뭇잎들의 연한 연둣빛에 아침 햇살은 일렁이면서 번져 나고 있는 것 같았으며 분홍빛 블라우스의 소매를 걷은 은애의 뽀얀 팔의 살빛도 햇살에 일렁이면서 번져 나고 있는 것 같았다.

'지치지도 않고 계절은 꼬박꼬박 다녀가는구나.'

그늘을 드리운 나무 밑의 흙은 이슬에 젖어서 축축했다. 그 옆에 굴러 있는 자연석에 돋아난 이끼도 이슬을 머금고 보송하게 솟은 것같이 보였다.

'그때 옛날에 오빠하고 성묘 갔을 때 엄마 비석에 이끼가 끼어 있었지.'

은애는 그의 친정아버지와 계모, 동생들이 화락하게 살고 있는 D동의 친정집을 생각했다. 유감스러운 마음은 조금도 없었다. 동생들은 존경과 애정으로 대해주었으며 계모도 생모와 다름없이 잘 지내는 사이였으니까. 다만 일본으로 간 그의 오빠는 그러질 못했던 것 같았다.

은애는 D동 집에 가서 꽃모종을 얻어와야겠다 생각하며 그새 돋아나서 많이 자란 잡초를 뽑고 발로 밟아 땅을 다진다.

마음의 균형을 잃어갈 때 은애는 곧잘 일을 하곤 했다. 뜨개질을 한다든지 집 안의 대청소를 한다든지 혹은 뜰을 가꾼다든지 빨래를 한다든지 그렇게 하여 머릿속에서 쳐들고 일어나는 갖가지 의문疑問의 시기를 넘겨버리는 것이 거의 습관화되어 있었다.

그러고 보면 은애의 작업이란 생활을 향한 건설이라기보다 자기를 둘러싼 허무를 잡아먹기 위한 시간의 소비 이외에 아무것도 아닌, 즉 희열이나 희망이 있을 수 없는 무위의 짓이라할 수 있을 것 같기도 하다.

"아주머니."

은애의 생각 속으로 돌이 날아왔다.

고개를 들었을 때 어린것을 업은 식모는 영이의 손을 잡고 나와 서 있었다.

"갔다 오겠어요."

말하는 식모 옆에서,

"엄마!"

하고 영이가 불렀다.

영이는 어제 사다 놓은 옷을 입고 입을 헤벌리면서 몸을 빙그르르 돌려 보였다. 다가간 은애는,

"좋으냐?"

"음, 엄마는 영이가 예쁘지 않아?"

"예쁘구나. 그런데 영이는 얼마만큼이나 좋아?"

등에 업힌 어린것의 볼을 쓰다듬어주며 은애는 건성으로 물었다.

"이만큼, 이마안큼."

영이는 팔을 펴 보였다. 등의 어린것도 벙글벙글 웃었다. 은애는 자기 자신 속의 모성이 아이들에게 기쁨을 주었던 것 같지 않았다. 그는 화창한 날씨 탓이며 나뭇잎에 비친 저 풍요한 태양 빛 탓이라 생각되었다.

"엄마, 갔다 올게."

"너무 까불지 마라."

아이들은 집을 나갔다.

'저것들은 무엇일까? 내게 저 어린것들은 무엇일까? 내 피

랑 살을 받아서 내 속에서 자랐는데 분명히 내 일부분일 텐데 저 애들은 지금 내가 서 있는 이곳에서 점점 멀리 가고 있다. 이곳하고 그 애들이 가고 있는 공간의 거리는 길어져 가는데 그 거리는 무엇을 의미하는 걸까? 거리, 타인? 필경엔 나누어진 타인이라는 것일 게다. 타인…….'

은애는 맥락도 없이 파상적으로 밀려오는 생각에 쫓기듯 텅 비어버린, 아무도 없이 혼자 남은 뜰을 왔다 갔다 하는 것이었다.

'젊은 여자하고 연애를 하는 그이, 생남을 했다고 기뻐했다는 한현설 씨, 생남, 애인, 자식, 남편? 생남, 애인, 자식, 남편?'

마치 무슨 암호라도 풀어보려는 것처럼 은애는 생남, 애인, 자식, 남편, 그 네 개의 단어를 중얼거려보곤 고개를 갸웃거린다. 그러다가 그는 집 안으로 들어간다.

부엌은 엉망이었다.

엉망일 수밖에 없었다. 영이 치장을 차려주고 시간 안에 나가려면 식모는 부엌의 뒷설거지를 할 틈이 없다. 영이가 유치원에 나가면서부터 부엌의 뒷설거지는 은애 차례가 되어 있었다. 그 대신 식모는 어린것을 업고 나갔다.

은애는 수돗물을 받아 뒷설거지를 시작했다.

수저와 그릇이 부딪쳐 소리가 난다. 휑하니 비어버린 집 안은 넓고 천장도 높은 것만 같다. 그 공간은 끝없이 확대된 공허, 음향은 음향을 낳고 퍼져나가는 것이다. 신경의 올올을 낱낱이 끊어버리는 것만 같다.

은애는 잠갔던 수도꼭지를 틀어놓고 물 쏟아지는 소리로 공허한 울림을 지우려 한다. 그러나 무한정 그럴 수는 없다. 물이 넘치면 잠가야 한다. 아무리 조심하여도 그릇이나 솥이나 수저나 냄비는 마치 그 자체에서 음향을 내뿜는 듯 울리게 마련이다.

금속의 울림은 신경만 끊으려 들지 않았다. 어떤 것하고도 유대를 갖지 못하는 은애 자신에 대한 자각을 강요하는 것이다. 그것은 흡사 안 먹겠다고 고개를 젓는 입술에다 바싹 들이대는 사약과 같이 고통스러운 것이었다.

'너는 혼자다!'

'알고 있어.'

'고독하다든지 외롭다든지 그런 인간적인 것하곤 달라!'

'천만에!'

'내동댕이쳐진 한 조각의 알루미늄 같은 존재야!'

'어째서 내게 괴로움이 없단 말이냐? 난 빡빡한 이 시간을 견디고 있을 뿐인데.'

'너는 혼자다! 너는 물체다! 너는 혼자다! 너는 물체다!'

금속의 음향은 왕왕! 소리를 지르고 있었다. 은애는 소리를 내어 중얼거리기로 했다.

"윤주 언닌 정열가야. 그는 그들 재산의 용도에 대해서 끊임없이 구상하고 있거든. 그는 재산의 가치를 알고 있으며 그 용도를 찾는 데 희열을 느끼고 있단 말이야. 그건 확실히 자기주장의 시녀가 되어주니까. 윤주 언닐 비웃은 난 뭐야? 희련이만 해도 그렇다. 그는 편협하고 옹졸하지만 결코 자기 자신을 버리지 않으려는 투쟁을 하고 있어. 그는 자신에 대해서 회의하는 것 같지만 한 번도 자신의 방향을 변경해보려 하진 않았어. 희련이는 적응 못하는 자신을 위해 자신을 보호하는 방법을 찾고 있단 말이야. 필사적이지. 적응하지 않으면 안 될 경우 그는 죽음의 낭떠러지를 택할 테니까. 연한 것 같으면서도 질긴 편은 희련이야. 약한 것 같으면서도 강한 게 희련이야. 그는 언제나 배수의 진을 치는 여자야. 윤주 언니하고 희련이, 아무튼 그들은 살고 있어. 열심히 살고 있단 말이야. 내가 내 주제에 정열의 가치를 비판할 수 있어? 악의 정열, 패륜의 정열, 타락의 정열? 그 어느 것이든 강렬한 소망이며 또 정열이라면 이 나, 나 자신의 무위보다는 생명이 있는 것 아니겠어? 영이 아빠에겐 출세하고 돈 버는 정열이 있어. 참말 그이에겐 그 자신의 노력으로 편리하고 풍족한 생활, 적당히 향락하는 기회, 그런 대가를 얻는 기쁨을 느끼고 있거든. 한현설 씨에게는 가족을 부양하고 가족을 보호하는 의무의 정열이 있고 기쁨이 있다. 우리 오빠는 비극의 주인공으로서의 정열이, 우리 아버지는 화락한 가정에 대한 애착, 희련의 언닌? 희련을 괴롭히며 밤마다 돈을 세어보는 보람이, 모두가 다 자기주장을 위한, 또 자기가 거느린 집단의 주장을 위한 행동을 취하고 있

어. 난 뭐야? 도대체 난 뭐란 말이야. 희련이 말했었지. 난 거
짓에 대해선 관대하다고. 바로 그거야, 그거. 그 말 이상으로
내가 무위한 존재라는 표현이 달리 있을까? 원만하다는 것은
세상을 수월하게 살아간다는 얘기도 되고 인생을 깊이 느낌으
로써 형성된 인격이라고도 할 수 있겠는데 난 그 어느 것에도
속해 있지 않아. 또 난 뭐라 했었지? 밥 한 끼를 위해 수모를
당하는 사람이 얼마든지 있다고 했었다. 그러니까 이 바람 없
는 지대에서 냉장고와 함께 앉아 있고 피아노와 함께 앉아 있
는 나는 냉장고하고 다른 것이란 말이야? 피아노하고 다른 것
이란 말이야? 가소롭다! 밥 한 끼를 위해 수모를 당하는 사람
보다 낫다는 우월감이 말이다! 그네들에겐 슬픔이 있고 노여
움이 있을 텐데, 난 냉장고같이, 피아노같이, 뚜껑도 열어본
일이 없는 피아노같이, 난 물체야! 물체거든."

은애는 혼자 소리를 내어 웃는다.

빈 공간에 웃음소리는 금속의 울림과도 같이 울림을 낳고
또 울림을 낳아 은애를 끝없는 심연으로 끌고 내려가는 것이
었다.

부엌 뒷설거지를 그만두고 은애는 방으로 쫓아 들어왔다.

쭈그리고 앉은 그는,

'누군가를 미워해야겠다! 누군가를 사랑해야겠다! 나쁜 짓
이라도 해야겠다. 욕망을 가져야지. 옛날같이 뼈가 으스러질
만큼 고통을 받아야지. 그렇지 못하다면 난 이 집에서 피아노

가 될 수밖에 없다. 냉장고가 될 수밖에 없어! 나는 어머니가 될 수도 아내가 될 수도 없어! 이런 상태로는. 난 누군가의 노예가 되어야 한다. 아니면 내 자신의 욕망을 위한 노예라도 되어야 한다.'

은애는 오랫동안 방 한가운데 쭈그리고 앉아 있었다.

그의 표정은 시시각각으로 변화해갔다. 항상 담담한 표정으로, 잔잔한 눈길로 평형을 잃지 않던 은애의 얼굴은 실로 형용키 어려운 수십 가지의 표정이 명멸하면서 경련을 일으키고 있는 것 같았다.

동쪽 창을 비치었던 햇빛은 남쪽 창으로 서서히 이동하고 있다. 거리에서는 아이들의 외침이 들려왔다. 집 안만은 무덤 같은 침묵에 싸여 있었다.

무슨 생각을 했는지 은애는 방 안을 두리번거렸다. 그러더니 그는 응접실로 쫓아간다. 책상 구석에서 전화번호부를 찾아낸 그는 그것을 들고 안방으로 돌아왔다.

"미워해야지. 내 마음속에는 미움이 있었어. 다만 그동안 잠자코 있었을 뿐이야."

방바닥에 전화번호부를 놓고 엎드려서 은애는 책갈피를 넘겨 한韓씨 성이 내리 계속되는 페이지를 찾았다.

"아니야, 전화는 없을 거야. 그보다 집에다 전화를 걸어 어쩌자는 거지? 이런 시간에 한 선생이 집에 있을 리도 없는데……."

은애는 손가락으로 더듬어 내려가다가 멈추고 가만히 몸을 가누었다.

마음속에는 분명히 한현설에 대한 미움이 있었다. 다만 미움을 마음속에서 묻어두었을 뿐이라는 말은 틀리지가 않았다.

한현설에게는 용기가 없었다. 가정을 파괴할 용기가 없었고 은애를 희생시킬 용기도 없었다. 한현설은 가정의 질서를 원했으며 은애의 그늘진 생활을 원치 않았다. 물론 그 자신 그러기 위해서 얼마만큼이나 고통을 치러야 했는지 그것을 은애는 알고 있었다. 또 한현설의 결정은 용기 없는 결과였다 할지라도 용기 이상의 의지가 필요했던 것도 은애는 알고 있었다.

그러나 지난날의 그의 결정은 피상적인 방법이 아니었던가. 은애는 지금 자기가 놓인 자리를 돌아보며 생각하는 것이었다. 외적 조건에서 가늠한다면 누구나 은애는 평범하기는 하지만 그만하면 낙찰이 잘 되었다고 생각할 것이며 은애 자신도 거의 그렇게—노력하여—생각해왔었다. 어항 속의 붕어가 온종일, 한정된 용기 속에서 병들어 죽을 경우 말고는 아무런 위험 없이 숨을 쉬고 있는 것처럼 한현설도 어쩌면 은애의 형편을 소문으로 듣고, 의지로써 이겨낸 자신의 처사에 위안을 받고 있을는지도 모른다.

"은애…… 잘 살어……."

그들이 마지막 작별한 곳은 밤이 깊은 버스정류장이었다. 남쪽과 북쪽으로 갈라져서 분초分秒의 진행에 따라 거리가 멀어지고 다른 세계에 묻혀버리는 이별이란 원래 그런 것이었는지도 모른다. 버스가 미끄러졌을 때, 은애가 창밖으로 목을 비틀었을 때 한현설은 길을 횡단하여 남쪽으로 가는 버스정류장을 향해 가고 있었다. 밤바람에 코트 자락이 너풀거리는 것을 볼 수 있었다.

"무정한 사람, 내 결혼을 축복해주다니!"

은애는 양 무릎을 돌덩이같이 웅크렸다. 물론 한현설의 결단은 현명했다.

그러나 그 결단이 서로의 애정을 알기 이전의 것이었더라면 더욱 현명했을 것이다. 사랑한다는 것은 의지 밖의 일이며 용기가 필요한 일이다. 전반에서는 용기가 앞섰고 후반에서는 의지가 앞섰다면 그것은 인간 초월도 아니요 인간적인 것도 못 된다. 은애가 미움을 마음속에서 묻어왔었다는 것이 바로 그 점이었다. 그 당시의 한현설의 애정을 저울질한다는 것은 은애 마음속에 있는 우상의 파괴이며 물체가 물체 아닌 순간을 단절하게 하는 것이기도 했다.

은애의 신경이 극도로 병적인 음향 속에 싸이는 것도 한현설과의 애정이 꿈이 아니며 현실로서의 거죽을 벗겨버리려 하는 데서 일어난 현상인지도 모른다.

은애는 전화번호부를 다시 넘겨 옛날 그 자신이 잠시 머물렀던 직장, 한현설이 지금까지 남아서 일하고 있는 직장의 번호를 확인한다.

그는 다이얼을 돌렸다. 분초의 진행에 따라 거리의 압축을 느끼는 은애의 손끝이 파들파들 떨고 있었다.

　신호가 가고, 누군가가 수화기를 들었다. 사무실의 잡음이
울려왔다.

　"한현설 씨 좀 바꿔주세요."

　은애는 상대방의 목소리를 듣기도 전에 대뜸 말했다.

　"네?"

하다가,

　"한 부장 말입니까?"

　되물었다.

　"네."

　"잠깐만 기다리세요."

　은애는 마음속으로 하나, 둘, 셋 하며 숫자를 센다는 것이
어느새 하나 둘, 하나 둘 하고만 있었다.

　"전화 바꿨습니다."

　굵은, 귀에 익어 눈 감고도 목소리만으로 찾아낼 수 있다고
생각한 옛날의 목소리가 나직이 울려왔다.

　은애는 마른침을 삼키며 수화기를 꼭 눌러 잡는다.

　"한현설입니다."

　다시 울려왔다.

　"절 아시겠습니까?"

　전화가 끊어진 것처럼, 비어버린 무대처럼 조용했다.

　"누구신지……."

한참 만에 한현설이 물었다.

"저 강은애예요."

"아⋯⋯."

하다가 한현설은,

"오래간만입니다. 웬일입니까?"

정중했다.

'오래간만이군. 웬일이야?'

은애는 한현설의 말을 속으로 고쳐본다. 눈물방울이 후둑후둑 떨어진다.

"축하드리려구요."

"축하⋯⋯."

"생남하셨다는 소식 들었어요."

"⋯⋯."

"윤주 언니한테서."

"그럼 나는 결례한 셈이군요. 은애 씨가 선밴데 말입니다."

고지식한 한현설은 가볍게 웃을 만큼 여유는 없는 것 같았다.

"감사합니다."

은애 역시 덮어놓고 지껄였다.

"감사는 내가 먼저 올려야지요⋯⋯."

하다가 한현설은 겨우 여유를 얻었던지,

"발등 치기라는 말이 있지요? 은애 씨한테서 두 번이나 연달아 당하는군요.”

“베푸는 자에게 복이 있다고 하니까 복을 받아보려구요.”
하다가 은애 역시 수습하며,

“앞으로 전화 걸면 안 되나요?”

“상관없겠지요.”

“욕은 하면 안 되나요?”

“……”

“선생님 같은 이기주의자 첨 봤어요. 비겁해요!”

은애는 수화기를 내동댕이친다. 그의 얼굴은 입술까지 하얗
게 돼 있었다.

은애는 이불을 내려 머리 위까지 뒤집어쓰고, 그리고 잠이
들어버렸다.

그는 식모가 돌아온 것도 몰랐다—식모는 밖에서 여는 열쇠
를 가지고 다녔으므로—영이가 돌아온 것도 몰랐다.

저녁때, 못 들어온다던 정양구는 여느 때보다 이르게 귀가
했다.

“여보, 여보!”

그 소리에 잠이 깬 은애는 저승에라도 가 있었던 것처럼 온
종일 꿈도 없는 잠 속에 빠졌던 것을 깨달았다.

“어디 아프오?”

정양구는 해쓱해진 은애를 내려다보며 물었다.

“당신 못 오신다더니 오셨어요?”

묻는 것도 아닌 듯 중얼거렸다.

"계획이 바뀌었어. 몸이 불편하면 누워 있으라구."

하고 정양구는 영이를 찾으며 밖으로 나갔다.

3. 눈

옛날 희련의 양친이 살았을 적에―이 집은 희련이 외할아
버지의 소유였으므로 상속자는 그의 외딸인 향이 여사였고 따
라서 지금은 희련의 소유인 것이다―응접실로 쓰던 곳이 지
금은 고객들을 위한 담소실이요, 또한 희련의 재단실이기도
했다. 별 장식이 없는 여덟 평 넓이의 방은 차분한 분위기였으
며 벽면에는 육 호 남짓한 비슷한 크기의 양화 두 폭이 걸려
있었는데 그것은 희련의 부친의 그림이었다. 창가 여백餘白의
작은 벽면에는 농가풍의 산장, 그것은 어느 외국 잡지에서 오
려내어 액자에 넣은 듯한 천연색 사진이 걸려 있었다. 장식이
라고는 다만 그것뿐이었다.

시트와 백이 회백색 체크인 소파에 두 다리를 꼬고 앉아서
얼굴 손질을 하고 있던 여자가,

"언니."

하고 불렀다.

"응?"

희련은 재단대 앞에 서서 가위를 들고 펴놓은 하늘색 피케를 내려다보며 궁리하는 자세를 그대로 지닌 채 대답했다.

"내일이 내 생일인데 안 오시겠수?"

"글쎄……."

어정쩡하게 말했다.

여자는 대체로 귀엽게 생긴 편이었다. 그린 빛깔의 실크 새틴으로 헐렁하게 만든 원피스가 썩 잘 어울리는 몸매는 가느스름하면서도 육감적이었으며 갸름한 손은 얼굴에 비해 귀족적인 느낌을 준다. 송인숙, 희련의 두 해 후배니까 스물여덟쯤 됐을 게고 그러니까 노처녀기老處女期에 접어든 셈이다.

인숙은 마스카라를 묻힌 브러시로 열심히 속눈썹을 걷어 올리느라고 다음 할 말을 잠시 동안 보류한 모양인데 속눈썹의 손질을 끝낸 그는 다시 한번 브러시에 침을 묻혀 눈썹을 고르고 난 뒤 너저분하게 꺼내놓은 무릎 위의 화장품을 거둬 핸드백 속에다 넣는다.

"언니."

"응?"

희련은 여전히 아까 그 자세대로 서서 건성으로 대답했다.

"오실래요, 안 오실래요."

"글쎄……."

"글쎄, 글쎄만 되풀이 말고 오세요. 일 많이 밀렸어요?"

"그렇진 않지만."

"그럼 오세요."

"많이 차리니?"

"언니 그 조막만 한 양도 못 차게 해놓고 초대할까 봐서요?"

"일이 좀 밀리긴 밀렸어."

마음이 내키지 않는 모양이었다.

"언니두, 젊은 여자가 뭘 그래요? 일 다 해놓고 죽으려면 죽을 날이 없답니다."

인숙은 집요하게 늘어졌다. 권하는 품이 다소 이상하기는 하다.

"벌어다 주는 돈이나 쓰고 실컷 즐기면서 살 사람이 뭐예요? 뼛골 빠지게 일해서, 그래 언니 그 돈 어디다 쓸래요?"

희련은 못 들은 체 있다가 한참 후,

"그 말 나보고 하는 거니?"

"여기 언니 말구 누구 있수?"

"네가 있잖아."

희련은 비로소 얼굴을 들고 인숙을 바라보며 싱긋이 웃었다. 그리고 손에 든 가위를 놓고 재단대 옆에 있는 의자에 주질러앉는다. 인숙은 멋쩍어하듯 새삼스럽게 방 안을 한 바퀴 휘 돌아보고 나서,

"언니도 남의 말 다 믿으세요?"

"남의 말을 믿긴, 사실이 그런걸. 너 돈 버는 재미 땜에 시집도 못 가고 있지 않니."

노골적은 아니었으나 젊은 여자가 너무 돈만 아는 것도 그리 좋은 것은 못 된다는 비판이 있었다.

"공연한 소리예요. 용돈이나 뜯어 쓰는 걸 가지고, 왜 사람들은 그리 후라이*가 심한지 모르겠어. 남이 좀 어떻다 하면 웬 배들은 그리 아파하는지."

희련은 인숙의 강한 어세에 눌리어 잠자코 있었다.

"하긴 난 다른 사람들하곤 사고방식이 달라요. 여자의 능력한계 운운하는 따분한 족속들하곤 다르단 말예요. 여자로서 인생에 적극적일 수 없다는 근거가 어디 있죠?"

인숙은 공연히 흥분하기 시작했다.

"목적을 위해 최선을 다한다는 것은 살고 있다는 증거이며 전투란 말예요. 전투에는 오로지 승리만이 의미가 있는 것 아니겠어요? 그런데 그게 어째서 나쁘다는 거죠?"

"누가 나쁘다 했니?"

"아아니 언니가 나쁘다 한대서가 아니라 대체로 그러는 족속들 사고방식에 대한 나대로의 항의란 말이에요. 남이 내 인생 대신으로 살아주지 않을 건데 왜 그리 말들이 많으냐는 거지요. 이따위 후진국에선 숨통이 막혀 못 살아. 난 생각해요, 남자만이 여자를 지배하는 시대는 지나갔다고요. 여자도 남자를 지배할 수 있다, 이건 아주 리얼한 얘기예요. 지금까지 남자는 뭘루 여자를 지배해왔다고 생각하세요? 두뇌? 아니에요. 그건 경제력이에요. 로맨틱한 여자들은 사랑 때문에 남자에게 순종하는 거구, 사랑 때문에 남자는 여잘 지배한다는 그럴싸한 오해를 하고 있지만요, 그게 다 거짓이란 말예요. 여자도 경제력만 잡으면 남자를 지배할 수 있다, 이건 현실이며 진리예요. 왜 이 현실을 여자들은 수긍하려 안 하지요?"

인숙은 아주 능변이 되어, 자신의 능변에 쾌감을 느끼면서, 희련이 자기 주장을 경청하고 있다고 믿으며 마른 입술을, 혀를 내두르며 축인다.

희련은 어리벙벙한 표정으로 인숙을 바라보고 앉아 있었다.

"잔느 모로가 이런 말을 했대요. 현대의 여성은 이미 남성에게 선택되는 게 아니구 여성이 남성을 선택해야 한다고 말이에요."

인숙은 그러고도 한참 동안 열띤 능변을 토하더니,

"건데 아직 멀었수?"

하고 물었다.

어리벙벙해 있던 희련이 옆방을 향해,

"아직 멀었니?"

"다 돼가요."

앳된 목소리가 들려왔다. 인숙은 시계를 들여다보다가,

"언니."

인숙은 금세 흥분을 정리해버리고 지극히 사무적인 어투로
불렀다.

"오시겠어요, 안 오시겠어요?"

"뭘?"

"언니두, 내일 말예요."

"여태까진 생일 초대가 없었는데 이번엔 왜 그러지?"

"그럴 만한 이유가 있어서요."

"이유라니, 약혼 피로연이라도 겸하는 거니?"

"아아니요."

"그럼?"

"궁금증은 가질수록 좋은 거예요."

인숙은 의미 있는 눈웃음을 쳤다.

이때 노크도 없이 희정이 들어왔다. 커피 두 잔을 올려놓은
차판을 한 손으로 받쳐 들고 들어온 모습은 을씨년스러웠다.

"어이구 언니, 날 주려고 커피 끓여 오시는 거예요?"

인숙은 호들갑스럽게 기쁜 체했다.

"그래 너 주려고 맛나게 끓여 왔다. 이건 특제야. 네 입은 항
상 쉴 새가 없으니까 갈증이 나겠다 싶어서 말이야."

희정은 웃으며 말했다. 웃음은 얼굴의 상처에다 쭈글쭈글한
주름이 잡히게 했으나 끔찍스러울 지경으로 보기 흉한 꼴은 아
니었다. 아마도 그는 기분이 썩 좋은 모양이었다.

합이 맞는다는 말이 있다. 희정과 인숙은 왠지 모르나 아주

사이가 좋은 것 같았다. 물론 인숙도 희련에게 옷을 부탁하는 고객이지만 그보다 그들 사이에는 여러 가지 물품의 거래로 인한 접촉이 더 많은 편이었다. 인숙이 들고 오는 양복지는 희련이 사용하나 지불 관계는 희정의 소관이며 한편 그들 사이에는 금전 거래도 있는 것 같았다. 희련은 그 기미를 어렴풋이 느끼고 있었다. 인숙이나 희정이나 다 마찬가지로 이해관계를 떠나서 좋게 지낼 까닭이 없는 것이다.

"이러니까 내가 언닐 좋아할밖에."

인숙은 커피 잔을 건배라도 하는 것처럼 쳐들어 보았다. 한바탕 연설조로 열을 올렸으니까 목이 마르기도 했을 것이다.

"인숙아."

불러놓고 희정은 희련을 힐끔 쳐다보았다.

"네, 언니."

"접때 네가 가지고 온 깔까리* 말이다."

사람 좋은 체 노닥거리던 인숙의 표정이 싹 달라졌다. 주판을 들고 손님을 바라보는 바로 그 상인의 눈초리가 되어 희정을 빤히 쳐다보았다.

"그래서요."

다음 말을 재촉하듯 턱을 쳐들었다. 인숙이 못지않게 이해관계에는 경위를 따지고 분명하게 해두려는 희정이,

"그거 축이 많이 났더구먼."

"그럴 리가 있나요?"

"한 치 두 치 같으면야 나도 말 안 하겠다만 두 마나 모자라 지 않니?"

"그럴 리가 없어요."

"언제 내가 허튼 말 하든?"

"그야…… 하지만 거래는 끝난 건데 안 그래요?"

희정은 인숙에 대해서는 참을성이 있었다.

"속아도 알고 속아야잖아? 거기 가서 한번 물어보렴. 혹시 착오라도 있었는지."

"글쎄요…… 물어보기야 하겠지만서도 나 역시 그냥 가져왔고 여태 그런 일이 없었거든요."

"하여간 물어봐야지."

"언니가 잘못하셨어요. 내 앞에서 재보시는 건데 말예요. 그랬다면 억울하더라도 내가 손해 볼 수밖에 없겠지만."

그러니까 결국 희정이 쪽에서 손해 볼 수밖에 없다는 이야기다. 그렇기도 하겠다. 장사에서 일단 사 온 물건, 구멍 뚫렸다고 다시 가져간들 바꿔주는 세상은 아니니까. 희정이도 굳이 배상하라는 것은 아니며 알고나 있으라는 뜻에서 한 말인 듯싶지만 인숙에게는 영 휘는 것같이 보였다.

두 여자가 얘기하는 동안 희련은 묵묵히 커피만 마시고 있었다. 그는 그들과는 아무 관계도 없는 생각을 하고 있는 것 같았다.

일방에서 다림질을 끝내고 내온 옷을 받아 든 인숙은,

"언니, 내일 오세요. 꼭요."

무슨 일이 있기는 있는 모양이었다. 다짐을 두고 나갔다.

희련은 들으려 하지 않았으나 현관 쪽에서 인숙과 희정이 소곤거리는 목소리가 몹시 귀에 거슬렸다. 이야기의 내용은 알 수 없었다.

"그럼 언니 또 봅시다!"

명랑하게 소리 지르며 인숙은 대문 쪽으로 걸어나가는 기색이다. 한참 후 희정이 문을 열고 얼굴만 디밀었다.

"왜 그리 씨쁘둥해* 있니? 무슨 일이 있었니?"

희련의 눈치를 살피면서 희정이 물었다.

"아뇨."

희련의 대답은 지극히 냉담했다.

"인숙이 뭐라든?"

되잡아 묻는 희정의 표정은 다소 불안해하는 것같이 보였다.

"인숙이 나보구 뭐라겠어요?"

희정의 눈을 쏘아본다.

"그, 글쎄 그거야 그렇지만서두……."

이상하게 희정은 풀이 죽고 반대로 희련의 분위기는 험악했다. 그럴 만한 이유가 있는 것 같다.

"나, 저, 잠시 나갔다 오마."

희정은 당황해하며 문을 닫았다.

'또 무슨 사고가 났구먼.'

희련은 가위를 들고 일을 시작했다.

'정말 어디든 달아났음 좋겠어. 정말 사람을 보면 멀미가 나는 것 같다.'

매일 사람을, 그도 별의별 성질의 여자들을 상대하는 직업에서 온 염증이기도 했으나 방금 당황해하며 나간 희정이나 장기수를 두고 생각해보아도 희련은 인간에 대한 혐오, 불신을 떨쳐버릴 수가 없었다.

희정은 저녁때가 지났지만 돌아오지 않았다. 일방의 아이들이 돌아가고 집 안이 고요해지고 불빛이 휑뎅그렁하게 빈 공간을 채우는 시간이 되어도 희정은 돌아오지 않았다.

희련은 식모가 끓여다 주는 커피를 마시고 있었다.

쓸쓸한 희련의 모습은 적막한 밤을 마시고 있는 것같이 보였다.

'또 작년과 같은 일이 되풀이되겠구먼. 도대체 언닌 고독하다는 것을 느낀 일이 있을까? 언젠가는 죽어야 한다는 것을 생각해본 일이 있을까?'

버저가 울렸다. 희련은 희정이 돌아오나 보다 하고 생각했다. 그러나 발소리에 이어 문을 열고 들어선 사람은 은애였다.

"별일 없었니?"

은애는 웃으며 물었다.

"응."

"우울한 모양이구나."

"그저 그래."

"바빠?"

"그저 그래."

"맥 빠지는구나. 무슨 대답이 그 모양이냐?"

"섰지 말고 앉기나 해."

은애는 소파에 가서 앉았다. 희련은 무심히 그를 바라보다가,

"밤에 웬일이니?"

"아직 아홉 시 안 됐어?"

"정 선생 들어오심 어쩌려구."

"……."

"너 몹시 여위었구나."

"너도 내 걱정 해줄 때가 다 있니?"

덩치가 컸던 만큼 여윈 것이 눈에 띄었고 커다란 눈은 더욱더 커져서 어두운 빛을 간직하고 있었다.

"근데 뭐 하러 왔니?"

희련의 표정이나 말투는 여간 무뚝뚝하지가 않았다. 그러나 이럴 때일수록 희련은 마음속으로 자기를 걱정해주고 있다는 것을 은애는 알고 있었다. 애정을 받는 데서는 어리광스럽고 천진한 희련이지만 제가 남에게 그것을 표시할 적에는 아무래도 어색하고 수줍어지는지, 그런 식으로 무뚝뚝할 뿐만 아니

라 어떤 때는 화가 난 체하기도 했다.

　오래 사귀어오는 동안 희련의 성격을 은애는 이해하게 되었으며 그 자신의 성미 역시 덤덤한 편이었으므로 야단스럽게 어쩌고저쩌고하는 것보다 희련의 그런 태도가 더 마음에 들었고 위안을 받을 수도 있었던 것이다.

　"오구 싶어서 왔다! 왜?"

　"무슨 일이 있지?"

　"있긴 있어."

　"쌈했구나."

　"아냐."

　"그럼?"

　"너보구 얘기하려니까 어째 내가 유치해질 것 같구나. 철딱서니 없는 널 붙잡고 뭐라겠어."

　"내 알아맞힐까?"

　"……."

　"한 선생 소식 들었지?"

　은애는 웃고 있었다.

　희련은 일어서서 천을 진열해둔 유리장 문을 열고 무엇인지 한참을 뒤적이고 있더니 오렌지 세 알을 들고 와서 소파의, 은애 옆으로 바싹 다가앉으며 아무 말 없이 오렌지 껍질을 벗긴다.

　"먹어."

깐 오렌지를 제 스커트 위에 놓고 희련은 은애에게 권했다. 은애는 집어서 보늬를 벗겨 먹기 시작했다. 그들은 마치 옛날 고등학교 시절, 교문 밖에 나와서 군것질을 하던 때 모양으로 앉아 먹어대는 것이었다.

"넌 도무지 애매모호해."

희련이 중얼거렸다.

"넌 도무지 선택이 없는 생활을 하고 있어. 이거냐 저거냐 어느 것이든 선택을 않고 있단 말이야."

희련의 투는 짜증을 부리는 것같이 들렸다.

"이것도 저것도 선택을 않는 것도, 말하자면 그것도 일종의 나로서는 선택이지."

은애가 대꾸했다. 그 자신 확신한 말인지 의심은 하면서,

"애정하고 생활은 별개야."

"그런 이상론적인 얘긴 말아."

"어째서 이상론적이란 말이야?"

"그렇지 않고?"

"거짓말 안 하면 못 산단 말이냐?"

"……."

"적어도 이런 얘기 할 수 있는 처지라면 타협하지 않고서라도 굶어 죽진 않아."

"그럼 넌 내가 한현설 씨하고 용감무쌍하게 결합됐어야 했다는 얘기니?"

희련은 그 말 대답은 하지 못했다. 한참 후 그는,

"난 그런 뜻으로 말했던 게 아니야. 애정 없는 꼭두각시 생활은 안 해도 되지 않았는가, 그 얘기지, 뭐. 왜 혼자 못 살아? 생활 땜에? 그렇게 자존심 없는 너도 아닐 게고. 결국 도피하는 방법이었겠지. 따지고 보면 그것도 비겁한 거야."

희련의 말은 잔인했다. 희정이 남자 없이 못 사느냐고 했던 것처럼, 다만 희정은 무의식적이었고, 희련은 의식적이었다는 점이 다르다. 은애의 얼굴빛은 다소 파리해졌다.

"너는 그런 말 할 자격이 있다."

은애는 희련을 쏘아보면서 다시,

"넌 경험자구 또 실천을 했으니까 말이야."

희련은 뉘우치는 것 같았다.

"화났구나."

"아냐. 넌 정직하게 말했어."

"표현이 잘못됐나 봐. 뭐 널 여승같이 혼자 살아라 한 건 아니야."

"……."

"다만 한 선생을 잊을 수 있는 그런 경우, 그러니까 사랑할 수 있는 사람 만날 때까지…… 내게도 자격이 뭐 있니? 실패한 건데……."

희련은 우물쭈물하며 얼굴을 붉힌다.

"이러니까 널 보구 얘기하면 내가 유치해질 거라 했지."

은애는 웃었다. 웃다가,

"희련아, 너의 그 순애 정신을 본받아서 내 지금이라도 한현설이란 사내 뺏어볼까?"

"뭐?"

"왜 놀라지? 못할까 봐서?"

"……."

"이 철부지야. 고집이 있어서 똑똑한 것 같지만 언제 소녀기에서 졸업할래? 공상하고 현실이 같은 줄 아니? 언제 네가 연애 해봤다구 나한테 설교하니, 응? 뜻이 맞지 않아 이혼한 너, 그 용기만으로 남의 경우까지 이거냐 저거냐 하며 따지는 것도 편견이거든. 싫은 사람이 있고 좋은 사람이 있는 것처럼 과히 싫지도 좋지도 않은 사람도 있단 말이야. 원색이 아닌 중간색도 있다 그 말이야. 대개는 그런 사람들끼리 만나서 한평생을 살다 보면 정이 들었다 하기도 하고 아이아버지라 하기도 하고 아이어머니라 하기도 하고 우리 할머니 할아버지들 어머니 아버지들 다 그렇게 살다 가시지 않았니?"

은애는 자기 입술에서 빠져나가는 말을 자기 자신이 믿을 수 없는 듯, 막연한 지점을 서성거리는 집 잃은 강아지 모양 눈을 발끝에서 천천히 거슬러 올라 벽면을 더듬고 있었다.

"나 한현설 씨한테 전활 걸었지."

"뭐?"

"그리고 막 욕해주었어. 그랬더니 그 사람 일주일이 지난 뒤 전화를 하지 않았겠어?"

희련의 얼굴이 일그러졌다.

"일주일 동안 많이 생각해봤다는 거야. 무엇을 어떻게 생각해봤다는 건지."

은애는 그래놓고 나직이 소리 내어 웃었다. 허탈한 웃음이었다. 뼛속까지 외로움이 스며든 것 같은 참담한 웃음이었다.

"돌이킬 수 없는 곳까지 와가지고 전화를 건 나도 미친년이지만 그 사람 역시 소심한 모럴리스트, 어쩌면 그건 결괄 봐서 양심이 아니고 죄악인지도 몰라. 물론 나도 마찬가지야. 서로가 다 고행을 피하면서 인내한다는 오해, 말하자면 진실이 아닌 거지. 진실이 아니기 때문에 난 혼돈 속에 빠져 있고 모순은 모순을 거듭하여 내 마음을, 내 정체를 알 수 없는 지경에까지……."

하면서 은애는 남편이 어떤 소녀 같은 여자하고 함께 백화점에서 물건을 사더라는 얘기는 하지 않는다. 자존심 때문이 아니었다. 그 얘기까지 해버린다면 그가 지금 희련에게 보여주고 있는 모순은 더 갈피 잡을 수 없게 될 것이기 때문이다.

은애 눈에는 눈물이 가득 괴어들었다. 오랜만에 은애의 눈물을 본 희련은 몹시 당황한다.

"참 이상한 일이지."

은애는 손수건을 꺼내어 눈물을 닦고 나서 중얼거렸다. 거듭 그는,

"이상한 일이지. 내 머릿속에, 아니 내 생각을 내가 믿을 수 없다는 건 말이야. 일단 입 밖에 나가고 나면 과연 그건 내 생각일까 하고 의심이 들어. 무엇이 그리 괴로웠어? 어째서 그리 못 견디어 했어? 하며 내가 나를 조롱하고 있는 것 같은 느낌이 든단 말이야. 그러고 보면 말이란 한없이 불순한 거구 부정직한 거구, 사실 자기 마음을 얘기하는 것같이 어리석은 수작이 어디 있겠니? 생각하고 언어란 서로 영원히 숨바꼭질하는 것이나 아닌지 몰라. 아무리 지껄여보아도 내 자신이 내 정체를 잡을 수 없는데 들어주는 사람이야 말해 뭣 해?"

"한 선생은 무슨 생각으로 전활 했을까?"

곰곰 생각에 잠기면서 희련이 물었다.

"뻔하지. 행복하기를 빌었던 여자, 행복하려니 자위하고 있던 여자가 행복하지 못하다는 판단을 했을 거구, 그것의 일부 책임이 자신에게 있었다는 것을 생각했을 거구, 불쌍한 생각도 들었을 거구, 자기 앉은 자리가 편안치 못하다는 생각도 했을 거구."

"……"

"나 그렇게 미련이 많은 여자는 아닌데 구질구질하게 남을 원망할 여자도 아닌데 따지고 보면 원망할 처지도 아니고 자격도 없지. 내가 뭐 그일 좋아할 때 결혼의 가능성을 전제했던 건 아니었으니까. 하지만 때때로 내 감정이 욕망으로 부푸는 거야 할 수 없지 않니? 하지만 한현설 씨가 내 전활 받고 일주일 동안 생각하고 고민했다면 그건 애정에서라기보다 일종의…… 연민일 거야."

거침없이 한현설의 심적 상태를 찢어발겼다. 그러나 그것은 한현설에 대한 비난은 아니었고 도리어 은애 자신의 고독한 처지를 노출한 것이었다. 이같이 은애는 사랑을 받는 편에 내가 서 있노라고 나발을 불고 다니는 어리석은 허영이 없는 대신 이 생명 다하도록 오직 그 사람만을 사랑하고 살겠노라고 다짐하기에는 지나치게 이지적이요 사물을 바라보는 눈이 환상에 흐리어지질 않았다.

"그럼 지금 넌?"

희련의 물음에 은애는 오랫동안 대답하지 않았다.

"겁쟁이지."

한참 후 은애는 중얼거렸다.

"그건 여러 가지 뜻에서, 난 내 직감을 확신하는 게 두려운 거야. 그건 낭떠러지니까. 내 자신이 파괴된다는 뜻은 아니야. 이를테면 한현설이 그이가 나와 손을 잡고 낭떠러지에 떨어지자 한다면 난 동의할 수 없을 거야. 그것은 그이에 대한 내 애정이지만 아마도 그런 일은 절대 없을 거구, 내가 한현설 씨 손을 잡고 낭떠러지에 떨어지자 한다면 그이 역시 동의하지 않을 거야. 그것에는 나에 대한 애정에서라기보다 인생을 소홀히 할 수 없는 그 사람의 삶의 의지 때문에, 난 그것을 눈앞에 보는 것 같으니까. 그런 두려운 짓은 못 하는 거지. 난 영원히 그것을 확신하고 싶지 않거든. 그런 뜻에서 난 애매하게 민적민적 현실을 뭉개고 앉아 있는 거야. 그런데 요즘……."
하다가 은애는 목이 마른다면서 뭐 시원한 게 있으면 달라고 했다.

희련은 식모를 부르는 대신 자신이 부엌으로 나갔다. 잠시나마 은애 옆에서 떠나고 싶었던 것이다.

식모는 어디 나갔는지 보이지 않았고 불이 켜져 있었으며 부엌은 텅 비어 있었다. 식모 방에서도 아무런 기척이 없었다. 은애는 찬 것을 청했지만 희련은 포트에 물을 붓고 가스 곤로에 불을 붙인 뒤 커피포트를 올려놓는다.

부엌 벽에 기대선 희련은 창문 밖의 어둠을 멍한 눈으로 바라본다. 은애의 성품이나 역사를 잘 알고 있는 희련이었지만 오늘 밤같이 말이 많은 은애, 모순투성이 속에서 허우적거리고 있는 은애 모습을 보는 것은 처음이었다. 여전히 이야기하는 품은 담담하였고 눈물도 무표정하게 흘렸으나, 그렇기 때문에 은애의 마음이 더욱 참담하게 전달되었으며 희련 자신까지 혼란 속에 휘말려드는 것만 같았던 것이다.

은애가 고통에 몸부림이라도 쳤더라면 희련은 그를 위로해 줄 말을 찾아냈을지도 모른다. 그만큼 은애는 자기 자신의 혼란을, 자기 자신의 모순을 냉엄히 응시하였던 것이다. 섣부른 위로라든지 상식적인 충고 따위가 그에게 무슨 소용이 있겠는가.

포트의 물이 꿀럭꿀럭 끓어오르기 시작했다. 희련은 커피를 몇 술 집어넣고 화력을 줄였다. 그리고 나서 창밖의 어둠을 우두커니 바라본다. 순간순간이 지체 없이 흘러가고 있다는 생각이 피뜩 든다. 타협하고 산다던 은애가 실상 타협이 아닌, 현실을 민적민적 뭉개고 앉았다면 그것은 무無하고 마주 앉았다는 이야기가 되겠다.

희련은 별안간 자기 자신도 바로 그런 상태, 아무것도 존재하지 않았던 허공과 대결하고 있었던 것을 깨닫는다. 은애나 자신은 다 마찬가지로 소외된 세계에서 창밖의 어둠과 같은, 언제까지 계속될지 모르는 어둠과 같은 존재임을, 어둡고 질깃한 절망이 엄습해온다.

'은애하고 나, 우리 두 사람의 욕망은 무엇일까? 인숙의 욕망은 확실하고 언니의 욕망도 확실하고, 그래서 그 사람들은 욕망을 위해 끊임없이 노력하는데, 나는 나 이외 아무런 대상이 없다. 나는 다만 무의미하게 이렇게 웅크리고 있는 나를 바라만 보고 있을 뿐이다.'

"아니 커필 끓이세요? 절 부르시지 그랬어요? 문간에 서 있었는데."

식모의 목소리가 뒤에서 났다.

"다 됐어."

희련이 커피포트를 들어내려 하자 식모는 당황하며,

"제가 할게요."

희련은 떠밀리듯 물러섰다.

"저 말이지요. 앞집 있잖아요?"

식모는 커피 잔을 차판에 챙겨내며 말했다.

"작년에 전세 얻어온 집 말예요. 뭐 어디 서기라 카든가요? 글쎄 마누라가 바람이 나서 젊은 남잘 따라 도망을 갔대요."

희련이 아무 말 안 하니까 식모는 그 정도로 말을 그쳤다. 그 대신,

"큰아주머닌 왜 여태 안 오시지요?"

하고 물었다.

"오시겠지."

"꽤 저문데요. 통 안 나가시던 분이 웬일이죠? 사고라도 난 거 아닐까요?"

희련은 아무 대꾸도 않고 방으로 돌아왔다.

은애는 아까 나갈 때 그 모습대로 앉아 있었다. 희련은 불길한 예감이 들었다. 은애는 숨을 쉬고 있는 것 같지 않았던 것이다.

"은애!"

날카롭게 부르는 희련의 목소리에 은애는 놀라며 후닥닥 일어섰다. 그리고 돌아갈 듯이 핸드백을 찾아 들었다.

"가려구?"

희련은 어세를 누그러뜨렸다.

"아, 아니야."

은애는 도로 자리에 주질러앉으며 희련의 얼굴을 쳐다본다. 마침 식모가 커피를 날라 왔다.

커피를 마시면서 은애는 다시 이야기를 시작했다. 아까 하려다 만 이야기를 계속할 심산인지 차분한 어조로,

"예감이라든지 직감 같은 것 별로 믿지 않는 편이지만 요즘 난 미쳐버릴 것 같은 생각이 들곤 해. 그리고 정말 그렇게 될지 모른다, 그렇게 될지도…… 생각이 든단 말이야."

희련의 안색이 싹 변한다. 그는 은애의 어머니가 정신병의 증상이 있었다는 이야기를 들어 알고 있었으며 방금 방 안에 들어섰을 적에 은애 모습을 보고 자기 자신 불길한 예감에 사로잡혔던 일이 아울러 상기된 탓이다.

"그런 생각은 누구나 다 해보는 거야."

아닌 게 아니라 희련도 가끔 그런 생각을 해본다. 그러나 은애 말에 충격을 받은 것은 유전을 염두에 둔 때문이겠다. 한편 일상이 무덤덤하고 상식적이며 감정이 평이한 은애에게서 너무 갑작스러운 변화를 보았기 때문인지도 모른다. 은애는 희련의 말 따위에는 귀 기울이지 않고,

"보잘것없이 가난하고 그런대로 나로서는 고통스럽고 즐거웠던 과거의 애정을 소중히 지니고 있었어. 따지고 보면 그건 자기기만 같은 것이겠지. 한편 기계적으로 되풀이되는 생활에도 평온을 유지해왔고…… 그런데 그게 내 안에서 또 밖에서 소리를 내며 와그르르 무너질 것 같은 위험이 갑자기 요즘

내 눈앞에 다가선 것 같단 말이야. 아이들 생각도 해봤지."

은애는 자기 마음을 정리해보는지 한동안 말을 멈추고 있더니,

"왠지 몰라. 난 내가 여자이며 어머니라는 것이 생소하기만 하구나. 모정이란 과연 본능일까? 내게는 아무래도 관념인 것만 같이 느껴져. 그야 아이들은 귀엽지, 사랑스럽고. 건데 왜 그리 아이들도 내게는 멀게만 느껴지는 걸까. 아이들까지도 내게 절박감을 안겨주진 않아. 불행한 사태를 생각하다 보면 어느새 나는 나를 구경하고 있는 구경꾼인 것을 발견하거든. 그러면 땀이 지근지근 배어나는 것 같은 불쾌감, 머리가 삥 도는 것 같은 현기증이 나지. 그건 죄의식 같은 것인지도 몰라. 의무를 의식하지 않는 나를 관념적으로 어거지를 쓰며 느끼려 드는 나를 보니까 말이야. 나는 죄인일까, 나는 죄인일까, 나는 불구잘까, 남과 같은 느낌을 지닐 수 없다는 것은 불구자가 아닐까 하고 말이야. 나는 나 자신을 어느 정도 속이고 있는 걸까? 속이고 있다면 그건 진실에 대한 죄악이지. 그렇다면 나는 얼마만큼 속이고 있다는 고통을 겪고 있는 걸까? 아이들을 위해 가정을 위해 또는 인간의 도리를 위해서 말이야. 하지만 그 어느 편도 아닌 나를 난 구경하고 서 있거든. 그러면 나는 한정 없는 공간 속에서 내가 나둥그러져 있는 것 같고 미친 것같이 발끝이 후들후들해진단 말이야."

이야기함으로써 은애는 더욱더 깊은 혼란 속으로 빠져들어

가는 것처럼 보였다.

"네 말을 듣고 있으니까 내 머리마저 어지러워지는 것 같구나. 뭐가 뭔지 모르겠다."

희련은 고개를 흔들어대었다. 은애는 빠져들어 가던 늪 속에서 솟구쳐 오르듯 방바닥에 흩어진 오렌지 껍질을 모아 쓰레기통에 버렸다.

"한현설 씨는 내 사정을 알려줄 수 있으면 알려달라 하더군."

"……."

"자기의 도움이 필요하다면 도와주고 싶다 하더군. 뭘을 어떻게 도와줄 수 있겠니? 또 난 무엇을 어떻게 알려줄 수 있겠느냐 말이야. 한현설 씨는 지금 현재 자신이 서 있는 자리가 흔들리지 않으리라는 확신을 얻은 뒤 전활했을 거야. 그만큼 자기 자신을 깊이 세밀하게 검토했을 거구, 회피해버렸음 그만인 것을…… 그러지 못하는 게 그이 천성이거든. 또 그이의 성실이기도 하고. 어디까지나 피상적인 것이지만 말이야."

은애는 자조의 웃음을 띠었다.

"지금 언뜻 생각이 나는데."

"……."

"결국 내가 이리 막연한 구경꾼으로밖에 서 있지 못하는 것은, 그렇게 철저하게 수동적인 여자라는 데 원인이 있을 것 같구나."

은애는 말하고서 시계를 보았다. 늦었을 성싶은데 은애는 일어서지 않았다.

"그런데 이 수동적인 여자를 아무도 잡아주지 않지, 그지?"

은애는 농으로 돌리며 말했다. 실상 그는 그 말에 심각한 뜻을 부여하고 있는 것 같지도 않았다.

밖에서 희정이 들어오는 기척이 났으나 여느 때처럼 얼굴을 내밀지 않고 제 방으로 들어가는 모양이었다.

"정 선생 걱정 안 하시겠니?"

희련이 조심스레 물었다.

"글쎄……."

"전화해. 여기 있다구."

"가지, 뭐. 그건 그렇고 너 내일 나하고 함께 바람 쐬지 않을래?"

"어딜?"

"알고 있을 텐데?"

"……."

"내일 장기수 씨 개인전 마지막 날 아니니."

"……."

"복잡하게 생각할 것 없구 소원 풀어주는 셈 치고 가보자."

"싫다. 소원은 또 무슨 소원."

"며칠 전에 사과 전화가 걸려왔더군. 술 탓으로 그랬다면서."

오밤중에 은애한테 전화를 걸어 장기수가 횡설수설한 얘기는 희련도 들어서 알고 있었다.

"풀이 죽어서 안됐더구나. 가만히 생각해보니까 그이 옹졸해서 그랬다기보다 표현 부족에서 온 실수인 것 같았어. 그런 사람치고 나쁜 사람은 별로 없어. 서로가 원수져서 헤어진 것도 아니구 미련이 있으면서도 못 견디어 헤어진 거니까 너도 지나치게 냉혹하면 그건 죄악이야."

은애는 설득하려는 성의도 없이 건성으로 지껄이고 있었다. 그러더니 희련의 가겠다 안 가겠다는 대답을 들으려 하지도 않고 일어서서,

"나 간다."

하며 마치 쫓기는 사람처럼 허둥지둥 밖으로 쫓아 나가는 것이었다. 평소 듬직한 은애의 몸가짐으로서는 좀 상상이 가지 않으리만큼 민첩하여 어리벙벙해 있던 희련이 뒤늦게 그의 뒤를 쫓아 뜰로 나갔다.

"희련아, 그럼 잘 자아."

문밖으로 달려나가며 은애는 말했다.

"문 잠그고 들어가라니까."

다시 말했다. 어두운 밤길을 은애는 날 듯 내달려 간다. 나뭇잎이 바람에 굴러가는 것 같았다. 희련은 무섬증이 왈칵 솟았다.

'은애가 왜 저럴까, 저 애가 어찌 되는 것 아닐까?'

희련은 은애를 뒤쫓아 그도 밤길을 달음질쳐서 내려간다. 차라도 타는 것을 보아야 안심이 될 것 같았기 때문이다.

한길에 나갔을 때 은애는 벌써 택시를 잡아 올라타고 있었으며 택시는 떠나려 했다. 희련이 미처 말을 하기 전에 차는 미끄러져 떠난다. 뒤돌아보는 은애 얼굴만이 희련의 시야에 남아서는 한 장의 초상화처럼 뇌리에 새겨져 쉽사리 발길을 돌려놓을 수 없었다.

집으로 돌아온 희련은 전화 앞에 앉아 시계를 본다. 분침이 돌아가는 것을 응시한다. 일각은 한없이 긴 것 같기도 하고 그 일각이 운명의 발자국같이 희련의 가슴을 밟고 지나가듯 아픔을 느끼게 했다. 은애의 갑작스러운 변화는 그만큼 희련에게 큰 충격을 주었던 것이다. 마치 지름대를 뽑아낸 뒤처럼 희련은 자신이 휘청거리고 있는 것을 깨닫는다.

참말 은애는 희련에게 지름대같이 든든한 존재였던 것이다. 그가 한현설과의 불행한 연애로 하여 고통의 밑바닥에서 헤어나려고 안간힘을 썼을 적에도 희련은 오늘 밤과 같이 은애를 위험하게 보지는 않았으며 그런 시기에서조차 희련 편에서 기대어왔었던 것이다.

일 분, 이 분, 오 분, 십 분, 십 분이 지났을 때 희련은 다이얼을 돌렸다. 신호가 가고 들려온 목소리는 은애가 아닌 정양구의 목소리였다.

"은애 아직 안 갔어요?"

"아직 안 왔습니다. 거기 있었습니까?"

"네. 조금 전에 떠났는데 걱정이 돼서요."

"왜요?"

정양구는 태연하게 되물었다. 희련은 갑자기 뭐라 할 수 없었다.

"집사람이 뭐라 하던가요."

"아뇨. 아무 말 하지 않았어요. 정 선생께서,"

미처 말이 끝나기도 전에.

"내가 어떻게 했음 좋겠습니까?"

정양구의 어세는 매우 불쾌하게 들렸다. 듣기에 따라 건방지게 무슨 참견이냐 하는 투이기도 했다. 정양구로서는 남미와의 일을 은애가 희련에게 가서 지껄인 것으로 오해했는지도 모른다.

"정 선생이 어쩌시라는 뜻으로 말한 건 아니에요."

희련의 말씨도 자연 거칠어졌다.

"은애 몸이 불편한 것 같아서, 좀 살피시는 게 좋겠다 싶어서."

차마 정신적으로 어떻게 될지, 그런 예감이 든다 할 수는 없었다. 희련은 답답하기도 하고 은애를 위해 정양구의 처사가 야속한 것도 같아서,

"전 친구니까요. 걱정 안 할 수가 없어요."

정양구는 한동안 말이 없다가,

"알겠습니다."

하고 전화를 끊었다.

얼마 후 은애 쪽에서 먼저 전화가 걸려와서 집에 도착한 것

을 알려주었으므로 희련은 일단 마음을 놓고 이 층 자기 방으로 올라갔다. 희정의 방에는 불이 켜져 있었으나 무슨 까닭인지 희련을 뒤쫓아와서 한바탕 지껄이려 하지 않았을 뿐만 아니라 방에 있는 기척조차 내지 않았다.

다음 날 인숙한테서 전화가 걸려왔다. 안 오면 안 된다고 인숙은 수선을 떨었다.

"언니, 안 오시면 차 보내겠어요. 납치라도 해와야지, 모처럼의 초대를 거절하는 법이 어디 있어요?"

희련은 피곤하고 귀찮았지만 문득 오늘 저녁은 집을 비워야겠다는 생각이 들어서 가겠노라 하고 전화를 끊었다.

저녁때가 다 되어 희련이 외출 채비를 하고 집을 나서려 하는데 식모가 문간까지 조르르 따라 나왔다.

"늦게 오세요?"

식모가 물었다.

"아무래도 좀 늦어지겠지."

"큰아주머니는 몸이 불편하신가 봐요."

"……."

"온종일 그냥 누워만 계세요."

누워 있는 일이라곤 없이 앞뒤를 쏘다니며 잔소리가 심했던 희정이었던 만큼 식모는 도리어 맥이 빠지는 모양이다. 희련은 한마디 대꾸도 없이 집을 나섰다. 희정은 몸이 아파서 누워 있는 게 아니고 사고가 나서 그러리라는 것을 희련은 체험을 통해 알고 있었다. 결국 알게 되겠지만 그 사고라는 것도 지금은 희련에게 알리고 싶지 않은 성질이라는 것을 희련은 알고 있었다.

인숙의 집에 들어섰을 때,

"잘 오셨어요, 언니."

인숙은 허둥지둥 쫓아 나오며 반가워했다.

"이 층 내 방에 가세요."

생일잔치를 한다는 집 안은 썰렁하기만 했다. 얼굴을 내밀었다가 사라지는 식구들의 표정은 냉담하였고 하숙집을 찾아온 것만 같았다. 전에 한두 번 와본 일이 있었고 인숙의 언동에서 이 가정의 가족들이 모두 철저한 개인주의자들이며 경제적인 면에서도 각자 부담의 생활 방식을 취하고 있다는 정도의 내막을 알고 있었으나 방문하는 사람의 처지에서 그런 분위기가 좋게 느껴질 수는 없었다. 불쾌한 동시 별세계와 같은 기이한 감을 안겨주는 것이었다.

"아이구 예뻐라! 언니다운 선물이에요."

오다가 꽃집에서 사 온 장미를 인숙은 콧가에 가져가서 냄새를 맡으며 과장된 기쁨을 표시한다.

"자아 여기 앉으세요. 언니, 좀 있으면 모두 나타날 거예요. 언니가 일착이에요."

인숙은 꽃병에 장미를 꽂고 주전자의 물을 꽃병에 부으며 지껄였다. 희련은 폭신한 소파에 몸을 가라앉히며 인숙의 옷매무새를 바라본다. 어제 찾아간 옷인데 푸른 빛깔을 고집하더니 썩 잘 맞는 것 같지 않았으나 본인은 만족한 것 같다.

인숙이 거처하는 이 층의 거실은 호화판이었다. 침실은 따로 있는 모양이었고 게다가 거실은 꽤 넓어서 한편에 식탁을 마련해두고 있었다. 인숙은 언제나 자기 거실을 자랑했다. 자랑할 만했다. 모든 비품은 최고품이었고 최고품이 자아내는 장엄함, 우스꽝스러운 것이지만 손님을 위압하기에 충분한 것이었다.

인숙은 언젠가 말한 적이 있었다. 호화판의 거실과 잇달린 침실은 한 단위인 자기 가정 속에서도 고립되어 절대 불가침의 자기만의 성城이노라고.

"누구누구가 오니?"

희련이 물었다.

"글쎄, 장소가 한정되어 있어서 많이 초대할 수는 없구요. 네댓 사람쯤."

인숙은 누가 온다는 말은 않고 다만 인원만을 얘기했다.

희련은 그 말을 무심히 들었다.

인숙은 방 안에서 커피를 끓여 희련에게 대접했다.

"언니, 나 이 방 못 잊어 시집 못 가겠어요."

"그럼 방하고 결혼하려무나."

"전망도 좋고 내 공이 얼마나 들었다구요. 방세 내는 것도 아니니 말이에요. 이 집에선 내 방이 최고예요."

"오빠랑 어른들도 계실 텐데 인숙이 왕초구나."

"그럼요. 능력대로예요. 대접이란 능력에 따라 받게 마련이 거든요. 이 집에선 내가 제일 납세를 많이 하니까요."

하더니 인숙은 제 한 말에 흥이 나서 깔깔거리고 웃었다.

"세무관한테 교제 좀 해서 적게 물도록 하지."

"교제고 뭐고 있어요? 세무관이 발발 떠는데."

"그 세무관 파면 조치해야겠구먼."

"종신직이니까 할 수 없지요."

"누군데?"

"우리 엄마요. 언니 댁의 세무관하곤 딴판이지요."

인숙은 재미있다는 듯 지껄이면서 희정을 끌어내어 난 희련 언닐 동정합니다 하는 투의 기색을 비쳤다. 희련은 틀림없이 희정이 저질렀을 금전상의 사고, 희정에게 사고가 났다면 그 일 말고 따로 무엇이 있을 리 없으니까, 그 사고에 인숙도 관 련되어 있으리라 직감하고 있었기에 마음속으로 여우 같으니 라구 하며 중얼거렸다.

"아무리 육친 간이라도 선은 명백히 그어놔야 하는 거예요. 서로 믿고 의지하고 어쩌고 하면서 희미하게 해두었다가 나중 에 의가 상하는 것보다 타인같이 거래가 명백한 편이 서로를 위해 좋은 것 아니겠어요?"

인숙은 암시적인 말을 던졌다.

'확실히 인숙이 관련되어 있군. 이 애는 아마 발뺌을 하기 위

해 이런 말을 하나 보다.'

희련은 잠자코 생각했다. 인숙은 희련한테서 질문이 나올 것을 회피하듯 얼른 다른 이야기로 옮아갔다.

"나이도 들고 하니까 약간 불편한 점도 없지 않아서 아파트나 얻어 나갈까 생각도 했었지만 타산적인 면에서도 그렇고 이만하게 기분 좋은 방이 흔하겠어요? 역시 이 방을 지키고 있어야겠어요. 사실 따지고 보면 이 집의 식구들은 모두 철저한 무관심주의자이니까 아파트 같은 데 혼자 있는 것하고 별다를 게 없어요. 이 집엔 무위도식하는 사람이 없고 소비는 자기 능력에 따라 하고 있거든요. 성가시게 구는 사람도 없고, 또 성가시게 하는 것을 받아줄 사람도 없고 이만하면 개인주의가 상당히 높은 수준에서 유지되고 있는 거로 보아야겠지요. 서로가 다 필요에 의해서 방 하나씩을 점령하고 있을 뿐이지요. 그러다가 또 그럴 필요가 있으면 나가는 거구요. 가족제도의 폐습 때문에 일어나는 갈등이나 그 구질구질한 정이라든지 기대 같은 것 없으니까 얼마나 드라이하냐 말이에요. 난 울고 짜고 하는 것 딱 질색이란 말이에요. 희생할 것도 없고 희생을 바랄 것도 없고 제각기 제 자신을 위해 열심히 산다는 것은 그만큼 개인의 의욕을 북돋워주는 결과가 되고 그만큼 자신에 대한 책임을 지게 되고, 아무튼 합리적으로 생활하는 습성이 붙어야……."

한바탕 늘어놓고 있는데 문밖에서,

"손님 오셨어요."

식모가 말했다.

합리적인 생활이 습성화되어야 한다는 인숙의 지론의 영향을 식모도 받았음인지 인숙이 되묻는 말은 들은 체 만 체 식모는 층계를 구르며 내려갔다. 그러나 합리적 생활 같은 것보다 실상 식모는 일이 고되어 화를 내고 있는 것 같았다.

인숙은 거울 속의 제 얼굴을 비춰 보고 옷매무시를 고치고 나서, 이때까지 인숙의 동작은 아주 완만했다. 그러나 일단 밖에 나갔을 때 그는 마치 귀빈이 누옥을 찾아온 것처럼 허둥지둥하며 뛰어 내려가는 것이었다. 그것은 밑천 안 들고 할 수 있는 환영의 연기인 것 같았다. 다소 우둔했다면 희련이 목격하고 있다는 사실을 소홀히 한 점일 게다.

희련은 인숙의 집에 발을 들여놨을 순간부터 후회하였고 과히 기분 좋은 일은 없으리라는 생각이 들었다. 인숙이 자랑스럽게 늘어놓는 가정의 분위기는 그렇다 치더라도 인숙의 그 당당하고 자신에 넘치는 능변에 염증이 났다. 내용이야 그렇고 그런 거라 해버리면 그만이겠으나 한 오라기의 회의도 없이 지껄이는 데는 희련도 잠시 착각할 지경이었으니까. 뭔지 기만을 당하고 있다는 느낌이 들었던 것이다.

게다가 손님을 맞이하러 나가는 그의 태도에서 희련은 한층 더한 혐오감을 느꼈다. 자리에 앉아서 한 여자의 이중의 행위를 보는 것은 말하자면 앉은자리가 편치 않다는 깨달음을 주는 동시 자신도 역시 얼마 전의 그 이중의 행위에 우롱을 당한 꼭두각시였었구나 하는 깨달음이 연달아 머릿속을 점령했던 것이다.

좋게 말해서 그것은 일종의 사교성이라 할 수 있지만 인숙의 본질이 그러하다는 여러 가지 뒷받침은 희련을 우울하게 했다. 왜 여기 왔을까 싶어서 말이다.

이런 일을 번번이 당하기 때문에 희련은 더욱 우울했다. 그만큼 인숙이 집요하다면 집요하고 목적을 위해서는 남이야 싫어하건 좋아하건 상관치 않는 굵은 신경에는 가는 신경이 걸려들게 마련인가 보다.

아래층에서 왁자지껄 소리가 울려왔다. 남자들의 걸걸한 소리에 울려 퍼지는 인숙의 목청이 하모니를 이루고 있었다. 희련은 눈살을 찌푸렸으나 이제는 할 수 없었다.

사실은 오늘 희련이 인숙의 초대를 받아들인 이유는 장기수에게 있었다. 개인전 마지막 날 밤이어서 집에 있기가 싫었던 것이다. 어젯밤 은애가 말하지 않았어도 희련은 오늘이 장기수 개인전의 마지막 날인 것을 알고 있었다.

초대장을 받았었고 장기수로부터 꼭 와서 한번 보아달라는 전화까지 받았었다. 필경 장기수는 마지막 순간까지 희련을 기다렸을 것이다. 모든 일에 막을 내린다는 것은 쓸쓸한 일이다. 이 쓸쓸한 마지막 날 밤에 장기수는 자기 희망이 좌절된 불쾌감을 맛보았을 것이며 자존심도 상처를 받았을 것이다.

그 마음을 달래기 위해 술을 마실 수도 있고 술을 마시다 보면 전화를 걸게 될지 모른다.

언젠가 밤에 그랬던 것처럼, 횡설수설 주정을 할지도 모를 일이다. 은애의 말대로 서로가 원수져서 헤어진 사이가 아닌 만큼 소탈한 마음으로 가보는 것이 그리 부자연스러운 짓은 아닌 성도 싶다. 그러나 희련은 가기가 싫었다. 싫다면 그것으로 그만인 자신의 성미를 희련은 도저히 우격다짐으로 몰아낼 수 없었던 것이다.

층계가 삐걱삐걱 소리를 냈다. 이윽고 도어가 열렸다.

머릿기름 냄새가 확 풍겨왔다. 허여멀쑥한 얼굴이 쑥 들어 왔다.

"먼저 오셨구먼요."

허여멀쑥한 얼굴이 씩 웃는다. 희련은 의아하게 바라본다. 남자치고는 기분이 나쁠 만큼 살빛이 희다. 중키에 체구는 완강한 편인데.

"언닌 건망증이 심해요. 내가 다시 소갤 해야겠네요."

인숙은 사내를 밀어젖히고 나섰다.

"언니. 왜 언젠가, 그러니까 달포 전인가요? 다방에서 내가 소개해드렸잖아요. 동일상사의 전무님, 최일석 선생님, 기억 안 나세요?"

겨우 희련의 머릿속에 허여멀쑥한 얼굴이 떠올랐다. 우연히 다방에서 인숙을 만났을 때 동행이던 이 남자를 소개받았던 일이 생각났다.

"이거 실망이 큽니다. 원래부터 특징이 없는 상판이기는 합니다만 인상이 깡그리 지워졌다면 영 자신 없는 얘긴데요."

최일석은 머리를 긁는 시늉을 했다. 정말 머리를 긁적였다면 그의 손은 기름투성이가 되었으리라.

희련은 잠자코 고개만 꾸벅 숙여준다. 내심 불쾌하기 짝이 없었다.

상판이라는 말은 쓰는 사람에 따라 재미있게 느낄 수도 있지만 두부모같이 허여멀쑥한 그야말로 상판의 사내 입에서 내뱉어지는 순간 그 어휘는 십분 비천한 뜻을 발휘하고 말았다. 저돌적인 행동의 경우도 마찬가지인 듯싶다. 어쩌다가 한두 번 만난 사람이 다음 백년지기같이 친밀함을 나타낼 때 소탈한 사람으로 보여질 경우가 있고 무척 나이브하게* 보여질 경우가 있다. 상말이 천하지 않고 저돌적인 행위가 싱겁지 않은 그 원인은 자의식이 없는 상태, 혹은 감정에 때가 묻지 않은 상태에 있는 것으로 생각할 수는 없을까.

특징 없는 상판이라 하면서도 내심으로는 자기 용모에 상당한 자신을 갖고 있는 최일석이라는 사내의 언동은 소탈하게 보여지도 않았고 나이브하게 보여지도 않았다. 천하고 싱거운 어릿광대, 최고급 의상에다 손톱 사이의 때까지 신경을 썼을 것 같은 모습이건만 간데없는 시골뜨기였다.

그러나 그런 일보다 생일 초대랍시고 알지 못하는 사람들과 합석을 시킨 인숙의 처사가 희련에게는 괘씸하였다. 어쩌면 인숙의 결혼 상대자인지 모른다는 생각에서 희련은 불쾌감을 내색지 않으리라 작정은 했지만 속은 부글부글 끓었다.

최일석의 직함이 전무라고는 하나 나이 젊었으므로 인숙의 상대로 생각할 수도 있는 일이었다.

최일석에 대한 관찰이 너무 길어진 것 같은데, 일행은 남자 셋에 여자가 한 사람 끼어 있었다. 여자는 인숙의 소개로 옷을 맞추려고 희련의 집에 자주 드나들었으므로 이미 구면이었다.

"언제 보아도 소녀 같으셔. 우리 귀여운 마담."

목청이 높은 여자의 목소리는 노래를 부르는 것 같았다. 분수없이 유행만 찾고 소위 그 사교계라는 곳에 끼어들지 못하여 몸살을 앓는 유한부인이지만 그러나 단순하며 지저분하게 보이지는 않았다. 인숙이 이 여사 이 여사 하며 곧잘 비위를 맞추어주는 것을 보아 쓸 만큼 돈은 있는 계층인 듯싶었다. 남자 세 사람 중에서 키가 작고 대추씨같이 얼굴도 작은 사람이 이 여사의 남편이라고 희련에게 소개되었다.

나머지 한 남자는 비쩍 마르고 키가 컸으며 안경을 쓰고 있었다. 무뚝뚝한 얼굴에 성낸 것 같은 표정이었는데 어느 순간 수줍음을 타는지 귓불 붉힌 일이 있었다.

그 남자와의 촌수가 어떻게 되는지 설명은 없고 인숙은 다만 친척이라고 소개했다. 동일상사 최일석 전무가 김 부장이라 부르며 어투가 명령적인 것으로 보아 아마 그의 부하 직원인 듯싶었다.

"미스 송이 말하기를 생일 파티에는 윤희련 씨도 오신다기에 만사를 제쳐놓고 달려왔더니만 저를 기억조차 못 하고 계시니 이거 정말 유감입니다. 아, 유감이고말고요."

최일석은 남보다 먼저 희련의 맞은편 좌석에 털썩 주저앉으며 말했다.

"최 전무께서 너무 자꾸 그러시면 어떡해요? 우리 언닌 온실 재배가 돼서 바람이 거세면 시들어버린답니다."

이들 일행이 사 온 듯 커다란 상자를 받쳐 들고 온 식모에게서 그것을 받아 들며 인숙이 말했다.

최일석은 너털웃음을 웃고 이 여사는 노래하는 것같이 높은 음성을 굴리며 웃었다. 이 여사의 남편은 헤실헤실 웃었으며 김 부장이라는 사내는 억지웃음을 웃었다.

희련은 웃음소리 자체에서 조롱을 느낀 것은 아니었지만 전혀 예기치 못한 사태에 자신이 우롱을 당하고 있다는 생각이 들었다.

'빌어먹을! 이대로 일어서서 나가는 것도 유치한 짓이겠지.'

직업이 손님을 대하는 것인 만큼 세상에는 별사람이 다 있다는 것을 모를 만큼 희련이 순진하지는 않다. 그러나 손님을 대하는 방법은 따로 있었다. 상대편 이야기를 들어주는 것, 들어주면서 일만 하면 되었다. 이 경우에는 자신이 손님으로 초대되었고 놀아주며 기분을 내는 장소였으므로 도리가 없는 것이다. 희련은 각오를 새로 하며 사람이 옷을 입은 게 아니라 옷이 사람의 권위를 뭉개고 앉았다는 생각을 해본다. 어느 디자이너의 옷은 몸으로 입는 게 아니며 마음으로 입는다는 말도 씹어본다. 그러고 있노라니까 얼마간 불쾌감이 무마되는 것 같았다.

"어떻습니까, 희련 씨 사업은 잘돼나갑니까?"

번쩍번쩍 빛이 나는 담배 케이스를 꺼내어 담배 한 개를 뽑아 입에 물고 담배 케이스를 소리 나게 닫으며 최일석이 물었다.

"사업이라뇨?"

희련은 딱딱하게 되묻는다. 라이터를 켜 담뱃불을 붙이고 나서 최일석은 연기를 내뿜었다. 연기 올라가는 방향을 눈을 내리감으며 바라보는 의식적인 폼은 그럴싸했다.

"제가 알기로는 쟁쟁한 디자이너…… 아니시던가요?"

"아아 네…… 글쎄요. 그걸 사업이라 할 수 있을는지요."

"연애도 청춘사업이라 한다면 세상에 사업 아닌 게 어디 있겠습니까?"

"그러시다면 댁의 사업도 그런 건가요?"

언제 알았다고, 희련 씨 하며 부르는 것이 비위에 거슬려 최 전무니 최 선생이니 하는 대신 댁이라 하며 비꼬았으나 희련은 제가 한 말이 과히 기분에 좋지는 않았다.

"왜 이러십니까?"

하다가 최일석은 커다란 상자의 리본을 끄르고 있는 인숙에게
얼굴을 돌렸다.

"여보시오, 미스 송. 사람을 어떻게 소갤 했기에 이런 봉변
을 당하게 하나. 영 피알이 형편없었구먼."

"성미도 급하셔라. 앞날이 구만리 같은데 왜 그리 서두르
시죠?"

"아암 급하고말고. 일각이 천추 같은데 미스 송은 도무지 협
조심이 부족하단 말이야."

"급히 먹은 밥은 체하기 쉽답니다."

인숙의 결혼 상대이기는커녕 노골적인 대화는 희련을 두고
딴 뜻이 있음을 비치고 있었다. 희련은 위장에서 낮에 먹은 음
식이 곤두설 만큼 메스꺼웠으나 참을 수밖에 없다. 농담 반 진
담 반의 그들 수작을 두고 뭐라 할 수도 없는 일이며 화를 낸
다면 도리어 병신 꼴만 되겠기 때문이다.

"어머! 멋져요!"

인숙이 환성을 올렸다. 상자의 뚜껑을 열었는데 호화판의
생일 케이크였다.

"아이, 신나! 고맙습니다. 최 선생님 최고예요! 여기 한가운
데 놔야겠네."

인숙은 식탁 한가운데 케이크를 옮겨놓는다.

"아아니, 미스 송."

"왜 그러세요, 이 여사?"

"그런 법이 어디 있어? 미스 송 눈에는 그래 최 전무만 뵌단 말이지? 공동출잔데 한 사람만 지명해서 고맙다니 그럼 뭐 우리는 바지저고리야?"

이 여사는 정말 화가 난 모양이다.

"그건 그렇구먼."

이 여사 남편도 마누라의 말이 타당하다고 맞장구를 쳤다.

"그런 말씀 마세요. 이 여사하고 우린 집안끼리나 다름없는데 뭘 새삼스럽게 고맙고 어쩌고, 쑥스런 짓을 나더러 하란 말이에요?"

이 여사는 금세 화를 풀고 노래하는 것 같은 음성으로 웃음을 굴렸다.

"하긴 그래."

사람 좋은 그의 남편이 이번에는 인숙의 말에 동조하고 헤실헤실 웃었다.

"그러고 보니 내가 제일 촌수가 멀다는 얘기가 되는구먼. 간밤에 꿈자리도 사납지 않았는데 왜 이리 구박둥이가 되었누. 미인을 배알하려고 불원천리는 아니지만서두 만사 전폐하고 가슴이 부풀어서 막 달려왔는데 묵살을 당하는가 하면 뭐 어째? 미스 송, 그래 나만 집안 밖이라 그 말이겠다?"

최일석이 엄살을 피웠다.

"어지간히 보채시네. 애정에 굶주린 고아같이. 거, 너무 도련님으로 자라 그런 거예요."

"맞아 맞아! 난 고아, 바로 애정에 굶주린 고아, 그 말이 맞아."

인숙의 말이 썩 마음에 들었던지 신이 나서 씨불였다.

음식이 올라왔다.

"본격적인 건 아니에요. 약식이니까 그리 양해하시고 훗날 송인숙의 저택이 완성되는 날까지 진짜는 미루어두는 거예요. 그러니까 우리 가족적으로 오순도순 놀아봅시다."

인숙은 식모를 거들어 음식을 탁자 위에 배치하면서 수선을 떤다.

"약식이 이 정도면 본격적일 때는 눈이 돌아가겠는걸. 제발 너무 오래 기다리겐 하지 말아."

이 여사는 말하고 다시 헤픈 웃음을 웃었다.

"웃지만 말고 당신도 잘 보아두었다가 알뜰한 솜씨 배우도록 하오."

남편이 한마디 했다.

"아아니, 이인? 그래 인숙이가 음식 장만한 줄 아시나 봐?"

이 여사는 팔굽으로 대추씨 같은 남편을 쥐어박는다. 남편은 눈을 굴리다가,

"누, 누가 했든 간에."

하며 어물쩍거린다.

"이 댁 어머님이 해 올린 거예요. 유명한 솜씬데 그럴 만한 내력이 있어요."

내력이라는 말에 인숙의 표정이 잠시 변하는데, 이 여사는 덧붙여서,

"아무리 인숙이 팔방미인이기로 요리까지 제 자신이 했을까."

"팔방미인을 그런 데도 써먹는 거요?"

인숙은 저 주책없는 무식쟁이 봤나 하는 식의 멸시를 나타내었다.

"아무렴 어때? 적당치는 않아도 사촌쯤은 될 거다."

"이 여사 그러지 말구 시집도 안 간 사람 제발 좀 봐주슈. 일일이 폭로를 하면 주가가 떨어지지 않수. 사실은 내가 장만했더라면 이 정도는 유가 아닐걸요. 괜히 남의 솜씨 알지도 못하구서."

인숙은 표정의 변화를 용케 감추며 슬쩍 넘겼다.

"알았다, 알았어. 진작 귀띔이라도 해주었더라면 내가 이용 좀 했을 것을 그랬구나. 난 영 글렀어. 부엌하곤 담을 쌓았다."

잡동사니기는 하지만 화려한 양풍이 가득 찬 방에 어느 구석에서도 이 땅의 냄새를 맡아볼 수 없는 방 한구석에 버티고 있는 포마이카 식탁 위에 놓인 음식은 순 한국 요리였다. 조촐하고 먹음직스러운 음식은 어쩐지 조심스럽게 보인다.

인숙은 생일 케이크에 촛불을 켠다고 한참 법석을 떨다가, 샴페인을 터뜨린다고 수선을 피우다가, 그러니까 생일 파티의 전반은 양풍이요, 후반은 한식의 순서로 돌아간 셈이다.

말재간만은 누구에게 뒤지지 않을, 그러나 씨도 먹히지 않는 대화가 꽤나 활발했는데 먹기에 바빴던지 별로 그 속에 끼어들지 않고 갈비를 뜯고 있던 이 여사가 생각이 난 듯 희련에게 말을 걸었다.

　"윤희련 씨, 나 며칠 지간에 한번 가겠어요."

　"네, 오세요."

　사무적으로 대꾸했다.

　"의논 좀 하려구."

　"?"

　"정말 고민이란 말이야."

　"……."

　"참 그러고 보니 윤희련 씨도 알겠구면."

　"네?"

　"김태연 씨 부인하곤 선후배란 얘기 들었던 것 같은데?"

　"선배였어요."

　"단골손님은 아니오?"

　"아니에요."

　"저런 기왕이면 후배한테 와서 옷을 해 입을 일이지."

　"취미가 다르니까요."

　"그도 그렇긴 해. 제가끔 마음이 쏠리는 곳이 있으니까. 그런데 내가 거기 초댈 받아 가게 됐단 말예요. 옷을 어쩔까 싶어서 여간 고민이 아니라니까. 그 댁에 모이는 사람들은 알다시피 모두 일급 아니냐 그 말예요. 그러니까 내가 야코* 죽어서 쓰겠소?"

야코 죽는다는 말을 해도 이 여사는 최일석의 경우같이 불쾌하거나 치덕치덕하지 않고 오히려 천진해 보였다.

김태연의 부인이라면 윤주다.

'과연, 그 집에 초대되는 사람이라면 일급인 게 틀림없어. 의상 땜에 고심할 만도 하다.'

희련은 이 여사를 바라보며 조금 웃는다. 이 여사가 왠지 밉지 않았다. 다른 여자들처럼 옷이 될 때까지 또 된 후에도 까다롭지 않고 잔소리가 없어서 그랬는지 모른다. 나사가 하나 빠진 것처럼 항상 느슨해서 호감이 갔는지도 모른다.

"이 여사 지금 누구 말하고 있는 거유?"

최일석과 주거니 받거니 지껄이고 있던 인숙이 이야기의 내용을 얼른 알아차린 듯 최일석에게서 등을 보이고 돌아앉으며 물었다.

"김태연 씨 댁에 내가 초댈 받았거든."

말은 이 여사가 하는데 그의 남편의 코가 벌름하고 움직였다.

그럴 만도 했다. 최일석의 표정도 달라졌으니까.

"누가 주췰 하는데?"

"누구긴, 그 집이라니까."

"아아니 남편이냐 부인이냐 말예요."

160

"부인 쪽이지, 뭐."

"그래요?"

인숙이 샐쭉해지며 말했다.

"이거 남들은 치맛바람이 요란한, 그런 복도 나한텐 없으니."

최일석이 싱거운 말을 하며 끼어들었다. 그는 김태연이라는 사람을 대단하게 생각하는 모양이었고 선이 닿기를 바라는 눈치였다.

"그런 말 하니까 가엾은 홀아비 같구면."

멋모르는 이 여사는 핀잔을 준다.

"바로 가엾은 홀아비지 뭡니까."

"아니 눈이 시퍼렇게 살아 있는 색시는 어쩌구 그런 처량한 소릴 하는 거요? 나 상처했다는 말 못 들었는데?"

"이거 영 소식불통이구면."

최일석은 순간 당황한다.

"정말 이 여산 모르시나 봐요?"

인숙이 구원의 손길을 뻗쳤다.

"모르긴 뭘 몰라?"

"지금 최 선생은 별거 중이에요."

"별거?"

"그렇다니까."

"왜?"

"왜긴요. 뻔하지. 별거란 이혼의 전초전 아니겠어요."

"그래애?"

"많이 봐주슈."

고개를 꾸벅 숙이며 최일석은 은근히 희련의 눈치를 살폈다.

"봐주는 것도 사정을 안 뒤 재량이구, 안 그렇소? 어느 쪽이 하수인인가 그게 문제지."

했으나 이 여사는 아무래도 믿어지지 않는 눈치였다. 인숙이나 최일석은 마음속으로 저놈의 주책, 눈치코치도 없이 하며 혀를 두드린다.

"이 여산 보기보다 보수적이구먼. 애정이 없음 할 수 없잖아요."

"그런 소리 말아. 애정이 없음 애당초 왜 만나? 나도 여잔데 애정 없다 헤어지자 하면 고만이란 말이야?"

이 여사는 인숙의 의견에 항의했다.

"그런 일은 당사자가 아니면 시비를 가릴 수 없는 거예요. 또 제삼자가 왈가왈부할 수도 없는 일이구요. 난 미스니까 잘은 모르겠지만 남녀의 애정이란 미묘하고 복잡한 게 아니에요?"

"능청 떠네, 미스라고 연애도 안 했을까."

"아직은 흥미 없어요. 죽네 사네 하며 연애하는 것 보면 난 우습더라니까."

"미스 송이 저러니까 내게 협력을 안 하는 거지."

최일석이 얼렁뚱땅 넘기려 든다.

"미리부터 과소평가해놔야 나중 일이 귀찮지 않다 말씀이지요?"

술이 들어가서 눈자위가 불그레해진 인숙은 부지불식간에 속마음을 털어놓고 말았다. 그것은 교환 조건이 있다는 얘기가 되는 것이다.

"그건 그렇다 하고, 김태연 씨 그 여자 대단하다면서요?"

이번에는 인숙이 얼렁뚱땅 이야기를 넘겼다.

"뭐가 대단해?"

"수완이 대단하다 하데요."

"수완…… 그렇지도 않아."

이 여사가 대답했다.

"남편 출세하는 데 치맛바람이 대단했다던데? 모 인사가 그 여자 먼 친족인데 잡고 늘어졌답디다."

"그건 미스 송이 모르는 얘기야. 남편이 잘나서 출셀 하고 보니까 그렇게들 말하는 거지."

"박색이라면요?"

인숙은 긁었다.

"가정부인치고 그만하면 수수하게 생겼지. 체격은 좀 못하지만, 관상으론 좋은 얼굴이라던데."

"흥."

"거 이상하더만. 잘난 여자치고 팔자 좋은 사람이 없으니 말이야. 미인은 말짱, 뭐 무슨, 응, 무교동 거리에 있구 고급 주택가에는 못생긴 여자들만 있다던가?”

“하긴 그렇지.”

그의 남편이 고개를 끄덕끄덕했다.

“그럼 이 여산 스스로 박색임을 자처하시는군요. 그따위 시
시한 소리. 건데, 이 여산 그 부인하고 어떻게 아는 사이가 된
거예요?”

“옛날 계꾼이었어. 그때 내가 그 여잘 위해 편릴 좀 봐주었지.”

그러는 동안 최일석은 힐끔힐끔 희련을 훔쳐보고 있었다.
그러나 이 여사가 눈치 없이 그런 말을 쏟아놨다고 해서 삼가
는 빛이 있었던 것은 아니었다. 오히려 자기 배짱에 자부를 가
지는지 시선에 박력을 가하고 있었다.

식사가 끝나자 식탁은 치워졌다.

좁은 장소에서 댄스 판이 벌어질 모양이다. 인숙이 레코드
를 고르느라고 엎드리는 것을 본 희련은 핸드백을 들고 일어
섰다.

“인숙아, 나 가야겠다.”

“뭐요?”

인숙은 펄쩍 뛰며 일어섰다.

“잘 먹고 잘 놀았어.”

“안 돼요, 언니. 이제부턴데 그런 법 없어요.”

희련의 팔을 잡는다.

“있어 봐야 흥만 깨지. 가야겠어.”

희련은 인숙의 팔을 뿌리쳤다. 심장이 든든한 인숙도 가겠다는 말이 확고했으므로 당황해하며 최일석에게 눈짓을 한다.

"바쁜 일이 있으신 모양인데 그렇다면 할 수 없지요."

최일석이 말하며 인숙에게 눈짓을 했다.

"그럼 이 여사 전축 거시고 한 판 도세요. 나 이 언니 바래다드리고 오겠어요."

"이거 섭섭해서 어떡하니? 미스 윤, 그럼 나 내일 가겠소. 오늘 밤 잘 생각해주어요. 내 옷 말이야."

말할 때마다 희련에 대한 이 여사의 호칭은 달랐다.

"네. 그럼 재미나게 노세요. 먼저 실례합니다."

인사하고 나서는데 김 부장이라는 남자는 안경 속의 큰 눈을 굴리며 희련을 유심히 바라보는 것이었다.

"언니, 화나셨수?"

층계를 밟고 내려오면서 인숙이 말했다.

"화났어. 낯선 사람하고 합석하는 것 싫어."

"그렇게만 말할 것도 아니에요. 다 생각이 있어서, 언닐 위해서 말예요. 뭐 그런다고 중매 들자는 건 아니구요. 차차 아시게 될 일이지만."

인숙을 불신하는 마음으로 가득 차 있었기 때문에 희련은 그 이유를 되물어보기조차 싫었다.

"언니처럼 고지식해서야 어디 세상이 좁아서 살아가겠어요? 미스도 아닌데 답답하게 무장을 하고 하루하루를 어떻게 보냅니까. 그러다가 나중엔 노이로제 걸리겠어요."

위해서 말하는 것 같았으나 속으론 말려들어 오지 않는 희
련의 성미를 짜증스럽게 여기는 것 같다.

"넌 반대 얘길 하는구나. 싫은 짓을 한다면 정작 난 미쳐버
린다."

"언니두."

그들이 현관까지 내려왔을 때,

"미스 송!"

최일석이 급히 계단을 밟고 내려왔다.

"왜요? 최 선생님."

내려온 최일석은 신발부터 찾아 신고 나서,

"생각해보니까 숙녀를 밤길에 혼자 보낼 수도 없구 그래서
내가 기사도를 발휘하기로 했어."

"어머어, 최 선생님도 제법이네요."

희련의 얼굴은 파랗게 되었다.

"괜찮죠! 댁까지 모셔다드리지요. 미처 시간이 없어 차 보내
라는 연락도 못 하고, 뭐 거리에 나가면 택시가 있겠지요."

현관의 불빛 아래서 본 최일석의 눈은 이상하게도 새까맣게
보였다. 먹눈이었다. 아니다, 그 눈은 잿빛이었다. 끈적끈적한
진이 흐르고 있는, 어떠한 사물도 그 눈 속으로 흡수되는 일이
없을 흐리멍덩한 눈이었다. 희련은 심한 증오감을 느낀다.

"그럼 잘 있어."

희련은 최일석이 열어준 문을 빠져나왔다. 그의 뒤를 최일석이 바짝 따라붙었다.

인숙은 냉소를 머금고.

'꽤나 도도하게 구는군. 어디 두고 보자. 끝까지 그럴 수 있는가.'

밖으로 나온 희련은 아무 말 없이 걸었다. 최일석은 한마디의 사양도 없는 희련을 보며 만족스러운 미소를 띠고 말했다.

"어떻습니까? 다방에 가서 차라도 함께하시지 않겠습니까? 그동안 연락해서 차를 오게 하면 되니까요."

"……."

대답이 없는 것을 응낙으로 보고 다시 지껄이기 시작했다.

"사람의 인연이란 참 묘한 겁니다. 오래 사귀면서도 영 무감각한 경우가 있는가 하면 한 번 보고서도 강렬하게 인상이 남는 경우가 있고, 직감이란 매우 중요한 것 같더군요. 그것을 소홀히 한 까닭에 결혼에 실패하는 경우가 왕왕 있는 것 같습니다. 만일 윤희련 씨가 미스였다면 나도 용기가 나지 않았을지도 모르죠. 미스 송의 말을 들으니까 어쩐지 나하고 비슷한 점이 있는 것 같아서 대단히 흥미를 가졌지요."

에서부터 시작하여 최일석은 자기 신변 얘기, 가문, 재산에 이르기까지 성급하게 그의 말대로 피알을 펴나가는 것이었다. 그러다가 그는 침묵하는 희련을 다소곳이 수그러드는 모습으로 착각하여 성급하게 나타낸 자기 호감에 손해라도 본 것같이 생각하였는지 슬그머니 뒤로 나자빠지는 자세를 취하며 냉정하게 말했다.

"어려운 일 있으면 나한테 부탁하십시오. 웬만한 일이면 다 됩니다. 이건 단순한 내 호의이니까요. 별 뜻이 없으니까 오핸 마시구요."

이때 희련이 지나가는 택시에 손을 들었다. 멎은 택시에 올라탄 희련은 문을 닫았다.

"감사합니다."

떠나는 차 안에서 웃음을 참으며 희련이 인사했다.

4. 성공과 실패

다방 문을 밀고 들어선 정양구는 빈 좌석을 향해 뚜벅뚜벅 걸어간다.

'좀 이른가?'

자리에 앉으면서 시계를 본다. 거의 약속 시간은 다 되어가고 있었다. 그는 다리를 꼬고 비스듬히 시트에 등을 기대며 탁자 위에 놓인 신문을 집어 들었다.

"차 뭘루 하시겠어요?"

꿀벌같이 부지런히 다가온 레지 아가씨는 주문을 받으려 했다. 정양구는 거들떠보지 않았다. 다만 눈살을 찌푸리면서,

"아무거나 가져와."

올곧지 않게 내뱉었다. 레지는 빙긋이 웃으며 돌아간다.

신문의 일 면을 쭉 훑어보고 사회면을 펴보려는 참인데,

"오래간만이군."

귀에 익은 소리가 등 뒤에서 들려왔다. 소리를 따라 정양구는 돌아본다. 부스스한 차림의 사나이가, 그는 한현설이었다. 잠시 동안 그들의 눈은 마주쳤다가 떨어졌다.

"오래간만이군."

서먹하게 대꾸했다. 그러나 정양구는 들고 있던 신문을 탁자에 놓으며 한현설을 기피하고 있지 않음을 나타낸다.

한현설은 정양구 맞은편 좌석에 앉아서 담배를 꺼내어 붙여 물었다.

이들은 일부러 만나는 일은 없었으나 밖에 나돌아야 하는 봉급생활자인 만큼 가끔 거리에서, 혹은 다방에서 부딪치곤 했다. 그럴 때마다 그들은 아무래도 어색해질 수밖에 없었다.

레지가 냉커피를 가지고 왔다.

"하나 더."

정양구는 한현설의 의사도 묻는 일 없이 제 마음대로 차를 주문하였다.

"퇴근길인가?"

담배 연기를 뿜어내며 한현설이 물었다.

"응."

정양구는 한현설의 표정을 힐끔 살폈다.

언젠가 밤, 은애에게 걸려온 전화의 오해는 그 당장에서 풀려버린 일이다. 그러나 그때 한현설을 예감했던 것이 묘하게 한현설을 보는 순간 정양구 뇌리에 되살아났던 것이다. 오해한 것을 미안하게 여겨서가 아니다. 정양구는 지극히 타산적으로 움직이는 두뇌의 소유자이지만 한편 그의 감성은 예민한 편이었다. 요즘의 은애는 아무래도 그에게 이상한 느낌을 준다.

날카로워진 은애의 신경이나 여러 가지 행동의 변화를 단순히 남미의 존재에서 원인한다고 정양구는 생각하고 있지 않았다. 뭔지는 모르나 은애는 걷잡을 수 없는 혼란 속에 빠져 있고 그 혼란의 전적인 범위는 아닐지라도 한현설과의 지난날 애정 문제가 차지하고 있는 것을 의심해보는 것이었다. 의심때문에 정양구는 한현설을 만나는 순간 그때 연상을 되살려보았는지도 모른다.

"요즘 재미가 어때?"

레지가 다시 냉커피를 가지고 왔으므로 함께 마시며 정양구가 물었다.

"여일하지."

"무던히 배기는군."

한현설은 생각에 잠기듯 아무 말도 하지 않았다.

"말 들으니까 요즘 출판사의 형편이 엉망이라믄서?"

정양구는 다시 말을 걸었다.

"말 아니지. 읽어주는 사람이 있어야 책이 팔리지 않겠나."

이때 남미가 긴 머리칼을 걷어 넘기면서 정양구 편으로 다가왔다. 한현설의 시선이 여자 얼굴에 가서 박힌다.

정양구는 남미를 보기 앞서 시계를 먼저 본다. 약속 시간보다 십 분이 늦어 있었다.

"늦었죠?"

남미는 한현설의 시선을 느끼지 않은 것처럼 말했다. 정양구가 일어서 주기를 바라는 듯 남미는 선 채 있었다.

"저기 가서 좀 기다려요."

정양구는 저만큼 비어 있는 좌석을 가리켰다. 그 역시 한현설의 긴장된 표정에는 무관심인 듯했다.

남미가 다른 자리로 가고 난 뒤,

"출판업의 부진은 세계적인 현상이라며? 나는 문외한이지만 잠시라도 한눈을 팔면 한정 없이 추월을 당하는 이런 스피드 시대엔 당연한 현상 아닐까?"

"글쎄…… 남의 나라 형편이야 어찌 되었든, 하여간 우리 출판계가 도떼기 장바닥에까지 전락되어가고 있는 것만은 사실이야. 양심적인 출판사가 도산 상태에 빠져 있다든가 출판업에 종사하고 있는 사람들이 어려운 생활을 하고 있다든가. 그것도 절망적인 일이기는 하지만 도떼기 장바닥이 되지 않을 수 없는 사회현상에 더 큰 문제점이 있지."

"결국 책을 읽어주지 않는 현상 말이겠구먼. 나부터가 신간을 사서 읽어볼 생각을 안 하니."

"약간은 다를걸. 아까는 내가 그랬었지만……."

"……."

"균일적인 지식 공급의 결과겠지. 말하자면 균일적인 사고
방식, 마치 일품요리一品料理를 편리하고 생광스럽게* 생각하
여 널리 공급한 결과 여타의 요리 방법이 문헌에서조차 찾아
볼 수 없게 되고 다만 일품요리법만 존재하게 되는 것처럼, 문
명이 문화를 말소시킨다고나 할까, 편리주의가 창조적 능력을
퇴화시킨다고나 할까, 편리주의는 언제나 상품의 가치밖엔 없
으니까 말이지. 내가 상품의 가치라고 말한 것은 값어치의 고
하보다 대량생산의 이윤을 말하는 거야."

"그 얘기가 그 얘기지 뭐. 문명이 문화를 말소시킨다는 건."

"글쎄…… 좀 다르겠지. 이곳의 사정은 물질의 뒷받침이 보
잘것없는 가난한 처지에서 사고방식만 문명화했다…… 그런
차이점이 있지."

"그게 나쁘단 말인가? 환경이란 사고방식의 소산 아닌가.
생각이 앞섰다고 나쁠 것 하나도 없다."

정양구는 시시하다는 듯 내뱉었다. 한현설은 우두커니 정양
구를 바라보다가 논쟁을 해볼 생각은 아예 없는 듯 자기 하던
말을 계속했다.

"균일화된 서적의 대량 판매 운운하기는 했지만 사실 대량
판매까지 가기나 했어야 말이지. 그러고도 벽에 부딪혔단 말
이야. 소위 대량 판매를 목표로 서적 출판의 사정은 그렇다 치
고, 내 처지로서 할 말은 아니지만 양심적인 출판사에서 내놓

은 양서라는 것을 두고 생각해봐도 그 대부분이 중간치란 말이야. 수준이 올라갔기 때문에 대량 판매의 대상에겐 먹혀들어 가지 않는 거구. 소수의 고급 독자, 독자라기보다 수요자겠지만, 그네들은 한국의 출판계를 신임하고 있질 않단 말이야. 그럴 만도 하지. 아무리 양심적이고 의욕이 있는 업자라도 여건은 거의가 절망적이거든."

정양구는 가끔 남미 쪽에 시선을 보내곤 했다. 남미는 차 한 잔을 앞에 놓고 꼼짝 않고 앉아 있었다. 감정을 상당히 억제하고 있는 자세였다.

별 흥미 없이 듣고 있는 정양구의 표정도 그렇거니와 한현설 자신의 어조도 결코 열띤 것은 아니었다. 그런데도 이야기를 질질 끌고 가는 저의는 무엇일까. 젊고 아름다운 여자가 지금 정양구를 기다리고 있다는 사정을 뻔히 알면서 한현설은 자리를 뜨려 하지 않았다. 기다리는 손님에게 가보라고 권하지도 않았다. 그런가 하면 정양구 역시 흥미 없는 이야기를 듣는 둥 마는 둥 하면서 굳이 자리를 옮기려 하지 않는 것이다. 쑥스러워 그랬을 리는 없고 더군다나 한현설에게 미안하여 그랬을 리도 없다.

"기껏 양심과 의욕을 갖고 책을 만들어본다지만 그 양심과 의욕의 결과는 각오한 것보다 훨씬 더 참담한 거구."

"자네라면 몰라도 요즘 그런 얼빠진 장사꾼이 어디 있을라구."

"자네 말이 과히 틀리지는 않네만 개중에는 장사가 아니라고 생각하는 친구가 드물게 있긴 있지."

"그러니까 결과가 참담할밖에 더 있겠나."

"내가 하려는 말은 수지계산의 면만은 아닐세. 제작의 결과, 그러니까 양심과 의욕을 가졌어도 중간치, 말하자면 중도 아니요, 속도 아닌 결과를 본다 이 말이지. 그들에게는 긴 세월을 견디어낼 힘이 없지. 애당초 모험이라는 것은 각오하고 또 예상하며 시작을 했다 하더라도 중간치의 수준밖에는 기어 올라갈 재력이 없는 거야. 비민중적非民衆的인 얘긴지 모르지만 진정한 뜻에서의 학문이나 예술은 횡적인 것이 아니라 어디까지 종적인 것이 아니겠나. 아무리 자네 말대로 스피드 시대라 하더라도, 소수의 독자나 또는 수요자가 다음 세대로 옮겨주는, 말하자면 나쁘게 말해서 특정인들을 상대하는 사치 내지는 귀족의 속성을 지니고 있단 말이야. 좋게 말하면 진리의 순교자들이라고나 할까. 물론 여기서 스피드 시대가 요구하게 되는 실험에 의한 과학 분야는 그것이 실용과 통하는 만큼 편협이 있을 수 없겠지만, 아무튼 내 얘기가 좀 거창해진 것 같군. 결국 소수의 수요자를 위해, 다수의 수요자를 위한 서적의 투자보다 엄청나게 더 많은 투자가 필요한, 그러니까 타격은 이중으로 오는 것 아니겠나? 기껏 발돋움해보아서 해 내놓은 결과는 다수에게도 소수에게도 외면당하는 중간치였더라 그 말이야. 양심과 의욕이라는 말을 아까 내가 했지만 사실 양심과 의

욕을 가진 출판인들은 자네가 생각하는 것처럼 얼빠진 친구들도 아니고 또 현재 그런 사람의 수효가 적은 것은 아니야. 그런데 양심과 의욕을 지닌 사람은 있어도 사명감까지 가져보는 사람은 아마 없을걸. 그러나 무엇보다 중요한 일은 사명감이 있고 재력이 있다 하더라도 출판물을 선택하는 가치판단의 두뇌가 없으면 그것만은 장사꾼이 절대 통할 수 없는 세계지. 이것은 잘 팔리겠다, 안 팔리겠다는 판단이야 장사하는 사람의 능사겠지만."

"자네 얘기를 듣고 있으니까 구름 위에서 노니는 신선 생각이 나는구먼."

정양구가 비꼬았을 때 남미는 자리에서 훌쩍 일어났다. 탁자 위에는 비우지 않은 커피 잔이 남아 있었다.

남미는 또각또각 구둣발 소리를 내며 걸어 나갔다. 정양구와 한현설이 다 함께 여자의 뒷모습을 바라보며 침묵을 지킨다.

정양구는 일어서서 남미의 뒤를 쫓으려 하지 않았다. 한현설도 가보라는 말을 입 밖에 내지 않았다.

남미의 모습이 시야에서 사라졌을 때 두 사나이는 시선을 거두었다.

그들 사이에는 무거운 침묵이 흘렀다.

'자네는 내게 충고하고 싶어도 할 수 없는 처지인 것을 설마 잊고 있는 것은 아닐 테지?'

정양구는 눈빛으로 그런 악의에 찬 이야기를 하고 있었다.

'자세한 내막도 모르면서 내가 너무 미련하게 굴었나?'

계면쩍어하는 표정이었으나 이제 지껄일 필요가 없는 것으로 작정했던지 한현설은 입을 다물고 있었다.

어쨌든 거북한 대면이다. 아내의 과거 애인이요, 과거 애인의 남편인 두 친구 사이에 오가는 감정이라면 그것은 질투나 의심에 한정된 것이었겠는데 이들 사이에 오가는 것은 그것과 약간의 차이가 있는 복합적인 심리 상태였으므로 서로가 감정을 억제한다느니보다 복잡한 심정을 언어라든가 동작으로 표현할 수 없는 스스로의 함정에 가둠을 당한 꼴이 되어 있었던 것이다. 그러면서 서로가 뻗치어보는 미묘한 고집과 갈등 같은 것은 남자로서의 원시적인 특성 같은 것인지 모를 일이다.

한현설의 모습은 부스스했다. 아침에 면도는 하고 나온 모양이지만 기름기 없는 머리는 이발소에 갈 시기가 지나 있었다. 얼굴은 피곤해 보였으며 생활에 지친 듯했고 아무렇게나 매고 나온 듯 삐뚜름한 넥타이는 낡은 것이었다. 나이보다 훨씬 늙어 보인다. 대신 그의 눈빛만은 맑고 깊었으며 지혜롭게 빛났고 때론 비애에 젖은 듯, 때론 무심한 아이들의 눈과도 같이 밝게 보이곤 했었다.

반대로 정양구는 나이보다 젊게 보였다. 혈색이 좋은 편은 아니지만 피부는 깡말라 탄력이 있었고 손질이 잘된 고수머리는 퍽 그에게 세련된 인상을 주게 했다. 차분하게 색조가 맞는 의복에서도 깔끔하고 냉정한 성품을 나타내고 있었다.

이들은 대학의 동기 동창이었으나 한현설이 정양구보다 두 살 위였다.

두 살 위인 한현설이 나이보다 늙어 보였고 두 살 아래인 정양구가 나이보다 젊게 보인다는 것은 그만큼 외모에서는 더 큰 차이가 난다는 얘기겠다. 그러니까 친구 간이라기보다 선후배로 보일 수밖에 없겠다.

이들 외모에서 연령의 차를 느낀 것도 사실이나 그보다 실은 그들의 사회적 지위, 정확하게 말해서 생활의 수준이겠는데, 그 차이점을 더 확실하게 느낄 수 있었다. 한 사람은 성공한 사람의 여유 있고 자신에 넘친 모습이요, 한 사람은 실패한 사람의 피곤과 회의에 사로잡힌 모습이었다.

처음 그것을 느낀 사람은 정양구였다. 그렇다고 거드름을 피울 만큼 천박한 성품은 아니었다. 다음 정양구가 느낀 것은 의문이었다. 한현설은 무감각하리만큼 자기 자신의 성공이나 실패에 대하여 개의치 않는 점에 의문을 가졌다.

침묵을 지키고 앉아 있는 동안에도 정양구의 눈은 민첩하게 움직였다. 한현설은 반쯤 눈을 내리감고 있었다. 어쩌다가 반짝 빛을 발하며 눈이 벌어지는 순간이 있었다 그것은 어떤 생각이 마음속에서 매듭을 짓는 순간인 듯싶었다. 의문에서 정양구의 생각은 자신이 지고 있다는 곳까지 밀리기 시작했다.

"내 술 사겠네. 가지 않겠나?"

한현설이 종이 뭉치를 들고 일어섰다.

한현설과 함께 술을 마시다가 열 시쯤 해서 정양구는 자리에서 일어났다.

"가봐야겠네."

한현설은 잠자코 따라 일어섰다. 거리에 나와서,

"요다음엔 내가 한턱 쓰지. 일 년에 더도 말고 두 번쯤 만나서 술 마시는 것도 좋겠구먼."

정양구가 말했다.

"좋겠지."

한현설은 싱긋이 웃으며 말했다. 외로워 보이는 미소였다.

한현설과 헤어진 정양구는 남미가 혼자 살고 있는 S아파트로 향했다.

차에 흔들리면서 가는 정양구의 마음은 착잡하였다. 한현설이라는 사나이가 전혀 딴 모습으로 그에게 보인 탓이었을까. 착잡했을 뿐 아니라 정양구는 불쾌한 기분이기도 했다.

'사람들은 모두 제 나름대로 열심히 살고 있군.'

입가에 미미한 웃음이 번진다.

'그는 결코 낙오한 것도 아니고 실패한 것도 아니다.'

정양구는 한현설과 자신을 견주어 생각했던 것은 아니다. 자신이 내달아온 길이 계산 착오의 결과라고는 더욱 생각하지 않았다. 다만 한현설이 인생의 실패자가 아니었다는 결론, 말하자면 실패의 척도가 달라진 데서 온 불쾌였었는지 모른다. 정양구는 한현설이 불행하기를 바랐던 것도 아니요, 실패자로서 자기 앞에 초라하고 비굴한 모습으로 나타나기를 바랐던 것도 아니었다. 그런 기대가 다 무너지고 말았다는 것에서 온 기분도 아니었다. 은애의 과거 애인이기는 했으나 뺏고 빼앗기고 하는 따위의 감정의 싸움이 그들 사이에는 없었으니까.

거의 의식 밖의 인물이었으며 과거를 질투할 만큼 은애에 대한 애정이 깊었던 것도 아니었다. 한마디로 정양구는 한현설이라는 인간을 갈파하지 못한 데서 불쾌해한 것이 아닐까.

한현설은 별로 말없이 조용하게 술잔을 비웠다. 은애에 관한 이야기는 입 밖에 내지 않았고 그 자신의 신변 얘기도 적은 편이었다.

"출판사 형편이 어려워지면 어디 옮겨야겠구면."

정양구가 말했을 때 한현설은,

"글쎄…… 시골에 땅을 조금 장만해두었는데."

"낙향하자는 건가?"

"형편 봐서."

"현실도피구면."

"생각하기 탓이겠지. 도시만이 현실은 아니잖은가. 대하는 사람 마음 탓이지. 현실은 어딜 가도 나를 맞이할 걸세."

부스스했던 한현설의 얼굴은 그 순간 맑아졌다. 다방에서 본 얼굴과는 사뭇 달랐다. 분위기는 틀이 잡힌 것처럼 잔잔하게 배어 나오는 것 같았다.

정양구는 차창 밖에 지나가는 가로수와 가로등을 몽롱하게 의식하였다. 밖으로 눈을 돌렸을 때 눈에 익은 아파트 근처의 주택이 보였다. 며칠 전까지만 해도 빨간 벽돌 담벼락에 우묵하게 감고 올라간 줄장미는 흐드러지게 흰 꽃송이를 물고 있더니만 지금은 푸른 가등 빛 아래 모두 시들어 나른해 보였다.

'골이 났겠지.'

비로소 정양구는 남미의 존재가 마음속에 되살아났고 언제나 이곳을 지날 때 느끼는 흥분에 그는 웃음을 띠는 것이었다. S아파트의 건물이 가까이 다가왔다. 택시가 멎었다. 정양구는 차에서 내리면서 돈을 꺼내어 찻삯을 치렀다.

한 단, 한 단 층계를 밟고 올라가는 정양구는 뾰로통해 있는 남미 얼굴을 눈앞에 그리며 또 혼자 웃었다. 다방에서 냉정하게 대한 것은 조금도 그들 사이에 큰 시빗거리가 되지 않는 것을 정양구는 알고 있었다. 전에도 여러 번 그런 일이 있었으니까, 또 남미가 온다 간다 말없이 성이 나가지고 나간 것도 대단찮은 일이었다. 그들은 서로를 너무 잘 알고 있었던 것이다.

정양구가 남미를 안 것은 지방 출장을 다녀오던 기차간에서였다. 남미는 모 여대에 재학 중이라 했으며 집에 다녀오는 길이라 했다. 그때 그들은 연령의 차이가 상당했기 때문에 서로 이상한 감정을 느끼며 이야기를 나누었던 것은 아니었다. 정양구는 은애를 아내로 두고, 아무런 간섭받는 일 없이 다른 여성, 주로 부담이 되지 않는 그런 직업여성과 적당히 교섭을 갖고 있기는 했으나 그것은 기계적인 것으로 위험한 감정에 빠

183

지는 일이 없었다.

그리고 흔히 있는 바람둥이의 생리적 혹은 습관적인 것도 아니었으며 우연한 기회를 기회인 채 받아들이는 정열 없는 행위였다고나 할까. 정양구는 마음 바닥에서 차가운 남자였었다. 남미와의 사이가 진전된 중요한 이유는 지리한* 기차간에서 나누게 된 대화 중에 우연히 밝혀진 어떤 사실에 있었다. 집에 다녀오는 길에 대구에 들렀다는 이야기를 하다가 남미는 대구에 사는 그의 사촌 언니 얘기를 했던 것이다.

그 사촌 언니가 바로 정양구를 뿌리치고 다른 남자에게 시집간 김혜자였던 것이다. 뿌리쳤다고 하지만 엄격히 말해서 김혜자는 정양구에게 배신행위를 한 것은 아니었다. 김혜자는 정양구보다 두 살이나 위였으며 대학 같은 과의 두 해 선배였었다. 그는 정양구를 동생같이 생각했던 모양이었고 정양구는 그를 한 여성으로 생각했던 것이다. 동생같이 생각했기 때문에 여자 쪽에서는 방비가 없었기 때문에 애정이 받아들여진 것으로 생각한 결과의 혼돈은 정양구에게 크나큰 상처를 남겼던 것이다.

오랜 세월이 지났으면서도 남미와의 뜻하지 않은 대화의 실마리에서 정양구는 충격을 받았다. 그리고 남미 모습에 김혜자의 자취가 있는 것 같은 느낌은 그에게 지난날을 회상시켰으며 그때 쓰라림이 되살아나는 것을 깨달았던 것이다.

"바로 선배구먼."

"네?"

남미가 놀라며 되물었다.

"언니도 나를 잘 기억하고 계실 겁니다."

"그러세요? 참 세상이 좁네요."

"잘 삽니까?"

"네, 잘 살아요. 아이가 셋이에요. 언닌 도무지 늙질 않아요."

"그, 그래요?"

서울역에서 헤어질 때 정양구는 인사말만도 아니게 자기 근무처와 전화번호를 가르쳐주며,

"틈 있으면 놀러 와요."

했던 것이다.

그러고 여러 달이 지난 후, 정양구 기억 속에서 이미 사라진 남미가 찾아왔다. 취직 부탁을 하러 왔던 것이다. 여러 가지 사정으로 학교를 그만두게 되었다는 얘기며 어디 영문 타이피스트 자리가 있으면 좋겠다는 얘기를 했다. 정양구의 근무처가 무역회사였으므로 남미는 찾아왔던 모양이었다. 정양구는 남미의 차림새나 몸가짐을 보아 경제적인 어려움이 그가 말하는 사정이 아니라는 것을 눈치채었다.

남미는 취직을 해야 할 사정이 어떤 것인지 그 당시에는 얘기하지 않았다.

영문 타이피스트라면 그리 어려운 일이 아니었으며 정양구 자신과 친면이 두터운 외국인 상사도 더러 있었으므로 한번

알아보겠노라 대답했다. 그리고 전하기를,

"취직이 되더라도 학교에 적은 두는 게 어떨까? 그만두는 거야 뭐 언제라도 할 수 있는 거니까."

"아니에요. 이미 퇴학 수속은 끝나버린걸요."

태연히 말하고서 남미는 정양구를 똑바로 쳐다보았다.

'닮았구나!'

정양구는 또다시 충격을 받았던 것이다. 똑바로 쳐다보는 시선은 김혜자의 그 시선과 매우 흡사했던 것이다. 그리고 기차간에서 만났을 적에 아직 나이 어린 소녀로밖에 보지 못했던 남미가 의외로 성숙한 여인으로서 정양구 눈에 비치었던 것이다.

얼마 후 정양구는 수월하게 남미를 어느 외국인 상사에 타이피스트로 소개해주었다. 그런 연고로 하여 그들은 더러 만나게 되었고 차츰 감정이 접근해갔던 것이다. 정양구는 그러나 옛날 혜자에게 가졌던 가눌 수 없으리만큼의 강렬한 감정을 남미에게 느끼지 않았다.

혜자만큼 마음속 깊이 파고들지 않았던 탓인지 아니면 나이의 탓인지, 가정을 가진 처지의 탓이었는지 그것은 알 수 없다. 물론 그렇다고 해서 손쉽게 교섭을 가질 수 있었던 그런 직업의 여성을 대할 때처럼 기계적인 욕망의 행위를 되풀이했던 것은 아니다. 애정이었다. 그것도 상당히 짙은 농도의 애정이었다.

남미는 정양구를 만나기 이전에 이미 처녀는 아니었다. 남미는 솔직히 자기가 처녀가 아닌 것을 털어놨다.

"나 얼마 전까지 남자친구하고 동서했어요*."

정양구는 조금도 놀라지 않았다. 취직 부탁을 하러 왔을 때 남미가 성숙한 여자로 눈에 비쳤을 때 처녀가 아닐 거라는 생각을 했던 것이다.

"학교 그만둔 이유는 그 때문이었어요. 동서할 때 우린 결혼하리라 생각했지요. 한데 갈라져 버렸어요. 그 애, 학년은 위였지만 같은 과의 친구였어요. 그런데 그 애네 가정에서 반대한 거예요. 우리 집 형편이 복잡한 게 흠이 된 것 같아요. 그 앤 약혼하구…… 그렇게 돼가지고 학교에 나간다는 게 너무 을씨년스러웠어요. 그 애하고 싫어도 마주치게 되고 동정을 해주는 친구들의 눈길도 싫구요. 곰곰 생각하니까 뭐 내가 공부해가지고 학자님이 되는 것도 아닐 거구 졸업장 가졌다구 뾰족한 수가 날 것 같지도 않구요. 그래서 학교 가는 것 메친 거예요."

남미는 억양 없는 목소리로 마치 남의 얘기를 전하는 것처럼 말했으나 자기 집 형편이 복잡하다는 데 대해서는 설명을 하지 않았다.

"사랑했었나?"

물어놓고 정양구는 진부한 질문이었다고 생각하며 쓰게 웃었다.

"그야 사랑했겠죠, 뭐."

"못 잊을 만큼?"

"아뇨, 서글퍼질 만큼, 까마득해요."

정양구는 오 층까지 올라갔다. 공기가 한결 서늘했다. 창을 통하여 찬란한 서울의 야경이, 별을 뿌려놓은 것 같은 밤을 볼 수 있었다.

그는 남미가 사는 문 앞에 가서 버저를 힘차게 눌렀다. 아무런 기척이 나지 않았다. 그는 다시 손끝에 힘을 주었다.

역시 아무 기척이 없다.

'안 돌아왔을까? 벌써 자지는 않을 텐데…….'

정양구는 호주머니 속에서 자신이 지니고 다니는 아파트의 열쇠를 꺼내어 열쇠 구멍에 찔렀다. 문을 열고 들어섰다. 전등이 꺼져 있는 내부는 캄캄했다. 밀폐되어 있는 어둠의 덩어리, 고절감, 허무 같은 게 순간 정양구의 심장을 스치고 지나갔다.

그는 더듬더듬 스위치를 찾아 불을 켰다. 현관에서 방 안으로 들어가서도 불을 켰다.

남미는 없었다. 빈 소파가 거기 있었을 뿐이다. 거실을 지나 침실 문을 열고 역시 불을 켰다. 침대는 납작하니 비어 있었다.

정양구는 모조리 불을 켜놓고 욕실 부엌 베란다까지 살펴보았으나 남미는 없었다.

"아직 안 돌아왔군."

벽에 걸린 시계는 열 시 사십 분이었다. 어차피 집에는 가지 않기로 하고 남미에게 왔다. 그는 소파에 몸을 가라앉히며 담배를 붙여 문다.

"흥!"

그는 코웃음을 쳤다. 방금 자기가 한 짓이 우습기도 하고, 아니 초저녁부터 그는 그의 일상의 사고가 엉뚱한 곳으로 나들이 가 있었던 것처럼 느껴졌던 것이다.

정양구 자신은 우직하지 못했으나 남미에 대한 다방에서의 냉담한 태도라든지 구석구석 불을 켜놓고 남미를 찾은 조금 전의 절박한 것 같은 행동은 상반된 심리적 행동이다. 그것이 상반된 행동이라는 것은 정양구 자신도 알고 있다. 그러나 왜 상반된 심리적 행동을 취했는가. 그것은 평형을 원하는 심리적 무의식의 행동이었을 것이다. 평형을 원하고 있다면 정양구의 마음은 평형을 잃고 있다는 얘기가 되겠다.

남미와의 관계를 청산하기를 원하는가, 아니면 남미와의 더 구체적이며 흔들리지 않을 결합을 원하는가. 정양구는 어느 것에도 손을 대기 싫은 것이다. 우선 뚜껑을 닫아두고 있자는 것이다. 그러나 불원간 그것은 어떤 결과로서든 나타날 것을 예감하고 있었다. 남미 쪽에서 취해질 것인지 자기 쪽에서 취해질 것인지 그것은 지금 알 수 없는 일이다.

손가락 사이에서 기다랗게 된 담뱃재가 무릎 위에 떨어졌다. 정양구는 재를 털다가 다 타버린 담배꽁초는 버리고 새것을 붙여 묻다.

'자네 신이 있다고 생각하나?'

정양구 귓가에 자기 목소리가 들려왔다.

얼마 전 한현설과 술을 같이하면서 느닷없이 정양구 입에서 굴러 나온 말이었던 것이다. 한현설은 의아하게 바라보았다.

'그야 모르지. 새삼스럽게 그런 말은 왜 물어?'

'그런 생각이 퍼뜩 떠오르는군. 나 자신 신의 유무를 의심해서 한 말은 아니야. 자네는 그런 문제를 가끔 생각해보는 게 아닐까 하고, 호기심이네만.'

'모른다는 것은 있다는 것하고 통하겠지. 과학이 발달하면 할수록 뭔지 하나하나 베일이 벗겨져 나가면 나갈수록 되레 신은 있을 것이란 생각이 드는 건 아닐까? 하긴 난 종교를 안 가졌으니까 그 신이라는 것도 막연한 것이겠지만.'

정양구는 잠자코 말았다. 그가 말했던 것처럼 그의 마음속에 의심이 있어 한 말은 아니었다. 그것은 전혀 돌발적인 것이었지만 한현설이라는 인물을 그런 각도에서도 좀 바라보고 싶은 의도가 작용한 질문인 것만은 틀림이 없었다.

'요즘 달 여행 땜에 야단을 하니까 자네가 그러는군.'

한현설은 웃어버리고 그 대화를 끊었다.

정양구는 한현설과의 대화를 되새겨보면서 다시 생각은 은애에게로 비약해갔다.

'한현설은 은애하고의 공통점을 가지고 있다. 그들은 어딘

지 닮은 데가 있어. 나하고는 토양이 다른 식물과 같이 그들은 나와는 다른 공통점을 가지고 있어.'

마음속으로 뇐 자신의 말에 정양구는 놀라며 고개를 쳐든다. 그들, 그들과 나, 이 용어 속에서 처음으로 정양구는 아까 차 안에서의 불쾌했던 심리를 규명해냈던 것이다. 불쾌했었던 원인은 바로 그곳에 있었던 것이다. 한현설과 은애의 공통점, 그것은 옛날의 은애 애인, 즉 그들이 사랑했었던 사이였다는 것과는 다소 거리가 있는 묘한 느낌이 정양구를 불쾌하게 한 것이다.

'나는 은애를 사랑하고 있는가?'

'아니다. 나는 아내로서 그 여자를 아끼고 있어.'

'이혼할 것을 생각해보는가?'

'아니다. 이혼할 생각은 없다. 그 여자는 내 생활에 질서를 유지하는 데 필요하다.'

'생활의 질서? 그게 대체 무엇이냐?'

'주어진 여건을 십분 이용하는 행위가 내게는 생활의 질서다. 그것이 물질이건 정신이건.'

'정신과 사랑은 무관한 거냐?'

'무관하지는 않다. 그러나 정신이 전부는 아니다.'

'남미를 어쩔 셈이냐?'

'이대로다.'

'날아가 버린다면?'

'나는 그보다 더 소중한 것을 잃었지만 세월은 그것을 잊게 하더군.'

'지금 상태를 너는 정신적 물질적 낭비라 생각지 않는가?'

'생각지 않는다. 적절한 신진대사다. 은애의 성격은 그런 뜻에서 나에게 적당한 반려인지 모르지.'

'고민이나 갈등을 지금 느끼고 있을 텐데?'

'다만 생각해보는 것뿐이다. 고민하는 것은 어리석은 짓이야. 해결되는 일이 어디 있어? 인간관계란 언제나 미결이 아닌가.'

정양구는 제 마음속에서 문답을 하는 것이었다. 어쩌면 그것은 남미를 기다리는 무료한 시간을 보내기 위해서였는지도 모른다. 그 스스로 말하였듯이 정양구는 사물에 대하여 능동적이요, 주어진 여건을 십분 이용하면서 인간관계에서는 수동적이며 세월의 흐름에다 내맡기는, 이를테면 타성에 빠져 있었던 것만은 사실이었다. 김혜자에게서 받은 쓰라림이 아문 후에는.

그는 시계를 보았다. 열두 시가 거의 다 되어가려 하고 있었다. 정양구는 몸을 조금 움직였다.

이때 남미가 돌아왔다.

"와 계셨군요."

정양구 뒤통수를 바라보며 남미가 말했다. 돌아보지 않고,

"주인 없는 집에 나그네가 먼저 와서 미안하군."

남미의 눈이 번득 빛났다.

"미안해하실 것 조금도 없어요."

쌀쌀하게 내뱉었다. 그는 정양구 앞으로 돌아 나왔다.

"아니! 흠뻑 젖었잖아?"

남미는 흠뻑 젖어 있었다. 젖은 머리에서 물방울이 떨어졌다.

"밖엔 비가 와요."

"비를 맞고 왔단 말이지?"

"우산이 없었는걸요."

"차 타고 오지 그랬어?"

"오다가 내팽개치고 가버렸어요. 시간 늦는다면서."

정양구는 얼른 욕실 문을 열고 타월을 가져왔다. 그는 남미의 머리를 싸안 듯하여 젖은 머리를 닦아주며,

"감기 들겠어. 어서 옷을 벗어."

남미는 머리를 정양구에게 내맡기고 스커트를 벗어 내렸다. 슈미즈 바람이 된 그는 침실로 들어가 속옷을 갈아입고 속살이 환하게 드러나는 네글리제를 걸치고 나왔다.

"커피 끓여요?"

"응."

그들의 감정은 자연스럽게 풀려 한곳에 모였다.

"오래 기다렸어요?"

큰 소리로 물었다.

"한 시간 반쯤."

"저녁은요?"

"술 좀 마셨어."

"굶었군요."

"별생각 없어."

"미안해요."

"복수할 줄 알았어."

"안 들어오려다 왔어요. 비 맞고 오니까 신이 나데요. 속이 후련하구."

"그놈의 비, 고마운 비였군."

정양구는 세웠던 다리를 쭉 뻗고 기지개를 켰다. 여러 가지 생각들은 일시에 물러나고 그는 휴식의 편안함을 느낀다. 남미, 어디를 싸돌아다녔건, 자신이 지금껏 무슨 생각을 했건, 지금 이전의 일은 지금을 위해 필요가 없는 것이다.

그들은 향기와 김이 서리는 커피 잔을 탁자에 놓고 마주 앉았다.

"아까 다방에서 그이 누구예요?"

자기의 존재를 무시하면서까지 마주 앉아 있어야만 했던 상대가 누구냐, 남미로서는 당연히 물어볼 만도 했다.

"와이프의 옛날 애인이야."

정양구 입에서 주저 없이 말이 나왔다.

"꾀죄죄하더군요."

남미는 얼굴을 찡그렸다.

그 말과는 관계없이,

"그리고 내 친구야."

"그리고 실패한 사람이군요."

"실패…… 어떤 면에서?"

"어떤 면에서, 그런 건 몰라요. 초라한 차림이 군색해 뵈던
데 뭐."

남미는 건성으로 얘기하며 어리광 부리듯 킥 하고 웃었다.

"초라한 것은 실패하고 관계없을 경우도 있어."

"그야 뭐 미끈하면서도 성공하고 관계없는 경우도 있으니
까요."

"그럼 나는 그런 경우란 말이지?"

"어머머? 당신 미끈하다고 생각해요?"

남미는 깔깔거리며 웃었다.

"요 깍쟁이."

정양구는 일어서서 주먹으로 남미를 쥐어박는 시늉을 하
다가,

"비가 꽤 내리는군. 아깐 비 오시는 것 통 몰랐는데 이제 자
야겠다."

정양구는 남미를 답삭 안았다.

비에 젖었던 여자의 몸은 싸늘하였다. 더운 날씨에 그 촉감
은 쾌적했다. 목을 껴안은 여자 얼굴에 키스를 퍼부으며 정양

구는,

"감기 들지 않겠어?"

"들음 어때요? 죽을까 봐서요?"

"그래, 죽으면 큰일이지."

남미는 주먹을 쥐고 정양구 목덜미를 가볍게 쳤다. 정양구는 남미를 안고 침실로 들어가 침대에 작은 몸뚱이를 던졌다. 여자의 몸이 놀았다. 진동을 즐기듯 아슴푸레해졌던 남미의 눈이, 잠옷으로 갈아입는 정양구를 바라보다가,

"아까 말예요."

"응."

"비 오는 것 모르고 계셨다 했지요?"

"응."

"무슨 생각 하셨어요?"

"글쎄…… 무슨 생각을 했을 것 같애."

"화가 났죠?"

"응."

"내가 어딜 쏘다닐까 생각하셨죠?"

"글쎄……."

"아이참, 그렇다고 하세요."

"그, 그래."

"그리고 뭘 하셨어요? 가만히 앉아만 계셨어요?"

"남밀 찾았어."

"어디서요?"

"부엌이랑 목욕탕이랑 베란다까지 어디 숨어 있을 것 같은 생각이 들었어."

정양구는 불을 끄고 남미 곁으로 왔다.

새벽녘에 정양구는 잠에서 깨었다. 그는 머리맡의 스탠드를 눌러 불을 켜고 담배를 찾았다. 배를 깔고 담배를 붙여 문 정양구는 옆에서 잠들어 있는 남미를 바라보았다. 남미는 아이 같이 천진스럽게 자고 있었다. 그는 한 손을 뻗쳐 부드러운 여자의 볼을 쓸어본다. 머리를 걷어 올려보기도 한다. 정애의 샘이 그의 심장에서 솟아나는 것을 느낀다.

'바람 같은 것이다. 날이 새고 이 방을 나서면 다시 대열에서 떨어지지 않기 위해 뛰어야 한다. N동의 땅은 오늘 안으로 매듭이 지어져야지, 값이 좀 헐하지만 할 수 없다. 요즘같이 매매가 안 될 때는 빨리 처분하고 지금은 은행에 넣었다가 언제든지 다른 곳으로 전용되게 대비해두는 게 상책이고. 오오다(大田)가 찾아오기로 했는데 엇갈리면 곤란하겠군. 아 참, 매부 온다던 날이 언제더라? 이거 야단났군. 오늘 아니던가 몰라?'

정양구의 시선은 다시 남미 얼굴 위에 가서 머물렀다. 꼭 다물었던 남미 입술이 조금 벌어져 있었다.

"남미."

남미는 몸부림치며 돌아누웠다.

"남미."

재떨이에 담배를 버리고 정양구는 여자의 허리를 껴안는다. 왠지 갑자기 돌아눕는 순간 남미가 자신으로부터 떠날 것 같은 불안이 정양구에게 엄습해왔다.

"남미."

"으으음."

남미는 눈을 비비며 정양구 편으로 돌아누웠다.

"왜 깨우는 거예요. 졸려 죽겠는데."

남미는 머리를 남자 가슴에다 디밀며 불평하다가 다시 잠이 들었다.

"잠꾸러기군."

중얼거리며 남미의 존재를 확인하려는 듯 더욱 가까이 부드러운 몸을 끌어당기며 그는 눈을 감는다. 그의 머리는 다시 침실 밖의 햇볕이 쏟아지는 아침을 향해서 하루의 계획으로 움직여가는 것이었다.

아침 해가 창문 가득히 밀려들어 왔다. 밤비에 씻겨 먼 곳의 산은 한결 가까이 느껴진다.

세수를 하고, 옷을 갈아입고, 머리를 빗고, 정양구는 조금도 환경 변화에 어색함이 없이 출근 준비를 했다. 그러는 동안 남미는 아침 식탁을 말끔히 준비해놓고 기다리고 있었다.

조그마한 식탁에 정양구와 남미는 마주 앉았다.

"왜 그리 보세요?"

하면서 남미는 킥 웃었다.

"맛없는 음식 먹어줄 생각을 하니까."

남미는 입에 손을 가져가며 까르르 웃었다. 날씨처럼 남미의 기분은 화창하게 개어 있었다.

"아무리 그러셔도 별수 없어요. 난 요리치니까."

"요리치가 뭐야?"

"왜 음치 있잖아요? 요릴 못하면 요리치지 뭐예요."

"아아."

"어서 드세요. 고깃간의 잘못도 있어요. 글쎄 아침에 갔더니 팔다 남은 찌꺼기지 뭐예요."

정양구는 팔다 남은 찌꺼기라는 고기를 집어 입속에 밀어넣는다. 과연 질긴 고기였다. 그러나 아무 불평 없이 그는 먹는 것이었다. 이번에는 남미가 정양구를 바라본다.

"왜 보아?"

"예쁘게 잡수시네요."

"뭐 처음 보나?"

"중학생같이 얌전해요."

"엉터리다. 중학생이 얌전해?"

"자가용 타고 학교 가는, 얼굴이 노오란 중학생 말예요."

"아마 음식 투정은 제일일걸."

"모범생이구요."

"내가 모범생이야?"

정양구는 픽 웃었다. 실없는 대화는, 그러나 이들 아침 식탁의 행복을 표현한 것에 불과하다.

"어서 먹어. 소꿉장난 같군."

남미는 정양구와 함께 조반을 들었다. 그의 얼굴에는 그늘이라곤 찾아볼 수 없었다. 조반이 끝나면 정양구는 떠날 것이며 저녁에는 그의 아내와 자식이 기다리고 있을 가정으로 돌아갈 것이라는 사실을 전혀 잊고 있는 듯하였다. 아니 그보다 남미는 자기의 처지를 심각하게 검토해보는 일이 전혀 없는 듯싶었다. 은애에 대하여 질투를 한다거나 정양구의 아내라는 명칭을 탐내는 기색이나 언동을 취하는 일이 없었다. 자존심 때문에 그러는 것 같지도 않았으며 현실을 현실로서 받아들여, 구질구질하게 감정을 학대하지 않으리라는 결심에서 그러는 것 같지도 않았다. 정양구의 애정을 믿는 탓이었을까.

정양구는 다시 남미를 힐끔 쳐다본다. 지금은 나이보다 퍽이나 철없어 보이는 남미의 얼굴이었다. 빨간 블라우스의 빛깔 탓인지 평소 창백하여 때론 삭막한 느낌을 갖게 하던 얼굴에 혈색이 되살아난 것같이 보여 예뻤다.

아기부인, 정양구는 가끔 남미를 애무할 적에 그 말을 하곤 했었다. 그것은 연령의 차이에서 하는 말이기도 했지만 그만큼 남미는 사랑스럽고 귀여울 때가 있었다.

"저 말이지요."

입안의 음식을 꿀꺽 삼키며 남미가 말했다.

"나 어제 말예요. 밤에 누구하고 만난 줄 아세요?"

다음 말을 기다리듯 정양구는 잠자코 있었다.

"미스터 로웰을 만났어요."

"뭐?"

"전혀 우연이었어요. 사실은 낮에 나보고 얘기하긴 했었지요. 저녁에 댄스파티에 안 가겠느냐구. 약속이 있다 해서 관두었었는데, 글쎄 다방에서 나오는 길에 만났지 뭐예요?"

"……."

로웰이라면 정양구 자신이 더 잘 알고 있는 위인이다. 현재 남미가 있는 곳의 지배인이며 점잖은 신사로서 그에게는 아내도 있었다. 그러나 정양구는 과히 기분이 좋지 않았다.

"그래 마침 약도 오르고 해서 갔지 뭐예요?"

"잘 놀았겠군."

"네, 잘 놀았어요. 그 사람 보기보다 훨씬 재미있는 사람이데요."

그것으로 이야기는 끝나는 줄 알았는데 남미는 다시 엉뚱한 말을 했다.

"이번 여름휴가 바다에 가서 놀다 와도 되겠죠?"

"바다?"

"바다에요. 마침 미스터 로웰이 함께 가재잖아요."

정양구 눈에 날이 섰다.

"누이동생하고 함께 간다나요? 부인은 잠시 동안 귀국하고 없다는 거예요. 누이동생은 자기만이면 심심할 거라면서."

“안 돼.”

정양구의 어세는 아주 격렬했다.

“하지만 나 바다에 가고 싶은걸. 혼자 갈 수도 없잖아요.”

남미는 부르텄다.

“너무 일방적이에요. 자기 마음대로야. 난 해바라긴가 뭐, 자기만 바라보는 해바라기냐 말예요. 자기는 뭐 나만 바라보는 해바라기가 아니잖아요.”

남미 얼굴은 더욱더 화가 나서 부풀었다. 정양구는 버럭 화를 내려다 말고 동시에 식사도 끝내버리고 담배를 붙여 문다. 연기를 남미 얼굴에다 후우 뿜어내며,

“좀 기다려.”

“……”

“나하구 함께 바다에 갈 수 있도록 기획 만들어볼게.”

“여름 다 가구?”

“아냐.”

“지금이 바로 바다의 계절인걸요. 곧 찬 바람이 불 건데.”

남미는 어린아이가 그러는 것같이 바다를 그리는 얼굴이었다.

“알았어.”

겉으로는 남미를 달래었으나 정양구는 마음속이 부글부글 끓었다. 바다에 갈 기회를 만들기 어려워서 그랬던 것은 아니다. 비용이 들기 때문에 그랬던 것은 더욱더 아니었다. 로웰과

202

함께 가기를 마음먹었던 남미가 괘씸했던 것이다. 미웠던 것이다. 그러면서 부르튼 남미 얼굴은 귀여웠다.

남미보다 한발 앞서 밖으로 나온 정양구는 택시를 잡았다.

'회사 차가 지금쯤 집에 갔을 거야.'

택시에 올라탄 정양구는 쓰디쓴 웃음을 띠었다. 지금까지 전혀 없었던 일이 아니었으니까 그것 때문에 정양구의 마음이 불안해질 까닭은 없다. 허나 운전사를 대하는 은애의 태도에 다소 변화가 있으리라는 것을 정양구는 생각해보았던 것이다.

'남미하고 바다에 간다? 어려울 건 없지. 어차피 휴가는 받을 거구.'

결혼한 이래 내외간이라 하여 같이 여행을 즐겨본 일이 없는 형편이었으므로 정양구는 은애에게 가책을 느끼지 않는 것이 거의 습성화되어 있었다. 그러나 회사 앞에 내렸을 때 그의 표정은 사뭇 달라져 있었다.

표정이 달라져 있었을 뿐만 아니라 목덜미 쪽이 벌겋게 달았으며 눈빛이 신경질적으로 빛이 났다.

그는 사무실로 가지 않고 곧장 구내에 있는 지하 다방으로 내려가 모닝커피를 청해서 그것을 천천히 마시며 얼마간의 시간을 보내고 사무실로 들어왔다. 그는 자리에 앉지 않고 직통 전화의 다이얼부터 돌린다. 남미가 근무하는 곳이었다. 그는 남미를 바꿔달라 이르고 목소리를 기다린다.

목소리가 울려왔다.

"나야."

"아, 웬일예요? 나가시자마자."

"바다에 못 가겠다는 얘기했어?"

"아뇨. 지금 방금 온 걸요. 그럴 새가 어디 있어요."

"잘됐군. 나 사정이 있어 못 가게 됐으니 남미 마음대로 하라구."

"네?"

"나는 못 가게 됐다 그 말이야."

"아이참, 그럼 할 수 없죠, 뭐."

"그러니까 알아서 하란 말이야."

정양구는 수화기를 놓았다. 그의 얼굴은 냉랭하게 가라앉았으나 좀 창백했다.

회사 일로 약속한 일본인을 만난 후 정양구는 상공부에 잠시 들렀다가 회사 차를 돌려보냈다. 택시를 잡아타고 그는 N동으로 향했다. 그러는 동안 정양구는 은애에게 연락을 취해야겠다는 생각을 여러 번 했으나 끝내 전화를 외면해버렸던 것이다.

'처남이라는 사람이 왔음 왔지. 반드시 내가 비행장에 나가야 한다는 법도 없고…….'

N동의 그의 땅이 있는 근처 복덕방에 들어섰을 때 복덕방의 영감은 기대한 것과는 달리 서먹해하며 정양구를 맞이했다.

"글쎄, 연락을 드린다는 게."

복덕방 영감은 미안해하는 것 같지 않으면서 말만은 그렇게 했다.

"왜요?"

벌써 기색에서부터 일은 틀어졌다 여겼으나 정양구는 되물었다.

"허행하게 됐으니 말입니다."

"……."

"사고파는 일이 다 그렇긴 합니다만 이번만은 틀림없이 되나 보다 생각했었는데 웬걸, 어저께 그 양반이 와가지고 트집을 잡지 않았겠소? 이 일대에는 아직 하수도 시설이 안 돼 있으니 장마 때면 석축인들 온전하겠느냐, 하긴 그렇긴 하지요. 요즘 장마에 길이 패고 산물이 쏟아져서, 그걸 그 양반 눈으로 보고 하는 말이니 낸들 할 말이야 없었지요. 게다가 뒤 언덕배기에 판잣집들이 들어서 있으니 집을 지어도 매매가 어렵겠느니 하구 말입니다. 오늘 계약한다는 약속을 철석같이 해놓고서, 나도 홧김에 그럼 그만두라고 소릴 바락 질렀지요."

정양구는 영감의 이야기를 가만히 듣고만 있었다.

"알고 보니 그 사람들 집 장수더구먼요. 결국 속셈은 질질 끌어서 감질나게 해가지고 조금이라도 싸게 사자는 건데, 장사꾼들의 배짱이란 다 뻔하지 않소. 허나 지금 형편으로는 선뜻 나서서 사자는 사람도 없고 보니, 어떻습니까?"

"뭐가요?"

정양구는 물끄러미 영감을 바라본다. 그 눈빛에 자세를 가다듬는지 영감은 받은기침을 한 번 했다.

"값을 좀 내려서 결판내시겠소? 덩어리가 크니까 아무래도 몫으로 산다면 집 장사할 사람들 아니면 어렵지요."

정양구는 눈가에 미미한 조소를 띠었다.

"나보다 영감님이 헛수고를 하셨구먼요. 나는 온 김에 땅이나 한번 둘러보지요."

"아, 그러시겠소?"

복덕방 영감은 당황해하며 정양구를 따라나서려 했다.

"아니 혼자 가보지요."

"그럼 그러시오. 아닌 게 아니라 집이라도 빨리 들어서야지, 비만 오시면 산물이 쏟아져서 석축이 상하누만요."

처음 복덕방에 들어설 때와는 달리 아쉬운 듯하는 영감을 남겨두고 정양구는 언덕을 향해 올라간다. 언덕 일대는 백 평에서 이백 평 남짓해 보이는 수십 필의 택지가 조성되어 있었다. 이 중에서 정양구의 소유가 네 필이며 합쳐서 약 육백 평가량 된다.

복덕방 영감 말대로 간밤의 비 땜에 그전에도 비는 내렸지만, 길은 엉망이다. 새로 조성된 택지에서 바라보이는 언덕에는 전에 왔을 때보다 더 많은 판잣집이 들어서 있었다.

정양구는 석축을 쌓아 반듯반듯하게 정지가 된 자기 몫의 땅으로 올라갔다. 앞이 툭 틔어 전망이 좋았다. 정양구는 대지를 살펴볼 생각은 않고 먼 곳의 산과 하늘과 다닥다닥 붙어 있는 집들을 바라본다.

'이 중의 한 필에다 장난감 같은 집을 지어 남미와 함께 소꿉 같은 살림을 차린다면?'

공상은 그러나 정양구에게 감미로운 여운을 주지 못했다. 가을바람같이 쓸쓸하고 고독한 것이 엄습해왔다. 어젯밤 불이 꺼진 남미의 방에 들어섰을 때처럼.

'아침에 전화를 걸었다. 남미에게 알아서 하라고 했다. 그는 로웰하고 함께 바다로 떠날 것이다. 왜 잡질 못했나? 잡지 않았다는 것은 내 의지일까, 아니면 절실하지 않은 애정 탓일까, 아니면 어떤 자연이 주는 귀결을 나는 기다리고 있는 걸까? 나는 무엇을 경계하고 있는 걸까? 감정에 빠져서 패배할 내 모습을 경계하는 걸까. 그것은 혜자 때문일까?'

정양구는 자기 자신에 대하여 수없는 의문을 제출하고 있었다. 그러면서도 그는 남미가 자기에게 절대적인 존재가 아닌 것을 믿고 있었다. 엄습해오는 고독감이 어느 순간의 것인 것과 마찬가지로 남미는 그에게 어느 순간에 귀중한 존재일 뿐이라고.

그는 담배를 한 대 태우고 나서 언덕을 내려왔다. 한길까지 천천히 걸어와서 택시를 잡아탔을 때 그는 조금 전의 생각에서 아주 놓여나 있었다. 습성화된 것처럼 생활의 대열 속에 끼어들어 정확한 보조로 걸음을 내디디는 병사와도 같이 자세는 꿋꿋한 상태로 돌아가 있었다.

회사에 돌아오자 여직원이 말했다.

"댁에서 전화가 두 번이나 걸려왔었어요."

"응."

정양구는 건성으로 대꾸하고 자기 책상 앞에 밀린 일들을 민첩하게 처리해나가는 것이었다.

책상 위 직통전화의 벨이 울렸다. 정양구는 수화기를 들려 하지 않는다. 여직원이 쫓아와서 전화를 받았다.

"부장님 전화예요."

정양구는 하던 일을 계속하며 묻는다.

"누군데?"

"여자분인데요."

"없다고 해."

여자가 은애인지 남미인지 그 어느 쪽이든 정양구는 개의치 않았다.

퇴근한 정양구는 곧장 집으로 돌아갔다.

"아빠! 외삼촌 오셨어!"

영이가 맨 먼저 쫓아 나오며 외쳤다. 팔에 커다란 인형을 안고 있었다. 은애는 현관에 멍하니 서 있었다.

"정말이오?"

묻는다.

"네."

은애는 평상시의 그 멍청한 표정을 달리하지 않고, 아니 오히려 더 막연한 모습으로 대꾸했다.

"어디 계셔?"

물으면서 신발을 벗고 마루로 올라간다.

"B호텔에 드셨어요."

"D동에 안 가시고?"

"네, 권하지도 않았어요. 가지 않을 테니까요."

"그럼?"

"아버님이랑 모두 비행장에 나가서 만나기야 했죠."

방에 들어온 정양구는,

"온다는 날짜도 확실히 기억 못 했지만 바쁜 일이 있어 연락을 못 했소."

어젯밤에 어디 갔었다는 얘기는 물론 하지 않았고 한다는 투 역시 미안해하거나 변명하는 것은 아니었다. 하기 싫은 말은 안 하면 그만이었고 둘러대기 싫었던 것이지만 은애 역시 듣고 싶어 하는 얼굴도 아니었다.

"내일 그럼 가봐야겠구먼."

"틈이 나면 가보세요."

"집도 넓고 한데 여기 와서 묵으셔도 좋을 텐데."

"안 오실 거예요."

두 사람은 저녁상을 받는다.

"오래 계시겠답니까?"

바쁘게 술을 든다. 정양구는 배고픔을 느꼈고 점심을 굶은 생각이 났다.

"글쎄요. 얼마나 계시겠냐고 물었더니 아무 말도 안 하시고 웃기만 하데요."

은애는 남의 일같이 말했다.

여름밤은 짧다. 저녁을 먹고 아이들이 잠들고 그러는 사이 어느덧 열한 시가 지나려 하고 있었다. 정양구는 신문을 보는 대신 손톱을 깎고 있다가 불쑥 말했다.

"나 어제 한현설을 만났소."

영이의 옷에 떨어진 단추를 달고 있던 은애는 천천히 얼굴을 들고 남편의 눈빛을 주시한다.

'이상한데? 저 눈이 왜 저럴까?'

정양구는 순간 섬뜩한 생각이 들었다. 그 생각을 떠밀어버리려는 듯,

"함께 술을 마셨지."

덮쳐 씌우듯 말하고 그것으로 화제를 끊으려 하는데,

"잘했어요. 생남했다지요?"

"뭐?"

"생남했다고 자랑 안 하던가요?"

하고 은애는 빙긋이 웃었다.

정양구는 은애의 예기치 않은 언동에 도리어 당황해서,

"그런 말 안 하던걸……."

하다가 이내 자기를 수습하여,

"당신 어떻게 그걸 알아?"

덜미를 잡듯 되물었다.

"그걸 몰라요?"

"어떻게 그리 잘 아느냐 말이오."

"제가 전화 걸어서 축하했는데 모르겠어요?"

은애는 태연자약하게 말했다.

"여전히 소심하고 용기 없고 휴머니스트고, 사람이란 변하는 게 아닌가 보던데요."

한술 더 떠서 말했다. 노여워야 했을 것을, 물론 남자 자신의 의도는 별개라 쳐놓고, 그러나 정양구는 노여움을 느낄 여유가 없었다.

그만큼 은애는 종전의 은애하고는 달랐다. 어젯밤 연락도 없는 외박에 대항하여 그런다고 생각할 수 없는 것은 여태 은애에게 그런 일이 없었다는 이유에서보다 은애 자신으로부터 배어나는 분위기에 어떤 가식도 찾아볼 수 없었다는 데 있었다.

"당신 날 보구 왜 그런 얘길 하는 거요?"

정양구의 목소리는 낮았으며 속삭이는 것같이 들렸다.

"왜라뇨? 있었던 일이니까 얘기하는 것 아니에요?"

"있었던 일……."

가만히 바라보는 정양구 눈에 은애의 눈동자는 움직임을 잃은 것같이 그러나 심한 빛을 발하고 있었으며 눈언저리는 아이섀도를 칠한 것처럼 푸르스름했다.

"당신 전엔 안 그랬는데."

말은 정양구 입속에 꺼져버렸다.

"아무렴 어때요? 어서 잠이나 잡시다."

은애는 영이의 옷을 후딱 집어던지고 이부자리를 깔았다. 정양구는 은애의 동작을 주의 깊게 바라본다.

'이 여자는 아이의 어머니다. 내 아이들의 어머니지.'

"아이 골치야. 온종일 어찌나 쑤시는지 머리가 빠개지는 것 같애."

은애는 혼자 중얼거렸다. 정양구는 은애로부터 눈을 떼지 않고 잠옷으로 갈아입으면서,

"당신 오빠가 오랜만에 귀국했는데 기쁘지 않소?"

시험을 해보듯 말을 던진다. 은애는 오빠의 귀국 같은 것은 까맣게 잊고 있는 듯 보였기 때문이다.

"기쁘기야 기쁘죠. 하지만 오빠는 오빠, 전 저예요. 오빠의 고통까지 제가 짊어질 순 없잖아요? 그랬다간 그야말로 머릴 도끼로 빠개버려야 할 거예요."

정양구의 얼굴이 질린다. 은애의 대답치고는 너무나 정상이 아니다.

"어서 잡시다."

정양구는 불을 끄고 자리에 든다. 은애도 자리에 들었다. 후

덥지근한 바람이 창에서 스며든다. 그러나 몸에 닿은 은애의 발은 싸늘하였다.

평소 냉랭했던 부부 생활, 그러나 오늘 밤 은애의 흥분은 이상한 것이었다. 정양구는 은애가 불감증이 아닌지 하고 가끔 의심하는 일이 있었다. 그만큼 성에 냉담했던 은애는 오늘 밤 따라 별난 반응을 보이는 것이다. 정양구 자신도 흥분했다. 그것은 심리적인 미묘한 변화였다. 정복한다는 우월에 따라 일종의 연민이 정양구의 감정을 흔들었다. 은애의 흐트러진 이성에 대한 일말의 위구심이 의식을 자극하여 적극적으로 몰아가서 도달한 희열이었다.

은애는 이내 곯아떨어졌다.

정양구는 잠이 오지 않았다. 정신이 맑아왔을 뿐이다.

'여러 가지 은애의 변화는 어떤 결과를 가져올까?

그도 알고 있었다. 은애의 어머니가 정신이상자였다는 것, 그것으로 인하여 죽었다는 사실을.

정양구는 결혼을 한낱 사무적인 절차로 생각했던 것처럼 은애의 그 같은 가족 관계에도 개의치 않았고 결혼 후 은애의 의젓하고 무덤덤한 성품을 대하는 동안 그 불길한 핏줄 같은 것을 생각해본 일조차 거의 없었다. 은애의 성격에 병적인 것을 느낀 일이 없었기 때문이다.

'오래간만에 오빠가 돌아와서 은애는 흥분했던 걸까? 지난, 집안의 비극이 되살아났던 걸까. 강은식이라는 사나이, 이

상한 그 인물은 은애 의식에다 어떤 강박감을 주었을지도 모른다.'

정양구는 은애의 오빠인 강은식을 몇 번 만난 적이 있다. 그들이 결혼했던 해 강은식은 한국을 한 번 다녀갔었다. 모습은 정양구보다 오히려 선이 굵게 보였으며 말수도 적은 편이었으나 표정은 섬세하고 감수성이 빠른 사람에게 흔히 볼 수 있는 젖은 것같이 흔들리는 눈빛이었다. 은애의 눈을 많이 닮았다고 정양구는 생각했던 것이다.

'하지만 은애는 오빠에 대해서 무관심한 것 같더군. 옛날같이 기뻐하는 기색도 없고…… 아니면 내가 없었던 어젯밤에 무슨 일이 있었던 걸까?'

은애는 지금 아무 일도 없었던 것처럼 고른 숨소리를 내며 깊이 잠들어 있었다.

'은애 몸이 불편한 것 같아서, 좀 살피시는 게 좋겠다 싶어서……'

'전 친구니까요. 걱정 안 할 수 없어요.'

또랑또랑하게 울려오던 희련의 목소리가 갑자기 생각났다. 꽤 오래전 일이다. 정양구는 희련을 별로 달가워하지 않았으므로 그때도 서먹하게 응대했던 기억이 났다. 가는 신경의 줄이 수천 갈래나 뻗쳐 와서 사람을 확 감아 젖히는 것 같은 희련은 정양구에게 피곤함을 주었다. 은애와 달리 용서가 없을 것같이 파르르 떨리는 것 같은 여자를 정양구는 생리적으로 싫어했다. 희련은 정양구의 생활 태도를 비난 섞인 눈으로 보았던 것이다.

'그 여자는 어떤 사태를 내게 암시했던 것이 아닐까?'

은애의 몸은 항상 건강한 편이었고 희련의 전화를 받은 후에도 은애의 건강이 나빠졌다는 징후는 보이지 않았다. 다만 느긋한 것 같은 본래의 성격이 달라지는 것 같은 기색이 있었다. 초조해하는 눈빛이라든지 식모에게 잔소리하는 도수가 늘었다든지 하는 일도 없이 언제까지나 멍청히 앉아 있다든지 그런 변화를 정양구는 보았다. 그것을 한현설과 연관시켜 생각해보았다. 그런데도 불구하고 아까 한현설에게 전화를 걸었다는 은애 말을 들었던 순간 정양구는 은애에게 일어난 변화에 한현설의 비중이 그리 큰 것이 아님을 직감했다.

아침에 일어나서 마주 대했을 때 은애는 평상시와 다름없는 안정 상태로 돌아간 것처럼 보였다. 그러나 남편을 마주 보기에 눈이 부신 듯 시선만은 마주치기를 피하는 것 같았다. 인형을 들고 들락거리는 영이를 상대로 은애는 자신의 위치를 조용히 지키며 되살려보는 듯싶었다.

"엄마, 엄마 우리 민이보다 이 애기가 더 예쁘지? 그지?"

"그래."

"이 애긴 계집애지, 그지?"

"응."

"우리 민인 사내니까 안 예쁜가? 하지만 아빠가 엄마보다 예쁘잖우?"

정양구는 쓴웃음을 띤다.

"오늘은 웬일로 일찍 일어나 야단이냐?"

"인형 생각이 나서 일찍 일어났을 거예요."

영이는 복도를 구르며 뛰어나갔다.

"여보, 오늘 말이오. 퇴근 후 만납시다."

정양구의 목소리는 아주 부드러웠다.

"뭐 하게요?"

"처남한테 인사하러 가야겠소."

"글쎄…… 당신 혼자 가시죠, 뭐."

"저녁이나 대접하구 기왕이면 당신도 나와서 함께하지."

"호텔에 가만히 계실라구요?"

"당신이 전화 걸어요. 시간 약속하고 만나지."

"나보다 당신이 거시면 어때요? 어제는 비행장에도 못 나가
셨으니까, 그러는 게 좋지 않을까요?"

"그럴까? 그러지. 그럼 회사에 나가서 연락해보구 당신한테
알리지."

"지금 여기서 걸어보세요."

"아니, 아직 일러. 늦게까지 자면 깬다는 것도 짜증스런 일
이니까."

정양구가 출근하기 위해 옷을 갈아입을 때,

"이거 하구 가시겠어요?"

은애가 꾸무럭거리며 물었다.

"뭘?"

"오빠가 선물로 주신 건데."

"넥타이요? 요다음에 하지."

정양구는 가볍게 물리쳤다. 차 올 시간도 다 돼가기 때문이다.

차가 오고 정양구가 현관에서 신을 신을 때 은애는 벽면에 기대어 서서 머리를 짚었다. 정양구는 그 모습을 흘깃 쳐다보다가 아무 말 않고 나와버렸다.

뒤에서 별안간 왁자한 소리가 나는 것 같았으나 그는 차에 올라 가버렸다. 전혀 예기치 않았던 신경질이 뭉클하게 솟는 것을 정양구는 오만상을 찌푸리며 참는다. 한번 뒤돌아본 운전사는 아침 인사를 생략하고 차를 몰았다.

'그저께 밤에 외박한 땜에 부부쌈을 했나 보군.'

운전사는 그런 말을 마음속으로 중얼거리고 있는 것 같았다. 다른 사람이면 몰라도 운전사에게만은 그간의 사정을 속일 수 없는 노릇이었다.

정양구는 운전사 때문에 다시 화가 치민다.

'이러다간 차질이 나겠는걸.'

남미의 일도 그렇고 은애의 경우도 그렇다. 양쪽에서 뭔지 바싹 다가와서 정양구 자신의 몸을 죄고 옴짝할 수 없는 지경으로 끌고 갈 것 같은 불안이 인다. 그것은 마치 지금 앞에서 뒤에서 차체가 부딪칠 만큼 밀어닥친 차량의 홍수 속에서 촌보의 자유도 허용치 않는 무서운 질서의 압력 같은 것인데, 지금 정양구가 느끼는 불안은 질서의 압력이 아니라 허약한 의지력이 자승자박을 초래하지 않을까 하는 것이다.

그는 회피하고 있지만 사랑이나 연민의 감정이 그를 다시금 패배의 진구렁창으로 떨어뜨릴 것 같은 바로 그 두려움인 것이다.

어제까지만 해도 그러니까 남미와의 갈등만으로는 그도 여유 있게 버티어보았었고 남미에게 가는 애정은 순간이라 했었다. 그가 아주 약화된 자신을 깨달은 것은 은애의 증세, 어쩌면 그것은 아무것도 아니었을지 모르지만 유전이라는 가능성이 사실의 현상 이상으로 정양구의 기우를 지배한 것만은 틀림이 없다.

전에 없이 은애에게 대하여 조심스러웠고 부드러웠던 정양구는 은애 앞에서 떠나는 순간부터 근심스러운 사태의 발전을 예상해보고 또 공리적인 생각에 빠지지 않을 수 없었던 것이다.

'만일 그렇게 되는 날에는?'

절박한 상태로까지 가지 않았다 하더라도 정양구는 처음으로 결혼이라는 것의 중요성을 인식하는 것이다. 밖에서 움직이는 공간과 가정이라는 곳의 공간이 비중에 그 어느 편이 가볍고 무겁다 할 수 없는 깨달음. 애정이라는 것을 도외시하고

서도.

　약속한 시간에 정양구는 B호텔에 투숙한 처남 강은식을 찾아갔다. 노크를 하고 대답이 있어 도어를 밀고 들어갔을 때 강은식은 그때까지 창가에 서서 밖을 내다보고 있었던지 고개를 돌렸다. 그는 인사 대신 빙그레 웃었다. 비행장에 못 나간 사과는 이미 전화에서 했고. 정양구는,

　"아직 안 왔습니까?"

　"은애 말인가?"

　"네."

　"오겠지."

　그는 쇼파에 와서 앉았다. 정양구도 맞은편에 앉는다.

　"나가보셨습니까?"

　"어딜?"

　"밖에 말입니다."

　"아니."

　"피곤하신 모양이죠?"

　"별로 피곤할 것도 없지만……."

　강은식은 담배에 라이터를 켜댔다. 정양구는 다소 의아했다. 일본서 일부러 여기까지 와가지고 온종일을 호텔 방 안에 틀어박혀 있다니 싶었던 것이다.

　"많이 변했지요?"

　"글쎄 비행장에서 올 때 잠깐 보았을 뿐이니까."

"아주 돌아오실 생각은 없으십니까?"

"아직은."

"이젠 결혼하셨겠지요?"

말수 적은 강은식은 정양구에게 거북한 압력 같은 것을 준다. 정양구 자신도 말이 많은 편이 아니었으나 이런 경우 그 자신이 화제를 만들지 않으면 안 되는 것이 고통스러웠다.

"아직은 별로 관심이 없는데……."

"하지만 객지에서 가정이 없으면 불편하지요."

"가정이 있어서 불편한 경우도 있지 않겠나?"

"글쎄요……."

정양구는 아침에 나올 적에 생각했던 가정이라는 것에 생각이 몰려들어 가려는 것을 방지하며,

"얼마 동안이나 계시겠습니까?"

"형편 봐서……."

더 이상 정양구는 화제를 만들어볼 수 없었다. 침묵 상태가 계속된다.

강은식은 침묵에서 오는 저항을 별반 느끼지 않는 것 같았다.

'상당히 노숙한 사람이군. 그럴 나이도 아닌데…….'

이미 그런 느낌은 몇 해 전에도 받은 것이었다. 정양구는 은애와 은식의 공통점을 생각해본다. 외모에서는 눈만 닮았고 모습은 아주 딴판이었다. 전에는 은애도 그랬었지만 느긋하고 자기에 관한 얘기를 하지 않는 조용한 분위기도 남매간의

공통점인 것 같았다. 그러나 정양구 자신이 남성이면서 은애보다 은식이 매력적인 것을 느낀다. 강은식이라는 남자에게서 정양구는 신비스럽다고나 할까, 알 수 없는 면, 분위기 같은 것을, 그 알 수 없다는 것은 상당히 짙은 농도로 번져왔다.

"왜 여태 안 올까요?"

정양구는 시계를 본다.

"온다고 했으면 오겠지 뭐, 바쁠 것도 없고. 그런데 은애의 건강은 괜찮은 편인가?"

"네. 별로……."

건강이라는 말이 강은식 입에서 나왔다는 사실을 정양구는 단순하게 받아들일 수가 없었다.

'건강이라면 무엇을 의미하는가?'

정양구는 집요한 생각을 다시 떨쳐버린다. 마침 은애가 나타났다. 은애의 얼굴은 몹시 창백했다. 입술까지 파란 것 같았다.

5. 모습

통금 이후에 다녀도 무방한 차량이 바람같이 지나가 버린 뒤 주택가는 괴괴한 정적 속으로 다시 가라앉는다.

희련은 차가 지나가는 소리에 잠이 깨었다. 차가 지나가는 소리에 잠이 깨었다기보다 요즘 희련은 이맘때쯤이면 잠이 깨는 버릇이 생긴 것이다.

흉한 꿈을 꾸다 잠이 깨는 것도 아니었는데 눈을 뜨면 먼저 섬뜩한 생각부터 가슴에 와닿았다. 희련은 침대 위에 두 무릎을 모으고 오도카니 앉아서 공간을 바라본다. 골목에 켜진 가등의 불빛이 창문으로부터 희미하게 비쳤으나 거의 어둠이었다.

'내려가 볼까? 그만둘까. 설마 그 짓을 또 할라구?'

침대에서 내려온 희련은 창가로 다가가 창문을 연다. 후텁

지근한 바람이 들어왔다. 희련은 허리를 조금 꾸부리고 창턱에 팔을 얹어 턱을 괸 채 멍청히 창밖을 바라본다. 가까운 곳보다 먼 곳에 불빛이 더 많았다. 꺼뭇한 산허리에서 퍼져나간 하늘은 놀 진 것같이 뿌옇게 보였다.

'적막하다. 모두 잠들었을까. 모두 죽어버렸을까. 이대로 깨어나지 못하고 영원히 이 도시가 잠들어버린다면?'

그러나 큰길을 달려가는 차량 소리가 울려왔다. 희미하게 땅이 진동하는 것을 느낄 수 있었다.

희련의 생각은 낮에 옷을 찾아간 어느 부인에게 옮겨간다.

숨이 차게 지껄이던 여자 콧등에 송송 솟은 땀방울도 생각이 난다.

"이번에는 세상없어도 아빠랑 애들이랑 바다에 가려구 봄부터 예산을 세워 저축을 했어요."

"애쓰셨군요."

"까짓 기왕 갈 바엔 호화판으로 하려구 말예요. 집에서 옹색하더라도 밖에 나가선 마음 놓고 푹 놀다 와야잖겠어요? 지난해도 가려구 마음먹었음 못 갈 것도 없었지만 밖에 나가서 궁상떠는 건 싫었으니까. 금년에는 실컷 놀다 올래요."

"그럭허세요."

"애들은 벌써부터 좋아서 잠도 안 자구 야단이지만 애아빠도 은근히 들떠서 약품이랑 챙겨 넣고 날씨 걱정도 하구 말예요. 식구들 땜에 내 등이 휜다 하면서도 자식들 커가는 걸 보면 대견한가 봐요. 글쎄 오늘도 가서 옷 찾아다 놓으라고 성화지 뭐예요. 그러잖아도 내일 떠날 건데 어련히 할까 봐서.”

그러고도 여자는 더 많은 이야기를 하다가 돌아갔다.

그 여자가 한현설의 부인이라는 사실을 알았더라면 희련의 마음은 복잡했을 것이다. 여자의 말에 다소의 과장이 있었다 하더라도 희련은 은애를 위해 서글퍼했을 것이다. 그러나 어느 누구의 부인인지 모르는 희련은 자신을 비추어보며 서글픔을 느꼈다. 그 여자에게는 행복이란 매우 손쉬운 곳에 있는 듯싶은데 자신에게는 어째서 그처럼 멀고 아득한가, 희련은 행복에 대한 자기의 미래에 대한 기대가 강렬하게 내부에서 꿈틀거리고 있는 것을 느낀다.

‘내려가 볼까, 그만둘까······.’

꿈은 꿈인 채 그러나 현실은 여전히 마력이다. 희련은 불안해지기 시작한다.

‘아주머니! 큰일 났어요!’

식모의 외치는 소리가 귀청을 마구 치는 것 같다. 온 집 안이 웅성거리고 복도를 뛰어가는 발소리가 사방 벽에랑 유리창에 부딪혀 되울려오는 것 같다.

환청에 사로잡히고 말았다.

희련은 문을 열고 방에서 빠져나간다. 층계 쪽은 아주 캄캄했다. 더듬으며 소리가 나지 않게 조심조심 층계를 밟고 내려간다.

아래층에 발을 내디뎠을 때 덩어리가 된 어둠, 무섬증이 가슴을 뭉개며 달려들었다.

희련은 희정의 방 앞에서까지 가서 멈추어 선다. 몸을 기울이며 방문에 바싹 귀를 붙인다.

희정의 코 고는 소리가 규칙적으로 들려왔다. 쩍쩍 입맛 다시는 소리도 들려왔다. 희련은 그 소리를 마치 맥박을 재는 의사와도 같은 심정으로 듣고 있는 것이다. 개 짖는 소리가 났다. 한 마리가 짖어대니까 연쇄적으로 다른 곳에서 개 짖는 소리가 잇달아 났다. 높은 소리 낮은 소리, 강아지 소리, 무서운 셰퍼드의 짖는 소리, 그들은 어떤 불안의 발짝 소리를 들었을까. 조용했던 밤공기가 흩어지면서 출렁거린다.

'어디 도둑이 들었을까?'

희련은 희정의 방문 앞에서 떨어져 나왔다. 부엌으로 간 그는 전등을 켰다. 어두운 곳에서 모든 것은 일시에 그 모습을 드러내었다. 냉수 한 컵을 들이켠 희련은 멍하니 부엌 한가운데 서 있다가 창가에 가서 밖을 내다본다.

희정은 벌써 보름 가까이 단식까지는 하지 않았으나 방에 드러누운 채 꼼짝하지 않고 있었다. 낮에 인숙이 들른 모양이었으나 희정의 방에서 소곤거리더니 인숙은 희련에게는 얼굴도 내비치지 않고 돌아가 버렸다. 그것은 사태의 악화를 뜻하는지 아니면 희망적 전망을 뜻하는지 희련으로서는 알 수 없는 일이었다. 사실 희련은 사태 자체를 정확히는 모르고 있었다. 금전 거래에 관한 것이라는 짐작은 하지만 아직 희정은 희련에게 고백하는 단계에까지 오지 못하고 있었다. 고백 이전에 일어날 소동을 지금 희련은 대기하고 있는 것이다.

그 소동은 연극으로 진행될 것이라는 것을 희련은 알고 있다. 그런데도 희련은 푹 잠들어버릴 수 없는 것이다. 사태를 명백히 파악할 수 없고 추궁한다 해서 틈이 들기 전에 입을 열 희정도 아니었다. 희련을 불안하게 하며 자살극을 태연하게 구경할 마음의 준비를 갖추지 못하게 하는 것은 돈에 대한 희정의 집념인데, 산다는 본능이 누구보다도 강한 희정을 생각한다면 지겹고 몸서리쳐지는 자살극을 방관 못 할 것도 없는 일이지만 그러나 희련은 어떤 경우에도 방관을 못 하였고 그 자살극에 늘 말려들고 마는 것이다. 생명에의 본능보다 더했음 더했지 못하지 않은 재물에 대한 희정의 집착은 그것을 잃은 경우 그 후의 사태는 예측할 수 없는 일이기 때문이다.

삼 년 전에 그런 일이 있었다. 희련이 몰래 이자 놀이를 하던 돈을 몽땅 떼인 일이 있었다. 적지 않은 액수였다. 계주에게 이자로 계금을 붓기 위해 맡긴 돈도 있었던 모양인데 타낸 계금 역시 계주에게 맡겨 그 이자로 충당되는 새로운 계를 조직하고, 그러니까 희정으로서는 밤마다 하는 계산의 세계에서 돈은 굴릴수록 부푸는 눈사람같이 되어갔을 것이다. 계주는 희정에게 황금의 알을 낳아주는 거위 같은 존재였을 것이다.

황금의 알을 낳아주던 거위는 그러나 지금껏 그 흔적이 없다. 달아난 후 그를 보았다는 사람은 아무도 없었다. 그때 희정은 약을 먹었으나 그것은 치사량이 아니었다. 그래도 희정은 겁이 났던지 죽는다고 막 울어댔다.

부엌에서 나온 희련은 다시 희정의 방문 앞에 와서 섰다. 아까처럼 방문에 귀를 바싹 대고 희정의 코 고는 소리를 듣는다. 문을 밀어본다. 문은 잠겨져 있지 않았다.

다시 개 짖는 소리가 가라앉은 밤공기를 흔들어댄다. 이번에는 흐트러진 사람의 발소리마저 들려왔다. 웅성거리는 사람들의 기척도 울려온다.

희련은 겁이 더럭 났다. 도둑이 들었나 보다 하고 생각했던 것이 아까와는 달리 자신과 관련된 일이 아닌가, 그런 예감이 스쳐간다.

층계를 밟고 제 방으로 돌아온 희련은 방문을 잠갔다. 그리고 창문가로 다가서서 길 쪽을 내려다본다. 웅성거리는 소리가 여전히 들려왔다.

'설마 그러기야 했을라구.'

강하게 부정하면서도 희련의 가슴은 방망이질하듯 뛰었다.

'죽었음 죽었지 어림도 없다!'

희련은 어둠 속에서 장기수가 자기를 향해 다가오는 것 같은 환각에 빠지며 마음속으로 외쳤다.

개인전이 끝난 후 희련은 장기수로부터 여러 번 전화를 받았다. 처음에는 그도 예의 바르게, 또 냉정하게 한번 만나자는 요청을 해왔다.

희련이 당황하고 머뭇거리면서도 끝내 거절하자 그는 차츰 고자세로 나왔고 고자세에 비례하여 희련의 거부하는 감정이 격렬해지게 되었던 것이다. 장기수는 다시 저자세가 되었다. 나중에는 애원으로 나왔다. 자존심이나 체면 따윈 다 벗어던지고. 얼마 전의 일이었다. 희련은 다시 당황하고 머뭇거리며 그러나 그를 다시 만나는 일만은 거절했던 것이다. 마지막 그러니까 어젯밤이었다.

"두고 보자구. 그러면 나는 사내자식 오기 때문에도 물러나지 않을 거야. 사람이란 체면을 차리고 자존심을 유지하는 동안이 어려운 거지. 그것이 다 망가졌을 때 어떻게 되는지 알어? 아느냐구— 네 콧대가 얼마나 센지 두고 보자구!"

"피차 마찬가지죠. 미안하구 죄스럽다는 생각만 벗어던지면 나도 굴레에서 벗어난 여자가 되는 거예요. 죽고 사는 것 누가 무서워할 줄 아세요? 마음대로 하세요!"

"나는 결코 단념하지 않을걸."

"나도 결코 만나지는 않아요!"

"싫어도 만나게 할 테다!"

"잘 들어두세요. 나는 내 양심이 무섭지 누구의 협박이나 공갈은 무섭지 않아요. 협박이나 공갈은 내 양심 속에 한 가닥 남아 있는 고통을 깨끗하게 없애주는군요. 이혼한 것은 참 잘한 일이라구 말예요. 더 이상 나는 아무 할 말도 없고 만날 이유도 없으니 댁의 마음대로 하세요."

전화를 끊었다.

희련은 창문을 닫고 침대에 와서 눕는다. 웅성거리던 소리가 멎었다.

'어머니, 왜 이렇게 적막하지요? 언제 나는 어른이 되고 여자가 되는 걸까요? 죽는 날까지 고아로 이렇게 살아야 하나요? 어머니! 난 작은 새처럼 날아가고 싶어요. 이 밀폐된 속에서 빠져나가 훨훨 날아보았으면 얼마나 좋겠어요? 낯선 고장을 이리저리 날아다니다가 추운 겨울이 와서 모이가 없어지면 어느 눈 쌓인 골짜기에서 얼어 죽는 거예요. 어머니, 나를 위해서 내미는 손길은 모두 왜 동물 같기만 하죠? 깨끗한 눈이 없어요. 지게꾼도 거지도, 어떤 사람이라도 좋아요. 맑은 눈이, 내가 보면 행복해지는 그 눈이 어딘가 있을 텐데……'

희련은 철부지 어린것같이 중얼중얼 중얼대는 것이었다.

어둠과 무섬증과 적막이 조수처럼 밀려왔다. 발밑에서 찰싹찰싹 밀려들던 물이 무릎을 적시고 가슴까지 넘쳐오더니 종내 목에까지 차오르는 것처럼 희련은 절망적인 소리를 지르는 것이었다.

'어머니, 어머니! 내가 사는 이유, 그거 하나만 알게 해주세요. 지금 난 어거지떼를 써서 살고 있는 거예요. 난, 천 번 만 번 생각해도 그이하곤 살 수 없어요. 아기 낳고 살다 보면 살아지는 거라 하지만 그럴 수가 없었어요. 그러면서도 행복한 젊은 부부, 젊은 엄말 보면 이 세상에서 나 혼자만 밀려난 것 같구…… 난 여자도 될 수 없고 엄마도 될 수 없고 죽는 날까지 고아로만 있을 것 같은 생각만 들어요.'

희련은 어둠을 향해, 목에까지 차오르는 무섬증과 적막에서 헤어나기 위한 주문처럼 지껄였다.

'무의미하다는 것, 목적이 없이 막연하다는 것, 그건 정말 무서운 거예요. 열심히 일하고 열심히 돈을 모으고 그래서 늙어지면 편안하게 안락의자에 앉아서 졸며 죽음을 기다리는 그게 행복이고 평화라는 언니 생각은 잘못이에요. 그건 밥벌레의 일생이에요. 개미나 꿀벌도 그렇겐 살 줄 아는 거예요. 난 언니같이 살고 싶진 않아요. 거지가 되어 비참하게 어느 골짜기에 쓰러져 죽는 한이 있어도 난 내가 사는 이유를 발견하고 싶어요. 한순간일지라도 난 절대적인 상태 속에 서고 싶은 거예요.'

새벽녘에 겨우 잠이 들었다.

뒤숭숭한 꿈만 꾸다가 희련은 늦게 일어났다. 간밤의 일을 점검하듯 되새겨보고 골똘히 의심해보고 그러다가 그것을 뿌리치며 방을 나섰다. 아래층으로 내려갔다.

발바닥에 느껴지는 마룻장의 촉감, 결코 발이 파묻히는 일이 없을 단단하고 차가운 발바닥 밑의 느낌, 희련은 비로소 그 느낌으로 하여 간밤의 지리멸렬하였던 의식의 세계가 천천히 움직이며 한곳으로 모여드는 것을 깨닫는다. 삶의 자세가 재조정再調整되어가는 과정을 희련은 또렷이 감지하는 것이다.

흘러가 버린 시간은 허무하고 형체 없는 것이지만 흐르는 시간과 싸우는 고통은 현재를 비약시키는 계기가 될 수도 있는 일이다. 따라서 그 지나간 시간은 고통의 충족을 남겨주는 경우가 있다.

희련은 확고한 지름대를 자신 속에서 발견한다. 간밤의 공포나 간밤의 적막이나 간밤의 절망이 설혹 이성을 벗어난 과잉의 상태였다 하더라도 오늘 그것을 대결해갈 자신의 힘을 느낀다. 장기수에 대한 거의 망상적 공포에 대해서 더욱 그러했다. 말하자면 어떤 경우에도 변하지 않을 자기 자신을, 체념과 비애가 감도는, 그러나 굳건히 보호할 분신을 자기 자신 속에 설정한 것이다.

수면 부족으로 얼굴이 부숭부숭 부은 희련은 목욕탕으로 들어간다. 양말을 빨고 있던 식모는 희련을 위해 한편으로 비켜 앉았다.

"몇 시나 됐을까?"

"열 시 다 됐을 거예요."

"그렇게 됐나? 일요일이긴 하지만."

"밥이 싸늘하게 식어버렸을 거예요."

"잘됐지 뭐, 이 더운 여름 날씨에. 오늘도 어지간히 찌겠구먼. 언니는?"

"조반 말인가요?"

희련은 칫솔을 입에 넣으며,

"응."

식모는 히쭉 웃었다.

"다른 때보다 좀 더 잡수셨어요."

세수를 끝낸 희련은 아침 식탁 앞에 앉았다. 찌개 냄비를 들고 들어온 식모는,

"장마 때문에 습해서 그런지 문들이 영 말을 안 들어먹네요. 부엌 벽 창문 여느라고 혼났어요."

했다.

"문?"

"네, 문 말이에요."

"문이 안 열려?"

"그렇다니까요."

희련은 신기스러운 생각, 그에게 아주 새롭고 계시와 같은 생각이 떠올랐다.

'모든 문이 내 앞에서 잠겨져 열리지 않더라도 하나, 꼭 하나의 문은 열릴 것이다.'

전화벨이 울렸다. 식모가 나가서 전화를 받는다. 잠깐 기다리라는 말을 남기고 돌아온 그는,

"전화받으세요."

"어디서 왔니?"

"영이네 집에서요."

응접실로 나간 희련은,

"전화 바꿨다, 뭐니?"

"너 좀 안 올래?"

은애의 목소리가 울려왔다.

"네가 오렴."

"싫다."

"나도 마찬가지야. 오늘은 일요일이구 정 선생하고 애들하고 시원한 데 놀러나 가아."

하는데 오늘 아침 어딘가 떠났을 어제 그 여자의 행복스러운 얼굴이 눈앞에 떠올랐다.

"일요일이 어디 있니? 답답해 죽겠어. 그러지 말구 놀러 와라."

"참 너 오라버니 오셨다며?"

"응, 누구한테 들었니?"

"전화 걸었더니 넌 없구 식모가 그러더군. 뭐 호텔에 가구 어쩌구 하면서."

"오는 사람은 오구 가는 사람은 가구, 너 오늘 안 오면 나 한현설 씨 만나러 갈 거야."

"뭐?"

"누구든 만나기는 만나야지. 날씨 탓인가 봐?"

"그럼 나 좀 있다가 갈게."

수화기를 놓았다.

'얘가 왜 저럴까? 온통 망가진 것같이 균형을 잃고 있어. 제

말대로 날씨 탓이라면 다행이지만.'

식당으로 돌아왔을 때 식모는 그냥 서성거리고 있었다.

"어젯밤에 부엌의 불을 아주머니가 켜놓으셨어요?"

희련은 밥을 먹다 말고 부엌에 불을 켜놓은 채 이 층으로 올라가 버린 생각이 났다.

"응."

"어젯밤 소동 난 것 아셨구먼요."

"이웃에 도둑이 들었나?"

은애 생각을 하며 한편 장기수가 오지 않았던가 의심을 가지며 되물었다.

"도둑이 아니구요."

"그럼?"

희련은 식모의 얼굴을 빤히 쳐다보며 다음 말을 재촉하듯,

"왜 제가 언젠가 얘기했잖아요?"

희련은 간밤의 불안이 가슴을 찢을 듯 밀려오는 것을 느낀다.

"앞집 전세 들어온 집 말예요."

"아아 그래서?"

"바람이 나서 마누라가 젊은 남자 따라 도망간 얘기했지요?"

희련은 밥을 들기 시작했다.

"글쎄 간밤에 그 여자가 담을 넘어왔다지 뭡니까?"

"왜?"

"허 참 기가 막혀서."

"아이들 보고 싶어서 왔나?"

"그랬으면 제법 사람이게요. 뭘 훔치려고 들어왔다지 뭡니까?"

"설마 그러기야 했을라구."

"아침에 제가 다 들은걸요. 요즘 그 집에는 애들아버지의 누이동생이 와서 살림을 살아주고 있거든요. 그래 그 애가 저보구 얘길 낱낱이 해주었어요."

그것은 희련도 알고 있었다. 식모는 그 집에 온 제 또래의 여자하고 퍽 친하게 오가면서 지내는 것을 알고 있었다. 방에 누워서만 배기던 희정이 그 기미를 알고 밤낮 마을만 다닌다고 야단친 일도 있었다.

"전에도 그런 일이 있었다는 거예요. 어젯밤만 해도 서랍 속에서 예금통장을 꺼내더라는 거예요. 처음엔 도둑인 줄 알구, 하긴 그도 도둑이긴 마찬가지지만, 악을 쓰고 나섰는데 불을 켜고 보니까 그 여자였다지 뭡니까?"

"아무리, 여자가 통금 시간에 어떻게 밤거리를 다니누?"

"그야 통금 전에 와서 숨어 있다가 담을 넘을 수도 있잖아요? 세상에 정말 별 희한한 여자가 다 있나 부지요? 하기는 남편을 죽이는 여자도 있긴 있다지만. 담을 넘어서 제 자식이 잠자는 방에 도둑질을 하러 들어오다니, 참."

"그건 정신이상일 거야."

자기가 한 말에 섬뜩함을 느끼는데 순간 눈앞에 은애의 얼굴이 나타났다.

"나도 그랬어요. 정신이상인가 부다고 그랬는데 그 애 말이 절대 그렇지 않다는 거예요. 너무 오빠가 착해서 그렇다는 거지 뭡니까? 새벽녘에 여자는 나가버렸다는데 그 애는 어찌나 분하던지 애들아버지보고 악을 썼대요. 경찰서로 끌고 갈 일이지 그냥 내보냈느냐고. 그랬더니 애들아버지 말이 다 팔잔데 어쩌겠느냐, 경찰에 끌고 간다고 내가 나아질 리도 없고 그 여자가 좋게 마음을 먹을 리도 없는데, 하더라는 거예요. 그래서 오빠는 도시 쓸개가 있느냐고 대들었대요. 쓸개가 없지 쓸개가 없지, 하다가 애들아버지는 세상에 어디 쓸개만 갖고 사느냐 하며 되묻더라지 않아요. 세상에 그런 성인군자가 어딨어요. 그러니까 그 여자가 남편을 넘보고 그러는 것 아니겠어요? 나 같음 그런 착한 남편 하늘같이 생각하고 살겠는데, 참말 사람이란 서로 만나야 할 사람들이 만나서 살아야 하는 건데 그게 뜻대로 안 되니 말예요. 만나고 못 만나는 데서 사람은 행복해지기도 하고 불행해지기도 하나 부죠?"

중학교를 중퇴했다는 평범한 여자, 아직 출가 전인 식모는 일상에서 그와 같은 진리를 말하며 우울한 듯 창밖을 내다보는 것이었다.

희련은 네 말이 맞다 하고 속으로 맞장구를 치며 조반을 끝내었다.

희련이 복도로 나갔을 때 희정은 외출 준비를 하고 현관에서 있었다.

"언니 어디 가는 거예요?"

"좀 볼일이 있어서……."

희정은 무안하기도 하고 당황스럽기도 한 모양이었으나 퉁명스럽게 말했다. 결코 화를 내고 있는 것은 아니었으나 희련이 뭐라 하기만 한다면 한바탕 떠들고 나설 그런 자세였다.

희정은 엉거주춤 서 있는 희련에게 곁눈질을 하며 나갔다. 대문 앞에서 희정이는 큰 소리로 식모를 불러대었다.

"문 잠가라!"

"네, 가요!"

문을 잠그고 신발을 짤짤 끌며 돌아온 식모는 킥 하고 웃었다.

"왜 그러니?"

"모르겠어요."

"갑자기 왜 나가시지?"

"글쎄요…… 그, 여기 잘 오는 아줌마, 인숙이라던가요? 그분이 어제 다녀가신 뒤 일어나시더니, 글쎄 기분이 나쁘신 것도 아닌 것 같은데 내내 절 보구 불평을 하시잖아요?"

"무슨 불평?"

"늘 하시는 그 식이지 뭐예요? 인정머리가 없다는 둥, 내가 어찌 키웠다고 그러냐는 둥 밤낮 하시는 그 말씀이지 뭐겠어요?"

"……."

"그러시는가 하면 절 보구 바람이 났느냐, 집을 비우고 어딜 싸다니느냐, 사람이 말을 하는데 싱글벙글 웃기는 왜 웃어, 남은 아파서 며칠을 천장만 보고 누워 있는데 뭐가 좋아서 그러느냐, 내가 죽어도 눈물 한 방울 흘릴 인간이 없을 테니 분하고 억울해서도 안 죽겠다, 내내 그러시지 않아요? 그러는 품이 꼭 어린애 같더라니까요. 저절로 웃음이 나지 뭐예요."

"……."

"전에는 너무 말씀이 많아서 화도 나고 나가버릴까 하는 생각도 들었지만 근 보름 동안이나 아무 말씀 안 하시고 누워 계시니까 어쩌 심심하데요."

하고 식모는 다시 킥 하고 웃었다. 악의가 있어 한 말은 물론 아니었다. 집을 나서는 희정의 태도가 우스꽝스럽고 심술 난 아이 같은 느낌을 주었기 때문이다. 아니 무안하여 도리어 화를 내는 것 같은 모습이었기 때문이다.

그러나 희련은 식모 말에는 관심 없이 물었다.

"인숙이 오고 간 뒤에 일어났어?"

"네."

"그래?"

희련은 희정에게 어떤 희망적인 진전이 있었을 거라는 짐작을 했다. 희정이 나간 뒤 집 안은 쥐 죽은 듯 고요한 상태로 돌아갔다. 일요일은 언제나 쉬기 때문에 찾아오는 손님도 없고 뒷일 하는 아이들도 오지 않는 날이다.

희련은 이 층으로 올라와 침대에 누웠다. 한 시간쯤 잠을 청하려 하는데,

"아주머니 전화받으세요."

식모가 층계 반쯤까지 와서 말했다.

"없다고 그래."

"계시다고 했는데요."

"어디서 왔니?"

희련은 우선 장기수를 머릿속에 떠올렸다.

"인숙인가 그분이라 하는군요."

희련은 방금 희정이 나갔으므로 다소 불안한 느낌이 없지 않아 내려와서 수화기를 들었다.

"인숙이니?"

"아, 아닙니다."

뜻밖에 남자 목소리였다.

"누구시죠?"

희련의 목소리는 까칠해졌다.

"저 최일석입니다."

"네, 안녕하세요?"

"안녕하십니까? 오래간만입니다. 인숙이한테서 소식은 늘 듣고 있었습니다만 좀처럼 뵐 기회가 없어서……."

마치 제 누이동생이나 애인이라도 되는 것처럼 인숙이라 부르는 것도 묘했지만 방금 인숙의 이름으로 희련을 불러내 놓

고 인숙 운운하는 최일석의 배짱은 자부할 만한 것이라 아니
할 수 없었다.

"저는 인숙인 줄 알았습니다."

그냥 넘겨버릴 수도 있는 일이지만 그 유들유들한 품을 희
련은 새겨내질 못했다.

"하, 그렇습니까? 비서를 시켰지요. 금남의 집이어서 전화
가 영 통하질 않더구먼요."

"……."

"몇 번 전활 걸었습니다만 안 계신다는 한마디로 탈칵 끊어
버리는 데는 사람 환장하겠더군요."

"무슨 용건이신지?"

"아무리 동분서주하는 사업가의 처지기로서니 일요일에까지
용건 전활 걸겠습니까? 한가한 시간을 얻고 보니 갑자기 고아
같은 생각이 들어서 말입니다."

"저 지금 외출하려던 참인데요."

"아 그러세요? 그럼 잘됐군요. 어디 가시는지 제 차로 모셔
다드리죠."

"그럴 필요는 없어요. 급히 나가야 하니까요."

"그럴수록 차 잡기도 힘드실 텐데 제 차를 이용하시지요. 어
딜 가시는데요?"

"애인 만나러 가는 거예요."

"농담은 그만두시고."

희련은 속이 부글부글 끓었다.

"저 바쁘니까 이만 실례하겠습니다."

전화를 끊는다.

"빌어먹을!"

전화통을 냅다 집어 던지고 싶을 만큼 희련은 화가 났다. 최일석의 먹눈이 와서 얼굴에 닿는 듯하여 속이 매스껍다. 어설프게 애인 만나러 간다고 한 자기 말에도 화가 났다.

희련은 라디오를 틀었다. 볼륨을 높여놓고 소파에서 웅크리고 앉아서 맞은편 벽면을 노려본다. 왕왕거리는 유행 음악, 그 소음 속에 장기수의 우울한 얼굴과 최일석의 능글맞은 얼굴이 풍선같이 떴다간 수박같이 물 속에 잠기고 솟곤 한다.

'가만히, 가만히 날 내버려두었음, 아아 정말 못 견디겠어!'

싫다는 감정은 무서운 불기둥 같은 것이었고 또한 희련에게는 정말 견디기 어려운 고문이기도 했다.

얼마간의 시간이 지났을 때 다소 안정을 찾았다. 생각해보면 펄쩍펄쩍 뛸 만한, 대단한 일도 아닌 것을. 그러나 장기수의 모습은 여전히 희련의 마음을 눌러 질렀다.

희련은 라디오를 끄고 이 층으로 올라와 외출 준비를 한다.

햇볕이 쨍쨍 쬐는 길을 한참 지나 큰길로 나서서 희련은 택시를 잡았다.

은애 집에 가까워졌을 때 희련은 차를 돌리고 싶은 충동을 느꼈다. 시골길을, 흙먼지가 이는 시골길을 달리고 싶었던 것이다. 그러나 택시는 은애 집 앞에서 멎고 차에서 내린 희련은 그 집 대문 앞에서 버저를 누르는 것이다.

"아주머니 오시네요."

식모가 문을 따주며 반갑게 맞이해 주었다. 집 안은 조용했다.

"저번에 큰일 날 뻔했어요."

식모는 희련을 뒤따르며 말했다.

"뭐가?"

"우리 아주머니가 말예요, 쓰러지셨어요."

"쓰러지다니?"

"아저씨가 출근하시는데 현관에 나와 계시다가 그냥 푹 쓰러지지 않겠어요?"

"그래서 어떻게 했니?"

희련은 걸음을 멈추고 식모에게 물었다.

"괜찮아지셨어요."

집 안으로 들어간 희련은,

"은애야?"

하고 불렀다.

"응, 이리 와."

응접실 쪽에서 목소리가 들려왔다.

"사람 오라 해놓고 뭐니? 나와 보지도 않고."

응접실 문을 밀고 들어선다. 은애는 단정한 차림을 하고 마치 외출을 할 사람처럼 소파에 오똑 앉아 있었다.

"애들이랑 다 어디 갔어?"

"큰집에 갔다. 저희 아빠랑."

"넌 왜 안 갔니?"

마주 앉으며 물었다.

"뭐 난 남의 식군데…… 골치가 아파서 말이야."

"나도 골치가 아파. 어디 시골에나 다녀왔음 싶어."

"우리 갈까?"

은애는 몸을 앞으로 쑥 내밀었다. 눈이 반짝반짝 빛났다.

"지금?"

"아아니."

은애는 본시 자세로 돌아가며 시무룩해지는 것이었다. 희련
은 너 쓰러졌다면서 하고 물어보지는 않았다.

"희련아."

"왜?"

"나 그 여자 한번 찾아가 볼까 싶어."

"그 여자라니?"

"영이 아빠 애인 말이야."

"뭐?"

"내가 너한테 얘기 안 했던가? 굉장한 미인이구, 나이 젊구,
긴 머리의 소녀야."

"너 괜한 소릴 하는구나."

희련은 눈살을 찌푸리며 말했다. 은애의 말투는 환상을 보고 있는 것 같았기 때문이다. 정양구에게 여자 문제가 더러 있다는 것을 조금은 알고 있는 희련이었지만 정양구에게 그런 일이 있다는 것은 일단 접어두고 은애를 살펴볼 때 망상이라고 부인할 수밖에 없었던 것이다.

"괜한 소리가 아냐. 내 눈으로 본걸. 아주 세련된 여자야. 둘이 백화점에서 옷 사가지고 나오는 걸 난 보았거든. 내가 이혼을 해야 옳은가, 안 해야 옳은가 그걸 생각해보는 거야. 그 여잘 한번 면대하면 결정이 날 것 같아서 그래. 만나볼까 하고 감정을 누르는 것도 한도가 있지. 난 이 집의 냉장고나 피아노가 아니란 말야. 어물어물 덮어두고 살 수 없어."

은애의 말은 상식에서 벗어난 것은 아니었다. 당연한 이야기였다. 전의 은애보다 충분히 수긍이 가는 심적 표현이었다. 그럼에도 희련은 납득이 가지 않는 기묘한 분위기를 떨쳐낼 수가 없었다. 그것은 곧 다음 말로써 입증이 되었다.

"내가 그 여자를 찾아가려고 애들이랑 큰집엔 안 가고 빠졌는데 외출 준빌 하고서 이렇게 앉아 있으니까 묘한 생각이 들어."

희련은 조금 전의 전화에서의 은애 말과는 사뭇 다른 점을 느낀다. 전화에서는 희련을 오라고 졸라댔고 오지 않으면 한현설을 만나러 가겠다고 으름장을 놓았던 것이다. 지금 은애는 그 일을 까맣게 잊고 있는 것 같았다.

은애는 다시 엉뚱한 말을 꺼내었다.

"내가 찾아가도 아마 그 여자는 없을 것이란 생각이 퍼뜩 들지 않겠어? 그리고 영이 아빠랑 애들이랑 함께 그 여자는 큰댁에 갔는지 누가 알아?"

희련은 너 미쳤니? 하며 웃을 수가 없었다.

"영이 아빠 그 여자 데리고 큰댁에 선뵈러 갔을지도 몰라. 그럴 수도 있는 일 아니니?"

희련은 일어섰다. 자기 집 모양으로 식모를 불러 찬 것을 좀 가져다 달라고 일렀다.

"어차피 난 냉장고나 피아노가 아니니까. 이 집을 지키고 앉아만 있을 수 없거든. 그것을 영이 아빠는 잘 알 거야. 만사는 다 사업적으로만 생각하는 그인 냉장고가 망가졌으면 새것을 사들여 올 거야. 남자들에겐 여자란 다 그런 게 아니겠니? 그럼 난 어쩔까?"

희련은 기가 막혔다. 정말 감당하기 어려운 사태에까지 온 것을 확신하지 않을 수 없었다.

'정 선생은 모르고 계실까? 나만 눈치챈 걸까? 은애는 정 선생 앞에선 이러지는 않는 걸까? 어떻게 하면 좋지?'

"은애야."

"응?"

"우리 나갈까? 한 바퀴 돌고 오자."

"어딜?"

"어디든지."

"아냐 싫다. 햇빛을 보면 어지러워. 풀에 손 벤 생각이 자꾸 나거든. 풀이라고 얕잡아 볼 건 아냐, 칼보다 더 날카롭단 말이야. 여자라고 얕잡아 볼 것도 아니구, 여자가 뭐 남자 소유물인가? 비겁하고 치사스러워. 한현설이 그이만 해도 그렇지. 조그마한 애정, 선심, 고통 그런 걸 아주 생색나게 베풀어놓고 사람 혼란만 머리에 일게 하거든. 그인 거룩하다, 그인 인격자다, 그인 의지적이다, 그인 휴머니스트다. 맞어 다 맞단 말이야. 그래서 난 시집을 와버렸는데……."

은애는 계속 지껄인다.

'정 선생한테 의논을 해야지. 어떻게 손을 써봐야지 이대로 두면 큰일 나겠다.'

"나 한현설 씨를 회사로 찾아갔었지. 회사 앞에 우두커니 서 있었더니 막 오는 사람 가는 사람이 모두 날 보고 비웃지 않어? 그래도 난 가만히 서 있었어. 비가 막 쏟아지데. 그래도 가만히 서 있었지. 설마 그인 날아가진 않았을 테니 말이야. 빗물을 따라 눈물이 줄줄 흐르더군. 왜 옛날에 난 이러지 못했을까 하구 후회했지."

완전히 환상에 사로잡혀 있었다. 은애 의식 속에 지나간 일들이 마치 현실처럼 생생하게 되살아나는 것 같다.

"사람이란 말을 못 하면 미쳐버린다 말야. 좀 털어놔야, 내가 너보구 말 안 하면 뉘보구 하겠니?"

식모가 오렌지주스를 가지고 왔다. 하얗게 떠 있는 얼음에서 김이 올랐다.

이때 밖에서 자동차 멎는 소리가 났다. 한참 후 조용한 집안에 메마른 소리가 울렸다. 신경을 건드리는 버저의 울림.

"아저씨 오시나 봐요. 벌써 오시진 않을 텐데?"

식모가 부리나케 뜰을 질러 나간다. 그러더니 그는 되돌아서 허겁지겁 들어왔다.

"아주머니, 손님 오셨어요!"

은애는 자리에서 화닥닥 일어났다. 응접실 문을 열고 얼굴을 디미는 식모에게,

"손님이라니?"

하고 은애는 물었다.

"저, 영이 외삼촌께서."

상기된 얼굴로 식모가 말했다.

"오빠가?"

맥이 빠진 목소리였으나 은애는 응접실에서 나갔다. 그는 대체 손님이라 했을 때 누구를 연상했던 것일까.

희련은 까닭 없이 가슴이 떨려왔다. 그는 은애의 오빠를 본 일이 없고, 몇 해 전에 다녀갔다는 이야기는 들었지만 그에 대하여 별로 아는 것이 없었다. 순탄치 못한 환경이 달갑잖아 그랬던지 은애는 집안일에 대하여 이야기하기를 좋아하지 않았던 것이다.

'어떡하나. 난 가야겠지?'

희련은 순간 이 집에 대하여, 이 응접실, 은애에 대해서까지 벽을 느낀다. 자기 자신이 전혀 타인이었던 것을 깨닫는다.

엉거주춤하고 있는데 벌써 현관 쪽에서 남매가 도란도란 주고받는 얘기 소리가 들려왔고 발소리가 나더니 안방으로 가는 줄 알았는데 응접실의 문이 열렸다.

"손님이 오셨군."

들어서려다 말고 강은식은 머뭇하며 말했다. 희련이 역시 일어서다 말고 우물쭈물한다. 이러는 동안 그들의 눈이 부딪쳤다. 서로 당황하여 눈길을 돌린다.

"희련아, 그냥 있어. 오빠 앉으세요. 제 친구예요."

대개는 그러는 게 관습이 된 듯싶은데 강은식은 실례합니다 하질 않고 소파에 앉았다. 낯선 사람을 꺼려서 그런다기보다 체질적으로 그는 그런 식의 사교적 언사를 쓰지 못하는 것 같았다.

"소갤 해야겠지?"

은애 역시 그의 오빠처럼 사교적인 절차에는 익숙하지 못한 듯 희련을 보며 비시시 웃었다.

"오빠 이 애는 제일 친한 제 친구예요, 중학교 때부터. 윤희련이라구요……."

희련은 선 채 고개를 숙여 인사했다. 강은식도 뒤늦게 일어서며 고개를 숙여 인사하고,

"강은식입니다. 앉으십쇼."

했다. 그리고 그는 희련을 바라보며 처음으로 미소 지었다. 복잡한 눈빛이었다. 그 눈에는 소년 같은 수줍음과 희련 자신처럼 낯가림하는 빛이 있었다. 그런가 하면 노인같이 조용하고 분별을 헤아리는 잔잔한 빛이 있었고 사람의 마음을 꿰뚫어 보는 날카로움과 차가움이 있었다.

희련은 국민학교의 학생이 선생님 앞에서 그러는 것처럼 조그맣게 몸을 사리며 자리에 앉는다. 그의 의식 속에는 은애의 오라버니라는, 즉 손윗사람이라는 데서 오는 두려움이 있었다. 생소한 사람과 마주 보고 앉은 고통도 있었다. 그러나 그런 것보다 여지껏 체험해본 일이 없는 진한 분위기랄까, 아픔에서 여리디여리게 된 인간의 마음 같은 것이라고나 할까, 그런 것이 스며오는 듯하여 희련은 이상한 흥분을 느끼는 것이었다.

물론 벽은 존재하고 있었다. 벽이 가슴을 짓누르는 것 같아 도망치고 싶은 충동도 있었다. 그러나 그것은 역겨움은 아니었고 감당할 수 없는 자기 열등의식 같은 것에서 오는 것이었다.

이러는 동안 희련은 은애의 걱정스러운 증상을 까맣게 잊고 있었다. 한편 은애는 멀쩡하게 제 오빠하고 이야기를 하고 있긴 했다.

주로 은애가 얘기했으며 강은식은 들어주는 편이었다. 이따금 희련의 귀에 죽었다는 낱말이 들려오곤 했다. 누가 죽었다는 건지, 병원, 수술 그런 낱말도 들려왔다.

"오빠, 나 그렇지 않아도 희련이하고 함께 오빠랑 저녁 같이 하려고 생각했었는데……."

은애는 말머리를 돌렸다. 희련은 비로소 자기가 등장하게 된 자리에서 그들의 얼굴을 인식한다. 강은식은 어두운 낯빛이었다. 가만히 시선을 정지하고 있었는데, 그 눈은 경련하고 있는 것 같았다. 별로 은애 말에 귀를 기울이고 있는 것 같지 않았다.

"이 애가 말예요, 성미가 못됐어요. 사람 대하는 장사를 하면서도 어떻게나 낯가림이 심한지 이렇게 자연스럽게 만났으니 잘됐지 뭐예요?"

은애의 언동은 차차 들뜨는 것 같았다.

희련은 험담인지 칭찬인지 모를 자기에 관한 얘기가 나오자 얼굴을 붉히고 은애의 말을 무엇으로 막아야 할지 실어증에 걸린 것처럼 머뭇거릴 뿐이다.

"아, 그래? 아주 친한 친구분이구먼."

강은식은 생각에서 깨어난 듯 어색하게 말했다. 그뿐만 아니라 그 어조에는 경망한 은애에 대한 비난이 있는 것 같았다. 누군가의 죽음을 얘기한 뒤였기 때문에 그런 것 같았다. 그리고 또 강은식은 은애의 저의를, 그 저의 이상으로 민감하게 받아들인 눈치였다. 아직 그는 독신인 만큼 은애가 그 문제에 대하여 신경을 쓰리라는 것은 짐작할 수 있는 일이며 희련을 결혼 상대의 후보자쯤으로 오해할 수도 있는 일이다.

"오빠, 제 친굴 위해 저녁 초대 한번 안 하시겠어요?"

"이 애가."

희련은 약간 성이 난 표정으로 말했다.

"어떠니? 넌 가만히 있어. 오빠, 저녁 초대하시죠?"

"난 또 은애가 친구분하고 나를 저녁에 초대할 줄 알았지."

하겠다, 못 하겠다는 대답을 얼버무리며, 그러나 강은식도 은애 언동을 다만 경망하게 여길 것이 아니라는 듯 유심히 누이동생을 바라본다.

"오빠도 희미한 분이네요. 왜 사방에 모두 그런 사람뿐일까?"

'전엔 은애가 이러진 않았는데?'

몇 해 전에 왔을 때 은애는 이러지 않았었다. 남매간이라지만 서로 헤어져서 오랜 세월이 지났고 연령의 차이가 많았으며 한편 강은식이 과묵한 성격이어서 은애는 정중하게 육친이라기보다 손님으로 맞이하였던 것이다. 지금과 같이, 버릇이 없다면 없다고도 할 수 있고 어리광이라면 어리광이라 볼 수도 있는 태도는 결코 취하지 않았던 것이다. 강은식 역시 남의 나라에서 고독하게 살아온 습성 때문에 누이동생이라지만 거리 없이 무조건 가까이 느끼지 못했던 것이다.

"어떻습니까, 부인께서는? 은애가 많이 빚을 진 모양이군요."

그러니까 초대하겠는데 의향이 어떠냐 물은 것이다.

"아 아니에요. 저는."

하는데 은애가,

"부인은 무슨 부인이에요? 덮어놓고 부인이에요?"

부인이 아니라 하기에도 어려움이 있음을 느꼈던지 은애는
얼버무렸다.

"내가 실술했군."

강은식은 뚱하게 말했다. 들뜬 것 같은 은애가 아무래도 못
마땅했던 모양이다.

"오늘로 하세요, 오빠."

들뜬 목소리는 다시 쫓아왔다. 강은식은 완연히 불쾌한 빛
을 띠었다. 마침 식모가 마실 것을 가져왔기에 다행이었다. 희
련은 냉커피를 마시면서 차츰 여유를 찾았고 낯설고 딱딱하기
만 한 분위기에 얼마쯤 익숙해져 갔다. 그 대신 강은식이 오기
이전의 불안이 되살아났다. 서서히 은애를 덮쳐 씌우고 있을
것만 같은 어둡고 불길한 그림자를 희련은 느낀다.

'노이로제야. 단순한……'

어둡고 불길한 그림자를 떨어내는데 아까 남매가 주고받던
죽음, 병원, 그런 낱말이 그림자에 매달려 나타나고 음산한 병
실 풍경과 영혼을 잃은 눈들이 희련의 시야를 어지럽히는 것
이었다. 이런 망상은 강은식이라는 남자의 존재를 희련의 의

식 밖에다 몰아내었다. 희련의 눈빛이 흐려지고 웅크린 것만 같았던 몸의 선이 풀어지는 것을 강은식은 느꼈던지 좀 유심히 바라보는 것 같았다.

"오늘이면 지금 나가잔 말인가?"

누이동생에게 시선을 옮기며 말했다.

"지금 나가요. 답답해서 견딜 수 없었어요. 그러잖아도 희련이하고 드라이브나 할까 했었는데."

"그런데 정 서방은 어디 갔나? 애들도 보이지 않는군."

"큰집에 갔어요."

"큰댁에 갔어?"

"할머니 뵈러 갔어요."

"너는 안 가구?"

"제가 거긴 뭐 하러 가요?"

은애의 눈이 이상해졌다. 희련의 눈도 이상해졌다. 두 여자를 번갈아 보는 강은식의 눈에도 의아해하는 빛이 돌았다. 무슨 일이 있다고 생각한 것이다.

"제가 거기 갈 까닭이 없어요. 남의 식구가 거긴 뭐 하러 갑니까? 갈 사람은 따로 있어요. 제가 찾아갈 사람도 따로 있구요. 어차피 해결은 나고 말아요. 사람은 말예요. 외곬으로 살아야지 피아노나 냉장고하곤 함께 못 살아요. 뭐 자가용만 부리면 대순가요? 영이 아빠는 차고를 지을 거래요. 시골에선 오백 원짜리 한 장이 호적만큼이나 소중하대요. 모두가 다 그래요? 영이 아빠도 그래요. 빠듯하거든요. 생활비 말예요. 참기름 한 되 사놓고 사는 줄 아세요. 엄마가 그랬어요. 알뜰한 살림꾼은 양념부터 장만해둔다구요. 뭐 노동하는 사람만 생활의 노예인 줄 아세요? 벤츠를 타고, 집 안에다 수족관을 차려놓구, 그런 사람들은 더 비참한 생활의 노예란 말이에요."

강은식의 얼굴은 파아랗게 질려 있었다. 희련의 얼굴빛도 하얗게 변했다.

"까짓것 나 같음 사과 하나하구 바꿔버리겠어요. 피란 갈 적에."

하다가 은애는 멍하니 희련을 바라보는 것이었다.

"은애!"

"가만히 있어. 오늘은 우리 집에서 저녁 먹고 가아. 넌 정말 탈이야. 장기수 그 사람 괜찮은 사람인데, 하여간 저녁 먹고 가는 거야. 할 얘기도 많구."

은애는 일어섰다. 두 사람도 동시에 따라 일어섰다. 은애는 의젓한 모습으로 응접실 문을 열더니 식모를 불렀다.

"아주머니, 저녁 어떡하지요?"

식모가 다가오며 그쪽에서 먼저 말을 했다.

"오늘 말이야, 여기서 손님들 저녁 드시게 됐어. 어서 준빌해."

식모는 장에 갔다 와야 하잖겠느냐고 한다.

"그럼, 장에 가야지. 내 방에 가서 말이야. 핸드백 열고 돈 꺼내어…… 적당히 알아서 해요."

강은식은 소파에 도로 주저앉았다. 그는 담배를 꺼내어 물었다. 라이터를 켜대는 그의 손은 떨리고 있었다.

식모가 장에 가고 난 뒤 은애는 마구 비틀거리던 주정꾼이 술기에서 깨어난 듯 정상적인 대화를 했다. 이때 정양구가 아이들을 데리고 돌아왔다. 영이는 비행장에 엄마랑 함께 나가서 만났고, 그 후 한 번 집에서 만났고, 세 번째 다시 만나는 외삼촌, 커다란 인형을 안겨준 외삼촌이 무척이나 좋은 모양으로 방그레 웃으며 인사했다. 정양구에게 안겨서 들어온 민이는 잠이 들어 있다. 은애는 아이를 받아 안았다. 아무 일도 없는 평화스럽고 행복해 보이는 풍경이었다. 정양구는 좋은 아빠 좋은 남편같이 보였고 은애는 의젓하고 확고한 자리를 차지한 주부같이 보였다. 괴로운 갈등이나 바로 발밑까지 닥쳐온 불행의 심연을 상상하기 어려운 풍경이었다.

정양구는, 처남 강은식은 물론 희련에게도 진심으로 반가워하는 인사를 했다. 아이들을 데리고 큰집에 간 것부터 정양구로서는 가정에 좀 더 밀착해보려는 하나의 시도였고 지금 이들을 환영하는 태도 역시 그러한 시도의 연속인 것이다. 희련은 정양구의 달라진 모습을 본다. 냉정하고 무책임하게까지 느낀 정양구 얼굴에는 불행을 방지해보고자 하는 안타까운 노력이 역력히 나타나 있었다. 정양구가 돌아온 것을 계기로 숨이 막히는 듯한 자리에서 도망치듯 희련은 일어섰다.

"아니, 왜 이러십니까?"

정양구는 희련이 있어주기를 갈망하듯 강한 어조로 말했다.

"전 가봐야겠습니다."

"안 됩니다. 모처럼 오셨는데 저녁을 함께하셔야지요."

"아니에요. 전 지금 가서 일을 해야 하니까요."

"너 왜 그러니?"

"또 올게. 죄송합니다. 안녕히들 계세요."

희련은 서둘며 응접실을 나섰다. 그를 뒤따라 강은식이 바싹 다가갔다.

"저 희, 희련 씨."

낮은 소리로 그러나 강인하게 불렀다.

"네?"

희련은 고개를 돌렸다. 어두운 눈이 희련을 응시하며,

"연락을 할 수 있겠습니까?"

"네?"

"은애에 관한 일을 좀 알고 싶습니다."

"은애가…… 저, 저의 집 전화번호를 알고 있는데……."

정양구와 은애가 뭐라 이야기를 나누며 나오는 바람에 희련의 말끝은 흐리어졌다.

현관에서 은애는 희련을 못 가게 했고 대문 앞에서도 은애는 희련을 못 가게 했다. 그러나 거리에 나서고 말았다. 해는 조금 남아 있었다. 희련은 가슴 위에 올려놓은 맷돌을 내려놓은 기분이었다.

'노이로제에 걸린 거야. 요즘 흔히 있는 일인데, 뭐.'

희련은 진심으로 은애의 비극에서 자신이 도망치고 싶었던 것이다. 어디가 어떻게 아픈지 도무지 알 수 없는 어린아이 옆에서 견디지 못하여 뛰쳐나온 엄마같이.

'내게는 무슨 일이나 나쁘게만 생각하는 버릇이 있어, 나쁘게만 생각해야 좋은 결과가 올 것 같은, 늘 그런 착각 속에…… 아무 일도 없을 거야.'

주택가 한산한 길을 희련은 휘청휘청 걸어 내려간다. 참외 장수가 리어카를 끌고 올라가면서 참외 사라고 외친다. 마지막 더위, 지열地熱을 머금은 저녁 바람이 아스팔트 길을 거슬러서 지나갔다. 서편 하늘에는 비늘 같은 구름이 영롱한 오렌지 빛을 띠고 있었다. 바탕인 하늘은 짙푸른 남빛이다.

무슨 일이든지 최악의 경우까지 끌어내려서 예감하는 희련의 버릇은 어쩌면 사태에 당면했을 적에 받아야 하는 고통을 미리 대비하는 지극히 공리적인 심리라 볼 수 있겠고 어떤 절대적인 인간의 주관자, 운명이나 신이라 해도 좋을 그런 존재에 도움을 받고자 하는 심리라 볼 수도 있을 것 같다. 그러나 그보다 더 깊이 내려가 본다면 그곳에는 인생에 대한 희련의 겸허한 마음이 있지 않을까 싶다.

좋은 일에 대한 예감을 쉽게 믿지 못하고 들떠서 믿으려는 순간 소스라쳐 놀라는 것은 자기 오만이 벌받을 것 같은 느낌

때문일 것이다. 사실 그는 좋은 상황 속에서 느끼는 불안이 가장 컸었으니까. 이와 반대로 나쁜 일이 있으리라는 예감을 믿지 않으려는 의지보다 믿으려는 감정이 앞서는 것은 이를테면 불가사의한 힘에 대한 순종으로도 볼 수 있을 것 같다.

희련은 그런 자신의 심리를 의식했던 것은 아니었다. 그것은 그의 체질로서 밀착되어 떨칠래야 떨쳐버릴 수 없는 숙명적인 본능 같은 것으로 되어버린 듯싶었다.

이런 심리는 상황에 대해서뿐만 아니라 인간관계에서도 같은 것으로 나타난다. 자신을 향한 남의 미움에 그는 민감했다. 자기에게 어떤 해독을 끼치리라는 예감에 대해서도 희련은 미리부터 그 피해의 고통을 실감하고 들어간다.

장기수에 대해서나 최근에 안 최일석에 대해서 사실 희련은 그들이 싫다는 것보다 그들로 인한 위기의식이 더 강했다 할 수 있을 것이다. 그리고 힘이 약하지만 굴복하지 않을 자신은 그만큼 상처를 많이 받으리라는 공포 때문에 그는 망상의 상태까지 자신을 몰고 가지 않고는 못 배기는 것이었다.

희련의 젊음에도 가볍게 스치고 간 어떤 꽃향기와도 같은 연정은 있었다. 이런 경우에도 희련은 상대가 자기를 좋아하리라는 자신을 갖지 못했다. 이성에뿐만 아니라 어린 날에 친구나 선생님이나 그 밖의 여러 사람들에 대해서조차 상대를 의심해서가 아니었다. 그는 우선 자기를 좋아할 리 없다는 부정부터 하는 것이다. 자기 자신을 예쁘다고 느낀 다음 순간부터 불안해지고 자신이 미워지고 자기 자신이 아닌 것 같고 자기 자신이 없어진 것 같은 당황함을 느껴야 하는 것처럼 그는 누군가가 자기를 좋아한다는 확신을 두려워하는 것이었다. 설령 앞으로 그에게 사랑하는 사람이 나타날지라도 희련은 그 사람이 나를 좋아하지 않는다는 말을 하기보다 그 사람이 나를 사랑한다는 말을 하기가 몇 배 어려울 것이다. 그는 끝내 그런 말을 못 할지도 모르고 끝내 그런 확신을 갖지 못하는지도 모른다. 인간관계에서 희련의 심리는 그의 천성에다 아무 울타리 없이 다만 비뚤어진 희정의 애정만을 받아서 자란 환경이 덧붙여진 결과라 할 수 있고, 이 불행한 성격이, 그러나 그를 그 불행한 의식에서 구제할 수 있었던 것은 비뚤어진 열등감 아닌, 이를테면 겁 많은 아이 같고, 그 마음의 향한 바가 어떤 불가사의한 힘에 있었다는 점인 성싶다.

휘청휘청 내려가는 희련의 옆을 자동차 한 대가 휙 지나갔다.

저만큼 굴러간 자동차는 멎었다. 공장에서 갓 나온 것같이 말끔한 코로나 자가용이었다.

"미스 윤!"

희련이 놀라 고개를 번쩍 쳐들어 본다. 차 문을 열고 우스꽝스러운 꼴로 얼굴을 내밀며 희련을 부른 사람은 이 여사였다.

"어서 와요!"

희련이 다가갔을 때,

"여기 타요. 자, 어서."

이 여사는 창가로 몸을 옮기며 시트를 손바닥으로 찰박찰박 두드렸다. 희련은,

"어디 가시는데요?"

하고 물었다.

"어디 가긴? 나 미스 윤 가는 데까지 데려다줄 테니 걱정 말고 오르라니까."

희련은 이 여사의 밝고 유쾌해하는 얼굴을 보며 그 자신도 미소를 띠고 차에 올랐다.

"집에 갈 거유?"

이 여사가 물었다.

"글쎄……."

"그럼 우리 시내 나가서 아이스크림 먹구 좀 지껄여보지 않겠어?"

"네, 좋아요."

희련은 마음속으로 잘되었다 싶어 선선히 응했다.

"나 말이야, 이 차 샀거든? 너무 좋아서 덮어놓고 타고 다니는 판이라오."

"혼자서요?"

"그럼, 우리 집 그인 부산 내려가구 없어요. 내 차가 돼서 그런지 폭신폭신하구 여간 기분이 좋지 않아."

그는 운전사에게 점잔을 뺄 생각은 아예 없는 듯 아이처럼

마구 지껄였다.

희련은 그러는 이 여사가 마음에 들었다.

"글쎄 말이유, 접때 배 여사 댁에 초댈 받아 갔지 않어? 어떻게나 화통이 터지던지, 글쎄 택시 타고 간 사람은 나 혼자뿐이더라니까. 모두 으리으리한 자가용이 죽 늘어서 있는데 그래 내가 손님 대접 받게 생겼수? 눈물이 핑 돌더라니까."

세상이 어찌 돌아가는지 알 필요도 없고 알려고 하지 않는, 그러나 솔직하고 철없어 보여 귀여운 이 여사의 말을 들으면서 희련은 은애를, 그의 오빠를, 그의 남편을 생각하고 있었다. 은애의 비극에서 그들보다 자신은 먼 자리에 있다는 것을 생각하며 은애의 비극은 세 사람의 비극이며 세 사람이 다 함께 감당하고 있는 시간 자기는 이 여사 차 속에 흔들리고 있는, 제삼자로서는 어쩔 수 없는 구경꾼의 냉혹함을 희련은 느끼어보는 것이다.

한 치 밖에 비극이 있고 한 치 안에 희극이 있는 것처럼 조금 전까지만 해도 그들, 무시무시한 압력에 누질려 있던 그들 속에 있던 자신이 어느덧 이 푹신푹신한 자가용 속에서 이 여사의 어리광스러운 불만을 듣고 있다는 사실이 희련에게는 신기스럽기도 하고, 허황되기도 했으며, 괴로워하고 슬퍼하는, 즐거워하며 기뻐하는 순간순간의 모습들을, 누군가 숨어서 보며 킬킬 웃어대고 있는 것만 같은 생각이 들기도 했다.

"막 지랄 지랄했지 뭐. 자가용 사 내라고 말이야. 남들은 무시무시한 것들을 몰고 왔지만 그럴 수도 없고 최소한 코로나 정도는 사야겠다고 막 찡을 부렸더니 그이도 할 수 없었던지 사주더군. 사람이야 키가 작고 볼품없지만 생각해보면 내 남편만 한 사람도 없는 것 같아서, 난 나대로 그이 가을 양복 한 벌 지어주었어요. 아, 이봐요. 여기서 좀 내려주어요. 그리고 미스터 김은 저녁 사 먹어요. 여기서 한 삼십 분 얘기하다 갈 테니까."

음악이 조금씩 울리는 지하 살롱으로 들어온 이 여사는,

"뭐 딴것 시킬까?"

하고 물었다.

"아니에요. 난 아이스크림만 먹을래요."

그들은 아이스크림을 먹으면서 이런저런 얘기를 나누다가 이 여사는 무슨 생각이 난 듯 말머리를 돌렸다.

"난 성격상 남의 얘기는 잘 안 하는 편이지만, 그건 미스 윤도 알 거예요."

그것은 사실이다. 이 여사는 계산 없는 여자이기 때문에 의식적인 남의 험담은 하지 않았다. 한편 뚜렷한 주관 없이 태평으로 세상을 사는 이 여사라는 여자에게 남을 비판할 만한 판단력이 있었던 것도 아니었으니까.

"최일석이란 그 사람 말이유, 조심해."

이 여사는 그리 크지 않은 눈을 크게 뜨며 걱정스럽게 또 단호하게 말했다. 화장에는 공을 들이지 않았는지 콧등에 밀린

파운데이션이 밀다 남은 밀가루같이 번들거리고 있었다. 화장을 하지 않아도 좋을 얼굴인데.

"미스 송도 나쁘단 말이야. 그런 남자를 소개하다니. 하긴 미스 송도 젊은 애가 너무 돈만 아는 게 탈이지. 어떤 땐 정이 싹 떨어지더라니까. 무슨 속셈인지 난 모르지만 글쎄 그 플레이보이를 왜 하필 미스 윤한테 소갤 해? 그 남자 굉장한 플레이보이란 말이야. 그 플레이보이한테는……."

플레이보이라는 말이 뭐 신통한지 이 여사는 되풀이했다.

"좀 몸이 약하기야 하지만 멀쩡한 색시도 있구, 말이 그렇지 이혼은 무슨 놈의 이혼? 색시 재산도 상당한데 이혼할 성싶어? 나 미스 송보구두 따끔하게 말은 해놨지만 공연히 멀쩡한 사람 신셀 망치려구 그러느냐 했지."

희련은 가만히 아이스크림을 떠먹고 있었다. 이 여사 성품을 알기 때문에 악의가 있을 리는 없다. 선의임에 틀림이 없다 생각하면서도 신셀 망치려구, 하는 말이 갖는 빛깔은 어쩔 수 없이 희련에게는 모욕으로 받아지는 것이었다.

"게다가 말이유, 이건 내가 좀 자세한 내막을 알고 하는 말이지만, 최일석이 그 사람이 현재 관계하고 있는 여자가 있는데 그 여자가 또 보통내기가 아니란 말야. 그 플레이보이가 혼 좀 날 거야. 공연히 미스 윤이 말려들었다가 학질 걸려요, 학질. 보통이 아니라니까. 체면이고 사정이고 그런 것 헤아릴 여자가 아니거든."

"이 여사, 알았어요. 그럼 나가봐야겠어요."

희련은 핸드백을 들고 일어섰다.

"아니, 가다니? 간다면 내 차 타고 갈 텐데, 왜 이래요?"

"아니에요. 이 근처, 그, 그래요. 걸어서 가봐야 할 곳이 있어요."

희련은 이 여사가 어리둥절해하는 동안 급히 그 살롱을 나와버렸다.

"이상하다아? 왜 저럴까? 내가 괜한 말을 했나 봐. 그럼 최전무하고 그렇게 됐나?"

희련은 택시를 잡아탔다. 어둑어둑해오는 거리에 불빛들이 지나가는데 그 불빛이 번져서 마치 비가 내리는 밤 자동차 유리창에 물방울이 모여서 거리의 불빛이 그렇게 보이는 듯했다.

그러나 차창에 물방울이 모였던 것은 아니었고 희련의 눈에서 눈물이 떨어졌던 것이다. 그는 철없이 울음이 터지려 해서 이를 악물고 무릎 위의 두 손을 손가락마다 힘을 주어 꽉 눌러 쥐어본다.

자동차가 번화가에서 빠져나왔을 때 희련은 겨우 진정을 했다.

희련은 마음속으로 오늘은 참 불운한 날이었다고 생각했다.

'이런 날엔 끝내 나쁜 일의 연속일 거야. 집에 가면 일을 해야지. 미스터 장하고 이혼한 일이, 아까 그런 방향으로 복수를

당하는군.'

희련은 비로소 깨닫는다. 여자에게 결혼이란 자기 주변에다 울타리를 쳐주고 외부로부터 보호되는 그런 의미도 있다는 것을.

'나가기만 하면 부딪쳐. 내 잘못일까, 남의 잘못일까. 어째서이리 항상 몰리기만 할까? 좀 의젓해지자. 모르는 체하고 살아가자. 옆에서 무슨 일이 있어도 눈 한번 깜짝 안 한다면 얼마나 살기가 편할까? 언닐 닮아버리면 편할까? 어떻게 닮아버리지?'

희련이 집에 돌아왔을 때 희정이도 방금 돌아온 듯 외출복차림인 채 부산히 들락거리고 있었다. 들어서는 희련을 본 희정은,

"너 어딜 싸돌아다니다 이제 오니? 오래간만에 내가 외출했는데, 그래 집을 남한테만 맡기고 나가? 어떤 세상이라구 남을 믿고 집을 비우느냐 말이야."

하고 꾸짖었다. 나갈 때보다 한결 더 위세가 당당했다.

"어서 가서 옷 갈아입고 와. 밥 먹자."

이들 자매는 오래간만에 식탁을 사이에 두고 마주 앉았다. 장을 어떻게 봐왔기에 찬이 이 모양이냐고 투덜거리는 희정에게 성이 난 식모는,

"그럼 아주머니가 장 봐다 주세요. 전 만들기만 하겠어요."

쏘아주고 나가버리자 희정은 숟가락을 들고 식모가 나간 문

쪽을 노려보았다.

"남을 믿지 못한다. 아 글쎄, 요즈막에는 앞집인가 뒷집인가 그 집 계집애하고 어울려 다니면서 다 퍼내도 모른다. 그러니까 집을 비워서는 안 된단 말이야."

"……."

"그런데 너 어디 갔다 왔니?"

밥을 떠서 입에 넣고 김치를 와싹와싹 씹으며 물었다. 흉터 위에 가지런히 놓인 눈에는 힐책과 천착의 빛이 있었다. 그는 완전히 보름 전의 상태로 돌아가 있었다. 외출한 결과가 좋았던 것 같다.

"은애네 집에요."

희련은 안심과 더불어 다소 화가 났다.

"거긴 뭐 하러 가니?"

"가는 게 어때서 그래요?"

희정은 밥을 먹다 말고 눈을 흘겼다. 흠집이 아주 흉하게 두드러졌다.

"오늘 인숙이 그러더라. 겉보기에는 의젓한 것 같지만 행실이 좋지 않다더구나. 아닌 게 아니라 눈이 그래가지고 눈꼬리 값 할 거라."

"뭐라구요?"

"아아니 너 은애 얘기만 하면 왜 그리 열을 내지? 사돈 팔촌이나 된다구 그러냐? 내가 다 들었어. 그 애 처녀 적에 여편네 있는 남자하고 연애했다면서?"

"쓸데없는 소리 하지도 마세요. 알지도 못하구서."

"인숙이한테 들었는데 알지 못해?"

"불가사리 같은 그놈의 계집애 그런 소리 하구 다니면 우리 집엔 못 오게 할 테요."

아까 들은 얘기도 있어 희련은 언성을 높였다.

"어이구 네가 못 오게 한다구 못 오겠니? 못 와도 인숙인 답답할 것 하나도 없어. 답답하다면 우리 쪽이 답답하지."

희정은 조롱하듯 말했다.

결국 원상 복귀는 자매간의 시비로써 시작을 꾸몄다.

"장바닥에서 술을 파는 여자도 인숙이보다는 교양이 있는 거예요. 말이란 아 하는 것하고 어 하는 것 달라요. 연애했음 어때요? 그럴 수도 있잖아요? 그게 무슨 죈가요? 수단 방법 가리지 않고 돈이라면 눈에 불을 켜는 인숙이가, 그래 사람을 사랑한 게 죄라 하던가요?"

무엇을 생각했던지 희정은 어세를 누그러뜨렸다.

"네가 그러니까 내가 하는 얘기 아니냐? 넌 은애 말이라면 콩을 팥이래도 곧이듣고 그 애 얘기하면 언제나 깃대 치켜들고 나오더라. 아무리 그래 봐야 아무 소용 없다. 남은 남이고 제 형제는 제 형제다."

"……."

"생각해보렴? 살림 사는 여편네가 걸핏하면 오라 가라 하고 남 바쁜 줄 모르는가 집에 오면 찰떡같이 눌어붙어 갈 생각을 안 하니."

"사람이 뭐 일만 하고 사나요? 저도 감옥에 갇힌 죄수는 아니에요."

희련이도 어지간히 앙살을 부린다. 다른 때 같으면 넋두리가 나왔을 터인데 희정은 그러질 않았다. 오히려 설득하려는 듯,

"네 성미도 좀 고쳐. 한번 밉게 보면 끝끝내 밉게 보거든. 인숙이 어때서 그러니. 그만한 애도 없다. 나이는 어리지만 주모가 있어서 장래 생각을 하고. 그만하면 요새 젊은 애들 같지 않다. 얼마나 알뜰하냐? 부지런하구 싹싹하구 남의 일이라도 제 일같이 보아주고, 넌 그러지만 인숙이 그 애는 얼마나 널 생각하는지 아냐? 그걸 알아야 해. 은애하군 만날 어울려 다니지만 너한테 이득 될 만한 일 하나도 없었다. 공연히 할 일이 없음 낮잠이나 잘 일이지. 남편 골 빠지게 벌어다 주는 것 먹고 남의 일의 방해만 놓고 다니지. 은애보다야 인숙이 열 배 나은 아이란 말이야. 물도 단단한 땅에 괴더라고 언제꺼정 젊어 있을 건가? 늙고 병들면 친구가 먹여 살려주나? 난 네가 은애하고 어울려 다니는 것 딱 싫다."

희련의 낯빛을 힐끔힐끔 살피며 희정은 말했다. 말은 해야겠고 희련의 감정을 건드리지 않으려는 심사인 것 같았다. 희련은 무슨 다른 일이 있다는 것을 깨달았다.

"그동안 무슨 일이 있었어요?"

희련은 희정의 말허리부터 꺾어놓고 다음 탐색을 벌일 생각이었다.

희정은 눈을 꿈벅꿈벅하다가 얼른 입속으로 밥을 밀어 넣으며,

"아, 아무 일도 없었다. 네가 보다시피 아팠지."

했으나 희정이는 그 정도 해서는 안 되겠다고 생각했던지 뒤집어 쳤다.

"사람이 아파서 보름 동안이나 누워 있었는데 어쩌면 그렇게 인정머리가 없는지, 사람이 밥을 먹는가 죽을 먹는가 한번 알아보려고나 했니?"

억지소리였다. 으름장을 놓는 것이다.

"세상이 서글퍼서 죽을까도 싶었다마는 분해서 못 죽겠더군. 오리 새긴 물로 가더라고 네 엄마 딸인데 무슨 인정머리가 있겠니?"

희련은 그 말이 나오자 먹던 밥을 그만두고 일어섰다.

"흥, 밥이 입 빌러 갈까? 그저 내 말이라면 독사 대가리처럼 내흔든다니까."

희정은 나가는 희련의 뒷모습을 향해 흥분된 소리를 질렀다. 할 말이 따로 있었는데 그것을 끝내는 못하여 화를 냈던 것 같았다.

희련이 일에 몰두하고 있을 때 밖에서는 식사를 끝낸 희정

이 집 안을 쏘다니며 식모에게 신경질을 부리고 하더니 아무래도 안 되겠던지 작업실 문을 열고 얼굴을 내밀었다. 노상 그렇지만 다시 안 볼 듯 으르렁거리다가도 언제 그랬느냐는 듯 희련을 대하는 편리함을 희정은 지니고 있었다.

"일하는군."

해도 희련의 대구가 없자 방 안으로 쑥 들어왔다. 그는 의자를 끌어당겨 희련과 마주 보게 하며 거기 털썩 주질러앉았다.

"희련아."

"……."

"너 최일석이라는 사람 아니?"

"뭐라구요?"

희련이 고개를 쳐들었다.

"무슨 회사의 전무라든가? 아주 잘생겼다면서?"

"언닌 어떻게 아세요?"

눈에서 불이 나듯 희련의 얼굴은 날카롭고 추궁하는 목소리에는 옹졸한 고집이 뭉쳐 있었다.

"인숙이 그러더구나, 왜?"

"인숙인 뭐 하러 만났어요?"

"나라구 사람 못 만나란 법이 어디 있어. 만나면 어때? 감옥에 갇힌 죄인이냐?"

희정은 희련이 했던 말을 그대로 사용했다. 다시 지루하고 권태로운 말다툼이 되풀이될 판인데,

"언니, 나 어디 갈까 싶어."

희련이 돌연 말머리를 돌렸다.

"뭐라구?"

"어디 먼 데 외국에나 갔다 왔음 싶어요. 언니 말대로 기왕 시작한 거니까 본격적으로 한번 해보는 거예요."

"본격적이라구? 말 마라, 내 꼴 보기 싫으니까 그러는 거지. 내가 안다."

"언닌 결혼하세요. 이제도 늦지 않았어요."

"미쳤니?"

뜻밖에도 희정은 얼굴을 붉혔다. 그러나 이내 심각해져서,

"이 나이에 무슨 소리야. 나 같은 것 데려갈 사람도 없을 거구. 그런 싱거운 소리 마라."

"언니 맘먹기 탓이에요."

희련은 여자가 도망쳤다는 앞집 남자를 눈앞에 그려보았다.

"그만두어. 그보다 넌 외국인가 어딘가 간다지만 무슨 돈으로 가니?"

"집을 팔아서라두."

"뭐라구!"

희정은 앉았던 자리에서 펄쩍 뛰어올랐다.

"그건 안 돼! 집을 팔다니 그건 안 된다! 내 눈에 흙이 들어가기 전에는 어림 반 푼어치도 없는 일이다!"

"이 큰 집 가지고 있음 뭘 해요?"

"네 마음대로? 어림 반 푼어치도 없는 소리! 넌 너의 엄마 집이니까 네 마음대로 한다, 그 배짱인 모양이다만 이 집이 뉘 집인 줄 아니? 내 집이다! 암 내 집이고 말고! 난 너에게 이 집의 몇 갑절의 공을 들였다. 네 엄마가 살아 있음 받아낼 것이 더 많다! 뭐 어쩌구? 이 집 임자는 나야! 나란 말이야! 이제 와서 날 또 쫓아내려구? 어리석은 짓 마라! 그, 그래서 결혼하라 했구나! 너야 외국에 가, 가든 말든 상관없다. 이 집만은 손을 못 댈 거다!"

희정이는 거의 미치광이처럼 날뛰었다. 그는 이 집에 대한 소유를 주장하는 동시 그렇게 펄펄 뛸 만한 다른 이유가 있는 것 같았다.

"배은망덕한 년! 이년! 어림없다!"

희정은 악을 쓰다가 문을 부서져라 하듯 쾅 닫고 나갔다.

희련은 일을 했고, 밤늦게까지 아침에도 일찍 일어나 작업실에 들어가서 간밤에 하다 둔 일을 잡았다.

어젯밤 신경을 물어뜯듯 울어대던 귀뚜라미 소리는 나지 않았다. 밖에서는 식모가 왔다 갔다 하는 기척이 났고 희정은 뜰에 나가 비질을 하고 있는 모양이었다. 아무 일도 없었던 것처럼 모든 것은 되풀이되고 있었다.

일은 다만 손이 해주었다. 희련의 의식은 움직이는 손과는 아무런 연락이 없었다. 그러나 숙련된 기계공처럼 실수가 없다. 희련은 끝도 없고 넓이도 없는 것 같은 백토 길을 가고 있었다. 어쩌다가 낡은 사진을 내걸어 놓은 시골 사진관이라든가, 붕어같이 눈이 불거진 국민학교 때 선생님의 얼굴이라든가, 부러진 엉겅퀴 같은 것이 의식의 백토 길을 가로질러 나타나곤 했다. 이런 식으로 아무런 연관도 없는 토막 난 장면이나 영상이 지나가고 나면 필름이 끊긴 영화 화면같이 다시 끝도 없고 넓이도 없는 백토 길이 나타나는 것이다.

희련은 조용히 숨을 쉬며 일손을 놀리었다. 이 시간을 방해하는 사람은 아무도 없었다. 식모에게 일러 뒷일 하는 아이들을 돌려보냈고, 찾아올 손님도 오늘은 쉰다는 말을 전하라 했으니, 다만 이상한 일은 비생산적인 조처를 취했음에도,

'월급 주고 부리는 애들인데 그래 무슨 큰일 났다고 돌려보내니? 우리 돈은 썩은 돈이냐?'

하며 희정이 떠들고 나오질 않았다.

분명히 어젯밤 분쟁에 대한 도전이라 할 수 있는 희련의 행동이건만 희정은 아무 말이 없는 것이다. 여느 때 같으면 반드시 따지고 나올 희정이었다. 답답해서라도 말을 했을 것이며 화해를 위해서도 방문을 열고 기웃이 들여다보았을 것이다. 매양 그러는 행동은 화해는커녕 재충돌을 면치 못하면서도. 그렇다고 해서 희정이 제 방에 들어앉아 희련의 도전적 행위에 대항함으로써 그들 사이에 침묵이 지속된 것도 아니었다.

희정은 아침에 나가서 뜰에 비질을 했고 식모를 상대로 집안일을 정리하고 있었던 것이다.

희련은 줄곧 커피만 마셨다. 일손을 놓고 식은 커피 잔을 다시 들면서 희련은 벽시계를 본다. 한 시가 다 되어가고 있었다. 시간을 인식하는 순간 희련은 현기증을 느꼈다. 그는 소파에 가서 몸을 누인다. 눈앞에는 불꽃이 튀고 정신이 아물아물해왔다.

'내가 뭣 땜에 이러지?'

현기증과 더불어 희련은 자신이 고통을 받아야 하는 원인의 행방불명을 깨닫는다. 어제 하루 동안의 일들이 마치 누질러져서 납작하게 되어버린 상자같이 무의미한 것으로 되새겨졌다. 허깨비하고 밤새껏 씨름을 한 것 같은 느낌이 들었던 것이다. 게다가 희정에게 다시 입을 열지도 않고 면대도 하지 않으리라 굳게 결심했던 만큼 희정 쪽에서 아무런 작용도 가해오지 않는 것이 도리어 궁금하기까지 했다.

'어디 보자. 이 집을 팔아서 그 귀중하고 또 귀중한 돈을 잿더미로 만들어버릴 테니!'

어젯밤 수없이 뇐 말도 이제는 가위질을 하여 뿌려버린 색종이같이, 그리고 아이들은 그 장난에 싫증이 나고 곧 잊어버리는 것처럼 희련의 감정에서 떨어져 나가 아무런 대비도 없이 막연한 속에 둥 뜨고 말았던 것이다.

희련은 진실로 자기 자신이 희정의 영향권 내에서 단 하루도 빠져나와 있기 어려움을, 그것은 희정의 강한 성격 탓이 아닌 자신의 약한 성격 탓임을 절감하는 것이었다. 새삼스러운 일은 아니었다. 그와 같은 절감은 항상 새로웠을 뿐이지.

전화벨이 울린다.

소파에 누운 채 탁자 쪽으로 팔을 뻗어 희련은 수화기를 들었다.

"네."

"윤희련 씨 댁입니까?"

"그렇습니다."

딱딱한 대꾸에 상대편은 다소 머쓱해지는 것 같다.

"지금 계시는지요?"

"실례지만 누구시죠?"

"아, 네, 강은식이라는 사람입니다."

"아……."

하다가 희련은 소파에서 일어나 앉았다.

"강 선생님이세요. 저, 제가 윤희련입니다."

"그렇습니까, 전화 목소리는 처음 들으니까, 영."

하면서 강은식은 마음을 놓은 것같이 반갑게 말했다.

"죄송합니다."

엉겁결에 말을 해놓고 무엇이 죄송했는지 희련은 당황해버린다.

"어젯밤 전화 걸어볼까 생각도 했습니다만, 너무 늦어서."

강은식의 목소리는 내리막을 걷듯 가라앉았다. 희련은 자기가 돌아온 뒤의 사태가 좋지 않았던 것을 직감했다.

"전화로 말씀드리기도 안 됐고 바쁘시지 않다면 한번 뵙고 싶습니다."

"네, 저."

"은애에 관해서 말씀 좀 해주십시오."

"네."

"그럼 어떻게 할까요. B호텔 일 층에 있는 커피숍에서 기다리겠습니다만 시간은 희련 씨께서 정해주십시오."

"전 지금이라도 괜찮습니다만."

"그렇습니까. 그럼 두 시로 할까요?"

"네."

"기다리겠습니다."

수화기를 놓은 희련은 우두커니 발끝을 내려다본다. 커다란 바위가 지렛대에 의해 움직이는 것 같은 생각이 들었다.

재빨리 옷을 갈아입고 나섰을 때 희련은 심한 허기를 느꼈다. 배 속에는 커피만 출렁이고 있는 것 같았다.

"어디 가니!"

희정이 쫓아 나왔다.

"나 은애 땜에 나가는 거예요. 은애가 아파요."

희련은 자신이 놀랄 만큼 부드러운 목소리로 말했다. 희정은 몹시 의아해하면서도 잡지는 않았다.

B호텔 일 층에 있는 커피숍의 문을 밀고 들어갔을 때 강은식은 몸을 비스듬히 하고 앉아서 신문을 읽고 있었다. 옆모습

이 보였는데 말할 수 없이 어두워 보였다. 그 옆에까지 가기 전에 그는 신문을 놓고 희련을 바라보았다.

어제 보았던 바로 그 모습이었다. 그는 미소를 띠었다. 희련의 얼굴에도 미소가 떠올랐다. 한순간이었는데 그것은 참 이상한 친밀감이었다. 희련은 인사말도 없이 맞은편 자리에 앉고 말았다. 강은식도 아무 말 없다가 주문을 받으러 온 웨이터에게,

"난 커피를 하겠는데 희련 씬 뭘루 하시겠습니까?"

"저도 커피 하겠어요."

그러고 나서 그들은 서로 어이가 없는 것 같은 묘한 표정이 되어 마주 보는 수밖에 없었다.

담배를 문 강은식은,

"희련 씨는 혹 은애한테서 우리 집 내력에 대한 얘기를 들은 일이 있습니까?"

그 내력이란 무엇을 가리키는지 희련은 알 수 있었다. 그러나 그는 선뜻 안다는 대답을 할 수 없었다. 강은식은 희련의 표정에서 희련이 알고 있다는 것을 짐작했음인지,

"우리 집 혈통에 관해서 얘기 들은 일 없습니까?"

거듭 물었다.

"들은 일이 있습니다."

강은식은 담뱃재를 떨고 연달아 몇 번을 빨더니 연기를 뿜어내었다.

"은애가 그러던가요?"

"네."

강은식의 시선은 먼 곳으로 갔다. 거의 정지된 것같이 눈은 움직이지 않았다. 한동안을 그러고 있더니 그는 다시 말문을 열었다.

"한 가지 더 묻겠습니다."

"……."

"어제 은애는 이상한 말을 했는데, 정 서방하고 큰댁에 갈 사람이 따로 있고 은애가 찾아갈 사람이 따로 있다는 그런 뜻의 말을 했는데 무슨 근거라도 있는 얘깁니까?"

"……."

"근거 있는 얘기라면 나도 참고삼아 들어둘 필요가 있을 것 같습니다. 참고로 삼는다고 해서 은애 가정에 간섭을 한다거나 그런 뜻은 아니지요. 솔직하게 말씀해주십시오."

타당한 말이었다. 책임을 묻고자 하는 것이 아니라는 것이다. 증상을 밝히는 데 참고삼자는 것이다. 이런 강은식의 의도 못지않게 희련도 은애의 이상한 증상을 밝히기 위해 그의 육친에게 숨김없이 이야기를 해야 할 의무를 느낀다.

"은애는 결혼 전에 부자연스런 연애를 했던 거예요."

"무슨 뜻인지요?"

"결혼할 수 없는 상대였어요."

"기혼자였단 말씀입니까?"

"네. 하지만 기혼자였다는 것보다 뭐라 했음 좋을지 도덕관념이 강했다고나 할까요, 그런 사람이었는데 그건 정말 안타까운 일이었어요."

희련은 설명하기 어려운 안타까움 때문에 말을 끊었다. 그러나 강은식은 말 뒤에 깔려 나타내기 어려운 상태를 파악한 것 같았다.

"애매하다면 애매한 일이겠지만……."

웨이터가 커피를 날라 왔다.

그들은 이야기를 멈춘 채 커피를 들었다. 사실 이들에게 과거 은애가 겪어야 했던 고통에 관해서 새삼스럽게 마음 아파할 여유는 없었다. 커다란 사건을 해결하기 위해 조그마한 일들을 수집하는 수사관과도 비슷한 냉정함을 다소 느끼고 있는 것이다.

희련은 뜨거운 커피가 목구멍을 타고 내려가는 순간, 간밤에 듣던 귀뚜라미 우는 소리가 귓가에서 울리는 것을 듣는다. 소파 뒤편에서 신경의 줄을 물어 끊는 것처럼 울어대던 귀뚜라미, 어제 저녁과 오늘 아침 그리고 점심, 세 끼를 꼬박 굶은 데서 온 환청이었다.

은애 일에만 열중해 있던 강은식은 비로소 해쓱해진 희련의 얼굴을 보고,

"어디 불편하신가요?"

"밥을 굶었어요. 세 끼나 굶었거든요."

희련은 환청에서 빠져나오려고 애쓰며 지껄였다. 귀뚜라미 우는 소리와 제 목소리가 얽혀 희련은 자신이 우스꽝스럽게 되어지는 것을 알지 못했다. 그런데 강은식은 싱긋이 웃었다. 그는 웨이터를 불러 뭐라 얘기를 하는 것 같았다.

"왜 세 끼나 굶으셨습니까?"

웨이터에게 말할 때와는 달리 강은식의 목소리는 아주 가까이서 들려왔다. 희련은 커피를 목구멍 속으로 들어부으며,

"언니하고 쌈했어요."

계집아이처럼 말을 하고 희련은 귓가에서 왕왕거리는 소리를 떨치듯 고개를 흔들었다. 강은식은 더욱더 선명한 미소를 띤다.

"쌈했다고 밥을 세 끼나 굶어요? 지나치게 보호를 받는 사람은 대개 그런 어리광꾼이 되더구면요."

"네?"

희련은 당황했다. 강은식의 미소는 놀려대는 것 같았다.

"자학하지 마십시오."

이번에는 미소를 지우고 나무라는 것같이 들렸다.

'보호라구요? 지나친 보호라구요? 학대를 받는 거예요. 어리광이라니요? 언니한테 어리광을……'

걷잡을 수 없는 혼란을 느꼈으나 희련은 거기 대하여 할 말이 없었다. 쓸데없는 말을 한 책임은 자기에게 있었고 무엇을 어떻게 변명을 해야 할지 그것도 막연하거니와 한편 강은식의

283

말에도 일리가 있는 것 같은 생각이 들었던 것이다. 사실은 일리가 있다는 그것 때문에 희련이 당황하기도 했던 것이다.

강은식은 아까 하다 만 이야기로 돌아가려 하지 않고 한다는 말이,

"건물이 많이 들어앉기는 했는데 사람들은 백 년은커녕 오십 년까지도 훗일을 생각 않는 모양이죠?"

"……."

"소유의 미덕까지도 내버린 모양인데 애착이 없는 부동산이란 산송장 같은 게 아닌지 모르겠소. 칸을 지르고 방을 늘려 세놓기에 바쁜 저 빌딩들은 건물이기보다 낮도깨비 같지 않습니까?"

하더니 굳이 동의를 구하려 하지도 않고 마치 혼잣말처럼,

"하루 살고 말 것같이…… 보따리 장사하고 뭐가 다른지 모르겠구먼요."

했다. 이때 웨이터가 오트밀을 두 접시 가지고 왔다.

"자아, 세 끼 굶은 희련 씨 드시지요."

강은식은 싱긋이 웃었다. 희련은 얼굴을 붉히는데 하마터면 눈물이라도 떨어질 것같이 눈알이 빨개졌다.

"제 몫까지 잡수셔도 좋습니다."

"아, 아니에요."

희련은 엉겁결에 스푼을 들었다. 황망하게 오트밀을 입속에 떠 넣고 눈을 들었을 때 강은식은 희련을 바라보고 있었다. 희

련이 어쩔 바를 몰라 하자 강은식은 담배를 재떨이에 눌러 끄고 그도 스푼을 들었다.

희련은 연거푸 실수를 했는데 강은식이 스푼을 들었을 때 마음이 놓이고 아주 편안해지는 것을 느낀다. 일찍이 희련은 이런 안도감으로서 이성을 대해본 일이 없었다. 울타리를 쌓고 그래도 모자라 웅크리고 또 웅크리며 차라리 일종의 히스테리에 가까웠던 희련의 마음이 맥없이 풀어진 것이다. 그것은 강은식의 인품을 신뢰하는 본능적인 판단이었다고나 할까.

"자 그러면 드시면서 말씀해주실까요?"

강은식이 침착한 어세로 돌아가 말했다.

"네."

"은애는 지금도 그때 일을 잊지 않고 있습니까?"

"전혀 그런 것 같지 않았어요. 본시 성질이 그렇긴 하지만 담담하게 불만 없는 것 같았는데, 요즘 갑자기……."

"그럴 만한 동기가 있었을까요?"

"글쎄요. 제가 알기론 은애가 결혼한 뒤 옛날의 그분을 만난 일은 전혀 없었던 것 같은데 요즘에 와서 좀 이상한 말을 하고, 저도 걱정이 돼서."

"정 서방한테 원인이 있지 않았을까요?"

"그건 뭐……."

희련은 난처해하다가,

"정 선생님은 본시부터 좀…… 하지만 가정을 파괴할 분은 아니구요. 은애도 그것 땜에 고통을 느끼고 있는 것 같지 않았는데 다소 불쾌하긴 했겠지만, 그 문제도 요즘에 와서 갑자기…… 제 생각엔 노이로제가 아닌가 싶지만…… 하지만 정선생이나 옛날의 그분 문제 같은 것, 사실은 은애를 갈팡질팡하게 했을지도……."

희련의 말은 두서가 없었다.

6. 붕괴

사무실에 석양이 비쳐 들어왔을 때 정양구는 뭐라 형용할 수 없는 기분이 엄습해오는 것을 느낀다. 쓰라림, 그것은 여러 곳에서 한꺼번에 몰려오는 것 같았다. 하루를 지탱해온 의지력이라든가, 교활한 타산이라든가 허영에 가까운 자존심이라든가 그런 것이 일시에 무너져 가는 다음 순간 엄습해온 쓰라림이었다.

　사무실 창문에서 비쳐 들어온 석양은 하루를 지탱해온 이 의지를 무너뜨리는 신호만 같았다. 도시는 하루의 마지막을 끝맺기 위해 서두는 것일까, 잡다한 음향을 들을 수 있었다. 도시는 또한 내일을 위해, 내일을 살기 위해 이지러져 가는 하루해를 거머잡고 온갖 몸짓을 하고 있었다. 도시는 움직이고 소리치고 있는 것이다.

정양구는 다 타버린 담배를 눌러 끄고 입술을 꾹 다물었다.

계산하여 걸어왔다. 머리 꼭대기에서 발끝까지 단정했던 그 자신의 모습같이 어느 곳에서도 차질은 나지 않았었다. 아니 차질을 원했다면 그것은 그가 계산한 숫자에서 뛰어넘는 것보다 상향上向하는 차질이었을 것이다. 그 생활의 신조가 지금은 한낱 무력한 잿빛, 아니 잿빛으로 화한 잿더미 같은 것이었다는 깨달음을 정양구는 어떻게 안간힘을 써도 부정할 수 없었다. 상황이 그랬었다면 부정할 수도 있었을 것이다. 그러나 지금은 그것이 마음의 소리였다. 자기 심장에서 울려 퍼지는 마음의 소리를 부정할 수는 없다.

'목적이 무엇이었나?'

정양구는 자신이 계산하여 달음질친 목적이 무엇이었느냐고 이제야 질문을 자신에게 제시해보는 것이다.

처음, 아마 지금쯤 남미가 바다에서 돌아왔으리라 생각했을 때 정양구는,

'설마, 남미 편에서 전화하겠지.'

일말의 불안이 없지 않았으나 정양구는 그렇게 생각했었다.

'내가 지나치게 냉정하기는 했지만 그것으로 그만이라면 할 수 없는 일이지.'

남미에 대하여 감정의 여유가 있어 그랬던 것은 아니었다. 그는 보다 많은 시간을 은애의 변화에다 버렸고 그 문제가 더 심각했었기 때문이다.

그러나 남미한테서는 아무런 연락이 없었다.

'없음 없지. 그만이지 뭐.'

그는 남미가 자기로부터 떠난 것으로 생각했다. 생각하려 했다. 더러 만나고 헤어진 여자처럼 생각하려 했다. 이때까지만 해도 정양구는 은애로 인한 불안, 그에 대한 연민 때문에 남미에 관한 일은 의식적으로 머리 밖에다 밀어내려 했다.

'차라리 잘되었는지도 몰라. 자연스럽게 해결이 난 거야.'

그리고 한 달이 넘어 지나간 것이다. 또 며칠이 지나간 것이다. 정양구는 하루하루 날이 지나가는 데 따라 남미가 차지했던 자리는 자기 마음속에서 커가는 것을 깨닫는다. 자연스럽게 끝났다고 했으면서, 그러나 그것을 정양구는 실감할 수 없었다.

그는 차차 남미로부터 연락이 올 것을 기다리는, 그것은 전혀 허망한 기대였음에도 기다리는 초조함에 사로잡혀 갔다. 남미가 전화를 주지 않는다는 그 이유를 전혀 자신의 냉담한 태도에서 찾을 때만 그는 한 가닥의 희망을 가져보는 것이었다.

지금은 더욱더 깊숙이 석양이 비쳐 들어오고 있었다. 전화벨은 용무를 위해서만이 울려오고 있는 것이다.

정양구는 새로운 궐련을 하나 붙여 물었다.

돌팔매를 맞은 것 같은, 정수리를 사정없이 내리쳐 오는 것 같은 돌연한 느낌에 정양구는 몸서리치듯 몸을 흔든다.

그것은 옛날, 오랜 옛날 한 여자로 인하여 받은 것보다 한층 더 절실하고 절대적인 것만 같은 고독감이었다.

무엇 때문에 계산을 하고 계산을 뛰어넘으려고 노력을 했는 지 천하를 쥐어볼 것도 아니었고 경제계를 쥐고 흔들 만한 대 재벌이 되려던 것도 아니었다. 기껏 안정된 소시민, 일개 월급 쟁이로서 오늘 이 현실에서 문명족들에 발맞추어 가는 고작 그것이 아니었던가.

정양구는 쓸쓸한 미소를 머금으며 피어 올라가는 담배 연기 를 바라본다.

"부장님, 왜 그러시지요?"

정양구는 소리 나는 쪽으로 얼굴을 돌리며 그곳을 바라본 다. 여직원의 얼굴이 있었다. 사무용 책상이 있고 잿빛 캐비닛 이 있었다. 잉크병이 있고 서류철이 있었다. 그리고 까만 전화 기가 거기에 있었다.

"왜?"

정양구는 되물었다.

"글쎄요. 아까부터 줄곧 꼼짝도 않으시네요. 무슨 걱정되는 일이라도 있으세요?"

"내가?"

"네."

여직원은 이상한지 고개를 갸웃했다.

"그랬었나? 흠, 아마 마음속으로 육도 벼슬을 한 모양이지."

그는 담배를 눌러 끄고 자리에서 일어섰다. 시계를 보았을 때 퇴근까지는 얼마간의 시간이 남아 있었다.

"나 먼저 나가겠어."

평소에는 나간다 들어간다는 말이 없던 정양구는, 쌀쌀하여 부하 직원들이 말도 제대로 붙여보지 못했는데 구차스러운 말 한마디를 던지고 사무실 밖으로 나왔다.

약해진 것이다. 자신이 없어진 것이다.

거리에 나왔을 때 소음이 일시에 그에게로 들이닥쳐 왔다. 은애가 요즘 그러기를 잘하는, 밑도 끝도 없는 중얼거림이 귓가에서 따로 울리고 있었다. 곧장 집으로 들어가고 싶지는 않았다. 누구를 불러내 술이라도 마실까 하는 생각이 퍼뜩 지나갔고 한현설의 얼굴도 눈앞을 지나갔으나 정양구는 그냥 걷고 있었다.

'한현설이…… 정양구…… 어느 쪽이 실패자냐?'

정양구는 영화관 앞에서 걸음을 멈추었다.

그의 옆을 누가 고개를 숙이며 급히 지나갔다. 희련의 전남편이던 장기수였다. 차림은 멀쩡했지만 정양구를 피하여 가는 그의 모습은 초라했다. 그 모습은 이내 사람 속에 묻히고 없어졌다. 왠지 정양구는 물거품을 떠올렸다. 솟아났다가 꺼져버리는 물거품. 정양구는 매표구에서 표를 샀다. 사서 남들과 함께 줄을 지어 영화관 속으로 들어간다. 외계에서 꺼져버린 자기 모습도 역시나 장기수처럼 물거품이었다고 생각하는 순간 정양구는 웃음이 치밀었다. 끼득끼득 목구멍에서 넘어오는 웃음, 그는 간신히 어둠을 헤치고 자리를 찾아 앉았다.

화면이 넘어가고 있었다.

'은애가 혼자 영화관엘 잘 오는 이유를 알겠다.'

정양구는 그 이유는 바로 땅에다 발을 못 붙인 허황함 때문이라는 것을 깨달았다.

'우리는 동지였군그래.'

어둠 속에서 지나가는 화면을 보며 정양구는 빙그레 웃는다.

어둠에 익숙해지면서 정양구 눈에 조금씩 관중들의 얼굴이 보이기 시작했다. 얼굴과 눈알이 모두 한곳으로 쏠려 있었다. 당연한 이야기다. 관객이 화면을 보지 않는다면 어쩌겠는가. 그런데 정양구는 기이한 느낌이 드는 것이다.

'오늘 밤 남미를 찾아가자.'

화면을 바라보면서 정양구는 한편 처남 강은식의 모습을 눈앞에 떠올린다. 며칠 전의 일이었다. 전화 연락도 없이 강은식은 회사, 사무실에 불쑥 나타났던 것이다.

"아니 웬일이십니까?"

정양구는 몹시 당황했다.

일본에서 강은식이 벌여놓고 있는 사업의 규모로 봐서 현재 정양구가 소속해 있는 회사의 사장이 만일 이렇게 강은식이 찾아온 것을 안다면 놀랄 것이라는, 다시 말하자면 이런 곳에

함부로 나타날 위치에 강은식이 있지 않다는 사실 때문에 정양구가 당황했던 것은 아니었다. 정양구가 강은식의 매부라는 사실을 회사에서는 아는 사람이 없다.

고의적으로 감춘 것은 아니었으나 정양구는 정양구대로 고집 같은 것, 심술 같은 것이 있었던 것이다. 처남의 덕을 본다는 것을 치사스럽게 여기는 고집과 조금이라도 연줄이 닿기만 한다면 눈빛이 달라지는 세태를 무시해보고 싶은, 혼자 능력껏 해본다는, 그럼으로써 우월감을 혼자 맛보는 따위의 심술 같은 것이 없지도 않았다. 그러나 그보다는 강은식과의 거리는 인척간이라는 실감을 갖게 하지 않았었고, 그가 귀국하기 전까지 거의 의식 밖의 사람이었다는 점이 그로 하여금 재일교포 사업가로서의 강은식이라는 이름을 들먹이지 않게 한 이유인 듯하다.

정양구가 당황한 것은 귀국 후 다시 만나게 된 강은식이 지닌 인품에 압도된 탓이다.

"연락만 주셨다면 제가 가 뵈었을 텐데요."

"어디 좀 다녀오는 길에 들렀는데, 차 안 마시겠나?"

"그러지요."

정양구는 벗어놓은 양복 윗도리를 걸치고 강은식을 따라 나갔다.

강은식의 어깨에는 낙엽 부스러기 같은 것이 묻어 있었다. 신발에도 빨간 진흙이 조금 묻어 있었다.

다방에서 마주 앉자 강은식은 습관인 듯 혼자 씁쓰레 웃었다.

"미아리 밖으로 한참 나가니까."

"……."

"내가 한국에 왔다는 실감이 나더군, 그래."

했다. 정양구는 생각이 떠올랐다. 장모 되는 사람의 산소를 찾아갔었구나 하고.

강은식은 그러고 나서 담배만 피울 뿐 한동안 말이 없다가,

"시외버스도 붐비더구먼."

했다.

"버슬 타고 가셨습니까?"

"사람 구경도 할 겸……."

"어딜 가셨는데요?"

"그저 한 바퀴 빙 돌아보았지."

산소에 갔다는 말은 하지 않았다.

"요즘 은애는 좀 어떤가?"

강은식은 조심스럽게 이야기를 꺼내었다. 정양구는 그의 심중을 살피듯 하다가,

"별로……."

"어디 휴양처에 보내보면 어떨까? 절이라든지 조용한 곳에."

담배 연기를 뿜어내며 강은식은 눈길을 떨구었다. 그 자신 그 방법이 과연 좋은지 망설여지는 것 같았다.

'소용없을 겁니다. 도시나 시골이나 마찬가질 겁니다. 은애의 병은 허황한 데서 시작된 거니까요.'

정양구는 마음속으로만 대답했다. 정양구가 침묵을 지키는 것을 본 강은식은,

"아직은 기우일지도 모르고, 관망해 보든지, 마음을 상하게 하지 않게 자네가 좀 노력해주어야겠네. 그리고 자네 심중을 솔직하게 얘기해준다면 내가 할 수 있는 방법을 생각해보겠어."

강은식의 말뜻을 정양구는 지금껏 확실히 알지 못한다. 만일 이혼을 하겠으면 오빠인 자신이 은애를 책임지고 맡겠다는 이야기였었는지. 그렇게 강은식의 말뜻을 풀이할 때 정양구는 강한 반발을 느끼는 것이다. 그 강한 반발심은 정양구 자신으로서도 의외라 생각한다. 종전의 정양구였더라면 만일 은애가 폐인이 되었을 경우 의당 그런 조치를 취했을 것이기 때문이다.

'절대로 그럴 수는 없어!'

은애의 비극은 오히려 정양구로 하여금 풀어버릴 수 없는 공동의 운명 같은 것을 인식시키는 결과가 되어버린 것 같다. 그럼에도 그는 이율배반의 심리 상태에 빠져들어 가고 있는 것이다. 지금 그는 남미를 두고 목이 타는 듯한 괴로움을 느끼고 있으니 말이다.

은애에게 아무런 변화가 일어나지 않았더라면 남미의 문제

가 이토록 절실하지 않았을지도 모른다는 생각을 정양구는 해 보았다. 어떻게 보면 전혀 논리에 안 맞는 얘기 같기도 하고, 어떻게 보면 지극히 불순한 생각 같기도 했다.

결국은 은애나 남미나 그 어느 편보다 정양구 자기 자신 속에, 자기 자신을 위한 방황이 시작되었다고 할 수 있을는지도 모른다.

영화관 속에서 무엇을 보았는지 정양구는 그것을 하나도 기억해낼 수 없었다. 화면에 나타나서 크게 입을 벌리며 웃고 있는 여배우의 얼굴만이 떠올랐다.

거리에는 비가 내리고 있었다.

밤공기는 쌀쌀하고 축축했다. 맑고 드높은 하늘은 없었지만 가을인 것이다. 완연한 가을을 빗길에서도 느낄 수 있었다.

정양구는 남미를 찾아가리라 마음먹었다. 부슬부슬 내리는 가을비는, 마지막 만난 그날 밤 비에 흠뻑 젖어서 돌아온 남미의 머리를 닦아주고, 여자를 포옹하며 맡았던 향긋한 머리 냄새를 상기시켜주었다. 주먹을 쥐고 가슴을 때리던 남미, 어린 애같이 잠들었던 남미의 얼굴, 마치 실에 꿴 구슬처럼 눈앞에 주렁주렁 매달리며 나타났고, 그 광경은 영화의 장면보다 짙고 선명했다.

택시를 잡아탔다. 손수건을 꺼내어 얼굴에서 떨어지는 빗방울을 닦으면서 정양구는 마음속으로 중얼거렸다. 철없던 이십대, 그 시절의 투로,

'확인을 하자. 그러고서 헤어졌다는 것을 실감해보는 거다.'

그러나 중얼거림과 마음이 일치했던 것은 아니었다. 그는 남자로서의 자부심 같은 것을 염두에 두고 있지 않았다. 돌아서 버린 여자를 찾아가는 치사스러운 남자라는 생각도 하지 않았다. 남미를 만나서 그의 마음을 돌려놓고야 말겠다는 결심을 한 것도 아니었다.

정양구는 거기, 아파트 앞에서 내렸다. 비는 여전히 부슬부슬 내리고 있었다. 택시는 차체를 뒤로 물리면서 방향을 돌려놓은 뒤 오던 길을 달려 내려간다. 정양구는 비를 맞으면서 사라져 가는 택시를 우두커니 서서 바라본다.

아파트의 광장을 비춰주는 창백한 수은등 아래, 비를 맞은 잔디는 아직 시들지 않고 싱싱해 보였다. 아파트의 창구마다 내비치는 불빛, 그 생활의 공간 속에서 사람들은 각기 엄청난 운명들을 일상日常처럼 맞이하고 있을 것이다. 지구의 회전과 함께 거꾸로 서 있을지도 모르는 자리에서 꽃에 물을 주고 끓는 된장찌개의 냄새를 맡아보고 하면서. 밤은 병원의 창문이나 아파트의 창문이나 그 모든 건물의 창문에다 다 같은 어둠을 주고, 사람은 다 같이 불을 밝힌다.

천천히 몸을 돌려 아파트 안으로 들어간 정양구는 걸어가면서 담배를 꺼내어 붙여 문다.

사방에 둘러져 있는 흰 벽은 냉기를 뿜는 것 같았다. 노란 금속의 층계 손잡이 역시 싸늘하고 비정해 보였다. 층계를 밟는 발짝 소리가 하나, 하나, 또 하나 울려서 벽에 부딪고 다시 정양구 심장에 부딪혀 와서는 사라져 가고 다시 부딪혀 온다.

층계를 다 올라간 정양구는 복도를 뚜벅뚜벅 걸어간다.

기라성 같은 서울이 눈 밑에 펼쳐졌다. 찬란한 불빛의 바다가 발밑에서 넘실거리고 있는 것 같은 착각이 든다.

정양구는 남미 집 앞에서 버저를 누른다. 오랫동안 그는 버저를 눌렀다. 아무도 나와주질 않았다. 그는 담배 한 모금을 빨고 나서 그것을 버린다. 발로 밟아 끄고 호주머니 속의 열쇠를 꺼내었다. 조그마한 열쇠는 그에게 잠시 동안 안도감을 안겨주었다. 무심했던 열쇠가 별안간 그에게 어떤 의미를 준 것이다. 열쇠가 자기 손아귀 속에 있는 한 남미는 자기를 기다리고 있을 것이라는, 남미는 아직 자신으로부터 떠나지 않고 있을 것이라는, 이것은 참말 예기치 못했던 발견이었다.

정양구는 열쇠 구멍에 열쇠를 찔렀다. 문은 열려졌으나 그를 맞이한 것은 어둠이었다. 그때 왔을 때처럼 정양구는 모조리 불을 켜보았다. 어딘지 모두가 달라져 있는 것 같았다. 갑자기 그는 남미 집에 침입한 것 같은 두려움을 느꼈다. 침실, 목욕탕, 부엌의 불은 끄고 그는 거실로 돌아와 손님같이 소파에 앉았다.

거실도 달라져 있었다. 어디가 달라졌는가 그는 살펴보았다.

"아아."

텔레비전이 놓여 있었다. 그래서 자리가 좁아졌고 가구의 위치가 달라졌던 것이다. 언제였던가, 남미가 텔레비전을 사 달라고 한 일이 생각났다.

"혼자 멍하고 앉아 있음 심심해 죽겠어요."

남미는 웃으며 그런 말을 했었다.

"좀 이따가."

정양구는 그렇게 대꾸했다. 남미는 머리를 빗으면서 거울 속 의 얼굴을 보며,

"좀 이따 사주는 거죠?"

하며 다짐했던 것이다. 철없는 아내같이, 물정 모르는 계집아 이같이 보였다. 소파에 앉은 정양구는 두 다리를 바싹 모았다. 나가야겠다는 생각도, 앉아서 남미를 기다리겠다는 생각도 없 는 채 그는 텔레비전의 출처를 생각하고 있는 것이다.

밖에서는 보슬보슬 내리고 있던 비가 주룩주룩 소리를 내며 쏟아지고 있었다. 얼마나 지났을까.

문을 열고 남미가 돌아왔다. 신발 벗는 기척이 나더니 거실 도어를 열고 남미는 들어섰다. 놀랄 줄 알았던 남미의 얼굴에 난처해하는 빛이 돌았다. 그때 그날같이 남미는 비에 젖어 있 지 않았다.

"어떻게 여길 오셨어요?"

남미는 비굴한 웃음을 띠었다. 아무 대답 없이 바라보는 정 양구의 눈길에 쫓기듯,

"웬 비가 오는지."

목에 걸고 있던 진주 목걸이를 끌러 화장대 위에 놓으며 남미는 중얼거렸다. 그리고 머리를 뒤로 걷어 넘기며 어색하게 정양구 맞은편 자리에 앉으면서 약간 궁리하는 표정을 지었다.

"바닷물이 차지 않았어?"

정양구는 눈을 내리깔 듯하며 말했다.

"네?"

"여지껏 바다에 있었던 게 아냐?"

비로소 정양구의 말뜻을 알아차린 남미는 픽 웃었다.

"언제 왔어?"

"벌써 왔어요."

남미는 태세를 갖추듯 짤막하게 대꾸하고 정양구의 눈길을 피했다.

"그럼 왜 전화 안 했지?"

남미는 기다리고나 있었던 것처럼,

"정 선생은 왜 전화 못 하셨어요?"

정 선생이라는 말에 힘을 주었다.

"언제 돌아올지 모르는데, 전화 기다릴 수밖에."

미소까지 띤 정양구의 얼굴은 평정했다.

"반드시 전화 걸어야 할 의무가 제게 있을까요?"

쏘았다.

"사랑하는 의무가 있지."

"그래요? 그럼 정 선생께서는 그 사랑하는 의무를 다하셨던가요?"

"다했다 할 수 없겠지."

"그렇다면 제게만 강요해선 안 될 거예요. 안 그래요?"

"물론 그렇겠지. 하지만 나는 지금까지 우리들이 지내온 습관대로 얘기한 거구 강요했던 건 아니야."

그러자 남미는 말문이 막혀버린 모양이었다. 오랫동안 침묵이 흘렀다.

"저 언제든 정 선생을 한번 만나려고 했어요."

남미가 먼저 입을 떼었다. 정양구는 당신이라는 호칭이 정 선생이라는 호칭으로 변해버린 사실을, 그리 쉽게 감정을 돌려놓을 수 있다는 사실을 예기치 않았던 것은 아니었지만 분노와 서글픔으로 받았다. 정양구가 취한 행동에 대한 여자의 보복이라고 생각할 여지는 아무 곳에도 있지 않았다. 언제든 한번 만나려고 했었다는 말 자체도 지극히 즉흥적인 것에 불과하다는 것을 알아챌 수 있었다. 그만큼 남미의 표정에는 미련이라든지 고통스러움이 없었다. 어색함이 있을 뿐이었다.

"어차피 우린 오래 이런 생활 할 수 있는 처지는 아니잖아요?"

근본 문제를 들고나왔다. 그간 어찌어찌해서 전화를 못 하였노라 할 만한 구실은 얼마든지 있었건만.

"그래서?"

"헤어지는 게 좋다고 생각했어요."

"……."

"언제 헤어져도 헤어질 거 아니에요? 그건 시일 문제일 뿐이에요. 정 선생이 더 잘 알고 있는 사실일 거예요. 이혼하고 결혼할 결단을 내리지 못할 테니까요."

"그건 사실이야."

남미의 눈에 순간 분노의 빛이 스쳐갔다. 이제부터 이 여자 내부에서 보복심이 불타는 모양이다.

"저도 남과 다름없는 여자예요. 아시겠어요? 한 번은 결혼해야 할 처지란 말예요. 따지고 보면 정 선생이나 저나 다 마찬가지였어요. 다만 저한테는 남편이 없었다는 그 일만 달랐던 거죠. 피차 생활에 대한 목적은 따로 있었으니까요. 정 선생이 자기 몫을 따로 두고 저를 좋아한 것처럼 저 역시 저의 몫은 따로 두고 정 선생을 좋아했으니까요. 왜 제가 한 번도 결혼하자는 말 안 했는지 그 이유 아시겠어요?"

"알 만하군."

정양구는 조용히 뇌었다. 당신이 정 선생으로 변한 만큼 조금도 충격적인 이야기는 아니었다. 그리고 남미가 궤변을 농하고 있는 것을 정양구는 알고 있었다. 그런데도 그는 자리에서 일어서지 않았던 것이다. 남미는 진정 그런 신조를 가질 만큼 성숙해 있지 못하다. 인생을 많이 겪은 것도 아니다. 여자는 이미 다른 곳으로 날아가 버렸고 한 오라기 미련도 남기지 않는 자기 감정에다 뒤늦게 합리적인 구실을 찾고 있는 것이다. 감정에 좀 더 솔직했더라면 그런대로 보기는 좋았을 것을.

알 만하다는 말에는 더 이상 설명할 필요가 없게 되었다. 남미는 제 손등을 한참 동안 내려다보고 앉았다가,

"나 로웰하고 결혼하기로 했어요."

나직한 목소리로 말했다.

"부인하고 이혼을 하겠대요."

남미는 고개를 번쩍 쳐들었다. 긴 머리칼이 어깨 너머에서 세차게 물결쳤다. 눈과 눈이 마주쳤다. 남미의 눈에는 사태를 가늠해보는 조심스러움이 있었으나 일종의 승리의 희열 같은 것도 함께 넘실거렸다. 정양구의 눈은 움직이지 않고 탐색전을 펴고 있는 것 같은 여자의 눈을 받는다. 그러면서 마음속으로 그 외국인의 경우는 이혼이란 쉬운 것인지도 모르겠고, 혹은 더 어려운 일인지도 모른다는 생각을 해보는 것이었다.

남미 편에서 먼저 눈길을 돌렸다. 정양구의 마음을 짚어볼 수 없는 데서 그는 불안해진 모양이었다.

"처음엔 저도 괴로웠어요. 망설이기도 했어요. 하지만 이렇게 된 데 대해서 책임의 반은 정 선생한테 있는 거예요. 처음 그때 다방에서 그러시지 않았음 그 사람하곤 파티엔 안 갔을 게 아니에요? 다음엔 또 바다에 가자 해놓고 정 선생이 일방적으로 취소하지 않았어요? 그렇게 우롱을 당하고도 아무렇지 않을 여자가 어딨어요? 세상에 뭐 정 선생 아니면 남자가 없나요?"

오똑한 콧날에 반지르르 기름기가 흘러서 여자는 처음으로 옛날같이 정직한 상태로 돌아갔다.

"시초엔 반발심이었어요. 하지만 정 선생은 여잘 사랑할 자격이 없다는 것을 깨달았어요. 여자란 언제나 보호받게 돼 있는 거예요. 내팽개쳐 놓고, 뭐. 제가 정 선생의 부인인가요? 제가 배신했다고 생각해선 안 될 거예요."

"남미."

"……."

"나 커피 한 잔 끓여줄래?"

남미 얼굴에 불안이 좀 더 짙어졌다. 그는 일어서서 부엌으로 갔다.

정양구는 담배를 붙여 물고 시선을 화장대에다 보낸다. 화장대 위에 진주 목걸이가 오목하게 무덤을 지어 놓아 있었다. 정양구는 오랫동안 연분홍빛을 내고 있는 진주 목걸이에 시선을 둔다.

'여자는 언제나 보호받게 되어 있다고…… 저 진주 목걸이가 사랑의 표시인가 정조의 대가인가 그것에 차이가 있다. 남미는 그것을 아는가? 한 외국인은 저것을 사랑의 표시로써 주었을까. 정조의 대가로 주었을까? 부질없는 생각이다.'

견디기 어려운 질투의 불길이 타올랐다. 부엌에서 커피를 끓이고 있을 남미의 목덜미를 눌러서 쓰러뜨리고 싶은 광포한 피를 느낀다.

남미는 커피를 끓여 왔다. 그는 본능적으로 어떤 위기를 느끼는 것 같았다. 하얗게 질려 있는 정양구의 얼굴을 바라보는 남미의 입술도 하얗게 되었다. 커피 잔에 커피를 붓는다. 넘쳐서 찻잔 밖으로 갈색 액체가 쏟아졌다.

"앉지."

정양구는 남미에게서 시선을 떼고 맞은편 의자에 시선을 떨구었다. 그는 간신히 감정을 수습하고 담배를 눌러 끈 뒤 커피 잔을 들었다.

"나 얼마 전에 변두리로 나간 일이 있었어. 전망이 아주 좋은 곳이었어. 그곳에다 비둘기 통 같은 작은 집을 짓고 남미랑 함께 살았음 하고 생각했지."

정양구는 남미의 얼굴을 보지 않고 이야기했다.

남미의 얼굴에는 아무런 변화가 없었다. 다만 정양구에 대한 불안이 그대로 남아 있을 뿐이었다.

"어쩌면 나는 그 문제를 좀 더 구체적으로 생각해봤을지도 몰라. 내 야심이 그런 작은 곳에 낙찰이 되고 말았을지도 몰라. 한데 나에게 중대한 일이 생겼어. 애엄마가 병이 났던 거야. 절대로 이혼을 할 수 없는 병이 났단 말이야. 내 경우는 남의 경우와 반대였어. 어째서 그런지 나도 모르겠더군. 다만 사람이란 제가 살고 싶은 대로 살 수 없다는 걸 깨닫게 되더군. 살고 싶은 대로 살 수 있다고 생각하는 것. 그건 환각이야."

남미는 아무 말도 하지 않았다. 그는 정양구가 하는 말뜻을 알 수 없었던 것이다. 그는 다만 정양구가 어떻게 나올 것인지 거기 대해 공포심을 가지고 있었을 뿐이다.

"이제 이걸 돌려주어야겠다."

열쇠를 꺼내어 탁자 위에 내놓는다. 순간 남미의 얼굴에 안도의 빛이 돈다. 정양구는 노여움보다 서글픔이, 접시보다 얇은 여자의 마음이 느껴져 쓰디쓴 웃음을 띤다.

커피를 다 마시고 정양구는 자리에서 일어섰다.

남미도 따라 일어섰다.

"가봐야겠다."

"가보시겠어요?"

"왜, 안 갈까 봐서 겁이 났나?"

남미의 얼굴에 핏기가 돌아왔다. 여전히 아름답고, 그러면서도 어딘지 삭막해 뵈는 이 여자, 아니 소녀에게 진정 영혼의 깊이는 없었던 것일까. 정양구는 지그시 여자의 눈을 들여다본다. 얼마 전까지 팔에 안기어 천사같이 잠자던 여자는 정말 이 여자였던가.

문간에서,

"잘 있어."

"안녕히 가세요."

문은 닫혀지고 정양구는 복도를 뚜벅뚜벅 걸어 나온다.

그의 눈에는 아까 남미를 찾아갈 때 본 기라성 같은 서울의 불빛 바다가 보이지 않았다. 주룩주룩 내리고 있는 빗소리도 귀에 들려오지 않았다. 자기 발짝 소리만 멍이 든 가슴을 누르듯 둔중하게 울리고 있었다.

차 안에 몸을 싣고 그 차가 아파트를 떠날 때 정양구는 자기 자신을 되찾았다.

"지금 몇 시나 됐소?"

시계 보는 것이 귀찮아서 운전사에게 물어본다.

"열 시쯤 됐을 겁니다."

"그렇게밖에 안 됐을까?"

하긴 회사에서 나올 때 다섯 시가 안 되었었고 영화를 두 시간쯤 봤을까? 남미 집에는 초저녁에 갔으니까 하고 정양구는 셈을 하듯 마음속으로 뇌었다.

집으로 돌아온 그는,

"어서 저녁 차려와요."

은애는 뭐라고 중얼중얼 시부렁대더니 식모는 깨우지 않고 제가 나가서 밥상을 들고 왔다.

"당신 저녁 먹었소?"

"먹지 않구요."

하더니 은애는 서랍을 꺼내어 안에 있는 것을 모조리 방바닥에 부어서 챙기기 시작했다.

"내일 하지 그래."

"미루면 안 돼요. 무슨 일이든 끝장을 내야 한다니까, 나는 새는 자리를 맑혀놓는다잖아요?"

하며 은애는 흐릿한 눈을 들어 정양구를 바라보았다.

정양구는 아무 소리 않고 정신 나간 것처럼 밥을 먹어젖힌다. 밥 한 그릇 비우는 일이 없는 정양구가 국 한 그릇에 밥 한 그릇을 홀랑 비우고 상을 물리며 이마에 배어난 땀을 닦는다.

그리고 그는 잠옷도 갈아입지 않고 윗도리만 벗어 던지더니 자리에 자빠지듯 누웠다.

잠이 들기는 들었으나 새벽녘 가까이까지 정양구는 비몽사몽의 상태에서 고통을 받았다. 가슴을 바위가 짓누르듯 괴로워하며 잠이 들곤 깨곤 했다. 정신없이 밥 한 그릇 국 한 그릇을 비우고 그냥 자리에 쓰러졌기 때문에 위장이 애를 먹은 탓인 것 같았다.

새벽녘에 겨우 깊은 잠이 든 정양구는 꿈을 꾸었다. 일꾼들 같기도 하고 철공소 직공 같기도 한 남자들 앞에서 은애가 연설을 하고 있었다. 제법 잘 지껄인다고 생각하는데 그것은 연설이 아니었고 은애는 마이크 앞에 선 방송국의 아나운서였다. 그런가 했더니 다음 집 앞에 소달구지가 와서 머물더니 집안에 이부자리를 들여놓는 것이 아닌가. 은애의 얼굴은 남미로 변해 있었다.

"너 여기 뭐 하러 왔어! 썩 나가, 나가란 말이야! 여긴 우리 한국 사람이 사는 집이지 외국인 집은 아냐! 넌 그치하고 결혼한다면서? 결혼한다면서! 결혼!"

고래고래 소리를 지르는데, 목이 잠겨서 애를 쓰는데, 누가 그를 흔들어 깨운다.

"차 왔어요. 차가 왔단 말예요."

은애의 커다란 눈이 정양구 시야에 가득 들어왔다.

정양구는 몸을 흔들었다.

"차가 왔어요. 차가 왔단 말예요?"

"무슨 차가 왔어."

"무슨 차긴요? 회사 차가 왔단 말예요."

"오늘은 안 나가. 몸이 아파 쉰다고 그래."

그러나 은애의 커다란 눈은 정양구 시야에서 떠나지 않았다.

"차가 왔다는데두요."

"오늘은 회사 쉰대잖아!"

"잠꼬대 마세요. 회사의 차가 왔다는데두."

순간 정양구는 팔을 뻗어 은애를 와락 떠밀었다. 은애는 뒤로 나자빠지면서 소리를 질렀다. 그런가 했더니 그는 훌쩍훌쩍 울기 시작했다.

정양구의 가슴은 고통으로 쓰라리고 아팠다.

"시끄럿!"

은애는 방문을 열고 후다닥 나가버렸다.

'왜 그런 꿈을 꾸었을까? 악을 악을 쓰고.'

그는 순간 가슴 한복판에 구멍이 펑 뚫리는 것 같은 허전함을 느낀다. 눈을 감는다. 꿈이 없는 잠을 바랐던 것이다.

열 시가 넘어서 그는 일어났다. 은애는 아까 있었던 일을 까맣게 잊은 듯 밥상을 들고 들어왔다.

여느 때같이 겸상이 아니었다.

정양구는 조반 때가 늦었으므로 은애는 먼저 아침을 끝낸 것으로만 안다. 은애는 상 앞에 바싹 무릎을 꿇고 앉아서 아침에 본, 그 커다란 눈동자를 굴리며 밥숟가락이 올라가고 내려가는 것만 쳐다보고 있었다. 숟가락이 올라갈 때는 눈이 올라가고 내려갈 때는 눈이 내려가고 똑같이 반복되는 눈의 움직임, 정양구는 신경이 바짝 곤두섰다. 은애에게 이상한 증세가 다시 나타났다는 것을 고려할 여유가 없었다.

"왜 그러고 있지?"

"밥숟가락을 세고 있어요."

"뭐?"

정양구의 이마빡에 핏줄이 발딱 섰다.

"밥그릇 하나에 몇 숟가락이나 드나 싶어 계산해보는 거예요. 빠듯한 생활비 갖고 계산 없이 어떻게 살아요?"

정양구는 말할 수 없는 공포와 절망 때문에 이를 악물고,

"미친 척하지 말란 말이야!"

밥상을 냅다 엎어버리고 말았다.

그러고도 정양구는 마음을 수습할 수 없었다. 그는 벌떡 일어나 주섬주섬 양복으로 갈아입고 급히 집을 뛰쳐나온다. 나오면서 그는 아이들 생각을 했다. 아빠, 아빠 하는 목소리는

불행의 상징같이 울리어오고 뒤쫓아왔다. 생각지 않은 곳에 함정이 있었고 무심히 지나온 그곳에 이미 미래를, 자기 미래뿐만 아니라 자식들의 전도까지 행로를 정한 마신이 매복하고 있었던 것이다. 희생한다는 각오도 사랑도 없이 일상같이 결혼을 하고 자식을 낳고.

한길까지 허둥지둥 쫓아 나온 정양구는 겨우 지나가는 빈 차를 보고 손을 저었다. 차에 오른 그는 시트에 기대어 뒤로 머리를 젖혔다.

어디든 도망을 치고 싶었다. 상황 속에 이토록 깊이 물려 들어갈 줄은 꿈에도 생각지 못한 일이었다. 감정의 포로가 될 줄은, 그것 역시 꿈에도 생각지 못한 일이었다. 그는 은애한테서 도망치고 싶었다. 남미가 안겨준 고통에서 도망치고 싶었다. 불행의 상징 같은 아이들 목소리로부터 도망치고 싶었다. 반듯반듯하게 짜놓았던 그의 생활 설계는 이미 발기발기 찢겨지고 말았다. 그것에 대한 미련은 없었다. 그 우스꽝스러운 장난감 같은 설계도, 이제 그에게 한 푼어치의 가치도 없는 것이다.

정양구는 회사 앞에서 차를 버렸다. 파리했으나 침착해진 표정으로 언제나와 다름없이 사무실 문을 열고 그는 들어섰다.

"늦으셨네요."

여직원이 말했다.

"음."

그는 뚜벅뚜벅 제자리에 가서 앉았다.

"아까 사장님이 찾으시던데요."

여직원의 말이 다시 건너왔다. 정양구는 못 들은 척 침묵을 지킨다. 여직원은 고개를 갸웃하며 이상하다는 시늉을 했다. 담배 한 대를 피우고 나서 정양구는 책상 위에 쌓인 서류를 들여다보고 여기저기 사무적인 전화를 걸고 있는데,

"정 부장님."

힐끔 쳐다본다. 수화기를 든 채,

"사장님께서 좀 올라오시래요."

정양구는 얼굴을 찌푸리며 자리에서 일어선다. 어두컴컴한 복도를 지나, 층계를 밟고 다시 복도를 지나 사장실 문을 밀고 들어섰을 때 사장은 그를 향해 만면에 웃음을 띠고 있었다.

"거기 앉게."

정양구는 내객용 소파에 앉고 사장도 무거운 몸을 일으켜 사장석에서 일어났다. 정양구와 마주 앉은 사장은,

"자네 어지간하구먼."

"네?"

"사람이 왜 그 모양인고? 사내社內 간부들 중에서도 잽싸고 빈틈없는 인물이라고 진작부터 점을 찍어놓은 자네가 그럴 줄은 몰랐네. 사업이란 내가 말할 것도 없이 먹느냐 먹히느냐 둘 중의 하나 아닌가? 치열한 싸움이지. 그런데도 불구하고."

정양구는 순간 처남인 강은식을 떠올렸다. 사장이 부른다는

순간 그것을 떠올려야 했을 것을. 정양구는 여느 때와는 달리 직감이 움직이질 않았던 것이다.

"무슨 말씀인지."

시치미를 뗀다.

"허허."

사장은 안경 밑의 가느다란 눈을 더욱 가느다랗게 하고 웃었다.

어디서 귀동냥을 했을까? 기대에 차서, 만족스럽게 사장은 정양구를 건너다보았다. 정양구는 아무런 반응을 보이지 않고 한곳에 시선을 둔 채 앉아 있었다. 사장은 자기 의도를 전혀 눈치채지 못하고 있는 줄 판단했음인지 드디어 직통으로 들어갔다.

"자네 강 사장하고는 처남 매부 간이라며?"

"아닙니다."

눈도 한번 깜박이지 않고 정양구는 부정해버린다.

"허허 이 사람 보게? 아내가 강 사장한테서 직접 들었는데도 아니라 하긴가?"

"네?"

"어젯밤에 우연히 합석할 기회를 가졌댔지. 그 자리에서 강 사장이 자네 말을 했는데 시치미를 떼긴가?"

"……."

"원, 별사람 다 보겠군. 이런 경우 사돈의 팔촌이라도 이름을 들먹여보려 할 텐데, 자네 왜 그러나?"

"집사람하고 헤어지게 돼 있습니다. 그러면 남보다 더 나을 것 없지 않겠습니까?"

사장은 잠시 동안 정양구를 멍하니 바라보았다. 맥이 쑥 빠지는 모양이었다. 다음 그의 얼굴에는 씁쓸하고 불쾌해하는 빛이 떠올랐다. 그는 정양구의 태도를 보아 더 뭐라 할 흥미를 잃은 것이다. 제 누이동생하고 결혼이 해소된다면 정양구 말마따나 강 사장님은 남보다 더 나은 존재는 못 된다. 오히려 남보다 나빠지는 것이 상식이다.

사장실에서 나오는 정양구의 얼굴에는 쓰디쓴 웃음이 있었다. 그는 사무실에 돌아와 하던 일을 계속한다.

은애하고 이혼할 생각은 추호도 없었다. 아침에 그러고 나온 자신을, 자신의 행동을 정양구는 뉘우치고 있었다. 밥그릇 국그릇 반찬 그릇이 나둥그러지고 그 어수선한 속에 멍청히 앉아 있던 은애의 커다란 눈의 애처로움이 그를 괴롭혔고 후회하게 했다.

은애하고 헤어질 생각이 없었기 때문에 정양구는 사장에게 강은식과의 관계를 강경하게 부정했던 것이다. 이혼한다고까지 거짓말을 내세워 강은식과의 관계를 인정하지 않으려 했던 것이다. 왜?

은애가 병들었기 때문이다.

병든 여자를 데리고 살기 때문에 강은식의 후광後光을 받기 싫었던 것이다. 은애가 현재 성한 여자였더라면 웃고, 그렇다고 시인하는 것이 상식이다.

그러나 병든 여자와 이혼하지 않고 어떤 형식이든 강은식의 덕을 본다는 것은 상식이 아니다. 그것은 자신을 팔아버리는 것과 다름없는 결과가 된다. 진실이야 어찌 되었든 간에. 그는 남자로서 병신이 되기 싫은 것이다. 병든 여자를 데리고 사는 대신, 어떤 대가를 받는다는 느낌조차 그는 용납할 수 없었던 것이다. 그의 마음속에는 이미 생활은 하나의 장난감같이 찢겨져 버린 설계도였으니까.

저녁때 정양구는 포도를 잔뜩 싸안고 집으로 돌아갔다.

"아빠?"

뜰에서 혼자 놀던 영이가 뛰어왔다. 무척 심심했던지 그는 정양구에게 매달렸다. 포도보다 아빠가 더 반가웠던 모양이다.

"엄만?"

"나갔어."

"어딜?"

"몰라. 아까아까 나갔는데 아직도 안 와."

"아직도 안 와?"

정양구는 가슴이 철썩 내려앉는 것 같았다. 다른 때라고 안 나가는 은애는 아니었지만.

집 안으로 급히 들어간 정양구는 식모를 불렀다.

"아주머니 어디 가신다고 그랬어?"

"모르겠어요. 일하다가 나가니까 막 아주머닌 문을 열고 나가시잖겠어요? 그래서 어디 가시느냐고 물었더니 아무 말씀 안 하세요."

식모는 눈 밑으로 정양구의 표정을 살폈다. 아침의 밥상 엎은 소동을 알기 때문이다.

"요즘 아주머닌 자꾸만 이상한 말씀을 하세요. 왜 그런지 모르겠어요."

정양구는 풀이 죽는다.

"이거 씻어서 영이 주고."

피곤이 한꺼번에 몰려오는 듯 그는 포도를 귀찮아하며 식모에게 내민다.

"아빠."

따라오려는 영이를 떠밀 듯,

"언니보고 포도 씻어달래서 먹어."

하며 정양구는 혼자 방으로 들어온다. 방 안은 깨끗이 치워져 있었다.

'어디 갔을까?'

희련에게 전화를 걸려고 수화기를 들었다가 놓았다.

'D동에 갔는지도 모르지. 아직은 저물지 않았으니까 기다려 보고.'

그는 맨 방바닥에 벌렁 누워버렸다. 은애에 대한 연민이 가슴에 넘쳐 올랐다. 가지가지 지난 일들이 눈앞에 떠올랐다. 의젓한 미소, 담담한 표정, 썩 아름다운 얼굴은 아니었으나 깨끗하고 맑음이 감돌던 그의 인품, 남미에 대한 애정을 잃어버렸다는 허무한 느낌은 이 순간 그에게 끼어들 여지가 없었다.

'부부란 이런 걸까? 행복할 때보다 불행할 때, 이건 분명 애정하고는 좀 다른 건가 보다. 어디 바보처럼 다니다가 교통사고나 나지 않았을까? 아니야, 어디 정처 없이 헤매는 게 아닐까? 제정신이 아니니까, 희련 씨 집에 가 있다면 좋으련만…… 설마 돌아오겠지. 그리 증상이 심한 건 아니니까…… 돌아오면 어떻게 조칠 취해야겠어.'

사실 정양구는 아직 은애를 병원에 데려가지 않고 있었던 것이다. 무관심해서 그랬던 것은 아니었다. 은애의 증상은 지극히 경미했고 어떤 때는 기우였었다고 생각할 만큼 정상이기도 했었다. 그는 병원에 데리고 감으로써 결정적인 결과를 보기가 싫었던 것이다. 이런 심리는 강은식에게도 마찬가지였던 모양이다.

사방이 어두워졌는데도 은애는 돌아오지 않았다. 어둠이 깔리는 그 속도와 마찬가지로 정양구의 마음에도 어둠이 밀려왔다. 그는 벌떡 일어나 수화기를 들었다. D동 처가에다 우선 전화를 걸었다. 안 왔다는 것이다. 그는 자기 본가에다 전화를 걸었다. 역시 안 왔다는 것이다. 그는 떨리는 손으로 희련의 집 번호를 돌렸다.

"집사람 거기 안 왔습니까?"

인사고 이름이고 댈 것 없이 대뜸 말했다.

"왔었어요."

"아, 그렇습니까, 지금 거기 있습니까?"

정양구는 반가워서 은애를 데리러 가리라 마음먹으며 물었다.

"아뇨. 열두 시쯤 왔다가 이내 갔어요."

"네?"

"여태 집에 안 왔다면……."

희련의 목소리가 불안하게 울려왔다.

"이 애가 어딜 갔을까?"

또 들려왔다.

"어디 간다는 말도 없이 나갔습니까?"

"네, 저 시장에 들렀다가, 어쩌고 하더니만…… 영화 보러 갔을지도……."

"영화……."

서로 얼굴은 볼 수 없었으나 그들은 다 같이 영화관을 생각하며 불안을 떨어내려고 애쓰는 것을 서로 느낄 수 있었다.

최종회의 영화가 끝나는 시간에다가 집에까지 돌아오기에 넉넉한 시간을 계산에 넣고 정양구는 대기하고 있었다.

이 경우, 정양구에게, 은애가 영화관에 갔으리라는 것은 결정적인 사실로서 못 박아놓은 일이다. 누가 뭐라고 하더라도 은애는 영화관에 갔음이 틀림이 없고 그것을 누구라도 부정한다면 정양구는 펄펄 뛰었을지도 모른다.

그는 은애의 발짝 소리를 듣는 것처럼 시계 초침에 귀를 기울이고 있었다.

은애는 옷깃을 스치며 추운 시늉을 하고 들어올 것이다.

'저녁 드셨어요? 늦어서 미안해요.'

'밤늦게까지 어디 갔다 오는 거요?'

'영화관에 갔었어요. 마냥 앉아 있다 보니까 끝이 났지 뭐예요.'

'가정주부가, 그래 살림 안 할 작정이오?'

'괜히, 거리를 쏘다니다가 그렇게 된 거예요. 당신 안 들어오실 줄 알았거든요.'

은애는 커다란 눈으로 정양구를 응시할 것이다. 얼마 전까지 은애는 그랬었다.

다시, 은애는 흐릿한 눈으로 뚜벅뚜벅 걸어 들어온다.

'여보, 당신 어쩌자구 이러는 거요, 응? 아침에는 내가 잘못했소. 다시는 그러지 않으리다.'

'상관 마세요.'

'자, 옷 갈아입어요. 얇은 옷을 입고 밤길을 걸었으니 병나겠소.'

'어차피 난 과수원에 갈 거니까요. 계약하고 왔어요. 당신은 당신 여자하고 큰집에 갔었잖아요? 애들도 이젠 새엄마가 올 거라구 생각할 거예요. 정리를 다 해놓고 말예요. 깨끗하게

해놓고 말예요. 그리구 영화관에 갔다가 인사 차리러 한 바퀴 돌구.'

돌아온 은애가 여전히 두서없는 말을 지껄인데도 무슨 상관이겠는가.

시계 초침을 내려다보고 있는 정양구는 가공의 무대에다 연출과 배우를 겸하면서 어리석은, 실망도 절망도 아닌 오로지 염원으로 몸을 웅크리고 있는 것이다.

그러나 은애는 돌아오지 않았다. 분침이 넘어가고 시침은 숫자 12를 아슬아슬하게 가리키려 하고 있었다. 집 앞을 지나가던 차 소리는 뚝 끊어졌다. 멀리, 먼 곳에서 차량이 구르는 소리가 아슴푸레 들려온다. 갑자기 그 먼 소리는 폭음과도 같이 정양구 심장에서 터졌다.

"어떻게 된 거야!"

그는 벌떡 일어났다. 귀를 기울인다. 대문 쪽에서는 나뭇잎 하나 바스락대는 소리가 없다. 무서운 정적이다.

정양구 눈앞에 한강 모래밭이 떠오르고 아스팔트 길이 떠오른다. 차바퀴가 수십 개 수백 개 겹쳐오면서 삐익! 하는 몸서리쳐지는 소리가 들려오는가 하면 햇볕 쏟아지는 모래밭에 엎드린 여인의 모습이 나타난다.

그는 도로 주질러앉는다. 담배를 찾아 붙여 문다. 재떨이에 담배꽁초가 수북이 쌓여 있었다.

'어떻게 된 거야?'

방금 뇌까린 자기 소리가 공허하게 울리고 있다.

담배를 손가락에 낀 채 그는 수화기를 들고 다이얼을 돌린다. 교환이 나와서 전화를 연결해준다.

"네."

잠들지 않고 있었던가, 강은식의 목소리가 여느 때와 다름없이 울리어왔다.

"아직 안 주무셨군요."

"아아, 웬일인가? 밤늦게?"

"네. 영이 엄마가 여태 돌아오지 않았습니다."

"뭐라구?"

"형님한테 무슨 연락이라도 없었는지요?"

"없었는데."

의외로 강은식의 목소리는 냉담했다.

"어떻게 했으면 좋겠습니까. 여태까지 집을 비운 일이라곤 한 번도 없었으니까요."

그러나 강은식으로부터 대답은 쉬이 돌아오지 않았다. 그는 그대로 수화기를 든 채 생각을 해보는 모양이다.

"형님."

정양구는 소년처럼 어쩔 줄 몰라 하며 물었다.

"기다려볼 수밖에 더 있겠나."

여전히 냉담한 어조였다.

"만일 무슨 일이라도."

"할 수 없지. 당할 수밖에, 은애는 성한 사람이 아니니까."

전화를 끊으려 하지는 않았다. 그러나 강은식은 침묵해버리는 것이었다.

"아침에 화가 나서 좀 신경질을 부렸지요."

"……."

"제 잘못입니다."

"갈 만한 곳에 연락을 해봤나?"

"네."

"미안하네."

"네?"

"애당초 자네는 좀 더 현명한 판단을 내렸어야 했을 것을. 은애에게도 잘못은 있었지. 서로가 피해나 가해의 결과를 생각 못했으니 할 말이 없네."

"제가 잘못 전화를 걸었구먼요. 지금 그런 것을 따질 여유가 제겐 없습니다."

정양구는 전화를 끊었다. 손가락 사이에 끼워둔 담배는 절반가량 탔고 담뱃재가 양복바지 위에 폭삭 떨어졌다. 정양구는 급히 입으로 가져가며 연거푸 담배를 빨아 당긴다.

밤은 한없이 길었다. 정양구는 일찍이 이와 같이 긴 밤을 느껴본 일이 없다. 시간은 조금도 움직이지 않았고 시계 초침은 제자리걸음만 하고 있는 것 같았다. 바람이 이는지 조금 전까지만 해도 나뭇잎 하나 바스락거리는 소리가 없더니 뜰의 수

목이 우수수 우수수 소리를 내고 있었다.

꼬박 밤을 세운 정양구는 날이 밝아오자,

'설마 오늘에야 오겠지.'

차가 올 시간이 거의 다 되어 그는 목욕탕으로 나가 세수를 하고 복도를 지나오는데,

"아주머니 어떻게 된 일이에요?"

식모가 기웃이 얼굴을 내밀며 물었다.

정양구는 아무 대꾸도 하지 않았다.

"아빠! 엄마 어디 갔어!"

영이가 물었을 때도 그는 아무 대꾸를 하지 않는다.

"아빠! 엄만!"

정양구는 대답 대신 아이를 답삭 안아 목욕탕으로 간다. 아이는 다리를 버둥거렸다.

"아빠가 세수시켜줄게. 엄만 온다. 좀 있음 온다."

아이는 울음보를 터뜨리려다 얼굴을 씻겨주는 아빠가 신기스러웠던지 오소소한 눈으로 어미를 닮아 커다란 눈으로, 정양구 얼굴을 쳐다보는 것이었다.

집을 나서면서 정양구는 식모에게 타일렀다.

"아주머니 돌아오시거든 회사에 곧 전화하고, 오늘은 유치원엔 못 가니까 애를 울리지 말고, 집안일은 안 해도 좋으니까 말이야."

정양구는 문밖에 기다리고 있는 차에 올랐다.

회사에 나간 그는 사무실에 들어서자마자 한현설이 근무하는 출판사에 전화를 건다.

"나 정양군데."

"웬일인가?"

한현설은 몹시 당황해했다. 순간 정양구의 표정이 달라졌다.

"어제 은앨 만났나?"

푹 찌르듯 말했다. 대답이 없었다. 출판사 사무실의 잡음만 울려온다.

"대답을 해주게."

"만났다."

"은애는 지금 어디 있나?"

"자네 무슨 소릴 하나?"

"만났다고 했잖았나."

"만나기는 만났지만 자네 부인 있는 곳을 내가 알 까닭이 없지. 뭣을 오해하고 있는 모양이네만."

"오해가 아냐. 전화로 자세한 얘기 할 수도 없고 만날 수 없겠나?"

"언제?"

"지금이라도."

"지금은 바빠. 낮에 만나지."

"그럼 열두 시에, S다방에서 기다리겠다."

정양구는 상대방의 응낙도 듣지 않고 수화기를 놓았다.

'여하간 오늘 하루 더 기다려보자. 설마 돌아오겠지. 제정신이 돌아오면.'

열두 시 정각에 정양구는 다방에 나갔다. 한현설은 와 있지 않았다.

자리에 앉은 정양구는 한현설을 통하여 은애의 행방을 알게 되리라는 희망을 갖고 있지는 않았다. 한현설이 거짓말을 했을 리도 없고 정상이 아닌 은애를 두고 추리해볼 수 있는 일은 아니었다. 다만 한현설을 만나 은애의 언동을 알아보고자 했을 뿐이다. 행여 무슨 실마리가 풀릴는지. 그러나 희련에게서 얻어들은 정도를 넘지 못할 것을 정양구는 생각해보는 것이다. 그러는 한편 한현설에게는 할 말이 따로 있을 것 같기도 했다.

한현설이 나타났다. 맞은편 자리에 앉는 그의 안색은 아주 좋지 않았다.

"바빠서 영 몸을 뺄 수 없었지만 자네 부인을 위해 오해는 풀어야겠기에 나왔다."

침착하게 한현설이 먼저 입을 떼었다.

"내가 생각했던 것보다 자네는 졸렬한 사내군."

정양구는 불쾌하게 내뱉었다.

"변명은 싫지만, 상대편의 말을 듣기도 전에 속단하는 자네야말로 옹졸하지 않은가?"

다소 노기를 띠며 한현설은 충혈된 정양구의 눈을 똑바로 응시한다.

"속단은 자네 쪽에서 하고 있어. 나는 간통 사건 같은 것을 캐내려는 게 아니야."

한현설이 얼굴을 붉힌다.

"최소한도 예의는 지켜주게. 무모하지 않나."

"그러지. 은애가 어젯밤 집에 들어오지 않았다. 조금 전에 집에다 전활 걸어봤지만 역시 안 돌아왔다는 거야. 어제 몇 시쯤 은앨 만났나?"

"두 시쯤 됐을까? 회사에 찾아왔더군."

순간 한현설은 몹시 괴로운 표정을 지었다.

"그러고서?"

"다방에 가서 함께 차를 마시고 그러고 나서 헤어졌어."

"무슨 말을 하던가."

"……."

"지나치게 생각지 말게. 자네를 의심해서 묻는 말은 아니네. 은애는 어디 간다는 말을 자네보고 하지 않던가?"

"하더군. 어떤 여자를 찾아간다고 하더구먼."

"어떤 여자……."

"음."

한현설은 담배를 붙여 물었고 정양구는 말을 잃은 채 창밖 거리를 멍하니 바라본다.

그 말 같으면 정양구도 여러 번 들었다. 여자는 백화점에서 한 번 본 남미를 두고 하는 말이었다. 은애는 때때로 혼자 중얼거리곤 했었다. 어디에 사는지, 무엇을 하는 여잔지 전혀 알고 있지 않으면서도 마치 여자의 주소를 손에 쥐고 있기라도 한 것처럼 말하곤 했었다.

"지금 회사에 들어가야 하나?"

나직이 정양구가 물었다.

"왜?"

거의 의식 없이 담배를 빨고 있는 것 같았다. 한현설은 멍청해져서 되물었던 것이다.

"조용히 할 얘기가 있을 것 같다. 친구로서 또 그 밖에……"

하다가 정양구는 말을 끝맺지 않았다.

"그러지. 나도 그런 것 같군. 기다리게, 회사에 연락을 좀 해놓고."

카운터로 가서 전화를 걸더니 한현설은 돌아왔다.

함께 밖으로 나온 그들은 갈 곳도 정하지 않고 그냥 걷다가 빈 차를 발견한 정양구가 차를 잡았다.

"타게."

나란히 그들은 올라앉는다.

"어딜 가시죠?"

운전사가 물었다.

"K산장."

한현설이 정양구를 힐끔 쳐다본다. K산장이라면 도심에서 상당히 먼 거리에 있는 유흥지다. 두 사람은 K산장에 도착하기까지 한마디의 대화도 나누질 않았다.

가을의 산장은 조용했다. 휴일이 아니요 밤도 아닌 정오여서 그랬던지 별로 손님이 없는 것 같았다. 그런데도 정양구는 조용한 별실을 내어달라고 부탁한다.

안내되어 간 방에 앉으며 정양구는 맥주를 부탁했다. 술을 날라 온 여자가 곁에 앉으면서 시중을 들려고 했다. 그러나 정양구는 여자를 쫓아내고 자신이 술을 부어 한현설에게 권하고 자신도 마신다. 맥주병이 네댓 개나 비었을 때 정양구가 입을 떼었다. 그의 얼굴은 창백했다.

"은애를 만났을 때 이상한 생각을 하지 않았었나?"

한현설은 충격적인 몸짓을 했다.

"이상한 생각을 했었지."

"어떤?"

정양구는 압력을 가하듯 물었다.

"말하기가 두려워."

"두려울 것 없네. 은앤 정신병자야. 분열증 환자란 말이야."

"……."

"나는 은애의 그 병의 원인을 따져보고 싶어졌다."

"원인을?"

"그래. 원인이다."

"설마 모르고 하는 말은 아니겠지?"

순간 정양구의 얼굴에 조소와 혐오의 빛이 확 지나갔다.

"왜 몰라? 우리 장모님이 그 병으로 돌아가신 사실을 자네가 아는데 내가 모르겠나?"

"그렇다면 따로 무슨 원인이 있겠나."

정양구는 넘쳐서 흘러내리게 한현설의 잔에다 맥주를 부어 주고 권했다. 권하고 나서,

"얼마나 다행스런 도피군지 모르지. 자네나 나나, 은애가 미친 것을 혈통이다 혈통이다 하면 그만이니까. 자네하고 나, 이 두 공범자에겐 정말 고마운 혈통 아니겠나?"

"주정하나?"

"천만에, 나는 본시 주정 안 하게 술을 배웠으니까 그것만은 자신 있지. 주정을 부리는 게 아니야. 도둑놈은 도둑놈의 배짱을 젤 잘 안다잖던가? 내가 이렇게 지껄여봐야 똥 묻은 개 겨 묻은 개 보고 짖는 격이지. 그러나 다만 한 가지."

정양구는 말을 끊고 갈증 난 사람 모양으로 술을 꿀꺽꿀꺽 마셨다. 컵을 소리 나게 놓으며,

"지난봄이던가, 여름이던가 자넬 만나서 술 마신 일이 있었지?"

한현설은 담배를 물고 가만히 쳐다만 보았다.

"그때 나는 속으로 자네한테 졌다는 생각을 했었지. 그전에야 지극히 능(能)이 없는 사내라 생각했지만 말이야. 한데 오늘 너도 별수 없는, 나와 마찬가지로 속물에 불과하다는 생각이

드는군. 말하자면 자넨 구제받을 수 없는 위선자고 나는 구제받을 수 없는 위악자란 말일세."

"자[R]질이야 아무 데나 대고 할 수 있는 일 아닌가?"

한현설은 불쾌한 듯 씹어뱉듯이 말했다. 정양구의 말이 상당히 아팠던 모양이다.

"옳은 말이야. 군말 없이 자네 말에 찬성이네. 모럴리스트는 상황에 대해서는 매우 정확한 자질을 하지. 허나 진실이 아니라는 것을 지금 자네가 말했네. 바로 자네가 말일세."

말꼬리를 잡아채어 내지르듯 말하는 정양구의 흥분을 이해할 만큼 한현설은 냉정하질 못했다. 한현설 자신 은애를 만난 뒤, 집에 돌아가서 밤에는 한잠도 이루지 못하였고 은애의 발광이 사실로서 떠올려진 지금 혼돈에 빠지지 않을 수 없었던 것이다.

정양구를 지켜보는 그의 얼굴은 파랗게 질려 있었다.

"자네는 사회규범에 대해 겁을 집어먹었고 나는 사회규범을 무시했었다. 서로가 다 진실의 테두리 밖에 서 있었던 거지. 그게 다 생활을 위해서였더란 말이야. 생활의 노예가 되기 위해서 엎어치나 메어치나 자네하고 나는 피장파장인데 나는 그것을 야심이라 했고, 자네는 아마도 의무라 생각했겠지."

정양구는 껄껄 소리 내어 웃었다.

"쩨쩨하지 않나? 곰팡이야 곰팡이! 곰팡이 같은 존재야! 자네 몸에 앉은 부스스한 그 먼지는 구질구질한 생활의 때 이외 아무것도 아니야. 화장터의 인부보다 자네가 낫다고 생각한다면 오산이다. 평범한 결혼 생활에서 연애 연습을 하다가 겁이 나서 물러선 자네가 모럴리스트라 해서 화장터 화부보다 낫다고 생각한다면, 그건 어처구니없는 망상이란 말이야. 물론 내가 항상 미끈하게 차리고 다닌다 해서 자네보다 나을 건 없지. 말하자면 세탁기에서 씻어낸 것 같은 내 상판이고 보면."

한현설은 그냥 침묵을 지키고 앉아 있었다. 술은 별로 들지 않고 담배만 연달아 피운다.

"뭐? 아까 다방에서 오헬 풀기 위해 나왔다고? 뭐? 은애가 미친 것은 그 어머니 탓이라고? 그래 은애가 부정하지 않아서 내가 안심할 줄 알았나? 은애가 미친 것은 어머니 탓이라고 하면 나도 자네처럼 안심할 줄 알았나? 난 잘 알고 있어. 결혼 전의 은애가 처녀였다는 것을 증명할 사람은 나 혼자야. 참으로 그 결백 거룩하고 또 거룩하구나. 저승에 가서 염라대왕 앞에 선대도 죄 없는 백성이로구나. 흥! 자네가 말일세."

정양구는 갑자기 어세를 낮추었다.

"자네가 말일세. 어제 같은 날 그 미친 여자를 품에 안고 눈물을 흘렸다면, 자네가 말일세. 그 옛날 은애를 범하고 데굴데굴 뒹굴다가 은애를 버렸다면 나는 자네를 존경했겠다, 알겠어? 은애를 자동차 부속품같이 생각한 나보다는 인간적인 놈이라고 말이야. 어어, 취하는군. 나 잠깐만……."

정양구는 비실거리며 일어섰다.

방에서 나가는가 했더니 정양구는 돌아보았다.

"그러고도 여자를 사랑했다 할 수 있어?"

하더니 그는 허둥지둥 쫓아나갔다.

한현설은 재떨이에 담뱃재를 떨었다. 지금껏 창백해 있던 그의 얼굴은 검푸르게 변해갔다. 눈알은 충혈되어 새빨개졌다.

복도로 나온 정양구는 벽에 잠시 몸을 기대는 듯하더니 자세를 바로잡으며 걷는다. 카운터까지 온 정양구는 수화기를 들고 다이얼을 돌린다.

"나야."

"아저씨세요?"

식모의 목소리다.

"아주머니 오셨나?"

"아뇨."

"아니라니?"

"양재하는 그 아주머니 말예요."

"음."

"그 아주머니한테서 전화가 여러 번 왔었어요."

"뭐라고 그래?"

"아주머니 오셨느냐구요."

"그 말이 그 말 아닌가!"

정양구는 발끈해서 화를 낸다.

"오셨으면 곧 연락해달라고 말씀해놓고선 연방연방 전화 걸지 뭐예요."

"하나 마나의 말! 그만두어!"

수화기를 놓은 정양구는 양복 안주머니 속으로 손을 밀어넣으며,

"계산."

했다.

"예."

잽싸게 웨이터가 쫓아왔다. 카운터에서 계산서를 받아 정양구에게 내밀었다. 정양구는 돈을 세어 내어주면서,

"같이 왔던 손님보구 나 먼저 갔다고 일러주고, 그리고 택시 하나 잡아주게."

마침 손님을 실은 택시 한 대가 들어왔다. 웨이터가 뛰어나가서 손님을 맞는 동시 정양구를 위해 차를 잡아준다. 차에서 내린 남녀, 그중의 여자는 정양구를 외면했다. 은애네 집에 외제 옷감을 팔러 갔을 때, 그러니까 인숙이었는데 인숙은 우연히 정양구를 만났었고 셋에서 차를 마시며 예의 그 웅변으로 경제적인 남녀동등의 주장을 피력한 일이 있었다. 그러나 정양구는 인숙을 기억하고 있지 않았을뿐더러 여자의 얼굴을 살필 여유도 없었다.

그는 웨이터에게 팁을 주고 택시에 올랐다. 택시는 송림을 헤치고 달리기 시작한다.

해는 아직 남아 있었다. 싱그러운 바람이 차창 밖에서 스며든다. 모든 것은 다 제자리를 지키고 있는 것 같았다.

나무 한 뿌리, 돌 하나, 언덕 위의 교회당, 매달아 놓은 종, 모든 것은 제가끔 제 모습으로 자리를 지키면서 시시각각 변해가는 대기大氣를 응시하고 있는 것 같았다.

평온할 적에는 그 평온함의 고마움을 모른다. 변란이 일고 저 교회당의 종이 요란스럽게 울리면서 사람에게 위기를 전할 적에 비로소 사람들은 아무것도 아니었던 종을 무서워하게 되는 것이다.

'아아 저 종이 조용하게 울리던 일요일 아침이 언제였는데……'
하고 사람들은 새삼스럽게, 아니 뒤늦게 평화의 모습을 발견하고 그 모습의 소중함을 깨닫게 되는 것이다. 정양구는 늦은 저녁 집으로 돌아와서 저녁상을 받고 저녁상을 물리고 나면 이런저런 얘기를 하면서 텔레비전을 보던 일상이 더없이 소중하고 고마운 것임을 거듭거듭 느끼며 눈을 감는다.

그의 망막 속에 색종이가 펄럭이듯 남미의 모습이 스치고 지나갔다.

짜릿한 아픔이 지나갔다. 남미하고 헤어져 돌아오던 날 밤의 그것과는 종류가 다른, 그것은 사랑하는 마음하고는 이미 거리가 있는 아픔이었다. 누구에 대해서랄 것도 없는 혐오감이었던 것이다.

남미가 그다지도 쉽사리 마음을 바꿔놓을 수 있었다는 사실을 눈으로 보았고 몸으로 느껴버린 지금, 정양구는 자기 자신 속에서도 남미의 경우와 마찬가지로 쉽사리 사라져 가는, 한때는 사랑하였던 여자의 모습을 보았던 것이다. 유행가의 가락 같은 사랑의 어설픔을 그는 느끼었던 것이다.

어쩌면 정양구는 남미뿐만 아니라 은애도 잃을지 모른다. 아니 영혼이 병들어버린 은애는 벌써 정양구에게 잃어진 존재였다 할 수도 있을 것이다.

'남미는 텔레비전과 진주 목걸이 쪽으로, 말하자면 살기 편리한 곳으로 가버렸다.'

정양구는 한 여자를 잃은 것이다.

'은애는 피아노나 냉장고가 될 수 없다고 늘 지껄였지. 편리하고 합리적이라는 생활이 그를 잡아먹었다.'

정양구는 여자인 동시 인간과 인생을 잃은 것이다.

차에 흔들리며 가는 정양구의 취한 시야에는 거리도 가로수도 건물도 그 수많은 차량도 보이지 않았다. 다만 은애의 커다란 눈만이 흔들리고 있었다.

집에 돌아온 정양구는 곧장 잠이 들어버렸다. 신경을 모조리 탕진해버린 뇌가 그 기능을 잃어버리기라도 한 것처럼 그는 늪과 같은 수마 속으로 빠져들어 갔다. 한밤중에, 요란한 전화벨 소리에 정양구는 눈을 떴다. 수화기를 낚아채어 귀에 바싹 붙였다.

"은애 씨."

혀 꼬부라진 목소리였다. 정양구는 이마빡에 정맥이 불끈 솟았다.

"나 또 전화 걸었습니다. 용서하십시오. 술도 좀 마셨지요. 은애 씨, 아, 아니 사모님. 그래 희련이는 사모님 오라버니하고 혼인하는 겁니까? 그렇게 된단 말이지요? 왜 말씀을 못 하십니까? 놀라셨군요. 어…… 그렇기도 하겠지요. 다아 아는 방법이 있답니다. 요즘이 어떤 세상이라고, 아 뭐니 뭐니 해도 그, 그렇지요. 믿는 도끼에 발 찍히더라고, 아 그, 그야 가난뱅이 환쟁이 보담이야 재일교포, 대 사업가, 몇째 여자가 되는지 모르겠지마는 희련이는 호강……."

얘기 내용이 심상찮아 멍하게 듣고 있던 정양구는 비로소,

"이 밸 빠진 친구야! 찬물 마시고 똑똑히 정신 차려!"

소리를 버럭 지르며 수화기를 내던진다.

"못난 새끼!"

정양구는 담배를 붙여 물고 창문을 열었다. 갈증을 느꼈지만 온통 빈집만 같이 느껴지는 복도를 나갈 수가 없었다.

창문을 도로 닫고 앉는다. 술기가 가셔버린 머릿속에 한현설의 얼굴이 떠오른다. K산장에 내버려두고 온 한현설이.

"못난 자식!"

온갖 모욕적 언사에 견디며 말이 없던 한현설의 창백한 얼굴이 떠올랐다.

'자질이야 아무 데나 대고 할 수 있는 일 아닌가?'

목소리도 귓가에서 울렸다.

정양구는 K산장에서의 일이, 자신의 흥분한 모습이 마치 희극배우 모양으로 생각되었다. 조금 전에 전화를 걸어온, 밸 빠진 친구라고 욕한 그 사내와 같이.

그러면서도 정양구는 한현설에 대한 노여움을 가라앉힐 수가 없었다. 다방에서 오해를 풀려고 나왔다던 그 말은 아무래도 용서할 수가 없었다.

노여움이 솟으면 솟을수록 그는 모든 일이 한현설의 탓인 것만 같고 한현설의 잘못인 것만 같고 천하에 비열하고 나쁜 인간같이 생각되고, 판단이나 사고력을 아주 잃은 사람같이 마음속으로 혼자 곤두박질을 치는 것이었다. 그러다가 멍해지면 마치 손가락 사이에서 물이 다 빠져나간 것처럼 한현설의 잘못은 간 곳이 없고 아무 잘못이 없는 것 같고 어느 조문에다 끼워봐도 죄 될 게 없는 것 같고 그러면 다음엔 모든 것이 자기 잘못, 자기 탓으로 돌려져 다시 마음속으로 혼자 곤두박질을 치는 것이었다.

그만큼 소리 없는 밤은 길고도 두려웠던 것이다.

'아니다. 이러고 있을 일이 아니지. 새는 날에는 손을 써봐야겠다. 큰집에 가서 의논을 해봐야겠고 어머님을 모셔 와서 우선 아이들을 맡겨야겠다. 그리고 회사에는 휴가원을 내고, 그리고 은애를 찾아 나서야겠다.'

작정을 하기는 했으나 막막했다.

'돌아만 온다면, 찾아만 낸다면 어디 조용한 곳으로 데리고 가서, 조그마한 초가를 지어놓고 네가 싫다면 피아노도 냉장고도 없는 방에서 그렇게 살아본들 무슨 불만이겠는가. 참말로 너를 사랑하고 참말로 생활을 사랑하고.'

역시 막막하기로는 마찬가지였다.

날이 밝고 출근 시간이 가까워졌을 때 식모는 조반상을 들고 들어왔다.

"애들은?"

"아직 자는가 봐요. 밤중에 일어나서 영이가 울지 않겠어요? 달래느라고 혼났어요. 엄마한테 가자고 자꾸만 그래서."

아닌 게 아니라 식모는 수면 부족인 듯 눈이 부숭해 보였다.

"오늘만 고생해. 할머님 모셔 올 테니까. 그동안에라도 애들 울리지 마."

"아주머닌 어디 가신 거예요? 이제 안 오세요?"

"안 오기는 왜 안 와!"

역정을 낸다.

조반을 막 끝내는데 전화벨이 울렸다.

"네."

"아, 난데."

"형님이시군요."

"음, 호텔까지 좀 와주겠나?"

"가죠. 무슨, 은애 일⋯⋯."

정양구는 허둥댄다.

"은애를 데려왔어."

"네? 저, 정말입니까? 어, 어디서, 그럼 집으로 데려와야⋯⋯."

"글쎄, 얘기는 만나서 하기로 하고 기다리겠네."

전화는 끊겼다. 순간 정양구의 얼굴은 잿빛으로 변했다.

'죽은 거로구나!'

살아 있는 은애였다면 집으로 데려오지 않을 리가 만무하다. 데려왔다 했지만 시체도 데려올 수 있는 일이다.

그는 방 안을 뱅뱅 돌다가 손수건, 돈지갑, 수첩, 눈에 띄는 대로 주워서 호주머니 속에 자꾸만 밀어 넣는다.

'죽었구나!'

그는 다시 방 안에서 뱅뱅이를 돌다가 뛰쳐나왔다.

거리에는 온통 뿌연 안개가 깔려 있는 것만 같았다. 오가는 사람들의 모습은 보이지 않고 다만 귀신들이 우왕좌왕하고 있는 것 같았다.

정양구는 정신없이 걸어간다. 옆에서 클랙슨이 울렸다.

"정 부장님."

운전사가 차 안에서 내다보며 불렀다.

그를 데리러 온 회사 차였다.

"타십시오. 내려오시는 것 보고 차를 돌렸지요."

잠자코 시트에 몸을 기대었을 때,

'설마 죽었을라구.'

정양구는 중얼거렸다.

회사에 못 미쳐서 강은식이 묵고 있는 호텔 앞에서 정양구는 내렸다.

도어를 밀고 들어섰을 때 은애의 모습은 보이지 않았다. 강은식이 혼자 우두커니 앉아 있었다.

"은애는 어디 있습니까?"

"지금 잠이 든 모양인데."

강은식이 앉은 채 정양구를 올려다보았다.

"잠이 들었다구요? 은애는 이 방에 없지 않습니까?"

목이 잠긴 정양구의 목소리는 억양 없이 허무하게 울리었다.

"옆방에 있네."

"정말입니까?"

"왜 거짓말을 하겠나? 앉게."

정양구의 얼굴이 시뻘겋게 물들었다.

"틀림없네."

정양구는 강은식을 날카롭게 노려본다.

"앉게. 자네하고 상의를 해보는 게 좋겠군."

"듣기 싫습니다! 데리고 가야겠습니다."

정양구는 버럭 화를 낸다. 자기에게는 한마디 연락도 없이 단독 행위를 취한 이유는 무엇이며 집에 데려오지 않고 호텔 방에 뉘어놓은 것은 무슨 이윤가 따지고 싶었다. 반가운 만큼 그는 화가 치밀었던 것이다.

"하여간 앉게. 데리고 가더라도."

강은식은 감정을 나타내지 않고 조용한 어조로 말했다.

정양구는 불쾌한 빛을 감추지 않고 그와 마주 앉으며 물었다.

"은애는 집에까지 오지 못할 만큼 중환자입니까?"

"아니, 전과 다름없지만 새벽부터 차를 몰아 온 데다, 간밤에는 잠을 못 잤기에 행여 싶어서, 의사가 다녀갔고, 수면제를 먹인 모양이야."

"어디서 언제 데리고 오셨습니까?"

따진다.

"얼마 전에 왔지. 대전에서 데리고 왔는데……."

"네? 대전이라구요?"

"음."

"거긴?"

강은식은 잠자코 있다가 담배를 붙여 물고 나서,

"문득 거기 가지 않았나 하는 생각이 들어서 어제 저녁때 떠났지. 확실한 일도 아니어서 자네한테 연락을 안 했지."

"……."

"다행히 거기 있더구먼, 이런 경우를 두고 신의 계시라 하는지 몰라."

강은식은 연기를 내뿜으며 쓸쓸하게 웃었다. 정양구 얼굴에 당황하는 빛이 돈다.

"집으로 데리고 갈까 싶었지만 아이들도 있고 남의 식구도…… 그래서 일단 여기다 두고 상의해보려고 했지."

정양구는 더욱더 당황한다.

"죄송합니다. 경위도 모르고 너무 흥분했기 때문에."

풀이 죽어서 빈다.

"그럴 것까진 없고 오히려 내 편에서 고맙게 생각하네."

"그런데 대전에는 누가?"

"차차 얘기하지. 그곳은 은애보다 나하고 인연이 있는 곳인데 자네는 몰라도 되는 거구. 굳이 알고 싶다면 얘기해도 무방하지만……."

"……."

"하여간 은애의 문제부터 얘기하기로 하지. 우선, 병원에 입원을 시키든지 조용한 곳에 보내어 정양하게 하든지 해얄 것 같은데 어느 편이든, 그것은 내가 알아 하겠고. 그보다 해결해야 할 문제를 솔직하게 서로 털어놓는 게 어떨까, 내 생각은 그런데, 어떤가?"

정양구는 어리둥절하여 강은식을 바라본다.

"무슨 말씀인지 저로서는 이해가 안 되는군요."

"내가 여기 있는 동안 은애 문제를 해결해놓고 싶다는 거지. 나는 자네에게 아무런 유감이 없네. 당연한 일이지. 오히려 내 쪽에서 아이들을 위해서도 그렇거니와 자네에게 미안한 생각

뿐이야."

비로소 정양구는 며칠 전 사장에게 한 말이 생각났다.

"형님은 우리 회사 사장을 또 만나셨군요."

강은식은 희미하게 웃으며 시인도 부인도 하지 않았다. 정양구는 낮은 소리를 내어 웃었다.

"형님은 그래서 은애를 여기다 두셨군요. 그거 새빨간 거짓말입니다. 전 은애하고 이혼할 생각은 추호도 없습니다. 그 대신 병신 여자를 데리고 산다 해서 형님한테 어떤 종류이건 도움을 받는다는 건 싫습니다. 그래서 저는 사장한테 그렇게 말했습니다. 사업하는 양반들, 그 욕심에 그런 정도의 말이라도 해놓지 않으면 물러서겠습니까? 저는 은애하고 이혼하지 않습니다."

강은식은 눈살을 좁히며 정양구를 가만히 쳐다본다.

"이 사람아, 단순한 일이 아니네."

속삭이듯 낮은 목소리다.

"알고 있습니다."

"가정이 존속될 성싶은가?"

"은애 병이 낫도록 노력해보지요. 하지만 저는 최악의 경우까지 생각해보았습니다. 사람의 도리상 그렇게 하겠다는 건 아닙니다. 저로서는 지금 어쩔 수 없는 은애에 대한 감정입니다."

"자넨 감정을 믿는가?"

강은식의 입가에 비웃음이 번졌다. 여태까지 보지 못했던 표정이다.

"형님은 의지를 믿습니까?"

정양구 편에서 질문을 했다.

"이성이나 의지 같은 것도 믿을 것은 못 되지만 더욱 믿기 어려운 건 감정이야. 지금은 자네가 그렇지만 감정이란, 애정이라 해도 좋고, 그것은 항상 이기적인 것이지."

"압니다. 하지만 이기적이기 때문에 진실을 찾는 것 아닙니까? 상대에게도 그렇거니와 자기 자신에게도 그렇다면 의지나 이성 같은 거짓보다는 훨씬 강한 거 아니겠습니까?"

강은식은 약간 놀란 듯 정양구를 쳐다본다.

"그래, 자네는 그럼 미친 은애에게서 진실을 바랄 수 있다고 생각하나?"

"은앤 그것을 생각하다 지쳤지요. 나는 죄인입니다. 은애는 그러나 지금도 정직합니다."

정양구는 갑자기 목이 메는 것을 느낀다.

"더러는 귀찮아지고 미워지기도 하겠지요. 불행하다고도 생각하겠지요. 하지만 편하게 행복하게 산다는 것이 정말로 편하고 행복한 것인지…… 그건 거의 상대적인 거구 자기 거라고 할 수 있을까요? 제 자신이 앞으로 어떻게 변할는지 그건 모르겠습니다. 장담할 수도 없고. 다만 지금 이 순간 저는 은애가 죽지 않고 사고 없이 돌아왔다는 것만이 아주 기쁩니다. 평화스럽게까지 생각이 드는구먼요."

강은식은 탁자 위에 놓인 수화기를 들었다. 그리고 커피 두 잔을 갖다 달라고 부탁한 뒤 정양구에게 담배를 내밀며 권한다. 그리고 라이터를 켜서 불까지 댕겨주었다.

"나 이번에 나온 것은 사업 때문도 아니었고 굳이 말하자면 휴양 비슷한 여행인데 자네한테 들려줄 이야기가 하나 있네. 아까 자네는 몰라도 된다고 한 얘기지."

강은식은 쓸쓸하게 또 웃었다. 그러나 쉽게 그는 하고자 한 말을 꺼내지 못했다. 창밖의, 앉은 의자에서는 하늘만 보이는, 그곳을 멍한 모습으로 바라보고 있었다. 그 모습을 바라보는 정양구는 호기심보다 피곤함을 느낀다. 은애가 아무튼 무사하게 돌아와 주었다는 사실도, 그가 없었을 적에 상상한 것만큼 기쁜 것도 아니었다. 피곤함이 견딜 수 없이 무거운 짐처럼 그를 내리누르는 것이다.

그는 은애를 데리고 집에 돌아가고 싶은 생각만 들었다. 그를 옆에 놓아두고 한잠 푹 자고 일어났으면 싶었다.

"……."

"이번에 내가 돌아온 것은……."
하고 강은식은 창밖을 본 채 말을 꺼내었다.

"사업 때문도 아니었고 다른 어떤 이유가 있었던 것도 아니었고, 막연한 것이었는데 굳이 이유를 붙인다면 휴양이라고 할 수 있을는지. 그런데 돌아와서 내가 왜 이곳으로 왔는가 조금씩 깨닫게 되더구먼. 어떤 여자가 자궁암으로 수술을 받고 그러고 나서 죽었다더군."

강은식은 말을 뚝 끊었다. 한참 만에 다시,

"그 얘기는 어떤 사람한테서 들었지만, 은애도 내게 말하더군. 그 여자가 죽었노라고. 여자는 이십 년 전에 내가 사랑했던 여자였어. 그 여자는 은애를 무척 사랑했지. 내가 일본으로 간 후에도 은애는 그 여자를 찾아가곤 했던 모양인데 어렸을 때 귀염을 받은 그 여자에 대한 기억은, 어머니가 안 계신 은애에게 모성애 같은 것으로 남아 있었는지도 모르지."

이야기는 묘하게 밖에서 안으로 안에서 밖으로 드나들며 두서가 없었다. 눈치가 빠른 정양구로서도 쉽게 그들 사이의 줄거리를 엮어볼 수 없었다. 고의적으로 강은식이 그러는 것 같지는 않았다. 오히려 그는 지금 벌어진 사태와 과거를 연결해 봄으로써 자기 자신을 찾아보고 있는 듯 성실하고 차분한 눈길을 정양구에게 옮겼다.

"내가 은애의 행방을 근심하던 끝에 문득 그 여잘 생각했는데, 가보니까 과연 은애는 그곳에 있더구면."

"그분은 돌아가셨다고 하시지 않았습니까?"

정양구는 다소 짜증스럽게 말했다.

"죽었지, 불쌍하게, 외롭게 죽었다더군."

"한데?"

"그 여자의 친정이었어. 내가 찾아간 곳은 그 여자의 친정이야."

"……"

"목련이 여러 그루 서 있는 그 구가舊家에 갔을 적에 바람이 차니까 방으로 들어오라는 늙은이의 목소리를 들었는데 그 늙은이가 그 여자의 친정어머니였고 은애는 목련 밑에 우두커니 쪼그리고 앉아 있더군. 은애는 어릴 적에도 그 목련 밑에 곧잘 쪼그리고 앉아 있으면 그 여자는 은애를 방에 불러들이곤 했었지. 나는 그 여자가 숨을 거두었다는 방에 앉아서 늙은이 우는 모습을 바라보았어. 나도 함께 울어야 했을 것을 눈물이 나지 않더군. 내 눈물이 늙은이 마음을 위로해줄 것을 알면서 말이야. 함께 울어줄 수 없는 내 자신이 허무하고 서글펐지."

강은식은 정양구를 상대하여 얘기하고 있다는 사실을 전혀 잊고 있는 것 같았다. 그는 독백을 하고 있었던 것이다.

"그런데 두 분은 왜 결혼을 못 하셨습니까?"

"음?"

강은식은 비로소 몰입했던 자신에게 일어선 듯,

"음 그렇군. 자네에게 들려줄 얘기는 바로 그거였지."

하고 쓴웃음을 띠었다.

"그 여자하고 내가 결혼을 못 한 것은, 그 이유는 혈통 때문이지."

정양구는 강은식으로부터 눈길을 돌린다.

"자네가 지금 겪고 있는 비극을 겪지 않으려 했던 거지."

"그분이 말입니까?"

"결국은 그렇지. 처음 집안에서 반댈 했고 사실 나는 그와 결혼 단계에 이르기까지 어머니에 관한 일을 비밀로 부쳐왔으니까 잘못은 내게 있었던 거야. 그 여자는 나하고 달아나려고까지 했었지. 그러나 결국은 여자 편에서 현실을 받아들였던 거야. 남자보다 여자들이 의외로 현실적이더군. 내 경험에서 비춰보면…… 여자는 다른 곳으로 출가하고 나는 일본으로 달아났지. 오늘까지 정식으로 여자를 맞아들인 일은 없지만 그러나 여자하고 담을 쌓고 살았던 것도 아냐. 그렇다고 해서 그 여자를 못 잊어 했던 것도 아니었고. 다만 내가 다른 여자를 상대할 적에 혈통을 의식하게 되고 그러면 반드시 그 여자 얼굴이 나타나더군. 결혼을 할까 하고 몇 번은 생각해보았지. 내 어머니가 정신병자로서 돌아가신 사실을 알고서도 자네처럼 무관심하게 결혼을 하려던 여자는 있었어. 아니 대부분이 그것을 개의치 않더구먼. 한데 안 되는 건 내 쪽이야."

강은식은 빙긋이 웃었다.

"몇 해 전에 한국에 나왔을 적에 나는 그 여자의 소식을 들었을 뿐만 아니라 만났지. 여자는 결혼하여 일 년도 미처 못 살고 육이오를 만나 남편을 잃고 그의 아버지, 형제를 잃었다더구먼. 친정어머니하고 조카들하고 함께 살고 있다는 여자를 만났을 때, 그 중년 여인을 만났을 때 나는 또 한 번 깨달았어. 남자보다 여자들이 보다 현실적이라는 것을……."

"……."

"그 얘기는 이런 정도로 해두지. 그리고 은애의 문젠데 이제는 더 이상 내가 이러고저러고 할 필요는 없을 것 같네. 다만 나는 자네를 위해 자네 생각을 전적으로 찬성할 수 없다는 얘기야. 고마운 마음이야 있지만 내 누이에겐 지금 이혼하고 안 하고 간에 그 문제는 아무 상관이 없는 상태라 할 수 있고 비극은 그런 문제의 밖에 있는 거니까 언제든지 자네는 자네 생각대로 할 수 있고 또 그래야만 한다는 말을 해두고 싶네."

"알고 있습니다. 누가 하라 마라 한다고 그럴 제 자신도 아니니까 염려 마십시오."

"알았네. 그러면 일단 은애를 병원에 보내는 게 어떻겠나?"

"저도 그 생각을 하고 있었습니다. 일단 입원을 시켰다가 상태를 보고 더 나은 방법이 있으면 그쪽으로 택하겠습니다."

"그러는 게 좋겠어."

두 사나이는 처음으로 마음을 풀고 서로 마주 보며 쑥스러운 미소를 띠었다. 정양구의 쑥스러워하는 미소 이면에는 희련의 존재가 있었다. 간밤의 전화가 생각났던 것이다. 장기수까지 알아챈 일이라면 내막이야 여하간 강은식이 희련을 더러 만나고 있었다는 것이 거의 확실하다.

'어쩌면 그 여자하고 맞을지도 모른다. 이 양반한텐 여자가 있어야 해.'

아까 짜증스러웠던 생각은 어느새 없어지고 은애의 오라버니, 은애의 피를 이은 불행한 남자에게 정양구는 진심으로 아

품과 애정을 느끼는 것이었다. 저녁때 은애는 집으로 돌아가
지 않고 호텔에서 곧장 병원으로 옮겨졌다. 그리고 강은식과
정양구는 밖에서 저녁을 나누고 헤어졌다.

7. 최초의 남녀

"언니, 전화받으세요."

가봉을 거들다가 수화기를 든 소녀가 희련에게 말했다.

"어딘데?"

희련은 깃을 줄이기 위해 가봉 바늘을 꽂으며 물었다.

"강은식이라는 분예요."

희련은 바늘 갑을 재단대 위에 놓고 얼른 수화기를 들었다. 당황하는 모습을 소녀와 손님이 함께 지켜본다고 느낀 희련은 귀뿌리를 붉히며 그들에게서 돌아서서,

"네."

했다.

"안녕하십니까?"

"네, 안녕하세요?"

"바쁘십니까?"

"별로."

희련은 거짓말을 했다.

"만나 뵈었으면 하구 전활 걸었습니다."

"일전에 만난 곳에서 기다리겠습니다. 바쁘시지 않으면 나오십시오."

"저, 은애는?"

하는데 전화는 끊어졌다.

소녀나 손님이 있어 그랬던 것은 아니다. 전화를 건 강은식에 대하여 얼굴을 붉혔다. 저 은애는 하고 느닷없이 튀어나온 말도 감당하기 어려웠거니와 그보다 코앞에서 문을 쾅! 하고 닫아버리듯 전화를 끊어버린 일이 못난 자신에 대한 힐책만 같아 희련은 홍당무가 되었던 것이다.

손님의 가봉을 끝낼 때까지 희련은 아무 말도 하지 않았다. 그러나 남의 눈에 띌 만큼 그는 허둥지둥이었다.

손님이 돌아가자 희련은 이 층으로 뛰어 올라가서 옷을 갈아입고 머리를 매만지고 핸드백을 손에 든다. 그러나 그는 우두커니 방 한가운데 서서 떠나질 못한다.

'은애 때문이겠지. 시간이 상당히 지났을 텐데…….'

희련은 나간다는 데 대하여 무서움을 느낀다. 그냥 주질러 앉아 가지 말았으면 싶었다.

'어째서 그분한텐 이럴까? 이상하다. 이상하다. 이상해.'

희련은 늑장을 부리며 방에서 나왔다.

꼭 가야 한다는 생각이 짙어질수록 그는 어떡하든 늑장을 부려 가지 않게 되기를 바라는, 참으로 미묘한 심경이었다.

층계를 세듯 하나하나 밟고 내려오는데 희정이 팔짱을 끼고 그를 기다리고 있었다.

"어디 가니?"

"저어……."

"일하다가 별안간 어디 간다는 거야?"

"은애 때문에."

"은애? 잔소리 말어. 은애가 네 살림 살아주니?"

희련은 자세를 고친다.

"언니, 나 언니한테 매인 사람 아니에요!"

"뭐라구?"

"내게도 자유는 있단 말예요!"

희련은 희정의 앞을 지나갔다. 그러나 희정은 그의 옷소매를 잡았다.

"내가 다 알구 있어! 모르는 줄 아니?"

"알았으면 그만 아니에요? 알아서 나쁜 일 하나도 없어요!"

"얘기 다 들었어. 모르는 줄 알어? 네가 어떤 남잘 만나는 걸 보았다는 사람이 있어."

"남자 만난 게 뭐가 나빠요?"

희련의 입술이 파르르 떨린다. 흥분한 그의 눈에 식모의 얼굴이 보였다. 말할 수 없는 오욕감이 전신을 휩쓴다.

"뭐가 나쁘냐구?"

희련은 신발을 들고 맨발인 채 밖으로 쫓아 나가 뜰에서 그것을 신었다.

뜰에 나가서 신발을 신고 대문으로 달려가는 희련의 꼴을 바라보는 희정은 어이없어하는 표정이었다.

희련의 그 같은 행동은 철없는 계집아이의 그것이었다. 어릴 적에 희련은 그랬었다. 희정이 때리려고 하면,

"언니! 언니! 안 그럴게!"

울면서 신발을 들고 달아나곤 했었다. 잘못을 저질렀을 때는 특히 그러했다. 병아리같이 오들오들 떨면서 오직 희정에게 의지하던 어릴 적의 희련, 그 희련의 모습이 방금 희정의 눈앞에서 사라졌다. 그러나 다음 순간 희정은 계산서와도 같은 현실로 돌아오고 말았다.

"아니!"

그는 놀라고 당황하며 희련을 그냥 내보낸 자신의 실책을 뉘우친다. 마치 한눈을 파는 동안 무엇을 도둑맞은 기분이었다.

'언니 감시 잘하세요. 내 눈으로 본걸요. 어떤 중년 남자하구, 위험천만이에요. 최 전무가 알아보세요? 최 전무는 희련 언니하고 결혼할 생각을 하구 있는 거예요.'

인숙의 말이 북소리처럼 울렸다.

"빌어먹을! 잡아 앉히는 건데, 그만 내가."

집을 나선 희련은 울먹울먹하며 무작정 걷고 있었다. 희정이 한 말 하나하나가 구정물같이 그의 마음에 튀어 오고 식모의 눈이 치사스럽게 쫓아왔다. 최일석의 끈적한 눈도, 장기수의 전화 목소리도 모조리 탈탈 털어내어 그런 것이 조금도 닿지 않는 곳으로 날아올라 가고 싶었다. 참으로 그것은 신경질적이며 정상의 것이 아니었다. 그런데 이상한 것은 터놓은 길처럼 그 길 저편에 강은식이 서 있는 것이다. 얼굴도 모습도 뚜렷이는 보이지 않는데 포스라운 흙 같은, 깨끗이 씻어놓은 배추 포기 같은 청결하며 생명을 담은 느낌의 분위기가 그곳에 깔려 있는 것이다. 따스한 바람이 불고 그 바람이 가슴에 스며들고 마셔지는 것이다.

거리를 거닐 적에, 옛날 희정과 다투고 나서 거리를 거닐 적에는 아무 곳에도 그것이 없었다. 비참하고 궂은비만 구질구질 내렸으며 춥고 메마른 바람이 먼지같이 지나갔었다.

강은식은 오래전부터 희련의 마음속에 있었던 사람 같았다. 그에게 의지하여 울어버릴 수 있는 사람 같았다. 일찍이 있어본 일조차 없는 오빠나, 얼굴도 기억에서 사라진 아버지를 포함한 보다 엄청난 존재인 것만 같았다. 그것은 절대적인 직감이었다.

그러나 희련은 다음 순간 얼굴을 붉혔다. 엄청난 착각을 하고 있음을 깨달았고 자신을 아주 경솔한 여자로 치부하지 않을 수 없었다.

'착각이 아니라 망상이야.'

그는 발길을 돌려놓고 싶은 충동을 느낀다. 느끼면서 희련은 우여곡절의 시간을 타고 약속 장소까지 당도하였다. 문을 밀려는 순간 희련은 무섬증을 느끼며 다시 발길을 돌려놓고 싶은 충동을 받았다.

강은식은 신문을 읽고 있었다. 너무 늦어 그는 다소 성이 난 것 같아 보였다. 그러나 희련은 늦어 죄송하다는 말을 하지 못했다.

"밖으로 나가실까요?"

강은식은 일어서며 희련을 떠밀 듯했다.

"네?"

"나갑시다."

희련은 엉겁결에 그를 따라 밖으로 나왔다.

택시를 잡은 강은식은 희련을 돌아보았다. 이번에도 희련은 허둥거리며 택시에 오른다.

차가 떠나자 강은식은 담배를 꺼내어 붙여 물며,

"오늘은 굶지 않으셨어요?"

하고 빙그레 웃었다.

"아니요."

해놓고 희련은 놀림을 당한 것을 뒤미처 깨닫는다.

'늦어 죄송합니다.'

'좀 늦었구먼요.'

'저 무슨 일루.'

'은애 때문에 그러는데 우선 차나 마시면서 얘기하죠. 뭘루 하시겠습니까?'

'저는 커피로 하겠습니다.'

희련은 그 같은 절차가 생략된 것도 뒤미처 깨달았다.

"인천까지 가도 괜찮겠지요?"

"네, 저, 왜요?"

"바닷가엔 아마 생선회가 좋을 겁니다."

희련이 묻는 말의 대답이 아니었는데 이상하게 생각되지 않았다. 다만 희련은 인천이라는 곳이 너무 멀게 느껴졌으므로 불안했을 뿐이다.

"늦으면 큰일 나는데."

"걱정 마십시오. 지나치게 보호받으시는 걸 압니다."

강은식은 또다시 빙그레 웃었다.

"저 은애는."

"은애 얘기는 요다음에 하기로 하지요."

왠지 그 목소리는 희련에게 엄격했던 것 같았다.

택시는 서울 시가를 빠져나갔다. 전망이 확 트이면서 팡팡한 고속도로, 그 넓은 길 폭이 택시 밑바닥으로 접어들고, 그리고 싸늘하면서 들판의 냄새를 실은 바람이 스며들었다.

"희련 씨는 육이오 때 몇 살이었죠?"

강은식은 물었다.

"열한 살요."

"애기였구면."

"울보였어요."

강은식은 유쾌하게 웃었다. 그러나 희련은 웃어지지 않았다. 그때부터 지금까지, 십구 년간 희련은 자신이 허공에 떠 있었던 것을 생각했다.

"강 선생님은 사장이신데 왜 택시만 타시지요?"

강은식은 꿈쩍 놀라며 희련을 본다. 그의 눈에 의심스러움이 지나갔다.

"여기서는 사장이 아닙니다."

희련은 멍하니 차창 밖을 바라보고 있었다.

"사장이라는 거 좋지 않아요."

"왜 그렇습니까?"

"괜히. 사장, 전무, 상무, 국회의원, 장관, 그중에서도 사장이라는 호칭이 젤 싫어요. 디자이너라는 것도 싫지만 말예요. 바느질장이, 재봉사, 작업, 일 바느질장이, 일 그 말이 훨씬 좋지 않아요? 너무 훌륭한 게 싫은가 보죠."

희련은 자신이 많이 지껄이고 있다는 것을 의식하지 못했다.

"너무 훌륭한 게 아니구 너무 천해서 그런 게 아닙니까?"

"아 아니에요. 위축이 돼버리니까 말예요."

"아버님은 무엇을 하셨습니까?"

"그림을 그렸어요."

"어머님은?"

"역시 그림."

"거 보십시오. 의식 속에 난 귀족이다 하는 생각이 도사리고 있어요. 디자이너라는 용어가 왜 싫으십니까? 장사라고 생각하시니까 그렇지요."

"그…… 그거는……."

희련의 얼굴이 새빨개진다. 생각지도 않았던 일이었으나 덜미를 잡히고 만 것같이 그는 낭패했던 것이다. 강은식은 그러는 희련을 재미난 듯 쳐다보고 웃는다. 그리고 덧붙이기를,

"희련 씨 하시는 일을 창작이다 생각한다면 그 용어는 무엇이든 상관없을 게 아닙니까?"

"전 뭐 그 일에 흥미가 없어요. 사람들을 대하고 있으면 정말로 지긋지긋할 때가 많아요."

결국 희련은 강은식의 말을 긍정하고 만 꼴이 되었다. 그러나 다음 순간 희련은 괘씸한 생각이 치밀었다. 뭐라고 반박을 했으면 싶었지만 적당한 말이 떠오르지 않았고 표현할 방법이 없어 속이 부글부글 끓는 것 같다.

"사람의 본성이 돈을 벌면 양반이 되고 싶은 겁니다. 우선 양반이 되려면 지식이나 예술로 치장을 해야 하나 분데 아직은 여기서는 집치장만 하는 모양이더군요. 미국의 어느 부자가 자동찬가 석윤가 뭐 그런 것 해서 쌓이고 쌓일 만큼 돈을

벌고 보니, 그 나라야 원래 제국이 아니고 보면 작위를 받을 수도 없는 노릇이고 해서 영국의 명문 대학에 입학할 것을 생각했다더구먼요. 그리고 학자, 예술가랑 사귀기 위해 진심으로 돈을 뿌렸다 하는데 그 효력은 아마도 이세二世쯤 해서 나타나겠지요. 허나 여기서는 집치장만 하는 모양이니, 그놈의 집이라는 게 또 엔간히 먼지가 쌓여봐도 박물관감은 못 될 듯싶고.”

강은식은 느릿느릿한 어조로 이야기했다. 무슨 열의가 있어서 한다기보다 희련에게 지루한 감을 주지 않기 위한 배려에서 만들어낸 화제 같았다.

“선생님도 사장이신데 왜 그렇게 깎아내리시지요?”

“나는 사장이지만 아직은 양반이 되고 싶은 단계까지 오지 않았어요. 일이라는 말은 참 좋은 말입니다. 나는 아직 일을 하고 있는 과정이니까 속물이 되려면 더 시간이 지나야 할 거요.”

희련은 깔깔 웃는다. 웃다가,

‘아니? 내가 웃었나?’

하듯 멍청히 강은식을 보다가 그는 또 웃는다. 희련은 아주 기분이 좋았다. 택시 속의 좁은 공간이 바깥세상의 넓은 공간보다 훨씬 더 넓고 자유로움을 느꼈다. 희정과의 다툼이나 은애에 대한 걱정도 말끔히 없어져서 사람들이 다 떠나고 없는 콩밭에 앉은 꿩 새끼처럼 즐겁기만 했다. 강은식의 얼굴에도 들뜬 빛이 있었다. 조용하고 사려 깊은 것 같은 늙은이의 표정 대신 순진하고 장난스러운 소년만 같은 표정이 있었다. 처음 희련이 그를 만났을 적에 느끼었던 두 가지 느낌 중 늙은이 같은 조용함이 어디로 달아나고 지금은 없는 것이다.

택시는 시원하게 달리고 있었다. 전주랑 농가랑 논밭이 휙 딱휘딱 달아나고 다가왔다.

"그럼 선생님은 양반 되는 것 싫으세요?"

어느새 낯가림이 심하던 희련은, 온갖 비극을 혼자 짊어진 것같이 늘 우울했던 희련은 제법 이야기를 꾸려나가고 있었다.

"왜 싫습니까? 양반 되는 것 싫어할 사람이 어디 있겠어요? 허나 저절로 되는 걸 난들 어쩌겠소. 다만 속물은 되고 싶지 않구먼. 되고 싶지 않다 하면 될 요소가 있는 거지만."

"그건 모를 얘기예요."

"몰라서 다행입니다. 아시지 마세요. 첫째 속물은 돈 자랑하는 것이고 둘째 속물은 아는 자랑 하는 것인데, 모르고 계십시오. 아마도 미국의 부자가 명문 대학에 갈 생각을 가졌기 때문에, 어설프게 학자, 예술가를 사귀고자 했기 때문에 사업가에서 속물이 됐을 거요. 제 것이 중요한 줄 모르고 말입니다. 치장하려 안 했음 성실한 사업가, 그대로 세월이 가면 양반이 되는데 말입니다. 하, 참, 내가 아는 자랑하다가 되기 싫은 속물이 되겠소."

강은식은 껄껄 웃어젖혔다. 핸들을 잡은 운전사도 빙긋이 웃는다.

택시가 인천 시가를 들어서자 강은식은 희련에게 배가 고프냐고 물었다.

"아니요."

"그럼 바닷가에 나가봅시다."

하고 운전사에게 송도로 가자고 했다. 희련의 머릿속에 어떤 의심이 지나갔으나 안 가겠다는 말은 입 밖에 나오지 않았다. 막연한 불안이 낯선 풍경과 함께 엄습해왔고 아까 나누던 이야기들은 갑자기 꼬리를 감춘 듯 어색한 긴장 속으로 빠져들어 갔다.

강은식도 말이 없었다.

송도에 이르러 택시를 기다리게 해놓고 강은식은 담배를 붙여 물며 천천히 걷기 시작했다. 뒤따르면서 희련은,

'도대체 나를 어떻게 생각하구 예까지 데리고 온 걸까?'

모욕적인 생각, 보수적인 생각, 그것은 또한 이기적인 생각이기도 했으나,

'은애는 병원에 있는데 이래도 좋은 걸까?'

바닷바람이 불어왔다. 둑 밑에는 우중충한 바닷물이 방천을 치고 있었다.

"춥지 않으세요?"

강은식은 담배꽁초를 바닷물에 버리며 물었다.

"아뇨."

"희련 씨는 혹 일본에 갈 계획 같은 것 없으십니까?"

"네. 없어요."

"디자이너라는 직업이면 역시 외국에 나가보시는 게 좋을 텐데요."

"전 그 직업에 별 흥미가 없어요."

희련의 어세는 좀 강했다. 왜 강은식이 그런 말을 할까 싶어졌던 것이다.

강은식이 빙긋이 웃었다.

"일본에 오시면 만날 기회가 생길 거라 생각하구 말해본 겁니다."

일본에 오시면, 그 말을 듣는 순간 희련은,

'아아 이분에겐 그곳에 가정이 있다.'

놀라운 일이 아니었건만 희련은 새삼스럽게 놀랐다. 실망이 아니었다. 여태까지의 생각, 조금 전에 느낀 의심까지, 그것들은 모두 주제넘은 생각이었었다는 깨우침은 그에게 수치심을 몰고 왔다.

"얼마 전에 나는 이런 생각을 했습니다. 은애를 일본으로 데려가야겠다고, 그때 희련 씨도 동행하여 희련 씨대로 디자이너 공부를 하시면서, 그렇게 되면 은애를 위해서 퍽 좋겠다구."

"……."

"오늘은 은애 얘기를 하지 않겠다고 했었지만 우리가 함께 알고 있는 사실이란 은애에 관한 것뿐이군요."

"네."

"그것도 유쾌해질 수 없는 사실이지요."

"……."

"한 가지 이상한 일은 은애 남편이라는 그 인물인데 희련 씨도 나에게 자세한 말씀을 들려주지 않았고, 물론 그건 예의였겠지요. 예상이 뒤집히는 일은 얼마든지 있지만 이번 일엔 나도 상당한 충격을 받았습니다. 지나놓고 보니 매부의 맘 이해할 것도 같더군요."

강은식의 말에 희련도 동감했다.

"저도 정 선생을 오해했던 것 같아요. 이번에 은애 땜에 고통받으시는 것 보구 말예요."

"여지가 없는 성격이더군요. 철저하게 이기적이며 또 철저하게 희생적일 수도 있다는 것을 알았습니다. 여자의 경우는 어떨까요?"

"사람 나름이겠지요. 남성의 경우에도 그렇잖아요?"

희련은 주제넘다는 생각을 했을 때부터 자신을 차분하게 가라앉히고 객관적인 냉정을 찾아 다분히 강은식의 연령까지 기어올라 가서 대꾸하는 것이었다.

그런 분위기를 강은식도 느낀 모양이다.

"은애처럼 예사롭게 결혼하고 그랬더라면 본인을 위해서는 아무것도 아니었을지 모르지요. 그러나 어머니의 경우를 늘 생각해야 하는 저 같은 경우는 행여 일어날지도 모르는 사태

에 대한 부담을 진다는 게 늘 결혼을 주저하게 했었지요. 미리

부터 빚을 지고 살아야 한다는 게 말입니다."

"네?"

"표현이 나빴습니까?"

"아, 아니에요. 그럼 선생님은 여태 결혼을?"

"안 했습니다."

"저……."

"했었다고 생각했었습니까?"

"네."

"나는 은앨 통해서 알고 계신 줄 알았는데, 그럼 나는 굉장

한 오해를 하고 있었군요."

"오해라뇨?"

"처음 은애는 희련 씨를 내 결혼 후보자로 대면시킨 줄 알았

지요."

"아, 아니에요. 전 결혼한걸요."

희련은 비참해졌다. 강은식에게 가정이 있으리라 생각했을

때보다 그가 결혼하지 않았다는 사실이 희련에겐 더 충격적이

었다.

"아니, 부인이 아니시라고 들었는데."

강은식의 표정은 사뭇 달라졌다.

"아니에요. 전 미스가 아니에요."

희련은 자신이 미스가 아니라는 데 모욕감을 느꼈고 강은식

에 대해서까지 미움을 느꼈다. 신발을 들고 마당까지 쫓아 나왔던 집에서의 일이나 지금 겪고 있는 일은 자기의 잘못 생각이 저지른 결과니, 난처하고도 우스꽝스러운 처지를 도저히 모면할 수 없음을 깨닫는다.

"미스가 아니면 부인이란 말씀이군요?"

"부인은 아니에요."

"네?"

"저 결혼했다가 이혼했어요. 참 하기 싫은 말이지만요."

희련은 바다 쪽으로 시선을 돌린다.

"아, 알겠습니다. 서로가 서로를 통 몰랐군요."

"미안합니다."

희련은 소탈하게 웃어보려 했으나 그에게 그럴 만한 재간은 없었다.

"천만에요. 이혼했으면 미스 아닙니까?"

강은식은 새삼스럽게 희련을 바라본다. 미인이랄 건 없지만 그대로 여자는 아름다웠다. 갸늘갸늘하게 생긴 모습, 바람이 불면 날아갈 것 같은 조그마한 머리에, 품속에 들면 한 줌밖에 되지 않을 것 같은 여자, 미안하다고 한 말이 강은식에게는 몹시 애처롭게 들리었다.

"자아 우리 인제 돌아갈까요? 감기라도 들면 보호자, 언니라 하셨던가요? 그분께 혼날 테니."

강은식은 희련의 조그마한 손을 저도 모르게 잡았다. 희련은 그 손을 뽑아보려고 한참 비비적거리다가 결국 얼굴을 붉히며 바다 쪽으로 얼굴을 돌렸다. 바다가 보이지 않았고, 발밑이 보이지 않았고, 허둥지둥 방향감각을 잃은 희련은 기어이 손을 뽑아내고 핸드백을 두 손으로 잡았다.

시내로 들어온 그들은 어떤 왜식집에서 저녁을 먹고 그리고 서울로 들어왔다. 강은식은 희련을 그의 집에까지 데려다주고 돌아갔다.

희련은 희정하고 충돌을 피하고 싶었다. 그는 곧장 작업실로 들어갔다. 양복 겉저고리만 벗어놓고 곧 일을 하였다. 신경이 희정의 방으로 쏠리면서. 아니나 다를까 희정은 거칠게 방문을 열고 들어왔다. 얼굴이 부풀어 오른 것같이 무서운 표정이었다.

"너 나하고 끝장내겠니?"

그는 소리를 질렀다.

희련은 천에다 자질을 하면서,

"왜 그러시죠?"

아무렇지 않게 묻는다. 그 자신이 놀랄 만큼 희정에 대해 노여움이나 미움 같은 것을 느낄 수 없었다. 그러나 희정은 도리어 그것을 냉담을 내세운 도전으로 보았는지,

"몰라서 묻니!"

하고 소리를 바락 질렀다.

"낮에 너무 바빠서 그랬어요."

"바빠서? 바쁘고 어쩌고 그게 지금 문제냐?"

"……."

"너도 생각 좀 해보렴. 넌 첫 결혼에 실패했어."

"알아요."

평정한 마음으로 희정을 대하던 희련도 그 말만은 괴로운 것이었다.

여러 가지 의미에서 싫든 좋든 장기수를 떠올리지 않을 수 없었고, 낮에 인천서 바닷바람을 마시면서 겪었던 일도 쓰라린 것이었다.

"여자의 처지에서 그게 예삿일이냐?"

"네, 예삿일 아니에요. 사랑할 자격이 없어진 거지요."

희련은 스스럽게 말했다. 그 말을 슬쩍 피하면서 희정은,

"한 번 실팰 했으면 다음은 보다 신중해야잖겠니?"

"다음이 있겠어요? 다음이 없어요. 다음은 없는 거예요."

남자 없이 못 사느냐, 돈만 있으면 된다고 하던 희정은 당황하는 기색을 나타내었다.

"내가 뭐 네 덕 보자는 것도 아니고, 까짓 내 한목숨인데 어떻게 굴린들 못 살겠니? 다만 너를 위해 내가 이러는 거야. 그걸 모르면 너 복 못 받는다. 뻔하지? 어떤 놈팡이가, 흥 내가 다 들었어. 나이도 많다던데?"

"언니?"

"왜?"

희정은 눈이 반짝반짝했다. 희련이 흥분했으면 실토하리라
는 기대 때문에.

"은애가 아파서 입원했어요."

"그래서?"

"은애 때문에 그 애 오라버니를 만나 뵌 것뿐이에요. 은애
일 때문이었어요."

"왜 하필 널 만났니?"

"그야 은애하구 젤 친하니까 그 애 내막을 잘 알고 있으리라
생각하신 거지요."

"그래? 난 그렇게 안 들었는데……."

"누가 그따위로 시시한 얘길 했어요?"

희정은 인숙에게 들었다는 말은 덮어두고,

"장 서방, 그 미친놈이."

"네?"

"전화질을 해서 알았지."

희련은 순간 살갗이 곤두서는 것을 느꼈다.

"밤이면 전화질을 하잖니? 널 대라구. 하도 같잖아서, 아예
너도 정신 바짝 차려. 뭐, 하는 얘길 들으면 약혼했다는 것도 빈
말인가 보더라. 행여 또다시 만날라. 아무리 좋게 생각해주려고
해도 아예 장래성이 없는 사내야. 사내대장부가 맺고 끊는 게
분명해야지. 그래가지고는 평생 고생바가지다."

전에 없이 희정은 장기수에 대하여 준열했다. 그렇다 보니

희련에 대한 의심도 풀어지는가 의외로 빨리 그는 작업실에서 나갔다. 졸음이 왔던 모양이다.

희련은 장기수가 전화질을 하여 어떤 남자를 만나고 있다는 얘기를 희정에게 했다는 사실을 되씹으며 일을 놓고 소파에 와서 앉는다.

'비겁하고 치사스런 사나이!'

희련은 소파에 두 다리를 올려 세워놓고 무릎에 턱을 얹었다. 마룻바닥에는 여기저기 천 조각이 흩어져 있었다.

'전화를 했다고? 참말이지 치사스럽군. 그래서 어쩌자는 거야?'

턱을 힘주어 괴었기 때문인지 낮에 먼 곳을 갔다 온 피곤 때문인지, 아니면 방금 받은 충격 때문인지 희련은 눈알이 몹시 아팠다. 아프다고 느낀 순간 눈이 아예 멀어버렸음 하는 생각이 들었다. 눈을 감았다. 꼭 감아버렸다.

이상한 광경이 감은 눈 앞에 나타났다. 강은식과 함께 지나가고 지나왔을 적에는 별로 의식을 못 하였는데 이상한 광경이 아주 생생하게 떠올랐다.

산꼭대기까지 기어 올라간 그 무수한 서울 변두리의 지붕들, 촘촘히 들어박힌 그 지붕들이 마치 벌레 모양으로 꾸물꾸물 움직이는 것이다. 산마다 언덕마다 끝없이 펼쳐진 가로 양편의 들판마다 가득히 메우고 넘쳐날 것 같은 지붕들, 높고 낮은 것이 꾸물꾸물 움직이는 것이다.

언제였던가, 화집畵集에서 알진볼트*의 그림, 「헤롯 왕」의 흉상을 본 일이 있다. 수없이 많은 벌거숭이 어린이들이 안면, 목덜미, 가슴팍에 흡사 구더기같이, 혹은 내장같이 달라붙어 꿈틀거리고 있는, 월계관을 쓴 「헤롯 왕」의 흉상, 그 끔찍스러웠던 그림이 연상되어 희련은 전율을 느낀다. 전율은 조금 전에 희정이 들려주었던 장기수의 전화질 얘기에서 살갗이 돋아나게 느낀 소름과 합류했다. 그것들은 엄청난 수량水量으로 부풀어 올랐다.

둑이 터졌다. 미친 듯 흙탕물이 쏟아졌다, 쏟아졌다! 희련을 에워싸고 덮치면서 굴러 내려간다. 소리를 지르고 진동하면서 괴물의 미치광이, 미치광이의 괴물. 도시의 건물들은 그야말로 홍수였다. 도시의 차량들은 그야말로 홍수였다. 도시의 사람들은 그야말로 홍수였다. 나무 한 포기, 지푸라기 한 오라기, 거머잡아 볼 수 없는, 거세게 멈출 줄 모르게 흘러가는 탁수濁水였다. 청아한 피리는 어디 있는가, 한 마리의 실솔蟋蟀은 어디 있는가, 차량이 누르고 지나간 자리에 흐른 피는 아마도 붉은 페인트였을 것이다.

사람의 마음이 두꺼운 고무장갑같이 가슴에 와서 닿으면 그 썰렁하고 섬뜩한 화학물질은 저녁 찬의 푸성귀 값을 마련하는가. 사람들의 얼굴이 철판같이 휘번득거린다.

탈선하지 않고 달리는 초급행열차의 수레바퀴 같은 것, 녹슬 사이 없이 그들은 사고思考를 연결해나간다. 흙탕물 속으로 희련은 혼자 떠내려간다. 외치고 몸부림치지만 나무 한 포기, 지푸라기 한 오라기 거머잡아 볼 수가 없다.

'어디로 도망을 가야지. 도망을!'

희련은 벌떡 일어섰다가 그 순간 그 자신의 망상에 사로잡혔음을 깨닫는다.

형광등이 멍청하게 희련을 내려다보고 있었던 것이다.

'은애만 미쳤나? 나도 미쳤지.'

희련은 재단대 앞으로 돌아와 하던 일을 손에 들었다.

'죄악이야.'

가위가 푸른 천에 물리면서 사북사북 소리를 내고 나간다.

'내가 그 사람을 싫어하는 건 악이야.'

가위는 원을 따라 돌아간다. 그리고 천 한 조각이 떨어져 나갔다.

'그 사람이 날 이렇게 괴롭히는 것도 악이야. 그 사람도 나도 죄인이야. 거절도 요구도 다 죄란 말이야. 싫어하는 것 좋아하는 것, 그게 대체 뭘까? 꾀죄죄하고 구질구질하고 남자답지 않고 음험하고. 아아 싫어! 내게 책임이 있단 말이야? 이혼을 했으면 그만 아니야? 끝이 났어. 그런데 왜 이러지?'

희련은 가위를 팽개치고 얼굴이 벌게져서 방 안을 거닐기 시작한다. 왔다가 갔다가 수십 리 길을 가고 있는 것처럼, 그리고 이따금 장기수가 거기 있어 자기를 지켜보고 있기라도 한 것처럼 몸을 흔들어 뿌리치는 시늉을 한다.

'나를 이렇게 잔인하게 만든 것은 그 사람 책임이야. 그는 자신을 내가 증오하고 멸시하게끔 그런 짓을 하고 있어.'

희련의 머릿속에 문득 어린 날의 일이 떠올랐다.

유치원에 다닐 때 일이었다. 늘 함께 노는 계집아이가 있었다. 서로 오고 가고 했었는데 한번은 그 애네 집 뜰에서 까맣게 익은 버찌를 따 먹었다. 입이랑 이빨이랑 온통 시퍼렇게 버찌 물이 들었다. 어쩌다가 그랬는지 그것은 기억되지 않으나 꼬마 친구는 심술을 냈다.

"니네 집에 가아!"

하며 소리를 질렀다.

희련은 그 후 그 애네 집에 간 일이 없었다. 아무리 그 애가 가자고 잡아끌어도 가질 않았다. 시퍼렇게 물이 든 입을 벌리고,

"니네 집에 가아!"

하던 얼굴을 희련은 잊지 못했다. 괘씸해서도 아니요 미워해서도 아니었다. 분해서 그랬던 것은 더욱 아니었다. 그 애가 그때 자기를 미워하던 얼굴을 떨쳐버릴 수 없었기 때문이다. 무서웠던 것이다. 희련은 그 아이의 집에 가지 않았을 뿐만 아니라 오가며 보게 되는 그 집 대문조차 겁이 나서 그 앞을 지나칠 때는 달음질을 쳤다.

"무슨 계집애가 저리 별난지 모르겠어?"

어머니가 혀를 찼던 것을 희련은 기억한다.

천성으로 애증愛憎이 철저한 자신에 비추어 희련은 남을 판단하기 때문에 그랬었는지도 모른다.

제 자신의 싫어하는 감정이 철저하다 하여 남도 싫어하는 감정이 철저할 것으로 생각하며 도망치는 자신에 비추어 희련이 장기수를 생각한다는 것은 엄격히 말해 희련의 독단이며 따라서 희련의 생각은 과대망상으로도 볼 수 있다.

그리고 그것은 그 자신이 뇌까린 대로 잔인한 것으로 발전하게 마련이다. 장기수를 쫓아오는 뱀으로 보게 되는 것이 그것이며 한사코 절벽 밑에 떨어지는 한이 있어도 달아나고자 하는 것은 그 자신을 위한 잔인이다. 사실 장기수는 희련을 절벽 밑에까지 떨어지게 추적할 인물은 아닌 것이다.

장기수로서는 처음, 너 아니면 세상에 여자가 없을까 보냐 하는 생각에서 이혼을 제의하였고 일단 입 밖에 내버린 제의를 거둬들일 수 없어 이혼까지 발전했는데,

'내가 이혼을 제의하지 않았더라면 그럭저럭 살았을 게 아닌가?'

이혼을 끝낸 뒤 맨 먼저 머리에 떠오른 생각이 그것이었다.

'아이라도 낳고 보면?'

시일이 지날수록 장기수는 그랬을 가능성이 짙었던 것을 어리석게 선수를 썼다고 뉘우치게 되었다. 그는 후회하기 시작했고 손해를 본 것을 깨달았다. 노름판에서 과히 나쁘지 않은 패를 들었으면서도 좀 더 뻗대보지 못하고 먼저 내던져 버

린 결과 상대의 것이 자기만 못했던 것을 알고 억울해하는 바로 그것과 비슷한 심정이었던 것이다. 이렇게 되면 어떻게 하든 다시 노름을 벌이고 싶어지는 게 마음인지도 모른다. 상대가 원치 않으면 않을수록 이번에야말로 내 편에서 뻗대어보리라는 욕망이 강해지는 게 사람의 마음인지 모른다.

그런 것을 애정이라 할 수 있을 것인지, 단념을 하든 집착을 하든 애정이라면 어느 경우에서도 청결한 법이다. 그것이 치사스럽게 비쳤을 때는 생활을 계산할 때가 아닐까.

장기수의 경우는 한발 더, 애정을 사무 절차로 간주했을는지도 모른다. 희련이 없이는 못 산다고 뒹굴며 괴로워할 만큼 철이 덜 든 남자가 아니며 희련을 잃은 비애가 가을비같이 마음을 웅그리게 할 정도의 섬세함이 있는 남자도 아니며 박정했던 여자의 마음을 쓴웃음으로 떠나보내려는 의젓한 남자도 아니다. 바로 그 점이 깊은 곳에서 영혼이 닿아지기를 바랐던 희련에게 염오감을 일으키게 했을 것이다.

물론 희련은 무조건 그를 싫어했으며 그의 그 점을 분석해본 일은 없었고, 또한 그 점이 교양이나 지식으로 이루어지는 것도 아니었으니 그들은 서로 너무 닮지 않았다고 할 수밖에 없었다. 그럼에도 불구하고 너무 닮지 않았었다는 명백한 사실과 이미 타인으로 갈라섰음에도 불구하고 희련은 자기 범주 속에 장기수를 크게 확대하고 괴롭고 소름 끼치는 인물로서 필사적인 도리질을 하는 것이며 장기수 역시 자기 범주 속에서 계산 착오를 시정하려는 노력의 대상으로서의 희련을 요구하는 것이다. 결국 서로가 무위한 겨룸에 불과하다.

전화벨이 요란스럽게 울리었다. 방 안을 왔다 갔다 하며 희련이 꼿꼿하게 멈추어 섰다. 아마 닭이나 새였더라면 깃털을 바싹 세운 것을 볼 수 있었을 것이다.

'옳지!'

희련은 마음을 가다듬었다. 매섭고 모진 마음이 수화기를 드는 손끝까지 뻗친다.

"네."

"아직 주무시지 않았군요."

부드러운 목소리였다.

"나 강입니다."

희련은 소파에 펄쩍 주질러앉는다.

"밤에 이렇게 전활 걸면 안 됩니까?"

조심스러운 것 같으면서도 강은식의 목소리에는 여유와 자신이 넘쳐 있었다.

"아니에요. 그렇진 않지만."

목소리가 갈라져서 나왔다.

"그렇진 않지만?"

"놀랐어요."

"다행입니다."

"네?"

"희련 씨가 태연했더라면 내가 태연해질 수 없지 않습니까."

강은식은 명랑하게 떠들어대는 것 같았다.

"분해 죽겠어요."

느닷없이 희련의 입에서 그런 말이 튀어나왔다.

"왜 그렇습니까?"

"낮에도 절 막 놀리시더니."

"너무 화내시지 마십시오. 염치 차릴 사람이 밤에 전활 걸겠습니까? 전화통을 벌써 오래전부터 노려보고 있다가 용단을 내렸지요."

해놓고 강은식은 껄껄 웃었다. 희련은 가슴이 뻐근했다. 한 포기의 나무, 한 오라기의 지푸라기도 잡아볼 수 없었던 아까의 그 절망이 눈부시게 빠른 회전을 보였다. 강은식은 거목과도 같이 희련에게 압도되어왔던 것이다.

"왜 여태 안 주무셨지요?"

"선생님은 왜 안 주무셨어요?"

"전화통 노려보느라고 몰랐습니다."

"자꾸 그러시면 선생님 말씀 하나도 곧이듣지 않겠어요."

"그럼 거짓말을 하면 곧이들으시겠습니까?"

"아이참."

희련은 강은식에게 마구 휘둘리고 있는 판이었다. 상대편의 말뜻을 새김질해본다거나, 조심성 있게 제 할 말을 가늠해본다거나, 그럴 여유는 조금도 없었다. 감정이 격하여 전후를 잊어버리는 그런 경우가 없는 것은 아니었으나 그것도 희정과의 경우였고 다른 대인 관계에서 때론 몰리는 것같이 보이기는 해도 실상 속으로 야무지고 강인한 편인 만큼 압도적인 강은식의 여유는 희련에게 첫 경험이라 할 수 있겠다. 희련은 마치 강은식의 손가락 하나로써 휘둘리고 있는 것 같았으며, 완강하게 벽을 쌓아 올려놓고 그러고도 불안하여 바깥을 기웃기웃 살피는 듯한 마음으로 사람을 대하던 그가 그 벽을 다 무너뜨렸을 뿐만 아니라 늘 주먹 속에 꼭 쥐고 있던 안간힘마저 풀어버린, 그래서 가끔 은애에게 보인 일이 있는 철없는 모습 그것이었다.

"그럼 이제부터, 좀 의젓해지기로 하구요. 그런데 이야기가 길어져도 괜찮겠습니까?"

부드럽고 울림이 좋은 강은식의 목소리에는 여전히 장난꾸러기 소년같이 재미나 하는 투가 있었다.

"네."

희련은 얌전하게 대답을 했는데, 아주 고지식하게 어쩌면 바보처럼 대답을 했는데 강은식은 다음 말을 하지 않았다. 이따금 전화선에 잡음이 가로지르고 지나가곤 했다. 그쪽과 이쪽의 마음이 팽팽해진 채 침묵이 계속된다. 침묵은 어떤 대화보다 웅변으로 그들의 마음을 전달해주었다.

"보호자께서는 주무십니까?"

침묵 끝에 울려 나온 강은식의 말투에는 아무런 변화가 없었다.

"네."

희련도 여전히 고지식한 대답을 했다.

"거긴 어디지요?"

"네?"

"지금 희련 씨가 계시는……."

"작업실이에요."

"일하고 계셨습니까?"

"그저 이러고 있었어요."

"그저 이러고…… 어떻게?"

"앉아 있었어요."

본인들이야 전화통에 매달려 의식하지 않았을 테지만 남이
들었다면 유치원의 보모와 원아의 대화라 하지는 않았을는지.

"대답만 하시는군요. 희련 씨도 뭐라고 좀 물어보십시오. 아
니면 희련 씨의 얘기를 하시든가."

"궁상밖에 떨 게 없어요."

"궁상이라도 떨어보십시오. 잠이 안 오는 사람에겐 무엇이
든 말을 해주시면 위안이 되지요."

"왜 잠이 안 오세요?"

"고질입니다."

쓸쓸하게 울렸다. 풍경을 보며 혼자 서 있는 사람의 쓸쓸한
목소리였다.

"불면증이시군요."

"이십 년은 함께 살아온 친구지요. 희련 씨는 그런 친구 가져보신 일이 있습니까?"

쓸쓸했던 목소리는 본시로 돌아가서 웃음기를 머금었다.

"어쩌다가…… 하지만 친구는 아니에요."

"그럼 모처럼 찾아와서 묵고 가는 나그네군요."

순간 희련은 까닭도 없이 그 말이 마음에 거슬렸다.

"원체 전 잠꾸러기예요. 화가 나면 자버리거든요."

"다행이군요. 한데 오늘 밤은?"

"사람이 미워서, 미워서 말예요. 이렇게 도사리고 있었던 거예요."

"설마 나를 두고 하시는 말씀은 아니겠지요."

"조금은요…… 관련이 없었던 건 아니지만요."

"야단났군요. 일본서 무슨 짓을 했을지 모를 위인이 희련 씰 유혹하려 했다고 생각하신 게로군."

껄껄 웃는다.

"아니에요. 그, 그건 아니에요. 선생님이 미혼이시라는 게 말예요."

"네? 어째서 그게 희련 씨 마음을 거슬렸을까?"

"……."

"거짓말한다 생각하신 겁니까?"

"아니에요."

"그럼?"

"전 미혼이 아니거든요."

"그래서요?"

"동정받는 것 싫거든요."

"누가 동정을 했습니까?"

"선생님이 했을 거 아니에요. 불행한 여자라구 말예요."

"허 참, 허허, 그럼 희련 씨는 나를 불행한 남자라고 생각했겠군요."

"아니에요. 당당하신데…… 무슨 이유로……."

강은식은 또 웃었다.

희련은 수화기를 바른손에서 왼손으로 고쳐 들었다. 비로소 그는 자기 자신을 의식한다. 말끔하게 깎아놓은 남의 잔디밭에 흙발을 쑥 디밀어 넣은 것 같은, 그것을 들켜 어쩔 줄 모르게 당황하는 꼴, 희련은 수치감에서 전신이 확확 달아오른다. 어느 입에서 그 같은 말이 술술 나왔을까. 거지같이 구걸을 했구나, 놀림을 당하고도 흥분을 하고 고지식하게 또박또박 제 말을 했다는 게 지내놓고 보니 남의 잔디밭에 흙발을 디민 꼴이 되고 말다니, 그런 생각이 희련의 머릿속을 휙휙 지나갔다.

"희련 씨."

"……."

"나 같은 사람을 나는 처음 만났습니다. 불면증 말고도 내 친구가 하나 생긴 셈이군요."

"······."

"좀 자주 만나서 내 꼴이 저런가 하고 바라보아야겠군요."

"······."

"내일 만납시다. 두 시에 오늘 만난 자리에서."

"그건 안 되겠어요."

"말씀 마십시오. 그럼 자신이 없어지니까. 안녕히 주무세요."

강은식은 떠다밀 듯하며 전화를 끊었다. 희련은 기가 막히고 다음엔 화가 났다. 끝까지 휘둘리고 만 셈이다.

'뭐 그따위 사람이 있어? 난 뭐 꼭두각신가? 안 된다고 했으니 안 나가면 되지, 뭐.'

그러나 희련은 찬란한 빛이 방 안 가득히 들어차는 것을 느낀다. 멍청했던 형광등은 따스한 빛을 발하고 벽에 걸어둔, 시골 농가의 초가지붕이 있는 사진은 행복하기만 한 삶의 미소 같았으며, 온 집 안이 기쁨으로 덜썩덜썩 움직이는 것만 같았다. 전쟁에 찌들었던 어린 시절, 생활에 찌들었던 성년의 시절, 마음도 몸도 불구인 희정으로부터 받은 비정상의 애정, 그래서 그 자신도 역시 마음과 몸이 불구자 같았던 그 자각은 봄 안개같이 걷혀지고 영롱한 환희가 발밑에서 출렁거리는가 하면 그것은 천상에서 내려오는 것 같았고 또 기류처럼 방 안을 맴돌며 회오리바람을 일으키는 것이었다.

희련은 진실로 자기 내부에서 솟는 샘을 마시고 있는 것이다. 자기 내부에서 샘이 솟았다는 사실은 상대편에서 샘이 솟았다는 것보다 귀중한 일이며, 확실히 귀중한 일이다.

'그분은 전혀 마음대로야. 누가 나가나 봐라.'

그러면서 그는 어릴 적에 부모가 살아 있을 그 시절에 그랬던 것처럼 잠을 자기 위해 이 층으로 뛰어 올라가는 것이었다.

잠옷으로 갈아입고 쾌적한 율동을 즐기며 침대에 누운 희련은 턱 밑까지 이불을 끌어당긴다.

구석진 곳에서 귀뚜라미가 울었다. 푸른 달빛은 창문에서 스며들어 왔다. 멀리 소리들이 들려오곤 한다. 밤의 소리가 두려움 없이, 오히려 희련에게 평화스러운 잠을 재촉하듯이. 그런데 가슴이 철렁 내려앉는다.

'그분은 일본으로 돌아갈 사람이야.'

달빛이 혼란을 일으켰다. 언젠가의 밤처럼 개가 짖기 시작했다. 연쇄적으로 이웃 개가 짖고 또 다음 이웃 개가 짖어댄다. 그러다가 멎었다.

'그럼 어때? 만나지 않았을 경울 생각해보아. 몇 배 슬픈 일이 있어도 좋아.'

가슴 위에 깍지 낀 손가락이 뿌듯하게 저리어왔다.

'어쩜 그분은 그리 능란할까? 자신만만하구, 내 마음을 환하게 들여다보는 것 같구, 나이 탓일까?'

희련은 불안해지기 시작한다.

'나이 탓일까? 아니야. 그분은 많은 여자를 사귀었을지도 몰라.'

의심이 뭉게뭉게 피기 시작한다.

'미리부터 빚을 지고 들어가는 것 같아서 결혼 못 했다고 했어. 그럼 그분은 무한히 자유로웠다 할 수 있겠지. 이십 년 동안 불면증은 그분의 친구라고도 했지? 이십 년 동안…… 이십 년 동안…… 긴 세월이야.'

희련은 이십 년이란 긴 세월, 그 긴 폭 위에 많은 여성들이 지나가고 있었던 것을 생각하지 않을 수 없었다. 망상이 잦은 희련이라지만 그러나 그렇게 생각하는 것만은 무리가 아니었다. 쉰이 다 되어가는 남자가 독신으로 살았다면, 더군다나 대인 관계가 빈번할 수밖에 없는 사업가로서의 이십 년이라면 여자를 모르고 살았다고는 절대 말할 수 없는 일이다. 오히려 독신이기 때문에, 자유이기 때문에, 또한 이곳에 있지 않았던 사람이기 때문에—이곳에 있었다 하더라도 희련으로서는 알 도리가 없었겠지만—그의 행적은 추측해볼 수도 없는 일이요, 또한 그렇기 때문에 어떻게라도 상상을 할 수 있는 처지인 것도 사실이다.

희련은 몸을 발딱 덮쳐서 엎드리고 베개에다 얼굴을 묻었다.

'아니야 아니야 아니야!'

여자를 많이 아는 사람의 여유나 능숙이 아니라고 희련은 덮어놓고 부정을 한다. 아니라고 부정을 한다는 것부터 그럴 가능성이 많다는 얘기일 수도 있다.

'그럼 어때? 그랬음 어때? 난 뭐 처년가?'

인정하고 들었을 때 희련은 난생처음으로 여자라는 동성에 대하여 증오를 느끼었다. 그러나 질투의 괴로운 감정이 희련을 불행하게 하지는 않을 것이다. 이 여자는 비로소 사람의 구실을, 여자의 구실을 하기에 이르렀을 것이기에.

아침에 눈을 뜬 희련은 신발을 끌고 뜰에 나갔다. 싸늘한 땅기운이 맨발바닥에 닿아 상쾌한 전율을 갖게 하였다.

뜰의 나무들은 가을을 맞이하고 있었다. 단풍의 아름다움, 굴러 있는 낙엽들은 축축이 찬 서리에 젖어 있었고.

어제까지 이 뜰은 희련의 세계 밖의 것이었다. 지금은 그것이 희련의 세계 안으로 들어왔다. 문밖 거리의 소음, 아니 서울의 거리 전체가 아침을 향해 움직이고 있는데 그것은 모두 희련의 세계 안에서의 소리가 된 것이다.

멍이 든 것 같고 밤 서리에 얼어버린 것 같은 라일락의 누르스름한 잎을 올려다보며 희련은 언제까지 서 있었다.

"웬일이세요?"

식모가 연탄재를 쓰레기통에 버리며 물었다.

희련은 식모를 돌아보며 빙그레 웃었다. 그는 오스스 떨리는 시늉을 하며 희련의 곁으로 다가왔다.

"아주머니가 뜰에 다 나오시구, 참 별일이지요?"

별일이라는 말이 조금 마음에 걸리었다. 어제 신발을 들고 쫓아 나오던 자기 꼴을 생각하여 부끄러웠다. 그러나 어제같이 욕된 기분은 아니었고 도리어 무안 풀이를 하는 아이같이 어리광스러워졌다.

"뭐 난 두더진가? 뜰에도 안 나오게. 정말 이젠 가을이야."

"예, 곧 김장철이에요."

식모는 맥이 빠지는 대답을 했다. 희련은 하는 수 없이,

"고추가 비싸다믄서?"

하고 약간 죄어드는 얼굴을 비벼대며 식모 말에 보조를 맞추었다.

"네. 굉장히 값이 올랐나 봐요. 큰아주머닌 걱정이 태산 같은가 봐요."

"뭐 세 식군데."

"세 식구랄 순 없어요. 일하러 오는 애들 점심 저녁은 거반 집에서 먹으니까 말예요. 고추장 고추까지 사려면 수월찮아요."

"그렇지만…… 걱정은 그런 일 아니라두 타고난 건데 뭐."

식모가 픽 웃다가,

"걱정만 하시면 좋게요? 요즘엔 어찌나 신경질을 부리시는지 정말 못 살겠어요."

"우리가 참아야지."

"글쎄 어젯밤엔 자는데 오셔서 깨우잖아요."

희련은 간밤의 강은식과의 전화 대화를 희정이 엿듣지 않았나 싶어 가슴이 섬뜩했다.

"부엌을 안 치웠다고 글쎄 어찌나 야단을 하시는지 늦게 내

온 커피 잔만 그냥 놔둔 것뿐인데, 그럴 때는 정말 무슨 나쁜 꿈이라도 꾸다 나오시지 않았나 의심스러울 지경이에요. 한밤중이란 걸 통 모르시나 부죠? 새는 날엔 당장 보따리 싸려고 했어요. 하지만 사람이 어디 그럴 수 있어요?"

"……."

"속이 상해 그러시나 보다 하고 주질러앉았지요."

하다가 식모는 갑자기 목소리를 낮추었다.

"글쎄, 아주머니가 나가신 뒤 어떤 여자 손님이 오셨어요. 방 안에서 한참 다투시는 거예요. 아마 돈 땜에 그러시는 것 같았어요."

하는데 뒤에서 고함 소리가 났다.

"나쁜 년 같으니라구!"

얼굴이 벌게진 희정이 달려왔다. 식모의 표정이 오기 때문에 굳어진다. 그러나 희정은 희련을 향해 욕을 했던 것 같다. 식모는 거들떠보려 하지도 않고 희련의 멱살을 잡을 것처럼 그는 무서운 기세로 떠들기 시작했다.

"내가 네년 몰래 서방질을 했단 말이냐! 네년 몰래 살림을 몽땅 빼돌렸단 말이냐! 나를 뭘루 알기에 내 집의 부리는 철없는 것을 상대로, 응?"

하다가 그는,

"넌 부엌에 가서 밥이나 지어!"

식모에게 호통을 쳤다. 그러나 어쩐지 그 호통치는 소리가 허세인 것같이 느껴진다.

"별말 안 했는데 괜히 그러시네."

식모는 중얼거리며 부엌 쪽으로 사라졌다.

"응! 그래 나를 뭘루 알기에 내 집의 부리는 아랫것을 상대로, 응 그래 살살 꼬셔서 뭣을 알아내려는 거야! 나쁜 년 같으니라구. 그래 이게 널 뼈 빠지게 길러놓은 나한테 대한 대접이냐?"

어이없는 일이었으나 희련은 짐작이 안 가는 것은 아니었다.

기분 좋은 아침은 마구 구겨지고 말았다.

쌍스러운 말에 대하여 병적인 혐오감을 가진 희련은 흉터가 나돋은 희정의 면상을 갈겨주고 싶은 충동을 느꼈다. 마음속에 돋아나기 시작한 새싹이 밟혀 문드러지고 으깨지는 것 같은 아픔이 전신을 맴돌았다. 그러나 다음 순간 희련은 마음속의 그 새싹을 부정해버렸다.

이상하게 마음이 후련해졌다. 그것은 희정에게, 그리고 자기 자신에게 보복을 한 것 같은 후련함이었다.

희정은 여전히 지껄이다가 울음을 터뜨렸다.

"어이구 분해! 아무리 내가 병신이기로, 세상 사람들이 다 나를 괄시하기로, 네년까지 나를 병신 취급하기냐! 어이구 분해!"

희련은 나무 둥우리같이 우뚝 서 있었다.

'언니, 언니, 나 불행해질게요. 언니 말대로 언니가 없었다면 어느 고아원에 굴러다닐 내가 말예요. 죽지 않고 살아서 고통을 받을게요. 난 바보가 아니에요. 무의미할진 몰라요, 내가 하는 짓이. 하지만 난 바보는 아니에요.'

"길러주고 사람 만들어놓았더니, 그런 년이 앞장서서 업수이 여기는데 남은 말해 뭐 하겠니? 그래 난 식모보다 못한 인간이다. 불쌍한 인간이다! 그래 이년아 도대체 고 계집애한테서 뭘 알아낼려구 수작했니? 응? 궁금한 게 있으면 나한테 물어. 대답해주마! 아암 대답해주구말구! 아무것도 꿀리는 건 없다! 없단 말이야! 내가 미친년이지 내가 미친년!"

하더니 희정은 땅바닥에 주질러앉아 주먹으로 제 가슴을 쳤다. 눈에서 눈물방울이 송글송글 흘러내리었다. 희련에게 유감이 있어 부리는 성미가 아닌 것만은 확실하다. 희련에게는 상관이 없는 일이었는지도 모른다. 지금 희정의 기분은, 문제는 아까 식모가 비치다 만 어제 낮의 방문객, 여자 손님에게 있었던 것이다. 희련에게 악을 쓰는 것은, 희련에게 알려서는 안 된다는 그 일념에서인 듯했다. 그렇다면 희련은 이중의 피해를 입는 셈이다. 그리고 또 하나는 금전 관계가 복잡해져서 며칠을 드러누웠을 때 이미 예측한 일이었으나 그것이 다시 악화하여 그것으로 인한 근심이 폭발되어 이치에 닿지도 않는 악을 쓰는지도 모른다. 아마 그 두 가지 경우는 다 작용된 듯싶다.

희련의 마음은 차차 가라앉았다. 그러고 보니 희정의 하는

양이 우스꽝스럽게 비친다. 희정은 송글송글 눈물방울을 흘리면서도 곁눈으로 희련의 표정을 힐끔힐끔 살피며 어이어이 우는 것이 아닌가.

희정은 교활하다 할 수는 없다. 그는 어릴 때부터 다만 마음이 가난했을 뿐이다. 그 가난을 지금 물질로 채우려는 것뿐이다. 뚝뚝하게 디미는 힘, 이유 불문의 억지, 이상하게 그것은 남들에게 사용되지 못하고 희련에게만 사용되는 것이다. 세상에는 억지가 사촌보다 낫다는 말이 있고 병신의 무기는 억지라고들 하지만 희정의 경우는 그 억지를 써서 남으로부터 이득을 얻은 일이 없다. 오히려 그는 빼앗겨왔다. 그래서 그랬던지 희련에게 어거지떼를 쓰는 그의 모습에는 어린 머슴아이 같은 데가 있다. 어리석기 때문이다. 거짓말을 해도 무지스러운 힘이지 지혜롭고 교활하지 못하기 때문이다.

"언니 정말 왜 이러지요?"

"가슴에 손을 얹고 생각해보려무나! 너 한 짓을!"

"나 아무 말도 묻지 않았어요. 고춧값 비싸다는 얘길 했을 뿐이에요."

"말 마라!"

소리를 질렀으나 누그러졌다.

'되풀이, 되풀이, 되풀이구나!'

희련은 희정이 누그러진 데 대하여 오히려 화가 났다.

'이 유치한 활극은 언제까지 계속될까?'

희련은 물었다.

"도대체 뭣 땜에 이러지요? 무슨 이유예요?"

"이유는 무슨 이유!"

했으나 추궁을 겁내듯 얼른 도망을 치듯,

"고 계집애만 해도 그렇지. 날 병신이라 해두고."

화살은 희련에게서 이 자리에 없는 식모에게로 옮겨졌다.

"신둥건둥, 내 말이라면, 그래 뭣을 내가 어쨌다구 고자질이냐 말이야. 남은 소용없어, 소용없다니까. 남을 믿어? 어림도 없는 소리. 못 믿을 건 남이야. 아예 그놈의 계집 말 믿지 마라. 아이 말 듣고 배째더라고, 그래 그놈의 계집애 내가 설령 나무란다 치고, 그래 양심 가지고 그게 온당한 말 하겠냐?"

방금 어제 왔었다는 여자 손님의 말을 듣기는 했으나,

"공연한 말 마세요. 그 애는 아무 말 하지 않았어요. 김장 걱정을 했을 뿐예요."

"그래?"

어느덧 울음은 멎어 있었으나 너무 수월하게 수긍하기가 안 되었던지,

"내가 다 알구 있다. 그놈의 계집애 속셈을, 내가 다 알구 있단 말이야. 우릴 이간하려구, 남의 집 사는 것들치구 그런 버릇 없는 게 있나?"

헛으로 으르렁대었다.

"그러지 마세요. 그만한 애도 없어요."

"아무튼 남은 믿을 게 못 돼. 남은 다 도둑이라 알면 되는 거야. 내가 뭐 다 너 땜에 이러구저러구 하는 거지. 자식이 있어, 남편이 있어, 생각하면 억울하고 분하구."

눈물을 찔끔거렸다. 어이어이 울던 울음이 후퇴하고 눈물을 찔끔거리더니 그것도 거두고 희정은 치마를 털며 일어섰다. 무안쩍은 생각이 들 것도 같은데, 그러나 그는 눈물 자국을 남긴 채 초조해하는 모습으로 급히 집에 들어가는 것이었다.

희련은 멍이 든 것 같은, 밤 서리에 얼어버린 것 같은 아직 수분을 거둬들이지 못한 황갈색 라일락을 우두커니 바라본다.

'무엇을 바라고 원한다는 일, 더 어리석은 짓이지. 확실한 것은 내게 아무것도 없다는, 그것뿐이야. 그것을 씹어가면서 산다는 것은 무의미한 일일까? 행복한 무지개가 어디 있어? 불행한 진실도 없는데.'

희련은 자신이 뇌까린 불행한 진실이 어떤 것인지 스스로 막연했다. 그는 강은식을 눈앞에 떠올렸으나 희정이 악을 썼던 이전의 느낌과는 사뭇 다른 것이었다. 그의 능란한 화술이라든지 여유 있는 태도가 나이 탓만도 아닌 생각이 짙게 엄습해왔다. 희련은 역시 자기가 좋아한다는 감정만으로 가능한 일은 아닌 것같이 생각되었다.

'나는 그분을 조금도 알지 못한다. 내 감정에서 도망을 쳐야지. 전에도 그랬었지. 좋아한다 생각하면 도망치기 바빴었다. 그래서 난 장기수하고 결혼했던 거야. 지금도 마찬가지야. 난 조금도 달라지지 않았어. 언니 탓이 아니야. 내 성격 탓이야. 난 장기수 같은 사람이 될 수 없거든. 난 그분을 몰라, 전혀 모르고 있어.'

희련은 조반을 먹은 뒤 작업실에 들어가서 일을 잡았다. 집 안은 폭풍 뒤처럼 조용했다. 희련의 마음속에 다시 변화가 일기 시작한다. 강은식을 생각할 때 시간은 너무 빠르게 지나가고 있는 것 같았다. 그러나 사태는 의외로 달라졌다.

한 시가 지났을 때 희정은 고추를 사러 간다고 식모를 데리고 외출을 한 것이다. 파수꾼한테서 희련은 놓여난 셈이다. 손님의 가봉을 끝내주고 희련은 이 층으로 올라가서 외출 준비를 했다.

아래층으로 내려온 그는,

"나 잠깐 밖에 나갔다 올게."

미싱을 밟는 소녀에게 이르고 어제 낮에 신발을 들고 쫓아 나왔을 때처럼 쫓기듯 그는 밖으로 나왔다.

"돌아오면 야단나겠지."

장난스러운 미소가 돌았다.

가을 하늘은 드높고 세상은 온통 화사하게만 보이는 것 같았다. 평소 눈에 띄지 않던 구멍가게에 매달린 장난감 권총이 아주 귀엽게 느껴지기도 했다.

시간이 일렀으므로 희련은 덕수궁으로 들어가 벤치에 앉아 분수를 바라보고 있다가 커피숍으로 갔다. 강은식이 기다리고 있었다.

그는 희련이 나올 것을 확신하고 있었던 것처럼 빙그레 웃었다.

"영업 방해가 되겠군요."

"네."

"내가 여자였더라면 좋았을 것을."

"왜요?"

"십 년 입을 옷을 맞출 건데 말입니다."

"저도 그럼 양복점을 차릴 걸 그랬지요?"

"말이 많이 느셨습니다."

희련은 얼굴을 붉힌다. 화가 좀 났다. 강은식이 무안을 준 것같이 느껴졌던 것이다.

"그럼 오늘은 어딜 갈까?"

이번에는 불쾌해지기까지 했다. 희련은 강은식의 의사에 따라 나왔으면서도 갑자기 그의 지금까지의 언동 모두가 독선적인 것 같아 불만과 실망 비슷한 것을 느낀다.

"너무 선생님은 일방적이세요."

희련의 얼굴이 차가워졌다.

"남자가 앞장서는 게 원칙이 아닙니까? 애정을 느꼈을 때는."

강은식이 웃지 않고 말했다. 희련은 그 말이 갖는 깊이를 파악할 수 없어 멍해 있다가 당황하며 지나가는 웨이터 뒤통수에 시선을 도망시켰다.

강은식은 여러 번 농담 비슷하게 애정을 표시하였고 또 인천 해변에서 희련의 손을 잡기까지 했었다. 그러나 희련은 그런 일들이 마치 구름을 잡는 듯 실례가 아닌 것 같기만 했다. 지금도 그랬던 것이다. 게다가 주춤 물러서지는 감마저 든다.

강하게, 마치 거목과 같이 압도되어오는가 하면 흔적조차 없이 아무 인연도 없는 무관한 사람 같았고, 의심을 하는가 하면 기적적인 것처럼 그와의 만남을 신비하게 느끼고, 희련은 스스로 자신을 돌아보아도 변덕쟁이였다.

"우선 차나 마시지요."

강은식은 커피를 주문했다. 처음 희련을 놀려댈 때와는 달리 그의 표정은 약간 침울했다.

"은애가 좋지 않은 모양입니다."

"……."

"정 서방의 그 비극적 쾌락이 언제까지 계속이 될는지 의문이군요."

희련은 얼굴을 번쩍 쳐들었다. 강은식을 가만히 바라본다. 희련은 그의 시니컬한 말에 공포를 느끼었다.

그것은 사실일지 모른다. 그러나 냉철할 수 있는 그의 이성에서 어떤 잔인함을 본 것 같았다. 바로 그 점이 그로 하여금 여유 있게 하였고 자신만만하게 하였고 희련을 휘두르게 했던 걸까? 그는 고독을 극복했을까? 그랬다면 이 사람에게 무엇을 기대할 것이며 또 타인이 그에게 무엇을 해줄 수 있단 말인가.

그들이 날라 온 찻잔을 들었을 때였다.

"언니!"

인숙이었다.

인숙은 커피숍에 들어서는 순간부터 희련을 보고 곧장 그 곁으로 다가왔던 것이다.

"아니, 넌."

얼굴보다 몸매에 자신이 있는 인숙은 강은식이 바라볼 수 있는 위치에서 가장 멋있게 보이는 포즈를 취하며,

"그러잖아도 언닐 찾아가려구 했어요. 마침 잘되었군요. 안 바쁘시면 나한테 시간 좀 내주시겠어요?"

"지금은, 집에 오려무나."

"못 만나면 어쩌게요? 요즘 재미 보시느라 외출이 잦으신 모양 아니에요?"

"……."

인숙은 주변을 한번 휘둘러보았다. 빈자리가 별로 없긴 없었다.

"이거 눈치코치 없지만 언니 나 여기 좀 앉을까?"

"앉으려무나."

강은식은 잠자코 있었다.

"실례하겠습니다."

인숙은 미소를 머금고 희련 곁에 앉았다. 그리고 아주 낮은 목소리로,

"언니 소개하세요. 합석하구서 인사 안 하는 것도 실례 아니에요?"

했다.

"저, 저……."

하다가 희련은,

"은애 오라버님이시고 저, 강 선생님 은애 후배예요. 송인숙이라구 해요."

난처한 희련을 강은식이 구제해주었다.

"그렇습니까, 나 강은식입니다."

하고 선선히 고개를 숙였다.

"정말 몰랐어요. 은애 언니한테 오빠가 계시다는 걸."

인숙은 아주 천연스럽게 말했다.

"네, 없는 거나 마찬가지지요."

"왜요?"

"국적이 없으니 그렇지요."

"아아, 미국에서 오셨군요."

강은식은 그 말 대답은 하지 않았다. 인숙도 강은식에 대하여 전혀 모르고 있지는 않은 것 같은 눈치였다.

"은애 언닐 요즘도 자주 만나세요?"

이번에는 희련에게 물었다. 은애의 발병에 대해서는 모르고

있는 모양이다.

"음, 가끔."

"그 언니 만나본 것도 그러니까 일 년이나 넘었네. 언제 한
번 놀러 가야겠는데⋯⋯."

인숙은 언젠가 K산장에서 혼자 나오던 정양구를 생각했다.
하마터면 그 말이 입 밖에 나올 뻔했으나 강은식을 의식하자
말을 밀어 넣고 말았다.

강은식은 아까 비극을 향락한다 했으나 인숙은 남의 불행을
향락하는 부류의 여자였다. 그는 정양구가 여자를 데려왔다가
남의 눈을 피해 혼자 나갔다는 것을 의심치 않고 그것은 은애
가 불행하다는 증거였다. 그러나 그 말을 지껄일 수 없는 것은
지금 그로서는 향락의 순간을 잃은 셈이라고나 할까.

"미스터 장, 꼴이 말이 아니데요."

느닷없이 화제를 바꾸었다.

"언젠가 소공동에서 한 번 만났는데 수염도 안 깎고."

더 이상 말을 못 했다. 기다린다는 사람이 나타난 모양이다.
인숙은 시계를 보며 일어섰다.

"실례했습니다."

강은식에게 인사하고,

"언니, 나 언니 댁에 한번 갈게요. 그럼 안녕."

인숙은 구두 소리를 또각또각 내며 갔다.

"나가실까요? 나가서 행방을 정합시다."

강은식은 의자에 걸쳐놓은 코트를 들었다. 희련은 어제처럼 그를 따라 나왔다.

찌푸린 희련의 이마에 가을 햇볕이 미끄러졌다.

차를 타고, 차가 움직이고, 그리고 그 숱한 보행인들을 뒤로 뒤로 밀어내며 차는 곡예를 하듯 빌딩의 계곡을 헤치고 나갔다.

희련의 목덜미에 써늘한 냉기가 와서 닿는다. 차창에서 불어오는 가을바람 탓만은 아니었다. 인간 기피증 바로 그 증세가 희련에게 엄습해왔던 것이다.

바로 옆에 앉은 사람 사이에서도 무서운 바람이 불어닥쳐, 마치 사진砂塵을 몰고 들어온 것처럼 아물아물 멀어지는 거리를 희련은 느낀다. 희련은 제 팔이 칼이었다면 이 무섭게 달려드는 인간과 인간의 사이를 갈라놓고야 마는 사진을 내리쳐서 몇 동강이고 내어보고 싶었다. 그렇게 싸울 힘이 있는가, 있는가.

'없다!'

거리에는 젊은 학생풍의 남녀가 손을 잡고 지나가고 있었다. 늙은 부부가 낙엽을 밟으며 서로 의지하며 지나가고 있었다. 고급 승용차에는 미끈하게 세련된 중년 남녀가 그들의 아이들과 마치 균일로 대매출하는 케이크처럼 그렇게 나란히 앉아 주말여행을 떠나는가.

희련은 옆의 강은식을 한동안 잊었다. 강은식도 그네들만큼의 거리에서 낯선 사람이 되어버린 것이다. 간밤의 희열과 고통은 어디로 갔는지 연기처럼 흔적이 없다.

'왜 이리 싫은가? 싫은가?'

집에서 지금 일어나고 있을 난리 벼락이 생각나고 인숙이 희정에게 전화를 걸 일이 생각나고 장기수의 눈이 생각나고 최일석의 끈적끈적한 눈이 생각났다.

"어딜 갈까요?"

운전사가 물었다.

"음…… 곧장 나가보지."

강은식이 대꾸했다.

택시는 곧장 달리고 있었다. 늙은 고목이 되어 보기 흉한 가로수가 지나가고 변두리가 나타났다.

강은식은 아무 말을 하지 않았다. 희련의 기분에 신경을 써서 그렇다기보다 그 자신 무슨 일인지는 모르지만 검토해보고 있는 것 같은 그런 얼굴이었다.

황톳길이 나타났다. 가을이 물든 야트막한 동산이 나타나고 볏짐을 진 농부들의 모습이 눈에 띄었다.

이곳에서 차를 머물게 한 강은식은 운전사에게 두 시간 후 다시 와주기를 부탁하고 선금을 지불했다.

차가 떠난 뒤 한동안 말이 없던 강은식은 입에 문 담배를 버렸다.

"이제 좀 살 것 같지 않습니까?"

"네?"

희련은 멍청하게 말했다.

"사람들보다 산이랑 들판이 여기선 주인입니다."

강은식은 자세를 살피듯 사방에 눈을 주며 말했다. 교외의
공기는 더욱더 쌀쌀하여 희련은 코트 깃을 세웠다.

그러나 자신도 야트막한 가을의 동산과 들판에서 안정을 얻
는 것을 깨닫는다.

"저기 저 등성이에 올라가 볼까요?"

그들은 아직 싱싱하고 검푸른 무밭을 지나 산등성이에 오른
다. 보랏빛 들국화가 제법 무더기를 지어 피어 있었다. 다정하
고 싱그러운 냄새가 풍겨왔다.

"내 손을 잡으십시오."

움푹하게 팬 곳에서 먼저 올라간 강은식이 손을 내밀었다.
희련은 그 손을 잡고 올라간다. 강은식의 손은 따스했다. 희련
의 작은 손은 싸늘하였고, 강은식은 그의 마음을 보내듯 싸늘
하고 작은 손을 꼭 쥐었다.

"아."

"아픕니까?"

"……"

"한 줌도 안 되는 작은 손이구먼."

강은식은 조금 전까지의 뭔지 빡빡하게 터질 것 같았던 침
묵에는 아무 신경도 쓰지 않았던 것처럼 빙긋이 웃었다.

그들은 소나무 밑의 펑퍼짐한 곳에 나란히 앉았다. 멀리 새

로운 주택단지에는 새 상자같이 예쁘장한 집들이 들어앉아 있었다.

"희련 씨는 제 나라를 버리고 싶은 생각을 해보셨습니까?"

강은식이 물었다.

"나라, 우리나라 말이지요?"

되묻는 말에 강은식은 희련의 옆모습을 눈여겨 쳐다본다.

"나라 생각 별로 한 일 없어요. 외국이라는 생각도 별로 해보지 않았어요. 다만 어딜 떠나고 싶다는 생각은 밤낮 해요. 그곳이 어딘지 모르지만."

"……"

"하지만 아무 곳에도 떠나진 못할 거예요. 아 참, 얼마 전에 집을 팔아 외국에 갈 생각 한번 했지만 그거, 가능한 일이 아니에요. 도무지 싸울 의지력이 없는걸요."

"고생을 영 못 해보셨군요."

"뭐라구요?"

"무풍지대에 사셨단 말입니다."

희련은 입을 다물었다. 처음 커피숍에서 만났을 때 그와 비슷한 말을 들었으나 지금 기분은 그때와 같지 않았다. 억울한 마음이 들었다.

"화가 나셨구먼."

"전쟁에 양친을 잃고 팔 병신이 된 언니 한 사람이 저를 길러주셨는데 무풍지대에 살았다 할 수 있을까요?"

"……."

"게다가 전 결혼에도 실패한 여자예요."

강은식은 몹시 당황했다. 꾸지람을 듣는 소년 같은 표정이 잠시 스쳤다. 그는 그것을 감추려는 듯,

"우세요. 자아 그럼 엉엉 울어보세요."

하더니 희련을 와락 잡아끌었다.

너무 돌발적이어서 희련은 미처 어쩌리라는 생각도 없이 강은식의 가슴에 쓰러졌다. 남자는 힘이 세었다. 입술을 덮쳤고 희련이 얼굴을 저어서 벗어났으나 몸은 놓여나질 못했다.

"나, 당신 같은 여잔 처음이야."

나직이 속삭였다.

한참 만에 놓여난 희련은 엉망이 된 머리를 걷어 올렸다. 노여움 때문이 아니었다. 환한 하늘과 들판 밑에서 수치심 때문에 희련의 얼굴은 홍당무가 되었다.

'나, 나도 당신 같은 남자 처음이에요.'

희련의 마음속에 자기 자신의 말이 선율같이 되풀이, 되풀이되곤 했다. 한없이 넓게 틔어지는 천지가 찬란하게 희련의 눈앞에 있었다. 바람에 낙엽이 바스락거리고 있었다. 어디를 가는가 중년 내외가 그들의 세간을 실은 리어카를 끌고 아내는 뒤에서 밀고 밭둑 옆의 마을 길을 지나가고 있다.

"복 많은 사람이군."

강은식이 유심히 바라보며 말했다. 그들의 모습이 사라질

때까지 두 사람의 시선은 그들 뒷모습에 머물렀다.

"춥지요?"

강은식이 자기 목의 머플러를 끌러 희련의 머리에 씌웠다. 그리고 턱 밑에서 여미어주었다. 희련은 아이처럼 순순히 해주는 대로, 그리고 두 사람의 눈은 마주친 채 오랫동안 움직이지 않았다.

"배고프지 않소?"

강은식이 또 물었다.

"아니에요."

희련은 고개를 저었다. 강은식은 웃었다.

"춥지도 않고 배가 고프지도 않다면 우리 여기서 그냥 이대로 살 수 있을 텐데 말이오. 아무리 하늘 높이 빌딩이 치솟아도 그게 다 말짱 헛것인데 말이오. 우린 또 그곳에 돌아가야 하니."

8. 소용돌이

가봉을 끝낸 희련은 옷에 묻은 천 조각을 뜯어내며,

"커피 한잔 드시고 가세요."

했다.

"그럴까?"

이 여사도 그냥 돌아가기가 아쉬웠는지 소파에 도로 앉으며 말했다.

희련이 커피를 끓여달라고 식모에게 이르고 방으로 되돌아왔을 때,

"요즘 미스 윤한테 좋은 일 있는 거 아냐?"

하며 이 여사는 희련의 밝은 표정을 바라보았다.

"왜요?"

"글쎄 말이야."

희련은 빙긋이 웃었다.

그 웃음을 시인한 것으로 받아들였는지 이 여사는 눈에 띄게 언짢은 얼굴이 된다.

"사람마다 눈들이 다르긴 다르다지만⋯⋯."

"⋯⋯."

"난 도무지 이해할 수가 없어. 다른 사람이면 몰라도, 글쎄 미스 윤이 말야."

희련은 언젠가 은애네 집에서 돌아오던 길, 그러니까 처음 강은식을 만난 그날 우연히 이 여사를 만났던 일이 생각났고 시내에 나가서 어떤 지하 살롱에서 이 여사가 한 말이 떠올랐다.

"좋아하면 절름발이도 춤추는 것같이 보인다고는 하지만, 또 좋아하는 거야 마음대로 할 수 없는 일이지만 남이 이래라저래라 한다고 이러고저러고 할 성질의 것도 아니지만 말이야, 너무 아깝단 말이야."

"무슨 말씀인지 모르겠는데요."

"뭐 기왕에 그렇게 됐다면 들어봐야 기분만 나빠질 것 아니겠어?"

희련은 순간 머릿속에 혼돈이 일었다. 강은식을 두고 하는 말인지 최일석을 두고 하는 말인지, 의심이 불끈 솟았다. 십중 팔구는 최일석을 두고 하는 말이겠거니 생각은 하면서도 이여사의 말이 너무 단정적이었고, 둘째는 인숙이 강은식을 본 일이 있었으며 장기수가 밤늦게 전화를 걸어 이러니저러니 지껄였던 일이 있었고 게다가 이 여사의 남편은 사업을 하고 있었으니 어떤 경위로 하여 강은식을 알고 있을지도 모른다는 그런 우연은 얼마든지 있을 수 있는 일이다. 여자가 연애를 하면 천재가 된다더니, 희련의 신경은 자각 이전에 어느덧 그곳까지 뻗쳤던 것이다. 겁이 더럭 났다.

희련은 강은식에 관한 이야기라면 어떤 내용이건 듣고 싶지 않았다. 설령 어떠한 파렴치, 살인죄인의 전과자라 할지라도 알고 싶지 않았다. 자기 눈으로 보고 자기 귀로 듣고 자기 마음으로 느낀 것 이외에는 아무리 좋은 이야기라도 모르고 있고 싶었다.

삼자로부터 듣는다는 예감은 그 예감 자체가 소름 끼쳐지는 공포였다. 그만큼 희련의 마음 밑바닥에는 불안이 깔려 있었다 할 수 있고 모든 것이 무너지며 강은식을 잃어버리고 꿈도 잃어버리는 것을 희련은 두려워하는 것이었다.

'어떻게 이 여사가 강 선생님을 알아? 그럴 리는 없어! 망상이야. 난 불순해. 왜 그분을 믿지 못하지?'
했으나 희련의 얼굴은 파리해졌다.

마침 식모가 커피를 날라 왔으므로 희련은 살아난 것처럼 그에게서 찻잔을 받아 이 여사 앞에 한 잔을 놓아주고 자신은 손바닥 위에 접시를 놓고 커피 잔을 들었다. 그러나 그의 손은 떨리어 커피가 넘쳐서 무릎 위에 흘렀다.

이 여사의 얼굴은 더욱더 언짢게 변해갔다.

"내가 하도 안타까워서 이러는 거야."

"······."

"앞일이 뻔하게 보이는데 말이야."

희련은 뜨거운 커피를 꿀꺽 삼켰다. 식도를 타고 내려가는 뜨거운 액체, 아픔은 눈물이며 죽음이며 헤쳐나갈 수 없는 절망이었다. 그것은 전혀 병적인 것이었고 이해하기조차 곤란한 것이었으나 본인, 희련으로서는 그 망상이 절대적인 힘을 휘두르는 데야 어쩔 도리가 없었다.

"내가 이래 봬도 남한테 못할 짓을 해본 일은 없는데, 그래서 말이야 행여 지금이라도 늦지만 않다면 정말 손 잡고 말리겠어. 미스 윤? 언니라 생각하구 내 말 들어요. 최 전무, 그 사람 말이야 못써, 몹쓸 사람이야."

희련의 얼굴이 활짝 피어났다. 그는 울던 아이가 갑자기 웃는 것 같은 그런 웃음을 띠었다.

"이 여사 고마워요. 나 그 사람 이 여사보다 몇 배 더 싫어하는데."

"······?"

"어째서 그리 오핼 하실까?"

이 여사의 눈이 빙글빙글 돌았다.

"정말이야?"

"네, 절대 거짓말 아니에요. 나 그런 사람하고 살라면 차라리 죽어버리겠어요."

"음…… 그럼 그렇지."

안심이 되어 이 여사는 길게 숨을 내쉬었다.

희련은 이 여사의 오해를 조금도 치욕으로 느끼지 않았다. 이 여사가 진심으로 고맙고, 선량한 심성이 껴안아주고 싶도록 사랑스럽기까지 했다. 그때 지하 살롱에서 이 여사가 그런 말을 비쳤을 적에는 눈앞이 캄캄해질 만큼 느꼈던 치욕, 그때의 감정과는 사뭇 다른 것이었다.

강은식을 두고 망상한 것은 사랑하는 마음이 항용 빠지기 쉬운 맹목적인 소위였다 하더라도 최일석과의 터무니없는 오해에 대하여 어째서 이다지 희련의 마음이 담담해질 수 있는 일이며 관대해졌단 말인가?

사랑을 발견한 여유 때문이 아닐까? 누가 뭐라고 집적댄다 하더라도 두려울 것이 없고 신경을 곤두세울 필요도 없고 웃어서 넘겨버릴 힘이 생긴 것이다.

이 여사는 커피를 한 모금 마셨다. 밖에서 차가 기다리고 있다는 것을 그녀는 염두에 두지 않는지, 내친걸음이라 생각했음인지 다시 말을 이었다.

"미스 윤도 어차피 앞으로 결혼을 해야잖겠어? 최 전무에 대해선 이제 내가 충고할 필요도 없게 됐고, 그러나 앞으로 남자 선택엔 신중해야 할 거야. 꿈과 현실은 다르거든. 남편과 애인이라는 것도 다르고 말이야."

이 여사는 희련에게 언니처럼 행세하는 일이 썩 마음에 드는 모양이다.

"미스 윤도 언제꺼정 혼자 살 순 없을 거고, 여자는 뭐니 뭐니 해도 남편이 있어야, 자식 낳고 가정 지키는 게 그게 최고란 말이야. 제아무리 똑똑하다 해도 여자는 여자, 타고난 대로 살아야지. 그렇게들 안 하니까 무리가 생기는 거야. 사실이지 여자가 혼자 살면 아무 구속 없이 퍽 자유로운 것 같지만 말이야, 실상은 그렇지 않다거든. 내 친구가 하나 있는데 남편이 바람을 피운다고 오기로 위자료를 받고 이혼을 했단 말이야. 혼자 되고 보니 막막하기도 하려니와 오빠하고 같이 나가도 아무개가 연애한다는 소문이 나고 조카를 데리고 나가도 젊은 애송이하고 놀아난다는 소문이 나고, 비로소 그 친구는 세상이 무서워졌다는 거야. 남편의 그늘 밑이야말로 자유로운 곳인 것을 깨달았다는 거지. 그 후론 도무지 겁이 나서 조카고 오빠고 남의 남자로만 보여 옴쭐달싹할 수 없어 서둘러 재혼을 했지만 말이야."

희련은 이 여사 말에 충분히 수긍이 갔다.

"뭐 그렇다고 해서 아무나 되는대로 잡아서 시집가라는 얘기 아니야. 그런가 하면 혼자 사는 여자보다 더 못한 불쌍한 처지도 얼마든지 있으니까, 그렇게 되지 않으려면 신중하라는 얘기지. 외모 볼 것도 없고 재산 볼 것도 없고 지위 볼 것도 없고 젤 중요한 건 성실하냐 안 하냐 그거란 말이야. 미스 윤도 보았지만 우리 집 그이 어디 볼품 있어? 키도 작고 꾀죄죄하구 말이야, 아무리 봐도 장사꾼이지. 하지만 난 그이가 소중해. 아무것도 자랑할 건 없지만 성실하거든. 그리고 세상에 제 마누라밖에 없는 줄 아니까 말이야."

해놓고 이 여사는 그 노래 부르는 것 같은 명랑한 웃음소리를 굴렸다.

"사실은 나도 말이야, 결혼 전에 연앨 한 남자가 있었거든. 생기기야 미끈했지. 최 전무처럼 허여멀쑥하고, 한데 거짓말쟁이였어. 그 병만은 고칠 수가 없는 모양이더군. 그것에도 정이 뚝 떨어지는데 약기는 또 생쥐 같단 말이야. 그때만 해도 우리 친정이 살 만했고, 살 만하다는 그것을 늘 살피는 거야. 정말 정이 떨어지대. 걷어차 버렸지 뭐. 아무리 상판이 미끈해도 그거 다 헛거야. 뭐 내가 시집가면 고생하겠다고 주판을 놓을 만큼 철이 든 것도 아니었는데 미워서 꼴도 보기 싫은 걸 어떡해? 그래 우리 친정이 망하구 내 꼴도 우습게 됐는데 그 무렵 우리 집 그일 만나지 않았겠어? 처음에야 뭐 사랑하구 자시고가 있어? 한데 그 미끈한 상판의 사내는 사귈수록 정이 떨어졌는데 우리 집 그인 살아갈수록 정이 들었어. 부부란 함께 살다 보면 얼굴이 밉고 곱고 그게 문제가 아냐. 서로 아껴주는 마음, 마음이 밉고 곱고 거기 따라서 정이 드는 거지. 난 본시 놀기 좋아하고 또 귀부인도 돼보고 싶고 허영이 많아. 하지만 사람의 속마음을 속이고 거죽을 뒤집어쓰긴 싫단 말이야."

이 여사로서는 꽤 길고 제법 조리 있는 얘기를 했다.

"애인과 남편이 다르다는 건 바로 그 점이야. 미스 윤도 꿈을 가지고 남자를 선택하면 못써. 영화배우같이 생긴 사내치고 속이 찬 놈이 어디 있던가? 사내치고 제 상판에 자신을 가진 것처럼 못난 놈이 어디 있어? 최일석이라는 그 남자도 그런 놈팡이란 말이야. 게다가 무시무시한 여자한테 걸려들어 아마 혼날걸? 혼 좀 나야지. 내가 이런 소릴 한다구 인숙인 뭐 열등감이라나? 못난 남편을 가졌기 땜에 잘난 남잘 욕한다나? 그 계집애도 똑똑한 척하지만……."

하다 말았다.

"그럼 난 슬슬 가볼까? 모레 오면 되겠지?"

"모레 오세요. 바쁘시면 운전수만 보내두 되구요."

"뭐 할 일 있어? 내가 오지."

이 여사는 핸드백을 집어 들었다.

그를 전송하기 위해 함께 나가는데 마침 전화벨이 울렸다.

"전화받아요. 그럼 모레 만나."

이 여사는 나가고 희련은 수화기를 들었다.

"언니예요?"

인숙의 목소리였다.

"응."

"언니 좀 만납시다."

"그래라."

"어디서 만날까?"

"집에 오려무나."

"아니에요. 집에선 좀 곤란해요."

어쩐지 인숙의 목소리는 딴딴했다.

"무슨 일인데 그러니?"

되묻는 희련의 목소리는 냉랭했다. 본시 좋아하지 않는 상대이기도 하려니와 최일석과의 실없는 관련을 지어준 일과 며칠 전 강은식과 함께 그를 만났을 적의 불쾌감이 아울러 상기되었고 전화통을 울려오는 그의 말투도 몹시 비위에 거슬렸던 것이다.

"아주 중대한 일이에요."

인숙의 목소리는 단호했다.

"중대한 일? 중매 서려구 그러니?"

희련의 목소리에 가시가 돋치는데,

"그런 일이라면 얼마나 기쁘겠습니까?"

가시 돋친 목소리를 후려치듯이 인숙은 야무지게 응수했다.

"그럼 슬픈 일이겠구먼."

"좋은 일은 아니지요."

"그런 일이라면 난 심장이 약해서 듣고 싶지 않아."

"들으셔야지요. 안 들을 수 없을 거예요. 타개책이 없는 것도 아니구요."

순간 희련은 희정의 일임을 깨달았다.

"순전히 사무적인 일이니까요. 이상하게 상상하시진 마세요. 바쁘시다면 언니 댁 근처 다방까지 제가 가도 좋구요. 사태가 정말 묘하게 됐단 말예요."

"사태가?"

"그건 만나서 구체적으로 말씀드리기로 하구요. 언니 동네의 그 은성이라는 다방에 지금부터 나가죠."

인숙은 매우 고자세로 말을 끝내더니 전화를 끊었다.

희련은 인숙에게 보기 좋게 당했다는 생각이 들었다. 속이 부글부글 끓었다. 표리부동한 인숙이 직접 대어놓고 도전하다시피 하는 데는 그만한 이유가 있음을 짐작은 한다. 그러나 희련은 그와 대면하기가 싫었다. 싫다면 그만일 터인데, 그러나 희련은 어차피 희정에 관한 그것이 또 사무적인 일이라면 빨리 부딪쳐 끝을 내야 한다는 생각이 들었다. 그래서 그는 입은 옷에 코트만 걸치고 밖으로 나가려 하는데 희정이 벌게져서 쫓아 나왔다.

"어디 가니?"

"인숙이 만나자는군요."

희련은 외면하며 대꾸했다.

"인숙이?"

희정의 어세가 푹 꺾였다. 그뿐만 아니라 그는 슬그머니 몸을 돌리더니 허둥지둥 제 방으로 들어가 버리는 게 아닌가.

'이상하다? 사무적인 일만은 아닌 것 같다.'

희련은 의혹에 싸이며 거리로 나왔다.

'이제 와서 사무적인 일이라면 구태여 나한테 알리려는 의도는 뭣일까? 언닌 며칠 전만 해도 나한테 알리지 않으려고 결사적이지 않았는가?'

다방에는 인숙이 먼저 와 기다리고 있었다.

"무슨 일이니?"

희련은 선 채 성급하게 물었다.

"숨넘어가겠어요. 앉기나 하세요."

전화 걸었을 때처럼 인숙은 오만스럽게 턱으로 맞은편 자리를 가리켰다. 공을 들여 화장한 그의 얼굴은 요염하고 오늘따라 아름다워 보였다.

희련은 그의 입에서 말이 나오기까지 다시 묻지 않기로 하고 자리에 앉았다. 인숙은 희련의 아래위를 훑어보고 상대에 대한 우월감을 천천히 음미하는 것 같더니, 몸을 돌려 레지를 불렀다.

"커피 둘."

해놓고,

"커피 괜찮으시겠죠?"

뒤늦게 희련에게 동의를 구했다. 희련은 고개만 끄덕여 보인다.

인숙은 희련을 기다리는 동안 희련을 어떻게 다루어야 하는지 작전을 면밀하게 짜놓은 듯 커피가 올 때까지 입을 떼지 않았다.

희련도 고집 세게 입을 열지 않았다. 북적대는 시내와 달리 다방 안은 조용했고 음악도 조용하게 흐르고 있었다. 「의사 지바고」의 주제음악이었다. 귀에 익은 그 음악이 희련에게 영화 장면을 연상케 했다.

끝도 없이 펼쳐진 설원雪原이 눈앞에 펼쳐지고 착한 지바고 의 얼굴, 장례식 장면, 그리고 설원을 헤매던 흑의黑衣의 미친 여인, 희련은 몸을 꿈틀거렸다. 그 미친 여인은 은애의 모습과 교체되었던 것이다.

'가엾은 은애!'

은애의 모습은 다시 강은식으로 바뀌어졌다.

'어머니의 경우를 늘 생각해야 하는 저 같은 경우는 행여 일 어날지도 모르는 사태에 대한 부담을 진다는 게 늘 결혼을 주 저하게 했었지요. 미리부터 빚을 지고 살아야 한다는 게 말입 니다.'

바닷가에서 말하던 강은식의 목소리가 그 당시보다 더 절절 한 느낌으로 울리어왔다.

'이제 알겠어! 그분의 평소 태도가, 여유나 자신만만하게 나 를 놀려대던 그 투, 버릇을, 그분은……'

희련은 강은식의 인생이 단절의 연속 같은 것이었다고 확실 히 느껴졌다. 토막이라 해도 좋고 순간이라 해도 좋을 것이다. 선이 아닌 환環의 연속 같은 것.

'그인 정신병, 언제 엄습해올지 모르는 괴물, 그것과 대결하면서 방금방금 지나 보낸 시간만을 실감했나 보다. 한발 앞의 승부를 믿을 수 없었을 거야. 그인 다만 그런 자세로만 살아왔겠지. 또 살아가겠지. 그렇다면 그이에겐 미래가 없었던 거야.'

희련은 전신이 저려오는 것 같은 아픔을 느낀다. 강은식에게 항상 미래가 없었다면 자기에게도 미래는 없을 것이다. 그들 애정 자체가 환이요, 선線은 될 수 없을 게 아닌가.

'그것을 나는 납득해야 한단 말인가? 그인 일본으로 돌아갈 것이며 나는 여기 남아서…….'

'그래도 나는 기뻐해야겠지? 그분에겐 항상 미래가 없다…… 항상 미래가 없다!'

"언니, 뭘 그리 골똘히 생각하구 계세요?"

「의사 지바고」의 주제음악은 멎고 들려오지 않았다.

끝없는 설원도 아니요, 길고 까만 인조 눈썹을 붙인 인숙의 눈이 그를 빤히 쳐다보고 있었다. 희련은 깜짝 놀란다.

희련은 찻잔을 손에 든 채 오랜 시간 그러고 있었던 모양이다.

"대체 지금 은애 언닌 어디 계시는 거예요?"

놀라움을 수습하기도 전에 인숙의 또렷또렷한 음성이 비수같이 날카롭게 희련의 면상에 와닿았다.

"왜?"

"왜라뇨?"

"……."

"그럼, 희련 언니도 모르고 계셨단 말씀이세요?"

"뭐가 어쨌다고 그러니?"

시치미를 떼기 어려웠다. 말보다 희련의 표정이 이미 상대에게 몹시 당황해 있다는 것을 알려주었다.

인숙의 눈이 반짝반짝 빛났다. 호기심과 추궁하는 쾌감에서 그의 얼굴에는 발랄하고 잔인한 표정이 떠올랐다. 냄새를 맡은 사냥개 같은, 희련은 인숙이 사람이 아니고 짐승 같은 착각이 들었다. 갑자기 구역질이 치밀 것만 같은 혐오감을 느끼면서 그 자신 이곳에 나타난 용무도 아주 잊어버리고 말았다.

"마치 탐정소설이라도 읽고 있는 기분예요. 도무지 뭐가 뭔지. 아무튼 대단한 비밀이 있긴 있는 모양이죠?"

인숙은 웃었으나 희련은 소름이 돋아나는 것 같았다.

"너하구 무슨 관련이라도 있는 일이니?"

희련이 쏘아대었다.

"글쎄요 전혀 관련이 없다곤 할 수 없겠지요. 그저께 은애 언니 댁에 전활 걸었더니 말예요……."

"……."

"안 계시다잖아요. 그래 어디 가셨느냐고 했더니 병원에 입원했다잖겠어요?"

"누가?"

"식모앤가 봐요."

"……."

"병원에 입원했다는데 그냥 있을 수 있어요? 몰랐다면 할 수 없지만 안 이상. 그래 어느 병원이냐구 했더니 모른다잖아요? 무슨 병으로 입원했느냐고 다시 물었더니 그것도 역시 모른다잖겠어요? 언니도 정말 모르세요?"

"몰라."

"정말이에요?"

"너 취조관이냐?"

희련은 발끈한다.

"어머? 모르시면 그만이지 왜 화를 내실까?"

하다가 인숙은 남은 말을 다 해놓고 보자 생각했는지,

"어차피 안 바에는 병문안 가는 게 도리겠고 해서 저녁에 다시 전활 걸었던 거예요. 정 선생은 안 계시고 노인이 받더군요. 시어머닌가 봐요. 그 노인 말로 또 시골 갔다는 게 아니겠어요? 시골? 수양하러 갔다나요? 그래 어느 시골이냐 했더니, 하 참, 그 노친네도 식모 꼴이에요. 모른다는 거예요. 그러니 호기심이 동할밖에요? 그래 며칠 전에 만난 은애 언니 오빠 말이에요."

일단 말을 끊고 희련을 바라본다.

"사실은 그분이 일본서 사업하구 계신 것 저 알구 있었어요. 세상은 넓고도 좁은 거예요. 내가 드나드는 집이 있는데 그 집 남편도 사업가구 일본도 자주 드나들었거든요."

희련의 얼굴이 갑자기 긴장했다.

"좀 아는 사이인가 봐요. 우연히 그분 얘기를 들었죠. 아직 미혼이라던가요?"

"……."

"B호텔에 묵고 계시다는 것도 들었기에 전활 했죠, 그랬더니 그분 말은 또 달랐어요. 자기는 잘 모르지만 며칠 전에 시골 볼일 보러 간다는 얘길 들었다나요? 그러면서 화급한 일이 있으면 전화로 얘기하라잖아요. 그럼 전해주겠다구. 그래 사실은 병문안 가려고 그러는데 병원에 계시다 하고 시골에 가셨다 하기에 그런다고 했더니 금시초문이라나요? 이상하잖아요? 그런데 희련 언닌 통 모른다 하시구 말예요."

"너 지금 그 얘기 하려구 날 나오라 했었니? 사무적이란 얘기가 그거니?"

"아 아니에요. 이건 잡담이구요. 바쁘세요?"

"바빠."

"언니 강은식이란 그분하고 연애하는 거예요?"

희련은 눈살을 찌푸리며 잠자코 있었다.

"그럼 아직 그 단계까진 못 갔군요. 자아 그럼, 사무적인 얘기를 꺼내볼까요?"

마치 보자기를 펴놓듯 하며 인숙은 크게 숨을 내쉬었다.

"사실은 좀 더 기다리면서 수습이 되는 방향으로 노력하려 했나 봐요."

"언니가?"

하고 희련은 말했다.

"네, 맞았어요."

"……."

인숙은 빤히 희련을 쳐다보았다. 그야말로 그의 눈은 사무적으로 차가웠고 빈틈이라곤 도무지 없었다.

"좀 일이 크게 벌어졌어요."

"……."

"희정 언니가 옛날에 크게 실팰 보았다는 얘기는 저도 들었지만 말예요."

"너하구 돈거래가 있었니?"

"직접은 아니지만 간접으로 있었다 할 수 있겠지요. 옛날 실패한 얘길 들었기 땜에 저도 그런 문제에는 통 관여하지 않으려 했다는 건 사실이에요. 하지만 사정이 너무 딱하게 되었더란 말예요. 희정 언니 얘길 들으니까, 운도 몹시 나빴어요. 먼저 실패한 것을 희정 언닌 어떡하든 만회해보려구 그랬던 모양인데, 어떻게 어떻게 해서 계를 뜯어 넣어 돈 오십만 원을 장만했다는 거예요. 돈을 찾고 보니 굴릴 데도 없고 해서 계주가 보증하는 어떤 출판사에 육부 이자로 맡겼더래요. 거기서 나오는 이자에다 얼마간 보태어 희정 언닌 다시 백만 원짜리 계를 들었다는 게 아니겠어요? 그건 제가 모르는 일이었어요. 그것만이었더라면 사고는 그 정도로 그쳤을 텐데, 언닌 그

출판사를 너무 믿은 거죠. 출판사에서 다시 백만 원을 변통해 줄 수 없겠느냐고 희정 언니에게 말했나 봐요. 언니 생각엔 일 년 남짓 꼬박꼬박 한 달도 거르지 않고 이자를 받았고, 그러니 출판사를 태산같이 믿은 거죠. 마침 언닌 다음 달이면 백만 원을 타게 되어 있으니까 한 달 후에 돌려주겠노라 했다는 거예요. 한데 일이란 잘못되려면 종이 한 장 사이더라고, 할 수 없나 봐요. 출판사에서는 지금 당장 아니면 필요 없다 하더래요. 희정 언닌 백만 원을 다음 달 찾아보아야 그처럼 단단한 곳도 없을 것 같구, 한 달이면 하고 다른 곳에서 빚을 내어 디밀었던 모양이에요. 일은 거기서부터 틀어진 거예요. 다음 달 찾을 것을 의심치 않았던 계가 털커덕 무너지고, 그러니까 언닌 많은 사람 모이는 데는 안 가시지 않아요? 돈만 계주에게 냈으니 내막이 어찌 되었는지, 먼젓번 오십만 원을 탄 생각만 하구 믿은 거예요. 계주가 자취를 감춘 거지 뭐예요?"

희련은 그냥 멍청히 인숙의 말만 듣고 있었다. 그가 상상할 수 없는 금액도 금액이려니와 마치 요지경 같은 느낌이 들었던 것이다. 인숙은 계속해서 말했다.

백만 원짜리 계가 무너지자 한 달 쓰기로 했던 백만 원은 돌려줄 수가 없게 되었고 회사에서는 두 달가량 이자가 나왔으나 그곳에서도 그만 사고가 나고 말았다는 것이다. 사채로 출판사를 운영해오던 그곳의 사정은 말이 아니어서 회사는 문을 닫고 채무자 쪽에서는 조금만 기다려주면 부동산을 정리하여 반드시 갚겠다고만 했다는 것이다.

자기 돈 오십만 원은 말할 것도 없고 백만 원의 빚까지 짊어진 희정은 희련이 몰래 빚을 내어 이자 치다꺼리를 해왔다는 것이다. 그러나 그것도 한도가 있는 일, 어떻게도 해볼 수 없는 궁지에 몰려 희정은 인숙에게 쫓아왔다는 것이고 그때는 이미 상당한 액수의 빚더미가 되었으며 이자에 이자가 늘어나는 무서운 속도에서 헤어날 수 없게 돼 있었다는 것이다. 결국 집문서를 잡히고 빚을 한곳에다 모아보니 이백만 원에 가까운 액수가 되더라는 것이다.

"집문서를 잡히어?"

희련은 바보같이 되었다.

"언니, 날 원망은 마세요. 난 아무 잘못이 없어요. 희정 언니가 울고불고."

희련의 낯빛이 조금씩 달라지기 시작했다.

"그러니 어쩌겠어요. 빚을 알선해준 것뿐이고 그런 큰돈 빌려주면서 저당 없이 누가 돈 내놓으려 하겠어요? 희정 언니 생각엔 그래도 출판사에 희망을 가지고 있었던가 봐요. 시일이 걸려 그렇지, 나오기는 나올 거라구요. 그래 희련 언니한테 의논 없이 혼자 발버둥 친 건가 봐요. 하지만 제가 보기엔 가망이 없는가 봐요. 뒷조사를 해봤는데 그 사람, 그러니까 사장이라는 사람 집까지 팔아 때려 넣었다니, 어디서 어떻게 받아내겠어요? 부동산 어쩌구저쩌구 한 것도 급한 나머지 모면만 하려구 그랬나봐요."

"집문서를 잡히다니?"

"꼼짝 못 하게 됐으니 희정 언닌들 어쩌겠어요?"

"그럼 어떻게 되지?"

"집을 팔아 청산할 수밖에 없겠지요. 결국은 빚쟁이한테 넘어갈 테니까 말예요."

"집을 팔아……."

"그 길밖에 더 있겠어요?"

"이백만 원이라 했나?"

"그것도 옛날 얘기예요. 집문서 잡히고 빚낸 게 벌써 일곱 달째예요. 게다가 이자에 이자 계산까지 하면 수월찮을 거예요. 상대방이야 집문서 틀어쥐고 있으니 뭐가 답답하겠어요?"

"……."

"희련 언니도 그렇겠지만 당하는 희정 언니도 가슴을 칠 노릇 아니에요? 이자만이라도 어떻게 됐음 좋겠는데."

말만으로는 걱정을 하고 있었으나 인숙의 표정은 아무 근심 걱정이 없었다.

"그런데 한 가지 방법이 있긴 있어요."

"……?"

"그 빚을 인계해도 좋다는 사람이 있어요."

희련의 얼굴은 딱딱하게 굳어졌다.

"최 전무가 사정을 알았어요. 뭐 제가 알린 건 아니에요. 저

당 잡고 빚 준 사람이 그분하고 또 아는 사람이거든요. 물론
최 전무가 그것을 송두리째 안고 빚을 말소하겠다는 건 아니
에요. 그런 딱한 사정이면 결국 빚에 집은 넘어가게 마련이니
까 자기가 빚은 인계하되 당분간 이자는 받지 않고 어려운 고
비 넘기길 기다려줄 수 있다는 거예요."

"그만두어. 집을 팔지."

희련은 발딱 일어섰다.

"하지만 하루 이틀에 그 집이 팔릴 것 같아요?"

인숙은 눈을 치켜뜨고 희련을 보았다.

"그런 걱정은 하지 말아."

희련은 찻값을 내고, 돌아보지 않고 밖으로 나왔다.

밖의 공기는 차고 시원했다. 희련은 마음속으로 희정에게
욕설을 퍼부으면서도 어째 그랬는지 마음이 후련하기만 했다.

'그까짓 것 아무것도 아냐. 사람들은 그것을 망했다고들 하
지. 인숙인 아주 망했다 하며 손뼉을 치고 좋아할 거야. 하지
만 그게 뭔데? 잃는다는 건 아, 쾌감이!'

희련은 집으로 가지 않고 그냥 발길을 곧장 내디뎠다.

이방인이 된 것 같았다. 남의 고장에 와서, 아무도 모르는
낯선 고장에 와서 거리를 거닐고 있는 것 같았다. 굵직한 낙엽
이 굴러갔다. 바람 따라 굴러오기도 했다.

'내게는 누굴 부양할 의무가 없다! 이젠 난 언니에겐 보상을
치른 셈이야. 아이 시원해. 집 정리하고 나머진 언니 생계로

주어버리고 난 내 밥 한 끼를 위해 조금씩만 일하고. 아, 얼마나 단조로운가.'

별안간 희련은 강은식의 두툼한 가슴팍을 느꼈다. 얼굴을 비비고 울고 싶은 충격, 그는 천천히 걸어가면서 강은식에게로 달려가는 자신의 모습을 눈앞에 본다.

'왜?'

포도를 밟는 구둣발 소리가 머릿골에 하나하나 울리고 있었다.

'왜? 만나서 어쩌자는 거지? 그분은 부자야, 부자란 말이야! 그분한테 가서 내가 이런 일로 울어?'

했을 때 희련은 어떤 적개심을 느꼈다.

시원하다 시원하다 하면서도 그러나 희련은 고통스러웠던 것이다. 어머니가 남겨두고 간 단 하나의 집, 그것을 잃게 된다는 것보다 집을 팔아 빚을 어떻게 청산할 것이며 아무런 능력도 젊음도 다 잃어버린 희정을 어떻게 자립하게끔 할 것인지 막막하기만 했던 것이다. 여유가 있을 적에는 모든 일을 희정이 관장했었다. 그러나 절박한 지금 희정에게는 아무런 힘도 없고 그 짐은 자기 자신이 짊어질 수밖에 없다는 것을 희련은 비로소 깨달았던 것이다. 한편 인숙과 마주 앉았을 때는 놀라움과 긴장 때문에 미처 느끼지 못했던 일이, 최일석이 편의도 보아주겠다던 그 이야기 또한 치욕감 없이는 되살려볼 수 없는 일이었던 것이다.

'이자? 무이자로 편의를 보아주겠다구? 그럼 나는 그 이자에 잡힌 여자란 말인가? 치사스럽다! 치사스러워!'

희련은 다시 달려가는 자신의 모습을 눈앞에 본다. 어디로 달려가는 것일까, 가난한 애인에게로. 가슴에 얼굴을 묻고 울 수 있는 애인에게로. 그러나 애인은 없었다. 가슴에 얼굴을 묻고 울기 위해 강은식은 있어 준 사람이 아니었다. 희련은 강은식이 신기루에 지나지 못하였다는 것을 깨닫는다. 사랑도 그러하다는 것을 깨닫는다. 그에게 있는 것은, 확실하게 있는 것은 사막에 혼자 우뚝 선 자신의 모습이었고 자신의 그림자였었다.

'이런 때 은애라도 있었더라면.'

서러우면 찾아가던 은애도 지금은 이곳에 없고 있다 한들 산송장 같은 그에게서 무슨 위로의 말을 바라겠는가.

'어떡허지? 집을 팔아서…….'

하다가 희련은 갈 곳이 없어 낯선 다방 문을 밀고 들어갔다.

커피를 청해서 마시고 있는데 누가 그의 맞은편 자리에 와서 앉았다.

"사람도 못 알아보는군."

희련은 발딱 고개를 쳐들었다. 장기수였다.

희련의 낯빛이 싹 변한다.

"근심되는 일이 있는 모양 아냐?"

"……."

대답을 굳이 기다리지 않고 장기수는 레지를 불러 그 자신의 커피를 주문한다. 의복은 말쑥했으나 얼굴빛이 좋지 않았다.

　　"그렇게 노려보지 말어. 누가 잡아먹으려고 해?"

　　옛날보다 말투가 천했다. 자포자기해 있다는 것을 보이기 위해선가.

　　"우리가 뭘 어떻게 원수졌다고 이러는 거지?"

　　장기수의 목소리는 조금 떨리는 것 같았다.

　　"남인데 왜 이러지요?"

　　"어째서 남이야?"

　　"무슨 관계가 있어요?"

　　"그렇게 따진다면 이 세상에 남 아닌 사람 하나도 없지."

　　"마음대로 생각하세요. 그건 댁의 자유예요."

　　"댁의 자유?"

　　날카롭게 되묻더니 다시,

　　"댁의 자유?"

해놓고 장기수는 껄껄 소리 내어 웃었다. 웃음소리에 희련의 얼굴에는 독이 오른다.

　　"희련이."

　　희련은 두 주먹을 불끈 쥐면서 상대방 면상을 쳐줄 것 같은 기세였으나 입은 떼지 않았다.

　　"희련이하고 나는 한때 부부였던 사이 아냐? 만일 내가 원시적인 방법을 취한다면? 그런 경우 희련은 어떡하지?"

원시적인 방법이란 무엇을 의미하는가 생각할 사이도 없이,

"나도 원시적인 방법으로 대항하겠어요."

"흠…… 그거 재미있군."

장기수는 갱영화에 나타나는 무뢰한 같은 몸짓 말투를 사용했으나, 그러나 그것은 그에게 어울리지 않을 뿐만 아니라 오히려 약점을 노출한 것 이외 아무것도 아니었다.

"공연히 열 낼 것 없어. 이젠 희련이도 사정이 좀 달라지지 않았느냐 말이야."

"네, 달라졌어요. 희련이가 뭐야!"

사랑하는 사람도 생겼으니까 하려다가 희련이 뭐냐고 소리를 팩 질렀다. 장기수의 자존심을 희련이 고려했던 것은 아니었다. 자신의 사랑 얘기를 그에게 하는 그 자체가 사랑을 모독하는 짓임을 생각했고 희련이, 희련이 하며 이름을 부를 때마다 파충류 같은 것이 미끈덕거리며 살갗에 닿는 것만 같아서 몸부림이 쳐졌던 것이다. 희련은 사람을 미워한다는 것이 생지옥의 고통임을 느꼈다. 그 고통이 심할수록 희련은 자신이 혼자 서 있다는 것을 깨닫게 되고 강은식이 신기루 같은 존재임을 절감한다.

"그렇게 화만 낼 게 아니라고, 희련이 싫다면 희련 씨라고 불러주지. 나 사실은 송인숙 씨한테서 대강 얘긴 들었는데 집이 날아가게 생겼다구?"

"무슨 상관이에요? 나쁜 년 같으니라구!"

"은인을 두고 그렇게 말할 수 있어?"

"은인?"

"은인이지. 언니가 혼자 고통을 겪었을 때 도와준 사람이 누군데?"

"도와주었다구요?"

"하긴 그걸 당신에게 바랄 순 없지, 원래 그런 사람이니까. 철두철미한 이기주의자, 자기중심으로밖엔 생각 못 하는 여자가 남의 입장 같은 것 생각해줄 리는 없지. 나도 뺄이 있는 놈인데 누구 기분에 희롱만 당하고 있으라는 법은 없고."

희련은 자리에서 일어설 수가 없었다. 일어서게 하는 운동신경이 아주 마비되어 그 기능을 잃어버린 것처럼.

"이젠 사정이 달라졌으니까 모든 게 달라질 거야. 연애? 흥, 그따위 사치스런 감정은 생활이 짓뭉개고 말걸. 중년 남자가 잠시의 심심풀이로 차에나 담아 싣고 교외로 어디로 다니지만 무슨 보장이 있어? 어리석고 못난 짓이었다는 것을 머지않아 깨닫게 될 거야. 그러고 난 뒤 사람이 된다면 그땐 다시 우리가 만나게 될 거야. 소박한 생활이 소중하다는 것도 깨닫게 되고, 난 결코 서두르지 않아."

희련은 정신을 차려야지 정신을 차려야지 하고 고개를 흔들어댄다. 그러나 장기수의 말은 시뻘건 독즙毒汁같이 마음 바닥에 질벅질벅 괴어들었다.

"난 결코 서두르지 않는다 말이야."

희련의 내부에 혼란이 이는 것을 간파한 장기수는 다시 한 번 힘주어 뇌까렸다. 그러나 희련은 꼿꼿한 자세로 자리에서 일어났다. 찻값을 치르고 밖으로 나왔다. 장기수도 따라 나왔으나 희련의 안중에는 그가 없었다.

희련은 강철을 질러놓은 듯 꼿꼿했다. 절망도 기대도 없는 상태의 가장 강한 순간이다. 그는 집으로 돌아오는 도중 복덕방에 들러 집을 내어놓겠다는 사무적인 이야기를 꺼냈다.

"얼마에 내어놓으시렵니까?"

대머리의 영감이 물었다.

"얼마쯤 나가겠어요?"

"글쎄…… 요즘엔 통 매매가 없으니까요. 내어놓은 사람은 많지만 사자는 사람은 없습니다. 게다가 신식 건물이 아니니까 말씀이에요. 땅값밖엔 못 받으실 겁니다. 대지가 몇 평쯤 됩니까?"

"글쎄요 육십 평쯤 안 되겠어요?"

"그럼…… 칠만 원을 잡더라도 사백이십만 원……."

희련은 가슴이 철렁했다. 아무리 싸게 잡아도 육백만 원은 될 줄 알았다.

"그럼 생각해보구 다시 오죠."

희련이 발길을 돌리는데 장기수는 멍청이같이 서 있었다. 집에 돌아온 희련은 식모가 열어주는 문을 들어선 뒤 소리 나게 문을 닫았다.

희정은 얼굴도 내보이지 않았다. 제 방으로 올라간 희련은 침대에 걸터앉아 양말을 벗고 코트도 벗고 머리를 쓸어 넘겼다.

'아무튼 팔아야지.'

저녁때, 아이들도 다 돌아간 뒤 희련은 작업실로 내려왔다. 그리고 그는 일을 시작했다. 모든 생각을 다 떠밀어 버리고 그는 일을 했다.

이때 전화벨이 울렸다. 희련은 가위를 든 채 왼손으로 수화기를 들었다.

"네."

"나, 강입니다."

"안녕하세요."

희련은 대뜸 말했다. 강은식은 잠시 어리둥절해하다가,

"낮에 몇 번 전활 했는데 안 계시다기에……."

"네, 볼일이 좀 있어서요."

"실은 희련 씨하고 은애 있는 곳에 한번 가볼까 싶어서 그랬는데."

"전 좀 더 있다 가봐야겠어요."

"어제 정 서방이 올라왔어요."

"네? 은애는 좀."

"많이 좋아졌답니다. 정 서방도 희련 씨가 한번 오셨으면 하더군요."

"한번 가겠어요."

"나하구 함께 안 가시겠습니까?"

"저 혼자 가겠어요."

희련은 고집 세게 말했다.

"이상한데요."

"……."

"아무튼 좋습니다. 그럼 그렇게 하십시오. 몹시 바쁘신 모양이군요."

"……."

"그럼 안녕히 주무십시오."

"안녕히 주무세요."

희련은 수화기를 놓는다.

희련은 새벽녘까지 그동안 밀린 일을 다 끝내었다.

그가 이 층 방으로 올라왔을 때 통금이 풀렸는지 거리에서 차량이 지나가는 소리가 들려왔다.

'푹 쉬어야지. 나한테 지금 할 일이 산더미 같단 말이야. 정신 똑똑히 차려야 해!'

희련은 그가 자신에게 타일렀던 것처럼 깊이깊이 잠이 들었다. 미움과 사랑, 그 어느 것하고도 무연한 듯이 그는 단정한 자세로 깊이 잠이 들었다.

목적이 없어도 과정은 극복해야 하는 법이다. 희련은 지금 그 과정을 위해 자신을 굳혔던 것이다.

며칠이 지났다.

희정의 태도가 변했다. 아니 태도가 변했다기보다 사람이 달라진 것이다. 그는 희련이 모든 사정을 알게 됨으로써 오히려 안정을 찾은 듯이 보였다. 그렇게 결사적으로 비밀을 지키려 했던 그가 어쩌면 몹쓸 병을 앓고 난 뒤처럼 기묘할 지경으로 조용해진 것이다. 그뿐만 아니라 이제는 희련을 괴롭히려하지 않았다. 간섭하려 하지도 않았다. 부채 관계로 최일석과 인숙의 이름이 입 밖에 나올 법했으나 통 그들에 관해서도 아무 말이 없었다. 어쩌면 그것은 안정이기보다 허탈 상태이며 의욕 상실로 생각할 수 있었다.

희정에게 그런 변화가 일어난 대신 희련에게는 그와는 반대의 현상이 나타났다. 그의 머리가 사무적으로 치밀해졌으며 긴장되었다. 그리고 생각에 융통이 생긴 것이다. 때때로 강은식을 생각하면 허무했고 장기수의 모습은, 그리고 그의 말은 독즙과도 같이 마음 바닥을 적셨으나, 그러나 희련은 자기 자신보다 희정의 경우로 더 많이 생각했다. 모든 책임을 희정의 아집, 혹은 아욕에다 돌릴 수 없다는 것을 깨달았다. 사태가 이토록 나쁘게 된 데는 희정과 마찬가지로 자기에게도 책임이 있다는 것을 느꼈던 것이다.

'내가 좀 더 언니에게, 그리고 생활에 관심을 가졌더라면 이렇게까지 악화되지는 않았을 거야. 항상 언닐 수전노같이 혐오하기만 했지 난 언제나 귀찮은 일에선 도망가지 않았느냐 말이야. 욕심이 없었다고 큰소리 칠 자격이 있어? 욕심이 없었던 게 아냐. 미스터 장 말대로 철두철미 이기적인 인간이 되다 보니까 욕심이 없었던 것같이 내 자신이 나를 오해했던 거야. 언니를 수전노라고만 생각했지 언니의 어리석음을 걱정해본 일이 있느냐 말이야. 언닌 언제나 나를 억압하고 지배하는 사람으로만 생각했지 내가 돌봐주어야 하는 육체적으로나 정신적으로나 결함이 많은 사람이라는 것을 생각해본 일이 있어? 생각해본 일이야 있었겠지. 불쌍하다고도 더러 생각했고, 하지만 그 마음을 나타낸 일은 없었다. 다만 자기 자신을 침범해주지 말 것을 바라고 바랐을 뿐 울타리를 쌓고 또 쌓고 그래도 모자라서 늘 전투적인 마음가짐으로 언닐 대하지 않았느냐 말이야. 원인은 내게 더 많았고 그 책임도 내게 있었던 거야.'

희련은 그동안 몇 군데 복덕방을 찾아갔었고 손님들을 통해 집 시세 같은 것도 알아보았다. 집은 아직 말짱하였고 물론 죽은 어머니에 대한 추억도 있었지만, 희련으로서는 퍽 마음에 드는 것이었으나 해마다 달라지는, 아니 날마다 달라져 가는 눈부신 현실에서는 그의 집이 구식이라는 게 결정적인 결함이라는 것을 알게 되었다.

"오백만 원이면 팔아주세요."

값을 작정한 희련은 몇 군데 복덕방에다 부탁했다.

그에게는 집 말고 달리 처분할 것이 없었으므로 오백만 원이라는 금액을 토대로 빚을 처리한 나머지로써 계획을 짜볼 수밖에 없었다. 우선 손쉬운 일은 아파트로 옮겨가서 그곳에서 일을 하는 것이다. 그러나 만일 집이 그 가격보다 떨어진다면 따라서 아파트도 떨어지는 곳으로 구할 수밖에 없고 그렇게 되면 고객도 떨어질 수밖에 없는 일이다.

'그럴 경우엔 취직을 하자.'

하기는 했으나 취직을 하는 데는 어려움이 있었다. 그것은 희련 자신도 믿을 수 없는 자기 성미의 문제였다.

'아무튼 집이 팔려야, 그때 가서 모든 것은 해결이 나고 결정이 될 게 아닌가.'

그렇게 결론을 내린 뒤 희련은 은애를 찾아갈 것을 마음먹었다.

'아무래도 이삼일은 걸릴 거야. 대전까지 가서 거기서 택시로 간다던가?'

아침 일찍 일어나 떠날 채비를 차려놓고 조반을 들면서,

"언니 나 은애한테 좀 다녀와야겠어요. 의논도 하구, 시골 내려간 지 퍽 오래됐다는데 못 가봐서."

희련의 말에 희정은 네가 알아 할 일인데 내가 뭐 가라 마라 하겠느냐 하는 식으로 풀이 푹 죽어서 다만 고개를 끄덕였다.

한참 만에,

"시골이라면, 어느 시골일까?"

입속말로 중얼거렸다. 희련은 희정이 불쌍하여 눈알이 뜨거워졌다. 그렇게 기승하여 악을 쓰던 사람이 왜 이 꼴이 되었을

까 싶어졌던 것이다.

"공주, 그러니까 갑사 근처라던가요? 언니도 함께 가보시겠어요."

"아, 아니다."

해놓고 나서,

"갑사라면…… 여자 중들이 있는 절은 동학사라던가? 그 근처겠군."

역시 혼잣말처럼 중얼거렸다.

희련은 아직 은애가 정신병을 앓고 있다는 말을 희정에게 하지 않았다. 그래서 의논도 하고, 하는 말을 덧붙였던 것이다.

밥상을 물린 희련은 작업실에 들어가 대강의 일을 정리해놓고,

'정 선생이 올라오셨다는데 회사에 나오셨을까? 아니면 다시 내려가셨나?'

생각하며 다이얼을 돌린다. 정양구는 마침 회사에 나와 있었다.

"안녕하세요. 지금 제가 갑사로 내려가려 하는데요."

"지금 말입니까?"

"네."

"그럼 떠나시기 전에 잠깐 만나 뵙지요."

"그럭할까요."

아닌 게 아니라 절 근처라고만 들었지, 은애가 어디 묵고 있

는지 희련은 정확히 알지 못하고 있었으니 정양구를 만나고 떠나는 게 좋을 듯했다.

"희련 씨에게 편리한 다방이 있으면 말씀하십시오. 제가 그 곳으로 나가겠습니다."

"음...... 그럼 말예요. 저 남대문시장 근처의 다방이면 좋겠는데, 아니면 미도파 근처라도 좋겠어요."

"미도파 근처로 하죠. Y다방, 삼십 분 후에 나가겠습니다."

전화를 끊고 희련은 서둘러 집을 나섰다.

미도파 지하에 있는 식료품 점포에서 희련은 귤을 한 상자 샀다. 지난 늦봄이었던가. 작업실에서 귤을 까먹으며 지껄이던 은애 생각이 문득 났기 때문에 그는 귤을 샀던 것이다.

'많이 나아졌다지만 나를 어떻게 대할까?'

불안했다. 불안을 느끼는 순간 희련은 강은식을 생각했다. 늘 잠재되어 있는 그 인물을 조심스럽게 자제해왔음에도 이런 경우는 어쩔 수 없이 그 얼굴이 표면에 나타나는 것이다.

'나는 우연을 바라는 걸까? 은애의 병문안보다 난 우연에 더 마음이 끌려 있는 게 아닐까? 나쁘다 나쁘다...... 난 은앨 보러 가는 거야. 불쌍한 은앨 찾아가는 거야.'

여행 가방과 귤 상자를 무겁게 들고 Y다방으로 들어갔을 때 정양구는 먼저 와서 기다리고 있었다.

많이 수척해 있었다.

정양구는 얼른 일어서서 희련의 여행 가방과 귤 상자를 받

아 자기 옆의 빈자리에 놓고 앉으며,

"홀가분하게 다녀오실 일이지 뭐 이런 거는 사셨습니까?"

하고 미안해하며 말했다. 전날의 정양구하고는 딴판이었다.
약해졌다고 할 수 있고 겸손하게도 볼 수 있었다.

"은앤 좀 어떻습니까?"

들은 말인데 다시 되풀이 물었다.

"많이 좋아졌습니다."

"그럼 은애는 혼자 있겠네요?"

"혼자 둘 수 있습니까. 먼 친척뻘 되는 아일 구해다 옆에 두
었지요. 형편 봐서 서울로 데려오든가 어차피 데려오더라도 교
외 쪽으로 이사 가야겠어요."

희련은 마주 앉아서 보는 정양구의 얼굴이 처음 보는 순간
보다 더 못하게 여윈 것을 느꼈다. 그러나 눈빛이 맑고 얼굴빛
도 투명했다.

"기차로 가시렵니까? 버스로 가시렵니까?"

"기차 시간이 어찌 되는지 모르겠어요. 버스 타고 가도 좋구
요. 그런데 갑사 근처라 하셨는데 어떻게 찾죠?"

"바로 갑사 올라가는 길목입니다. 방갈로를 하나 빌렸지요.
여관도 괜찮은 곳이 있었지만. 약도를 그려드리지요. 아무래
도 대전서는 택시를 타셔야 할 겁니다."

정양구는 수첩을 꺼내어 약도를 그리면서,

"형님도 가시겠다고 하셨는데……."

중얼거렸다.

희련이 아무 말도 없자 정양구도 더 이상 말하지 않았다.

약도를 다 그린 정양구는 수첩에서 그것을 찢어내어 희련에게 건네주고 시계를 본다.

"역시 버스로 가셔야겠군요. 버스도 편하니까."

레지가 커피를 가져왔다.

"꽤 날씨가 쌀쌀해졌죠? 산속은 더 추울 겁니다."

정양구는 커피를 마신다. 그러다가 무슨 생각이 났던지,

"송인숙이란 여자 아십니까?"

별안간 물었다.

"후배예요."

희련은 도저히 유쾌해질 수 없는 기분에서 내뱉는다.

"어떻게 생겨먹은 여잔지 끈덕지게 전화질을 하더구먼요. 은애 행방을 꼬치꼬치 묻는데 도대체 왜 그러는지 모르겠더군요."

정양구는 눈살을 찌푸린다. 그는 속으로,

'솔직하고 대담한 것도 좋지만 그 정도라면 철가면을 썼다고 할 수밖에 없지.'

중얼거렸다. 눈치 빠른 정양구는 인숙의 의도가 어디 있는지 알아차렸던 것이다. 강은식하고 접근해보고 싶어 한다는 것을.

'놀라운 주판 속이지.'

희련은 정양구의 찌푸린 얼굴을 바라보며,

"전화했다는 얘기 저에게도 하더군요. 강 선생한테도 병문 안 가겠다고."

"형님한테 전화질했다는 얘기도 했다구요?"

정양구는 더욱더 눈살을 찌푸린다.

"그 애는 미혼이니까 자신의 운명을 개조할 수도 있는 아이 예요."

심술이 부글부글 끓는 희련의 표정이었다. 정양구는 빙그레 웃는다. 순간 희련의 얼굴이 새빨개졌다. 조금이라도 누가 건드리기만 하면 울음이라도 터뜨릴 것 같은 희련의 눈이다.

정양구는 아주 유쾌한 듯 이빨까지 드러내며 웃었다. 절망적인 빛이 희련의 얼굴을 휩쓸고 있었다. 그는 정양구하고 마주 앉아 있는 것을 한순간 잊은 듯했다. 희련은 자신에게 싸울 힘도 이길 힘도 없다고 생각했다. 자기에게 포기하는 것 이외에 강해질 수 있는 힘은 없다는 생각을 했다. 그렇다면 아무리 소중하고 열망하는 것이라도 가질 자격이 없고 그것은 거의 숙명적인 일인 것 같았다. 자신은 인숙을 싫어하지만 싫어한다는 그것으로 인숙이 아름답지 못하다든가 총명하지 못하다든가 매력이 없다든가, 그것을 단정할 수는 없는 일이다. 희련이 인숙을 두고 경계하고 질투한다는 것은 몸서리치게 추한 일 같고 견주기조차 징그러운 일이었으나 희련이 몹시 주관적인 성격인 만큼 그는 또한 자기의 주관을 믿지 못하는 이율배반의 고통이 있다. 강은식을 두고 인숙을 연관시켜본다는 것은 모독이며 오욕이지만, 그러나 그것은 희련의 주관인 것이다. 희련은 자신이 지닌 세계를 양보 없이 장악하고 있다.

그것은 자기 자신 혼자만이 헤엄칠 수 있는 세계다. 남에게 적용시킬 수는 없다. 바로 그 점이 희련으로 하여금 사람으로부터 격리되게 하였고 적용시킬 수 없는 데서 희련은 자기의 주관을 자기가 떠난 곳에서는 믿지 못하는 결과가 되기도 했다. 결국 희련은 철저하게 자신이 없는 여자인 것이다. 싸울 힘도 이길 힘도 없는, 포기하는 것 이외에 강해질 수 있는 힘이 없는 여자인 것이다. 바로 그것이 희련을 절망 속에다 떠밀어 넣었다.

정양구는 담배를 피우면서 희련을 바라보고 있었다. 처음으로 그는 희련을 아주 가냘프게 느꼈다.

"저 이제 가봐야겠어요."

희련이 일어섰다. 정양구는 담배를 눌러 끄고 짐을 들면서 따라 일어섰다.

밖에 나와서, 헤어질 줄 알았는데 정양구는 짐을 넘겨줄 생각을 않고 지나가는 택시를 눈으로 좇고 있었다.

택시를 잡은 정양구는 역시 짐을 주지 않고 든 채 희련을 따라 택시에 올랐다. 희련은 자신이 대전으로 내려간다는 사실마저 잊고 있는 것처럼 멍청해져서 아무 말이 없었다.

"가시면 단풍이 기막히게 좋습니다. 좀 늦은 감은 있지만."

"은애, 은앤 정말 많이 좋아졌어요?"

정양구 말에 비로소 자신의 행방을 깨닫게 된 희련은 은애에게로 생각을 돌리며 불안스럽게 물었다.

　"안심할 순 없지만 많이 좋아진 편이지요."

　이미 물었고 대답한 말을 되풀이하는 그들은 병이 병인 만큼 우울해지지 않을 수 없었다.

　"시골에 있다 서울에 와보니, 이러다간 머리 성할 사람 하나도 없겠다는 생각이 들더군요. 모두들 팽팽해질 만큼 최대한도로 팽팽해진 신경이 뚝뚝 끊어져 버리기 직전 같단 말입니다. 누구의 얼굴을 보아도, 바로 전쟁이 아닙니까?"

　정양구는 오히려 은애에 대한 희련의 불안을 털어내 주듯 조용히 말했다. 희련은 새삼스럽게 정양구의 변화에 놀란다. 느긋해졌다고 할까, 체념을 했다고나 할까.

　'변하는군. 언니도 변하고 정 선생도 변하고, 그렇다면 모두 현실에서 낙오되었단 말일까? 언니나 정 선생의 현실은 무엇이었는데? 모두 야심이었다. 돈에 대한, 혹은 출세에 대한, 그 결과는……'

　희련은 이들의 변화에서 오히려 다행함보다 두려움을 느낀다.

　시외버스 정류장까지 따라온 정양구는 먼저 버스에 올라가서 짐을 놓아두고 희련을 위해 좌석을 잡아준 뒤 매표구에 가서 표까지 끊어다 주었다.

　"그럼 다녀오십시오."

"바쁘실 텐데 죄송합니다."

"희련 씨는 안 바쁘신가요? 아무튼 고맙습니다. 은애하고 실컷 놀다 오십시오."

정양구는 싱긋이 웃었다. 희련도 막연하게 웃었다. 이런 경우 서로의 미소는 복잡하고 무거울 수밖에 없었다.

희련을 바래다주고 돌아오는 길에서 정양구는 이상한 생각을 했다.

하늘로 높이 치솟아가고 있는 빌딩하고 희련은 아무 관계가 없는 것 같았다. 무수히 연달아서 밀려가는 차량하고도 관계가 없는 것 같았다. 문명의 주인이 되어 만족한 미소를 머금으며 푹신한 시트에 기대어 가는 고급 승용차 안의 신사나 문명의 노예가 되어 만원 버스 속에서 아우성을 치는 승객들하고도 아무 관련이 없는 것 같았다. 지금 눈에 띄는 온갖 것, 간판이나 전선이나 눈을 부릅뜨고 긴장하여 걸어가고 있는 그들 행인하고도 관련이 없는 전혀 별개의 여자 같은 느낌이 들었다. 굳이 말한다면 새끼줄에 얽매어 끌려가고 있는, 딱딱한 인도를 타둑타둑 걸어가고 있는 검은 염소 새끼하고나 관련이 있다 할까.

'아마 그 여자는 이 무지무지하게 시끄럽고 바쁘고 규격화한 문명 때문에 미치는 일이라곤 없을 거야. 나는 전에 그 여잘 좋아하지 않았었다. 그러나 지금은 좀 신기하다. 지금 그 여자가 열심히 좇고 있는 건 대체 무엇일까? 과연 무엇일까? 그 여자는 무지무지하게 시끄럽고 바쁘고 규격화된 문명 속에서는 패배자도 승리자도 그 어느 것하고도 관련이 없을 것 같다. 은애는 자기모순 때문에, 그리고 또 뭣인가 오늘의 소음에 부딪쳐 보고 미쳤지. 그가 말했다. 냉장고가 될 수 없고 피아노가 될 수 없다고, 그렇게 되기까지는 정양구나 한현설이라는 반쪽과 반쪽만의 사내들 속에 끼어들어 자기모순에 빠지고 자기혼란에 빠지고 감정은 분열되고, 거기에 자극한 것이 금속적인 소음이었다. 그러나 그 여자는 감정 분열이 없는 너무나 명백한 것이 탈이다. 그게 싫었었지. 만일 처남을 그 여자가 좋아한다면 어떤 결과가 될까? 편협하고 여유가 없는 여자, 손바닥만한 자기 세계를 꼭 쥐고 놓으려 하지 않는 여자, 너무 명백하다. 저 차량의 무거운 바퀴는 그 여자를 살해할지는 몰라도 미치게는 하지 않을 거다. 하지만 남 보기는 얼마나 아슬아슬한가. 차량의 무서움을 모르고 용케 누비고 지나가는 꼴이, 미치지는 않을 거다. 살해당할지는 몰라도.'

정양구는 주먹을 쥐고 자기 이마빡을 가볍게 두드린다. 사실 그것은 희련에 대한 생각이기보다 정양구 자신 속의 혼란이 빚은 막연한 반증 같은 것이었는지도 모른다. 그는 자신 속에서 팽팽해진 줄이 끊기기 전에 오므라든 것을 강렬하게 느꼈던 것이다. 그것은 패배 의식인 동시 또한 위기 의식에서 피해 선 안도, 그보다 허탈이었다. 야망이란 폭탄을 안고 뛰는 행위다. 그 폭탄이 불발탄으로 끝나고 물러섰을 때 허탈과 동시 폭탄의 무서움을 깨닫게 되는 것처럼.

회사로 돌아온 정양구는 그새 밀린 일을 처리하고 여기저기 전화를 주고받으며 하루해를 보냈다.

다섯 시가 채 못 되어 어둑어둑해왔다. 슬슬 나가볼까 생각하는 참인데 전화벨이 울렸다.

수화기를 든다.

"여보세요. 거기 정 부장 계시면 좀 바꿔주시겠어요?"

이쪽에서 묻기도 전에 성급하게 그쪽에서 먼저 지껄였다. 귀에 익은 목소리다. 너무나 귀에 익은 목소리였다.

"난데 웬일이지?"

"아……."

당황한 듯 머쓱해진 듯, 한동안 잠자코 있더니,

"제 목소리 안 잊으셨군요."

"잊었다고 하는 편이 좋겠어? 그럼 그럴까?"

정양구는 실쭉 웃었다. 그 여유에 압도당하였던지 수화기에서는 아무 소리도 울려오지 않았다.

남미였던 것이다. 여름에 헤어진, 그러고는 소식을 몰랐던, 뜻밖의 남미가 전화를 걸었다.

"미국으로 아직 안 떠났군."

"떠나기를 바라셨어요?"

"바라고 안 바라고가 있나. 간다고 했으니 물어보는 거지."

남미는 그 말에 대꾸는 없이,

"곧 퇴근하시죠?"

"음, 하려고 해."

"그럼 절 만나주시겠어요?"

"원한다면."

"그럼 저 밑의 다방에 지금 와 있어요."

"그래? 내려가지."

정양구는 수화기를 놓는다. 태연하였던 목소리와는 달리 그의 얼굴은 약간 창백해져 있었다. 아주, 영 졸업을 한 줄 알았던 감정이 불씨 모양 어디선가 남아 있어서, 그것이 바람을 타고 피어나는가. 뜨거움과 아픔이 둔중한 속도로, 그의 체내를 맴도는 것이었다.

사무실은 그새 한 사람 두 사람 빠져나가고 내부는 휑뎅그렁했다.

바지 주머니에 두 손을 찌른 정양구는 창가에 가서 밖을 내다본다.

'위험하다. 뭣 땜에 만나자는 걸까.'

그러다가 정양구는 서글프게 웃는다. 옛날 같았으면 자기는 그런 생각을 하지 않았으리라 여겨졌다. 한 치의 땅도 줄 수 없다는 그곳에 한계점이 있는 거고 한 치의 땅을 양보하면 그다음부터는 한계점이 없어진다는 것을 그는 생각했다. 한번 약해지면 다음은 걷잡을 수 없고 한번 구르면 다음은 바닥까지 굴러떨어지는 속성. 정양구는 상황이나 대인에서 전의를 잃은 자신을 새삼스럽게 돌아보는 것이다.

　얼마 후 그는 남미가 기다리고 있는 다방에 나타났다.

　"안녕하셨어요?"

　남미가 정중히 인사했다.

　"음."

　정양구는 남미 오른편 자리에 앉는다.

　"얼굴이 영 나빠지셨어요."

　"남미가 보고 싶어 그런가 부지?"

　"패장敗將에겐 너그러워라 그러던가요? 너무 놀리시지 마세요."

　"패장?"

　"불쌍하게도 그렇게 됐어요."

　"……."

　"하지만 동정해달라곤 안 해요."

　남미의 차림새는 전보다 요란스러웠다. 화장기 없던 얼굴이었는데 지금은 눈화장까지 하고 있었다.

　그 스스로 패장이라 했으나 얼굴이 축간 것 같지는 않았고 그런대로 여전히 아름다웠다. 청순하고 어린 것 같은 분위기는 잃어지고 없었으나 화장 탓인지 성숙한 모습은 전과 다른 매력을 뿜어내고 있었다.

　"남을 동정할 처지도 못 돼."

　정양구는 마구 흔들리는 자신을 의식하며 그래서 딱딱해진 목소리로 뇌까렸다.

"그러실 거예요. 남이 되었는데."

순간 남미는 풀이 꺾였다.

정양구는 들은 체하지 않고,

"지금도 그 회사에 나가나?"

잔인하게 묻는다. 패장이라 했으니 그 결과를 알 만했는데.

"그만두었어요."

"실직 상태군."

"그런가 봐요."

"그런가 봐요? 왜?"

"뻔하잖아요?"

"……."

"이혼을 안 하는 거예요."

"결혼 목적으로 갔었나?"

"애당초 약속이 그랬거든요. 뭐 제가 강요한 건 아니에요."

"약속이 틀려 헤어졌다 그 말이군."

"약속도 약속이지만 생리가 달라요, 우리하군."

순간 정양구는 증오를 느낀다. 그것은 질투를 동반한 증오
였다.

"레테르*가 하나 붙었구먼."

그 말에는 남미의 얼굴빛도 하얗게 변했다. 레테르, 양공주
라는 레테르. 하얗게 질린 남미 얼굴을 정양구는 험악한 눈초

리로 쳐다본다.

"차나 마시자."

정양구는 레지를 불러 커피 두 잔을 주문한다.

"이분은 드셨는데요."

과연 남미 편에는 커피 잔이 놓여 있고 커피도 그냥 남아 있었다.

"장산데 무슨 잔소리야. 내가 두 잔 마시면 될 거 아냐!"

그러나 정양구는 레지가 가져다주는 커피 두 잔 중 한 잔만을 마시고 일어섰다.

"나가지."

남미는 잠자코 따라 나왔다. 밖에서 정양구는 물었다.

"지금도 거기 아파트에 있나?"

"거기 있어요."

정양구의 얼굴은 일그러졌다.

"나 거기 가도 되겠어?"

"지금요?"

남미는 눈이 번쩍 뜨이는 듯 물었다.

"지금은 안 되나? 누가 와서 기다리고 있어?"

"아뇨. 기다리긴 누가."

"그럼 됐어. 나도 심심하고 갈 곳도 없었던 참이니까."

정양구는 마음속으로,

'넌 갈보다! 넌 창녀다! 난 너를 창녀로 생각하고 가는 거야.'

자신의 욕망을 그런 식으로 학대하는 것이었다.

'병든 아내를 가진 남편에겐 다소의 외도는 허용된다.'

그렇게 합리화해보기도 했다. 그러나 실상 정양구는 그 어느 것하고도 관련이 없는 고통을 겪는 것이다. 불붙는 것 같은 질투와 증오심과 애정, 묻혀 있던 불씨는 드디어 그 마음 밑바닥에서 광폭한 불길로 변해가고 있었다. 어제까지만 해도 정양구는 남미를 생각하지 않았었다. 그러나 오늘, 지금, 남미는 자력같이 그를 끌어당기는 것이다.

거리는 벌써 어둡다. 포도에는 굵은 플라타너스의 잎이 뒹굴고 있었다. 화려한 네온사인이 돌고 있다. 어둠은 괴물 같은 도시를 황홀하게 장식해놓았다. 추악한 얼굴의 창녀가 아름답게 분장하고 가로등 밑에 서 있는 것처럼.

정양구는 코트 자락을 펄럭이며 걸어가고 남미는 핸드백을 팔에 걸고 그를 따라 걷는다.

"그래 미국엔 안 갈래?"

정양구는 앞을 본 채 물었다.

"안 갈래요."

"왜?"

"……."

"이 강산을 지키겠다는 건가?"

정양구는 음계가 높은 소리로 웃어젖힌다.

"너무 그러지 마세요. 뭐…… 저도 뭐……."

하다가 남미는 울먹인다.

"남미?"

"……."

"난 남미하고 결혼 약속 못 하겠어. 누구처럼 말이야."

"……."

"그러고도 네 방에 끌어들이겠어?"

"본시부터 당신은 그러지 않았어요?"

"음 그랬었지."

정양구는 또 한 번 웃어젖혔다.

"좋은 밤이다."

"……."

"아직은 겨울이 아니구먼."

"저기 차 왔어요."

그들은 마침 용케 차를 잡아탈 수 있었다.

아파트까지 가는 동안 차 속에서는 두 사람이 다 함께 침묵을 지키고 있었다.

방 앞에 이르러 남미가 열쇠 구멍에 열쇠를 찔렀을 때 정양구는 마지막 밤 남미에게 열쇠를 돌려주고 나오던 일이 생생하게 머릿속에 되살아났다.

'여자란 현실적인 동물이군, 처남 그 양반이 그런 말을 하더니 과연. 그럼 사내는 뭐냐? 현실적 동물을 따라온 사내는?'

남미는 문을 열고 불을 켰다.

정양구는 들어가서 소파에 앉는다. 방 안도 남미의 차림같이 전보다 요란스러웠다.

'몸을 파는 여자 집에 왔는데 관심 가질 게 뭐 있누.'

그러나 정양구는 현기증과 구토증을 느끼었다. 무신경, 무신경, 그것은 무신경일까. 남미는 무신경일까, 다른 남자가 앉았던 자리, 다른 남자가 바라보았던 벽면, 다른 남자가 사다 주었을 가재도구, 남미는 정말 무신경인 듯 부엌으로 들어가 커피를 끓이고 있었다.

"저 말예요, 실은 며칠 전에 전활 한번 했더랬어요."

부엌에서 전과 같이 남미의 밝은 목소리가 들려왔다.

"시골 가셨다던가요?"

아까 거리에서 울먹였던 일 따위는 까마득히 잊은 목소리다.

"어디 가셨더랬어요?"

"단풍 구경 갔었지."

"한가하셨네요."

"남미는 바빴던가."

"바쁘나 마나 그럴 처지가 돼야 말이지요."

"진작, 그랬으면 전활 하지 그랬어?"

"네?"

잘 들리지 않았던 모양이다.

"그랬더라면 이번엔 내가 바다 대신 데려다주는 건데."

"관두세요!"

남미는 부엌에서 나왔다. 정양구를 노려보았으나 정말 그가 화를 내고 있는지는 의심스러운 일이다.

침실로 들어간 남미는 옷을 갈아입는 모양이었고 다음은 화장대 앞에서 얼굴 화장을 고치고 있는 모양이었다. 그러고 보니 전에는 거실에 놓여 있던 화장대가 눈에 띄지 않았다. 가재가 늘어남에 따라 화장대는 침실로 옮긴 듯했다.

한참을 지난 뒤 남미는 정양구 앞에 나타났다. 여자는 빙긋이 웃으며 정양구를 바라보았다. 거울 속에서 남미는 자기 얼굴에 대하여 확고한 자신을 얻었던가. 그는 머리를 걷어 넘겼다. 진주 같은 손톱이 정말 진주같이 불빛에 반짝였다.

"오늘 밤 가시지 마세요."

남미는 자신에 넘친 목소리로 말했다. 부엌에서 커피가 끓는, 구수한 냄새가 풍겨왔다.

물끄러미 바라보며 아무 대꾸가 없자 남미는 커피를 내왔다. 정양구는 커피를 들었다.

여자는 현실적인 동물이라 했거니와 남미는 체모가 없기로, 동물에 가까운 게 아닌가고 정양구는 생각해본다. 체모 없는 암짐승에게 이끌리어 이곳까지 왔다는 것은 과연 애정이 한 짓인가? 질투하고 혐오하고 지금 고통을 받으며 혼란 속에 빠져 있는 상태는 과연 애정의 변태인가? 아니다. 이것은 치정이다! 정양구는 생각하는 것이다.

'나를 면박할 자격이 당신에게 있다고 생각하세요? 내가 한 눈을 팔았을 적에 당신은 어디서 무엇을 했던가요? 당신은 당신의 부인하고 밤을 함께하지 않았느냐 말예요. 아, 아니지요. 그보다 당신은 이미 우리가 서로 사랑했을 적에도 이중의 밤을 가졌던 거예요. 그래 놓고 당신은 나를 멸시할 수 있겠어요? 나를 창부로 취급할 수 있겠느냐 말예요. 그야말로 뭐 묻은 개가 겨 묻은 개 보고 흉보더라고, 도대체 당신의 그 독설은 뭐냐 말예요. 남자라는 것만으로 만사를 합리화할 수 있다고 생각하세요? 그걸 비겁하다고 생각 안 하시냐 말예요.'

실제 무심한 채 앉아 있는 남미가 무슨 생각을 하고 있는지 알 수 없는 일이다. 정양구는 자신이 남미의 처지가 되어 마음속으로 남미가 함직한 말을 중얼거려보았던 것이다.

'남자라는 것만으로 만사를 합리화할 수 있다?'

제가 중얼거렸던 말을 정양구는 되받아서 씹어본다. 오랜 습관이며, 풍토이며, 불문율, 그것에 자신도 젖어 있었던가, 질투는 고통 이외의 혐오감이 따른다는 것은 항용 여자에게만 문죄問罪되어온 그 오랜 풍토 탓이었을까.

요즘 유행어인지 혹은 영화 제목인지, 여성상위시대라는 말이 있다.

우스꽝스럽고 애매한 그 상식에 비추어본다면 자신은 별수 없는 구식 인물이라는 데 생각이 미쳤을 때 정양구는 실소를 했다.

실소는 얼마간 진지했던 자신을 비웃어줄 만한 여유를 갖게 한다.

"왜 웃으세요?"

남미가 물었다.

"웃는 것도 죄가 되나? 매소賣笑 아냐?"

"매소가 뭐예요?"

"모르면 돼, 남자가 안 하는 짓이야."

"누가 뭐 죄 된다 했나? 왜 웃느냐고 물었지?"

남미는 자줏빛 나는 손톱을 한 번 들여다보고 커피 잔을 들었다. 매소라는 말을 뒤늦게나마 알아차린 눈치였다.

"글쎄 웃기는 웃었는데 하도 바빠서 말이야."

"……?"

"아무것도 안 하는 사람이 맨 먼저 뛸 거란 생각 말이지."

"……?"

"어떻게나 세상이 바삐 돌아가던지, 예를 하나 들자면 물건인데 자꾸자꾸 구식이 되어간단 말이야. 그 구식을 버리는 데도 시간이 걸리지 않겠어? 그럴 때는 애당초 장만하지 않는 사람은 구식 물건을 버리는 시간을 번단 그 말이지."

"뚱딴지같은 소릴."

"뚱딴지같은 소릴까?"

말을 하면서 정양구의 생각은 다른 곳으로 가고 있었다.

'전 같으면 귀찮은 생각은 내팽개쳐 버렸지. 요즘 난 어째서 귀찮은 생각을 자꾸 할까? 남자라는 것만으로 만사를 합리화하려고 해? 그럼 어떠냐 말이야. 그래서 뭐가 어때?

그러나 정양구는 구질구질한 생각 속으로 자꾸만 파묻혀 들어가고 있었다.

파상적인 사태에 뒹굴어가면서 그 하나의 물결을 다시 세분하여 잘게 다져 들어가듯이, 필경 그는 그 자신을 보다 깊이 탐색하고 있었을 것이며 깊은 탐색은 보다 불필요한 변두리에 촉수를 뻗쳐보는 결과가 되기도 했을 것이다.

'제기랄! 빌어먹을! 성인군자의 도덕을 모르는 작자가 남녀유별을 찾게 생겼어? 양심이라는 것도 법도하곤 관계가 없단 말이야.'

짜증스러운 생각에 쫓기어 정양구는 저도 모르게 팔을 뻗쳐 남미의 부드러운 머리칼을 낚아챘다.

"왜 이러세요?"

"왜?"

"갑자기, 아파요."

"음, 그럼 내 옆에 와."

"싫어요."

'진실하고 도덕하곤 별개야. 상황하고 진실하고 그것도 별개란 말이야. 상황이나 도덕이 자연스럽게 진실을 따라올 때도 있지만 그런 복이 어디 흔한가? 억압하고 가로막고, 혹은 일방적인 경우가 더 많지. 그것을 상대로 이기든 지든 간에 인간의 고통만이 진실의 동반자란 말이야. 끝까지. 고통을 떨쳐버리려고 싸움을 하든 혹은 고통에다 스스로 자신을 내맡기든

그것은 어느 편이든 좋다!'

정양구는 자기를 살펴보고 있는 남미를 물끄러미 바라본다.

남미는 도무지 생각이 없는 것 같았다. 아까 가상하여 정양구가 뇌어본 그따위의 항변을 생각해보고 있는 것 같지 않았다. 하나 정양구는 남미가 자기에게 결별을 선언했을 적에 반박의 여지가 없게끔 똑똑한 말을 한 것을 기억하고 있다. 당신이라는 말 대신 깍듯하게 정 선생이라 부르던 일도 기억하고 있었다. 반발도 아니요, 보복심도 없는, 다만 군말 없이 헤어져 주기만 바라던 그 타인의 눈을 기억하고 있다.

'이 여자는 어떤 일에도 마음이 밀착된 일이 없다. 그래서 이 여자는 그때 내가 주먹을 휘두를까 봐 겁을 집어먹었던 거야. 항상 이 여자는 자기 몸을 보호할 줄은 알지만 마음을 보호할 줄은 몰랐다. 인생을 어떻게 하면 수월하게 살아갈 수 있는가, 그 방법의 체득이야말로 남미의 인생 그 자체다. 그러면서도 그리 큰 야망도 아니고 소탈한 것같이 보일 정도의 어리석음을 지니고 있는, 때론 무감각하고 고통이나 비애나 패배감, 모든 감정은 이 여자 피부 위에서 노닐고 있다. 결코 심장 밑바닥에서 꿈틀거려본 일이라곤 없어. 확실히 피곤하지 않은 여자이긴 해. 귀여운 아기? 아기부인?'

남미는 그러나 여전히, 아니 더욱더 남자의 정욕에다 기름을 붓는 묘한 음영을 지니고 있다. 영혼이 메말라도 그런 오해가 용모에 깃들어 있다는 것은 조물주의 신기로운 속임수인

가. 청순한 소녀 같았던 오해는 지금 퇴폐적인, 인생의 쓰라림을 겪은 뒤의 퇴폐미로 변모하여 지금 눈앞에 있고, 다만 종전의 그 묘하게 삭막하였던 느낌만은 변함이 없이 그대로 있는 것이다.

정양구는 커피를 다 마시고 찻잔을 접시 위에 놓았다. 손가락 사이에 끼우고 있던 담배도 재떨이에 눌러 껐다. 그리고 일어섰다.

"가시게요?"

남미는 따라 일어서며 당황하여 말했다. 정양구는 여자의 눈을 응시한다.

"가지 말까?"

여자의 예쁜 코끝이 벌름거렸다.

"가지 마세요."

남미는 정양구의 팔을 잡았다.

"그러지, 가지 않겠어. 오늘 밤 난 남미한테 보복을 해야지."

남미는 아랫입술을 쫑긋하고 내밀었다. 눈에는 이지러졌던 자신自信의 빛이 되살아났다.

"아암 복수를 해야지. 솜뭉치로 된 인형은 다리 하나쯤 분질렀다고 눈물을 흘리지 않을 테니 말이야."

소리를 내어 껄껄 웃다가 정양구는 술 취한 사람같이 침실의 문을 발길로 걷어찼다. 그는 열려진 침실 안으로 서슴없이 들어간다.

옷을 벗고 넥타이를 거칠게 풀어 집어 던진다. 그는 남미에게 동의를 청하는 일 없이 불을 껐다. 그리고 침대에 몸을 던진다.

거실에 우두커니 앉아 있던 남미는 비시시 웃다가 그도 거실의 불을 끄고 정양구 곁에 기어들었다.

심연을 헤치고 나온 것 같았다. 그것은 또한 얼마나 무위한 방황이었던가. 어둠만 가득 차서 정양구는 팔을 뻗쳐 스탠드의 불을 켰다. 불그스름한 불빛 아래 여자의 하얀 육체는 무지개같이 반 공중에 떠 있는 것 같았다.

정양구는 담배를 찾아 입에 물고 불을 댕긴다. 가슴에 멘 것을 뿜어내는 듯 연기를 뿜어낸다. 쌩! 하며 침묵이 그리고 밤이 소리를 내며 지나가고 있는 것 같다. 은애의 얼굴이 그의 눈앞을 지나갔다. 죄스러움이 없다. 옛날과 같이 무관심했던 것도 아니었다. 육친과 같은 염려스러움이 그의 마음을 아프게 한다. 잃어버린 혼을 찾아서, 잃어버린 연을 찾아 헤매는 아이들같이 은애는 가랑잎이 쌓인 산속을 방황하고 있는지도 모른다는 생각이 든다.

'여보, 우리 서울 가면 말예요, 당신 교외로 이사한다 하셨죠? 그럼 말예요, 김장배추는 집에서 가꾸도록 합시다.'

은애는 정신이 맑아졌을 때 그런 얘기를 했었다.

남미와의 교섭은 둔화되어가는 마음을 돌이키게 해주었다. 회의하던 마음을 은애에게 잡아 묶어놓게 했다.

"저녁 어쩌시겠어요?"

남미가 몸을 뒤치며 물었다.

"저녁?"

"아직 우리 저녁 안 먹었어요. 지금 초저녁이란 말이에요."

"그런가?"

정양구는 시계를 찾다가 귀찮아져서 그만둔다.

"나가서 지을게요. 당신 누워 계세요. 한숨 주무세요."

남미는 몸을 일으켰다.

'당신?'

정양구는 당신이라는 호칭에 혐오를 느낀다.

남미가 나간 뒤,

'초저녁이라구? 여기선 잘 수 없지. 가야겠다.'

순간 정양구는 섬뜩해지며 한기를 느낀다. 남미에게 끌려가고 있다는 불안에서 아주 놓여난 뒤 이제는 이곳을 빨리 빠져나가야겠다는 조바심이, 그곳은 썰렁하고도 차가운 것이다.

'역시 내가 실술했구나.'

끌려가고 있다는 불안 속에서는 그토록 남미를 멸시하고 혐오할 수 있었건만 빠져나가야겠다는 조바심을 갖는 순간 그는 자기 자신을 섬뜩하게 느끼면서 한편 남미에 대한 측은함을 갖는 것은 무슨 까닭일까.

버려진 여자, 버림을 당한 여자 남미가 그런 상황 속에서 어떻게 전신轉身을 할지 그것은 알 수 없다.

정양구는 이때 여자에게 측은함을 느낀다는 것은 여하한 경우보다 결정적인 감정인 것을 깨달았다.

그는 이제 남미를 잊을 것이다. 불씨는 꺼지고 말았던 것이다.

부엌 쪽에서 늦은 저녁을 짓느라고 달그락거리는 소리가 들려왔다.

'패장에겐 너그러워라 그러던가요? 너무 놀리지 마세요.'

'패장?'

'불쌍하게도 그렇게 됐어요.'

다방에서의 대화가 생각났다.

'너는 또 한 번 패장이 되는구나. 사랑은 자기 자신과의 싸움이야. 상대적인 싸움은 아니다. 남미 넌 그걸 알아야 해, 그걸…….'

정양구는 일어나 옷을 주워 입는다. 그리고 새로운 담배를 붙여 물고 침대에 걸터앉는다.

얼마 동안이나 시간이 지났을까.

"어머, 일어나 계셨군요. 저녁 다 됐어요."

정양구는 거실로 나갔다. 조그마한 식탁에 저녁이 차려져 있었다. 남미는 식사 시중을 들면서 말했다.

"언젠가 당신 절 보구 요리치라 하셨죠?"

"음."

정양구는 입속으로 밥을 밀어 넣으며 대꾸했다.

"오늘은 열심히 했어요. 어때요? 이 고기 맛은?"

"요리치가 아니군."

"맛나지요?"

"음."

"아이 싱거워. 덮어놓고 음, 음 하고만 계시네."

"배가 고파서 그래."

남미는 마음을 푹 놓고 있었다. 이마에 땀이 배어나 머리칼이 착 달라붙어 있었다.

"저 말예요."

"……."

"저 말예요. 나 다 들었어요."

"뭘?"

"당신 부인 말예요."

"……?"

"병원에 입원까지 하셨다죠?"

"뭐라구!"

"어머."

남미는 거칠어진 정양구 모습을 바라본다. 그러나 정양구 얼굴에는 이내 미소가 떠올랐다.

"그래서?"

"나 다 들었단 말예요, 글쎄."

"그래서?"

"뭐 그렇담 우리들 결혼 어려울 것도 없잖겠어요?"

정양구는 별안간 껄껄 웃는다.

"그, 그렇군. 내, 내가 그걸 몰랐구면."

"순 깍쟁이, 왜 숨겼죠?"

남미는 이상하다 여기는 모양이었으나 내친걸음, 돌이킬 수 없었던지 약간 울상이 되며 말했다.

정양구는 웃음을 멈추고 마치 기갈 든 사람같이 밥을 입속으로 긁어 넣는다. 정신없이 밥을 먹는 그의 모습을 남미는 더욱더 낭패한 얼굴로 바라본다.

"아, 배부르다."

드디어 정양구는 수저를 놓는다.

"왜 그러시죠?"

"아무것도 아냐. 당황했지, 좀."

"왜요?"

"나도 몰라."

"……?"

식사가 끝난 뒤 정양구는 담배 한 대를 피우고 나서 일어섰다.

"나 가겠어."

그는 황급히 따라 나오는 남미를 거들떠보지 않고 층계에서는 뛰다시피 내려간다.

'불쌍한 여자!'

9. 이율배반

잿빛 메마른 신작로, 먼지를 일으키며 택시는 달리고 있었다. 대전서 목적지까지 절반 이상을 지난 모양인데 젊은 여자 손님이 말 한마디 없는 것을 운전사는 신기롭고 불안하게 느끼는지 담배를 꺼내어 붙여 물더니 절 구경 가느냐고 물었다.

　"아뇨."

　희련은 짤막하게 대꾸하고 차창에서 눈을 떼지 않는다.

　희련은 우울하게 가라앉았으나 떠나기를 잘했다고 생각하는 것이다. 단풍의 철은 이미 지나고 차창 밖의 풍경은 초겨울로 접어들고 있었다.

　희련에게는 그 초겨울로 접어들려고 하는 풍경이 한결 마음에 들었다.

　추수가 끝난 들판에 참새 떼들이 오순도순 모여 앉아 이삭을 찾고 있었으며 마을 근처에 이르면 돼지 새끼들이 까불고 있는 모양도 볼 수 있었고, 깃털을 세우며 제 집 쪽으로 달아나는 우스꽝스러운 장닭의 모습도 볼 수 있었으며 닭을 쫓다 말고 바보스럽게 지나가는 자동차를 바라보는 강아지의 눈동자는 또 얼마나 천진스러운 것이었던지. 아니 그보다, 무엇보다 귀한 모습이 있었다. 상투를 틀고 갓을 쓴 촌로의 그 위엄에 넘치는 얼굴은 드높고 푸른 하늘의 의미를 알게 해주는 것 같았던 것이다. 일찍이 사람들은 저와 같이 위엄을 지니고 살았었건만 왜 지금은 그 의관의 마음을 잊었는가.

"저 여기선 말이지요?"

희련이 운전사에게 말을 걸었다.

"예?"

운전사는 돌아보며 되묻는다.

"여기선 말예요. 갓 쓰고 상투 튼 분들이 아직도 많은가요?"

"더러 있죠. 머리 땋고 다니는 총각들도 아직 있으니 말입니다. 계룡산이란, 거 묘한 곳입니다."

"계룡산? 난 갑사로 가는데요?"

희련이 불안해져서 말했다.

"예, 압니다. 갑사 넘어 계룡산이죠."

거의 해가 떨어질 무렵 절 밑 마을에 도착했다. 한두 채 눈에 띄는 농가에서는 저녁 짓는 연기가 피어오르고 있었다.

"쭉 올라가 보십시오. 올라가시면 여관이 계속해 있고 절이 있습니다.”

양손에 든 짐이 무거웠다. 여행 가방은 별로 든 게 없었으나 귤 상자가 무거웠다. 누구 지나가는 마을 아이라도 있으면 들어다 달라고 하려했으나 눈에 띄지 않았다.

희련은 별안간 외로움을 느끼며 한편 무서운 생각도 들어서 기를 쓰고 오르막길을 올라간다. 이미 차 속에서 정양구가 그려주던 약도를 보고 또 보았으나 인가가 끊긴 길은 한없이 먼 것만 같았다.

“옳지, 저기로구나!”

방갈로 비슷한 건물이 보이기 시작했다.

숨을 할딱이며 은애가 묵고 있는 곳을 찾아냈을 때 희련의 가슴은 뛰었다. 오르막길을 올라온 탓도 있었겠지만 강은식을 강하게 연상했던 것이다.

‘형님도 내려가신다더군요.’

정양구의 말이 생각났다.

‘그럼, 그 말은 내려가셨다는 얘기는 아니잖어?’

희련은 숨을 가다듬는다. 함께 올 수도 있었던 사람이었는데 스스로 그것을 회피해놓고 희련은 마치 강은식이 자기를 피하기라도 했던 것처럼 서운함을, 아니 원망스러움에 가까운 감정이 되는 것을 스스로 어쩌지를 못한다.

“은애.”

막 불을 켠 모양이다. 불빛이 새어 나오고 있었다.

"은애야!"

안에서 기척이 나고 발짝 소리가 들려온다.

스무 살쯤 됐을까, 얌전하게 생긴 소녀가 기웃이 내다보았다.

"저, 서울서."

미처 말을 끝맺기도 전에 행색을 보아 짐작했던지,

"아주머니!"

하고 소리를 질렀다. 산골짜기의 생활이 무료하여 변화를 바라는 마음에서 소녀의 목소리는 들떠 있었다.

"서울서 손님이 오셨어요!"

"서울서?"

은애의 목소리가 나는가 싶더니 옷매무시를 고치는지 쉬이 나타나질 않는다. 희련은 안도의 숨을 내쉬었다. 그리고 맥이 쑥 빠진 목소리로,

"은애, 나야."

비로소 희련인 줄 안 은애는 허겁지겁 쫓아 나왔다.

"희련아! 아니, 너."

덥석 손을 잡았다. 그러는 새 소녀는 희련의 짐을 받아 들었다.

"나 죽을 뻔했어. 혼자 산속 길을 오니까 무섭고 말이야."

전과 다름없는 은애 모습에 마음을 놓고 희련은 엄살을 부리며 옛날과 같이 어리광 조로 말했다.

"어서 들어가자. 맹추 같으니라구, 오려면 글쎄 미리 편지나 띄워둘 일이지."

"갑자기 오게 됐잖아. 여러 가지 복잡하구 말이야."

"편지만 받았음 대전까지 마중 나가는 건데, 이 맹추야."

"편지 쓸 생각은 하지도 않았어."

"아 그랬음 오빠하구 함께나 올 일이지."

"글쎄 함께 가지 않겠느냐구 전화 주셨지만…… 바쁘고 언제 가게 될지 미리……."

"너 하는 일이란 밤낮 그렇지 뭐. 어서 들어가자, 춥다."

은애는 희련의 등을 밀었다.

방 안은 따스했다. 바람이 유리 창문을 흔들었다. 이제는 무서울 것 없는 적막이 사방에서 스며들고 있었다.

따라 들어온 소녀는 짐을 한구석에 놓고 염치도 없이 희련을 바라보며 혼자 싱글벙글 웃고 있었다.

"이 애, 영자야."

"예?"

움찔하며 소녀는 희련으로부터 시선을 거두었다.

"너 여관에 가서 말이야, 아저씨보고 오시라구 해. 서울서 손님이 오셨다구."

"아저씨라니?"

되묻는데 희련의 가슴이 철렁 내려앉는다.

소녀는 급히 밖으로 쫓아 나갔다.

"오빠가 오셨단 말이야. 여관에 묵고 계셔."

"언제 오셨는데?"

아무렇잖게 물었으나 희련의 얼굴은 붉어지고 허둥대는 품이 역력하다.

"그저께, 그러니까 미리 편지했더라면 대전까지 오빠가 마중 나갔을 거 아니야?"

은애는 실실 웃었다. 그들의 사이를 아는 것 같기도 했고 모르는 것 같기도 했다.

우연을 바라던 희련이었고 바로 조금 전에 이곳에 당도했을 때만 해도 강은식을 연상하며 그의 가슴은 뛰었다. 그런데 가슴이 철렁 내려앉는 것 같은 두려움을 느끼며 피하고 싶은 심리는, 그것은 의혹 때문일까. 독즙 같은 장기수의 말이 마음 바닥에 아직도 남아 있는 때문일까.

"아무튼 잘 왔어. 오빠도 은애 덕분에 여기 와서 쉬게 됐다 하면서 말이야 여간 좋아하질 않아. 너도 푹 쉬었다 가아. 뭣하면 나하고 함께 올라가든지."

은애는 명랑하게 지껄였다.

얼굴은 건강해 보였으며 눈빛도 온화해진 것 같았다. 여러 가지 엇갈려 드는 생각 속에서도 은애의 회복된 모습은 신기하였다.

'제발 이젠 다시 그렇게 되지 말어.'

희련에게 기쁨은 천천히 다가왔다. 예상외로 말짱해진 은애의 모습도 그러했고 강은식이 와 있다는 충격도 차츰 사라지면서 마치 조류가 바뀌어지듯 뿌듯한 기쁨이 느린 속도로 맴을 돌았다.

'이제 그분을 만날 수 있다.'

거역하면서도 보고 싶고 도망치면서 만나질 것을 소망하는 기묘하게 얽힌 갈등은 천천히 풀리어져 가고 있는 것이다.

"참 조용하구나."

"진짜 조용한 거지. 참 좋았는데 요즘엔 좀 삭막해졌어. 커피 끓여줄까?"

"아냐 얘기해. 그 애가 오면 끓이라 하구 말이야."

"그래, 오빠도 오실 테니 저녁도 함께하지."

"그런데 하루가 참 길었어."

"지루했었구나."

"아 아냐— 어떻게나 변화가 많았는지. 생각해보아. 아침에 난 서울 집에 있었거든? 다음엔 시장에, 아냐 미도파에 나갔었고 다음엔 다방에서 정 선생을 만났었고."

다방에서의 참담했던 자기 모습이 피뜩 눈앞을 지나갔다.

"그런데 말이야 지금 난 여기 와 있거든?"

천천히 휩싸여오는 지금의 행복감은 마치 서울을 떠나올 때 겪어야 했던 참담한 기분에 대한 보상인 것 같은 생각이 들어 희련은 뭔지 모르는 곳에 감사하고 싶은 기분이 된다.

"영이 아빨 만났었니?"

"응, 떠난다구 말이야."

"별일은 없던?"

"응, 가서 너하구 실컷 놀다 오라 하시데. 그럴 새가 어디 있니?"

"그이도 나 땜에 고생이지."

잠시 은애의 얼굴이 어두워졌다.

"걱정 마. 진심에서 하는 고생이면 그건 자신을 위해서도 행복한 일이야."

"그럴까?"

"정 선생도 많이 변하셨어."

"하긴 그래. 전 같지 않아. 난 그이가 그리 자상한 줄은 몰랐어. 나도 이젠 좋은 엄마 좋은 아내가 되고 싶지만…… 뉘가 알어?"

은애 눈에 불안이 가득 실렸다.

"그런 걱정을 하니까 병이 나지. 쓸데없는 생각 일체 안 하는 거야. 전화위복이지, 뭐."

했으나 희련의 마음이 불안하지 않았던 것은 아니었다.

"난 그렇고, 넌 요즘 어때?"

"별일 없어."

하면서 희련은 은애의 눈치를 살핀다.

"요즘도 미스터 장이 귀찮게 굴어?"

"귀찮게 굴면 어쩌겠어? 끝난 일인데."

"사람이 좀, 어째 그 모양이지. 하긴 자신도 어쩔 수 없으니까 그렇겠지만. 그러니 그를 위해선 네가 빨리 시집을 가야 해."

"⋯⋯."

그간 어려웠던 일들을 입 밖에 낼 뻔했으나 희련은 입을 다물었다.

"아주머니, 오신대요."

소녀 목소리가 밖에서 들렸다.

"그래 그럼 말이다, 커피부터 끓여서 들여놓고 저녁 지어."

"건데 너 얼굴이 상했구나."

은애는 희련에게 말머리를 돌렸다.

"네가 보고 싶어 그랬다, 왜!"

희련은 강은식의 발짝 소리를 듣는 긴장을 풀려고 몸을 흔들 듯하며 은애에게 농조로 말했다.

강은식이 방으로 들어섰을 때 희련은 마치 첫 대면을 하게 된 경우처럼 얼굴은 딱딱하게 굳어지고 달아나기라도 할 듯 몸을 반쯤 일으켜 세웠다.

"오빠! 글쎄 알려주었음 나가는데 말예요. 맹추같이."

들뜬 은애는 화창하게 목소리를 높였다. 강은식은 전과 달리 우울해 보였다.

"오시느라 고생하셨지요?"

그러나 목소리는 부드럽고 다정하게 울리었다.

"아뇨."

희련은 고갯짓을 했다. 처음으로 빙긋이 웃으며 강은식은 희련의 이마에서부터 겁에 질린 것 같은 눈으로 시선을 옮겼다.

'그렇게 웅그리지 마십시오. 바람 부는 날의 까치 새끼 같소. 노상 그러시면 지쳐서 못 살지요. 마음먹기 따라 세상은 그리 고통스러운 것만은 아닙니다. 고통이 없는 일상이 행복한 것만도 아니구요.'

강은식의 눈은 그런 말로 타이르고 있는 것같이 보였다. 희련은 눈까풀이 떨리며 뜨거워지는 것을 느끼며 배시시 웃었다.

은애는 밖을 향해 빨리 커피부터 내오라고 일렀다.

무릎을 꺾고 단정하게 앉은 강은식은,

"오실 적에 이 애 남편을 만나셨습니까?"

하고 물었다.

"네."

"그럼 내가 내려갔다는 말 들으셨겠군요."

"아니 내려가실 거라구만······."

"아, 네."

약간 무안스러워하는 빛이 얼른 지나갔다. 그러자 은애가 옆에서,

"오빠 나 내일 공주 나갈래요."

"뭣 하러?"

"희련이 왔으니까 함께 가서 영화두 보구 미장원에 들러 머리도 할래요. 심심해서 죽을 지경이에요."

희련은 이상하다 생각한다. 강은식의 눈에도 의혹이 보였다. 그런 말투가 뭐 대단할 것은 없는데 이들은 같이 은애 병에 대하여 신경이 과민해 있었던 것이다.

"희련 씨는 오래간만에 산속에 오셨을 거야."

"그럼요. 저 애는 이 몇 해 동안 서울 밖을 나간 일은 거의 없었을 거예요."

"한데 오시자마자 시끄러운 곳으로 유인해 쓰겠니?"

"그럴까?"

은애는 순순히 제 생각을 접어버리는 것 같았다.

"아, 아니에요. 전 공주 못 가본 곳이에요."

희련은 황급히 말했다. 그러나 강은식은 못 들은 체하고,

"언제쯤 올라가시겠습니까?"

하고 물었다.

"글쎄요. 일들이 있어서 곧 가야 해요."

"올라가실 때는 함께 가시도록 합시다."

못을 박듯 한다.

"네, 그럭허지요."

희련은 저절로 대답하고 있었다. 뭔지 달라질 거라는 것을 예감하면서, 아니 그 예감은 서울을 떠나올 때부터 도사리고 있었던 것이었는지도 모른다.

"어때? 커피 맛있지?"

은애는 내온 커피를 마시며 물었다.

"음, 맛있어. 온종일 굶었거든."

"굶었기 때문이 아냐. 산속이어서 맛이 있는 거야. 여기 와서 생각해본 건데 말이야, 커피는 산속이래야 제맛이 나는 것 같애. 영이 아빠도 그랬지만 난 통나무집 짓고 시골에 살래."

은애는 다시 흩어진 말을 했다.

저녁을 먹고 다시 커피를 끓여다 놓고 밤이 늦기까지 잡담을 하다가 강은식이 일어섰다.

"희련 씨는 어쩌시렵니까?"

"네?"

"여긴 좁아서, 불편해도 괜찮으시다면."

방이 아닌 게 아니라 좁았다. 그렇다고 밤중에 여관에 가는 것도 주저되었다.

"은애만 불편하지 않다면 여기서 자겠어요."

"그럼 그럭허십시오."

하며 나가는 강은식의 얼굴은 무척 착잡해 보였다.

문밖에서 강은식은 전지를 켰다. 은애가 함께 나오다 말고 소녀에게 무슨 말을 이르는 모양인지 지체가 되었다. 강은식은 켰던 전지를 끄면서 순간 희련의 팔목을 와락 잡았다.

"나 당신하고 함께 있고 싶었는데."

하더니 팔을 놓아주고 몸을 돌렸다.

그리고 뚜벅뚜벅 걸어간다. 희련의 눈에 전지 빛이 어지럽게 보였다.

"오빠 가셨니? 들어와."

뒤에서 은애 목소리가 들렸다. 희련은 허둥지둥 안으로 들어간다.

밤이 저물었으므로 소녀는 희련의 잠자리를 마련해주었다. 그리고 난 뒤 정양구가 있을 적에 그랬던 모양으로 소녀는 근처 농가에 정해진 잠자리를 찾아 나가버렸다.

희련은 강은식이 잡았던 팔목을 가만히 눌러 잡으며 자리에 든다. 강은식의 체온이 뜨겁게 남아 있었다.

"희련아."

은애는 희련 쪽을 보고 누우며 싱긋이 웃는다.

"왜?"

희련은 얼굴을 붉히며 눈을 깜박거린다.

"너 우리 오빠 좋아하지, 그지?"

"몰라!"

희련이 홱 돌아누워 버린다.

"너 꼭 계집애 같구나. 이 애 요즘엔 십 대들도 그런 연앤 안 한대더라. 오빠나 너나 바보야, 바보."

"……."

"오빠가 말이야, 결혼할 결심만 한다면 얼마나 좋겠니?"

"……."

"넌 그럼 내 올케가 될 게 아냐? 생각해보면 오빠도 불쌍하지. 혼자서 무슨 재미로 돈을 버는지 몰라. 애가 하나 있나 남의 나라에서, 난 도무지 이해할 수가 없단 말이야. 그새 혹 좋아한 여자가 있었는지 모르지만 말이야."

본시의 은애에 견주어본다면 역시 그는 정상이 아니었다. 그렇게 무신경하게 쏟아놓을 은애의 성미가 아니었다. 그렇다고 해서 그 말 자체가 상식에서 벗어난 것은 물론 아니었다.

"정말 네가 내 올케가 됐음 얼마나 좋겠니."

"내가 뭐 네 올케 될 자격이 있니, 뭐."

하는데 희련은 눈물이 울컥 솟았다.

'그새 혹 좋아한 여자가 있었는지 모르지만 말이야.'

심장을 저미는 것같이 은애의 그 말이 자꾸만 달려들었다. 대상이 없는 질투, 막연한 의혹, 어거지떼를 쓰는 것임을 알고 있었다.

'옹졸하고 용렬하구…… 그따위 욕심을 부리면 벌받는단 말이야. 넌 상대방의 결백을 바랄 권리도 자격도 없단 말이야. 또 현실적으로 그건 가능한 일이겠니? 네가 좋아하면 그만 아냐? 넌 도시 무엇을 요구하는 거야? 불순해, 불순하고말고. 넌 그럼 귀중한 것을 잃어, 잃을 거야.'

했으나 대상도 없는 질투심만은 어쩔 수 없이 괴로운 것이었다.

"아무래도 이상하단 말이야. 설마 불구자는 아닐 텐데, 결혼만은 안 하려 드니 말야. 옛날 해방 후에 그런 일이 있었지만 그 여잘 못 잊어 하는 것 같지도 않고, 그새 세월이 얼마나 흘렀다구. 이젠 죽고 없는데."

하다가 은애는,

"역시 여자는 결혼을 해야 한다고 생각했어."

갑자기 이야기를 옮겼다.

"사실이지 영이 아빠가 좀 바람을 피웠니? 그뿐이니? 나한테 냉정하기론 말할 수도 없었지. 한데 내가 아프고 보니…… 아마 아팠을 때 상대가 남편 아니구 애인이었더라면 달아났을 거야. 그 점이 다르더구먼. 영이 아빠는 도리어 바람을 잡더란 말이야. 난 그이가 그리 자상한 성민 줄은 정말 미처 몰랐어. 꼭 날 애기같이 대해주더란 말이야. 부부란 그런 건가 봐. 아무래도 생각하는 각도가 다른 모양이지?"

은애는 주절주절 지껄이다가 그 자신이 먼저 잠이 들었다.

피곤해서 누우면 당장 잠에 떨어지고 말 것 같았던 희련은 오히려 정신이 맑아지면서 가슴이 떨려오기 시작한다.

'잠자리가 달라져서 잠이 오지 않는가?'

사방은 죽은 듯 고요했다. 숲을 스치고 지나가는 나뭇잎 소리가 간혹 들려오기는 했었지만 그 소리 자체마저 정적의 일부인 것만 같다.

'나 당신하고 함께 있고 싶었는데.'

강은식의 목소리가 울렸다.

'저도 당신하고 있고 싶었어요. 달아나려고 한 것, 피하려고 한 것, 그것 다 거짓이에요. 왜 거짓을 하는지 모르겠어요. 수치 때문에 그랬을까요? 자존심 땜에? 그것도 아니에요. 불순해서 그랬을 거예요. 불순한 거 말예요. 당신은 당신이에요. 당신일 뿐예요. 무슨 조건 땜에 당신이 계신 건 아니잖아요? 당신이 사업가라는 건, 돈이 많은 분이란 건, 제겐 아무 쓸모 없는 거란 말예요. 당신이 독신이라는 조건도 말예요. 하지만 난 또 거짓말했어요. 당신하고 오래 같이 있고 싶어요. 헤어지지 않고 당신하고 함께 있고 싶어요. 그 방법으로 결혼을 원하고 있는 거예요. 하지만 전 그것이 불가능하리라는 생각을 하고 있는걸요. 당신은 바람같이 절 버리고 훌쩍 갈 거라는 무서움 말예요. 그 무서움이 바로 불순한 거지요. 불순한 거예요. 그건 계산이란 말예요. 난 하나님이 그렇게 긴 행복을 주시리라 믿을 수가 없거든요. 지금까지 쥐꼬리만 한 행복도 사람으로 인하여 받아본 일이 없거든요. 하지만 난 당신을 만났어요. 순간이면 어때요? 정말, 정말 사랑해요. 사랑한단 말예요.'

희련은 손목에 아직 강은식의 따스한 체온이 남아 있는 것만 같아 피가 끓었다.

새벽, 어둠이 걷히기 전에 절에서 울려 퍼지는 종소리에 희련은 눈을 떴다. 영혼의 밑바닥까지 씻어주는 은은한 종소리였다. 희련은 일어나 앉았다. 종소리를 들으며 저도 모르게 기도를 하고 있었던 것이다.

조반을 끝내고 얼마간의 시간이 지났을 때 강은식이 내려왔다. 희련은 아침 인사 대신 웃으며 고개를 돌렸다.

"절 구경 안 가시겠습니까?"

"그래 갔다 와."

은애가 옆에서 권하였다.

"넌?"

"난 싫어. 벌써 여러 번 갔어. 오빠가 안내 잘 해주실 거야. 부처님한테 예배드려야 해. 불전 놓는 것도 잊지 말구."

아이한테처럼 일렀다.

오르막길을 천천히 올라가면서 강은식이 물었다.

"여기 오신 적이 있습니까?"

"아니요."

"나는 옛날, 그러니까 이십 년도 더 되는 옛날이구먼요. 한 번 와본 일이 있었어요. 지금 다시 와보고, 그 시절에는 자연이 눈에 익질 않았었구나 하고 생각했습니다."

"저도 아직은 자연이 눈에 익질 않았나 봐요. 마음 따라서 좋게도, 나쁘게도 보이니 말예요."

"기대도 크고 욕심도 많은가 보군요."

"그런가 봐요. 기대는 몰라도 욕심은, 정말 욕심꾸러기같이 요즘엔 생각이 들어요."

희련은 명랑하게 대꾸한다.

절로 올라가는 양편 길가에도 그렇거니와 계곡을 끼고 도는 언덕배기에도 유달리 황매가 많다.

"봄이 되면 굉장하겠어요. 사방이 황매투성이네요."

돌다리를 건너며 역시 명랑하게 희련이 지껄였다.

강은식은 걸음을 멈추고 우두커니 계곡 쪽을 건너다본다. 어제저녁 처음 만났을 때처럼 그의 얼굴은 우울해 보였다. 황매는 지금 잎이 다 떨어지고 줄기만 앙상하게 남아 있었다.

"이런 곳에 푹 묻혀서 사는 것도 좋은 거요. 그럴 용기도 없지만……."

혼잣말같이 뇌고 나서 걸음을 떼어놓는다.

그들은 절 마당으로 들어섰다. 돌층계를 밟고 대웅전 법당 앞에 이르렀다. 묵직하고 실하게 보이는 법당 문이 조금 열려 있었으며 그 안에서는 썰렁한 냉기가 스며 나오는 것 같았다.

"은애 시키는 대로 불전 놓고 예배하십시오."

강은식은 비스듬히 희련을 내려다보며 말했다. 돌다리 위에서의 그 우울한 표정은 가시고 장난스러운 웃음을 띤 얼굴이다.

"선생님은요?"

"나는 그만두겠소."

"왜요? 어제 하셨어요?"

"아니, 원래 지은 죄가 많아서 그만두는 게 좋을 것 같소."

"그럼 전 죄가 없나요, 뭐."

"자신을 무섭게 아끼는 죄밖에 없을 성싶은데? 하긴 그것도 큰 죄지요. 올라가셔서 참회하십시오. 이제부턴 남도 좀 아껴 보겠다고 말입니다."

희련의 얼굴이 새빨개졌다. 강은식을 노려보다가 발끈해지며 몸을 돌려 신발을 벗었다. 강은식은 희련의 조그마한 신발을 가만히 내려다보며, 마치 파수꾼같이 법당 문 앞에 서 있었다.

법당 안의 마룻바닥은 뼈가 저리게 차가웠다. 웅장하게 큰 부처와 협시脇侍한 두 보살이 희련을 내려다보고 있었다.

희련은 추위와 뭔지 알 수 없는 무서움에서 덜덜 떨며 불전을 놓고 불을 켰다. 향을 두 개 뽑아 촛불에 살라 향로에 꽂는다.

'그이하고 접니다. 그이하고 저의 인연을 비는 거예요.'

하다 말고 희련의 얼굴에는 아까보다 더 짙은 핏기가 모여들었다.

그는 부리나케 다시 향을 두 개 뽑아 불을 당겨 향로에 꽂더니,

'언니하고 은앱니다. 언니를 보살펴주시고 은애 병을 낫게 해주시고 저를 용서해주시고……'

희련은 허둥지둥이었다. 다음에는 무슨 말을 했는지, 무슨 마음으로 빌었는지, 제 자신을 아주 잃어버리고 말았다.

자기 자신밖에는 생각지 못하는 제 마음에 크게 벌이 내릴 것 같았고 벌을 내릴 것이라는 무서움은 또 수치스러운 것이

기도 했고, 결국 그는 자신이 뭐가 뭔지 모르게 당황하여 법당 밖으로 나오고 말았다.

절 안을 한 바퀴 돌고 났을 때 희련은 아까 허둥거렸던 자신에 대하여 좀 우스운 생각이 들었다.

외떨어져 있는 절 다른 건물 쪽으로 발을 옮겨놓으면서,

"선생님."

강은식은 희련을 쳐다보며 대답을 대신했다.

"신이 있다고 생각하세요? 아니면 없다고?"

"있다고 믿을 수도 없고 없다고도 믿을 수 없소. 어떤 외국의 작가가 임종하는 어머니를 위해 축복의 기도를 거절했답니다. 그 잔인한 행동을 나무랐을 때 그는 말하기를 신이 있다고 믿을 수 없기 때문에 기도할 수 없었다고, 그렇다면 어머니의 편안해질 마음을 위해 거짓 기도는 왜 못 올렸느냐 힐난했더니 그는 다시 말하기를 신이 없다고 믿을 수도 없기 때문에 자기는 거짓을 할 수 없었노라고. 그 친구도 어지간히 고집이 센 위인이었던가 보지요."

"그럼 전 뭔지도 모르겠네요. 그 어느 것에도 확신이 없음서 믿긴 믿으니까 말예요. 아마도 그렇담 미신이겠죠?"

"미신?"

"전 늘 그렇게 생각해요. 잘못을 생각하면 말예요. 당장 벌이 내릴 것 같아서 무서워지거든요. 아까도 법당에서."

"그렇다면 희련 씨에겐 신이 분명 계십니다. 내 생각엔 신이

란 공유의 재산이 아니라 개인의 보석이란 말입니다. 그렇담 희련 씬 나보다 부자지요."

"괜히 또 놀리시네요. 유치하다 그 말씀이지요? 지금이 어느 세상인데 하시구 말예요."

"천만에요. 열심히 불공을 드리고 눈물을 줄줄 흘리며 기도를 올리고 그러는 사람들 중에도, 신이 두렵지 않을 적도 간혹 있더구먼요."

"……."

"아마 그런 사람들은 보석이 없을 거요. 신은 신을 위해 있는 것도 아니구 악마를 위해 있는 것도 아니고 다만 인간을 위해 있는 걸 거요. 인간은 원래 신을 무서워하게 돼 있단 말입니다. 미운 저놈 그만 죽어버렸음 좋겠다, 한순간 그런 생각 안 하는 사람이 있을까요?"

"그렇담 선생님도 신이 있다고 생각하시는 게 아니에요?"

강은식은 껄껄 웃었다. 아주 유쾌하게 웃었다.

"그건 믿는 사람에 한해서 한 이야기요. 난 없다고 믿고 싶어 하는 쪽이니까. 그래서 희련 씨하곤 다르게 두려움 없이 행동을 해볼 가능성이 많지요. 아니 가능했었다고 하는 편이 낫겠구먼. 신에게 신이 필요 없는 것처럼 악마에게도 신은 필요 없지요."

"그럼 선생님은 악마란 말씀이세요?"

희련은 웃으며 물었다.

"글쎄…… 그렇다 해버리는 것도 오만불손이니 관둡시다."

'당신이 악마라면 난 악마를 믿겠어요. 보석은 필요 없어요. 버리겠어요.'

희련은 혼자 웃는다.

'지금 당신은 제 곁에 계세요. 신은 한 번도 제 곁에 계셔주시질 않았어요. 당신은 신보다 분명하게 제 곁으로 오셨어요.'

"자아, 손잡아요."

개울을 먼저 뛰어넘은 강은식이 손을 내밀었다. 손을 잡고 건너뛰는 순간 강은식은 공을 받듯 희련을 포옹했다. 언젠가처럼 희련은 몸을 빼내려고 애쓰질 않았다.

바람이 낙엽을 몰고 지나갔다. 아무도 없는 낙엽 더미, 바람에 펄럭이는 그들, 코트 자락을 겨울 하늘이 내려다보고 있었다.

"저어기까지 내가 안고 갈까?"

"싫어요."

"왜?"

"남이 보잖아요."

"아무도 없어."

외딴 절간까지 그들은 손을 잡고 올라간다. 희련은 수치심에서는 벗어나 자연스러웠다. 상기된 얼굴엔 계속 웃음이 흘렀다.

외딴 절간을 구경하고 그들이 방갈로까지 내려왔을 때 안에서는 아무 기척이 없었다.

"은애야."

불러놓고 난처한 듯 희련은 강은식을 쳐다보았다. 안에서는
역시 아무 소리가 없었다. 문을 열고 안으로 들어섰다. 방은
텅 비어 있었다. 텅 빈 방, 그 방바닥에 종이쪽지가 하나 놓여
있었다.

"이게 뭘까?"

강은식이 따라 들어왔다.

"이 애가 공주 갔나 봐요."

희련은 종이쪽지를 강은식에게 내밀었다.

'희련아, 점심 준비해놨으니 먹고, 커피도 끓여 먹고 기다려.
마침 차가 왔기에 영자 데리고 공주에 장 보러 나간다. 네가
왔는데 한 상 차려야잖겠니.'

강은식이 빙그레 웃는다.

"나하고 비중이 다르구먼. 희련 씨 덕분에 나도 한 상 받아
보게 됐으니 말이요."

하며 그는 방바닥에 퍼질러 앉았다.

"저, 그럼 커피 드릴까요? 아직 점심은."

희련이 떠듬떠듬 말하는데 강은식은 그의 팔을 낚아채며,

"또 얼어버리는군. 우리 얘기나 합시다. 자아 다리 쭉 뻗고."

그들은 나란히 앉았다.

한동안 침묵이 흘렀다.

“나⋯⋯.”

하고 강은식이 입을 떼었다.

“일주일 후 일본으로 돌아가게 됐소.”

“네?”

희련의 얼굴이 파아랗게 질린다.

“사실은 벌써 떠났어야 했던 건데.”

“⋯⋯.”

“희련이 땜에 민적민적했었소.”

“떠나시면, 떠나시면 아, 안 오실 거예요?”

“왜 안 오기야 할라고⋯⋯ 하지만 떠나는 거는 떠나는 거
니까⋯⋯.”

강은식은 좀 멍청해지며 뇌었다. 그리고 또 한참 만에,

“희련 씨도 어차피 아직 나이 젊으니까 결혼은 해야 할 거요.”

강은식은 고통스러운 표정을 지었다.

“그럼요, 결혼해야죠.”

격한 목소리로 말하다가 희련은 그만 울음을 터뜨린다.

“아, 아니 왜 이래요?”

강은식은 몹시 당황해하며 희련을 잡아 흔들었다. 흔들다가
그는 희련을 포옹하며,

“나 희련일 사랑해, 사랑해, 자아 자아.”

“그 그렇담 결혼해야 할 거라는 말씀 왜 하셨어요?”

“⋯⋯.”

"누, 누가 뭐 선생님 따라간다 할까 봐서요?"

"따라오겠어?"

"안 가요."

강은식은 희련의 머리칼을 쓸어 넘겨주며 혼잣말같이 중얼거렸다.

"나는 희련이하고 결혼할 자격을 잃은 남자야. 정신적으로, 그리고 육체적으로도 나는 나를 잘 알고 있어. 희련을 사랑하는 일 이상으론 어쩔 수 없다는 것을……."

희련의 머릿속에 퍼뜩 떠오른 말이 있었다.

'아무래도 이상하단 말이야. 설마 불구자는 아닐 텐데 결혼만은 안 하려 드니 말이야.'

간밤에 은애는 무심히 그 말을 했었다.

희련은 별안간 전신의 피가 끓어오름을 느낀다. 그것은 기묘한 환희 비슷한 것이었다. 그를 완전히 소유할 수 있다는 확신 같은 것이었다. 바라만 보아도 행복하다면 그런 것이 무슨 소용이며 투박한 가슴에 얼굴을 묻는 것만으로 모든 것이 충족된다면 사랑한다는 그의 감정만으로 충분하지 않겠는가. 희련은 성행위를 혐오하는 자신을 생각하여 더욱더 어떤 안도를 느끼기도 했다.

"참아야지. 희련은 아직 남은 세월이 길어요. 내가 참아야 할 거요."

강은식은 이상한 말을 하며 희련의 흐트러진 머리를 뒤로

넘겨주며,

"나 커피 마시고 싶은데."

목구멍에 걸린 것 같은 쉰 목소리로 말했다.

희련은 밖으로 나갔다. 그리고 물을 끓여 와서 인스턴트커피를 넣고 강은식 앞에 내밀었다.

그들은 다 같이 오래오래 커피 맛을 음미하며 마신다.

"희련인 언제 가겠어?"

"내일이라도 가야 해요."

"그럼 내일 가기로 합시다."

순간 강은식의 표정은 어지럽게 흔들렸다. 그리고 다음은 해쓱해졌다.

"내일 언제쯤 떠날까?"

"선생님 좋으신 대루."

"차가 들어왔음 좋겠는데…… 아마 날씨 땜에 관광객을 실은 택시는 없을 거요. 들어오는 버슬 탈 수밖에 없겠군."

"대전까지 가는 것 말이죠?"

"대전까지 가도 좋고 공주에 나가서 택시로 가는 것도 좋겠지."

"공주로 나가세요. 안 가봤어요."

"그럼 그렇게 합시다."

"저 점심을 차려 오겠어요."

"아니 그만두겠소. 나 이러고 희련일 쳐다보고 있는 게 좋

아. 배고프지 않아."

그는 무거운 것을 떨어내어 버리듯 본시의 밝은 얼굴로 돌아가며 희련을 가만히 바라본다. 희련도 그의 눈을 가만히 바라본다.

강은식은 미소를 띠었다. 그러나 그의 눈은 슬프게 보였다. 정말 슬픈 눈이었다.

그들은 다시 나란히 앉아 손을 깍지 짓고 어린 날의 얘기를 시작했다. 희련은 피란길의 아슴푸레한 기억을 더듬으며 이야기했고, 강은식은 은애하고 함께 어머니 묘소를 찾아간 이야기를 했다.

서너 시간을 그러다가 깅은식은 일어섰다.

"가기 싫지만…… 나 여관에 가 있겠소. 한 상 차리거든 부르러 보내시오."

그가 나간 지 얼마 되지 않아 은애는 영자에게 한 짐 잔뜩 들리고 돌아왔다. 얼굴이 빨개져 있었다.

"어때? 절 구경 좋았어?"

"응."

"춥지?"

"조금."

"왜 그리 얼굴이 빨가니?"

"너도 빨갛다."

"난 걸어 올라오느라 그렇지. 오빠?"

"여관에 가셨어."

"아아니 점심 안 먹었니?"

"응."

"오빠 여기 안 오시구."

"아, 아냐. 오셨다 가셨어."

은애 곁에서 하룻밤을 더 묵고 다음 날 아침 희련은 강은식과 함께 갑사를 떠났다. 공주에서 들어온 버스를 타고 그들은 공주로 나가 택시를 이용하여 대전에 나갈 참이었던 것이다.

사랑하는 마음같이 변화무쌍하고 이율배반적인 것은 아마도 없는 모양이다. 소박한 시골 사람들이 많이 탄 허술한 버스 속에 나란히 자리를 잡았을 때 희련은 단둘이 푹신한 택시를 탔을 때보다 더 강은식을 가까이 느끼었다.

마치 한 버스 속에 앉아 있을지도 모르는 다른 한 쌍의 부부들처럼. 그러나 그 행복은 길게 가지 못했다. 시시로 변하는 풍경이 새까맣게 지워져 보이지 않는 순간이 있었다. 공주가 가까워질수록 그 순간은 자주 엄습해왔다.

강은식은 떠난다. 다시 돌아온다는 것은 떠난다는 것만큼 확실치 않다. 아니 그것은 전혀 미지수인 것이다.

공주에 내렸을 때 희련은 어쩔 수 없이 우울해져 있었다. 구름을 탄 듯이 둥둥 떠 있는 그의 마음은 땅바닥에 떨어져서 발끝에 느껴지는 삭막한 포도에 낙엽같이 뒹굴고 있었다.

그들은 다방을 찾아 들어가서 커피를 마셨다. 강은식도 깊이 궁리하는 얼굴이다. 그러나 희련은 강은식이 자기와는 전혀 다른 생각에 묻혀 있다는 것을 느낀다.

시간은 가고 있다. 희련은 시간의 거지[乞人]가 되고 있다는 생각을 한다. 끊을 수 없는 시간, 그러나 강은식은 그 시간을 뚝 잘라버리고 떠날 것이다.

"이곳 참 인상이 좋죠?"

강은식이 말했다. 희련은 잠자코 있었다. 그는 방금 들어온 거리를 조금도 기억하고 있지 않았다.

"사람처럼 고장도 그 첫인상은 매우 중요하고 정확한 거지요."

"……."

"뭐 용모가 아름답다거나 고장의 산수가 좋다거나 그런 얘기 아니고 말하자면 본질 같은 건데……."

하다가 그는 담배를 붙인다.

"누구랄 건 없지만 가고 오는 사람들 얼굴에 수줍음이 있지 않아요? 남보다 잘살자면 그악스러워야 하는데, 이 고장은 영 발전 못 한 것 같잖아요? 대신 소중한 것은 남아 있다 하는 생각이 드는군요. 잘산다는 것은 물질이 풍족하다는 것인데 마음이 대신 가난해도 그걸 잘산다 할 수 있을 것인지……. 두 개가 조화를 이루는 게 이상이겠지만 그러질 못하는 데서 인간은 언제까지 비극의 산물로밖엔 못 되는 모양이오. 어느 시대고 절름발이 면한 적이 없었던 것 같으니 말이오."

희련은 다소 마음이 가라앉았다. 자기 자신으로부터 잠시 떠나 있을 수 있었기 때문이다.

"그렇담 사람 사는 것 모두 비관 아니에요?"

"비관이든 낙관이든 존재한 이상 걷긴 걸어야죠. 맹목적일 수도 있고 의식적일 수도 있고…… 인제 가보실까요?"

강은식은 말을 뚝 잘라놓고 일어섰다. 거리에 나오자 희련은 머뭇머뭇하다가,

"저어."

"……?"

"저어 은애 있는데 나 도로 갔음 싶어요."

"왜 별안간?"

"모르겠어요. 서울 가는 것…… 무서운 생각이 들어요."

"무서운 생각이 든다구요?"

강은식의 목소리는 왠지 날카롭게 울리었다.

희련은 강은식의 어세에 놀란다.

"저 그냥 말예요."

허둥지둥 말하는데 강은식은 찌르고 들어오듯이,

"내가 무서운가요?"

얼굴에 쓰디쓴 미소가 지나간다.

"아, 아니에요. 서울에 남겨놓고 온 일들이……."

"아니기는 뭐가 아닙니까? 잠자코 갑시다."

강은식은 희련의 손목을 거칠게 잡아끌고 길을 횡단했다.

그리고 많은 택시가 기다리고 있는 버스정류장 근처에서 대전까지, 하더니 희련을 차 속으로 밀어 넣었다.

차가 공주 시내를 벗어나기까지 강은식은 입술을 꾹 다물고 있었다. 그뿐만 아니라 그는 역력히 불쾌한 빛까지 띠고 있었다.

다른 때 같으면 그리 화를 낼 사람이 아니었는데, 희련은 지금까지 전혀 보지 못한 그의 일면을 본 것 같아 질려서, 고개가 아프도록 창밖만 바라볼 수밖에 없었다.

"사람이란 형식에 얽매여 사는 것만은 아니지요."

혼잣말같이 뇌는데 강은식의 목소리에는 여유가 도무지 없었다.

"뭘 제가……."

가슴이 답답하여 희련은 뭐라 말할 수 없다.

"왜 그리 화를 내셨는지 모르겠어요."

답답했는데 절로 그런 말이 튀어나왔다.

"화내고 있지 않소."

낮고 우울한 목소리였다. 강은식은 희련의 손을 더듬어서 잡았다.

"아니 화가 났지요."

그 목소리는 좀 밝았다.

희련은 눈물이 왈칵 솟았으나 침을 삼키고,

"뭐 가신다면서, 그런 말씀하시고서."

"……."

"산속에서…… 모르고 있고 싶었나 봐요."

강은식은 희련의 손을 으스러지게 쥐며 창밖으로 고개를 돌린다.

흙먼지를 일으키며 택시는 달리고 있었다.

유성에 들어서자 강은식은 운전사에게 방향을 지시했다.

택시가 호텔 앞에 이르렀을 때 강은식은 급히 내렸다. 그리고 차 안의 희련을 향해 내리라고 명령했다.

희련의 얼굴이 일그러졌다. 희련은 차에서 내렸다. 그새 호텔 종업원이 쫓아 나왔다. 희련의 눈에 강은식이 운전사에게 지폐를 건네주는 것이 보였다.

모든 일은 급히 도는 회전기와 같이 진행되었다. 사이사이에 어떤 수치스러움이 희련의 마음을 때려잡는 것같이, 도끼날이 얼굴을 찍어대는 것 같은 괴로움이 지나가곤 했다.

안내된 방 앞에서 강은식은 희련을 감싸듯 떠밀 듯하며, 그리고 도어를 닫았다.

강은식은 도어를 등진 채, 희련은 방 가운데 선 채 서로 바라본다.

"내가 잘못했소?"

강은식은 말했다. 희련은 해쓱한 얼굴을 저었다.

"무서웠어요."

"내가?"

"이 건물이."

"지금도 무서워?"

"아뇨."

희련은 또렷하게 대꾸했다. 그러나 강은식의 얼굴은 명랑해지질 않았다.

그는 코트를 벗어 걸었다. 그리고 희련의 코트를 벗겨주면서,

"나 가지만, 희련이 곁에서 떠나는 건 아냐."

새벽녘에 강은식이 눈을 떴을 때 희련은 꼿꼿한 자세로 소파에 앉아 있었다.

"벌써 일어났어?"

강은식의 말에 희련은 몸을 부르르 떨면서 고개를 돌렸다. 그의 눈에는 공포가 가득 들어차 있었다.

"아니 왜 그런 눈으로 보지?"

강은식의 얼굴도 좀 해쓱해졌다. 그리고 몸을 일으켰다.

희련과 마주 앉는다. 희련의 얼굴은 구겨져서 검은 점이 온통 솟아나 보였다.

"후회해?"

희련은 아니라고 몸을 흔들었다.

"그럼 날 원망하나?"

"아, 아니에요."

"그럼?"

"그냥 이러고 있는 거······."

희련은 억지로 미소를 지었다.

"내가 잘못했지. 내가······."

"아니에요. 제가 잘못했어요."

"그건 왜?"

"절 불결하게······."

"뭐?"

곤혹과 비애와 패배, 수치—.

"희련이."

강은식은 새삼스럽게 불렀다.

"희련인 뭔가 오핼 하고 있어. 어째서 불결하고 불순한가, 응?"

"제가, 제가 그러는 게 아니에요."

"그럼 누가?"

"서, 선생님이요."

"내가? 내가 언제?"

희련이 고개를 푹 숙였다. 초라하게 보였다. 소금에 절인 푸성귀처럼 풀이 다 죽어 있었다. 머리카락에까지 비참해하는 그의 마음이 배어 있는 것같이 보였다.

"희련이!"

강은식은 불을 껐다. 그리고 희련을 안고 침대에 던지면서,

"우리 꼭 껴안고 얘기해."

강은식은 한 팔로 여자를 껴안고 한 팔로 머리칼을 쓰다듬어주며,

"희련인 뭔가 잘못 생각하고 있어. 가장 진실한 애정의 표시를 어째서 불결한 것으로 생각할까? 애정이 따르지 않는 행위일 때 그것은 불결한 거란 말이야. 만일 희련이가 그렇게 느꼈다면 그건 희련이 날 사랑하지 않았기 때문이지. 불결하게 느꼈어?"

"아, 아뇨."

"그럼?"

"당신이 그렇게 느낄까 봐서…… 비참했어요."

"바보, 그럼 희련인 비참하기만 했군."

희련은 남자의 목을 껴안았다.

"나, 나 정말 당신을 사랑해요."

했으나 희련은 성의 비밀을 알지 못했다. 고통스러움과 아픔이, 혼란이, 강박관념이 있었을 뿐이다. 다만 아픔을 통하여 단단한 남자의 육체가 혐오스러운 대상이 아닌, 제 육신과도 같은 그 아픈 애정을 느꼈던 것이다.

'희련이? 나 나 말이야, 희련인 내 아이를 낳을 수 없을 거야. 수술을 했어. 내 피를 남기고 싶지 않았던 거야. 내 자신을 책임질 수 없는 내가 내 자식의 책임을 질 순 있겠어? 최선을 다하는 방법이란 세상에 자식을 내놓지 않는 그 일뿐이었다.'

지난밤에 가슴에다 머리를 얹으며 뜨거운 입김을 뿜으며 하

던 말이 희련의 의식 속에서 맴을 돌고 있었다.

"희련이."

"네."

"우리 사이에 거짓이 있어야겠어?"

"네?"

"벽이라고 해도 좋지. 우린 그 벽을 무너뜨린 거야. 그건 진실이야. 불결하고 불순한 행위가 아니야. 내 말 알아듣겠어?"

삼박사일의 여행은 희련에겐 긴 것이었다.

떠날 때보다 돌아온 서울이 희련에게는 정답게 느껴졌다. 황혼 때여서 그랬는지 서울은 부드러운 정감 속에 묻혀 있는 것 같았다.

고독한 것도 아니고 허망한 것도 아니었다. 희련은 애정이 못 견디게 아픈 것이라 생각했다. 자신을 두고도 그러하거니와 거목같이 튼튼하고 기대고 싶었던 강은식은 희련에게 못 견디게 아픔을 주는 사람으로 낙인이 찍혀지고 말았다. 어째서 강은식이 길 잃은 아이처럼 생각되는지 희련은 그 감정이 흘러온 것을 알 수가 없었다.

헤어지고 나서 더욱더 그러했다.

서울 거리가 정다웠던 것과는 반대로 희련은 그의 집 앞에 섰을 때 그 집이 생소한 것을 깨달았다. 실로 여러 해 만에 찾아오는 남의 문전 같기만 했다.

반가워하는 식모에게 어색한 미소를 띠며 다음은 머뭇머뭇

하다가,

　"언니."

하고 불렀다. 희정은 부스스한 모습을 하고 나왔다. 그는 죄인
같이 희련을 힐끔힐끔 보다가,

　"왜 늦었니?"

　의식적인 전과 같은 투로 말했다.

　"은애가······."

하다가 희련은,

　"별일 없었어요?"

　말머리를 돌렸다.

　"저어, 인숙이 왔다 갔지."

　"뭣 하러?"

　"뭐, 돈 땜에."

하다가 희정 역시,

　"널 만나고 싶어서 왔대더라."

　"그래, 뭐라고 하셨어요?"

　"은애한테 갔다 했지 뭐······ 그랬더니······."

하다가 희정은 그 말도 끝을 맺지 않았다.

　"집, 보러 온 사람 없었어요?"

　"집, 개미 한 마리도 없었어."

하는데 희정의 얼굴은 일그러졌다. 다음 그는 애원하는 눈으
로 희련을 바라보았다.

"너 마음먹기 탓이다. 집, 집을 없애지 아, 않을 수도 있는 일 아니냐?"

"언니."

"한 번만 더 생각해보아. 겨울이 다 되어가는데 집이 팔리겠니?"

"언니, 나 어떡허든 언니 고생 안 시킬 테니 잠자코 계세요."

"내가 뭐, 내 못 살까 봐서 뭐, 다 너 땜에 한 노릇인데."

하더니 울기 시작했다. 희련은 잠자코 우는 그를 바라만 보고 앉아 있었다.

"정 네가 그러면 난 머리 깎고 중이나 될란다. 박복한 내가…… 무슨 별수가 있겠니. 너 간 새 그 빌어먹을 장가 놈이 전화질을 하면서 어쩌고저쩌고…… 너가 재혼을 하기는 해야겠더라. 내 생각에 그 최 전문가 하는 사람……."

"언니."

"그, 그야 내가 이 지경 돼가지고 이래라저래라 할 그, 그럴 주제도 아니다만."

"언니 이제 우리 싸우질 말아요. 머리 깎고 중 된다는 그런 말도 안 하는 거예요. 집 없음 어때요? 우리보다 가난한 사람 얼마든지 있어요. 우린 식구가 단출하잖아요?"

"그, 그래도 집 없이……."

희정의 이 마지막 집념은 여전하였다. 울면서 정면으로 우기고 나서지는 않았으나 거센 힘이 희련을 압박해왔다.

희련은 가슴이 뭉클했다.

"언니 끝내 그러심 나 언니 한 짓 원망하겠어요. 정말 이젠 좀 잠자코 계세요."

희정은 입을 다물었다.

희련은 틀림없이 인숙이 와서 희정을 조종해놓았다고 생각했다. 그리고 인숙의 의도가 어디 있는지 충분히 알 수 있었다.

"언니 나 피곤해요. 정말 이젠 내 걱정일랑 마세요. 내 걱정을 한 결과가 좋았던 일은 한 번도 없었지 않았어요? 그리구 또 인숙이 그 앨 가까이 안 하시는 게 좋을 거예요."

"나도 뭐 반드시 인숙일 좋다고만 생각하는 건 아냐."

희정도 그 점만은 시인했다. 인숙이 와서 좋은 체 말하기는 했으나 반 협박에 가까웠던 일이 상기되었기 때문이다.

"너무너무 적적하구 세상에 누가 있니? 게다가 그놈 장가놈이⋯⋯."

"미친개가 짖는다고만 생각하세요."

희련의 입에서 심한 말이 나왔다.

"너를 두고 뭐랬는지 아니?"

"안 듣겠어요. 말하지 마세요."

희련은 벌떡 일어나 작업실로 들어간다. 가면서 식모애한테,

"나 커피 끓여줘."

"저녁은요?"

"안 할래."

희련은 작업실 소파에 앉았다. 얼굴에 열이 확 끼친다. 강은식이 바로 옆에 앉아 있는 것 같은 착각이 들었던 것이다. 자기 자신의 육체의 일부분처럼 강은식은 옆에, 아니 자기 자신 속에 있는 것 같은 뜨거운 느낌이, 조금도 허庶하지 않은 시간이 지나가고 있었다. 그것은 더할 수 없이 충일된 시간이며 이율배반의 그 갈등이 발자취를 감춘 시간이었다.

전화벨이 울렸다. 희련은 수화기를 들면서 강은식일 거라고 예감했다.

"네."

"희련이."

"네."

"네, 네가 뭐야? 별일 없지?"

"없어요."

"보고 싶은데 어떡허지?"

"아이참."

"나 말이야. 떠나는 것 좀 연기했어."

"정말이에요!"

"음, 정말이야. 희련이가 밤에 그 일 생각하면서 비죽거리고 울면 야단이다 싶어 전화 거는 거야."

희련의 눈에 눈물이 괸다. 눈물이란 기쁨도 나오는 것인가

보다.

"잘 자아. 내일 또 전화 걸지."

"안녕히 주무세요."

수화기를 놓고 희련은 방 안을 맴돌며 춤을 추고 싶은 충동을 느낀다. 언젠가 「분홍신」이라는 영화 속에서 춤을 추던 그 아가씨처럼.

식모가 커피를 가지고 들어왔다.

"아주머니."

"음."

"우셨어요?"

"아, 아니."

"얼굴이 빨갛고 눈이."

"아, 아니야."

희련은 활짝 웃었다.

"으음?"

식모는 어리둥절해서 바라보기만 한다. 요즘 집안 형편을 보아서 운다는 것은 납득이 가는 일이지만 웃는다는 것은 그도 여태까지 희련에게서 본 일이 없는, 그야말로 함박 같은 웃음은 좀 이해하기 어려웠던 모양이다.

"왜 그러니?"

"글쎄요."

"그런데 말이야."

"네?"

"달아났다는 그 애기 엄만 돌아왔니?"

"웬걸요. 무슨 얼굴로 돌아오겠어요? 참 딱하지요."

대답을 하면서 식모는 힐끔힐끔 희련의 눈치를 살폈다.

그 마음이 착하며 불행하다는 이웃 홀아비의 근황을 물어보는 희련의 저의를 알 턱이 없는 식모는 침이 마르게 칭찬을 늘어놓았다. 그 품이 단순치가 않았다.

사람에게는 동정이 애정으로 변할 수 있고 존경이 애정으로 변할 수 있는 요소가 있다. 식모는 그의 불행을 동정하고 그의 착함을 존경한다. 그것이 사랑으로 변한 것을 느낄 수 있었다. 그리고 혼자 애태우고 있는 것도 알아차릴 수 있었다.

구체적인 것은 아니었지만 희련은 그 착하고 불행하다는 남자를 두고 희정을 생각해보았던 것이다.

식모가 나간 뒤 희련은 커피를 마시며 혼자 웃는다. 식모는 어쩌면 희련에게 중매를 부탁하고 싶었는지 모른다. 희련은 중매 부탁까지는 아니었으나 문제에 접근하는 기분으로 꺼내본 말이었는데.

희련은 자신의 행복에 죄스러움을 느낀다. 모든 사람이 다 행복해주었으면 싶었다. 특히 희정의 조금밖에 남아 있지 않은, 여자로서의 마지막에 햇볕이 들어주었으면 싶었다. 사실 희정의 생애는 불행했다. 그것을 희련은 지금 곰곰이 생각해본다. 나면서부터 그는 불행했다. 돈에 대한 집착, 희련을 독점하여 그의 지배에서 벗어나지 못하게 하던 그릇된 애정, 또 상대를 괴롭혀줌으로써 그것을 애정의 표현으로 굳이 믿고 있는 아집, 그런 것은 모두 정에 굶주린 비정상적인 환경의 결과로 보아야 옳을 것이다.

희련은 지금까지 그런 점을 깊이는 생각지 못했다. 그리고 그는 그와 같은 인연을 불운으로 돌리고 부당한 학대라고 더 많이 생각해왔다. 양친이 있는 외사촌들을 바라보면서 피해망상에 사로잡힌 외할머니의 보호를 받아야 했던 유년 시절이나, 정다운 내외간의 재롱꾼인 희련을 바라보면서 의무감에서 어쩔 수 없는 형식만의 사랑을 베풀었던 아버지를 대하여야 했던 사춘기, 그러고는 나머지 여자로서 살아야 했던 긴 세월을 불구자라는 형벌에 갇히어 살을 저미는 것 같은 고독을 씹으며 살아왔을 희정을, 희련은 좀 더 일찍 그를 이해했어야 옳았을 것이다.

식모는 잠자리에 들고, 희정도 잠이 들었는가. 희련은 이층 제 방으로 돌아오면서 희정의 얼굴을 눈앞에 그려본다. 얼굴의 상처는 두드러지게 보였다. 한숨을 푹 내쉰다. 절망이 된다.

'팔은 그렇게 되었더라도 얼굴에 상처만 없었음 얼마나 좋을까?'

방에서 잠옷으로 갈아입고 침대에 들려다 말고 희련은 책한 권을 뽑아 든다. 그는 책을 들고 눕는다. 누운 채 책을 펴

들었으나 그의 눈에 활자만 보였을 뿐 내용은 머릿속에 들어오지 않는다.

아무튼 희련에게는 엄청난 변화가 밀어닥친 것이다. 어젯밤의 일이 먼 꿈속에서의 일 같은가 하면 바로 피부에 스며들고 심장에 박혀버린 듯 생생하게 되뇌어지기도 했다. 오랜 여정이 끝난 것이다. 희정과의 오랜 투쟁도 끝이 난 것이다. 항상 오돌오돌 떨면서 쌓아 올린 울타리도 걷혀지고 미움에 사무쳐 몸을 굳히던 일도, 물론 그것은 희련이 마음속에서의 일이다. 표면적인 실제 상황에는 아무 해결을 본 것이 없지만.

이튿날 강은식으로부터 전화가 왔다. 갑사로 내려가기 전부터 미루어온 약속 때문에 저녁에는 그곳으로 가야 한다는 보고였다. 그리고 덧붙이기를 내일은 하루 종일 함께 있을 수 있게 희련이 궁리를 잘해보라는 말과 웃음을 남기고 전화를 끊었다.

한나절이 지나서 희련은 사정을 좀 알아보기 위해 복덕방을 찾아갔다. 그곳에서 희련은 뜻밖의 사람과 마주쳤던 것이다.

"아니 웬일이세요?"

그쪽에서 먼저 반색을 했다. 지난여름 피서 여행 떠난다고 그렇게 좋아서 자랑을 하던 여자, 남편이 빨리 옷 찾아오란다면서 옷을 찾아간 그 부인이었다.

"오래간만입니다."

웬일이냐고 묻는 말의 대답 대신 희련은 인사를 했다.

"그러잖아도 나 한번 가려고 했었어요. 코트감이 하나 있는데 만날 가서 맞춘다 생각은 하면서 공연한 욕심에 쫓겨서 말예요. 그래 요즘은 재미가 좋으신가요?"

"뭐 그저 그렇죠."

"얼굴이 활짝 피었는데? 아무래도 좋은 일이 있나 봐."

복덕방의 노인은 이쪽저쪽 눈치를 살피며 다소 침착함을 잃고 있는 것같이 보였다.

"그런데 여긴 왜 오셨수?"

"저 집 땜에……."

일단 그 정도로 말을 끊어놓고 희련은 복덕방 영감에게로 시선을 돌린다.

"궁금해서 왔어요."

복덕방 영감은, 그러니까 한현설의 부인인데, 그 부인을 힐끔 쳐다본다.

"이야기가 통 없었어요?"

희련이 거듭 말했다.

"글쎄올시다. 내년 봄이나, 그때를 기다려야 할까 봐요."

하더니 몸을 뒤로 넘기듯 지극히 냉담한 태도를 취한다.

"왜요?"

"매매의 철은 일단 지나간 거로 생각해얄 거요. 김장이 끝났으니…… 보자는 사람이 있어야지요."

한현설의 부인이 고개를 갸우뚱하며 희련의 옆모습을 쳐다본다.

"하지만, 그러니까 가격이 싸지 않아요?"

희련은 허둥대는 자신을 억제치 못한다.

"그저 그런 값이죠. 쌀 것도 없어요. 조급히 생각지 말구 봄을 기다리시오."

"아니, 집을 파시려구?"

참다못해 한현설의 부인이 말을 걸었다. 희련은 속이 상해 잠자코 서 있다가 우물쭈물하며 더 이상 부탁한다는 말도 못하고 복덕방을 나오고 말았다.

가로수의 잎은 다 떨어지고 겨울이 오고 있다는 증거가 역력했다.

'하긴 그렇겠지…… 인숙이 왔었다고 하는데…… 아무튼 손해가 많아도 팔아버리고 싶다.'

집을 팔아야만 그 불쾌한 최일석의 이름이 희정의 입에서 나오지 않을 것 같아 더욱더 마음이 서둘러지는 것이다.

'정 선생한테 가서 의논해볼까?'

희련은 갑사로 내려가려고 했을 때 짐을 들고 버스정류장까지 따라와서 표를 끊어주고 자리까지 마련해주는 정양구의 친절이 생각났다. 은애가 아프기 전까지만 해도 서로가 묘하게 적의 비슷한 것을 느꼈던 사이였었는데 이제는 인척과도 같은 이상한 친애감을 느끼는 것이다.

'아냐.'

희련은 그럴 수 없다고 마음속으로 접어버린다. 그러나 낙심이 된다거나 몹시 걱정이 되는 것은 아니었다. 어떻게 되겠지 하는 생각이 서둘러지는 마음을 꾹 누르고 말았다.

'하지만 갔다 왔다는 인사는 해야 텐데. 그리고 애들도 한번 찾아가 봐야 거고.'

무심히 뇌는데 애들 생각이 나자 희련은 가슴이 철렁 내려앉았다. 어째서 가슴이 철렁 내려앉았는지 그 순간은 알지 못했다.

이때 누가 뒤에서 희련의 어깨를 건드렸다.

희련은 꿈틀하며 놀란다. 장기수가 아닌가 하는 생각이 피뜩 들었다.

"나예요."

뜻밖의 여자 목소리에 희련은 비로소 고개를 돌렸다. 방금 복덕방에서 만난 그 단골 부인이었다. 그는 상냥하게 웃고 있었다.

"우리 차나 한 잔씩 하실까요?"

그렇게 나오는 태도는 아주 여간 능숙하지가 않다. 여태까지 손님으로만 대하면서 퍽 단순하게 보아온 분위기하고는 사뭇 다르다.

희련은 저도 모르게 한현설의 부인이 이끄는 대로 다방으로 들어갔다.

그와 마주 대하고 앉았을 때 희련은 더욱더 전과는 다른 점을 상대방에게서 발견한다. 눈이 초롱초롱 빛나고 영리하게 보였다. 한마디로 생활력이 강한 사람들에게서 볼 수 있는 그 특유의 끈질긴 힘 같은 것 말이다. 그러나 인숙하고는 다르다. 정확한 것이지 교활한 힘 같은 것은 아니었다. 희정이하고도 다르다. 아집이 아닌 민첩한 융통성이 있는, 그러면서도 제자리를 지키는 힘 같은 것이다.

남편이 벌어다 주는 것을 앉아서 불평해가며 쓰는 가정부인들의 그 단순하고 어쩌면 나이브한, 예를 들자면 이 여사 같은 그런 부류의 여성으로 보아온 이 부인이 어째서 이와 같은 돌변한 분위기를 풍기기 시작했는지 희련은 도무지 이해할 수가 없었다.

'밖에서 만났기 때문일까?'

참으로 사람이란 알 수가 없다는 생각이 피뜩 들었다.

"나 사실 말예요."

하며 그는 이야기를 꺼내었다.

"집을 좀 늘려볼까 싶어서 아까 복덕방에 갔던 거예요."

"……."

"우리 애아버진 지금 사는 집만 해도 쓰기에 넉넉한데 쓸데없는 짓 하지 말라고 말예요. 집이란 부동산인데 요즈음같이 불안한 형편엔 아주 확실한 투자 아니에요? 저금하는 것보담은 낫다는 말예요."

하다가 그는 레지를 불러 커피 두 잔을 주문한다.

"우리 애아빠는 아주 성실하고 정직하지만 좀 융통성이 없어요. 평생 가봐야 무더기 돈 들여올 가망은 없구요."

하다가 그는 빙긋이 웃었다.

"그러니까 자연 내가 활동할 수밖에. 그래서 여기저기 깔아놓은 돈을 거둬서 집을 늘려볼까 하구서 요즘 집을 보러 다니는데 영 마음에 드는 집이 없었어요."

희련은 속으로 차를 마시자는 그의 의도를 알아차린다. 공연히 긴장이 되고, 팔았으면 좋겠다는 조바심 때문에 손끝이 파르르 떨려오기도 한다.

"그랬는데 아까 거기서 마침 만나지 않았겠어요? 늘린다고는 하지만 우리도 빡빡한 형편이라서…… 아닌 게 아니라 지금은 매매의 철이 지나긴 했어요. 모두 김칫독들을 묻고 연탄을 들이고 했으니까."

"좀 사정이 있어서 처분하려고 하는데 시기가 늦었나 부죠."

"지금 계시는 그 집 말이죠?"

"네, 복덕방 할아버지가 말씀 안 하셨어요?"

"그 영감도 속이 따로 있으니까 말 안 했겠지만 나도 아무 소리 않고 나왔어요. 우리가 서로 아는 처지라면 그깟 복덕방 사이에 끼울 것도 없잖겠어요? 소개비가 얼만데?"

"그렇긴 하지만……."

"하여간에 난 그 집을 잘 알고 있으니까 보나 마나 가격을 절충했음 좋겠지만 일단 애아빠가 보아야…… 그리 아시구 복덕방에서 이러쿵저러쿵하는 말에 끌려들면 못써요.”

이 밖에도 한현설의 부인은 복덕방의 농간질에 대해 희련에게 여러 가지로 설명을 해주었다. 마치 아무것도 모르는 신입생에게 주의와 충고를 하는 상급생 모양으로.

아무튼 희련은 일이 잘 퍼나갈 것 같은 생각을 하며 차를 마신 뒤 그와 함께 일어났다.

“오늘 저녁때라도 말예요. 애아빠가 일찍 들어오시면 가보겠어요. 서로가 다 빠를수록 좋은 거니까.”

그리고 그들은 헤어졌다.

희련은 아주 기분이 명랑해졌다.

‘은애네 집에 갈까? 먹을 것 한 아름 사가지고 영이야! 하고 가면 애들이 좋아할 거야.’

희련은 그길로 시내에 나갔다. 과자랑 과일이랑 듬뿍 사 들었다. 듬뿍 사 든 그 무게만큼 희련의 마음은 즐거웠다.

영이가 좋알거리는 목소리가 미리부터 귓가에 울리고 있었다.

그러나 막상 은애네 집 문 앞에 섰을 때 희련의 마음은 약해지고 형용할 수 없는 곤혹을 느낀다. 아이들을 대하는 일에 겁이 더럭 났다. 엄마를 찾으면 뭐라 대답을 할 것이며 어디가 아프냐고 꼬치꼬치 묻는다면 어떻게 둘러댈 것이며, 또 시어머니의 얼굴을 태연히 바라볼 수 있을는지 두렵다.

‘은애가 온 뒤 올 것을……’

후회하고 망설이다가 용기를 내 버저를 눌렀다.

식모가 신발을 끌며 급히 나왔다.

"아, 아니!"

식모는 사람 구경을 처음 한 것같이 어쩔 줄 모르며 반가워한다.

"나 곧 가야 하는데, 애들은?"

"들어오세요, 어서."

식모는 덮어놓고 들어오라고만 한다. 그의 얼굴에는 궁금증과 많은 이야기가 실려 있었다.

"애들은?"

들어가지 않고 엉거주춤한 채 희련은 거듭 물었다.

"큰댁에. 어서 들어오시기나 하세요."

"큰댁에 갔어?"

"네, 할머니 따라서. 곧 올 거예요."

"그럼 혼자 있니?"

"네, 정말 미치겠어요. 허구한 날 혼자서 집을 지키고 있으려니까."

식모는 거머잡듯 희련을 들어오라고 한다.

"나 지금 바빠서 말이야. 요담에 또 올게. 자아 이거나 받아요. 애들 오면 주구."

희련은 섭섭해하는 식모의 표정을 뿌리치고 돌아섰다. 행여 식모 입에서 은애에 관한 말이 뒤쫓아오기라도 할 것처럼 희련은 급히 걸음을 떼어놓는다.

'은애의 병세가 아주 악화됐다면 나 여기 올 생각도 못 했을 거야. 그 불쌍한 애들을 어떻게 봐?'

길모퉁이를 돌아 나온 뒤 희련은 보조를 늦추었다. 아이를 낳지 않게 수술을 했다는 강은식의 말이 생각이 났다. 그것은 현명한 방법이었는지도 모른다. 그러나 불쌍한 애들을 어떻게 보느냐면서도 순간 희련은 마음이 허퉁하게 비어지는 것을 느낀다.

'자연인데…… 자연을 거역하구, 그건 비극일지는 모르지만…… 슬프고 비참할지는 모르지만 강 선생님의 존재를 부인할 수 있어? 은애도 말이야, 난 그분이 이 세상에 계셔주어서 얼마나 고마운지 모르는데, 은애도 마찬가지지, 그 애가 세상에서 없어주었음 그렇게 생각할 수 있느냐 말이야. 영이나 민이도 마찬가지야. 불쌍하지만 그 애들을 차라리 태어나지 않았더라면 하고 생각할 수 있을까? 그건 생각할 수 없어. 마음은 아프지만 그래도 그 애들은 있어야 해. 꼬물꼬물, 그 귀여운 것들이 있어야 하고말고.'

희련은 자신이 생각해도 애매한 말들을 마음속으로 지껄이고 있었다.

그러나 말 자체는 애매했지만 마음까지 애매했던 것은 아니었다. 희련은 강렬한 충동을 느꼈다. 강은식의 아이를 갖고 싶다는.

남녀의 애정은, 아니 모든 인간의 정은 이성이나 의지하고는 별로 상관이 없다. 본능이기 때문이다. 본능은 신비로울 수도 있고 추악할 수도 있다. 그리고 신비롭다는 것은 운명을 의미할 수도 있다. 따라서 애정의 결실인 아이의 출생은 운명이며 신비로운 것인데 그것을 거역한다는 것은, 의지나 이성을 작용시킨다는 것은 과연 가장 현명한 일이라 할 수 있을 것인가. 아니 현명한, 가장 현명한 일이기는 하나 그러나 그것은 과연 운명에 대한 도전일까? 무다. 패배도 없는 무. 기계가 지워버리고 만 투쟁이 없는 황무지.

　희련은 갑사 가는 길에서 본 갓 쓴 노인 생각이 났다. 바로 그 노인이야말로 숲과 하늘과 흙빛에 어울리며 가는, 자연과 더불어 인간의 역사를 순수하게 간직한 인간의 참모습 같았던 생각이 났다.

　'아냐, 인간이 현명했던 게 아니야. 과학이 편리하게 했을 뿐이야. 사람은 그런 게 아닐 것 같은데, 사람은…… 지금은 사람이 살고 있는 시대가 아니란 말일까? 옛날엔 아이들을 낳아도 많이 죽었다고 했어. 기르기가 어려워서 많이 죽었었다고, 옛날이라고 그런 혈통이 없었을까? 하지만 온통 미친 사람의 세상은 아니잖아? 요즘엔 아이들 기르기가 쉬워지고 그런 혈통은 다 잘라버리고…… 그래서 지금은 모두 행복해졌단 말일까? 혈통이 아니더라도 마구, 미친 사람이 쏟아져 나오는데, 자꾸 마음들이 나빠지기만 하는데…….'

희련은 강은식이 한 말을 다시 생각했다.

'나는 희련이하고 결혼할 자격을 잃은 남자야. 정신적으로, 그리고 육체적으로도 나는 나를 잘 알고 있어. 희련을 사랑하는 일 이상으론 어쩔 수 없다는 것을……'

그 말뜻을 비로소 희련은 지금 똑똑히 헤아릴 수 있었다.

그는 자연을 하나 거역했다. 처음 남자로서 불구자가 아닌가 생각했던 일보다 스스로 단정을 했다는 것은 더 중요한 의미로서 희련의 가슴을 쳤다.

해가 지기 전에 낮에 만난 부인이 집으로 찾아왔다.

"저 말예요. 애아빠 데리고 왔어요. 늦어도 안 될 것 같아서 전화로 불러냈지 뭐예요? 괜찮겠죠?"

한현설의 부인은 희련에게 소곤거리듯 말했다.

"네, 괜찮구말구요."

"그럼 들어오시랄게요."

그는 서둘러 밖으로 나갔다. 길을 향해 여보 하며 부르는 소리가 들렸다. 문을 걸어 붙이는 소리가 나고 다음 남자 구둣발 소리가 났다. 희련은 현관에 우두커니 서 있었다. 희정은 방안에서 꿈쩍하지도 않았다.

"제가 말씀드렸잖아요. 미스 윤, 그리고 우리 애아빠예요."

희련은 얼굴이 순간 하얗게 질렸다. 한현설도 얼어버린 것 같이 눈동자는 움직일 줄 몰랐다.

"여보, 어려워 마시고 집 구경하세요. 내 맘에 들면 뭘 해요? 당신 맘에 드셔야지."

그의 부인은 앞장을 섰다.

한현설은 눈을 내리깐다. 눈 밑이 경련하고 있었다.

"부인, 그럼 구경하세요."

희련은 간신히 말한 뒤 작업실로 들어가고 말았다. 엉겁결
에 작업실로 들어오긴 했으나 일은 묘하게 되어버렸고, 묘하
게 되었다고 생각하는 순간 어떻게 수습을 해야 할지 허둥대
었고 마치 쫓겨온 사람처럼 가슴이 두근두근 뛰는 것을 어쩌
지 못했다.

'그분이 한 선생 부인이라니!'

꿈에도 생각해본 일이 없다. 그가 늘 자랑하던 아기아빠라
는 사람이 바로 한현설이었다니, 허둥대는 중에서 희련은 묘
한 서글픔, 배신당한 기분에 빠지는 것을 어쩔 수 없었다.

희련의 놀라움도 놀라움이거니와 한현설의 당황한 것은 그
보다 더했다. 그의 충격은 희련이보다 더 컸다.

그의 부인은 조금도 눈치 채는 것 같지 않았다. 대체적으로
집을 팔고자 하는 사람들은 팔려고 하는 의사에도 불구하고
제 집 내부를 보이는 데 공통적으로 수치감이랄까 섭섭함이랄
까 그런 것이 있어서 유쾌해질 수 없는 경우를 그는 체험했기
때문에 희련이 작업실로 허둥지둥 들어가 버리는 것을 별 심
상찮게 여기질 않았던 것이다.

"여보? 당신이 보셔야 해요. 난 이미 알고 있는 집이니까 말

예요. 집 구조가 참하지 않아요?"

소곤거렸으나 한현설의 눈에 그 집 구조라는 게 보였을 리
도 없고 아내의 목소리가 귀에 들어올 리도 없다. 뻣뻣한 다리
를 끌고 부엌 쪽을 들여다보았는지 그는 끝내 참질 못하고,

"이제 됐소. 나갑시다."

그러고는 아내의 동의를 청하지 않고 그는 쫓기듯 뜰로 내
려섰다.

"여보, 아니."

했으나 그는 뚜벅뚜벅 걸어 나간다.

"아니? 저 양반이 인사도 않고?"

하다가 한현설의 부인은 다소 당황해하며 희련의 작업실 문을
두드린다. 간신히 이래서는 안 되겠다고 깨달은 희련이 밖으
로 나왔다.

"어떡허나? 우리 애아빠 저렇게 인사성이 없답니다. 부끄럼
쟁이에요. 미안해서 그런가 봐요. 잘 보시지도 않고 말예요.
그, 그럼 나 내일 또 올게요."

허둥지둥 그는 남편의 뒤를 쫓아 나간다.

한현설은 길켠에 우두커니 서서 기다리고 있었다.

"여보."

"……."

"보시지도 않고 그냥 나오시면 어떡해요? 첫째 당신이 마음
에 드셔야 결정할 게 아니에요?"

"마음에 들고 안 들고 아직 우리 집을 늘릴 필요가 없을 것 같소."

한현설은 내리막길을 내려가면서 중얼거렸다.

"누가 뭐 사치스런 마음에서 그러나요 뭐, 단단하게 하려니까 그러는 거지. 사실 이럴 때 집 흥정하는 게 유리하단 말예요. 김칫독 다 묻고 이사할 시기가 아니거든요. 그래도 팔려고 하는 사람은 그만큼 사정이 바빠서 그러는 거니까……."

"아, 글쎄."

"당신은 잘 보시지도 않았지만 말예요. 전 잘 알아요. 아주 참한 집이에요. 탄탄하구 모양은 구식이지만 손볼 데 없이 잘 가꾼 집이에요."

"글쎄, 좀 두고 생각해봅시다."

"좋으면 하는 거지 생각할 것 뭐 있어요? 가격 절충해볼까요?"

그는 무척 희련의 집이 탐이 나는 모양이다. 사실 한현설이 벌어서 집을 늘리는 처지는 아니다. 모든 것은 그의 부인의 노력의 결과다. 그러나 현명한 이 여자는 남편의 뜻을 언제나 존중하기 때문에 그 결과도 도리어 그 자신의 뜻을 관철하게 되어왔던 것이다.

한현설을 가정에 묶어버렸고 은애와의 연애를 연애로서 끝맺게 한 것도 부인의 평범하면서 현명한 생각 탓이었는지도 모른다.

큰 거리에 나오기까지 한현설은 아내가 하는 말에 대꾸가 없었다. 이런 경우는 빈번히 있는 일이었으므로 참을성 있게 그의 부인은 짜증을 내지 않았다. 큰길에서도 무작정 걸어 내려오다가 한현설은 걸음을 멈추었다.

"당신, 집에 들어가지."

"……?"

"나는 일이 남아 있어서 회사로 들어가야겠소."

"퇴근하신 것 아니에요?"

"당신 전화 받고 왔지 않았소."

"그럼 집은?"

"그 일은 나중에 집에 가서 상의하기로 하고."

"그럼 그럭합시다."

집에 관한 일에만 정신이 팔려 있는 그의 부인은 조금치의 의심도, 남편의 수상쩍은 태도를 눈치채는 기색 없이 순순히 대꾸하며 돌아섰다.

한현설은 가로수를 따라 뚜벅뚜벅 걸어간다. 양어깨를 좁히며 앙상한 나뭇가지처럼 걸어간다.

그의 머릿속에는 언제였던가 어느 산장에서 맥주를 마시며 힐난하던 정양구의 목소리가 벌판을 쓸고 오는 겨울바람같이 울리고 있었다.

그는 그 후 은애가 어찌 되었는지 알지 못한다. 집으로 돌아갔는지, 아니면 정말로 발광하여 행방불명이 되었는지 은애에 관한 일을 그는 누구에게도 들은 일이 없다. 그는 알고 싶어 했다. 은애를 생각할 때마다 그의 마음은 돌처럼 굳어졌고 멍든 것처럼 마음이 쓰라렸다. 그럼에도 그는 은애의 소식을 알려고 하지 않았다. 알고 싶은 강한 욕망과 안다는 것에 따르는 공포는 늘 같은 질량으로 그를 괴롭혀왔던 것이다. 희련을 보고 충격을 받은 것도 그 때문이었다.

'은애가 미쳐? 그럴 리가 없다! 설마…… 은애는 지금 아무일 없이 집에 돌아와 있을 것이다. 정양구의 아내로서 그 자리를 지키고 있을 거야.'

그는 더욱더 양어깨를 좁히고 코트 주머니 속에 두 손을 깊이 찔렀다. 몸이 떨려오는 대신 얼굴에서는 열이 올랐다.

'나는 뭐냐?'

한현설은 걸음을 멈추고 우두커니 거리 위에 섰다. 사방에서 황혼이 몰려오고 있었다.

'생활인이다! 뿌연 먼지에 싸여서 오늘도 걷고 내일도 걸어갈 생활인이란 말이야! 이 층 양옥? 흥…… 아들, 딸, 아내…….'

그는 다시 걷기 시작한다.

'은애를 사랑하고 사랑하지 않는다는 게 문제가 아니다. 사랑의 문제도 아니고 남녀의 문제도 아니다. 인간 문제지. 분명히 인간 문제, 그리고 내 문제다. 열심히 살아가는, 걷고 있는 생활인이라고? 아니다, 방관자야. 양옥집? 토지? 계? 빚놀이? 집사람? 방관자…… 거짓말 마라! 네가 왜 방관자냐! 넌 되놈이다! 집사람은 재줄 부리는 곰이고, 넌 되놈이다! 그래 가지고 바람 안 드는 따뜻한 구들목에 다리를 뻗고 앉아서 아 아…… 이렇게라도 사는 게 얼마나 다행이냐고, 넌 감사를 올리지? 뭐 출판계가 어쩌고저쩌고? 사명감이 없다고? 누구한테? 나한테? 남한테?'

한현설은 속으로 껄껄 웃는다.

'나한테 쌓인 먼지는 진짜 먼지로구나.'

그는 길켠의 다방으로 쑥 들어간다.

다방에서 차 한 잔을 마신 뒤 한현설은 카운터로 가서,

"전화번호 책 있음 빌려주십시오."

마담이 둘레둘레하다가 두꺼운 책을 내주었다.

그는 책갈피를 넘겨 윤희련의 이름을 찾는다. 있었다. 동명을 확인하고 그는 다이얼을 돌린다.

"윤희련 씨 댁이죠?"

"네, 그렇습니다."

"저, 양장점을 하시는."

"네, 맞았어요."

"계십니까?"

"네, 어디시죠?"

희련은 아닌 듯,

"방금 집을 보고 간 사람입니다만."

한참 있다가 희련이 수화기를 든 모양이다.

"제가 윤희련입니다."

딱딱하게 울려왔다.

"한입니다."

"네."

쌀쌀했다

"잠깐 만나 뵐 수 없겠는지요."

"무슨 일로?"

"별일은 아닙니다만."

"집 땜에 그러세요?"

희련의 말은 고의적인 듯싶었다.

"아닙니다."

"그럼 뭐 제가 만나 봬야 할 일도 없을 것 같아요."

"그러시겠지요. 압니다."

"……"

"잠깐만 만나 뵙고 싶습니다."

"제가…… 오해 사시지 않게 노력하겠어요."

"누구한테 말입니까?"

"물론 부인에게 말입니다."

"그런 부탁 드리려 했던 것은 아닙니다."

"……"

"여기 로터리에 있는 마돈나 다방입니다. 꼭 나와주십시오."

한참 동안 침묵을 지키다가,

"나가겠어요."

하고 희련은 전화를 끊었다.

얼마 후 희련은 까칠해진 표정으로 나타났다. 냉정했고 침착해져 있었다.

희련과 마주 앉은 한현설은 좀처럼 입을 떼지 못했다. 희련도 침묵을 지키고 앉아 있었다.

"저 왠지 모르겠어요."

희련이 먼저 입을 떼었다.

"한 선생님한테 집 팔고 싶지 않아요."

"알겠습니다. 저 역시…… 지금 은애, 은애 씨는 어디 계시죠?"

"그걸 왜 물으세요?"

"……."

"은앤 불행하지 않아요."

희련의 얼굴이 팽팽해지는 것 같더니 이내 멸시의 눈빛으로 변한다.

"제가 은애의 불행을 바라고 있다 생각하십니까?"

"행복을 바라고 계실 거예요. 그래야만 한 선생님 마음이 편안하실 게 아니에요?"

"……."

"정 선생은 좋은 분이에요."

"그건 그렇지요. 나도 최근에 알았습니다. 정 군이…… 한데 은애 씨는 지금 어디 계시지요?"

한현설은 되풀이하여 물었다.

"정 선생 곁에 있지 어디 있겠어요?"

"무사합니까?"

희련은 한현설을 뚫어져라 바라본다.

"그걸 왜 물으시죠?"

"은애 씨는 건강합니까? 건강하다고 말씀하십시오."

한현설의 얼굴이 깊은 고뇌에 일그러진다. 희련은 더욱더 그의 얼굴을 지켜본다.

한참 후 희련이 입을 떼었다.

"한 선생님은 알고 계셨군요."

"네, 압니다."

"……."

"정 군을 만났지요. 은애 씨가 찾아온 뒷날…… 정 군한테 모욕을 당했지요."

"……."

"당연히 당했어야 할 모욕입니다."

한현설은 허하게 웃었다. 희련은 한현설로부터 시선을 돌렸다.

"은애 씨가 찾아왔을 때 나는 피하려고 무척 노력했지요. 정 군이 오해하여 그들의 가정이 파괴되는 것을 두려워했기 때문이었소. 한데 이상하더군요. 이상했어요."

"은애가 말이죠?"

"네. 이상하다고 생각하면서 그러나 나는 관여할 수가 없었소. 은애 씨하고 헤어졌는데, 바로 그 점을, 그런 내 조심성을 정 군은 비열한의 소위로 공박하더구면요."

한현설은 담배를 꺼내어 붙여 물었다.

"은애 씨의 병을 이야기했지요. 정 군은 내가 혈통을 운운했을 때, 그렇지요, 난 비열한이오."

그는 성급히 담배를 빨아 당겼다.

"정 군의 말은 옳아요. 사내자식이 사내자식답지 못했던 거죠. 내가 무슨 책임이냐고 떳떳하게 말할 용기도 없으니 말입니다. 그런 감정의 유희는 얼마든지 있는 일 아니냐고 말할 용기가 없으니 말입니다."

"……."

"은애 씨는 지금 집에 있겠지요?"

"아뇨."

"그럼?"

"시골에 있어요. 많이 나아졌어요."

"그럼 역시."

"하지만 은애는 불행한 것만도 아니에요. 그리고 정 선생님 생각하곤 저는 다르게 생각합니다. 역시 은애의 병은 그 애의 혈통에서 온 거예요. 발병의 동기는 있겠지만."

하는데 희련의 눈앞에 강은식의 얼굴이 떠올랐다. 마음은 조용하고 조용함을 씹어볼 여유를 가지면서 희련은 사랑하는 남자의 얼굴을 응시했다.

"역시 한 선생님은 은애 일을 잊으시는 게 좋을 거예요. 죄책감 가지실 필요 조금도 없다고 생각해요. 아까 전 별로 기분이 좋진 않았어요. 하지만 전진할 수 없을 바엔, 또 은애나 정 선생의 경울 봐선 그건 전혀 쓸데없는 일이지만 말예요. 전진할 수 없을 바엔 후퇴하시는 게 좋을 거예요. 무의미하죠. 좀 심한 말씀을 드리는 건지 모르겠어요. 너무 한 선생님 양심을 아끼시는 것 같아요. 선생님의 양심이라는 것 은애에겐 조금도 필요치 않은 거예요. 누구든 그런 경우엔 그럴 거예요. 이젠 정 선생은 의무나 생활의 방편 아닌 애정으로 은앨 대하고 계신 것 같아요. 앞으로 어떻게 될지 그건 모르겠어요. 하지만 은애는 정신이 맑아졌을 땐 만족해하는 것 같아요."

희련은 거침없이 얘기한다.

"그럼 전 가보겠어요."

한현설은 희련과 함께 일어섰다가 도로 주질러앉으며 이마를 짚었다.

밖에 나온 희련은 한현설에 대하여 묘하게 비극적인 것을 느낀다. 말로는 상대의 아픈 곳을 찔렀으나.

'쓸데없는 고통일까? 평범하게 어쩌면 무의미한 것을 견디어가는 고통, 그것도 견디기 어려운 것이겠지.'

희련은 생동生動하는 예리한 아픔 대신 맑게 개는 순간을 가지는 정양구에 비하여, 만성질환같이 예리한 아픔이 없는 대신 항상 둔중한 통증 속에서 맑게 갤 순간이 없을 한현설의 생활을 생각해보는 것이다.

10. 수지계산

딱딱한 간이침대에서 눈을 뜬 장기수는 우선 탁자에 팔을 뻗고 담배부터 찾아 붙여 문다.

간밤에 친구 K가 찾아와서 술을 마시다가 돌아간 것은, 식탁을 겸한 응접대 위에 널려 있는 빈 술병을 보고서야 기억해 낸다.

"망할 자식!"

신랄하게 조롱하던 K의 그 조그마한 얼굴이 불쾌하게 떠올랐다.

"망할 자식!"

장기수는 담배 연기를 뿍뿍 뿜어낸다. 서로 취하다 보니까 서로의 약점을 들추게 되었고 그런 일은 술자리에서 예사로울 수도 있다.

처음부터 K는 악의惡意로 대해왔던 것은 아니었으니까. 악의는커녕 호의를 베풀기 위해 찾아왔던 것이다.

"어때? 그까짓 불감증의 여자 잊어버리고 장가나 들지 않겠어?"

K는 혼담을 꺼내었던 것이다.

"생각 없어."

"생각이 없다고? 뭐가 그리 위대해서, 독신 생활? 집어치워."

"위대하면 독신으로 있는 건가?"

"그렇지, 범상한 인간이 취할 길은 아니거든. 생각해보게. 자네 그 재주 가지고 일생을 희생해보았댔자 불후의 걸작이 나올 성싶은가?"

"흥."

"잔말 말고 술이나 내놔. 호박이 굴러오는 얘긴데 공짜로는 못 한다."

"남 줄 생각 말고 자네나 먹게."

"허 그렇게 되기만 한다면야, 먹고 싶어도 먹을 수가 있어야지. 우리 집 여장부는 어떡하구?"

"어려울 것 없지."

"우리 집 여장부도 문제는 문제지만 선택권은 여자 쪽에 있단 말이야. 그 여자는 나를 택하지 않고 자넬 택했거든. 자 어서 술이나 내놔."

장기수는 부스스 일어나 벽장 속에서 양주병을 꺼내었다.

"나 그럴 줄 알았어."

K는 싱글벙글 웃으며 무척 좋아했다. 장기수와 함께 미대를 나온 그도 말하자면 실패한 화가의 한 사람으로 볼 수 있겠는데 미술평론을 한답시고 떠벌리고 다니기는 하지만 이렇다 할 글 한 줄 발표하는 것 같지는 않았다. 그러나 항상 명랑하고 낙천적인 그는 그런대로 세상을 재미나게 살고 있는 것 같았다.

술기운이 돌자 본시 말이 많은 K는 더욱더 다변해져서 지껄여댔다. 그리 썩 미인은 아니라는 말이 여러 번 되풀이되었고 혼기를 놓친, 다소 나이 든 처녀이기는 하나 제 몫의 재산이 상당하고 자기 소유의 약방을 경영하고 있는 약대 출신의 여자로서 이미 장기수를 알고 있으며 지난가을 장기수의 개인전도 보았다는 것이다. 결혼만 한다면 능력껏 뒷받침을 해주겠다는 의사표시까지 했으니 보증수표같이 확실한 얘기가 아니냐는 것이다.

장기수는 K의 말이 과히 싫지는 않았다.

"미인이 아니라는 건 못생겼다는 말이겠고 혼기를 놓쳤다는 건 아무도 데려갈 사람이 없는, 찌꺼기라는 얘기겠군."

"아, 아니야. 허허, 자네 환쟁이의 눈깔을 어떻게 보구 하는 얘긴가?"

"중신애비 눈깔하고 환쟁이 눈깔이 같을까?"

"액면대로다. 조금도 에누리 없어. 자넨 항상 못된 버릇이 있단 말이야. 자신에 대해선 언제나 과대평갈 하는 게 탈이고 남에 대해선 언제나 과소평가하려는, 과대평가도 좋고 과소평가도 무방하지만 요는 자네, 그래서 뭘 잡았나?"

K는 한심스럽다는 듯 기수를 바라보았다.

"똥 묻은 개가 겨 묻은 개 보고 짖는다더니, 자넨?"

"허허헛…… 하긴 그래. 증상이야 같지. 다만 다른 건 자네하고 반대라는 그 점일 거야. 나 자신을 과소평가하는 이것도 병은 병이지. 그래도 내 마누라는 날 버리고 달아나진 않더구먼."

장기수의 얼굴이 벌게졌다.

"모르는 소리 말아. 이혼은 내 쪽에서 한 거야."

K는 술이 고루고루 들어간 모양이다. 이 자식아! 하며 대뜸 욕이 나왔다.

"너 형편없는 단세포구나. 그따위 소릴 한다고 눈꼽만치도 위대해 보이진 않아. 난 둘째가라면 서러울 실연의 명수, 다만 너처럼 쩨쩨하게 발둥치긴 하지 않았어, 이 새끼야! 왜 네 쪽에서 이혼하자고 했냐 말이다. 비겁한 새끼. 버림받기 전의 선술 쳐놓고 하나도 뽐낼 것 없어!"

K는 고래고래 소리를 지르기 시작했다.

"이 새끼야, 실연은 아무나 하는 줄 알아? 네놈은 실연할 자격도 없는 놈이다! 그래 널 과대평가해서 얻어진 게 뭐야? 존경이냐? 자부심에의 만족이냐? 옆구리서 풀쑥 나타나 여자보다 한발 앞섰다고 그래 그게 승리냐? 사내자식이 끝까지 뛰어보든가 아니면 깨끗하게 패배를 선언하든가, 요즘 단절의 시대라는 말이 유행하더라마는 문명에 식상해버린 족속들이 제각기 눈깔만 내놓은 성城을 쌓아놓고 그러는 모양이더라마는 나는 그 말을 다른 뜻으로 사용하겠네. 이거면 이거, 저거면 저거, 딱 잘라놓고 살아보잔 말이야. 왜 고독한가! 왜 단절감을 느끼는가! 선택을 않기 때문이다! 선택을 않고서 무사태평이라 자위하며 따뜻한 이불 속에서 수지계산을 맞추는 그따위 그게 인생이야? 이 새끼야! 너 뭣 땜에 그림을 그리냐, 응? 아까는 널 보고 재주 없는 놈이라 했지만, 그 말 수정하지. 넌 재준 있는 놈이야. 손재간이 대단하단 말이야. 그 손재간으로 대체 뭘 그리느냐 말이다! 무엇을 생각하면서 그리고 있느냐가 문제란 말이야! 손재간이라면 너보다 나은 간판장이가 한두 놈은 있을 게 아니냐? 흉낼 낸다면 그들도 자네만큼은 낼 거야. 다만 그놈들은 미대 출신이 아니라는 점이 다르겠지. 화가라는 이름을 못 붙인 게 한이겠지. 난 말이다. 내 자신을 적어도 너보담은 잘 알고 있어. 난 재주가 없다. 속이 부글부글 끓어도 표현할 재간이 없단 말이야. 하지만, 하지만, 맹맹한, 대가리가 텅 빈 네 손재간 따위 갖고 싶지 않다! 그렇게 되면 난 내가 살아 있다는 의미를 잃어버린다. 비참하고 불우했던 예술가들이 잃지 않고 지녔던 것은 그 재간이 아니라 마음이었던 게야. 물론 그거야 선악의 범주 밖의 것이지만 말이야. 한데 얘기 들으니까 자넨 개인전의 결과 그 손재간의 인정도 못 받았다면서? 처세 재간이 없었던 모양이지. 손재간 있는 놈치고 처세의 재간이 없는 놈이 없는 법인데 그거 하나는 돌연변이다. 한데 말 꼬리에 붙어 서울 가는 파리 모양으로 그 대가 양반 전시장 옆에서 개인전을 연 것은 자네 오산이었어. 먹다 남은 찌꺼기 얻는 셈으로 했겠지만 파리를 날리고 앉아 있는 자네 꼴 비참하더라고 모두 입을 모으니 그 말 들어 싸지 싸아. 그것도 말하자면 선택 능력이 없는 결과지 뭐겠어?"

장기수는 자신이 떠들어댄 말은 조금도 생각나지 않았고 K의 목소리만 귓가에 울리는 것이었다.

"망할 자식!"

그는 침대에서 벌떡 일어났다.

아침부터 비윗장이 틀어지는 기억이었으나 그러나 그 자신도 K에게 충분한 응수를 했던 것 같았다. 약국을 한다는 그 올드미스에 대한 끝맺음을 어떻게 했는지 그것은 아리송했다.

세수를 하고 하숙집의 밥을 얻어먹고 열두 시가 지난 뒤 장기수는 거리로 나왔다.

그는 K가 한 말 중에서 가장 괘씸하게 여겨지는 것은 개인전에 관한 조롱이었다. 실패로 자인하기 때문에 더욱 괘씸했다.

'너 약혼했다고 헛소문 냈다믄서? 뭐 개인전 끝내면 불란서에 간다했다믄서? 웃기지 말어. 그래 가서 뭐 할래, 뭐 해? 잔말 말고 접장질이나 해. 과대망상도 한이 있지.'

K가 한 말이 하나 더 생각이 났다.

약혼설이나 도불설에 전혀 근거가 없었던 것은 아니었다. 도불과 약혼의 가능이 없지도 않은 그런 상대의 여자가 있긴 있었다. 다만 여자는 나이가 장기수보다 많았으며 정체가 불명했다. 불명했다는 것이 그 두 가지를 다 유산시킨 결과가 되었지만.

'무의미한 게임은 안 하는 게 상책이야. 승부 없는 게임이 어디 있어? 이기든지 지든지, 모든 게 다 그래. 허나 지고도 이기는 경우, 이겼음에도 지는 결과, 이게 인간이 살아가는 데 묘미거든. 안 그래? 도덕이라는 것을 남용하는 자들을 보면 대개 그 무의미한 게임을 하더군. 당연하지. 도덕과 기계문명은 그 획일성에서 통하는 거니까. 그래서 인생으로부터 그놈의 묘미가 없어지고 따라서 인간 상실이 오는 거야. 옛날 사람들은 우리보다 그 묘미를 더 많이 터득했던 것 같애. 그것을 가리켜 패배주의자라 하지. 패배주의자라고 손가락질하는 놈이 과연 영광스런 승리잔지 그건 의문 아닐까? 기껏 해봐야 전쟁터에다 시체 더미나 쌓아 올려놓고, 나폴레옹이 뭘 했지? 사전에서 불가능이라는 말을 빼라고 했던 자가 말이야. 허영의 전쟁놀이를 하다가 고독하게 죽은 사내.'

K는 자기 말에 도취되어 연신 술을 퍼마시고 지껄였다.

장기수는 외투 주머니에 두 손을 찌르고 일요일의 시가를
뚜벅뚜벅 걸어간다.

  그의 마음속에서 변화가 일고 있었다.

  희련이하고 실랑이를 해봐야 K의 말마따나 무의미한 게임
임에 틀림이 없다. 이기리라는 확신도 없을 뿐만 아니라 희련
이 그에게 절대적인 존재도 아닌 것이다. 불투명한 감정에 이
끌리어 자기 마음속에서 결정을 못 내린 게 사실이었고 최근
에 와서는 인숙의 충동질에 놀았었던 것도 숨길 수 없는 일이
었다.

  '피곤하다. 푹 쉬었으면 좋겠군. 불편하다. 을씨년스런 혼자
생활을 언제까지 계속할 순 없지.'

  약방을 경영한다는 노처녀의 생각을 그는 아까부터 하면서
걷고 있었던 것이다.

  '희련이는 지금 집까지 남의 손에 넘어가게 됐다는데…… 학
벌도 괜찮고. 흥, 저 아니면 여자가 없을 줄 알았던가?'

  그러나 마음을 씁쓸하게 하는 것이 있었다. 강은식이라는
사나이의 모습이었다.

  '그야 알 수 없지. 재산도 많고 낯짝도 그만한 자가 무엇이
답답하여…… 여자가 한둘이겠어? 떠나고 나면 그만 아닌가.'

  그는 희련의 비참해질 꼴을 눈앞에 그려보려 했다. 그러나
성이 난 그 얼굴만 눈앞에 떠올랐지 눈물을 흘리며 후회하는
얼굴은 아무리 용을 써도 떠오르질 않았다.

'좀 있으면 방학이 된다. 크리스마스에 연말, 그리고 연초, 그러면 별수 없이 나일 하나 더 먹게 되지. 맞았어. 오산이야 오산…… 옛날엔 나도 이렇진 않았었다. 평범하게 착실하게 살려고 했었지.'

어느 다방 앞에 온 장기수는 시계를 들여다본다. 그리고 나서 다방 안으로 쑥 들어간다. 인숙이 손을 들어 보이며 반겨주었다. 미장원에서 방금 나온 듯 깨끗하게 단장한 모습이었다.

'음 이만하면 괜찮군. 한데 이 여잔 누굴 위해 이렇게 멋을 부렸을까?'

장기수는 인숙과 마주 앉으면서 묘한 생각에 빠진다. 인숙은 만날 때마다 장기수에게 동정을 표해왔다. 어떡하든 희련 언니와 다시 만나 사는 게 좋다는 말이 따랐기 때문에 인숙의 동정은 그의 자존심을 상하게 하지는 않았다. 그러나 일요일에 만나자고 약속한 인숙이 최고로 멋을 부리고 그를 기다렸다는 일이 장기수 신경에 이상한 작용을 해왔던 것이다.

'혹시? 인숙 씬 날?'

"왜 그렇게 쳐다보세요? 얼굴에 구멍이 뚫리겠어요."

인숙은 풍부한 미소를 머금었다.

"아, 아니 그저…… 너무 예쁘게 차렸기에."

"어머? 예쁘게 차렸다면 용모는 평가 밖이란 말이에요?"

장기수는 어리석은 웃음과 홍조를 띠었다.

"따로따로는 아니잖습니까?"

인숙은 깔깔 웃었다.

"차 뭘루 드시겠어요?"

"아무거나 상관없습니다."

"나 꽤 기다렸어요. 미장원에서 나오니까 시간이 어중간해서 말이에요."

"미안합니다."

"조금도. 장 선생은 약속 시간에 오신걸요. 그 대신 여기 이렇게 앉아서 여러 가지 생각들을 해봤어요."

"생각들을요?"

장기수는 가슴이 뛰었다.

인숙은 다음 말을 잇지 않고 레지를 불러 차를 주문한다.

'아무래도 바람 부는 방향이 다르구면. 희련이보다 나이 젊고 얼굴은 더 사치스럽지 않느냐 말이다. 결코 미인이 아니며 혼기를 놓쳤다는 그 약국집 처녀보담 몇 배 낫지. 생활력으로 말할 것 같으면…… 상당히 축재를 했다는 말을 들었는데, 아, 아니 그보다 희련에게 보복하기 위해선 안성맞춤 아니냐 말이다. 한데 지금, 그, 그렇지 일요일이지. 어디 드라이브라도 하자면? 가지고 나온 돈이 적은데 어떡허지?'

장기수의 상상을 나무랄 수만은 없을 것 같다. 전혀 의식하지 않았으나 인숙은 그런 분위기를 자아내었다. 그의 속셈이야 장기수로 하여금 보다 심각하게 하기 위한 배려였다 하더라도.

인숙의 분위기가 여하튼 상상의 세계에는 악마가 도사리고 있지 않다면 악동의 장난기가 숨어 있는 법이다.

공상하는 사람 자체가 언제나 희롱당하기 마련이니까. 인숙은 커피가 올 때까지 잠자코 있었다. 따라서 장기수도 잠자코 있었다. 기대하는 자신에 대하여 엷은 쑥스러움이 지나가곤 했다. 그는 얼마간 고독했고 독신 생활이 구질구질한 것 같아서 지쳐버린 마음이기도 했기 때문에 쑥스러움은 그러나 무력했고 인숙의 화려한 용모는 그에게 신선한 느낌을 주었다.

인숙은 날라 온 커피를 들면서 무척 신중하게 말을 꺼내었다.

"요즘 심경이 어떠세요?"

"변화가 많지요."

장기수는 즉각적으로 대꾸했다.

"변화? 어떻게요."

인숙은 장기수의 눈을 빤히 쳐다본다.

"어젯밤 친구하고 술을 마셨지요. 술 마신 기분에서 친군 나를 가혹하게 비판했습니다. 선택이 없는 인생이라구 말입니다."

"선택이 없는 인생이라구요?"

"네, 말하자면 지금의 내 자신은 하나의 타성으로 움직이는 상태에 있다 그거지요. 들을 때는 몹시 불쾌했습니다. 허나 그 말이 전혀 빈말은 아니지요. 무엇보다 희련에 대한 나 자신이 그랬으니까요. 이것도 저것도 아닌, 과연 희련이 내게서 소중한 존재인가를 거의 검토해본 일이 없었던 것 같습니다. 서로가 연애를 해서 결혼한 처지도 아니었고 생소한 남녀가 중매라는 형식을 통해 만나가지고 미처 상대를 알기도 전에 파탄하고 말았으니…… 곰곰 생각했을 때 나는 희련이를 사랑했던 게 아니었고, 다만 내 첫출발이 망쳐지고 말았다는 울분 때문에 쉬이 단념을 못했던 것 같습니다. 결국 무위한 짓이었지요."

인숙은 묘한 표정이 되어갔다.

"이제 깨끗하게 잊어버리기로 했습니다. 재출발은 한시라도 빠른 게 좋으니까요."

"그렇게 될까요? 쉬이 잊어버릴 수 있겠어요?"

인숙은 고개를 갸우뚱하며 장기수의 마음을 살피듯 다시 눈을 보았다. 장기수는 인숙의 그 표정에 확증이라도 얻은 듯이 단호하게 말했다.

"애정의 문제가 아니니까 조금도 어려운 일은 아니지요."

"저는 장 선생한테서 처음 듣는 얘기예요. 여태까지의 장 선생님은 그러시질 않았어요. 얼마나 괴로워하셨기에요?"

"그건 일종의 집념이지요. 오기라 할 수도 있고, 애정이 있건 없건 거역당하는 것은 괴로운 일 아니겠습니까? 자존심에 상처받고 고통을 느끼지 않을 사람이 있겠습니까? 허나 지금은 더 이상 나 자신의 시간을 허비할 생각은 없어졌습니다."

"그럼 어쩌시겠다는 거죠?"

"물론 결혼해야지요. 이번만은 중매결혼은 하지 않겠습니다."

"희련 언니만 한 상대가 나타날까요?"

"뭐가 그리 대단해서요? 희련인 평범한 여자지요. 아무 데나 있는 얼굴이구요. 물론 사람에 따라 평가는 다르겠지만. 무엇보다도 답답해서 죽을 지경이었습니다. 그 여잘 보고 있으면."

희련을 깎아내리는 데는 쾌감을 느낀다. 그러나 사태는 인숙의 예상을 뒤집어놓았던 것이다. 그는 갑자기 머쓱해져서 시계를 들여다본다.

"나 오늘 흥미진진한 곳에 초댈 받았어요."

"네?"

"어딘 줄 아세요?"

"……."

"강은식 씨를 주빈으로 한 저녁에 초댈 받아 가야 해요."

이번에는 장기수의 얼굴이 머쓱해진다.

최고로 멋을 부리고 나온 것은 그를 위해서가 아님을 비로소 깨닫는다. 뒤통수를 얻어맞은 것 같은, 여지없이 조롱을 당하고 만 것 같은 기분에서 그는 비참한 자신을 의식한다.

"참고삼으시라고 정볼 하나 제공하려고 했는데 장 선생님이 단념을 하신다면야 아무 소용 없는 일이군요. 하지만 희련 언니만 한 여성⋯⋯."

하다가 인숙은 픽 웃었다.

"만나기도 어려울 거예요."

가난뱅이 무명 화가에 뭐 그저 그만한 주제에, 하는 비웃음
이 인숙의 얼굴에 역력히 나타났다. 장기수는 그렇지 않아도
엄청난 자신의 착각을 수습지 못하고 있었는데 인숙의 비웃음
은 피가 거꾸로 치솟는 것 같은 분노를 갖게 했다.

"흠⋯⋯."

하다가 장기수는 진용을 재편성이나 하듯,

"심경에 변화가 왔다 했지만 그것에는 그럴 만한 이유가 있
었던 거지요."

"이유라뇨?"

"재혼을 작정해볼까 하고 생각 중이라서 한 말이지요."

"네?"

"희련이만 한 여자를 구하기 어려울 거라구요? 천만에요.
여자는 쌔고 쌨다더군요."

"그야 그렇지요."

인숙은 약간 입술을 실룩거렸다.

"이쪽에서 찾을 것도 없이 제 발로 걸어오더구먼요. 약대 출
신인데 사업체도 갖고 있는 여성입니다. 희련이만 못한 줄 아
시오? 게다가 그 여성은 결혼만 하면 마음 놓고 그림 그릴 수
있게 뒷받침해주겠다는 거지요."

"언젠가처럼 부도수표는 아니겠지요?"

이번에는 인숙이 쪽에서 공연한 안달이 나서 꼬집었다.

"물론입니다."

기대가 어긋난대서, 평소에는 호의로 받았던 인숙의 말을 고깝게 생각하는 장기수나, 아무런 관심도 없이 다만 자기 계획의 도구로 생각했던 장기수에게 좋은 혼처가 생겼다는 말에 동요하며 엷은 질투를 느끼는 인숙이나, 결국은 가난한 정의 소유자, 자기 마음에 비추어 남에게 자질을 해보는, 그렇기 때문에 외로울 수밖에 없고 눈곱만 한 것에도 투정을 하지 않을 수 없는 불행한 무리로밖에 볼 수 없겠다.

남루한 차림의 왕자와 찬란한 의상의 걸인이라는 말은 결코 과장된 비유는 아닌 듯싶다.

"어쨌든 그렇다면 축하부터 드려야겠군요. 축하합니다."

인숙은 앉은 채 고개를 까딱했다. 입매를 일그러뜨리면서도.

"고맙습니다."

"그거는 그렇고 기왕 나왔으니까, 뭐 이제는 소용도 없는 얘기지만 말예요. 좀이 쑤셔서 말하겠어요."

좀이 쑤신다는 말만은 인숙으로선 정직한 고백이다.

"희련 언니하고 그 강은식이라는 사람, 둘이서 함께 감사에 내려갔다 왔더군요."

"······."

"우연히 양쪽에서 얘길 들었죠. 희정 언니가 희련 언닌 갑사에 갔다 했구요. 그랬었는데 오늘 밤 초대한 댁에서도 강 사장이 갑사 다녀와서 초낼 받겠다고 했다나요? 핑계야 은애, 그이 병문안이라 했지만 누가 알아요?"

역시 장기수의 마음은 흔들렸다.

"그럼 난 먼저 가봐야겠어요. 그 언니 댁에 미리부터 가서 도와드려야 하니까요."

인숙이 일어서자 장기수도 부랴부랴 일어섰다.

밖에 나온 그들은 변변히 작별 인사를 나누지 않고 착잡하며 미묘한 감정을 정리하지 못한 채 헤어졌다.

장기수는 오버코트의 깃을 세우며 방향도 잡지 않고 걷기 시작했다. 바람이 아랫도리를 스치며 지나가고 언덕바지의 붉은 교회당 벽을 가린, 잎 떨어진 나무는 세차게 흔들리고 있었다. 옆을 스치고 지나가는 차량의 울림이 고막을 흔들었다.

'유치했어!'

장기수는 마치 볼 필요가 있어 보는 것처럼 교회당의 지붕을 올려다보며 걷는다.

'유치했다! 왜 난 이렇게 허덕이지? 추운 날의 배고픈 강아지 모양으로.'

그는 다시 그럴 필요가 있어 그러는 것처럼 맞은편에서 걸어오는 초라한 차림의 여인을 노려본다.

여인은 죄 없이 당황하며 지나간다.

'길을 잘못 들었어. 가난한 예술가는 추운 날의 배고픈 강아지야. 내가 좀 더 자신을 가졌더라면…… 그랬더라면 나는 어줍지도 않은 계집애를 두고 그따위 공상은 하지 않았을 것을.'

서글픈 생각이 울컥 치밀었다. 아까는 그처럼 신선하게 보이던 인숙이, 이제 그의 뇌리 속에서는 밤거리의 여인같이 격하되고 말았다.

'어떡허지?'

길켠에 있는 담배 가게에 들러 담배 한 갑을 사서 그는 호주머니 속에 밀어 넣었다. 줄곧 걷는다. 걷다가 그는 밥집으로 들어갔다. 갈비탕 한 그릇을 주문해놓고 담배를 꺼내어 붙여 문다.

끈적끈적한 기름기가 배어 있는 식탁에 팔꿈치를 괴고 유리창 밖을 내다보며 비로소 흐린 날씨인 것을 깨닫는다.

일요일의 식당은 붐비지 않고 조용한 편이었다. 난로에서는 열기를 뿜어내고 있었지만 장기수는 전신이 으슬으슬 떨리기만 했다. 돌아갈 가정이 없는 일요일, 한산한 식당에서 갈비탕 한 그릇을 주문해놓고 잿빛 창밖을 바라보고 있는 사나이, 그도 한때는 행복한 가정을 꿈꾸었었다. 아니 지금 이 순간에도 꿈을 버린 것은 아니었다.

깨끗하게 다듬어진 푸른 잔디밭, 담벽을 타고 올라간 덩굴장미, 채광을 고려한 넓은 아틀리에, 식탁과 의자의 빛깔, 최신식의 부엌 설비, 응접실과 아틀리에가 연결되는 도어의 모양.

공상은 끝없이 넓게 펼쳐져 가기만 한다.

'학교도 때려치우고 그림만 그린다면 설마…… 미술 잡지 같은 것 하나 내보는 것도 좋겠고 장차는 불란서에 가게도 되겠지.'

갈비탕을 쓱 디미는 바람에 장기수는 꿈에서 깨어났다. 까까머리 사내아이가 장기수를 힐끔 쳐다보았다.

늦은 점심을 끝낸 장기수는 이발관에 가서 이발을 했다. 그는 거울 속의 자신을 한 번 바라보고 오버코트를 입은 모습을 다시 한번 바라보고 싸락눈이 내릴 것 같은 거리로 나왔다.

K가 살고 있는 H동에 가기 위해 장기수는 버스를 탔다. 여장부라는 별명이 있는 K의 부인은 장기수를 그리 싫어하지는 않았다. 말이 많은 K에 비해 말수가 적은 장기수를 점잖은 친구로 생각해주는 터였으니까, 어쩌면 K가 가지고 온 혼담은 그의 부인의 책동인지도 모를 일이라고 장기수는 생각했다. 따라서 그는 여유를 가질 수가 있었다.

'일요일이니까 설마, 집에 있겠지.'

버스에서 내렸을 때 희뜩희뜩 눈이 내리기 시작했다. 버스 길에서 주택가에 이르는 길에 들어섰다. 그의 눈은 저절로 길 양편에 즐비한 상점 쪽으로 쏠리었다. 미장원이 있고, 식료품 가게가 있고, 복덕방이 있고, 양재점이 있었다. 모두가 변두리의 구지레한 먼지를 뒤집어쓰고 있는 것만 같았다.

한참을 올라가는데 약방 하나가 눈에 띄었다. 장기수는 저도 모르게 긴장이 되어 곁눈으로 그곳을 숨어 본다.

조그마한 가게였다. 아주머니 같은 여자가 앉아서 뜨개질을 하고 있었다. 장기수는 저도 모르게 가슴이 철렁 내려앉는 것을 느낀다.

'공연한 생각을 하는구나.'

그는 걸음을 빨리한다. 그리고 K의 집 앞에 이르기까지 그는 길 양편에 눈을 돌리지 않았다.

K의 집은 호사스럽지는 않았지만 깨끗하고 밝은 분위기였다. 버저를 누르기 전에 스피츠가 짖으며 뛰어나왔다.

K의 부인이 나와서 문을 열어주었다.

"오래간만이에요."

"네, 오래간만입니다."

정원은 그다지 넓지는 않았으나 햇볕이 바르고, 그럼에도 무사한 월동을 위하여 짚 옷을 입은 나무들이 더러 있었다. 항상 바쁘게, 그리고 저녁이면 술을 마시는 K였지만 할 일은 다 하는구나 생각하며 장기수는 짚 옷을 입은 나무를 멍하니 바라본다. K는 양지에 있는 것 같고 자신은 음지에 있는 것 같은 억울한 생각이 뭉클 솟았다.

"어서 들어오세요. 날씨가, 무슨 놈의 날씨가 이리 변덕스러운지 모르겠어요? 눈이 오시더니만 햇볕이 나고, 저쪽 하늘은 꺼멓죠? 믿을 수 없는 날씨예요."

빨래를 하다가 나왔는지 물기 있는 손을 앞치마에 닦으며 K

의 부인은 더분더분하게 말했다. K의 몸집이 워낙 작아 그랬던지 여자치고 큰 편이긴 했으나 여장부라는 말을 들을 만큼 거구는 아니었고 수수하게 생긴 얼굴에 자줏빛 스웨터를 입은 모습은 귀염성스러웠다.

"있습니까?"

"네."

하더니 K의 부인은 안을 향해,

"여보! 장 선생 오셨어요."

소리가 나는 듯했으나 K는 모습을 나타내지 않았다.

앞서 현관으로 들어가면서 K의 부인은,

"어젯밤 장 선생님한테 가서 바닥을 내고 온 모양이죠?"

"네?"

"초상 치를 뻔했어요."

"왜요?"

"술을 마셔도 정도껏 해야지."

"아아."

"토하고 야단났댔어요. 아침에 보니까 얼굴이 반쪽이지 뭐예요."

"언제는 술 안 하는 친구든가요?"

"뻔하죠. 술값 걱정 없으니까 안심하고 마셨을 거예요. 미련하게 몸 망치는 생각은 안 하고 말예요."

부담이 될 만큼 K의 부인이 노해 있었던 것은 아니었다.

"제 탓이군요."

"그이 성밀 아니까 장 선생님 원망은 안 했어요. 여보, 장 선생님 오셨대두요."

방문 앞에서 부인은 다시 말을 했다.

"들어와."

방문을 열었을 때 그는 아닌 게 아니라 해쓱한 꼴이 되어 희미한 눈으로 장기수를 바라보았다. 그러더니 씩 웃었다.

K의 부인은 나가고 장기수는 방문을 닫았다.

"엉망이구나."

"말도 말아. 아무래도 독주를 마신 모양이야."

"자네 몰골 보구 그러는 줄 알았나? 이 방 안이 뭐야? 도깨비 나겠다."

"도깨비가 날 지경이 돼야 그림을 그리지. 불고 털고 하면 복이 나가는 거야."

고물상처럼 캔버스랑 화구가 나동그라져 있고 찻잔, 재떨이, 책, 원고지 따위는 마치 곤두섰다가 팽개쳐진 듯 제 마음대로 방 안에 뒹굴고 있었다.

K는 자기 일방을 한번 빙 둘러보고 나서 또다시 씩 웃었다. 그 웃음은 어젯밤 장기수에게 한 제 말을 되새겨본 데서 흘린 웃음인 것만 같이 생각되어 장기수는 순간 불쾌감을 느낀다.

'공연히 왔구나.'

아침부터 기분이 좋지 않았었다는 생각에, 인숙일 만나 불쾌했고, 그러나 무엇보다 우울한 것은 방금 지나온 길에 보았던 그 초라한 약방이나 뜨개질을 하던 여자 모습이었다.

따지고 보면 그 초라한 약방이나 뜨개질을 하고 있던 여자에 대해서 우울해할 이유가 없는 것이다.

약방은 어디든 허다하게 있는 것이며 이웃에서 약방을 경영하고 있는 여자라는 말은 K가 한 것도 아니었다.

얼마 전에 다방에서 인숙을 두고 터무니없는 공상을 하다가 당한 낭패, 그 씁쓰레한 뒷맛이 가셔지지 않았기 때문에 그랬을지도 모른다. 자신을 잃었기 때문에 그랬는지도 모른다.

'어제 말한 여자 어디서 약방을 해?'

몇 번이고 그 말이 입속에서 맴돌았으나 장기수는 참을 수밖에 없었다. K는 장기수의 속을 빤히 알고 있기라도 한 것처럼.

"뭐 하러 왔어?"

씩 웃는다.

"그저 심심해서 왔지."

장기수는 슬그머니 시선을 돌려 벽면 쪽을 바라본다.

"어젯밤 밑천 뺄 생각을랑 말아. 오늘 또 술 하면 위장에 구멍이 뚫릴 거야."

"걱정 말아. 일요일에 홀아비 갈 곳이 있어야지. 행복한 사람들 방해 놓는 게 내 취미니까, 양지바른 양옥집을 찾아왔네."

"아주 시적이군그래."

"자네같이 피부로 얘기한 건 아닐세."

"피부는 말초 작용이지. 누선涙腺이 좀 찡하는."

'네놈은 부모 덕분에 고학하다시피 한 나보다는 수월하게 뛰었다. 순탄하게 결혼하고 여편네가 위해주는 지금의 생활도 순탄하다. 여전히 나보다 수월하게 뛰고 있는 셈인데 네놈 말마따나 재주가 없는 그림은 또 왜 그리누? 끝내 한번 날쳐보겠다 그 말이지?'

전에 왔을 때 못 보았던 팔십 호가량의 미완성의 그림을 장기수는 유심히 쳐다본다.

"자넨 얼굴 안 내미는 곳이 없을 건데 어느 틈에 일을 하지? 아마 몸뚱이가 쇳덩인가 보군."

"볼 거 없다. 빡빡 찢어버리려다 캔버스가 아까워 참았다."

"흠."

"자넨 작품 하나 할 때마다 회심작이라 하더라마는 나는 작품 하나 할 때마다 부아통이 터져서 마구 미쳐날 것 같단 말이야. 무슨 놈의 생린지 영 모르겠다."

"예술가의 생리지."

담배를 붙여 물면서 장기수는 긁었다.

"예술가의 생리? 홍 옛날 옛적 마차 타고 가던 유랑극단 생각이 나는구나."

"그들이 어때서?"

"그때 그들보다 못하다는 뜻이야."

"관객 말인가, 연기자들 말인가."

"양편이 다 그렇지 지금 기술이야 좀 늘었나? 음질音質에도 예민해지고 색감色感도 매우 복잡해지고, 허나 그 시절에는 문화라는 놈이 제법 행셀했었지."

"거창하게 나오는군."

"거창할 것 하나도 없다. 문화라는 것을 거창하게 모셔놓은 자네 같은 치들이야말로 문화라는 것을 개똥으로 만들어놓더군그래."

"음 그래? 그렇다면 어디 자네 개똥이 안 되는 문화론 한번 경청하자구."

"어렵잖지."

하더니 K는,

"여보오!"

반쯤 몸을 일으켜 마누라를 불러대었다.

"왜 그래요?"

"여기 차 안 가져오는 거요?"

"그러잖아도 끓이려 해요."

K는 도로 주질러앉으며 장기수를 열중된 눈으로 쳐다보았다.

"자네 문화가 뭐냐구 했지?"

"……."

"내가 말하는 건 어디까지나 이 땅의 얘기야."

장기수는 피식 웃는다. K의 얼굴이 소년같이 상기된 것이 좀 우스웠던 것이다.

"그건 말이야, 갓이다 갓."

"갓?"

"지금도 산골짜기에 가면 있을 거야. 머리에 쓰고 다니는 갓 말이야."

장기수는 껄껄 웃는다.

"웃을 얘기가 아냐! 이건 엄숙한 얘기란 말이야."

"흐흐흐허헛, 한국의 문화가 갓이라고? 하긴 그래. 미군 애들이 한때 귀국 선물로 한국의 긴 담뱃대랑 갓을 사갔던 일이 있었지."

"그러니까 그 애네들이 자네보담 한국의 문화가 무엇인지 더 잘 알았나 보지."

장기수는 어디까지나 K의 말을 일종의 신소리로 치부하는 모양이다.

"머리칼보다 가늘게 다듬은 댓살로 엮어내는 그 신묘한 기술의 경지가 예술이건 아니건 그것은 잠시 두고 우선 생각할 수 있는 것 그 사치스러움인데 장이 바치*가 만들어 내어놓은 물건의 사치성과 그것을 머리 위에 올려놓는 정신적인 사치성, 말하자면 자아에 대한 존엄성, 그게 바로 문화라 그 말씀이야."

"흥 별놈의 것에다 다 갖다 붙이는군."

"그래서 왜놈한테 먹혔다 그 말이 하고 싶은 거지?"

"아암 물론이지."

"당연한 얘기다. 문화가 문명에게 먹히는 건, 허나 영원히 먹힐까?"

"답답한 소리 집어치우게. 흥미 없다. 억대가 넘는 대저택에다가 천만 원 넘는 고급 승용차를 굴리는 세상에, 옛날 임금이 그런 사치 누렸어? 무슨 시시하게 갓대가리 얘기를 꺼내어 사치라고들 하누."

"사치의 개념이 천양지간이구먼."

K는 혀를 끌끌 찼다.

"거 골동품 가게 늙은이 같은 소리 집어치워."

"이 불쌍한 친구야, 자넨 학비 조달 땜에 무던히 강의 시간을 빼먹었군그래."

"뭐?"

장기수는 발끈했다.

"그렇지 않고서야 그렇게 말귀가 어두울 수 있나. 자넨 문화와 문명을 구별도 못 하고 있지 않나."

"그래 강의 시간에 한국 문화는 갓이라고 강의하던가? 그러면 문명은 무엇인고?"

"저거지."

하며 K는 방 한구석의 스팀을 가리켰다.

"저 실용품 말이야."

"……."

"대신 우리 집엔 식모가 없어. 실용품을 실용품으로서 십분 이용하는 거야."

"……."

"어때? 자네 사치라고 말하고 싶지? 남들이 다 그러니까 자넨 상식같이 정확한 건 없다 믿고 있지? 허나 상식이란 대개 엉터리야. 진실에 못 가서 그것에 가깝게 어물쩍거려 놓는 균일품, 그게 상식이지만, 난 굳이 상식을 배격할 생각이 없다는 것을 말해두고, 왜냐하면 많은 사람들에겐 십분 편리한 거니까. 그러니만큼 편리한 문명도 환영하는 바이고. 허나 문제는 명백히 해두어야 한단 말일세. 사치에 대한 자네와 나의 견해 차이, 더욱이 예술가로 자처하는 자네이고 보면 망신을 면하게 해줄 의무가 내게 있는 것 같아서 말이야."

하더니 K는 히죽히죽 웃었다.

장기수는 듣기도 싫다는 듯 담배 연기를 뿜어내며 바람에 덜거덕덜거덕 흔들리고 있는 유리창을 바라본다. 공연히 왔다, 공연히 왔다 하면서도 그는 자리에서 일어설 수 없는 것이다. 그냥 일어서서 나간다면 그는 길거리에서 통과할 수 없는 벽에 부딪힐 것 같은 생각이 들었던 것이다.

"나와 자네를 포함하여 한국인이나 일본인은 매우 편리를 숭상하여 양복이라는 게 국민복같이 되어버린 것도 참말 단시일의 일인 모양인데."

"흥 지구보고 거꾸로 돌아가라 하게나."

유리창을 쳐다본 채 장기수는 쏘아댔다.

"지구가 거꾸로 돌아갈는지 그것은 모르지만 세월을 되돌아갈 수 없는 것도 아닐세. 노아의 홍수가."

"이 국수주의자야, 기왕이면 천지개벽이라 하게."
하다가 장기수는 K에게 시선을 돌려놓고 내뱉었다.

"자네 집에서 내 하숙방보다 몇 갑절의 문명 혜택을 받고 있는 모양인데 사고와 생활이 철저하게 다른 걸 뭐래는 줄 아냐? 위선자야 위선자! 아니면 이 도깨비 같은 방구석 모양으로 혼돈이라고나 할까? 나중 말은 좋게 봐준 거지만 말이야."

"나중의 말은 자네로서는 드물게 정곡을 쏘았네. 나는 지금 문명과 문화의 계곡에서 하늘을 쳐다보려고 한단 말이야. 그게 내가 그리고 싶은 세계다. 혼돈, 좋은 말이지. 혼돈이야말로 내가 살고 있다는 증거요, 모순이야말로 헤쳐나갈 문제가 있다는 증거 아니겠나?"

"시끄러, 자네 이론엔 흥미 없어. 꼬리를 붙여나가다간 아마 묘구덕까지 계속될 테니 그만두자."

"아, 아니야 서론도 끝나지 않았어. 그래 내가 말하고자 하는 것은 저놈의 실용품인 스팀을 사치품으로 간주하는 그 야만성인데 그놈의 야만성은 문명을 문화로 둔갑시켰을 뿐만 아니라 문화를 문명으로 둔갑도 시켜놓는다 바로 그 점일세. 예를 들자면 정원의 꽃이나 수목은 우리 몸을 따스하게 한다든가 시원하게 하는 데는 아무 관계가 없어. 다만 마음을 즐겁게 해주는 실용에서 본다면 무용지물이거든. 한데 요즈막에는 번쩍번쩍하게 두드려 맞추어놓은 대저택에다 가격을 더 붙여주기 위해 꽃이랑 수목이 등장한단 말이야. 그놈의 꽃이랑 수목이 가격표하고 밀접한 관계를 맺고 말았단 말이야. 그러니까 그놈의 것이 실용품으로 등장했더라 그 말이지. 바로 자네 눈깔에 비친 게 그 주객전도의 상탠데, 인간이 종놈이 되고 물질의 주인이 된 그 상태에서 자넨 인간을 대상하고 그림을 그리고 있다고 자신하겠나? 문화는 사치인 동시 동물에겐 허용되지 못한 거란 말이야. 예술을 동물에게 권할 수 있어? 먹어주지도 않을 거고 입어주지도 않을 거고 살아주지도 않을 거란 말이야. 실용이라는 것을 구명해나간다면, 물론 동물에겐 냉장고나 스팀의 사용법을 알 까닭이 없지만 춥고 더운 감각이야 지니고 있으니 먹혀들어 가지 않는다고 할 수만은 없지. 그네들이 인간처럼 편리하게 연구는 못했지만 배고픈 것, 추운 것, 비바람 피하는 것쯤 원시적 인간들과 마찬가지로 제 스스로 해결을 하고 있어. 이 세 가지 요소를 발전시킨 게 문명 아니냐 말이야. 총이나 대포나 비행기나 신기한 것 같지만 목적이야 더 많이 먹겠다는 데 있지 않았느냐 그 말이지."

"더 지껄이면 난 가겠다."

"허허 좀 기다리게. 용건이 아직 남아 있어."

K는 아무래도 그의 다변에서 탈피할 수 없는 모양이다. 간

밤의 과한 술 때문에 얼굴이 해쓱해졌으면서도 이야기할 때만은 피곤이 달아나는 모양이다.

장기수는 다시 담배를 붙여 물었다. K의 부인이 빨리 차를 가지고 나타나 주었으면 하고 생각한다.

지껄이는 데 열중한 K는 꺼진 담배에 불을 붙이더니 성급하게 몇 모금 빨고 나서,

"몇 번이나 말하네만 난 문명을 적대시할 생각은 추호도 없네. 내가 양복을 입고 스팀의 온기를 애용하는 이상, 절대 숭배는 아니지만 옛날 하인들같이 부려먹는 쾌감을 즐기는 바이지만. 그런데 말이야, 태곳적부터 사람은 그놈의 답답증 때문에 말을 내지르다 보니 문자가 생겨났고 답답증 때문에 소리를 내지르다 보니 음악이 생겨났고 모양을 나타내어 보고 싶은 답답증 때문에 그림이나 조각 같은 게 생겨났을 성싶은데, 그래서 그놈의 답답증 때문에 종교니 철학이니 윤리 도덕이니, 그게 다 춥고 배가 고파서 생겨난 게 아니란 말이야. 답답증, 다시 말하면 마음이 춥고 배고파서 생겨난 건데 그래서 인간은 동물보다 복잡해졌단 말이야. 나는 의식주하고 관계없는 것을 사치라 생각하는데 그거는 뭔고 하니 빵이 아니면 죽음을 달라, 그런 말이 있냐 말이다. 빵이 없음 바로 죽는 건데 죽음을 달라 말라 할 게 뭐 있느냐 말이다. 한데 동물보다 사치스러운 게 자유가 아니면 죽음을 달라, 이거란 말이야. 그만큼 마음이 배고프고 추워도 못 사는 게 인간인데 그 가지가지

요법이 문화를 만들어왔던 게야. 그러니까 갓이란 예술이요, 도덕이요, 존엄성이요, 그런대로 이 땅 이조 오백 년의 문화를 형성한 머리를 보호하고 장식한 이 땅의 문화재다 그 말이지."

K의 장광설은 언제 끝날지 알 수 없었다. 장기수는 이제 완전히 그의 말을 듣고 있지 않았다. 그의 눈앞에는 도시 오늘 하루가, 아침에서부터 지내온 일 하나하나가 떠올랐다. 그리고 마치 종착역처럼 초라한 약방과 뜨개질하던 아주머니 모습에서 머물렀다.

'나도 여유가 있고 네놈같이 안정된 상태라면 심심해서라도 그따위 소릴 지껄이겠다!'

아까 식당에서 갈비탕을 먹을 때보다 장기수의 생각은 비관으로 기울어진다.

"여보, 당신 아직도 떠들 힘이 남아 있수?"

K의 부인이 차판을 들고 들어오면서 열을 올리고 있는 남편에게 눈을 흘겼다.

"아아 골치가 쑤시는군."

K는 하던 말을 끊고, 엄마만 보면 보채는 아이같이 제 이마를 주먹으로 탁 친다.

"진작 오셨음 좀 더 일찍 말문을 막았을 건데."

"이이는 말 못 하게 하면 병이 날 거예요. 술은 참아도 말은 못 참는다나요."

K의 부인은 웃으며 커피 잔에 김이 나는 커피를 따랐다. 고

소한 냄새가 번져갔다.

"당신도 함께하지."

K가 말했다.

"그렇잖아도 장 선생님한테 드릴 말씀도 있고 해서."

"그렇겠군. 얘긴 당신이 하는 편이 좋겠어."

장기수는 모르는 체하고 앉아 있었다.

커피 두 잔을 먼저 따라 밀크하고 설탕을 쳐서 K와 장기수 앞에 내어놓은 다음 K의 부인은 자기 몫을 따라놓고 잠시 미소를 머금는다.

장기수는 역시 자기가 상상한 대로 혼담은 K의 부인이 주선하는 것이구나 하고 생각한다. 그러나 그는 혼담을 이내 꺼내지 않고,

"손님이 오시면 창피해 죽겠어요."

하며 동정해달라는 듯 장기수를 쳐다보았다.

"왜요?"

우울한 마음을 떨쳐버리듯 장기수는 배시시 웃으며 물었다.

"이 방 말예요. 장 선생님은 자주 오시니까 사정을 아시겠지만 처음 오시는 분이야 어디 그렇겠어요? 치우려고만 하면 관두라고 소릴 꽥 지르지 않아요? 얼마나 여편네가 지저분하면 방이 이 꼴일까, 저라도 흉보겠어요."

"마음대로 생각하라지."

하고 K는 작은 입술을 내밀었다.

"정말 명예훼손죄로 고발을 하든가 해야지."

하며 마누라가 눈을 흘기자 K는 픽 웃는다.

"그림이라도 시작하면 더 야단이에요. 신경질을 부리고 사람을 달달 볶지 뭐예요?"

"내 흉 그만 보구 본론이나 꺼내."

"아아 기가 막혀. 그래 당신은 어젯밤에서부터 지금까지 본론도 꺼내지 않으셨단 말씀이에요?"

"왜 조금은 했지. 하다 보니까."

K의 부인은 커피를 한 모금 마시고 나서 장기수에게,

"어젯밤 이이한테 얘기 들으셨어요?"

"욕만 실컷 먹었지요."

"능청 떨지 말구, 그 일 땜에 왔다고 고백하게."

장기수는 껄껄 웃으며 웃음으로 얼버무린다.

"웃으실 게 아니에요. 장 선생님도 언제꺼정 하숙 생활만 하시겠어요?"

"그야 그렇지만……."

"우리 이이 같음 전 중매 설 생각도 안 했을 거예요. 그 원망을 누가 듣게요?"

의가 좋은 부부로서 그의 말은 역설이지만 장기수는 과히 나쁜 기분은 아니다. K는 K대로 마누라의 역설에 기분 좋은 얼굴을 하고 있었다.

"이이가 어느 정도 얘기했는지 모르지만 신붓감은 제 친구예요. 그러니까 올드미스죠."

"나이 얘긴 들었습니다만 부인 친구라는 말은 안 하더군요."

"내가 뭐 여편네 심부름 갔다고 그 말을 해?"

"심부름 갔지 뭐예요. 괜히 빼기지 마세요. 덕분에 얼굴이 반쪽이 될 만큼 원도 한도 없이 술 마시고 오시잖았어요."

"허허 참."

"그런데 말예요. 장 선생님, 내 친군 얼굴이 예쁘진 않아요."

"그래도 당신보담 예쁘던데?"

"미안하게 됐군요."

K의 부인은 남편에게 눈을 흘긴다.

"저보다 예쁘다니까 미인이 아니라는 것만은 틀림없구요, 저보다 월등한 점은 똑똑하다는 거예요."

"그럼 곤란하겠습니다. 제가 똑똑해야 말이지요."

"똑똑하다고 해서 지성적이라는 뜻은 아니에요. 퍽 현실적이다 그 말이죠. 장 선생님한텐 그런 아이가 좋지 않겠어요?"

"제가 무능하다 그 말씀이군요."

"오핸 마세요. 선생님 직업이 그렇잖아요? 돈 버실 자신 있으세요?"

하는데 장기수는 더 이상 체면만 차리고 있을 수 없어서,

"어디 이 이웃에서 약방을 합니까?"

하고 물었다.

"아아뇨."

장기수의 얼굴에는 완연하게 희색이 떠올랐다.

"좀 멀리 있어요. 수원에서 꽤 큰 약방을 경영하고 있지요."

"네에."

"장 선생님한텐 미안한 얘기지만 그 앤 벌써 선을 봤어요. 개인전 때 가보라 했죠."

"가족들은."

"많아요. 그 애가 장녀거든요. 그래 그런지 여간 단단하질 않아요. 아버진 또 다른 사업을 하구 계시니까, 어떠세요?"

"글쎄요, 만나보기도 전에 어떻다고 말할 수는 없는 일 아니겠습니까?"

"만나보시겠어요?"

"부인께서 권하시니 믿고."

"그럼 됐어요. 제가 자릴 마련하죠."

"간단하군그래."

K가 한마디 했다.

"거 보세요. 당신한테 맡겼다간 몇 달이 걸렸을 거예요."

"흥, 하지만 내가 어제 가서 기구氣球를 띄워놨으니 이 친구가 제 발로 걸어왔지."

이런저런 이야기를 하다가, 나중에는 K의 그 지겨운 이야기를 인내심을 갖고 듣다가, 저녁 대접을 받은 뒤 장기수는 작별을 하고 나섰다.

저녁을 먹었기 때문에 든든했고 결과는 알 수 없으나 우선 희망의 줄을 잡은 듯하여 흐뭇했다.

'시내에나 나가볼까?'

그는 버스에 올랐다.

버스는 유화같이 칙칙한 어둠과 불빛이 혼합된 것 같은 거리로 달리었다. 차창에서는 매운바람이 스며들었다.

K를 두고 때론 불쾌한 존재, 때론 선망의 대상, 때론 귀찮은 다변가로 여겨오기는 했으나 장기수에게는 K만 한 친구도 없었다.

직장의 동료 중에서도 술자리에 어울리거나 거처를 내왕하며 사귄 사람이 없다. 그만큼 장기수는 고독했고 성격상의 결함이 있다고도 할 수 있겠다. 그러고 보면 만날 때마다 좋은 이야기보다 독설을 퍼붓기 일쑤인 K는 호인인지도 모른다. 아니 사실 그가 내뱉은 말만큼 남을 경멸하고 미워하고 분개하는 그런 위인이 아님은 확실하다.

약혼설과 도불설이 나돌았던 그 상대의 여자 경우만 하더라도 여자의 정체불명인 점이 파란의 원인이었다고만 할 수 있을까. 어쩌면 과반의 책임은 장기수 자신의 성격에 있었는지 모를 일이다.

시내의 술집도 일요일에는 한산하다. 어차피 늘 혼자서 마시는 술이고 보면 한산하건 붐비건 장기수에겐 별 지장이 없는 것이다.

그는 술을 마시면서 생각해본다. 정체불명인 그 여자는 나이가 자기보다 많은 것과 이미 결혼의 경험이 있다는 점이 약방 처녀에 비하면 떨어진다. 그 대신 얼굴은 화려했고 불란서까지 데려다줄 수 있는 능력은 약방 처녀보다 유리하다.

그런 생각을 하는 장기수이긴 했으나 그 역시 바닥 없는 악인일 수는 없다. 그는 희련을 놓쳤고 그 정체불명의 여성을 놓쳤다. 그는 무척 고독했던 것이다. 사랑의 갈망과는 다른 고독이 있긴 있는 모양이다. 그런 고독은 곧잘 남에게 의지하려고만 들고 따라서 고독의 회피책이 수지계산의 상태로 나타나기도 하는 법이니까. 그렇게 생각하던 장기수의 수지계산이라는 것은 인숙의 경우같이 단위가 큰 것도 아니며 정확한 것도, 반드시 이윤이 난다고 할 수 없을 것 같다. 그는 맥주 한 병을 마시고 거리에 나왔다.

거리에 나온 그는 다시 다방으로 들어가서 커피 한 잔을 시켜놓고 우두커니 기다린다. 여벌이―혼담―있다는 얼마간의 안심과 여유는 그런대로 엄습해오는 쓸쓸함이 없는 것이 아니다.

인숙이나 약국 처녀로 하여 부정해버린 희련의 존재가 여벌이 생겨 얼마간의 안심을 얻은 뒤 되살아나는 것은 무슨 까닭일까.

'강은식 씨를 주빈으로 한 저녁에 초댈 받아 가야 해요.'

인숙의 목소리가 귓가에서 울리는 것이었다.

'희련 언니만 한 여성 만나기도 어려울 거예요.'

또 목소리가 울리어왔다. 그리고 레지는 커피를 날라다 놨다. 음악이 울리고 있었다.

'아무 일도 없이 희련이하고 살았더라면…… 그편이 젤 나았지. 지금은 돌이킬 수 없게 됐지만.'

그는 뜨거운 커피를 목구멍 속으로 내려보내었다. 그래도 추위는 가셔지질 않았다. 휑뎅그렁한 하숙방이 떠올랐다. 더욱더 추위는 더해가는 것 같다.

'왜 이리 추울까, 추울까?'

그는 커피를 다 마셔버렸다.

'희련이 탓이다. 희련이 아니더라면 나는 이렇게 쓸쓸하고 갈 곳이 없고, 이렇진 않았을 거다. K같이.'

하다가 그는 일어섰다. 카운터에 가서 장기수는 전화 다이얼을 돌리고 있었다.

"여보세요."

남자의 목소리가 울려왔다.

"여보세요."

되풀이 울리어왔다.

"정 선생이요?"

"그렇소."

"나 장기수요."

장기수는 제법 가까웠던 사이같이 제 이름을 말했다.

"무슨 용건으로?"

정양구의 목소리는 냉정했다.

"오늘 밤은 무척 추운 것 같소. 나 술 한잔했지요."

장기수는 언젠가 은애에게 그랬던 것처럼 술 마신 핑계를 대었다.

"용건을 말씀하시오."

"그리 용건, 용건 하지 마시오. 용건이 있어야만 전화를 거는 거요?"

"장 형과 나 사이는 용건 없이 전화질할 처지는 아니잖소."

"그, 그야, 어떻습니까? 제가 술 한턱 사지요. 만나주시겠습니까?"

"나는 술버릇이 사나워서 평소 낯선 분과 술 하는 것을 삼가고 있소. 전화로 끝냅시다. 말씀하시오."

"그럼 한 가지만 묻겠습니다."

"……."

"정 선생 처남 되시는 사람 강은식 사장 말입니다."

"……."

"윤희련이하고 결혼하게 되는 겁니까?"

"여보시오. 그 얼빠진 소린 나보고 묻지 마시오. 당신도 사내자식이라면 시시한 관심일랑 집어치우고 차후 그따위 시시한 용건의 전화로 날 불러내는 것만은 삼가주시오."

전화는 끊어졌다.

'흥, 흥.'

장기수는 찻값을 내고 거리로 나섰다.

'내가 술에 취했나? 당신도 사내자식이라면 시시한 관심일 랑 집어치우고? 차후 어쩌고?'

모욕적 언사는 찬바람에 얼기 시작하는 콧등의 감각같이 둔 중하게 그의 마음 바닥에 내려앉는 것 같았다.

'술버릇이 사나워서 평소 낯선 분과 술을 하는 것을 삼가고 있소?'

장기수의 의식은 술에 취해가는 상태로 되어 있는 것이다.

다시 술집으로 찾아들어 간 장기수는 술을 몇 잔 더 들이켰 다. 떠들썩한 술집 안이 장기수에겐 적막하기로, 겨울밤 눈 내 리는 어느 벌판 못지않았다.

K에게 당한 모욕과 정양구에게 당한 모욕의 원인이 자기 자 신에게 있었다는 것을 모를 만큼 우둔한 장기수는 아니었다. 그러나 자신에게 원인이 있다는 그 원인을 자기 성격에 두지 못하고 자기 처지에다 두었다는 데 장기수의 비극이 있었는지 도 모른다. 처지만 달라진다면, 적막하기가 겨울밤 눈 내리는 어느 벌판 같은 느낌을 그는 가질까.

'어찌 그리 티미한지, 온.'

귀에 익은 목소리가 풀쑥 들려왔다. 누가 한 말이었을까. 장 기수는 술잔을 내려다보며 생각해내려 했다. 누가 그 말을 했 던지 막막하여 기억나지 않는다. 여자의 목소리에 틀림이 없 는데 누구였을까? 그는 빠져들어 가듯 기억을 더듬었다. 희정의 목소리는 아니다. 하숙집 아주머니의 목소리도 아니다.

'오오라, 형수의 목소리였구나!'

눈빛이 몽롱해진 장기수는 얼빠진 웃음을 머금는다.

'고향의 음성이었군. 흥, 고향을 잃은 사내가 외로운 술잔을 들고 기껏 생각해낸 게 눈칫밥 먹었던 그 시절의 귀천이라? 흠.'

어릴 적에 어머니를 잃고 형수 밑에서 달갑지 않은 존재일 밖에 없던 장기수, 그리움도 추억도 없는 고향과 뜻밖에 마주친 셈이다.

'분명 아버님이 계시는데, 하 참 지금쯤은 돌아가셨겠지.'

그러나 장기수는 슬프다든지 서글프다든지 그런 감정에 빠지진 못했다. 아무런 감회가 없었다. 과거는 빛깔도 음향도 없는 하나의 사화산死火山에 불과했으며 고향은 어린 날 그림책에서 본, 먼 나라 풍물을 상상했던 만큼의 동경이나 신비함도 일게 하지는 않았다. 분단의 비극은 남의 비극 같기만 했다.

'그리워할 무엇이 있어? 이 추운 연말에 계집도 자식도 없는 놈이 술집에 혼자 앉아 술을 퍼마신다…… 제기랄! 나한테는 고작 추억이란 게 그거냐 말이다. 눈칫밥 먹던 시절의 티미하다는 그 말 한마디가 생각나다니. 티미하다고? 음, 티미하다는 건 우둔하다는 말이겠다?'

그는 비슬비슬 일어섰다. 우둔하다는 말을 다시 한번 실감해보기 위해서 그러는지 그는 전화통을 찾아간다. 그의 사지

는 첫 번째 술을 마시고 다방에서 전화를 걸려고 했을 때보다
더 후들거렸고 감각은 희미하여 퇴화되어가는 듯했다. 그러나
머릿속은 교활했다. 사지의 마비를 두뇌의 마비로 착각해야
한다고 그는 생각한 것이다.

전화가 떨어졌다. 대뜸 희련의 명랑한 목소리가 울리어왔
다. 분명히 희련은 전화 건 사람을 잘못 예상하고 있는 모양
이다.

"나 장기순데."

"네?"

목소리가 날카롭게 곤두박질쳤다.

"나 장기수란 말이오."

"그래서요? 말씀하시지요."

희련은 자신을 다스린 듯 냉랭하게 응대한다.

"겨울밤은 길고 통금 시간은 아직 멀었소."

"……."

"그리 서둘 것 없지 않느냐 말이오. 여긴 술집이고 내, 제이
인생의 출발을 위해 축배를 들었는데 다시는 전화 걸 일도 없
을 것 같고 그런 뜻에서 희련에게도 경사임에 틀림이 없겠는
데, 다만."

장기수는 트림을 했다.

"다만……."

해놓고 다시 그는 트림을 했다. 카운터에 앉은 여자가 힐끔 쳐

다보았다. 장기수도 수화기를 든 채 여자를 힐끔 쳐다본다.

"다만 이 마당에서 나는 마지막의 호의를 베풀고 싶었던 거요. 너무 긴장하지 마시고 화도 내지 마시고 항상 전화를 먼저 끊기 일쑤였으나 마지막이니만큼."

"바쁩니다. 용건을 말씀해주시지요."

"지금이 몇 신가요? 음 열 시, 열 시는 조금 못 되었군. 그러니까 아무래도 아직까지는 데이트를 하고 있는 모양이오. 윤희련씨의 애인 강 사장하고 그 깜찍스럽고 산전수전 다 겪은 아가씨 송인숙 양하고 말입니다."

하는데 전화는 끊어지고 말았다.

"제에기, 남의 말을 도중에서 잘라먹어도 되는 거야?"

장기수는 다시 다이얼을 돌렸으나, 그러나 수화기를 내려놨던지 계속 통화 중이다. 그는 수화기를 내던졌다.

"어머, 전화 부서지겠어요."

카운터에 앉은 여자는 화를 냈다. 장기수는 입속말로 우물쩍거린다.

"흠, 속이 부글부글 끓을 거다, 끓어. 내 못 먹는 밥에 재나 뿌려준다는 말이 있었지?"

"뭐라구요?"

카운터에 앉은 여자는 빨끈해서 물었다. 장기수는 히죽히죽 웃으면서 계산을 끝낸 뒤,

"아가씨 사랑한다 하였소. 내 아틀리에 한번 오시지 않으려

오? 아름다운 초상을 그려주겠소. 안녕, 안녕히 계시오."

"참 주정치고는 고상하네."

여자는 킬킬거리며 웃었다.

비틀거리며 거리에 나온 그는,

"버스를 탄 다음에는 하숙이 있다. 거기가 종착역이다. 종착역에서 잠을 잔다. 흐흐흠……."

그는 버스에 올랐다.

버스에 흔들리면서, 언제였던가, 그날은 비가 왔을 것이라 생각했다.

버스 속에서 희련을 보았던 그때, 우산을 잊어버리고 내렸던 그때는 비가 왔을 것이라고.

'아니 비가 멎었지. 그러니까 우산을 잊어버리고 내렸지. 난 그때까지만 해도 이렇게 질기지는 않았었는데? 그땐 적어도 내가 나를 신사라 생각했었지. 예술가, 지성인, 여유가 있었던 거야.'

장기수는 비로소 정양구에게, 그리고 희련에게 전화를 건 자신의 행위에 대하여 부끄러운 생각이 들었다.

버스에서 내린 그는 희련의 집이 있는 길로 접어들었다. 목덜미에 스며드는 바람이 차가웠다. 차가운 바람 속에 라일락의 꽃 내음이 실리어왔다. 겨울인데 어디서 라일락이 피어 있단 말인가. 지나간 봄 버스 속에 두고 내린 우산을 이 골목에서 희련을 불러 전해주었을 때 라일락의 꽃 내음을, 그리고 희련이 집 앞에서도 라일락의 꽃 내음을 맡았었다.

'잃어버린 고향과 잃어버린 여자와 잃어버린 봄과 또 뭐가 있지? 하여간에 잃어버린 그 모든 것을 나는 지금 돌아가서 내 화폭 속에서 찾아내어 보는 거다! 망할 놈의 자식! 뭐가 어쩌고 어째? 말 잘하는 놈치고 재주 있는 놈 못 봤다. 말하는 동안 이빨 사이에서 재주가 다 새는 법이다. 망할 놈의 자식, 문명과 문화가 어쩌고 어째? 인간이란 과거에 살 수도 없고 미래에 살 수도 없는 거야. 다만 현재를 살 뿐이란 말이야! 현재를 떠난 것은 아무것도 없어. 존재하지도 않아.'

"아주머니!"

장기수는 하숙집에 이르러 문을 두드렸다.

언제였던가, 은애에게 일본에 있는 오빠로부터의 선물과 소식을 전해준 일이 있는 김 아무개라는 재일교포의 동생 김성준은 애초 A백화점에서 양품을 취급하던 상인이었다.

일본서 상당한 재산을 모은 형님 덕분으로 얼마 전 무역회사를 설립하였고 아직은 그 업체라는 것이 미미한 존재에 지나지 않았으나 형님의 실력을 등에 업고 있는 만큼 앞으로 커나갈 전망은 거의 확실한 것이었다. 부지런하고 능란하고 또한 성실한 김성준과 그의 부인 임 여사는 부부인 동시에 사업을 위해 빈틈없이 보조를 맞추는 매우 합리적인 동사자同事者이기도 했다.

김성준이 강 사장을 초대한 것은 일본서 사업을 하는 형과
강 사장 사이에 끊을 수 없는 유대가 맺어져 있다는 이유도 이
유려니와 그 자신 몇 번인가 일본을 방문했을 적에 강 사장으
로부터 받은 환대에 보답하는 뜻도 있었다. 그리고 또 한 가지
는 단순한 휴양을 위해 귀국했다 하기는 하지만 김성준은 사
업을 떠난 강 사장을 생각할 수 없었다. 반드시 강 사장은 강
사장대로의 구상이 있는 줄 믿었다. 강 사장은 가족끼리 저녁
이나 나누는 줄 알고 있을 테지만 김성준은 김성준대로 따로
계획이 있어 몇몇 인사를 합석시키기로 했던 것이다.

김성준 부처와 송인숙이 가깝게 지내게 된 것은 A백화점에
서 그들이 양품을 취급했을 당시부터였고 임 여사하고는 좀
더 진작부터 알음이 있었다. 친척이라 할 수는 없으나 좀 자세
히 설명을 한다면 지난 늦봄에 인숙이 생일이라 하여 희련을
초대했을 때, 그냥 친척 오빠라고 소개한 안경을 썼던 그 남자
의 형수가 임 여사하고는 육촌 자매이니 사돈뻘이 된다 할 수
있겠다.

아무튼 그렇고 그런 친분으로 하여 초대라기보다는 호스티
스를 도와주는 의미에서 인숙이 오게 되었는데 그러나 그것에
는 인숙의 의도가 많이 작용되었던 것이다. 임 여사의 처지에
서도 강은식의 시중꾼은 필요했던 참이었고.

장기수와 멋쩍은 기분으로 헤어진 인숙은 장기수가 희련을
단념했다 하여 크게 실망을 않고 김성준 집에 나타났다.

음식은 요리 전문가들이 마련하고 있는 모양이었고 임 여사는 실내장식에 마음을 쓰고 있는 모양이었다.

"언니."

꽃병 옆에서 국화 가지를 자르고 있던 임 여사가 돌아보았다.

"아아니, 너 그러고 오면 어떡허니?"

"뭘요?"

"나 질투가 나서 못 산다아."

"아이 좋아라. 언니가 질투한다면 합격이네."

"뉘 간장을 녹이려고 그러고 왔니?"

"몰라서 물으세요? 난 임자 없는 몸이에요."

임 여사는 깔깔대고 웃었다.

"그런데 언니? 나 뭘 도와드릴까."

절로 정이 드는 목소리였다.

"글쎄…… 치장을 그렇게 하고 왔는데 주방으로 쫓을 수도 없고, 식탁보나 펴놓고 말이야, 냅킨도 챙겨주구, 한데 이 꽃 너무 초라하지?"

"글쎄요."

"겨울이니 꽃이 있어야 말이지. 국화뿐이야."

"분량이 좀 많았으면 좋겠어요. 수북이 담으면 화려할 것 같아요. 국화란 원래 쓸쓸한 꽃이니까 적으면 엉성하잖아요?"

"그렇긴 해."

"그러잖아도 올 때 꽃 좀 사올까 했지만 마음에 드는 게 있어야지요."

"넌 언제나 입만 갖고 서울 가더라."

임 여사는 인숙의 성미를 익히 알고 있는 듯 타박을 주었다.

"아이 차암, 언니도 너무 그러지 마세요. 긴 안목으로 바라보시라니까."

하며 인숙은 킥 하고 웃었다.

"그래그래 알았어. 긴 안목으로 보아주지."

"그러니까 언니도 저를 위해 힘써주시라 그 말 아니에요."

임 여사는 인숙에게 곁눈질을 했다.

"으음, 중신어멈이 되어달라, 그 말이겠다?"

"그렇게 노골적으로 하시란 뜻은 아니고요. 거 왜, 은근슬쩍 도와달라 그 말이지요."

"원, 시집도 안 간 처녀가 얼굴도 안 붉히네?"

대인 관계가 원만한 임 여사는 속마음과 달리 숭글숭글하게 말했다.

"나이가 몇인데?"

"서른은 안 됐잖어."

"여덟이에요. 나인 그렇다 치고, 난 엉큼하질 못해서 탁 털어놓는 거예요. 마음은 간절하면서 안 그런 체하는, 소위 그 숙녀라는 물건들을 보면 메스꺼워서 원, 나같이 솔직만 하다면 세상은 아주 살기 좋고 밝아질 거예요. 한국 사람들의 병이 바로 그거 아니에요? 남이 갖다주어서, 그래야 겨우 먹고 싶지도 않지만 권하니까 먹는다는 식으로 말예요. 배 속은 비어서 꾸럭꾸럭 소리가 나는데 한 푼어치 가치도 없는 체면치레는 사실 치사한 거예요. 난, 결혼 문제에도 그래요. 따지고 보면 목적은 간단한 데 공연한 사탕발림을 한단 말예요. 결혼이라는 것도 수지계산의 범주에서 결코 벗어날 수 없는 거예요."

"채산만 맞으면 애꾸라도 괜찮다 그 말이지?"

"아니지요. 그런 것을 다 포함해서 나온 공약수를 말하는 거예요."

"그거, 그러니까 어렵잖아?"

"글쎄, 어려운 건 다음 문제구 말예요. 아무튼 결혼이란 하나의 현실인데 마치 꿈처럼 애매모호하게 베일을 씌워놓는 게 마땅찮다는 얘기지요. 따지고 보면 결혼이라는 것도 손해를 보는 장사가 되어서는 안 된다는 것에 최대 관심이 있는 게 아니겠어요? 다만 나처럼 솔직하게 말할 용기가 없었던 것뿐이지."

"그래그래, 알았다 알았어."

임 여사는 손을 내저었다.

"언니."

"왜?"

"이번 일은 말예요. 저에게만 한한 일이 아니라는 것, 언닌 왜 모르실까?"

"그럼 인숙이 너에 한한 일이지 내 일이냐? 나는 이미 임자 있는 몸이야."

임 여사는 일부러 농으로 돌린다.

"바로 이래서 탈이라니까. 언니 능청도 보통은 아니셔. 언니, 나 강 사장하고 결혼하면 언니가 해볼 성싶어요?"

"그야……."

"긴 안목으로 보세요. 이래 봬도 난 날 아껴준 사람들에 대해선 언제나 발 벗고 나서는 사람예요."

"글쎄, 그렇기만 된다면 오죽이나 좋겠니? 누이 좋고 매부 좋고 하지만 강 사장 그분 여간 까다롭지 않으시대."

"게임은 어려워야 스릴이 있는 법이에요."

"그래 잘 해보아."

임 여사도 어지간히 질리는 모양으로 찾아올 물건이라도 있는 것처럼 인숙을 내버려두고 부리나케 밖으로 나간다.

'흥, 두고 보라지. 밑져야 본전이다. 기회가 있으면 십이분 이용하는 거다. 그럭하지 못하면 그건 바보야.'

인숙은 자신만만한 미소를 띠며 이브닝 백에서 거울을 꺼내어 얼굴의 화장 상태를 살펴본다.

'뺏어보는 거야! 윤희련이 얼마나 매력이 있는지 모르지만 난 그보다 젊고 미혼이라는 이점이 있어. 용모인들 그만 못하진 않아. 내 얼굴은 화려하고 살결은 더 곱지. 첫째 난 윤희련이처럼 멍청이가 아니란 말이야. 장기수가 나가떨어져도 최일석이 있지 않느냐 말이다. 최소한 그렇다. 뜻대로 안 될 경우에

도 최소한 윤희련을 나가떨어지게 하는 것만은 틀림이 없어.'

인숙은 깊은 물속에 잠겼다 올라온 것처럼 심호흡을 하고 이브닝 백을 닫았다.

해는 지고 임 여사는 손님을 맞이할 만반의 준비를 다 끝내었다. 그는 자신의 옷매무시를 고치고 거울 속에 자신을 한 번 더 비춰본 뒤 응접실로 나와 인숙과 마주 앉는다.

이제는 다만 손님을 기다릴 뿐 달리 할 일이 없었다.

"언니 정말 애썼어요."

"손님은 몇 분 안 되지만 말이야 콧대 높은 사람들이 몇 있어서 꽤 신경이 쓰이더구나. 공연히 초대 안 하니만 못한 결과가 되면 하고."

"염려 마세요. 이만하면 훌륭해요."

"그럴까? 흉잡히지 않을까?"

"이젠 신경 쓰지 마세요. 너무 그러면 분위기가 굳어져요. 그리구 말예요, 언니 오늘 밤 김태연 씨 부처도 온다 하셨지요?"

"음…… 그분들 땜에 걱정이야."

"왜요?"

"우리가 초대한다고 올 사람이니? 강 사장하고 합석한다니까 초댈 받아준 거지. 그분들한테 비하면 우린 아직 햇병아리란 말이야."

"그런 말씀 마세요. 그네들도 몇 해 전까진 형편없었대요. 김태연 씨 부인이 계도 하고 돈놀이도 하고 여간 고생 안 했다

591

나 봐요. 사람의 운이란 참말 모르겠어요. 피려고 들면, 줄을 잘 잡은 덕택이지만."

"그러게 말이야. 너 그 부인 아니?"

"아뇨."

"아주 멋쟁이라던데……."

역시 여자끼리의 호기심은 어쩔 수 없는 모양이다.

"못생겼대요. 돈이 있으니까 멋쟁이로 보인 거지요. 벤츠나 캐딜락 타고 다니는 사람치고 못나 보이는 얼굴 있습디까?"

"그건 과장이구, 하나님께서 만드신 모양이야 돈으로도 어쩔 수 없드라, 이 애."

인숙은 킬킬 웃다가,

"한데 그 김태연 씨 부인 말예요. 강 사장 누이동생하고는 잘 아는 사일 거예요. 제가 들은 얘기가 있는데 어쩌면 상당히 가까운 사이인지도 모르죠."

"그래? 그럼 영 잘못했구나. 강 사장 누이동생도 청할걸."

"청했어도 못 올 거예요. 언니가 그러시질 않았어요? 강 사장이 갑사에 내려갔다구."

"음."

"바로 그 누이동생 병문안 간 거예요."

"왜? 무슨 병인데?"

"글쎄요, 무슨 병인지. 병명도 비밀이구 행방도 비밀이었는데 최근 우연한 기회에 알게 됐지요."

인숙은 필요 이상으로 냄새를 피우며 말했다. 희련과 친한 은애에게 결코 호감을 갖지 않기 때문이다.

"음 그랬었구나, 강 사장은 누이동생이나 가족 관계에 대해선 일절 말씀하시지 않기 때문에 누이동생이 있다는 얘기는 아주버님께 들었지만."

말하다가 임 여사는 벨이 울리는 수화기를 들었다.

임 여사는 네네 하며 대답만 하다가,

"아직은 말예요. 한 분도 안 오셨는데 당신이 안 계셔서 네, 그러니까 말예요. 빨리 뫼시고 오세요. 네네 알았어요."
하고는 수화기를 놓았다. 남편한테서 온 전화였던 모양이다.

"지금부터 강 사장 뫼시러 간다누만, 그분 집을 모르고 차도 없으니까 말이야."

임 여사는 잠시 긴장된 것 같았다. 인숙이 역시 강 사장이 들어서기라도 할 것처럼 자세를 가다듬는다.

"괜찮을까?"

임 여사는 임박하자 걱정이 되는 모양이다.

"뭐가요?"

"김태연 사장 내외 말이야. 그분들 굉장하게 해놓고 산다던데 흉잡히면 어떡하지?"

"그 사람들도 뻔해요. 언제부터 잘살았다구? 이만하면 훌륭하니까 염려 마세요."

마침 집 앞에 자동차 소리가 들려왔다. 대기하고 있던 심부름꾼이 뛰어나가는 모양이다.

누가 일착일까?

긴장을 풀려는 듯 임 여사는 픽 웃었다. 그러고 나서 자기가
취할 행동을 깨달은 듯 현관으로 달려나가고 인숙은 손 빠르
게 이브닝 백을 열고 거울을 꺼내어 얼굴을 한 번 더 들여다보
고 기름이 나돋은 콧등을 분솔로 누른다.

현관 쪽이 두런거렸다. 집 앞에서는 연달아 자동차 멎는 소
리가 들려왔고 현관 쪽에서는 더욱더 많은 인기척이 났다.

이윽고 여자 남자 세 쌍이 응접실로 안내되어 들어섰다. 임
여사는 죄송하다는 말을 연발하고 있었다.

아무래도 당주當主인 김성준이 손님을 맞이하지 못했다는 것
이 잘못되었음을 깨닫고 곧 강 사장을 모시고 온다는 말을 하
면서 임 여사는 당황하는 기미를 보였다.

그는 인숙을 그들에게 소개하는 것을 까마득히 잊은 듯 심
부름 아이들이 날라 온 음료를 부인네들한테 권하고 서로 인
사 나누기에 바빴다.

인숙은 임 여사를 도와주겠노라던 자기 말에 책임을 지지 않
았다. 임 여사 혼자 쩔쩔매는데 그는 소파에 앉은 채 여인들의
얼굴과 의상과 손가락에 낀 보석 반지까지 잽싸게 보아 넘긴
뒤 관상이라도 보는 듯 남자 쪽을 햘끔햘끔 살펴보는 것이었
다. 모두 사업을 한답시고 떠벌린 사람들인 모양이었으나 김태
연 부처는 아직 도착하지 않았고 최일석도 나타나지 않았다.

몇 사람이 더 오고 김태연 부처가 나타났을 때 임 여사의 낯빛은 아주 초조해졌다. 그는 시계를 보며 강 사장과 남편이 오기만을 고대하는 것 같았다.

김태연과 그의 아내 배윤주는 먼저 온 사람들과 인사를 나누고 가벼운 농담도 섞어보며 초면인 사람은 임 여사의 소개로 악수를 하기도 했으나 강 사장과 주인인 김성준이 아직 나타나지 않는 일에 대하여 불쾌히 여기는 기색이 역력했다.

'사람을 뭘루 알고 있는 거야. 강 사장 모시러 갔다구? 우린 바지저고리야? 이따위 시시한 졸개들하구 함께 대령하라는 거야?'

윤주는 남편의 화난 얼굴과는 달리 새침을 떨고 있었다.

"이거 차린 것도 없이 오시라 해놓고 죄송합니다."

임 여사는 각별히 윤주에게 신경을 썼다. 윤주는 그저 네네 하며 시답잖게 대꾸하고 있었다. 그러더니 그는 소매를 걷으며 시계를 보았다. 인숙도 건성으로 시계를 보며 배윤주와 얘기 나눌 기회를 노리고 있었다.

인숙은 우선 안심을 했다.

여인들의 의상이나 용모를 살핀 결과는 인숙에게 매우 만족스러운 것이었다. 두드러진 미모도 없거니와 모두 상당한 연배여서 제아무리 우아하게 한복으로 단장하고 나타났지만, 그리고 불빛 아래라지만 눈 가장자리에 잡힌 주름살은 감출 수 없었으며 꺼뭇꺼뭇한 기미 자국은, 장식한 보석이 찬란한 만큼 처량하였다. 인숙의 젊음은 확실히 돋보였다. 한복 일색 속에 홀로 양장인 모습도 두드러진 것이었다. 연보랏빛 칵테일 드레스에 하얀 이브닝 백을 무릎에 올려놓고 앉은 모습은, 최대한으로 닦고 깎고 하며 꾸미고 나온 노력은 십분 발휘된 셈이다.

드디어 주빈인 강 사장이 나타났다. 김성준에게 안내되어 들어선 그는 순간 어리둥절해하는 것 같았다. 다음은 예기치 않았던 수많은 얼굴과 마주친 그는 당혹해하는 표정이 되었다.

모두들 일어섰고 김태연 부처도 불쾌한 낯빛을 지우며 얼른 다가서서 김 사장이 먼저 악수를 했다.

"먼저들 오셨구먼요. 죄송합니다."

김성준은 특히 김태연 부처를 향해 고개를 꾸벅 숙였다.

"김 사장, 이거 크리스마스 파티를 미리 여는 거요?"

강 사장이 웃으며 말했다. 결코 옹졸하지는 않았다. 당혹함을 손쉽게 호주머니 속으로 접어 넣어버린 듯 그는 껄껄 웃었다. 이런 장소에 적합한 언동으로, 강 사장은 충분히 능청스럽게 남성하고는 악수를 나누고 그들 부인을 소개받으면 정중히 고개 숙이며 몇 마디씩 말을 건네곤 했다.

그러나 강 사장의 눈이 인숙을 향했을 때, 들어오는 순간의 그 어리둥절해하던 표정으로 돌아가는 것이었다.

"안녕하셨어요?"

인숙은 몸을 일으켜 세우며 활짝 웃었다.

"아 참."

하다가 강 사장은 빙그레 웃었다.

"여기서 또 뵙게 되는군요. 영광입니다."

"나야말로 영광이오. 다시 만나게 되어서."

참석자들의, 강 사장을 향한 목적의식이 앞서는 소용돌이 속에서 최일석의 모습이 보이지 않는 것을 유념하는 사람은 아무도 없었다. 하긴 이들 중에 최일석을 아는 사람은 몇 없었고 초청을 한 김성준 부처조차 최일석이 나타나지 않는 일에는 아무 관심이 없었다. 최일석이 거느리고 있는 인숙의 친척 오빠라는 김 부장이 임 여사하고 사돈 관계인 탓으로 진작부터 김성준 부처와 친면이 있고 사업상 연관이 있다고는 하나 최일석은 그리 중요한 존재는 아니었던 것이다.

이들 중에서 다만 인숙이 홀로 최일석의 출현을 기다리고 있었다. 다소 늦어질 것을 알고 있었으나.

"그동안 시골 갔다 오셨다지요? 겨울의 여행은 아주 낭만적이었겠어요."

인숙은 강 사장을 놓치지 않으려는 듯 말을 이었다.

"네, 풍경이 좋더군요."

"그러셨겠지요."

인숙은 의식적으로 애매모호한 표정을 지으며 고개를 갸웃했다.

강 사장은 물같이 무심하게 장소를 옮기며 역시 거머잡듯 말을 걸어오는 너부죽하게 생긴 남자와 이야기하며 웃고 있는 것이었다.

인숙은 얼마간의 공백을 메울 양으로 배윤주를 찾는다.

사람이란 일대일로 대할 적에 상대방의 인품을 관찰할 수 있으며 많은 사람들이 모인 속에서는 그 성품을 가늠하기 어렵다는 착각을 대개 하고들 있는 것 같다. 또 사람에 따라서는 일대일로 대했을 때 비로소 자신을 드러내는 경우도 있다.

그러나 무리들 속에 휘말리어 들어가지 않고 구경꾼의 마음으로 무리를 바라볼 적에 탈바가지 속의 진짜 얼굴을 발견하게 된다. 특히 그 무리 속에 지위든 명성이든 혹은 재물이든 그런 것을 월등하게 많이 가진 사람이 끼어 있다거나 또는 그 무리 속에 그런 것을 영 못 가진 사람이 한둘 끼어 있을 적에 무리를 이룬 개개인의 성품이 잘 나타난다 할 수 있을 것 같다. 아첨을 한다거나 하는 따위의 언동에다 획일선을 그어놓고 하는 말이 아니다. 아첨이나 괄시하는 언동의 갖가지 형태에서 사람이 사람의 성품을 알 수 있다는 얘기다.

아첨도 좀 수가 높으면 상대를 치는 체, 대등하게 대화하는 체, 하면서 추켜세우는 모양을 볼 수 있다. 그래서 정직하고 박력 있게 보이게끔 한다. 수가 높은 만큼 교활하고 목적의식이 강하며 따라서 세심한 계산이 있어 아첨의 대가는 그 단위가 큰 법이다. 대신 자기 자신의 존엄성을 포기하는 데서 광대가 지니는 서글픔이나 심약한 사람의 주저함 같은 것이 없다.

이와 마찬가지로 사람 팔시의 방법에도 함께 술잔을 나누며 소탈하게 웃고 맞장구를 치면서 상대방을 감격하게 하기도 하고 기대에 부풀게도 하는데 바닥에는 무자비와 냉소를 지닌, 심하게는 악마주의적인 경우도 있는 것이다.

지금 김태연 사장은 완강하게 보이는 가슴을 내밀고 오히려 거친 몸짓을 하며 수 높은 아첨을 강 사장에게 시도하고 있는 것이다.

강은식 사장 역시 소탈한 웃음과 무장을 해제한 것 같은 자연스러운 모습으로 이들 신흥 부호들, 다음 성벽으로 기어오르고자 하는 무리들 사이를 누비고 다니며 보증 없는 선심을 베풀어주고 있는 것이다.

인숙은 어느새 배윤주 곁에 가서 자기소개를 서슴지 않고 있었다. 그러고 나서 은애의 이름을 들먹였고 그 은애가 바로 강은식 사장의 누이동생임을 은근히 알려준다.

"아아니, 그래요?"

"사모님께서는 모르셨던가요?"

"난, 통 몰랐어요. 어쩌면?"

"저는 그 언니하고 사모님이 친한 줄로 알았는데요."

"친하다 뿐이겠어요? 학교 땐 내가 그 애를 얼마나 귀여워했다구. 지난번에도 만나서 차를 함께했는데, 계집애가 원체 말이 적어서 그렇겠지만 강 사장 일은 입 밖에 내지도 않았어요."

남편에 비하여 단순한 배윤주는 단번에 인숙의 존재를 인정하고 친숙해지자는 기분을 나타내었다.

"그 언닌 지금 아픈 모양이에요."

인숙은 걱정스럽게 이맛살을 모았다. 이윽고 손님들은 식당으로 안내되었다.

"한국 가정도 이래야 돼. 외국에서는 손님을 가정으로 초대하게 마련인데 여기선 걸핏하면 요릿집이니 말이야."

누군가가 생색을 내려는 듯 시부렸다.

"옳으신 말씀이세요. 그러니 바깥어른들 가정부터 먼저 건설하셔야 해요. 언제든지 손님을 모실 수 있게 말이에요."

누군가의 부인이 옳다구나 하고 하는 말에 모두들 웃었다.

"그럼 요릿집 여자들은 누가 구제하지요?"

"아아니, 그럼 사업은 요릿집 여자들 구제사업이신가요?"

야무지게 응수하는 바람에 또다시 웃음이 터졌다.

인숙은 강 사장 옆에 앉았다.

"그러나 사업을 하다 보면 한국 실정으론 요정*도 필요하지요. 그놈의 분위기, 왜 아시잖습니까? 그 분위기라는 게 아주 중요하다 그 말이지요."

"그 분위기라는 것 좀 알아듣게 설명해주실 수 없을까요?"

객담들을 하는 사이, 음식이 차례로 들어왔다.

"인숙아."

"네, 언니."

"강 사장님 시중 잘 들어."

"염려 마세요."

인숙은 생글생글 웃으며 듣기에 따라 모욕이 될 수도 있는 말을 기쁘게 받는다. 그러자 강은식이,

"숙녀는 신사의 시중을 받는 겁니다."

하며 오히려 먼 곳의 음식을 집어서 인숙 앞의 작은 접시에 놓아주곤 한다. 응당 차지할 자리에서 응당 받아야 하는 대접을 받는 것처럼 인숙의 표정은 당당해 보였다.

뒤늦게 최일석이 식당으로 안내되어 들어왔다. 인숙의 입가에 미소가 떠올랐다. 그는 최일석에게 의미심장한 눈인사를 보내고 나서 점잖게 닭고기를 뜯는다. 최일석은 조심스럽게 인사를 하며 자리에 끼어들었다.

식사가 끝나자 심부름 아이들이 바삐 서둘러 넓은 식당을 정리한 뒤 다시 남성과 여성들을 구별하여 마실 것을 날라 왔다. 그리고 반드시 그래야만 하는 것처럼 전축에서 음악이 울려 나왔다. 그것은 마치 춤을 추자는 신호이기나 하듯이 남성들은 여성에게 함께 춤출 것을 청하고 몇 쌍이 돌기 시작했다.

한껏 기쁘게 해주기 위해 세밀하게 짠 진행이었으나 강은식에게는 더 이상 견디기 어려운 고역이었다. 그도 춤의 소양이 전혀 없는 것은 아니다. 그러나 그는 술잔을 든 채 움직이려 하지 않았다. 인숙이 몇 번인가 몸을 움지럭거렸다.

임 여사가 쫓아왔다.

"강 사장님, 인숙인 보통 실력이 아닙니다."

하며 춤을 권했으나,

　"못하는 것이 별로 없습니다만 춤만은 못합니다."

하자 인숙이,

　"그럼 제가 가르쳐드릴까요? 저 하는 대로 따라오시면 돼요."

　"아아 그만둡시다."

　강은식은 손을 저었다. 그러자 최일석이 슬며시 곁으로 다
가왔다.

　"저 아직 인사가 없습니다만."

　최일석은 눈꼬리를 접으며 웃었다.

　"참."

하며 인숙은 강은식에게 최일석을 소개하였다. 그리고 강은식
이 느낄 수 있을 만큼, 아니 느끼기를 바라듯이 인숙은 입가에
미묘한 웃음을 띠는 것이었다.

　"김 사장한테 말씀 많이 들었습니다. 앞으로 많이 지도해주
십시오."

　최일석의 말에 대하여 강은식도 사교적인 몇 마디 말을
했다.

　"한데 최 전무님, 왜 혼자 오셨어요? 보시다시피 모두 동반
아니에요?"

　"아닌 게 아니라 기가 꺾이는군요. 함께 오고 싶었지만 연락
이 안 되어서."

　"요즘 이상해진 게 아니에요?"

"글쎄."

"함께 오셨으면 좋았을 것을. 참 그 언니 강 사장님하고도."

강은식은 의아해하며,

"네?"

하고 반문했다.

"희련 언니 말예요. 그때 함께 계셨을 때."

"아아, 그런데?"

"최 전무님하고 연락이 닿지 않아서 함께 못 오셨대요."

강은식은 역시 어리둥절해하는 얼굴이다. 최일석은 맹맹한 표정으로 서 있다가 인숙이만큼 연기에 자신이 없었던지 춤을 청했다. 그들이 음악을 따라 사람들 속으로 들어간 뒤 강은식은 비로소 그들이 주고받던 말의 의미를 새겨본다.

'요즘 이상해진 게 아니에요? 그게 무슨 뜻일까?'

뜻을 캐기에 앞서 강은식은 불쾌감을 느낀다. 인숙이라는 여자를 우습게 보았고 신임할 수 없는 성질인 것을 간파했음에도 강은식은 불쾌했다. 불쾌감을 씻으려고 그는 술을 좀 과하게 마셨다.

한구석에서 이런 조그마한 음모와 강은식의 마음의 소용돌이를 알 턱이 없는 김성준 내외는 무사히 손님을 치렀고 강은식의 마음을 흡족하게 했을 뿐만 아니라 앞으로 발돋움하는 데 필요한 김태연 사장에게 강 사장은 자신을 위한 후광後光이 되어주었다고 믿었다. 그리고 그들은 인숙을 강 사장 근처에

둔 것도 효과가 있었다고 착각을 했다. 그래서,

"언니, 강 사장 돌아가실 때 언니네 차 내는 거죠?"

"그럼."

"나도 그 차에 편승시켜주세요."

"그래라. 어려운 일 아니지."

하고 기분 좋게 말했다.

점잖고 예의 바른 몸가짐이 미처 몸에 배지 않은, 그러나 건
실한 중산中産에서 재벌로, 또는 상류사회로 진출하려는 패기
가 건강한 김성준 사장 댁의 초대객들은 열 시가 좀 지난 뒤 흩
어지기 시작했다.

인숙은 강 사장을 바래다주는 차에 편승했다.

"댁이 어디시죠?"

강은식은 물었다. 인숙은 한동안 말이 없다가,

"시내까지 나가야겠어요."

했다.

강은식은 더 이상 말을 하지 않았다. 우울한 것 같지 않았는
데 말이 없었다.

"강 사장님."

"네."

앞을 바라본 채 강은식이 대답했다.

"기분이 안 좋으신가 봐요."

"그렇지도 않습니다."

"언제 떠나세요?"

"어딜 말입니까?"

"어디긴요? 일본이지요."

"아, 곧 떠나야지요."

강은식은 창밖으로 시선을 돌려버린다. 인숙은 초조했으나 그러나 아까 알 듯 모를 듯한 말이 강은식에게 통한 것을 짐작하고 다소의 쾌감을 느낀다.

강은식의 침묵은 완강했다. 심장이 강한 인숙으로서도 그 침묵을 깨뜨리기 어려웠다.

"인숙 씨라 하셨지요?"

담배를 꺼내 물며 강은식이 물었다.

"네."

인숙은 희련에 대해 강은식이 탐색을 시작하는 거라 생각하며 가만히 기다린다.

"군계일학이더군요."

"네?"

"오늘 밤 말입니다."

"아이 별말씀을."

"아니 정말입니다."

"그럴 리가 있나요."

"결혼은, 안 하셨던가요?"

"그렇게 보여요?"

"뭘 말입니까?"

"결혼한 여자같이."

"아 아니, 그래서가 아니라 확인을 해보는 거지요."

"불행하게도 데려갈 사람이 없었나 봐요."

인숙은 물결을 탄 것처럼 부드럽고 익숙하게 대답했다.

"그것 정말 불행한 일입니다. 아름다운 여성을 데려갈 남성이 없다는 것은."

자신이 대단한 인숙이지만 강은식이 자기를 놀려주고 있는지 관심이 있어 그러는지 잘 구별이 되지 않았다.

"너무 동정하시는 것 아니에요? 전 아직 젊으니까요."

강은식은 허허하고 웃는다.

차는 호텔 앞에서 멎었다. 먼저 내린 강은식이 작별의 말을 하려는데 인숙이 민첩하게 따라 내렸다.

강은식이 곁눈질을 하며 싱긋이 웃는다. 인숙은 무조건 강은식을 따라 걸었다.

"어딜 가십니까?"

"강 사장님 따라온 거예요."

인숙은 불빛 아래서 활짝 웃어 보인다. 고운 살결은 매력이 있었다.

"처녀가, 그거 위험하지요."

"저는 강 사장님의 인격을 믿으니까요. 전 왠지 따라오고 싶었어요. 뭔지 미진한 생각이 들어서 말예요."

"그럼 술이나 하실까?"

강은식은 인숙을 스카이라운지로 데리고 올라갔다. 강은식은 별로 시간 같은 건 생각지 않는 것 같았다.

자리에 앉고, 스카치 두 잔을 청해놓고 그러고 난 뒤,

"인숙 씨는 인격을 믿는다고 했는데 인격이란 뭡니까?"

"글쎄요, 그런 것 주관적인 것 아니겠어요?"

"주관적인 것?"

"호감을 가졌다면 인격을 믿은 것 아니겠어요?"

"묘한 해석이구면."

"맹목적인 건지도 모르지요."

"재미있습니다. 한데 내가 인숙 씨 인격을 믿지 못한다면 그건 호감을 안 가졌다는 얘기가 되겠군."

인숙의 낯빛이 금세 서먹해진다.

"노여워 마십시오. 실상 나는 여태까지 인격을 믿는다는 따위의 생각은 해본 적이 없으니까."

"그럼 아무도 사랑한 일이 없었다는 말씀이겠군요."

"따지고 보면 그렇게 됩니까? 한데 나는 많은 여잘 좋아하긴 했었소."

"물론 그러셨겠지요."

"그런데 그 여자들은 모두 그런 직업의 여성이었지요."

"그야 뭐 강 사장님께선 혼자 계셨으니까 그럴 수 있는 일 아니겠어요?"

"인숙 씨께선 영광스럽게도 내가 좋아할 수 있는 자격이 없군요. 인숙 씨에겐 영광이지만 나로서는 유감입니다."

이번에는 인숙도 발끈했다. 그는 순간 계산을 잊었던 것이다.

"그럼 희련 언니도 그런 직업의 자격을 갖고 있었던가요?"

돌이킬 수 없는 실수였다. 강은식은 빙그레 웃었다. 웃을 뿐 아무 대꾸가 없었다. 인숙은 당황했다. 말할 수 없이 당황했다. 그러나 다음 순간 희련에 대한 미움이 지글지글 끓어올랐다. 난처한 짓을 저지르게 된 그 잘못이 모조리 희련에게 있는 것 같았고 강은식의 말 없는 웃음은 질투심에 불을 질렀다.

"어쩌면 그럴는지도 모르지요. 얌전한 체하면서, 최 전무가 돌려준 돈도 몇백만 원이나 된다더군요."

강은식은 탁자 위에 담뱃갑을 호주머니 속에 집어넣었다. 그리고 일어섰다. 인숙의 낭패한 얼굴을 바라보며 일어선 강은식은,

"나는 자리에 없는 사람들에 관한 이야기에는 취미가 없습니다. 계산은 하고 가겠소. 천천히 쉬었다가 가십시오."

인숙은 아랫입술을 깨물었다.

11. 빙하

'바보 같은 자식!'

수화기를 집어 던진 희련의 얼굴이 새하얘졌다.

'뱀 같은 인간! 비열한! 쓰레기같이 지저분하다! 천하에 못나고, 남자가 아냐!'

장기수를 향해 그가 할 수 있는 최대한의 욕지거리를 마음속으로 퍼부었으나 후련해지기는커녕 어떻게도 해볼 수 없는 노여움만 치솟는다.

'치사하다, 치사하다!'

희련은 소파에 가서 쫓겨온 사람같이 움츠리고 앉는다. 바싹 모아 붙인 양 무릎이 덜덜 떨린다. 얼굴에는 소름이 나돋았다.

'나 같음 죽어버리겠다. 죽어버리고말고. 부끄럽지도 않을까, 창피스럽지도 않을까. 구제 못 받을 인간이야. 하나님은

어째서 그 같은 인간을 만들었을까?'

장기수와 같은 인간이 존재하고 있다는 사실 그 자체를 용납할 수 없다고 희련은 생각한다. 아마 희련에게 손톱만큼의 애정이 있었더라도 이같이 여지없는 생각은 하지 않았을 것이다. 희련은 아무리 이해하려 해도 이해할 수 없었다. 아니 숫제 이해하려 하지를 않았다.

자신의 냉혹함이나 잔인성에 대해서는 깨닫지 못하고 있는 것이다.

이해함은 사랑하는 마음에서 시작되는 것이며 사랑이 아닐 때는 다분히 공리적 타산이 따르는 관대함에서 시작되는 것인데, 장기수를 향한 희련의 마음은 다만 혐오가 병적으로 굳어져서 이해의 여지가 없었을 뿐만 아니라 이제는 상대방에게 입힌 심적 피해에 대한 죄책감마저 느끼질 못했다.

고자질을 한다든지 엿본다든지 하는 따위의 행위를 살인강도의 행위 이상으로 악덕시하는 희련의 사고방식은 늘 그래왔었던 장기수의 협박 비슷한 언동 이상으로 그를 노엽게 하였고 미움에 파들파들 떨게 하였다.

그러나 시간이 지나감에 따라 그의 미워하는 마음은 엷어지고 조는 듯 눈을 내리깔던 장기수라는 인물의 모습도 차츰 흐려져 갔다. 이제 남은 것은 남았을 뿐만 아니라 시간이 흘러가는 데 따라 더욱더 뚜렷하게 울리는 장기수의 말 몇 마디였다.

얼마 전에, 인숙을 만나 처음으로 희정이 저지른 채권 관계에 관한 이야기를 듣던 그날 공교롭게, 사실은 인숙이 미리 연락하여 만나게 되었지만 장기수를 다방에서 만났을 때 그가 한 말을 희련은 똑똑히 기억하고 있다.

'중년 남자가 잠시의 심심풀이로 차에나 담아 싣고 교외로 어디로 다니지만 무슨 보장이 있어? 어리석고 못난 짓이었다는 것을 머지않아 깨닫게 될 거야.'

독즙을 들어붓듯이 내뱉던 말을 희련은 기억하고 있다.

'지금은 몇 신가요? 음 열 시, 열 시는 조금 못 되었군. 그러니까 아무래도 아직까지는 데이트를 하고 있는 모양이오. 윤희련 씨의 애인 강 사장하고 그 깜찍스럽고 산전수전 다 겪은 아가씨 송인숙 양하고 말입니다.'

바로 조금 전에 수화기를 통해 울려오던 장기수의 말은 지난날의 그 말보다 열 배 백 배 독을 뿜으며 희련의 단순한 마음을 파괴해나갔다. 그는 시기와 의혹과 미움과 배신당한 노여움에서 몸을 사리고 꼼짝없이 앉아 무서운 자신과의 싸움을 벌이고 있었다.

도저히 믿을 수 없는 일이었다. 믿으려 하지도 않았다. 그러나 강은식은 초대받아 간다는 전화를 준 이후 현재까지 아무런 연락이 없으며 그가 어디서 무엇을 하고 있는지 알지 못하고 있는 것만은 사실이다.

수차 거의 노골적으로 나타내던 강은식에 대한 인숙의 관심이 고문을 당하는 것같이 희련의 기억 속에서 살아나 춤을 추었다. 희련은 인숙을 아름답다고 생각했다. 젊다고 생각했다. 젊고 아름답다는 면에서는 의식 밖에 있었던 인숙이 굉장히 큰 비중으로 희련을 압도하면서 젊고 아름답다는 생각을 되풀이하는 동안 인숙은 어느새 매우 신비스러운 여자로서 희련의 눈앞에 버티고 서 있었던 것이다.

'아니야 아니야. 속단하는 게 아니야. 함께 초댈 받아 갈 그런 우연이 있었는지 누가 알아? 아니면 장기수가 길에서 우연히 만난 그들을 보고 하는 얘긴지 누가 아느냐 말이다.'

희련은 몸을 뽑아내듯이 자신에게 유리한 방향으로 생각을 돌려본다.

'데이트하고 있을 거라구? 그 말이 고약하게 들렸던 거야. 어떤 용건으로 사람이 사람을 만나는 게 뭐 그리 끔찍한 일이겠어? 더군다나 그 말은 장기수가 했고 그 말을 곧이 들어준다 하더라도 말이야.'

희련은 두 무릎을 싸안으며 그 위에 이마를 얹는다.

'그분이 나의 뭐지? 그분의 행동을 막을 권리가 나한테 있단 말이야? 권리? 그런 권리는 이 세상에 아무한테도 없어. 그런 일을 생각한다면 정말 난 치사한 여자란 말이야. 장기수하고 똑같은 인간이 될 거란 말이야. 그분이 누굴 만나든, 가령 인숙을 만나서 나한테 했던 것처럼 그랬다 하더라도 말이야. 다만 내가 나를 어떻게 할 것인가 그것만이 내가 나한테 할 수 있을 뿐이야. 죽어도 못 잊겠으면 죽어야 하고 잊을 수 있다면 그냥 살아보는 거고, 애정에 무슨 경쟁이 있어? 무슨 싸움이 있을 수 있느냐 말이다. 무의미할 뿐이지. 아무것도 어떠한 짓도 할 수 없는 거야. 돌아오지 않으면 그것으로 끝이며 내 마음이 가지 않아도 그것으로 끝이야.'

희련은 잠꼬대같이 중얼거렸다. 중얼거리면서 일각일각, 전화벨이 울려올 것을 기다리는 것이었다.

시계를 보지 않아도 그의 머릿속에서는 초침이 정확하게 돌아가는 소리를 들을 수 있었다. 팽팽하게 뻗은 공간을 기계 소리같이 지나가는 시각의 소리는 그의 마음을 그리고 몸을 팽팽하게 하였고 그 시각에 뒤떨어졌을 때 그의 숨결은 허우적거렸다.

오 분, 십 분, 삼십 분, 한 시간, 숫자는 마치 인쇄소에서 찍어내는 활자처럼 선명하게 회전을 되풀이하고 있었다.

열두 시가 지나갔다. 유령의 발자국같이 열두 시는 물러나가버렸다.

"아주머니 왜 이러고 계세요?"

희련은 소파에서 펄쩍 뛰어올랐다.

"변소 가다가 불이 켜져 있기에."

도어를 열고 들여다보던 식모는 펄쩍 뛰며 놀라는 희련에게 미안한 듯 말했다.

"커피 끓여드려요?"

"아, 아냐."

"아주머니 너무 걱정하시는 게 아니에요?"

"……."

"큰아주머니 말씀을 들으니까 이자 없이 편리 봐주기로 됐다던데요?"

채무 관계가 표면화되고 그래서 그 경위를 다소 알게 된 식모는 위로의 말을 했다. 희련이 잠을 이루지 못하고 혼자 우두커니 앉아 있는 것을 가엾게 본 모양이다.

그러나 희련은 그 말이 귀에 들어오지 않았다.

희련은 층계를 밟으며 자기 침실로 올라간다.

올라가는데 마치 낭떠러지로 떨어져 가는 착각을 한다.

이튿날 아침 희련은 이상하게 꿈도 없는 잠에서 깨어났다. 깨어난 순간 그는 아래층 기척에 귀를 기울였다.

전화벨이 울리고 있는 것 같았다. 희련은 이불깃을 걷으며 벌떡 일어났다. 침대에서 발을 내리려는데 그는 벨 소리가 환청임을 깨닫는다.

안개가 자옥이 끼어든 것 같은, 정체가 분명치 못한 강은식의 모습이 눈앞에 나타났다. 희련은 안간힘을 써서 마치 주술의 힘을 빌리려는 듯이 심안心眼을 한곳에 모았다. 강은식의 모습은 그러나 안개인 채 사라지고 말았다. 다음은 먹물을 쏟아부은 것 같은 단절감이 엄습해온다.

희련은 침대에서 내려섰다.

거울 앞에 서서 머리를 끌러 손가락으로 빗어본다. 유령 같은 제 모습이 마치 타인처럼 거기 거울 속에 있었다.

'연애, 정사情事, 연애…… 정사.'

그것을 정확히는 구별할 수 없다. 그러나 희련은 사랑하는 마음 없이 여관이나 호텔 같은 곳을 찾아드는 남녀의 행위를 정사라고 막연히 생각해본다.

'사랑하는 마음 없이…….'

느지막이 희련은 아래층으로 내려갔다. 집을 팔려고 내놓은 후 그는 계속 휴업 상태에 있었으므로 집 안은 괴괴했다.

아침부터 외출을 했는지 희정은 없었다.

어젯밤과 같이 소파에 앉은 희련은 전화기를 멀거니 바라본다. 수화기를 들고 강은식에게 다이얼 돌리고 싶은 충동을 그는 억누르고 있었다. 또 그 자신 그 충동에서 이겨날 것을 믿고 있었다. 그러나 검은 전화기는 괴물같이 보였다.

그 괴물이 울리었다. 한참을 울리었다. 희련은 수화기를 들었다.

"누구세요."

희련의 입에서 전과 다른 말이 튀어나갔다.

"나예요."

인숙이었다.

"그간 별일 없지요?"

탐색전이었다.

"음."

희련의 눈에서 처음으로 눈물이 흘렀다.

"너무 오랫동안 언닐 못 봐서 말예요. 궁금해서 전활 걸어봤어요."

"고맙구나."

"갑사 내려가셨더라구요."

"음."

"은애 언니 좀 좋아지셨지요?"

"그런가 봐."

"아니 언니 목소리가 왜 그래요? 감기 드셨어요?"

"⋯⋯."

"기분이 언짢으신가 봐."

"⋯⋯."

"저한테, 혹 불쾌한 일이라도 있어요?"

희련은 전신을 굳히며 참았다. 그것은 이성이었다. 사태를 명확하게 알지 못하면서 추태를 부릴 수는 없고 설령 사태가 이상하게 된 것을 알았다손 치더라도 그것은 자기 자신 혼자의 문제인 것이다.

"나 몸이 좀 아픈데 말이야, 미안하지만 전화 끊겠어."

희련은 수화기를 놓았다.

'어딜 갈까? 하지만 난 또 속단하는 게 아닐까? 강 선생님을 믿지 않는다는 것은 내가 나쁜 탓이 아닐까? 누가 그랬어. 자기를 통해 남을 생각한다고 말이야. 난 애정을 계산하는 걸까? 손해 보지 않으려는 것 아닐까? 아니야 아니야, 그건 아니다. 그건 아니다. 혹시 어디 몸이라도 아파서, 사고라도 났다면?'

희련은 그런 생각을 하며 거리에 나왔다.

희련이 찾아간 곳은 호텔이었다. 그는 프런트에 문의해보지도 않고 곧장 강은식이 묵고 있는 방 앞까지 갔다. 골인 직전의 마라톤 선수같이 희련의 머릿속에는 아무 생각이 없었다. 머릿속이 하얗게 비어버린 사막 같았다.

문을 두드렸다. 낮은 목소리가 났다.

문을 열고 들어섰을 때 팔베개를 하고 침대에 누운 채 멍해 있던 강은식은 깜짝 놀라며 몸을 일으켰다.

순간 희련은 전신에 찬물을 뒤집어쓴 것 같은 전율을 느꼈다. 다음 수치심과 무모한 자기 행동을 깨닫는다. 새하얗게 질렸던 얼굴이 새빨갛게 변해갔다.

강은식은 전화를 걸지 못할 만큼 병자가 되어 있지 않았다. 침대 옆에 손만 뻗으면 수화기를 들 수 있는 전화기가 놓여 있었다. 침대에 누워 있었던 만큼 사고가 난 것도 아니었다.

"웬일이지요?"

놀라운 기색은 어느덧 사라지고 잠옷인 채 소파 쪽으로 오는 강은식의 표정은 말할 수 없이 쌀쌀했다.

"저, 저."

할 수밖에 희련은 벙어리가 된다. 하고 싶은 말이 터져 나올 듯했으나 무엇을 어떻게 말할 수 있었겠는가.

강은식은 줄곧 아무런 연락을 취하지 못한 이유에 대해서 말이 없었다.

"앉으시지."

불쾌해하는 낯빛, 험악해진 눈빛, 그의 안색은 좋지 않았다.

희련이만큼은 아니었지만 그 역시 인숙이 들려준 말에 상처를 받은 것만은 틀림이 없다. 그는 희련이 나타나는 바로 그 순간에도 괴로운 자문자답을 하고 있었던 것이다.

'믿을 수 없다. 은애라면 그 여자의 일을 잘 알겠지. 알아볼까.'

'아니지. 어디 그 애가 지금 맑은 정신인가.'

'그럼 정 서방한테 넌지시 물어본다?'

'시시한 생각을 하는군. 사내자식이 그럴 순 없다.'

'좀 관망해보자.'

'아니 떠나버리지. 사춘기의 소년도 아니구, 흥.'

'너무 옹졸하지 않을까? 중상이라면? 내 눈으로 본 그대로 믿어보는 거다.'

중상이든 아니든 강은식은 남을 해치는 말을 믿는 성미도 아니거니와 인간과 인간들의 갈등과 싸움 속에서 살아온 사람이다. 그러나 최일석까지 등장한 작전은 상당히 교묘하였고 인숙의 성품을 간파했음에도 애정 문제에 냉정하기란 역시 어려운 일인 모양이다.

그는 아무래도 불쾌했다. 여자들은 대부분 그와 같은 허위성을 갖고 있게 마련이라고, 한발 물러서서 바라보는, 평소 강은식의 사고방식도 많이 작용이 되었다.

'그럼 이 여자는 내 재력에 끌려왔단 말일까? 어젯밤 우글우글 모여들었던 그들 주판을 튀기는 장사꾼들처럼. 최 아무개라는 사람한테서 몇백만 원을 돌려썼다고? 게다가 파티에 함께 나오려다 말았다고? 그렇다면 아직도 관계가 해소되지 않았다는 말이 되겠는데…….'

강은식은 담배를 붙여 물었다.

'내가 왜 왔을까? 모든 것은 명백하다. 내 눈으로 저 눈을 보았으니까 더 의심할 여지가 없다.'

희련은 일어섰다.

"저 가보겠습니다."

노엽다거나 분하다는 생각보다 희련은 구걸을 왔다 쫓겨나는 거지로 자신을 생각했다. 추태와 부끄러운 모습을 남기고 간다는, 어느덧 그는 진실로 자신이 파렴치했었다는 착각에 꽉 사로잡혀서 눈앞이 캄캄해지며 방문을 나서는 것이었다.

너무 졸지에 일어난 일이었으므로 강은식은 멍한 채 잠시 판단력을 잃었다. 희련을 잡아야겠다고 생각했을 때 이미 여자의 모습은 복도에서 사라지고 없었으며 잠옷 바람인 채 뒤쫓아갈 수 없는 것을 깨달았다.

'할 수 없지.'

소파에 되돌아와서 창문을 멍하니 바라본다.

'왜 이 지경이 되었을까.'

모두가 별난 근거 없이 제멋대로 회전하고 있었다는 생각이 퍼뜩 들었다.

'비 맞은 참새 꼴을 하고 왔었다. 왜 그랬을까?'

눈 가장자리에 모였던 여자 얼굴의 주름이 생각났다. 휑하니 뚫린 것 같았던 그 눈동자는 넋이 나간 것같이 움직이지 않았던 생각이 났다.

'왜 왔으며, 또 와가지고는 왜 그렇게 갔을까?'

간밤의 일은 뒤로 떠밀려 가버리고 방금 일어난 일에 강은식의 생각이 맴을 돈다.

'내 태도가 냉담해서 그랬을까? 아니다. 그는 들어설 때부터 정상이 아니었어. 옷도 집에서 입은 대로였다. 무슨 일이 있었을까?'

열두 시가 지난 뒤 강은식은 정양구가 있는 회사에 전화를 걸었다.

"바쁜가?"

"별로 바쁠 것 없습니다."

"점심이나 함께할까?"

"그러지요."

"그럼 이리로 오게."

"네."

수화기를 놓은 강은식은 담배를 붙여 물고 아까 하던 생각을 계속한다.

'처음 만난 여자도 아니고…… 왜 이리 어지러운가.'

강은식은 피어오르는 담배 연기를 바라보며 씁쓸하게 웃는다.

처음부터 희련에게는 너무 깊이 다가섰던 것을 느낀다. 여자를 경계했다 할 것까지는 없으나 결혼을 염두에 두지 않았던 만큼 그런 면이 전혀 없었다 할 수도 없고 젊은 시절에 받은 상처와 자기 혈통에 대한 강박관념은 다분히 강은식을 여성 혐오의 상태로 이끌어간 것도 사실이었다. 그는 여자로 인하여 복잡하게 생각한 일이 없었으며 기분 전환으로 접촉한 여러 여자들을 통해 여자들의 공통적인 특성에 대한 모멸감도 없지 않았다.

희련은 얼굴이 썩 미인인 편도 아니요, 각별한 매력이 있었던 것도 아니며 그가 여자인 이상 공통적인 특성이 없으란 법도 없고 오히려 어쩌면 그런 점이 더 강할지도 모르는 희련에게 욕심이 아닌 애정 비슷한 것으로 접촉해갔었다는 것을, 누이동생의 친구라는 데 원인이 있었다고는 볼 수 없다.

강은식은 새삼스럽게 그 까닭을 생각해보지만 그것은 막연할 뿐이다. 다만 운명적인 것 같다는, 그로서는 지극히 쑥스러운 결론밖에 내릴 수 없었다.

애정에 책임을 지고 애정이 의지로서 귀속되고 종내는 자기 자신이 간직하고 있는 미친 피와 섞여져서 함께 걸어가는 마지막이며 단 한 사람의 반려, 희련을 두고 강은식은 가장 나쁜 시기에 그것을 생각해보는 자신이 의아스러웠다.

끊임없이 불쾌한 마음과 연민이 반복되어 그는 좀처럼 자리에서 일어설 수가 없었다. 인숙의 말을 생각하고 비 맞은 참새 꼴을 하고 왔던 희련을 생각할 때.

'오늘은 이대로 보내고 내일 만나지. 불쾌한 마음으로 만난다는 것은 좋은 결과는 못 돼.'

얼마 후 정양구가 나타났다.

정양구는 강은식의 안색을 살폈다.

침울하고 초조해 보였으며 복잡한 마음의 상태가 그대로 드러나 있는 것 같아 괴이한 느낌이 든다.

그러나 안색이 나쁘다는 말은 하지 않았다. 커튼의 푸른 빛깔의 반영 탓인가 하여 정양구는 반쯤 걷혀진 커튼을 바라본다.

"애들은 별일 없겠지?"

가라앉은 채 강은식이 물었다. 빈 우물 속에서 울리는 것 같은 목소리 역시 괴이한 느낌을 준다.

정양구는 불길한 예감과 전율하고 있는 자신을 깨닫는다.

"별일은 없습니다만."

"음."

"영이가 제 어밀 찾아 간간이 우는 모양입니다."

"그럴 테지. 할머님께서 수고가 많으시겠군."

"……."

"웬만하면 영이 어밀 데려오도록 하는 게 어떨까?"

"아닌 게 아니라 저도 그럴 생각입니다."

"모르고 사는 게 그게 젤 편한 것 같네만……."

정양구가 듣기에는 밑도 끝도 없는 말이며 먼저 한 말과는 사뭇 동떨어진 어조였다.

"그럴 수도 없지."

"……."

"몰라도 되는 일을 억지로 알려주는 시대니까."

"그렇지요. 모든 게 지나치도록 편리합니다. 그래서 도리어 불편하지요."

건성으로 대꾸하는데 강은식은 라이터를 만지작거리고 있었다.

"인공 홍수라고나 할까?"

"네?"

"인공만 홍수를 이룬 게 아니라 지식의 홍수, 상식의 홍수, 잡다한 생활양식이 홍수 모양으로 마구 떠밀려가고 있어. 모든 것이 과잉 상태인데 과잉은 선택의 의사를 마비시켜놓았지."

그 말을 이해 못 하는 것은 아니지만 느닷없이 그런 말을 하는 강은식의 의도를 몰라 정양구는 망설인다.

"하지만 아직은 기우일 겁니다."

"아직은 소수만이 그것을 느낀다 그 말인가?"

"그렇지요."

언제나 고통은 소수의 예감에서 시작되지."

"아직은 한국이 늦게 뛰고 있습니다."

"그런 말 말게. 달로 발사하는 로켓을 같은 시간에 이곳에서 보고 있는 시대야. 런던에서 나침반이 흔들렸다면 여기서도 울리는 거야. 모든 게 가까워졌다는 것은 멀어졌다는 결과를 낳고 모든 게 많아졌다는 것은 적어졌다는 결과도 될 수 있거든. 사람들의 태도나 언어가 함축적인 것에서 직설적인 것으로, 다음은 범람하는 사물 탓으로 어쩔 수 없이 언동을 간소화하지 않을 수 없는 지경으로 몰아넣고, 함축성과 간소화는 결코 같은 게 아니거든. 의미가 행방불명이 됐으니 말이지."

말을 끊은 강은식은 한동안 멍해 있었다. 얼굴은 더욱더 창백해 보인다. 정양구는 은애를 연상했다. 그러나 은애하고는 달랐다.

강은식은 청동같이 무겁고 어두웠다.

정양구는 나가자는 말을 할 수 없었다. 강은식이 뿜어내는 분위기는 지나치게 강렬했으며 완강하였다.

근원적인 것이라고나 할까, 정양구는 강은식의 입에서 나온 말들을 까맣게 잊었다. 그의 눈앞에 보이는 모습만이 종잡을 수 없는 고통과 아픔으로 압도해왔다.

"타의라는 말이 요즘 많이들 쓰이고 있는 모양이더군. 함축적이기보다 간소화한 말이겠지만."

"……"

"실패한 경우도 물론 그렇고, 남보다 성공했다는 경우에도 모두가 자의 아닌 타의의 결과가 아닌가 하는 생각이 문득 들 때가 있어."

정양구 얼굴에 반항을 시도해보려는 빛이 돌았다.

"형님의 경우니까 그런 말씀 하실 수 있겠지요. 성공 뒤에 오는 일종의 허탈 같은 것 아닐까요? 사실 일이든 사람이든 어느 궤도에 올려놓고 나면 저절로 돌아가게 마련 아니겠습니까?"

강은식의 눈이 조는 듯 감겨졌다. 그는 자기가 하고 있는 말에 열중해 있질 않았다. 그의 마음은 그 자신도 알 수 없는 곳을 헤매고 있는 것 같았다.

"대부분이 아득바득 애들을 쓰고 있으니까, 궤도에 오르려고 애들을 쓰고 있으니까 그렇게 말할 수도 있겠지."

"타의든 자의든 뛰고 있는 것은 그들 자신이지요."

그 말은 들은 체도 않고 강은식은 독백 비슷하게 말을 이었다.

"운명이라든가 행운이라든가 혹은 부조리라든가 막연한 말인데 한편 근본적인 것일 수도 있고…… 한데 그런 것 밀쳐놓고, 아득바득 애쓰는 그 껍데기만 살짝 벗겨본다면? 역시, 역시 그렇거든. 의리하고는 아무 상관 없는 현상이 쌓이고 무너지고 한단 말이야. 마치 좁은 골목에서 사람들에게 떠밀리고 떠밀리다가는 큰길로 나와 있었다는 것과 비슷하게…… 크고 작은 차이는 있겠지만 본인의 의사하고는 상관이 없이 천재가 되어 있기도 하고 천치가 되어 있기도 하고, 그게 운명이라든가 행운이랄 수 없는 게 오늘이거든. 역학적인 것이란 말일세. 사람의 의사와는 무관한, 저절로 움직이는 역학적 현상이란 말일세. 운명과 마찬가지로 자연도 물러나 버린 빈터에서 인간이 주인만 되었더라면…… 망상이지 망상일세. 어디 본인의 의사만이 부재한가? 그 타의라는 것도 타인의 의사가 아니란 말이야. 인ㅅ 자를 빼어버린 타, 다만 타, 그것뿐이지. 홍수를 이루며 떠내려가는 사물의 의사가 아니겠나?"

얼굴빛이 더욱 나빠지면서 강은식은 횡설수설했다.

"존엄성의 뜻이 없어진 것은 옛날이지만 이제는 비천하다는 의미도 잃어가는 시대 아니겠나. 어쩌면 악인이 사람인 자가 붙으니만큼 무감동의 상태보다는 인간답다 하면 지나칠까? 남을 비관해서만 하는 말이 아니지. 바로 내 속에 내 속에 그것이 있거든."

그러더니 강은식은 묘하게 찢기는 것 같은 미소를 띠었다.

"어떠한 타의도 뚫고 들어갈 수 없는 세계가 있지."

"……."

"그건 정신병 환자의 세계다."

정양구 얼굴에 순간 노기와 연민의 빛이 스치고 갔다.

"타의뿐이겠습니까?"

강은식은 물끄러미 정양구를 바라본다.

"자의도 가능할 수 없는 그곳에 무슨 세계가 있겠습니까?"

연민스러움에 목소리는 가늘게 흔들리었다.

별안간 강은식은 제정신을 차린 듯이 껄껄 웃었다.

"하긴 그렇군."

그는 라이터를 호주머니 속에 넣으며 일어섰다.

그가 말한 함축성, 강은식의 평소 언동은 함축성이 있었다. 그러던 강은식이 감정을 터뜨려서 많은 말을 하는 것을 본 정양구는 기이한 느낌과 무슨 일이 있었느냐고 물어보고 싶은 충동을 느꼈다. 그러나 강은식은 그 말의 대답을 할 것 같지 않았다.

"하긴 그래."

강은식은 되풀이하여 중얼거린다.

"따지고 보면 죽는다는 죽는 시간까지의 한계 안에서 모두들 뛰든지 떠밀리든지 하고 있는데 자네같이 명확하게 사실을 사실로서 받아들이지 못한다는 것은 비겁한 노릇인지도 모르겠군. 정신병 환자에게 세계가 없다면 그것은 곧 죽음이 아니겠나? 그렇다면 죽음을 생각하는 것같이 그 병을 생각할 수도 있을 텐데 말이야. 기약한 일자가 없는 것도 마찬가진데…… 자네에겐 잔인한 얘기가 되었군. 나는 지금 은애를 사망자라 생각하는 걸까?"

강은식은 무겁게 몸을 일으켰다.

"나가세."

복도에 나선 강은식은 또다시 묘한 말을 했다.

"인간에게는 의식儀式이 필요해."

정양구의 얼굴이 확 꾸겨진다.

"북을 두드리며 춤을 추고 짐승을 통째로 구워서 제물로 바치는 미개한 어느 나라의 백성들보다 나을 게 없다는 거지. 통조림과 소화제……."

하다가 강은식은 싱거운 생각이 들었던지 말을 끊고 걸음을 빨리했다.

밖에 나온 그들은 어느 한식집 조용한 방에 마주 앉았다.

"어제 희련 씨가 다녀갔다더군요."

정양구는 화제를 꺼내고 아까 우울했던 화제를 지워버릴 겸 말했다.

"마침 애들이 큰집에 가고 없어서 그냥 돌아갔다더군요."

이번에는 강은식이 정양구의 의도를 살피듯 바라본다.

"은애하고는 옛날부터 친하다믄서?"

생소한 표정, 생소한 목소리, 순간 정양구는 강은식에 대하여 심한 혼란을 느낀다. 강은식 역시 생소한 자신을 느끼고 혼란이라기보다 자신에 대한 회의에 빠진다.

"네, 옛날부터 아주 친한 사이랍니다."

하고는 화제가 끊겨버리고 말았다. 음식을 먹으면서 정양구는 생각했다.

그는 윤희련과 강은식을 좀 더 가깝게 단정했던 것에 의심을 품었다. 의심을 품고 냉정하게 되새겨보니 그들이 가깝다는 구체적인 일이 없고 뚜렷하게 짐작이 가는 일도 없었다.

'처남이 여자를 대하는 것은 하나의 습관에 불과한 걸까?'

문득 생각나는 일이 있었다. 장기수가 전화를 걸어왔던 일이다.

"어젯밤 좀 이상한 전화를 받았지요."

밥을 먹다가 강은식이 고개를 들었다. 눈이 민첩하게 움직였다. 그는 자신에 관한 일이라고 직감한 것 같다.

"장 모라는 얼빠진 친군데 엉뚱한 말을 하더군요."

"······."

"어째서 그자가 그런 말을 했는지 전화를 끊고 생각했는데 도무지 영문을 모르겠더군요. 그것도 형님에 관한 얘기였었어요."

"······."

"강 사장이 윤희련 씨하고 결혼하게 되느냐고 묻질 않겠습니까?"

"뭐?"

정양구는 다소 서둘기도 했고 흥분도 했으므로 장 모라는 인물이 윤희련의 전남편이었다는 설명을 미처 하지 못했다.

"장 모라구? 최가 아니고 장 모?"

강은식이 중얼거렸다. 최일석의 얼굴이 그의 눈앞에 떠올랐던 것이다.

"최가?"

이번에는 정양구가 의아해하며 되물었다.

"장기수라고 그림을 그리는 친군데 윤희련 씨하고 이혼을 했지요."

"그럼 전남편이었단 말인가?"

"네."

"거 이상하군. 어째서……."

강은식은 생각을 바짝 모아들이는 표정이었다.

'최 아무개라면 몰라도…… 인숙인가 하는 여자가 뭐라 지껄였을지도 모를 일이고…… 설마 윤희련이 전남편보고 그랬을 리도 없겠는데…… 허나 모르지.'

"정 서방."

"네."

"자네 인숙이라든가, 그 여잘 안다고 했지?"

"네 압니다. 일전에 형님한테 전활 걸었다면서요. 영이 엄마 때문에, 저한테도 여러 번 전화가 왔었는데 심상치가 않더군요. 문병 가겠다는 얘기이지만 그렇게 친한 사이는 아니거든요."

그 말에 대답은 없이,

"장 모라는 그 친구도 인숙이라는 여잘 알까?"

"알 겁니다. 윤희련 씨한테는 더 자주 드나들었을 겝니다. 외제 양복지 같은 걸 우리 집에 가져온 일이 있었으니까요."

"그래?"

"왜 그러시지요?"

"글쎄…… 좀 그럴 일이 있어서."

식사를 끝내고 정양구와 헤어진 강은식은 택시를 잡아탔다. 그리고 운전사에게 D동으로 가자고 했다. 일본서 돌아와 몇 번 가기는 했으나 발걸음이 뜸했던 그의 생가, 부친이 아직 살아 있고 계모와 이복형제들이 살고 있는 집으로 가는 것이다.

강은식은 발걸음이 뜸했던 집으로 차를 몰게 한 자신이, 이미 일본으로 떠나기로 작정하였음을 깨달았다.

강은식은 모든 것이 인숙의 농간임을 알았다. 희련은 그가 느낀 본시의 여자로 그에게 돌아왔다. 문제는 지극히 간단하게 그의 마음속에서 풀어버린 것이다. 그런데도 그는 오히려 침울한 상태를 지속해나가고 있는 것이다.

어쩌면 그는 희련이 본시의 모습으로 돌아온 것을 무겁게 느끼고 있는지도 모른다. 얼어버렸던 강물이 풀어지는 것을 겁내고 있는지도 모른다. 결혼은 하지 않겠다는 거의 생리화 되어버린 상태는 강물이 풀어지는 것을 거부하고 있었던 것이다.

결혼을 해도 무방하다고 생각했던 과거 몇몇의 여자들, 그러나 정작 결혼 문제에 부딪혀 보면 기어이 물러서고 말았던 그 습벽이, 사랑한다고 생각한 희련이 앞에서도 그냥 얼굴을 디미는 것이다. 희련을 의심하고 고통스러웠으며 그를 냉대하였던 그 순간에는 도리어 다가서 보았던 결혼이라는 절차가 이제는 색채를 잃은 채 겨울 풍경같이 차갑게 도사리고 만 것이다.

'무자비한 사내라구?'

그는 담배를 꺼내어 필터를 질겅질겅 물 듯하며 불을 붙인다.

무자비하다는 말은, 강은식이 남을 향해 했다기보다 자기 자신을 향해 내뱉은 말이었다. 그는 자신이 무엇을 위해 대결을 하고 있는지 알기 전에 다만 대결이라는 그 상태에다 자신을 몰아넣고 있었다. 여자의 존재, 애정이라는 것과는 무관한 대결이었다.

강은식은 이와 같은 식으로 사업도 키워나갔다. 그는 언제나 결과를 생각하기를 싫어했다. 결과를 생각할 때 사업이건 여자이건 또는 그 밖의 모든 일에서 도달하게 되는 곳은 이상하게도 정신병자가 서식하는 정신병원이었던 것이다.

갑사에 내려갔다가 돌아오는 길, 유성온천에서 하룻밤을 묵었을 때 강은식은 희련에게 아기를 갖지 못하게 된 자신의 처지를 이야기했었다. 그 탓으로 희련이 행복하지 못하리라는 뜻을 비쳤고 자기 혈통에 관한 불안도 이야기했었다.

그런 이야기들은 희련에 대한 애정 때문에 한 것임은 틀림이 없겠으나, 그러나 희련이 행복해지지 못하리라는, 또 애정 때문이라는, 그것이 전부는 아니었다.

전부가 아닐 뿐만 아니라 그것이 극히 좁은 자리를 차지한 감정이었으며 커다란 뉘누리[波濤]가 넘어가는 데 따라서 이는 작은 물결에 불과했다.

때론 소년 같기도 하고 때론 노인 같기도 한 강은식의 눈빛이라든지 낭만적인 것 같으면서 냉철하고 의지적으로 보이는 인상이라든지 소탈하면서도 신경질적인 분위기, 멍청한 것 같으면서 강하게 잡아끄는 힘, 이같이 복잡한 성격 형성은 철저한 고독에서 결코 벗어나려 하지 않았던 습관에서 오는 것일까. 원인의 시초는 불행한 애정으로 끝나게 된 혈통에 있다 하겠으나 실상은 강은식이라는 인물의 본질에 그럴 요소가 농후하였었다고 하는 편이 옳을 성싶다.

불행했던 인간관계, 혈통에 대한 인식, 그러나 그것은 이미 동산에 남겨둔 뱀의 허울이 되어버린 지 오래다. 허울에서 빠져나온 강은식은 그런 것과는 상관없이 걸었으며 걷고 있는 것이다. 그에게 동반자는 불안스럽고 거추장스럽기만 한 존재였을 것이다. 가다가 지치거나 무료해지면 여자를 쳐다보기도 하고, 스쳐가기도 하고, 금욕의 고행자는 아니었다. 어차피 희련에게도 강은식은 시간의 시위가 당겨지면 떨어져 나가는 화살이 될 것임을 그 누구보다 강은식 자신이 더 잘 알고 있었다. 정양구를 상대로 횡설수설한 것은 희련에 대한 실망에서보다 일시적인 혼란이었고, 인숙의 말이 거짓임을 확신한 뒤 희련에게 연락을 취하기는커녕 떠날 것을 작정하고 D동으로 향하는 행위 역시 희련에 대한 일시적인 저항인 것이다.

혼란과 저항, 그것은 간신히 나타난 애정의 표시인가. 그만큼 강은식은 부모나 형제에게조차 싸늘한 남일 따름이다.

강은식이 D동 집에 갔을 때 중학생인 그의 이복동생이 꾸벅 인사를 하자마자 급히 제 방으로 달아나 버렸다. 그의 부친과 계모는 반갑게 그를 맞아주었다.

적당히 타협하면서 생활을 소중히 여기는, 그러기에 비굴한 면이 없지도 않은 그의 부친은 마주 앉자마자 은애에 대한 걱정을 늘어놓았다.

어머니 없이 자란 딸아이가 어머니의 사랑 대신 몹쓸 병만 물려받은 것을 측은하게 생각하는 데 거짓이야 없겠으나 역시 그 자신의 생활보다는 거리가 먼 일인가 싶었다. 이윽고 그의 부친은 집을 좀 늘렸으면 좋겠다는 말을 꺼내었다. 먼젓번 귀국했을 때도 역시 그런 말이 있어 현재 살고 있는 집으로 옮겨 왔는데.

"뭐 우리 살기에는 흡족하지는 못해도 지낼 만을 하다마는 너의 체면도 있고 해서, 남의 말이란 항상 하기 좋더라고 은식이 일본서 거부가 됐는데 부모가 사는 집이 이래 쓰겠냐는 둥, 남의 말들이 귀에 거슬려서 그러는 거야."

젊은 마누라를 힐끔힐끔 쳐다보며 하는 부친의 말을 받아서 계모는 계모대로,

"흡족하지 못하기는커녕 우리 식구들에게 과람한 편이지. 그렇지만 사람들의 그놈의 입들이 내가 옛날 은식이한테 몹시

한 것같이 얘기들 하구, 그래서 무관심하게 부모를 대한다는
둥."

사실 계모는 착한 편의 여자였다.

"죄송합니다. 게까지 생각이 미치지 못했군요."

"아 글쎄 굳이 그래 달라는 건 아니구, 네 체면이."

"시일이 있다면 제가 집을 물색해보겠습니다만."

"그럴 수야 있나 바쁜 몸이, 네가 나서지 않더라도."

"죄송합니다. 그럼 마련해드리겠으니 아버님께서."

"그, 그러지. 돈만 있으면 집이야 어디든 있는 거니까."

부친은 너털웃음을 웃으며 만족해했고 계모는 눈물을 글썽
이며 감사해했다.

"한데 말이야. 네 결혼은 어쩔 셈이냐? 말해도 소용없는 일
인 줄 뻔히 알면서 말 안 할 수 없다. 돈만 벌면 뭘 하나? 물려
줄 자손도 없는데."

"……."

"남의 땅에서 여차한 경우라도 있으면…… 너도 생각이 있
어 이번에 나온 것으로 안다만 이쪽으로 옮겨 오도록 해라."

늙은이 눈에 순간 염치없는 욕심이 번득였다. 노욕이라는
것일까.

"네, 차차 노력해보겠습니다."

공손했으나 강은식의 태도는 냉랭했다.

D동 집에서 호텔로 돌아온 강은식은 김성준 사장과 만날

약속을 전화를 걸어 취소했다. 그는 다시 수화기를 들어 희련에게 전화를 걸려다 그만둔다.

그는 갑자기 생각이 떠오른 듯 밖으로 나갔다.

그는 언젠가 한 번 희련을 바래다준 일이 있는 그 집 앞에 가 서 있었다.

집 안은 조용하여 아무도 살고 있지 않는 것 같았다. 벨 소리를 듣고 식모가 나왔다.

"윤희련 씨 댁이지요?"

"네."

"계십니까?"

"안 계시는데요."

"아 그래요?"

몹시 낭패한 것 같은 강은식의 표정을 본 식모는,

"어디서 오셨는데요?"

"영이 외삼촌이오."

"갑사에 가 계시는 영이 어머니의?"

"그렇소."

"아주머닌 시골로 내려가셨는데요. 낮에 떠나셨어요."

"시골로, 갑사에 가셨소?"

"아뇨. 시골 고모님 댁에 가신다 하셨어요. 언제 오시겠다는 말씀도 없었는데."

"알았소."

희련의 집 앞에서 떠나 걸어 내려오는데 황혼이 지고 뿌연 밤이 깔리기 시작한 길이 강은식의 눈에 아슴아슴했다.

불안했다. 그러나 그보다 허전했다.

희련을 만날 수 있을까, 없을까 하는 망설임도 없이 내처 달려왔었던 만큼 그가 없다는, 더군다나 당장에 어째 볼 수 없는 곳에 가 있다는 일은 밤바람의 냉기가 바람구멍을 뚫어놓고 지나간 것처럼 아프고 허전했다.

인숙의 말이 거짓임을 확신했으나 장기수가 희련에게 심은 상처를 알 턱이 없는 강은식은 비 맞은 참새 꼴을 하고 찾아왔던 희련의 모습에서 심상치 않은 것을 느끼기는 했지만 희련이 얼마나 절박한 마음에서 왔던가를 알지 못하였고 감성이 예민한 줄은 알았으나 어느 순간에다가 전부를 걸어버리는 희련의 모험적인 성격은 알지 못하였다.

며칠 후 강은식은 일본으로 떠나기 앞서 정양구에게 다음과 같은 말을 했다.

"떠나기 전에 한번 만나보고 가려 했는데."

억양 없는 낮은 목소리였다.

"그러잖아도 데리러 내려가려 했습니다만 요즘 갑자기 회사 일이 바빠서 몸을 뺄 수가 없었습니다. 걱정은 마십시오. 편지가 왔는데 아주 좋아진 모양입니다."

강은식은 초점 잃은 눈을 분주하게 여닫는 커피숍의 문 쪽에다 두고 있더니 한참 만에,

"아니, 은애 말구 윤희련 씨 말이네."

"아아."

정양구는 낭패한 듯 웃었다.

"어젯밤에 전활 걸어봤지. 시골서 아직 안 왔다는군."

"네? 시골 갔었던가요?"

"음."

"시골이라니 설마 갑사로 내려간 건 아니겠지요."

"시골의 고모님 댁으로 갔다더군. 시골의 어디냐고 물어보고 싶었지만…… 일하는 사람한테 캐묻는 것 같고 해서."

정양구는 강은식을 의심하는 눈초리로 쳐다본다.

"거 이상한데요?"

"좀 이상한 점이 없지도 않지. 실상 나는 그 사람을 아직은 깊이 안다 할 순 없지만."

"제가 이상하다는 것은 그런 뜻이 아닙니다."

"……."

"그 여자의 사람됨을 잘 알고 있습니다. 극단적이고 편협하고 비상식적인 면이 있어 전엔 싫어도 했습니다만 아주 순결한 여잡니다."

정양구는 필요 이상의 감정이리만큼 희련을 옹호하고 나섰다.

"나도 그런 뜻으로 이상하다 하진 않았어."

서로 묵묵히 바라본다. 강은식의 눈은 슬프게 보였다. 그 눈이 웃는 듯했다. 무안을 타는 아이 같았다.

"때론 사실을 사실대로 털어놓는 것도 좋을 성싶군요. 제게 그러시라는 건 아닙니다. 오해는 기다리면 풀어지는 것이겠지만 때론 귀한 시간의 낭비일 수도 있으니까요."

일종의 애정이었는지도 모른다. 정양구는 강은식을 외면하며 그로서는 하기 어렵고 쑥스러운 말을 했다. 그는 강은식의 모습이 너무 쓸쓸하게 보였다. 애처롭기까지 했다. 자신의 느낌이 곧이어 희롱당할 것을 의식하면서.

"시간에 무슨 의미가 있어."

아닌 게 아니라 강은식은 내뱉듯 말했다. 정양구는 이제 당황하지 않았다. 그때 점심을 함께하자고 불러놓고 호텔의 그의 방에 앉아서 보인 강은식의 혼란된 상태를 정양구는 눈앞에 떠올리고 있었다.

사업가치고는 너무 섬세한 성격, 묘하게 뿜어내는 인간적인 매력, 바닥을 알 수 없는, 쾌활할 때조차 조용하게 느끼는 분위기, 정양구는 그 비밀을 알아버린 것 같은 생각이 들었다. 그의 성공이나 지위나 재물은 허虛의 아가리 속으로 쏟아붓는 무無, 어쩌면 인생 자체가 그러하고 그는 그것을 구경하고만 있을지도 모른다는 생각이 들었던 것이다.

그러나 정양구는 강은식을 위한 활로를 찾아보듯이,

'희련 씨하고 이 양반 사이에 무슨 일이 있었다. 서로 애정을 느낀 것만은 확실한데 지금은 그것보다 이들 사이에 다른 일

이 생긴 것이다.'

"정 서방."

"네."

"자네는 오해의 묘미를 모르는군."

강은식은 심각해진 정양구를 조롱하듯 웃는다.

그러나 정양구는 자기가 조롱을 당하고 있다는 생각을 하지 않았다. 어쭙잖은 말을 했구나 하는 생각도 없었다.

"오해라는 것은 때에 따라서 자연스러운 끝막음의 계기가 된다는 것을 모르나? 자네도 모범적인 가장은 아닐 텐데?"

정양구는 자학하는 것 같은 강은식의 허무한 웃음소리를 듣는데 뜻밖의 얼굴이 강렬한 빛깔의 꽃송이같이 활짝 피었다가 그의 눈앞에서 사라졌다.

아찔했다. 남미의 얼굴이었다. 잊혀진 여자가 어째서 생생하게 나타났는지 저도 모르게 당황했다.

"그러면 사실을 오해였었다고 생각할 때는 시작의 계기가 되겠군요."

응수는 물론, 답변치고도 치졸하기 짝이 없는 말이 정양구의 입 밖에 떨어졌다.

강은식은 다행히 귀담아듣지도 않았던 모양으로 웃음을 거둬버리고 식어버린 커피를 마시고 있었다.

전후 사정은 여하튼 배신을 한 여자라고 힐책할 처지도 아닌 정양구이기는 했으나 애정을 타산으로 주고받았던 여자,

남미가 여지껏 정양구 마음 한구석을 차지하고 있었다는 것은 의외였다.

남미에 대한 감정의 처리는 오랜 시일을 필요로 한다는 것을 정양구는 새삼스럽게 깨닫는다.

미워하며 생각했고, 잊었다 싶었는데 생각이 났고, 모멸하고 조롱하면서도 이끌려가곤 했었던 시기, 물결 같은 감정의 그 기복이 지나간 지도 오래였었다. 이제 두 번 다시 여자로 인한 방황은 없으리라 믿었는데 불시에 나타난 환상이 그의 피를 뜨겁게 한 것은, 남녀의 애정이란 이같이 맹목적인 것일까. 정양구는 한탄스러운 마음이었다.

이성은 여자의 추한 면을 놓치지 않고 보았는데.

강은식은 시계를 보더니 일어섰다.

비행장에는 정양구 말고는 강은식을 전송하러 나온 사람이 없었다. 아무에게도 떠나는 것을 알리지 않았던 것이다.

강은식은 바람을 막으며 담뱃불을 붙인 뒤 정양구를 외면한 채,

"자네 희련 씨를 만나거든……."

말을 끊고, 다음 말은 하지 않을 것처럼 지나가는 외국 여자의 뒷모습을 오랫동안 바라보았다.

"희련 씨가 한번 일본으로 오든지, 아니면 내가 다시 나오든지……."

정양구가 미처 대답을 하기 전에 강은식의 달라진 목소리가 쫓아왔다.

"숙제宿題인 채 두어보지."

그는 몹시 서두르는 것같이, 쫓기는 것같이 떠났다.

며칠을 정양구는 일에 몰두했다. 연말이 가까워 회사 일이 바쁘기도 했었지만 한꺼번에 이 일 저 일 손을 대어 필요 이상으로 서둘렀다.

가끔 일에 몰두했다가도,

'숙제인 채 두어보지.'

마지막 남긴 강은식의 말이 떠오르곤 했다. 그러면서도 그는 희련을 만나보는 일을 뒤로 미루었고 은애를 데려와야겠다는 생각도 뒤로 미루었다. 그것은 강은식의 경우와 같이 숙제인 채 두어보는 일이었는지도 모른다. 그러고 보면 남미에 대한 감정, 그것도 아직은 숙제인 채 그의 마음속에 남아 있는 것인지도 모른다. 어쩌면 살아가는 하루하루가 숙제인 채 꼬리를 물고 내일로, 내일로 이어져 가는 것이었는지도 모른다.

'이해할 만해. 그 형님은…… 어쩌면 그의 말은 역설적인 것이었는지도 모른다. 실상 그는 하루하루를 잘라버리고 숙제를 남기고 싶지 않은 거다. 육친을 대하는 그의 태도를 보면 알 수 있고 결혼을 하지 않는 그의 생활을 보아도 그렇다.'

정양구는 의식 속의 빛과 그늘의 복잡한 모습으로 점철되었던 강은식의 모습이 하나의 뚜렷한 점, 그 점 하나로 집결되어

가는 것을 본다.

염세적이라는 그것이다. 존재는 인정하지만, 존재하면서 거부하는 모습, 그것으로 집약된 강은식이 정양구의 마음에 강하게, 놀랍게, 그리고 그것은 자기 자신의 분신인 듯 떠올려지는 것이었다.

겨울 해는 짧다. 여섯 시는 네온빛이 짙어지고 하늘은, 도시의 둘레를 싸안은 하늘은 검은빛을 띤다.

정양구는 오버코트의 깃을 세우며 회사 층계를 밟고 내려온다. 문 앞에서 장갑을 낀다.

'어딜 가지? 거리는 붐빌 거야.'

그는 방향을 망설이며 오랫동안 꾸무럭거리며 장갑을 낀다. 매운바람이 얼굴을 치고 구둣발 밑의 땅은 얼어서 냉혹하다.

'남미는 불쌍한 여자일까? 아내와 애인, 아내는 덜 불쌍하고 애인은 좀 더 불쌍한가? 왜? 진실과 의무는 그 어느 쪽에 무게가 더할까? 비교는 안 되지. 개개는 개개에 따라 무게가 다르다. 진실의 무게에도 층이 있고 의무의 무게에도 층이 있다. 내게서 진실의 무게는 가볍고 의무의 무게는 좀 무거웠다. 변명이지. 남미가 배신했다고 그 가벼운 무게조차 거둬들였던 내가 지금 그를 생각해? 필연 나는 쓸쓸했을 뿐일 거다. 자동차를 사겠다고 했지. 은애가 미쳤기 때문에 중단했었나? 이유를 만든 거지. 남들보다 앞서려고 했다. 한데 의외로 한계점이 바로 눈앞에 있단 말이야. 춥다. 거리는 붐비겠군.'

정양구는 방향도 정하지 않고 거리 쪽으로 발을 내디뎠다.

거리는 설레고 있었다. 발랄한 생활이 거리에 충만해 있었다. 모두 즐거운 것 같았으나 쓸쓸한 듯하였고 모두 바쁜 듯한데 갈 곳이 없어 무작정 걷고 있는 것 같았다.

'결국 그 양반이나 나나 병든 사람이다. 한계점이 눈앞에 보인다는 게 병이거든. 살려고 하면 그놈의 한계점을 멀리 밀어 제쳐야 해.'

"정 형!"

바로 뒤에서 기척이 났다. 돌아본다. 장기수가 서 있었다. 회사 앞에서 정양구가 나오기를 기다리고 있었던 눈치다.

"웬일이시오, 장 선생."

장 선생이라는 호칭에 힘을 준다. 그러고 나서 정양구는 슬그머니 웃는다. 정 형이라 불쾌했다면 아직 자기 자신은 희망이 있는 거라 여겨졌던 것이다.

"하, 좀."

하다가 장기수는 얼빠진 것같이 지나가는 사람에게 한눈을 팔았다.

그로서는 무안하여 그랬을 것이다. 정양구는 멈춘 채 그를 바라본다. 구깃구깃한 털 셔츠의 깃이 외투 밖으로 비어져 나와 있었다.

"바쁘시오?"

한참 만에 장기수가 물었다.

"바쁠 것은 없소만."

"그렇다면 나하고 술 한잔 안 하시겠소?"

해놓고 장기수는 피식 웃었다.

"그럽시다."

정양구는 순순히 응한다. 함께 걸으면서,

"대신 술값은 내가 내는 거요."

정양구는 바늘로 찌르듯이 다짐했다.

"내가 사는 술은 못 먹겠다, 그 말이오?"

전작이 있었는지 장기수는 술 냄새를 피우며 말했다.

"그렇게 생각하고 싶으면 생각하시오."

정양구는 평소의 그답지 않게 허허하고 웃었다.

"너무 그러지 맙시다. 나도 직장 있고 돈 있소. 기껏해야 장
사꾼인데 뭘 그러시오."

장기수는 몸을 비벼대듯 하며 정양구 곁에 바싹 다가서서
걸었다. 정양구는 팩팩거리는 성미를 죽이며 그를 피하지 않
았다.

"세상에 더러워서, 돈푼이나 있음 대순가요? 가난뱅이 환쟁
이는 사람으로도 보이지 않는다 그 말씀이오? 으레 그런 법이
긴 하지. 고리대금 하는 놈치고 손목시계는 잡지만 먼지 낀 명
화名畵는 눈까리에 뵈어야 말이지. 적어도 재벌이라는 명칭이
붙어야 응접실엔 그걸 걸어야 하는구나 하고 눈이 떠진다 말
이오. 되지 못하게 송사리 떼들이 찧고 까불고."

장기수는 약간 흥분한 모양이다.

"뭘 그러시오. 장 선생이나 나나 동족인데, 송사리긴 마찬가지 아니오."

"마찬가지라구요? 사고의 차원이 다르지. 팔아먹으려고 눈까리 뒤집혀진 놈하고 만들어내는 창조하는 놈하고."

하다가 장기수는 말이 막히는지 그만둔다.

"나는 장 선생 그림을 본 일도 없고 보았댔자 눈뜬장님이니 반박할 자격 없소. 장 선생이 화가라는 점만은 경의를 표하지요. 아암, 창조야말로 위대한 작업이지."

정양구는 실실 웃었다.

'이놈아 내가 멸시하는 건 네가 사내새끼로선 말자라는 그 점이다. 예술가임을 코끝에 걸고 다니는 놈치고 변변한 작품을 내어놓는 놈도 없더라마는.'

장기수는 자신이 놀림을 당하고 있는 것을 알고 있다.

"어디서 한잔하시고 오는 모양인데. 사실은 말이오, 장 선생."

"네, 말씀하십시오."

"나도 오늘 밤은 쓸쓸했소. 장사꾼, 정확히는 월급쟁이지만 말이오. 장사꾼이든 월급쟁이든 시를 짓는 분과 마찬가지로 쓸쓸해질 때가 있지요. 둘이서 이런 외로운 밤 토론이나 해봅시다. 그러고 나면 조금은 살맛이 날지 누가 알아요? 아무튼 장 선생의 끈덕진 의욕은 존경할 만하단 말이오."

"그럽시다. 완전 의견 일치구먼."

장기수는 더욱더 술 취한 시늉을 하며 정양구의 조롱을 받아넘긴다.

정양구는 일전에 무시해버렸던 강은식과 윤희련에 관한 장기수의 말을 좀 더 자세히 알아볼 필요가 있다고 생각했던 것이다.

'말하자면 이것도 숙제라는 거지.'

정양구는 회사 간부들이 단골로 다니는 요릿집으로 들어갔다.

외투를 벗고 앉으면서, 다소 머쓱한 얼굴을 하면서 장기수는,

"이거 싫어도 정 형께서 내셔야겠소. 훈장 월급으로 마땅찮은 장소구면."

시중들러 온 여자가 장기수를 힐끔 쳐다본다. 장기수도 여자의 짙은 눈을 힐끔 쳐다본다. 그러더니 멋쩍게 픽 웃었다.

술상이 들어왔다. 정양구는 익숙하게 여자들을 다루고 수작을 걸며 술 마시는 분위기 속으로 장기수를 끌고 들어갔다.

장기수는 처음 뻣뻣하게 굴다가 어느덧 횡설수설 늘어놓기 시작했다.

이쯤 되자 정양구는 여자들을 나가게 했다. 여자들이 나가기가 바쁘게 장기수 쪽에서 먼저 이야기를 꺼내었다.

"강 사장은 어디 가셨소? 일본으로 가셨소?"

"어떻게 그걸 아시오."

"그 사람의 행적이 꽤 화려했던 모양인데 가고 오고 하는 게 비밀일 것도 없지 않소."

"정 형 그런데 말입니다. 윤희련이, 그 여자도 서울에 있지 않는 모양인데 강 사장하고 동행한 거요?"

태연하게 물었으나 장기수의 한쪽 눈 가장자리가 실룩실룩 움직였다.

"금시초문이구먼. 장 선생은 어찌 그리 잘 아시오?"

"정보망이 있지요."

"인숙이라는 그 여자요?"

정양구는 푹 쑤시듯 물었다. 장기수는 우물쭈물했다. 그러더니 역습을 하듯이,

"그 여자도 아마 강 사장하고는 심상한 사이가 아닐걸요?"

정양구 머리에 번개같이 떠오르는 생각이 있었다.

"점점 모를 일이구먼. 하긴 처남이라곤 하지만 난 도무지 그 양반의 생활을 모르니까. 그런데 윤희련 씨가 없다니요?"

"없어요. 서울에는 없단 말이오. 일본으로 갔는지 어디 시골 여행을 함께 즐기고 있는지 모르지만."

"그래서 장 선생께서는 어떡허시겠다는 겁니까?"

"어쩌긴요?"

반문하다가 다음 그도 체면이 아니라 생각했던지 손바닥으로 얼굴을 쓸었다.

"이런 소릴 하면 장 선생께서는 설교하느냐고 불쾌하게 여

길지 모르겠소만 이미 해결이 졌는데 일을 끌고 나간다는
것은……."

하다가 정양구는 말을 끊어버린다. 그는 그 자신 속에서 아직
해결을 보지 않고 있는, 아니 해결은 이미 나고 말았던 남미
문제가 남아 있다는 생각을 했던 것이다. 그는 자기 자신을 향
해 웃었다. 그러나 장기수는 정양구가 자기를 향해 조롱하는
웃음을 띠었다고 생각한다.

"해결이 났는지 안 났는지 그걸 제삼자가 판단할 수 있는 일
이겠소? 설령 그렇다 칩시다. 흔히 백지로 돌리자는 말들을
하죠. 그러나 백지로 돌려집니까? 있었던 일은 엄연히 남아 있
지요. 지워질 수 없지요. 현재는 아니었다 하더라도 과거 희련
과 내가 부부였다는 사실을 부인할 수 있겠소? 싫든 좋든 서
로의 기억 속에 남아 있고 우리도 아는 사람의 기억에 남아 있
을 거요. 그래 기억에 부부였다는 사실을 남겨둔 여자의 미래
에 관심을 갖지 않는다는 것은, 그것은 아마 있을 수 없는 일
일 거요. 좋게 되길 바라든 나쁘게 되길 바라든 말이오."

정양구는 잠자코 있었다. 한 대 얻어맞은 기분이기도 했다.

그러나 장기수는 다음부터 거짓말을 했다.

"희련이는 날 어떻게 생각하는지 모르지만, 아니 미워하겠
지요. 허나 나는 그렇게 생각지 않는다 말입니다. 서로 인연
이 없어 헤어지긴 했으나 그 여자가 불행해진다면 내게 미련
이 남을 게 아닙니까? 정 형, 처남 얘길 해서 안됐소만 희련인

농락당할 것임에 틀림이 없어요. 일본에 여자가 있는지 없는지 뉘 알겠소? 정 형 장담하겠소? 바다 건너 저쪽 일을 장담하겠느냐 말이오. 그것도 그런데 벌써 눈에 띄는 여자만도 둘이나……."

하다가 장기수는 자기 자신을 다스리려는 듯 눈이 초점을 찾는다. 그러나 눈에는 혼란이 일고 있었다. 흥분을 누르고 냉정해지려는 마음과 자기 말을, 자기 처지를 합리화시키려는 노력이 도리어 혼란을 몰고 오는 모양이다. 게다가 그는 점잖게 술을 마셨다. 술주정 비슷하게 하면서 상대방으로부터 무엇이든 알아내고자 했던 계획은 무질서하게 무너지고 있었다.

"나, 그, 그래서 희련이한테 충고 전활했어요, 했지요. 지금 송인숙이하고 강 사장이 데이트하고 있을 거라 했지요. 왜 그게 나빴소? 나빴단 말이오? 그 여자가 불행해질 것을 바, 바란다면 뭣 땜에 그, 그런 싱거운 짓을 하겠느냐 그 말이오."

계산이 빗나간 말이었으나, 그러나 역시 그는 거짓말을 하고 있는 데는 변함이 없었다.

정양구 마음에는 더욱더 확실히 짚이는 게 있었다.

그는 묵묵히 앉아서 장기수의 벌게진 눈만 쳐다본다.

"나는 말입니다. 조금도 희련의 행복을 방해할 생각은 없어요. 없구말구요. 머지않아 나도 결혼할 몸이고, 허 참, 내가 결혼을 한단 말이오."

장기수는 술을 들이켰다. 흩어져 가는 자신을 거머잡을 수 없는 모양이다. 그는 또 손바닥으로 얼굴을 쓸었다.

"옛날에는 나도 이, 이렇지 않았소. 이상도 노, 높았고 자, 자존심도 있는 놈이었소. 그따위 양다리 걸치는 놈, 제까짓 게 돈푼이나 있음, 그러기만 하면 대순가? 무, 무슨 짓을 해서 돈을 긁었는지 알게 뭐요? 응? 그, 그래 희련이 그 독사 같은 계집을 끼고 달아나아?"

하다가 그는 술을 다시 퍼마셨다.

"나, 나도 옛날엔 이렇지 않았소. 이상도 노, 높았고 자존심, 아암 자존심도 대단했지. 다, 다만 썩은 놈의 세상이 날 알아주질 않더구면. 제비같이 날쌘 놈만이 추, 출셀 하구 지, 집칸이나 지니고 차나 굴리고, 화가를, 예술가를 뭘로 아느냐 말이야, 외국에선 예술가라면 서, 성주란 말이야 성주, 오늘날의 귀족이란 예술가 말구 누가 있어? 벼락부자, 벼락감투 그게 귀족이야? 응? 흥 그까짓 호박 같은 늙은 처녀한테 내가 장가갈 성싶은가? 아무리, 아무리 내, 내가 능력이 없어도 그까짓 호박한테 안 가아! 안 간단 말이야! 아 내가, 내가 취했구면."

그새 K의 부인이 주선하여 약국을 한다는 노처녀와 맞선을 본 눈치이며 그 노처녀의 얼굴이 못생겼던 모양이다. 부지중에 그 말이 입밖으로 나왔던 모양이다.

취했구면 하면서 터져 나오던 말을 막았으나 취기가 이내 그 둑을 허물고 말았다.

"정 형, 형씨 내 말 좀 들어보시오. 여자란 도무지 알 수 없단 말이오. 아, 알 수 없는 물건이야. 생각해보시오, 응? 내가 어때서 그러느냐 말이오. 나는 착실히 살아갈 자, 자신이 있단 말이오. 평생 바람피우지 않고 한 여자만 바라보며 사, 살아갈 수 있단 말이오. 좋은 아버지가 될 수 있단 말이오. 낭비벽도 없고…… 난, 난 친구도 별로 없어서 과음할 염려도 없고 그, 그렇지요. 여자 조력 여하에 따라서 추, 출세도 할 수 있단 말이오. 하, 하지만 난 과욕을 부리진 않소. 그, 그랬는데 독사같이 사리고 그, 그랬는데 알지도 못한 곳으로 훌렁 날아가 버려? 얼음장 같은 여자가 그, 그래 어디서 무엇을 했는지 여자를 버리고도 눈 하나 깜짝 안 할 그런 상판의 사내를 따라서."

정양구는 장기수의 주정을 끈기 있게 참으며 들어준다.

지독하게 취한 장기수를 택시 속으로 밀어 던져주고 택시가 떠난 뒤 정양구는 가로수에 기대듯 하며 그도 차를 잡을 양으로 서 있었다. 그 자신도 취해 있었고 현실에서 낙오된 장기수를 동정하는 마음, 또한 강은식과 통하는 자신을 보는 동시 장기수하고도 통하는 자신을 느끼는 착잡한 마음이 그의 시계를 흐리게 했다.

정양구는 눈을 떴다. 그 순간 그는 소스라쳐 놀란다. 그는 이불자락을 걷으며 침대에서 벌떡 몸을 일으켰다. 눈에 익은 방 안에 아침으로 이동해가는 밝음이 추한 부분을 헤쳐오듯 스며들고 있었다.

어젯밤의 일들이 머릿속에서 빠른 속도로 나타났다가 달아나곤 했다. 정양구는 얼굴을 찌푸리며 입맛을 다신다. 침대에는 아무도 없고 그 자신 혼자뿐이었다.

손을 뻗쳐 담배를 집어 들었다. 한 개비를 뽑아 입에 물고 불을 켜대었다. 담배 맛은 쓰디쓰고 서글펐다.

'이젠 자문自問만 하는 거다. 생각도 말자.'

머릿속에 가득 들어찬 것을 털어내기라도 하듯 정양구는 머리를 흔들며 피어올라 가는 담배 연기를 바라본다.

방 밖에서는 아무 소리도 나지 않았다. 멀리서 차량 굴러가는 소리가 아슴푸레 들려왔으나 침실 옆 거실에서나 부엌 쪽에서나 목욕탕에서도 아무 기척을 들을 수 없다. 요동하지 않는, 물이 썩어버린 연못 밑바닥 같은 정적이다.

담배 한 대를 다 태워버린 정양구는 침대에서 내려와 옷을 주워 입는다. 넥타이를 매었을 때 목이 타는 것 같은 갈증과 아픔을 느낀다.

밝음은 이제 광선이 되어 방 안에 스며들고 있었다. 광선 탓이었을까. 방 안은 먼지가 쌓이듯이 뿌옇고 삭막하게 보였다. 여기저기 흩어진 물건과 남미의 옷가지에서도 피곤해진 방임자의 마음을 읽을 수 있었다.

침실 문을 밀고 거실로 나갔을 때 소파에 새우같이 웅그리고 잠들어 있는 남미 모습이 정양구의 시선에 가득히 들어왔다. 이편을 보고 누워 있는 남미의 잠든 얼굴, 정양구는 일종의 전율을 느낀다.

핏기 잃은 얼굴에 관골이 솟아오르고 눈 가장자리는 눈시울의 그늘 탓만이 아닌 짙은 음영, 아니 색소가 침착해 있었다. 그것은 이미 폐인의 모습이며 인간이 도달할 수 있는 마지막 모습 같기도 했다.

정양구는 소파 가까이 다가갔다. 몸을 굽혀 남미 얼굴 가까이 자신의 얼굴을 가져간다. 긴 눈시울이 흔들렸다. 조금 열린 입술 사이에서 숨소리가 들려왔다. 허술하게 주먹을 쥔 손가락은 가늘었고 손등에는 푸른 정맥이 나돋아 그것이 숨소리를 따라 움직이는 것 같았다.

정양구는 허리를 펴서 조금 물러서며 방 안을 둘러본다. 텔레비전이 없었다. 화장대 위에는 화장품 그릇들이 낡은 고물상같이 어지럽게 흩어져 있었다.

정양구는 의자에 가 앉아 다시 담배를 꺼내어 붙여 물었다. 피어올라 가는 연기를 하염없이 바라본다. 그러다가 생각이 난 듯 남미 쪽에 시선을 보낸다. 그럴 때의 그의 눈빛은 부드러웠고 잠든 아기를 지켜보는 평화스러운 것이었다. 그러나 그곳에서 시선이 떠나 피어오르는 담배 연기를 볼 때 그의 눈은 몹시 복잡하게 엉키어들었다.

그는 상당한 시간이 지나갔을 것을 알면서 시계를 보지 않았다.

담배를 비벼 끈 그는 부엌으로 들어갔다. 수도꼭지를 틀어

컵에 냉수를 받아 들이켠 뒤 빈 컵 속을 한참 동안 들여다보다가 그것을 놓고 거실로 들어섰다. 수도꼭지에서 쏟아지는 물소리를 들었던지 남미는 일어서서 소파에 우두커니 앉아 있었다.

여전히 그의 얼굴은 창백했으며 관골이 솟아 있었다. 그러나 눈은 맑았다. 그 눈이 정양구를 향해 겁먹은 듯 한 번 깜박였다.

"안 가셨군요."

나직이 울렸다.

"음."

"나, 나 이제 죽어요."

"왜?"

정양구는 놀라지 않았다. 처음 듣는 말 같지도 않았다.

남미는 그 말의 대답 대신 두 무릎을 끌어 올려 무릎 위에 턱을 괴었다. 널찍한 이마와 검은 눈썹, 눈시울만이 서 있는 정양구 눈에 보였다.

"저 말이에요. 나 실은요, 고아란 말예요."

"뭐?"

"고아원에서 날 데려다 길러주셨대요."

"그래서 그게 어떻다는 거야."

정양구는 남미 옆에 가서 앉으며 물었다.

"그저 그렇다는 거죠, 뭐……."

"……."

"오해하셔도 상관없어요. 아니 오해 아니에요. 사실인걸요."

"……."

"나 어젯밤 정 선생님이 말씀하신 건 하나도 억지라곤 생각지 않아요. 난 정말 그랬어요."

"뭐라 했기에?"

"창부라 했어요. 나면서부터 그렇다는 거예요. 불구자라고도 했어요. 애정을 모르는 여자라는 거죠. 그래서 배만 고파도 몸을 판다는 거예요."

"주정이야."

"정말 그랬나 봐요. 나를 길러주신 엄마 아버지한테도 애정을 가져본 일이 없었던 거예요. 고아원에 있을 때 미국으로 양자 가면 초콜릿이나 캔디를 많이 먹을 수 있다는 말을 들었어요. 한데 날 데려간 집은 미국인 집이 아닌 한국인 집이었단 말예요. 중류 이상이었지만 난 김치 깍두기 먹으면서 늘 초콜릿이나 캔디 생각을 했단 말예요."

"지나간 얘긴 할 필요 없어. 누구나 다 조금씩은 비정상의 추억들을 갖고 있어."

정양구는 비로소 남미의 성격을 이해하게 되는 것 같았고 처음부터 삭막했던 여자의 표정의 비밀을 알 것 같은 생각이 들었다.

그리고 보면 사촌 언니라던 김혜자와의 관계도 혈연적은 아니다. 김혜자를 닮았다고 느낀 것은 착각이었는지도 모른다. 사촌 동생이라는 선입감에서, 그리고 남미는 별로 집안 이야기는 하지 않았던 것 같다. 먼저 동서했던 남자 집에서 가정이 복잡하다 하여 결혼을 반대했다는 말은 들은 적이 있었다.

은애와의 결혼 시에도 은애 모친의 병에 무관심했던 것처럼 정양구는 남미의 가정 형편에도 관심이 없었고 지금 남미가 고아였었다는 사실에도 별 충격을 받지 않았다. 다만 그는 남미를 좀 이해할 수 있었을 뿐이다.

"그런데 왜 죽는다는 말을 하는 거야?"

남미는 그 말에 대꾸는 하지 않았다. 일어서서 커피를 끓인다든지 아침 준비를 할 생각도 하지 않고 있는 것 같았다. 어쩌면 그는 먹고 입고 하는 일상의 습관마저 잊은 듯이 보였다.

"정말이에요."

남미는 밑도 끝도 없이 중얼거렸다.

"정 선생님 부인이 이상하다는 말 들었을 때 말예요."

"……."

"난 자신의 일만 생각했어요. 들어설 자리가 비었다는 생각 말예요. 그걸 나쁘다는 가책 같은 것 없이…… 하지만 이젠 그런 희망이 어리석다거나 비천하다거나, 염치없다거나…… 나한텐 이제 아무것도 없어요. 초콜릿을 먹고 싶은 생각이 없어졌어요. 병들어버린걸요."

정양구는 질서를 잃은 방 안을 구석구석 살펴본다.

술병을 사 들고 남미 방으로 들어와서 마신 간밤을 정양구는 똑똑히 기억하고 있다. 다만 남미의 어젯밤 얼굴을 기억할 수 없을 뿐이다. 그에게 욕설을 퍼부었던 일, 그러나 한 가지 어찌해서 남미가 침실 아닌 거실 소파에서 자게 되었는지 그것은 까맣게 모를 일이었다.

"남미."

"네."

아무 원망도 한탄도 없는 것 같은 여자의 대답이었다. 남에게도 그렇지만 자기 자신에게도.

몰라보게 여윈 얼굴은 보다 더 삭막했었지만 이상하게 눈동자는 맑았다. 표정을 잃은 탓인지, 맑다는 것이 정양구에게 불길하고 위험스러운 것을 안겨주었다.

"기운을 내."

여자는 손장난을 하고 있었다. 가는 손가락은 만지기만 하면 부러질 것 같다.

"기운을 내는 거야."

"저 말예요."

"……."

"가만히 혼자 앉아 있으면 말예요. 거기 굴러 있는 책 있잖아요? 그리고 여기 탁자, 이런 게 모두 제 자신 같단 말예요."

"……."

"결국 내 자신도 저런 물건들하고 다를 게 없다는 생각이 들어요. 지금은 저 물건들은 다 낡아버리고 그리구 내 자신도 낡아버렸다는 생각이 들지 않겠어요?"

"그런 생각을 하면 안 되지. 사람이 어째서 물건이야?"

"뭐 그렇다고 심각하게 생각해보는 건 아니에요."

"남미."

"네."

"넌 나보다 착하다."

"……."

"정직하고 겸손했어."

"놀려대도 이젠 아무렇지도 않아요. 그저 멍멍해질 뿐이에요."

"아니야. 난 지금 그런 생각이 들어. 따지고 보면 고아라는 것 그것 아무것도 아니야. 모두 다 고아인지 몰라."

"뭐 그걸 가지고 심각하게 고민했던 것도 아니에요."

"고민은 하지 않았는지 모르지. 하지만 초콜릿이 먹고 싶다는 그 생각보다 좀 더 큰 욕심을 왜 가지지 못했을까? 고아원에서 지급하는 먹고 입는 것 이외의 것에 욕심을 못 가졌다는 심리 상태 말이야. 남미는 고아원 밖에 나와서도 먹고 입는 것 이외의 애정을 바라지 않았다는 것이 확실해. 그것을 요구할 자격도 권리도 있었는데. 그 권리를 넌 버렸던 거야. 그래서 넌 너도 모르게 네 속에 솟아나는 애정이라는 것을 느끼지 않고 지내온 거지. 내 말 알아듣겠어?"

"……."

"넌 어느새 너 자신도 모르게 되어져서 겸손하게 누가 데려다주면 따라간다는 처음 그 남자친구하고 결혼을 포기한 거라든지 다음 외국인 그 친구에게 넘어간 거라든지 네 말대로 넌 자신의 귀한 값어치를 모르고 물건이 되었던 거야. 내가 시초 너의 환경을 알았더라면…… 하지만 지금 내가 생각하는 것같이 그때도 이렇게 생각했을는지 그건 의문이고…… 지금 역시 이곳에서 밖으로 나간 후의 내 마음을 장담할 수도 없다만."

이야기하는 사이사이에 정양구는 지난날의 남미의 언동을 회상해본다.

"어떤 변화가 있을지, 이곳에서 밖으로 나간 뒤."

정양구는 되풀이하며 말한 뒤 한동안 말이 없었다.

"다른 사람의 경우라면 모르지…… 내가 생각하기에는 의지라는 것은 참으로 믿을 게 못 되는 것인 성싶어. 의지력을 믿는 것은 어리석은 망상이다. 의지하곤 상관없이 몸이나 마음이 가고 있단 말이야."

독백같이 중얼거리다가 정양구는 말을 끊었다.

정양구는 곧잘 남미를 두고 아기부인이라고 불렀었던 일이 생각났다. 남미는 그와 함께 지내는 동안 결혼할 것을 바라던 일은 한 번도 없었다. 자신의 그늘진 처지를 슬퍼하는 것같이 보이던 일도 별로 없었다. 그만큼 정양구로서는 부담 없이 홀가분한 마음이기도 했으나 한편 남미의 애정이 어떤 것이었는지 의심해본 일이 있었고 현실을 현실로서 받아들이는 현명함인가 판단하기도 했으며 성격을 이상하다 생각해본 일도 있었다.

결정적으로 남미에게 정이 떨어진 것은 아파트, 지금 이 방의 열쇠를 돌려주고 나오던 그날 밤의 남미의 그 얼굴 탓이 아니다. 다음 남자에게 버림을 받고 정양구를 찾아왔던 날, 그날 밤, 아니 다음 날이었던가 남미가 은애의 병을 알고 그 자리에 자신이 들어설 것같이 말했던 그때였었다.

그 남미의 목적이 추악한 것이 아닌, 단순한 것이었음을 정양구는 이제 이해할 수 있었다. 앉을 자리가 없어서 우두커니 서 있는데 누구 한 사람 일어서는 것을 보고 급히 그곳으로 달려가는 행동과 같은 것이었는지 모른다. 남미의 그때 한 말은 사고思考 이전의 행동이었던 것 같았다.

게까지 생각이 미쳤을 때 정양구는 남미의 말대로 멍멍해지는 것 같았고 기묘한 느낌이 든다.

정양구는 남미의 옆모습에 시선을 보내었다. 목에 나타난 동맥이 움직이고 있었다.

"숨이 가빠?"

"아니요."

"병원에는 가봤어?"

"네."

"어디가 나쁘대?"

"글쎄요…… 옛날부터 폐는 좀 나빴어요."

남미의 실태는 이제 느낌이 아닌 하나의 관점이었다. 관점은 전체에서 자리를 좁혀 들어갔다. 정양구 눈에는 남미의 목에서 움직이고 있는 동맥 부분만 보이기 시작했다. 조그마한 화경 속에 들어간 듯 그 부분만 동그랗게 보여지는 것이었다.

'정말로 남미는 죽는 걸까?'

정양구는 객관적인 자리로 물러서고 있는 자신을 막아볼 도리가 없었다.

'남미는 자신을 책이라든지 이 탁자같이 느낀다고 했었지? 정말 남미는 탁자, 이 탁자 같은 걸까? 그리고 나는 은지에 싼 초콜릿이었을까?'

정양구는 별안간 터져 나오는 웃음을 간신히 참는다. 다음 그는 전율을 느꼈다. 인간 부재, 애정 부재, 그리고 거리를 누비고 다니는 기형아들의 무리가 따갑게 눈을 자극해온다. 기형아들의 무리가 사라지고 눈빛, 머리 빛이 다르고 모습이 달랐던 이방인들이 와서 아이들에게 캔디를 나누어주던 해방 직후의 광경이 선명하게 나타난다.

그리고 전쟁이 났다. 남미 같은 고아가 많이 생겨났다. 전쟁이 끝나자 도처에 고아원이 세워졌다.

고아들을 구제하는 식량과 의복이 국외에서 들어오고 국내에서도 먹을 것을 공급해주었다. 그러나 애정만은 비행기에 실어 올 수 없었고 트럭으로 실어 낼 수 없었다.

꽤 오래된 일이다. 정양구는 고아원에 한 번 간 일이 있었다. 당연한 얘기겠지만 아이들은 제각기 뛰놀고 있었지만 고아처럼 보였다. 콧가에 스쳐가는 바람은 벌써 삭막하고 쓸쓸하였다. 정양구는 선입감 때문에 그럴 거라고 생각했었다.

그는 영아실에 수용된 젖먹이 아이들을 보았다. 착해 보이는 중년의 보모 한 사람이 젖먹이 아이들을 지키고 있었다. 아이들은 한결같이 창백한 얼굴이며 신경질적인 정맥이 나돋아 있었고 팔다리는 꼬챙이같이 여위어 있었다. 고아원 책임자는 그 애들을 수용한지 얼마 되지 않았노라는 설명을 해주었다. 물론 젖먹이들은 전쟁고아는 아니었다.

"대개 가난하거나 아기를 낳아서는 안 될 사람이 저주하면서 낳아가지고 내버린 경우이지요. 그러니까 이 애들은 나면서부터 학댈 받은 거지요. 굶기고 죽기를 바라며 때리고 꼬집고."

책임자는 그런 설명도 했었다.

젖먹이들은 모두 늙은이같이 사려 깊은 눈들을 가지고 있었다. 방긋방긋 웃었지만 그 늙은이 같은 눈만은 웃고 있는 것 같지 않았다. 정양구는 역시 선입감 때문일 거라 생각했었다.

그는 남미를 바라보았다. 솟아오른 양편 관골, 그 위에 있는 눈동자, 분명 그 눈동자는 늙은이 같았던 젖먹이들의 눈동자였다.

'기형아다! 고아원의 울타리 속에서 만들어 내어놓은 기형아. 아, 아니다. 고아원의 울타리는 고아원의 울타리는 아니지. 이 한국 전체가 고아원이 아니냔 말이다. 거리에 우글거리고 있는 기형아들, 나를 포함해서 고아는 매일매일 만들어지고 있다. 그런데 한국뿐이겠는가? 세계 전체가 인종이 사는 세계 전체가 매일매일 은지에 싼 초콜릿처럼 고아들을 만들어내고 있는 거야. 세계의 무게가 그 짓을 하고 있어. 세계의 크기가 그 엄청난 일들을 저지르고 있단 말이야. 내가 어쩌겠다는 거지? 남미를 어떻게 하겠다는 거지? 아무도 어쩔 수 없어. 이 크고 무거운 지구 덩어리가 굴러가는데 누가 그것을 막아내느냐 말이다! 나는 성인도 구세주도 아니지만 지금 이 무서운 중력을 성인인들, 구세주인들, 막을 수 있겠느냐 말이다.'

정양구는 남미 옆을 떠나 그와 마주 보는 의자에 옮겨 앉았다.

"남미."

남미는 그 조용하게, 불길한 맑은 눈으로 대답했다.

"남미는 왜 울지 않지?"

"울면 뭘 해요."

"하지만 사람은 눈물을 흘리게 되어 있지 않아?"

"이상하네요."

"뭐가?"

"전 여태까지 울지 말라는 얘길 들었어요."

"그랬을 테지."

정양구는 일어섰다.

"나 약속은 못 하지만 또 올게. 기다리진 말아요. 그리고 이거."

정양구는 호주머니를 털어 있는 돈을 모조리 탁자 위에 꺼내놓는다.

"돈이 아쉬우면 언제든지 전활 걸어."

"……."

"그리고 또, 남미는 아프니까 심부름하는 아이가 필요하다면 구해주겠어."

"필요 없어요."

"그럼 내가 보고 싶어지거든 전화 걸어. 언제든지, 올게."

말하면서 정양구는 서글픔을 느낀다. 남미는 의심스러운 눈을 들어 정양구를 바라보았다.

"남미가 나를 보고 싶어할 때, 그때 나도 남미가 보고 싶어질 거야."

중얼거리듯 낮은 목소리였다.

12. 귀가

사람들 속에서 그들이 떠미는 힘에 희련은 저절로 밖으로 빠져나왔다.

한 기차를 타고 온 동행자들, 그 낯선 사람들은 뿔뿔이 흩어졌다. 짐을 들고 줄지은 곳으로 뛰어가기도 하고 지하도로 내려가기도 한다.

무지무지하게 큰 소리를 내며 지구가 돌고 있다는데 사람들은 그 무지무지하게 큰 소리를 듣지 못한다. 그같이 희련이도 도시의 소음이 들리지 않는 것 같았다. 무언극같이 다만 모든 것이 변함없이 눈앞에 돌고 움직이는 것만 보였다.

서울역 광장에서 올려다보는 도시의 하늘은 아직 겨울 추위에 떨고 있는 것만 같았다.

음력설을 시골 고모 집에서 보내고 희련은 서울로 돌아온 것이다. 그의 얼굴은 투명할 만큼 창백했으나 그 차가움은 모든 고통을 이겨낸 금속적인 느낌을 준다. 그는 퍽이나 의연해 보였다. 서둘 것도 없이 천천히 걸어서 택시를 타기 위해 줄지은 곳으로 다가간다.

이때,

"여보세요."

희련은 귀머거리같이 그 부르는 소리에 무심하다. 상대는 희련의 외투 자락을 건드렸다.

"여보세요."

희련이 돌아본다. 낯선 남자가, 그도 외투를 벗은 모습으로 서 있었다.

"사모님께서 오시랍니다."

"……?"

"전에 몇 번 뵈었는데요. 저 조 사장님 운전숩니다."

"아아."

"사모님께서 보시고 모셔 오라시는군요."

"어디 계시는데요?"

"저기 계십니다."

운전사가 가리키는 곳, 이등 대합실이 있는 쪽에 자동차가 있었다. 내다보며 이 여사는 손을 흔들었다.

"용케 보셨네요?"

희련이 걸음을 옮기며 말했다.

"제가 먼저 보았지요."

"그래요?"

"택시 타시려면 한참 기다리실 게고 해서."

"고마워요."

자동차 옆에까지 간 희련은,

"안녕하세요?"

하고 인사를 했다.

"어서 타기나 해요. 정말 오래간만이네. 난 우리 집 그이가 온다기에 나왔더니 허탕이야. 하긴 확실한 연락은 아니었지만, 어서 타라니까."

희련은 차에 올랐다. 차는 방향을 돌리며 움직였다.

"어디 갔다 오는 길이야?"

"고모님 댁에요."

"음, 얼굴이 상했구먼."

희련은 잠자코 웃었다. 신경이 한곳으로 모여들어서 그것이 굳게 얽힌 듯 희련은 전에 비하여 몹시 침착했다.

"곧바로 집에 가겠어?"

"그래도 좋구요. 제가 저녁을 사도 좋은데 바쁘세요?"

"아 아아니 바쁘긴, 심심해 죽을 판이야. 틈만 주면 저녁은 내가 사지 뭐, 조금 시간이 이르긴 하지만."

이 여사는 사람이 기갈이 난 듯 말했다. 희련은 집에 들어가는 시간을 되도록이면 늦추고 싶었다.

사흘이 멀다 하고 날아온 희정의 편지를 감당하기 어려웠던 시골에서 겨우 서울로 돌아오긴 왔으나 어딘지 모르게 다시 몸을 감추고 싶은 충동을 그는 누르고 있었다.

이 여사는 끊임없이 씨부렸다. 심심해 죽을 지경이라면서 그러나 여전히 명랑하고 노래를 부르는 것 같은 높은 목청은 희련에게 상쾌한 감마저 안겨준다.

겨울은 아직 다 가지 않았지만 머지않아 강은 풀릴 것이며 온기를 실은 바람이 불어올 것이다.

희련에게는 긴 겨울이었다.

시골 고모 집에서 한 달을 넘게 지내는 동안 얼어붙은 강가에 나가 시간을 보내곤 했었던 겨울, 허나 겨울이어서 다행이었는지도 모른다.

강물도 수풀도 학대받는 계절, 얼어붙고 메말랐으며 찬바람에 발가벗은 풍경, 희련은 그 풍경과 함께 겨울을 견디었으며 고통을 견디었다.

양식집에서 마주 앉은 이 여사는,

"어쩐지 이상하다."

하며 희련의 얼굴을 빤히 쳐다보았다.

"뭐가요?"

"미스 윤 말이야."

"……."

"전과는 사람이 달라진 것 같단 말이야."

"풀이 죽은 것 같아요?"

"아니, 깐깐해진 것 같기도 하고 활달해진 것 같기도 하고 말씨도 또박또박해진 것 같기도 하고."

"다행이에요. 이제 사람 구실 하려나 보죠?"

"거봐, 전엔 그런 투의 말을 안 하더니."

희련은 아랫입술을 깨물 듯하며 웃었다.

"난 본시부터 미스 윤을 좋아했지만, 어쩌면 닿기만 하면 깨질 것 같아서."

"이젠 안 그렇지요. 많이 부려먹은 소는 고기가 질기다잖아요?"

이 여사는 재미가 나서 깔깔거리며 웃었다. 희련도 따라서 웃고.

웨이터가 식사를 날라 왔다.

이 여사는 고기에 칼질을 하면서,

"인숙이 소식 알아요?"

"모르는데요."

고개를 숙여 고기를 베어 물면서 대꾸했다.

"요즘 나도 인숙일 통 못 만났는데, 그러니까 퍽 오래되었구먼. 거리에서 만났지. 함께 차를 마시면서, 기고만장하더구먼."

"……."

"쉬이 결혼하게 될 거라구. 일본에 있는 재일교폰데 굉장한 부자라나? 나인 좀 들었지만 미혼이라지 아마? 원체 그 애 후

라이가 심해서 곧이듣지는 않았지만, 결혼할 거라고 큰소리 떵떵 쳤지만 한 번도 성사된 일이 없었으니까. 그래도 모르지. 사람의 운이란 알 수 없는 거더만. 거 김태연 사장만 해도 그렇지. 배 여사 신수 피는 걸 보면 참 사람의 운수란 알 수 없단 말이야."

이 여사는 감탄해마지않는다. 시기심 같은 것은 조금도 없이 그들의 성공이 그저 신기스럽기만 한 모양이다.

"이 여사."

희련은 다소 긴장하며 불렀다.

"이 여산 어디 시골의 지방 도시 같은 데 있는 고아원 아는데 없어요?"

"그건 왜?"

"그런데 가서 일 좀 해봤으면 싶어요."

"갑자기 무슨 말을 하는 거야?"

"나 많이 생각해보았어요. 아무리 생각해도 나한테 적합한 일자리가 없단 말예요. 난 전쟁 때 양친을 다 잃었어요. 언니가 없었담 고아원에서 자랐을지도 몰라요. 난 이제부터 고생을 해야 할 것 같은 생각이 드는 거예요."

이 여사는 눈이 휘둥그레지며,

"일부러 사서 고생을 해?"

"그건 뭐 해봐야지. 고생이 될지 낙이 될지 누가 알아요? 남의 삯바느질 하는 것보담은."

"삯바느질이라니? 그건 미스 윤의 잘못 생각이야. 머리만 잘 쓰면 패션쇼도 하고 국제적으로 크게 노나 보던데 왜 그리 소극적인 생각만 하는 거야?"

"생각 나름 아닐까요? 난 아주 길을 잘못 든 거예요. 아무래도 열중할 수가 없는걸요."

"안 돼, 안 돼, 그건 절대로 안 될 일이야, 정 그게 싫거든 적당한 데 시집가는 거지 무슨 그런 궁릴해?"

"그건 더 어려운 일이에요. 꿈이란 한 번 꾸는 거지 두 번 꾸는 게 아니에요."

희련은 전에 비하여 놀랄 만큼 다변해졌고 제 마음을 어느 정도 은애 아닌 이 여사에게 털어놓기도 했다. 이해해줄 것을 바라지도 않으면서 한편 고아원의 보모로 가고 싶다는 말도 즉흥적으로 말했던 것이다. 말을 해놓고 나서 그는 자신이 잠재의식에 그 생각이 있었던 것을 깨달았다.

"아니면 자동차 학교에 나가서 운전면허나 따가지고 택시 운전사 할까 봐."

"갈수록 태산이네."

"전에 여자가 운전하는 택시를 한번 탔어요. 열심히 차를 모는 모습을 보고 있노라니 눈시울이 찡해지대요. 열심히 살고 있다 싶어져서 말예요."

"그럼 미스 윤이 운전면허를 따면 우리 자가용 운전사로 채용하지."

이 여사는 웃으며 농담으로 처리해버린다. 희련도 배시시 웃고 있었으니까.

이 여사는 한동안 무엇을 골똘히 생각하는 것같이 식사를 하다가,

"아아, 생각난다."

"……."

"미스 윤 실패한 거지?"

"미스 윤이라 부르지 말고 희련이라 부르세요."

"글쎄 그건 뭐 어떻든, 들은 얘기가 있어 그러는데 말이야. 최 전무한테 상당한 액수의 부채가 있다던데 그거 정말이야?"

"네?"

"그래서 아까 비관적으로 얘기한 거지. 그지?"

"빚이 있는 건 사실이지만 최 전무라뇨?"

"아니 내가 잘못 들었나? 인숙이 그러던데? 최 전무가 돈을 돌려주었고 집문서도 갖고 있다는 말을 똑똑히 들었어요."

희련의 얼굴이 긴장되었다. 짐작이 전혀 가지 않았던 것은 아니다. 희정이 최 전무가 보아주겠다는데 그렇게 하면 어떠냐고 말을 비친 일이 있었다.

"나는 모르는 일이에요. 원체 그 빚은 언니가 처리할 일이니까요. 그리고 집이 팔리면 누구에게 돌려썼든 갚을 거예요."

희련은 전과 같이 파르르 떨지는 않았다. 그의 결벽증은 무디어졌고 남의 심사를 예민하게 헤아리려 하지도 않았다. 누

가 와서 잡아간대도 놀라지 않을 것 같았고 얼굴에 침을 뱉는 모욕을 당할지라도 괴로워하고 노여워할 이유가 없어진 것 같았다.

다만 이따금 얼어붙었던 시골의 그 강이 깨어져서 유리 같은 얼음 조각이 마음을 찌르는 것 같은, 그러나 그것은 둔중한 아픔인 채 사라져 가곤 했었다.

얼어붙었던 강가에서 견뎌야 했던 고통에 비하면 어떠한 말, 어떠한 일도 모두 일상에 지나지 못한 것 같았다.

"집을 팔게까지 됐어?"

"네, 늦가을부터 내놨어요. 이 여사께서 알음 있으면 팔아주세요."

이때,

"이 여사 웬일이시오?"

희련의 등 쪽에서 여자의 목소리치고는 좀 굵은 소리가 들려왔다.

"아아니 이게 누구야?"

이 여사도 반가워하는데 무슨 서슬에선지 희련을 힐끔 쳐다본다. 그러는 이 여사의 눈빛은 다소 불안해 보였다.

목소리는 뒤에서 들렸지만 곧 여자의 모습은 식탁 옆에 나타났다.

이마가 하얗게 부딪쳐 왔다. 짙고 억세 보이는 눈썹이 후련한 게 위축감을 주었다. 감색 빌로도 치마저고리 속의 몸은 깡

마른 편이었다.

"소문 듣자 하니까 자가용을 소유하게 되었다구? 그래서 콧대가 높아져 요즘엔 통 볼 수 없게 됐다, 그거로구먼."

여자는 이 여사의 동행자 따위는 보이지도 않는다는 듯 이죽거렸다.

그러나 짙은 눈썹 밑의 날카로운 눈은 이미 희련을 훑어본 뒤였었다.

"무슨, 그런 말을 하는 거요? 흔해 빠진 게 요즘 자가용인데 내가 하나 가졌기로 설마 콧대가 높아졌을까? 계도 끝나고 했으니 자연 발길이 뜸해질밖에."

이 여사는 상대방의 성미를 이미 익히 알고 있는 듯 꽁무니를 빼듯이 어물어물 말했다.

"흥, 그 흔해 빠진 자가용도 못 가졌으니 하는 말 아닌가배?"

"가지려면 가지는 거지 뭐, 김 마담이 실력이 없어 그러나?"

"말만 들어도 고맙군."

"공연히 우는소리 말구, 그래 혼자 왔수?"

"내 신세가 그리 떨어진 줄 아셔? 혼자 오긴 왜 혼자 와."

여자는 웃음을 흘리며 뒤돌아보았다.

저만큼, 식탁에 남자가 이쪽을 쳐다보며 앉아 있었다. 허우대가 좋아 보이는 남자다.

"그럼 어서 가보아요. 남의 속 태우지 말구."

"그러잖아도 그렇게 해야겠어, 이 여사."

"날 너무 외면하면 좋잖아. 시내에 나오면 가끔 들러요."

여자는 식탁 앞에서 떠날 때 희련을 힐끗 쳐다보았다. 그러나 희련은 돌아서는 여자 손에 쥔 하얀 피즈 백만 보였다.

이 여사는 여자가 떠난 뒤 아무 말 않고 음식만 먹었다. 마치 약점이라도 잡힌 것처럼 시무룩하기까지 했다. 실은 약점이랄 것까지는 없으나 한때 이 여사는 김 마담과 노름판에서 어울린 일이 있었다. 그러나 남편의 충고도 있었고 심심풀이였을 뿐 사행심이 약한 이 여사는 도박판이 커지면서부터 그들 모임에서 빠져나왔던 것이다.

식사가 끝난 뒤 이 여사는 서둘러 일어섰다. 김 마담에게 고갯짓을 하고 밖으로 나온 이 여사는,

"아까 그 여자 인상이 어때?"

하고 물었다.

"글쎄요. 성깔이 좀 있어 뵈네요."

"좀 있는 게 아니야. 대단하지 대단해. 멀쩡한 남자도 꼼짝 못 하는걸. 한데 그 여자가 누군지 알어? 알면 놀랄 거야."

"……."

"최 전무 애인이야. 언젠가 내가 말했잖어?"

"들은 것 같기도 해요."

희련은 냅다 던지듯이 말했다.

"나는 어찌나 조마조마하던지 말이야. 김 마담이 혹시나 아

는가 싶어서, 아무리 미스 윤이 결백하더라도 최 전무가 열을 올리는 상대라는 것을 알았더라면 말이야 가만두진 않았을걸. 체면이고 남의 눈이고 생각하는 여자가 아니거든. 언제든지 막 나가는 여자란 말이야."

희련은 가만히 서서 멈추어진 이 여사의 자가용을 바라보고 있었다. 그의 한쪽 볼이 불그레했다. 그러나 그것은 붉은 빛깔의 불빛 탓이었다.

"마음대로 하라지요. 뭐가 그렇게 소중한 인생이라구."

"어떡할래요? 차 한잔 마시고 가겠어, 그냥 가겠어?"

"차 한잔 마시지요."

희련이 먼저 다방 쪽으로 걸음을 옮겼다. 그는 앞서서 지하 다방의 층계를 밟고 내려간다.

차를 시켜놓고 마주 보고 앉아서 이 여사는 희련의 기색을 유심히 살폈다.

"미스 윤."

"네?"

"지금 미스 윤은 경제적인 문제 때문에 그러는 거야?"

"어떡해요?"

"아까도 말했지만 전과는 영 사람이 달라졌어. 고아원이니 어쩌니 하구 말이야."

"경제적인 것 때문은 아닐 거예요."

"그럼?"

"소중하게 아껴둘 일도 아니니까 알고 싶으시다면 말하지요."

"말해. 괴로운 일이란 말해버리는 것도 부글부글 혼자서 끓는 것보담 나을 때가 있지."

"나 연앨 했는데 말예요."

"음?"

"그건 혼자 생각이었어요. 연애가 아니었더란 말예요."

"무슨 소리야?"

"그렇게밖에 말할 수 없는걸요. 연앨 했는데 연애가 아니었더란 말예요."

희련의 눈빛은 타는 것 같았다.

"나 뭐 바랐던 것 아니에요. 결혼 같은 것…… 떠나고 나면 보고 싶어서 죽어버릴 만큼 보고 싶어 못 견뎠을지도."

이 여사는 어이없는 듯이 희련을 바라본다. 나중의 말은 입술만 달싹거렸을 뿐 잘 알아들을 수 없었다.

"처음부터 노리개였던 거예요."

"누군데?"

"네?"

희련은 이 여사를 멍하니 쳐다본다.

"그 못된 남잔 누구야?"

"못된 남자…… 이 여산 모르는 사람이에요."

"어디 있는 사람이야? 뭘 하는 사람인데?"

"아마 지금은 이 땅에 있지도 않을 거예요."

"그래 그랬구나…… 흔히 있을 수 있는 일이지. 언젠가 말했지만 나도 그런 일이 있었지. 그때도 그랬었지만 애정이란 그런 것, 다 한때 얘기야. 평생이 얼마나 긴데? 앞으론 성실한 남자 만나 결혼하는 거야. 이제부터 냉정히 결혼 문젤 생각해야지."

"글쎄요. 고아원의 보모보담 나을까?"

"농담하는 거 아냐."

"저도 농담 아니에요."

"영 사람 망쳐놨구먼."

하고 이 여사는 웃었다. 아무튼 그는 희련이 자기를 믿고 고백해준 것을 매우 대견하게 생각하는 모양이었다.

"아무튼 앞으로 어려운 일이 있으면 날 찾아요."

"어려운 일…… 그러겠어요."

희련의 멍했던 눈이 초조한 것으로 변했다. 그는 안정을 잃고 허둥대는 것 같더니 일어섰다.

"이 여사 그럼 나 갈래요. 혼자 가겠어요."

"아니 차 타고 가. 집까지 데려다줄게."

"아니 나 혼자 갈래요. 요다음 찾아가겠어요. 죄송합니다."

희련은 빠른 목소리로 말하고 나서 급히 나가버린다.

거리에 나온 희련은 급히 사람들 속에 묻혀 걷기 시작했다. 얼마를 걷다가 그는 차 속에 여행 가방을 그냥 두고 온 것을 깨달았다.

'어떻게 되겠지.'

거리를 한동안 방황하다가 집으로 돌아갔을 때 자가용 속에 내버려둔 여행 가방이 먼저 와 있었다.

희정은 해쓱해진 얼굴에 억지웃음을 띠었다. 희련이 다시 집을 뛰쳐나가기라도 할 것처럼.

"별일 없었어요?"

"왜 별일이 없겠니. 말도 말아. 이 여사가 짐을 갖다주면서 먼저 왔을 텐데 어딜 갔을까 하잖아. 얼마나 걱정을 했는지 모른다."

"이 여사, 그분 참 좋은 사람이에요."

"그러게 말이다. 일부러 예까지, 하긴 자기 차가 있으니까."

희정은 몹시 부러운 모양이었다.

방에 마주 앉았다.

"아주머니, 저녁 차려요?"

식모는 오래간만에 보는 희련이 반가운 모양이었다.

"아니, 오다 먹었어."

"건데 말예요. 아주머니 가신 뒤 어떻게나 전화가 자주 오던지 말예요."

"……."

"영이 엄마랑 또 영이 아버지도 여러 번 전화를 주셨어요."

"영이 엄마 서울 왔대?"

"네 벌써 오셨어요. 그리고 인숙인가 그이도."

하는데 희정이,

"넌 나가서 부엌일이나 해요."

하고 막고 나섰다. 식모는 좋잖은 얼굴이 되어 나갔다.

"인숙인 왜 자꾸 전활 하죠?"

"글쎄 그게 뭐."

"빚 땜에 그러던가요?"

"그것도 그렇지만……."

"최 전무가 빚을 안았다면서요?"

"뉘한테 들었니?"

"글쎄 들었어요."

"그게 글쎄, 난 네 말도 듣지 않고 그럴 수가 없어서 어정쩡했더니만 인숙인 넘겨버렸다잖아. 이자가 안 나오니까 할 수 없다는 거야."

"결국 넘어갔다는 건 집문서겠군요."

"그, 그렇지."

"할 수 없지 뭐. 우리가 그래 달라 하지 않았으니 마음대로 내버려두세요. 하나하나를 따지고 들다간 죽어버릴 거예요."

"하긴 최 전무가 그래 주었으니 우선 이자 때문에 속이 썩진 않는다."

"……."

"인숙인 뭐 그 일 때문에 그러는 것 같지도 않던데. 네가 어디 갔느냐고 어찌나 미주알고주알 묻던지, 뭣 땜에 그러는지, 말이 났으니 말이지만 고놈의 계집애 여간 아니야. 일 보아주는 척하면서 제 실속은 남김없이 차리고 말이야. 이번 최 전무가 보아준 것도 마치 제 공로인 것처럼 떠벌리는 꼴이란 아니꼬와서, 옛날 같으면야 그 계집애를 그만……."

하다가 희정은 눈물을 짰다.

"내가 입을 다물고 말 안 해서 그렇지, 그 발싸개 같은 계집애한테 구박받은 생각을 하면, 어떡허든 이를 악물고 돈을 모아서."

희련은 희정을 우두커니 바라보고 있었다. 그러나 희정의 모습이나 목소리는 보이지 않고 들리지 않는 것처럼 보였다.

"너도 속이 상하겠지만 기왕지사 어떡하니? 운수가 불길해 그랬던걸. 이제부터 마음잡고 나도 이제부턴 정신 차리마."

희정은 치맛자락을 끌어당겨 눈물을 닦는다.

"일을 다시 해야 할까, 언니?"

희련은 희정이 한 말과는 관계없이 불쑥 물었다.

"그야 뭐…… 얼마나 해서 집문서 찾아내겠니?"

"집 있음 뭘 해요."

희련이 중얼거렸다.

"뭘 하다니, 이 집이 어떤 집인데? 우리한테 이 집밖에 더 있니."

희련은 희미하게 웃었다.

"너만 마음 돌리면 되는 일 아니냐. 네가 혼자 있으니까 넘보고 장가 놈도 이러쿵저러쿵한단 말이야. 아 사람이야 인물 좋고 능력 있고 너만 응한다면 이혼하겠다잖아. 다 너한테 생각이 있으니까 빚도 안아주는 거구."

"그럴 순 없어요. 집 팔리면 이자 가산해서 주면 되는 거예요."

희정은 더 말을 하려고 입을 쭈빗거렸으나 여느 때와 달리 흥분하지 않는 희련의 얼굴에 오히려 두려움을 느낀 듯 말을 되밀어 넣고 만다.

희련은 이 층 제 방에 올라가지 않고 작업실로 들어간다. 그는 소파에 앉는다.

'여기가 젤 좋구나. 이 자리에서 그만 굳어져 돌이 되었음 좋겠다.'

식모가 문을 열고 들여다본다.

"아주머니."

"음."

"커피 끓여드릴까요?"

"음."

"목욕물 데워드릴까요?"

"음."

식모는 한참 후 따끈하게 커피를 끓여 왔다. 커피 잔을 희련의 손에 놓아주면서,

"저 말예요. 아깐 말 못 했지만 말예요."

"……."

"아주머니가 내려가신 그날 말예요. 저 영이 외삼촌이라는 분이 찾아오셨더랬어요."

움직이지 않는 희련의 눈이 식모의 입 모양을 가만히 바라본다.

"그러구 나서 여러 번 전화가 왔댔어요."

"……."

"떠나기 전날 밤에도 전화가 왔었어요. 큰아주머니 보곤 잠자코 있었어요."

희련은 끝내 한마디 말도 하지 않았다. 식모가 나간 뒤 그는 손바닥에 올려놓은 접시에서 커피 잔을 들었다.

뜨거운 액체가 가슴팍을 타고 내려간다.

희망도 절망도 아닌 무감동, 머리칼 하나 움직이는 것 같지 않았다. 희련이 자신이 생각해도 이상하리만큼.

'조금은 동정을 했나 보지. 원망할 것도 없고 내 잘못도 아니야. 그저 그런 상황이 지나갔던 거야. 길 가다가 우연히 마주친 사건이었을 뿐이겠지.'

희련은 좀 식은 커피를 단숨에 마셔버리고 등을 옹그렸다.

'마음이 어떤 거지? 마음이 말이야. 마음을 파고 내려가면 나 혼자야. 그걸 이제사 알았단 말이지. 나 혼자 살아가는 거야. 죽는 것만큼 의미가 없고, 죽는 것도 의미가 없고, 그저 이러고 있는 거지. 이러고 있다가 돌이 되어버린다면 좋겠어. 속인 것도 없고, 속은 것도 없고, 그저 모든 일이 지나간 것뿐이야. 지나간 것뿐이지. 그 사람 잘못도 내 잘못도 아니야. 일을 해야 할까? 집을 팔아야지, 팔아야 해. 언니가 살 수 있게 마련해놓고 떠나는 거야. 어딜? 배를 타고 떠났으면 좋겠다. 집을 팔면 돈은 얼마나 남을까. 은애가 돌아왔다구? 돌아왔음 어떡허란 말이냐? 넌 은앨 만나는 게 무서운가?'

희련은 생각은 생각대로 내버려두고 눈앞을 오고 가는 불꽃 같은 것을 열심히 바라보고 있었다.

전화벨이 울렸다. 자꾸 울렸다. 계속해서 울린다.

식모가 와서 수화기를 들었다.

"네, 네, 지금 막 오셨어요. 바꿔드리겠어요. 네, 네."

희련은 식모로부터 수화기를 받아 들었다. 식모가 방에서 나가는 것을 본 뒤 그는 말했다.

"나야. 은애니?"

"이눔 기집애! 대체 무엇이 어떻게 된 거야?"

옛날과 다름없는 목소리, 은애의 그 독특한 어투가 울려왔다.

"어떻게 되긴…… 바람 좀 쏘이고 왔지 뭐."

"누가 곧이듣겠니? 이 추운 겨울, 한 달이나 넘겨 바람을 쏘이다니, 기가 막혀서. 하여간 만나 봐야겠다. 나 지금 곧 갈 테니까 말이야 아무 데도 나가지 말고 있어."

은애는 성급하게 전화를 끊었다.

희련은 끊어진 전화인데 수화기를 든 채 우두커니 서 있다.

옛날과 다름없는 은애의 목소리, 그 말투, 이제는 아주 병이 멀리 떠나버린 것 같았다. 그러나 희련은 그것을 생각하고 있지 않았다.

은애의 음성에는 강은식의 음성이 있었다. 강한 불덩이에 덴 것처럼 희련은 놀랐으며 숨이 가빠왔다. 그것은 예기치 못한 마력이었다. 그리움이었으며 증오였으며 원망이었다. 아니 그것은 모두 그리움이었다. 몸서리쳐지는 그리움이었을 뿐이다. 강은식의 핏줄을 이은 은애는 이미 친구가 아니었음을, 강은식의 분신임을 희련은 느낀다.

그럼에도 희련은 강은식을 두 번 다시 만나고 싶지 않았다. 생전에 한 번은 다시 만날지도 모른다는 희망도 갖지 않았다. 마치 천둥이 갈라놓은 단층과도 같이 영원한 결별임을 희련은 믿고 있었다. 좋은 일보다 나쁜 경우를 믿는 희련에게 이제는 그것이 움직일 수 없는 하나의 고질로 되어버린 것이다.

희련은 수화기를 놓고 창가에 가서 섰다. 밖은 어두웠다. 봄을 기다리는 라일락이 앙상하게 가지를 뻗고 있었다. 희련의 흥분은 서서히 식어갔다. 앙상한 나뭇가지와 어둠, 희련은 그런 것과 더불어 한 치도 밝음에 나갈 수 없는 자신을, 새 움이 트지 않을 자신을 다시금 인식하며 냉정을 찾았다.

'고통을 자꾸 파고 내려가 보니까 거기 조그마한 자리가 있더군. 그 자리에서는 헤설픈 웃음이 나오더구먼. 절망은 용기가 될지도 모르지. 아무것도 욕망하지 않는다면 세상이 아니 꼬울 것도 없고 무서울 것도 없겠지. 그것을 자유라 하는가? 거지들은 자유, 태양 아래서 지키고 버려야 할 아무것도 없는 자유민이 거지란 말이지? 옛날엔 비구가 탁발함으로써 수도의 방법으로 삼았다는데…… 거지의 자유…… 탁발하면서 길을 찾는 비구들…… 산다는 것이 그렇게 소중할까. 거지의 자유는, 비구의 구도求道는 어떻게 다른 것일까.'

희련은 어둠을 골똘히 바라본다.

'고아원에 가서 아이들을 키우겠다고 했지. 운전사가 되겠다고도 했지. 앞으로 살아야 할 수많은 날을 뜨개질이나 하고 시간을 보낼까, 성냥갑이나 붙이며 날을 보낼까. 무엇이든 기계같이 되풀이되는 일, 나는 기계가 돼야 할까 보다.'

희련은 문을 들어서는 은애를 보았다. 은애는 뜰을 질러서 현관 쪽으로 모습을 감추었다.

'조금 있으면 저 문이 열리겠지. 거지가 된 셈 치면 난 은애를 두려움 없이 대할 수 있을 텐데.'

"희련아."

희련은 창가에서 천천히 몸을 돌렸다. 조그마한 얼굴이 공간에 떠 있는 것같이 은애에게로 향한다.

은애는 방문을 등지고 선 채 여태까지 본 일이 없는 것 같은 생소하기가 이민족만 같은 희련의 얼굴에 당혹감을 느끼고 쉽사리 입을 열지 못한다.

"왜 그러지?"

옛날같이 의젓함을 다시 찾은 은애의 커다랗고 맑은 눈이 겁먹고 무안스러운 아이의 눈처럼 흔들리었다.

얼어붙은 희련의 얼굴에 핏기가 돌기 시작했다. 그 핏기는 짙어져서 짙푸르기까지 했고 눈은 젖었다. 그러나 발작 직전 과도 같은 흥분은 용케 자리를 지켜준다.

희련은 강은식으로 착각했다. 은애는 강은식의 모습과 더불어 방 안에 나타났던 것 같았다. 그 눈은 강은식의 눈이었다.

머뭇거리다가 은애는 소파에 와서 앉는다.

"정 선생님은 어떡허구 왔니? 지금은 밤인데."

희련이도 은애 옆에 앉아 은애에게 옆모습을 보이며 중얼거렸다. 은애는 소매를 걷어 시계를 보며,

"아직 초저녁인걸. 아직 그인 안 돌아왔어. 만날 싫도록 보는 사람인데 그런 걱정 할 거 없다. 그런데 대체 어떻게 된 일이냐? 시골에서 달포나 넘게 소식도 없이 있었으니 말이야."

"……."

"서울에 돌아와도 네가 없으니까 놀러 갈 데가 있어, 전화 걸 데가 있어. 정말 따분해서, 영이 아빠 아무래도 너하고 교대해가며 병이 나나 부다 하며 놀려대잖아?"

희련은 피식 웃는다.

"요즘은 정 선생 별일 없니?"

희련은 말머리를 돌린다.

"노상 그렇지, 뭐. 좀 착실해진 것 같더군."

다소 무안쩍어하며 은애는 퉁명스럽게 말했다. 그는 건강해 보였으며 안정되어 생활에 자신을 가진 것 같았다. 갑사에 희련이 내려갔을 적에 두서없이 남편 자랑을 하고 미래의 생활을 얘기하던 모습과도 사뭇 달랐다. 그때는 역시 희련이나 강은식에게 불안을 안겨주었었다.

은애는 목도리를 벗어 무릎 위에 놓으며,

"널 만나기만 하면 막 욕해주려고 했었는데."

"……."

"막상 만나보니…… 할 말이 많을 것도 같았는데 그저 멍청해지는구나."

"나도 그렇다."

"대관절 시골에는 왜 갔니? 가선 뭘 하구?"

"강물을 보았지."

"뭐?"

"꽁꽁 얼어붙은 강물 말이야. 모래 실은 바람이 얼굴을 때리며 지나더구나."

"뭣 땜에?"

"글쎄…… 살아볼려고 그랬을 거야."

"그럼 죽고 싶었다, 그 말이니?"

"음."

희련의 눈에서 눈물방울이 후둑후둑 떨어진다. 희련은 둑이 터진 것같이 흐느낀다. 그러면서 밖에 울음소리가 나가는 것을 막으려는 듯 두 손바닥으로 입을 감쌌다.

은애는 당황하여 어쩔 줄 모른다.

"아니, 희련아!"

희련의 어깨를 흔들었으나 희련은 두 손으로 얼굴을 감싼 채 흐느꼈다.

"왜 이러지? 이 애."

그러다가 은애는 단념을 하고 우는 희련으로부터 눈길을 돌린다. 방 안이 허전하게 빈 것 같았고 냉바람이 도는 것 같다.

은애는 가슴이 으스러지는 것같이 희련이 불쌍해 견딜 수 없었다. 어릴 적부터 몸이 허약하여 그랬던지, 희련은 늘 아픔을 주는 아이였었고 은애는 늘 그를 보호해주는 그런 위치에서 지속되어온 우정이지만 이같이 비참한 모습으로 울음을 터뜨린 것을 본 일이 없다.

'은애야.'

'응?'

'난 말이야, 탐험가가 됐으면 좋겠어.'

'뭐?'

'사하라사막에도 가보구, 남극, 북극에도 가보구 말이야.'

'미쳤어!'

'사막에서 보는 별은 참 아름답단다. 북극에 가면 빙산이 있

고 흰곰이 있구 말이야. 눈보라가 치는 눈의 벌판을 혼자 걸어
가는 생각해봐…… 참 멋있을 거야.'

'멋이 있어? 하나님 살려주시오 할 건데도 멋이 있어?'

'눈 속에서 죽으면 시체는 살았을 때처럼 그대롤거야.'

'시체가 그대로면 뭘 해. 죽었는데, 죽어서 세상을 떠난
건데.'

'난 오래 살고 싶지 않아. 서른 살까지만 살 테야.'

중학교 시절에 하던 희련의 말이 웬일인지 은애 기억 속에
생생히 살아났다. 은애는 혼란을 느끼며 자리에서 몸을 일으
켰다가 도로 주질러앉는다.

냉랭한 방 안 분위기가 다시 은애의 마음을 스산하게 한다.
은애는 정양구만큼도 강은식과 희련과의 사이를 모르고 있었
다. 정양구는 그간의 일을 은애에게 말하지 않았던 것이다. 은
애의 상태에 마음을 놓지 못한 정양구는 되도록이면 부담이
되는 일을 알리지 않으려는 배려에서였다. 그렇다고 해서 정
양구가 강은식과 희련에 관한 일에 단정적인 생각을 갖고 있
었던 것도 아니었다. 짐작일 따름이며, 당사자들로부터 명확
한 말을 듣기 전에는 뭐라 말할 수도 없는 일이었다.

그러나 은애 역시 오빠와 희련을 두고 전혀 생각을 해보지
않았던 것은 아니었다. 관련을 지어보다가도 은애는 그 사실
을 부정하곤 했었다. 그는 오빠가 옛날의 애인을 잊지 못하고
있으리라 믿고 있었으며, 그보다 오빠가 결혼하지 않는 사실

이 장차에도 변함이 없으리라는 단정을 하고 있었기 때문에 희련과의 희망적인 예상을 할 수 없었다. 그리고 한편 그는 오빠에 대해 그의 생활이 결코 모범적이 아니리라는 의심이 있었다.

결혼은 하지 않겠지만 적당히 사귀는 여자는 있을 거라고.

희련은 울음을 그쳤다.

두 여자는 제각기 제 생각에 잠겨 말없이 오랫동안 앉아 있었다.

"너 미스터 장 땜에 속이 상해 시골 갔었니?"

은애는 방향을 잡아보듯 말을 던졌다.

"음?"

희련은 의아해하며 은애를 쳐다본다. 기억에 없는 사람의 이름을 듣는 것처럼 그의 얼굴에 별다른 변화가 없었다.

눈물 자국이 말라서 반들반들 빛나는 피부, 눈은 부어서 불그레했다.

"그런 것도 아니었구나."

"미스터 장…… 속이 상해서…… 아 아냐."

뒤늦게 말했다.

"오빠 일본으로 떠난 일 아니?"

은애는 다시 방향을 돌려본다.

"하긴 나도 떠나는 건 못 보았어. 갑사에서 올라오니까 부랴부랴 떠났다 하더군."

"……."

"희련아."

"무슨 말을 하라는 거냐?"

희련의 목소리는 낮았으나 날카로웠다.

이때 희정이 문을 열고 들여다보았다. 은애는 일어서서,

"언니 계셨어요?"

하며 인사를 하는데,

"언젠 내가 어디 싸돌아다니든?"

올곧잖게 대답을 했다.

"난 모르고……."

"희련이 넌 왜 그러니? 왜 울고불고 야단이야? 초상났니?"

희련에게는 더욱 날카롭게 쏘아댔다.

"원수 같은 나 땜에 네가 망했다 그 말이구나. 그러면 은애
가 널 먹여 살려준다든?"

"아니 언니두 그게 아니에요."

딱해서 은애가 말리었다. 그러나 잔뜩 제 추측만을 믿고 있
는 희정은 들은 체도 않고,

"할 말이 있으면 왜 날 보고 말 못 하느냐 말이다. 원망이 있
으면 원망을 하구, 빚쟁이가 날 찢어가든지 어쩌든지 모르는
체하려무나. 꽁꽁 뭉쳐가지고 나한테는 말 한마디 안 하면서
남의 식군 붙잡고 울고불고, 개구리 올챙이 적 모르더라고 설
령 내가 잘못했다 치자. 또 너한테 내가 얼마나 사정을 했냐

말이다. 나도 잘했다는 생각을 안 하기 땜에 그런 게 아니냐? 내가 없었더라면 네가 어찌 되었을지 알기나 하고 그러니? 널 길러주고 순전히 희생한 나를 그래 몹쓸 년을 만들어? 내 집 안일을 남보고 허물하는 그게 옳은 일이냐?"

"언니 너무해요. 도무지 전 영문을 모르겠어요."

"영문을 모르다니 울어서 눈이 퉁퉁 부었는데도 영문을 몰라?"

"정말이에요. 희련인 다른 일 땜에 그러나 봐요. 언니 얘긴 눈곱만큼도 꺼내진 않았어요."

"흥, 시골에 가서 한 달 넘게 나자빠져서, 어디 속 좀 썩어봐라 하고 심통을 부리더니 겨우 돌아와서 한다는 짓이, 나는 내 잘못 땜에 그동안 죽어지냈다, 죽어지냈어! 더 이상 날더러 어쩌란 말이냐!"

희련은 한마디 말도 하지 않았다. 그렇다고 감정으로 희정과 맞서고 있는 것도 아니었다. 희정의 역설을 지나가는 바람 소리 정도로 느끼고 있는 것 같았다.

"언니, 나 정말 아무 말 하지 않았어요. 언니한테 원망하는 것도 아니에요. 다 좋게 될 텐데 뭘 그러세요."

"……."

희련은 한참 만에 중얼중얼 씨불였다.

"언니 오해예요."

은애는 화가 났지만 희련을 위해 희정을 달랠 수밖에 없었다.

"그럼 왜 울고불고 야단은 해."

슬그머니 수그러졌다.

"난 모르겠다. 너 시원할 대로 해보아. 죄짓고 이 세상에 나왔으니 뉘를 보고 원망을 하누. 나 하나 눈감으면 고만이다, 고만이야."

씨불이면서 희정은 방에서 나갔다.

"너 집에 안 가도 되니?"

희련은 차분하게 물었다. 은애는 그 말 대답은 없이,

"너 화내지 않는구나."

했다.

"피부만 스치고 가는 이야긴데…… 뭐가 대단하다고 화내겠니."

"옛날에도 그럭허지 그랬어? 전 같으면 참았겠니? 얼굴이 푸르락누르락 집을 뛰쳐나갔을 거야. 신기하군."

"음…… 사는 게 허깨비를 보는 것 같애. 자존심? 그게 뭐야? 그게 거짓말인 것 같애. 거짓말이 아니라면 호사스러운 거지. 아끼면서 지킨 게 대체 뭔지 난 모르겠어."

하는데 전화벨이 울렸다.

"내가 받을게."

은애가 일어섰다.

은애는 수화기를 들고,

"네. ……아닙니다. 네? 아니에요. 잘못 거셨습니다."

하더니 전화를 끊고 수화기를 탁자 위에 내려놓는다. 장기수의 목소리였고 희련을 찾았던 것이다.

'세상에 그리 못난 남자가 또 있을까?'

은애가 눈살을 찌푸리며 소파로 돌아오는데 희련이 은애를 빤히 쳐다본다.

"형제란 닮은 모양이야. 아무래도."

"무슨 소리야?"

"넌 오빨 좀 닮았어."

"……."

"나도 언닐 닮았을까…… 내가 없을 때 누군가가 언닐 보고 나 닮았다 생각을 할까……."

"아깐 왜 울었지?"

"나도 몰라. 왜 울었는지."

"어쩌면 그렇게 우니? 열심히 운다고나 할까, 처음 봤어."

"열심히 울어? 우는 데도 열심히 우니?"

"그렇게밖에 표현할 수가 없는걸."

"표현할 수가 없지. 말을 배우기 시작할 애기같이 언제나, 무슨 말로도 말할 순 없지. 밉다고 한대도 그건 진실이 아니야. 보고 싶다 한대도 그건 너무 먼 얘기지."

"너, 너."

"넌 모르는 게 좋아. 알 수도 없고 나도 알 수 없는데 네가 어떻게."

"성내지 말어. 그 말 오빠하고 관련된 얘기 아니니?"

희련의 눈이 공포에 질린다.

"관련된 얘기야."

"좀 자세히 말해줄 수 없겠니?"

"간단하게 말할게. 한 여성순례자가 여자 중의 한 사람으로서 날 거쳐 가버렸다. 그 한 토막 얘기뿐이야."

"뭐?"

"……."

"그럴 리가 없다!"

"사실을 아니라고 할 만큼 난 자신 있는 여자 아냐. 그럴 오만이 없어. 난 다른 사람보다 값이 더 나간다고 생각하고 있진 않아. 오히려 난 열등감이 더 심한 편이지."

"아무리, 그, 그럴 리가 없어. 오빨 도덕군자라 생각진 않지만 내 친구인 너를, 그, 그럼 넌 왜 나한테 그 사실을 얘기하지 않았니?"

"얘기할 새가 없었어. 숨기려……던 것도 아니었고…… 말 안 한 이유, 그건 아마도 떠날 사람이라는 것을 알았기 때문일까, 그랬을 거야. 그렇게 하고 떠날 줄은 몰랐지만, 난 지금…… 고통…… 넌 그분의 누이동생이구."

"내가 밉니?"

"아 아니, 넌 닮았어."

702

희련은 몸이 떨려오는지 두 주먹을 꼭 쥐었다. 그러더니 그는 벌떡 일어났다. 은애 앞을 막고 서서,

"은애, 이제 가주어."

은애는 얼굴빛이 달라지며 애원하듯 희련을 올려다본다.

"넌 내 원수가 아니야, 이 세상에서 제일 가까웠던 사람의 한 핏줄, 널 안아주고 싶을 만치……."

목이 메어 말을 끊었다가,

"아무리 해도 미워할 수 없는 그립기만 한 사람의 누이동생이지 넌. 하지만 두 번 다시 만날 수 없고 만나서도 안 될 사람이야. 너를 보고 있으면 그일 만나고 있다는 착각을 느껴. 너의 온 전신에, 목소리에 그분 모습이 있어. 보고 싶다고 만나니? 아니야 그럴 순 없어. 보고 싶어 죽는 한이 있어도 이젠 안 만나는 거야. 네 속에 있는 그분 모습과도 만나지 않겠어. 은애 제발 가주어."

은애하고 그렇게 해서 헤어진 후 여러 날이 지났다. 그동안 희련은 하루도 집에 붙어 있질 않았다.

희정이 어딜 가느냐고 물어보면 이 여사 집에 간다는 게 희련의 대답이었다.

"오늘도 또 이 여사 집이냐?"

"아뇨. 오늘은 최 전무라는 그 사람 만나러 가요."

"뭐라구? 정말이야?"

"뭣 땜에 거짓말하겠어요."

희련은 무감동하게 희정을 바라보았다.

"그, 그럼 너 생각이 달라졌단 말이지?"

"달라진 것 아무것도 없어요. 하지만 세상에 별 무서운 사람도 없는 것 같더군요. 만나자니까 어차피 부채 관계도 매듭은 지어야잖겠어요?"

"매듭을 짓다니, 어떻게?"

"그야 만나 봐야 알게 되겠지요."

불안과 희망이 반씩 섞인 얼굴이 되어 신발을 신는 동생을 희정이 바라본다. 희정의 얼굴도 무척 상한 편이었다. 전의를 잃은, 적수를 잃은 외로움이라 할까, 따지고 드는 품이, 혹은 꼬치꼬치 캐내려는 그 버릇도 전과 같지는 않았다.

"갔다 오겠어요."

희련은 밖으로 나갔다.

희련은 요즘 희정에 대하여 상냥하고 말도 많이 하는 편이었다. 그러나 희련은 가슴이 메어지는 것같이 불쌍하게 여기던 마음이 없어진 것을 느낀다. 증오하고 넌더리를 내면서, 그만큼 한편으로 불쌍하게 여긴 희정이를, 함께 흥분하고 감정으로 빡빡하게 대항하는 일이 없어진 대신 희정의 존재를 덤덤히 바라보는 자신을 깨달을 때가 있었다. 희련은 어젯밤 최일석의 전화를 받고 오늘 만나기로 약속했다.

약속한 장소에 나갔을 때 최일석은 없었다. 시간은 약속한 바로 그 여섯 시였다. 오 분이 지난 뒤 최일석이 나타났다. 허여멀쑥한 얼굴에 웃음이 가득 실려 있었다.

"참말 오래간만이군요. 별일 없으셨지요?"

마치 마음을 허락한 사람을 대하듯이 별일 없었느냐고.

"네. 안녕하셨어요?"

희련은 억양 없이 인사했다.

"아무튼 반갑습니다. 결국은 이렇게 만나리라는 것을 알고 있었지요. 희련 씨의 고집도 상당하지만 내, 이 최 고집도 보통은 아니거든요."

최일석은 희련이 항복해온 것같이 득의에 차 있었다. 빈틈없는 옷치장을 한 그는 그 계열에서의 바로 그 전형이다. 가장 고급이면서 촌뜨기요, 사교술에 능하고 상식이 풍부한 것 같으면서 무식쟁이.

글쎄 자모회에서 세 번 만났는데 세 번 다 자가용 얘길 하잖아요? 버스 속에서 어느 부인이 어느 부인을 두고 말한 것같이 여자로 치면 그런 유의 사람, 최일석은.

"차 마시고 저녁이나 함께하시지요. 여러 가지 의논도 드리고."

다방에서 차를 마신 뒤 희련은 허적허적 최일석을 따라 한식집으로 들어간다. 그는 여느 때처럼 무슨 용건이 있어 만나자 했는가 묻지 않았다. 자기가 먼저 부채에 관한 얘기를 꺼내지도 않았다. 희련은 풍경을 보듯이 최일석을 바라보고 있었다.

"여기 음식 맛은 괜찮은 편입니다."

여자가 갖다주는 물수건으로 손을 닦으며 최일석이 말했다. 그리고 언젠가처럼 염치없이, 그야말로 질긴 고기 심줄 같은 분위기를 자아내며 희련을 바라본다.

"얼굴이 수척해지셨군요. 너무 근심 마십시오. 이래 봬도 내 능력이 그리 형편없는 편은 아니니까 희련 씨께서 계획만 세우면 후원은 아끼지 않겠습니다."

"네?"

희련은 되물었다. 최일석은 순간 머쓱해지는 모양이었다.

"그야 물론 희련 씨께서 원할 때 그렇다는 얘깁니다만."

어세는 좀 무뚝뚝했다. 집문서를 내가 틀어쥐고 있는데 이젠 네가 어쩔 테냐 하는 위협이 그의 둔중한 눈빛을 스치고 지나갔다.

희련은 잠자코 들여온 저녁을 먹기 시작했다. 식욕이 좋은 것 같지 않았는데 그는 많은 분량을 먹는 것 같았다. 그동안 최일석은 자기 사업에 관한 이야기를 자랑스럽게 늘어놓고 있었다.

"오는 가을에는 구라파 쪽을 한 바퀴 돌아올까 싶어요. 홍콩에는 여러 번 다녀왔습니다만 뭣하면 희련 씨도 가보시지 않겠습니까? 의상에 관해서 연구도 하실 겸."

"글쎄요. 먼 훗날에 꼬부랑 할머니가 되기까지 살면 가게 되겠지요."

"꼬부랑 할머니가 뭡니까? 그런 말씀은 마십시오. 젊고 발랄하고, 세상은 제 능력에 따라 얼마든지 문호가 개방돼 있는데 어둡고 음산한 얘긴 왜 하시지요?"

"꼬부랑 할머니가 음산합니까? 저는 퍽 대견할 것 같은데요."

희련은 식사를 끝내고 손수건을 꺼내어 입언저리를 닦는다.

"꼬부랑 할머니가 되기까지 기다릴 것 없소. 희련 씨가 가고 싶다 생각하면 갈 수 있는 거요."

하더니 최일석은 팔을 뻗쳐 손수건을 쥔 희련의 손을 덥석 잡았다. 단둘이 하는 식사에 응한 것만으로 그는 마음을 척 놓은 것이다.

"정말입니다. 희련 씨 하나 행복하게 못 해주겠소?"

하는데 희련은 최일석을 빤히 쳐다본다. 얼음장 같은 눈이다. 다음 순간 그는 최일석의 손을 착 뿌리쳤다. 한마디의 말도 없었다. 희련이 노하였던들 최일석은 오히려 덤벼들어 희련의 입술 정도는 빼앗았을지 모른다.

"최 선생께서는 사무적인 말씀을 못 하시는 모양인데 그렇담 제가 말씀드리지요."

최일석의 콧대를 분질러버리듯 희련의 억양 없는 목소리가 흘러나왔다.

"진작 고마움을 말씀드렸어야 했을 텐데 저의 의사와는 관계없이 일들이 마음대로 돌고 있었던가 봐요. 저로서는 남에게 빚 쓴 일도 없고 집문서를 내어준 일도 없었습니다. 그러니까 집문서는 그것을 잃은 주인에게 돌아와야 하는 거구, 최 선생께선 집하고는 하등의 관계가 없는 언니한테 빚 청산을 요구할 수밖에 없겠지요.”

“뭐라구?”

최일석이 펄쩍 뛰었다.

“하지만 윤희정이란 사람이 저의 언니인 만큼…….”

하는데 흥분한 최일석은 그 말에는 귀를 기울이려 하지 않았다.

“아. 알 만하구먼. 결국 그렇게 나온다면 공모 아니오!”

“제 말 끝까지 들으세요. 머지않아 봄만 되면 집은 팔릴 거예요. 또 현재 사자는 사람도 있구요. 그러니까 밀린 이자까지 계산해서 드리겠다 그 말입니다. 흥분하실 것 없어요. 걱정하실 것도 없구요.”

희련은 못을 쾅쾅 박듯이 또박또박 말했다. 최일석은 뭐라고 떠들어대려다가 입을 다문다. 할 말이 없었던 것이다. 그러나 희롱을 당하고 모욕을 당했다는 분한 마음이 터져 올라올 것 같은 것을 최일석은 입술을 실룩거리며 참는다. 어지간한 뱃심이건만 상대방을 몰아세울 실마리를 잡을 수 없는 것이 안타깝다.

항상 뺀들뺀들하게 윤이 흐르던 최일석의 얼굴은 심한 감정의 동요 때문에 수축되어 오소소해 보였다. 그는 희련의 얼굴이라도 갈겨주고 싶고, 상처라도 내주고 싶게, 그렇게 희련이 미운 눈치였다.

"흥, 그런 정도의 얘기라면 구태여 여기까지 나올 필요는 없지 않았겠소? 전화 한 통이면 끝낼 수 있을 텐데요."

최일석은 간신히 이죽거렸다. 너도 생각이 달라서 나오지 않았느냐, 내 속을 몰라서 단둘이 저녁을 먹으려고 예까지 왔겠느냐, 그런 뜻이었다.

"전화를 제 편에서 드리고 말씀드리는 게 순서였겠지요. 하지만 아까도 그랬었지만 저하곤 관계없이 일이 그렇게 됐고 또 전화드릴 겨를이 없었습니다. 이렇거나 저렇거나 저는 채무자의 입장 아니겠어요? 채권자가 만나자 하시는데 나올 수밖에 없지요."

반박할 여지도 없이 희련은 얄밉게 굴었다. 그러나 최일석은,

"그렇다면, 채권자가 호텔로 가자 한다면 채무자는 그것도 거절 못 하겠군."

미움에 가득 차서 눈을 이글거리며 내뱉었다.

"법률에 그런 조문이라도 있다면."

최일석은 희련을 노려본다.

'뭐가 이런 계집이 있어. 이렇게 앙큼스러운 줄은 몰랐다.'

냉랭하게 사내의 눈을 받는 희련은 전과 같은 여자가 아니었다. 냉랭할 뿐 싸움을 하고 있는 긴장감조차 그에게서 찾아

볼 수 없었다.

하마 일어서서 나가려 하다 최일석은 어떡하든 희련의 가슴패기를 할퀴어주는 말 한마디라도 더 하지 않고는 억울해 못 견딜 심정이었다.

"아무튼 김칫국부터 마셔서 죄송하게 되었소."

꾸벅 고개까지 숙이는 시늉을 해놓고 다시,

"허나 사내대장부 이만한 일에 기가 꺾이겠소? 세상에 윤희련 씨 혼자만 여자인 것도 아니고 말이요. 남자의 경우는 이렇거나 저렇거나 허물 될 게 없지요. 다만 여자인 윤희련 씨에겐 얼이 가는 것 같아 더욱 미안하오. 뭐 미스는 아니지만 말이요. 주변에선 우리를 두고 꽤 말들이 많은 모양입니다."

"그러세요? 영광이군요."

"나도 본시는 그러질 않았지만 세상을 살다 보니 심술도 늘고 책략도 늘더구먼요. 말이란 아 해서 다르고 어 해서 다르지요."

"뜻대로 하십시오, 말이나마. 세상에 허락받고 중상모략하는 사람도 다 있어요?"

이때 방문이 열렸다. 여자가 들어와서 최일석에게 쪽지 하나를 건네주었다.

"이게 뭔데?"

"보시면 아신대요."

"누가 주었지?"

최일석은 어리둥절해하면서 그러나 불안한지 쉬이 쪽지를 펴지 않는다.

"글쎄요. 보시면 아신대두요."

쪽지를 펴본 최일석의 낯빛이 변했다. 그는 허둥지둥 일어섰다. 희련에게는 간다 온다 말도 없이. 그러나 코트는 걸어놓은 채 방 밖으로 나갔다.

희련은 천천히 핸드백을 들고 무릎 옆에 놓아둔 코트를 걸치고 나왔다. 식사대를 지불하고 그는 거리로 나온다.

'뭐가 무서워? 무서울 것 하나도 없다! 내 코를 베어가겠어? 옷을 찢어가겠어! 마음대로 저희네들 방식대로 살고 나는 내 방식대로 산다! 정 선생이 날 만나자구? 뭣 땜에 만나누? 눈물 짜자구 만나? 희망을 가지려구 만나? 희망을 구걸하려구 말이야.'

희련은 노점에서 시들시들 말라비틀어진 사과를 샀다.

"많이 팔려요?"

십 원짜리를 간추리고 있던 남자는,

"그저 그렇지요. 밥은 먹지요."

희련은 사과 봉지를 안고 버스정류장으로 간다. 지나가는 차마다 꽉꽉 차서 타질 것 같지 않았다.

'그저 그렇지요. 밥은 먹지요.'

사과 장수의 목소리가 귀에 울린다. 밥은 먹지요. 사과 장수의 표정은 대견해 보였다.

'그 사람은 부인이 있을까? 애기도 있을까? 추운 거리에서 누굴 위해 밥은 먹는 그 장사가 그렇게 대견할까. 사랑도 없이 혼자 거리에서 국밥을 사 먹는 슬픈 사람은 아니야. 누굴 위해 사과 장수는 추운 거리에서 온종일 떨고 있는 거야.'

희련은 귀를 말고 싶을 만큼 강은식이 자기는 아이를 가질 수 없다, 하며 하던 말이 울리고 또 울려왔다.

겨우 버스 한구석을 비비고 들어가서, 희련은 집으로 돌아올 수 있었다.

희정이 쫓아 나왔다. 그는 희련의 눈치를 살피면서 낮은 소리로 말했다.

"인숙이가 기다리고 있어."

"그래요? 이 사과 받으세요."

희련이 방으로 들어갔을 때 인숙은 소파에 다리를 꼬고 앉아 있었다.

"언니 폐업한 거예요?"

"응."

"영영?"

"영영."

"어쩌실려구."

"산 입에 거미줄 치겠니?"

희련은 재단대 옆의 작은 의자를 끌어당겨 인숙과 거리를 두며 앉는다.

"자신이 만만하군요."

인숙은 노골적으로 조소했다.

"부자 될 자신이야 없지만 가난할 자신이야 없겠니?"

"가난한 데도 자신이 필요하나요? 자선사업을 할 것도 아닌데."

"누가 아니? 자선사업이라도 하게 될지."

"그래요? 그럼 구걸해야겠군요."

"구걸? 돈만 가지고 하는 게 자선사업인가?"

"난 그렇게 알고 있어요. 구걸해가지고 저도 먹고 남도 먹여주고 말예요."

"글쎄, 사업이라면 그럴는지도 모르지."

"그렇다면 언닌 능력 없어요."

"알고 있어. 네가 말하지 않아도."

"최 전물 만나셨다지요?"

"음, 빠르구나."

"뭐가요?"

"그 사람 만났다는 소식이 빠르다 했어."

"그야…… 내가 모르는 일이란 거의 없을 거예요."

인숙은 이제 더 이상 희련을 선배로 대접해줄 필요를 느끼지 않는다는 듯 마구잡이로 감정을 드러내며 말했다.

"그 능력 아깝다. 통신사에나 취직하지."

"언니도 이젠 제법이네요. 말이 늘었어요."

"인숙이 혼자 발견은 아니야. 다들 그러더군. 말이 늘었다 구. 나도 말 속에다 독을 좀 넣을까 생각하는 중이야."

"선전포고다 그 말씀이에요?"

"뉘한테?"

"뉘긴? 바로 이 송인숙에게 말예요. 언니도 턱없이, 유치한 데가 있네요."

"한 데가 있는 게 아니라 바로 유치한 게 나야."

"전 언니를 퍽이나 이지적인 사람으로 오해했어요. 그러나 저러나 커피 한 잔쯤 안 주시겠어요?"

인숙은 마음속으로 다소 허덕였다. 희련이 쇳덩어리처럼 단단하게 느껴졌다. 주먹을 쥐고 쳐도 단단하기만 하여 자기가 바라는 소리를 내주지 않는 것 같았다. 인숙은 화가 났다. 목을 콱콱 졸라매면 버둥거려야 하고 칼로 베면 피가 쏟아져야 할 터인데 왠지 인숙은 자신이 칼로 물을 베고 있다는 생각이 드는 것이다.

희련은 식모를 불러 커피를 끓여 오라 이르고 있었다.

체념과 욕망을 다 버린 자포자기의 희련을, 그래서 반응이 별로 없는 희련을 인숙은 오해한 것이다. 어디 네가 이기나 내가 이기나 해보자는 마음이 부글부글 끓어오르는 것이다. 숨통을 영 막아놓고 싶은, 자신은 무감각한 잔인의 피를 본 짐승같이 아우성을 치는 것이다. 뉘우침 없는 악이요, 피해받은 일도 없는 복수다. 그리고 자기에게 도전하고 있다는 착각은 이겨야지, 이겨야지, 숨통을 막아버려야지 하는 일념으로 옹그라든다.

이런 경우를 두고 악인연이라 하는지 모른다.

희련은 멀찌감치 떨어진 의자에 돌아와서 앉았다. 창백한 얼굴은 언제나의 그 얼굴이었고 그 얼굴이 인숙에게는 도도하게 보였으며 자기를 멸시하는 것같이 보였다.

'어째 사람이 저리 변했을까? 찔끔찔끔 눈물이라도 짜고 있을 줄 알았는데, 그녀에게 좋은 일이라곤 단 한 가지도 없을 텐데 말이야. 지금 그녀의 처지가 어떤 거라구? 혹시 모르지. 일본서 편지라도 왔단 말인가? 그리고 내가 한 짓을 다 알아버렸을까? 어째서 저리 여유 만만할까?'

인숙은 희련의 얼굴을 응시했다.

"언니."

"언니?"

하고 희련이 되물었다.

"왜 그러시죠?"

"······."

"불쾌하신가요?"

"별로 좋을 건 없지."

"왜 그럴까요?"

"글쎄······."

인숙은 손수건을 꺼내 침을 뱉었다.

"요즘도 은애 언닐 만나시는가요?"

"어째 그걸 묻니? 별로 답변하고 싶지 않군."

"좋아요. 그렇담 저도 사무적인 얘기만 하고 돌아가지요. 여기 오기 전에 나 최 전무한테서 전화 받았어요. 아니 전화 받았기 땜에 여기 온 거지만. 아주 보통으로 흥분 안 했더구먼요. 대체 언니가 어떻게 했기에 그러는 건가요?"

"또 심문이야?"

"아무튼 쓸데없는 일에 내가 끼어들어서 속이 상하는군요. 애초부터 내 잘못이었어요. 남이야 빚 땜에 사지가 찢기든 어쩌든 쓸데없는 일에 개입해가지고 말이에요. 뭐 언니는 자기 모르는 일이라 했다믄서요?"

"그럼 내가 아는 일이냐?"

"결국은 알았잖아요. 내가 보아서 아는 일이지만 이 집에선 늘 큰언니가 돈 관리를 했었고 큰언니 얘기나 부탁이라면 곧 희련 언니의 부탁으로 볼 수 있는 사정이 아니냐 말예요."

"여하간 긴말할 것 없다. 지나간 일이야. 그러니까 최 전문가 그 양반한테 내 의사를 말했으니까 더 이상 인숙인 관여 말아요."

"관여 안 하게 됐나요?"

"너하고 상관이 없지 않아, 이제는."

"그 상관이 있으니까 찾아왔지요. 최 전무는 단시일 내로 빚 청산을 바라는 거예요. 집문서 갖고 있는 것만도 불쾌하고 지굿지굿하다는 거예요."

인숙은 횡설수설했다. 인숙이 그러는 것은 좀 드문 풍경이었다.

아무리 치밀하게 계산하고 계획을 세워도 세상일이란 반드시 계획대로 된다고 할 수 없다. 불가능이라는 말을 사전에서 빼어버리라고 호기를 부리던 지난날의 어느 나라 영웅도 죽고 싶어 죽었던 것은 아니며, 싸움에 지고 싶어 졌던 것도 아니며, 떠나기를 바라서 여자의 마음이 떠나갔던 것도 아니었다. 필연이라는 것은 운명으로 설명하느니, 간지奸智에 능한 인간들의 계산보다 더 둘레가 넓고 깊이가 긴 자연의 계산이나 아닐는지.

인숙의 계산에 의한 행위는 남을 파멸시키는 데 성공을 했을지 모르지만, 아니 성공은 했었지만 그 자신의 문제가 그 자신의 계산에 의해 정확한 수지계산이 나왔던 것은 아니었다. 결과는 오산이었던 것이다. 비단 강은식을 두고 품었던 야심이 좌절되고 말았다는 그 사실뿐만 아니라 보다 직접적인 사태가 지금 벌어지고 있었던 것이다.

지난밤에 그는 너무 악을 썼기 때문에 지금 목구멍이 얼얼했다. 악을 써도 어쩔 수 없다는 것을 알면서 악을 썼고 체념을 할 수 없는 것이 인숙에게는 비극적이다. 집념이란 희망을 잃었을 때 광포해지는데 그것은 자신에게보다 남에게, 때론 엉뚱한 남에게 그것이 퍼부어지는 수가 있다.

인숙은 알뜰하고 악랄하고 인색하게 모아들인 재산의 절반 가량이 지금 유실되려는 어려운 고비에 서 있었다. 그 속에는 갖은 수난으로 빨아올린 희정의 행복 '돈'도 포함되어 있었다. 결코 떳떳할 수 없는 모조 상품의 밀조자密造者에게 돈줄을 댄 일이 잘못된 것이다.

"내 돈만은 내놔요! 안 된단 말야! 안 돼! 절대로 안 돼! 누가 사나 죽나 봐야겠어!"

악을 악을 썼으나 인숙은 그 밀조의 공범자이며 또한 그 밀조자의 정부情婦이기도 했으니 유실될 절반의 재산은 고사하고 상대가 수배당한 인물인 만큼 어떤 사태가 올지 모를 일이었다. 그럼에도 불구하고 인숙은 단 한 푼의 손해도 보지 않으려고 날뛰었던 것이다.

'그게 어떻게 해서 모은 돈이라구.'

인숙에게는 염불같이 그 말을 되풀이하고 되풀이 생각하는 것 이외 여지가 없었다. 아침에는 내내 집안 식구들에게 신경질을 피웠고 그러던 참에 최일석으로부터 전화를 받았던 것이다. 인숙이 희련의 집으로 달려온 것은 최일석의 심부름을 충실히 해주기 위해서가 아니었다. 남의 피해를 봄으로써 자기 자신의 피해에 대한 보상을 받으려는 고약한 심리에서였다.

"어쨌든 이 말 저 말 할 것 없어요. 빚 준 사람이 그 돈을 회수하겠다니까 돌려주면 일은 끝나는 거예요. 나도 정말 이런 귀찮은 일에선 벗어나고 싶기도 하구요. 내 일이 태산만 같은

데 남의 일에 정신 쓸 겨를도 없단 말예요. 공연히 쓸데없이 남의 형편 보다가 양편에서 원망만 듣게 되는, 무슨 운수소관인지 모르겠네요. 사람들이 원 체모가 있어야지. 최 전무 말을 전적으로 믿는 건 아니지만 대개는 짐작이 간단 말이에요. 기왕지사 사이는 깨졌으니까 나도 속에 있는 말 다 할 작정이에요. 배고픈 사람 밥 먹여주었더니 뭐가 어쩌더라구, 얼마나 윤희련 씨께서 잘났는지는 모르지만 자기가 도장 찍고 돈 받은 게 아니니까, 뭐 집문서 내놓으라 했다믄서요? 그리고 사기꾼으로 몰아요? 이 인숙이도 도매금으로 함께 넘기구?"

인숙의 입을 통해 되돌아온 말은 확실히 많이 발전했다.

희련은 꼼짝하지 않고 인숙을 바라보고 있었다. 자신이 있었던 것도, 초월한 것도 아니었다. 입이 얼어붙은 것처럼 말이 나오지 않았다. 인숙의 말은 이미 폭력에 이르고 있었다. 여자들이 머리끄덩이를 잡아 뜯으며 뒹구는 광경과 다를 것이 없는 상말이 인숙의 입에서 쏟아질 판이다. 희련의 눈에는 공포의 빛이 돌아왔고 어디든 달아나고자 하는 기색을 보였다.

"흥 그럼 이쪽은 눈뜬장님인 줄 알았나? 어디 집문서 한번 달라 해보시지. 아 일을 꾸며보란 말예요. 누가 수갑을 차나. 팔 없는 병신, 윤희련 씨가 그래 자기 언니한테 수갑을 채우겠소? 문서를 훔쳐냈다면 윤희정 씨지, 이 송인숙이 아니란 말예요. 어째서 송인숙이 남의 사정 보아주고 사기꾼으로 몰리느냐 말이요!"

이때 문을 밀고 얼굴이 백지장이 된 희정이 들어왔다.

"뭐가 어째? 팔 없는 병신 윤희정이 수갑을 찬다구?"

희정이 인숙 옆으로 바싹 다가섰다.

"일은 재미있게 되어가는군요. 이러구 보니 최 전무의 말에 수긍이 가는군요. 설마 했더니 형제분이 공모한 게로군요. 사기꾼이 어느 쪽인지 알아 모시겠소, 그 꿍꿍이속을. 언니는 콩밥 먹을 각오하고 동생은 집문서를 찾아내자 그거구먼요."

"이년이 못하는 말이 없구나! 뭣이 어쩌구 어째?"

"이년이라니!"

인숙이 자리에서 벌떡 일어섰다.

"언니!"

하며 희련도 벌떡 일어섰다. 그는 희정의 옷자락을 끌며,

"나가세요!"

소리쳤으나 희정은 딱 버터서 꼼짝 안 했다.

"나는 입 없는 줄 아시오? 살려달라고 애원하던 사람이 누구였소?"

인숙은 무섭게 희정을 노려본다.

"나도 마찬가지다! 말할 입 있다. 네가 공으로 돈 빌려주었냐? 응, 물어보자. 남보다 비싼 이자 받고 이자에 이자 받아먹은 네가, 나도 그만한 눈치는 있다! 남의 돈이라지만 남의 돈은 무슨 놈의 돈, 네년 돈이지. 비싼 이자에 이가 갈리는데 그래도 생색을 내던 여우 같은 년이, 구박은 또 얼마나 했냐! 나

720

도 짐작은 있다! 팔 병신이면 눈치까지 없을 줄 알았니?"

"이러니 최 전무가 공모라 할 수밖에. 잘들 하는구먼. 그래 언니는 콩밥 먹구 동생은 집문서 받아내어 빚은 쏵싹 해버리자는 거지. 어림도 없다, 어림도 없어요!"

자세한 사정을 모르는 희정은 피가 거꾸로 솟는 모양이다.

"왜 내가 콩밥을 먹냐!"

"똑똑한 동생에게 물어보세요."

"그 최간가 하는 놈이 날 콩밥 먹여? 내가 빚 갚아달랬니? 자청하고 빚을 안아주고서. 세상에 이런 망측스런 일이 어디 있노! 내가 그놈의 코빼기나 봤나? 언제 봤다구? 네년이 어쩌고저쩌고해서 내가 만났을 뿐인데, 결국 알고 보니 이 집을 뺏자는 거구나! 어림도 없다! 콩밥 아니라 목에 칼을 대어도 소용없다! 남자 없는 외로운 처지라구 마음대로 할 줄 아느냐!"

"양의 가죽을 벗었구먼. 동생을 주겠다던 입, 그 말 좀 해보시지."

"그랬다! 그랬어! 결혼이 되도록 노력하겠다구! 성이 그 말 못 하겠니? 못 할 말했니!"

"결혼요? 김칫국부터 마시지 마세요. 최 전무가 뭣이 답답해서 윤희련 씨 같은 사람하고 결혼을 해요? 잠시 재미나 보자는 거지. 그렇더라도 영광이에요. 화대가 얼만데?"

"뭐, 뭐, 뭐라구!"

희정의 입에서 거품이 튀었다. 희련은 버티고 서 있었다. 그의 표정은 사뭇 아까하고는 달랐다. 얼굴의 선이 강하게 긴장되어 딱딱해 있었다. 그는 침묵을 지키며 때론 기회를 노리는 맹수와도 같이 날카로운 빛이 눈을 스쳐가곤 했다.

"집안 좋고 재산 있고 인물 좋은 부인을 이혼하구 윤희련 씨한테 장가들어요? 웃기지 마세요. 그뿐인 줄 알았다간 그것도 성급한 일이에요. 장안이 다 아는 여자가 그의 애인인데? 이젠 가려둘 필요도 없구 내가 어떤 인간인지 알려주겠어. 내 심통이 어떻다구? 한번 비윗장 틀어지면 끝까지 망하는 꼴 보고 마는 성미니까, 아무튼 재수가 없단 말이야, 공연한 일에 걸려들어 나도 망하게 생겼단 말이에요! 그 분풀일 나도 해야겠어! 해야겠단 말이에요!"

집문서를 최 전무에게 넘겨주고 받아낸 돈이 바로 사고를 냈었고 간밤에 악을 썼던 그 모든 일이 마치 희련과 희정의 탓이기나 하듯 인숙은 이성을 잃고 떠들어대었다.

"흥, 김 마담이 가만있을 줄 알구? 벌어질 거야! 송인숙이 따위는 약과였다는 생각이 들걸. 돈만 잃는 게 아니구 망신은? 날 건드려 좋은 일 있을 줄 알아? 날 모셔놓고 푸닥거릴 해도 내 심통이 안 풀릴 텐데."

희정은 무슨 영문인지 도무지 알지 못하고 기가 막혀서 입만 오무락거렸다. 희련에게 청산유수같이 씨불이던 그 기나긴 넋두리는 다 어디 가고 말았을까.

희련은 문밖에 서성거리고 있는 식모를 불러들였다.

"언니 데리고 나가."

조용하게 말했다. 조용하고 낮았기 때문에 고음 속에서 효과가 나타났다.

"아주머니 나갑시다."

식모가 그를 잡아끌었다. 희정은 얼굴은 희다 못해 파랗게 변해 있었다. 동생을 진창으로 만들어버린 죄책감과 분한 마음, 도저히 대적할 수 없는 상대라는 것을 깨달았고 어떤 환난이라도 내릴 수 있을 것 같은 인숙에 대한 공포는 그를 완전히 위축시켜놓고 말았다.

"이 이 이 뱀 같은."

하다가 희정은 식모에게 이끌려 밖으로 나갔다,

희련과 인숙이 마주 보고 섰다. 이제는 가릴 것 하나 없이 벗어버린 인숙의 만용의 모습이 거기 있었고 모든 것을 다 버려버린 마음으로 돌아간 희련의 허무한 모습이 거기 있었다.

"인숙이."

"……."

"빚을 갚아주면 일은 끝나겠지?"

"언제까지요."

"단시일 내에."

"그건 막연한 얘기 아니에요."

"한 달 안으로."

"한 달이 경과한다면?"

"안 해."

"만일에."

"그땐 집문서를 포기하지."

"각서를 쓰시겠어요?"

희련은 잠시 말이 없다가 생각해보는 듯 눈을 내리깔았다.

희련이 그러는 동안 인숙이도 번개같이 빠르게 계산을 해본다. 심통이 더덕더덕했던 얼굴에 야릇한 빛이 떠올랐다. 새빨갛고 엷은 입술에 희망적인 웃음이 떠올랐다.

내리깐 눈을 쳐들었을 때 그 웃음은 희련의 눈과 마주쳤다.

"어쩌시겠어요."

웃음을 거둔 인숙의 얼굴이 부드럽게 옛날의 상태로 돌아가서 다정하게 변해갔다.

"각서……."

"그냥 갈 순 없잖아요. 최 전무는 노발대발하고 있단 말예요. 난생 이런 모욕은 처음이라 하면서 날 보구 악을 악을 쓴단 말예요. 난들 사람인데 화 안 나겠어요? 대체 언니가 어떻게 했기에 그러는 거예요?"

말없이 서 있는 희련의 두 어깨는 몹시 좁아 보였다. 얼굴은 십 년을 더 늙어버린 듯 거무죽죽한 음영이 나돌고 그 얼굴이 가면같이 움직일 줄 몰랐다.

"나는 전혀 몰랐던 일이었지만, 최 전무도 벌써 손을 끊은 여자라 하기는 합디다. 그랬는데 그 여자가 최 전무 뒤를 밟은 모양이에요. 둘이 식사하는데 쪽지를 디밀었다면서요?"

"……."

"그 여자한테 최 전무가 당한 모양이에요. 이래저래 화가 났던가 봐요. 내가 뭐 어쨌기에? 최 전문 날 보구 마구 퍼붓지 않아요? 그래서 아까는 홧김에 마음에 없는 소릴 지껄였지만, 그리고 또 골치 아픈 일이 지난밤에 있었어요. 신경이 날카로워졌던 거지요."

"……."

"각설 써주세요. 그럼 최 전무도 화가 좀 풀어질 거예요. 최 전무는 희정 언닐 의심하고 있거든요. 미인계라도 쓴 것같이 오해하고 있단 말이에요. 그 사람 말이 그깟 돈이 문제가 아니다, 사람의 오기가 그렇지 않다는 거죠."

"내일 저녁에 결정하자. 각서를 써주든지 명확한 날짜를 알려주든지."

희련은 의자에 주질러앉았다. 그러자 인숙은 다시 시뿌득해진다.*

'각서만 얻어서 들어준다면 최 전무한테 내가 돌려주고 집문서를 찾아내면 된다. 한 달? 그 안에 어디서 돈을 구하누! 집인들 그새 임자가 날까? 이 맹꽁이 같은 인간들이 무슨 재주로? 집을 파는 거라면 방해 공작을 하면 된다. 복덕방을 매수하면 된다. 한 달 안에 팔지 못하게. 집문서가 없는데…… 하지만 지금 각서를 받아놓는 게…… 어쨌든 하루 기다려보자.'

"내일이나 오늘이나 마찬가지 아니에요?"

인숙은 미련스럽게 한 번 더 떠본다.

"하루만 더 생각해보구. 내일 와. 내 약속하지."

"그럼 그럽시다."

"그럼 나는 피곤해서 자야겠어."

"가달란 말씀이군요. 그러지요."

인숙은 일어서서 아무도 내다보지 않는 현관으로 나갔다. 그리고 그는 집 밖으로 나갔다. 그가 남겨놓고 간 발소리는 집 안에 오래도록 남아서 무시무시한 압력으로 안방에 쓰러져 버린 희련의 가슴을 짓뭉개는 것이었다.

희련은 식모에게 커피를 끓여달라고 해서 마셨다.

"밤낮 커피만 잡숫고 어쩌실려구 이래요? 통 밥은 안 드시지 않아요?"

한집에서 정이 든 식모는 방금 일어난 사건에서 받았을 희련의 상처를 어루만지듯이 말했다.

"밖에서 잔뜩 먹었어. 걱정 마."

"밖에서 잡수시는지는 모르지만 그동안 집에선 통, 몸을 생각하셔야지요."

식모는 머뭇머뭇하며 나가지 않았다.

"이렇게 집안이 시끄러운데."

혼잣말같이 식모는 중얼거렸다.

"아주머니."

"응."

희련은 건성으로 대꾸했다.

"저는 말입니다. 아귀아귀 욕심부려가며 살 생각은 없어요."

"무슨 말이니?"

"글쎄요, 요즘 그런 생각이 드네요. 그야 여자 팔자는 모르는 거 아니겠어요? 없는 살림 살려면 쌀 한 톨도 아끼는 마음이 있어야겠지만 말입니다. 잘 먹고 잘 입는다고, 하기는 나 같은 게 그럴 처지도 못 되겠지만."

식모의 얘기는 자꾸 겉돌았다.

"그래도 내 친구 중에는 굉장히 된 애가 하나 있고 또 이상하게 된 애들도 더러 있어요. 남보다 더 잘 먹고 잘 입고 싶어서 그중에 잘된 애는 하나 있지만 나머지는 모두 몸을 버렸거든요."

"너 무슨 얘길 하고 있지?"

희련은 막연한 눈초리로 바라보며 물었다. 식모는 당황하며,

"저 얘기하려 해도 늘……."

"……."

"왠지 큰아주머니한테 말하기가 거북했어요. 게다가 집안이 시끄러운데 제 얘기만 할 수도 없고 해서요."

"말해보아."

"저 결혼할까 싶어서."

"결혼?"

"네."

"언제?"

"날짜는 뭐, 남같이 결혼식 올리고 그럴 처지도 못 돼요."

"왜?"

"형편이."

"누군데?"

희련은 여전히 무관심하게 물었으며 덤덤한 표정이었다. 그러나 식모의 얼굴은 빨갛게 물들었다.

"저, 이웃이에요."

그쯤 말하면 희련이 짐작할 줄 알았던 모양이다.

"이웃?"

"저 앞집 말예요."

"아아."

비로소 희련의 얼굴에 미소가 떠올랐다. 식모는 조심해왔던 기쁜 빛을 얼굴 가득히 드러내었다.

"나인 많지만 말예요. 그분은 그러셨어요. 나같이 복 없는 사람 따라 산다면 고생밖에 할 게 없다구요. 하지만 생각하기 탓 아니겠어요? 난 그랬지요. 하루하루를 낙으로 삼고 보내는 것하고 고생으로 생각하며 보내는 것하고 그게 다 마음먹기 탓이라구요. 그랬더니 그분은 날 가만히 쳐다보지 않겠어요? 그때까지도 그인 아무하고도 결혼할 생각이 없었던 가봐요."

희련의 얼굴에는 그냥 미소가 머물고 있었다.

"네 말이 맞아. 그렇게 착한 말을 했으니, 그 말을 알아듣는 그분도 착한 사람임이 틀림없겠구나."

"착하지요. 그래서 제 마음이 기울었던 거예요."

식모의 얼굴은 다시 빨개졌다.

"처음엔 혼자 애가 탔지만…… 못살면 어때요? 밥 짓고 빨래하고 섬길 사람이 있으면, 그것이면 다 아니겠어요."

희련은 바라는 마음도 욕심도 없는 사람이 보석을 주운 것 같이 식모도 그런 식으로 행복을 주웠구나 하는 생각을 했다.

'역시 그 불행해 보이던 남자에게는 이 아이가 어울려.'

희정을 두고 생각했던 일이 씁쓸하게 떠올랐으나 식모의 착하고 행복해 보이는 얼굴은 모처럼 상쾌한 감을 주었다.

"지금 앞집에 말예요. 그이 누이동생이 와서 살림을 살아주고 있어요. 그러니까 그리 급할 건 없지만요. 어쩐지 저도 떠나려니까 섭섭하구 집이라도 팔려서 이삿짐이라도 날라드린 뒤 떠나도 떠나야겠다고 생각은 하고 있어요."

"고마워. 집은 아마…… 쉽게 해결이 날 거야."

"그렇더라도 저 대신 사람은 하나 있어야잖겠어요?"

"앞으론 사람을 둘 그런 처지도 못 될 거야. 샘도 나고 섭섭하기도 하고 어쩌지?"

"아주머니도, 샘은요? 저 같은 것한테…… 저어, 아주머니도 빨리 결혼하세요."

"결혼을 해? 나는 욕심이 많아서 벌받은 거야. 하나님은 언제나 너 같은 욕심 없는 사람한테 복을 주시는 모양이야. 여기 걱정은 말구, 너 형편대로 해요. 한데 결혼 선물은 뭘로 할까?"

"아, 아 아니에요. 뭐 결혼식도 안 하는데 무슨."

"결혼식은 왜 안 해? 해야지."

"그이가…… 무척 수줍은가 봐요. 물 떠놓고 둘이서만 절하면 되는 거 아니냐는 거예요. 저의 처지도 뭐 가족이 있어요? 저 혼자뿐인데 제 몸 하나 들어가서 하던 살림 살면 되는 게 아니겠어요? 그보다 저어."

식모는 자기가 행복한 게 미안한 듯이 샘이 난다는 희련의 말도 마음에 걸리었던지 머뭇거리다가,

"저어, 아주머니도 결혼하세요. 그때 그 영이 외삼촌이라는 분, 얼마나 전화를 걸었는지 몰라요. 일본으로 떠나신다면서 떠나기 전날까지."

돌같이 굳어지는 희련을 보자 식모는 입을 다물었다. 그러나 그대로 떠나기 어색했던 모양이다. 말머리를 돌렸다.

"그런데 한 가지 걱정이 있어요."

"……."

"애기엄마가 돌아오면 난 어쩌나 하는 생각이에요."

"그럴 리가 있겠니?"

희련은 까칠한 목소리로 대꾸했다.

"그래두요. 누가 알아요? 애두 있구 말예요."

"돌아올 처지는 아니잖아. 사람이 그럴 순 없어. 애기아버지 그 사람 생각이 무척 깊은 모양인데 허술하게야 처리하겠니?"

"그렇긴 그래요. 그럼 아주머니 이 집을 팔고 나면 어쩌실래요?"

"중이나 될까?"

"그런 말씀 마세요. 중이 되긴요. 요전번에 큰아주머니도 중이나 될까 보다 하시던데 어째 꼭 같은 말씀을 하실까."

"언니가 그러셨어?"

"네, 그날 밤 많이 우셨어요."

식모 얼굴에 언짢아하는 빛이 돌았다.

"내가 죄가 많아서 동생까지 못 살게 됐다 하시면서 말예요. 잘 될라고 한 일이 망한 끝장을 보게 되어서 세상 사는 게 덧없다 하시면서 막 우셨어요. 잘되든 못되든 집안 정리가 되면 아주머닌 절에나 가시겠대요."

"그런 말을 했어……."

"인숙이라는 그 여자 아주 나빠요."

희련은 우두커니 식모를 바라본다.

"일찌감치 가서 자지."

"네……."

식모는 겨우 방에서 나갔다.

휑뎅그렁 빈방에 밤이 오싹오싹 밀려드는 것 같았다. 희련

731

은 한기寒氣같이 밀려온다고 생각했다. 희미한 형광등은 조는 듯 삭막한 빛을 던져준다.

'어머니! 살아갈 힘이 없어져요. 힘이…… 힘이…….'

13. 두 종말

희정은 넋이 빠진 것처럼 우두커니 서 있는가 하면 집 안을 이 구석 저 구석 기웃거리며 울먹이곤 했다.

"이젠 집도 없구…… 내가 어떻게 가꾼 집이라구, 꽃 한 송이 돌 하나 내 손길 안 간 것이 없는데, 정든 집을 떠나 어디루 가누. 뭘 믿구 사누."

그는 햇볕이 따사로운 뜰에 쭈그리고 앉아 질금질금 눈물을 흘리었다.

상처 위에 눈물방울이 떨어지면 그는 하나밖에 없는 손으로 눈물을 닦곤 했다.

"난 그만 절에나 가서 살겠다. 돈 조금만 다오."
하며 희련을 보고 졸라대기도 하며,

"나 땜에 내 동생이 망했다. 너는 모르겠지만 이 집은 그 애

엄마 집이었어. 그 애하고 나하고는 엄마가 다르거든. 그런 집을 내가 없앴으니 이 빚을 어떻게 갚니? 얼굴만 잘생겼다면 몸이라도 팔고 싶다만 나 같은 것 거저 주어도 뉘가 데려가겠니?"

식모에게는 하소연을 하곤 했다.

집은 해결이 되었다. 이 여사가 집을 산 셈이다. 빚은 그 자신이 청산하기로 하고 희련에게는 나머지 이백만 원을 주기로 타협을 보았던 것이다.

인숙이 돌아간 날 밤 희련은 염치를 무릅쓰고 이 여사 집으로 쫓아갔다. 그는 그간의 경위를 쭉 설명을 했다. 흥분하지는 않았으나 때때로 그의 목소리는 떨리었다.

"저런! 저런 죽일 년 봤나."

이 여사 쪽에서 흥분하여 얼굴이 푸르락누르락했다.

"그래 내가 고 계집애 근성을 알지. 그랬을 게야, 그랬고말고. 난 집을 판다 판다 해도 그런 사정까진 알았어야 말이지. 미스 윤이 날더러 사라 했지만 난 오히려 내 쪽에서 미안하고 언짢은 생각이 들었던 거야. 집이야 뭐, 그만하면 조촐하지. 우린 뭐, 식구도 적고 크기만 했지 쓸모없는 이 집보담이야 그 집이 얼마나 좋다구."

그러는 판에 이 여사의 남편이 돌아왔다. 이 여사로부터 대충 이야기를 들은 그는 이 여사와는 달랐다. 한참을 생각하다가,

"내일 아침 일찍이 집을 한번 보지요. 그런 뒤에 결정합
시다."

"아 아니에요, 급하단 말예요. 집이야 뭐 보나 마나 내가 밤
낮 드나들어 그 집이라면 구석구석까지 환하게 아는걸요."

"그러나 사고파는 일이란 그렇지가 않소, 내일로 결정하면
될 거 아니오. 만일 뜻에 맞지 않으면 급한 대로 빚은, 내가 주
선해볼 테니까 걱정 말아요."

볼품없고 부인한테 쥐어 꼼짝 못 하는 것 같으면서 역시 자
수성가한 사람인 만큼 치재治財에 능할 뿐 아니라 법률에 관한
상식에도 밝아서 그는 복잡하게 얽힌 것 같은 빚 문제에는 개
의치 않고 다만 집을 둘러보아야겠다는 것이다.

이튿날 아침 회사에 나가는 길에 그는 희련의 집에 들러 집
안을 두루 둘러본 뒤 더 군말 없이 결말을 지었던 것이다.

희련은 그런 후 셋집이나 아파트를 구하려고 늘 싸돌아다
녔다. 그러나 부지런히 싸돌아다니면서도 그는 그 자신의 용
무를 대부분 잊고 있는 일이 많았다. 그는 무턱대고 교외 길을
걷고 있을 때가 있었고 낯선 다방에서 하염없이 앉아 있을 때
가 많았다.

오늘도 그는 변두리 H동으로 나가 복덕방을 찾아가기로 했
었는데 그냥 삭막하기만 한 다방에 앉아 한 잔의 커피를 내
려다보며 찢어지는 것같이 악을 쓰는 전축의 노래를 듣고 있
었다.

봄은 무척 가까운 곳에 다가온 것 같았다.

다방의 카운터 꽃병에 버들가지가 수북이 꽂혀 있었고 레지는 분홍빛 카네이션 한 송이를 손에 들고 빙빙 돌리며 손님이 적은 홀 안을 왔다 갔다 하고 있었다.

한참 만에 다방에서 일어선 희련은 거리로 나왔다. 그는 길가에서 귤을 샀다. 귤 봉지를 안은 그는 버스를 타고, 그리고 은애가 사는 동네에 이르렀다.

은애는 집에 있었다.

"아니 이게 누구야."

은애는 몹시 당황했다. 전화까지 받질 않던 희련이 나타나리라곤 꿈에도 생각지 않았던 일이었다.

"와서…… 괜찮겠니?"

희련은 순간 겁먹은 듯 은애를 쳐다보았다.

"왜 그런 섭섭한 말을 하니? 하긴 너 하는 짓을 생각한다면 섭섭하다는 것쯤 약과지만."

은애 역시 은식과의 사연을 알고 난 후부터 희련에게 전과 같이 만만하게 대할 수는 없었다. 그 자신 죄인 같은 생각이 들었고 희련을 위해 마음이 아팠으나 어떻게 해볼 수도 없는 안타까움이 왠지 두 사람 우정에 불순물이 끼어든 것처럼 됐고 생소해지기까지 했다.

자리에 앉은 희련은 잠시 내버려두고 은애는 커피를 끓인다고 서둘러댔다.

"식모가 시골 내려갔지 않아. 집안에 누가 죽었나 봐. 그래서 요즘엔 내가 끓여 먹느라고…… 집 볼 사람이 없어 그렇지, 혼자 살림하는 게 도리어 편하구나."

은애는 안정감을 잃고 시부렁댔다.

커피의 냄새는 좋았다. 커피를 내놓은 뒤는 어쩔 수 없이 그들은 마주 보고 앉을 수밖에 없었다. 희련은 그냥 침묵을 지키고 있었다. 은애도 역시 할 말이 막혀 멍멍히 희련을 바라볼 뿐이다.

"요즘 정 선생님 안녕하셔?"

이윽고 희련이 물었다.

"음, 그이야 뭐……."

"내 쪽에서 너무 실례가 많았던 것 같다."

"네 고집을 누가 당하겠니."

희련은 은애의 눈을 가만히 쳐다보다가 외면을 했다. 그는 은애를 만나러 온 것이 아니었다. 강은식을 찾으러 왔던 것이다. 그러나 은애는 은애일 뿐 허망한 일이었을 뿐이다.

"나……."

하고 은애는 어렵게 입을 떼었다.

"나 말이야."

"……."

"일본에 한번 다녀올까 싶어."

"……."

"가서, 가서 말이야. 오빨 끌고 나오는 거야. 영이 아빠한테 들은 얘기도 있고 나대로 생각한 일이 있어서 말이야."

희련의 얼굴이 오소소하게 메말라지는 것 같았다.

그러더니 그의 얼굴에 핏기가 모여들었다.

"나 땜에 그러니?"

"너 땜에 그렇다기보다 오빠를 위해서."

하는데 은애는 희련의 신경을 건드릴까 봐서 불안해했다. 그러더니 별안간 은애는 화가 나는 모양이었다. 얼굴이 벌게져서 소리를 꽥 질렀다.

"도대체 뭐니!"

"......."

"그렇게들 자신이 없음 죽어버려! 감정의 장난도 아니고 자기가 원한다면 왜 목숨 걸고 한번 덤비지 못하느냐 말이다. 처자가 있는 상대도 아니고."

할 때 은애는 묵은 상처를 생각하는 듯 찔끔하더니 다시 화를 터뜨렸다.

"설사 오빠가 널 희롱했다 하자, 그랬다 하더라도 그랬더라면 더욱더."

은애는 숨이 찬 듯 중도에서 말을 끊었다.

"보복을 하든지 아니면 그만한 보상을 받든지 도시 내 자신이 빚진 것 같아서 못 살겠단 말이야! 이건 물론 극단적인 얘기지만, 영이 아빠도 그러는데 오빠는 오빠대로 상처를 안고 간 모양이라니까 뭔지 잘못된 일들이 끼어 있단 말이야. 나하고 가자. 나 어떡허든, 거기 김 씨라는 분이 계시는데 연락해서 우리가 일본에 갈 수 있도록 해볼 테니. 넌 나를 어떻게 생각하는지 모르지만 만사가 꼭 막혀가지고 이러면 이렇다고 말을 하나, 도무지 안개에 싸인 듯 종을 잡을 수 있어야 말이지."

희련은 완전히 침묵을 지키고 있었다.

"바보 등신들 같으니라구. 나이들 먹어가지구 사춘기의 소년 소녀도 아니겠구, 왜 좀 탁 터놓고 이야길 못 하느냐 말이야. 그야 그동안 내가 아팠으니까 그러기도 했는지 모르지만, 이야기 들으니까 오빠 떠나기 전에 너한테 전화도 여러 번 걸고 했다잖아. 그런데 넌 시골에 가서 나자빠져 있었으니 말이야. 오해니 운명이니 그러고들 있을 시기냐? 요즘 젊은 애들 좀 보려무나. 얼마나 솔직하게 대담하게 자기 표현을 하구 있느냐 말이다."

한참을 흥분해서 떠들어대던 은애는 결국 혼자 씨름에 맥이 빠졌는지 희련을 멍청히 바라본다.

희련의 얼굴은 까맣게 타 있었다. 아직은 쌀쌀한 바람에 피부는 꺼칠했고 여위어서 눈이 커다랗게 보였다.

"너, 내 이야기 하나도 듣지 않구 있었구나."

희련은 희미하게 고개를 끄덕였다.

"왜?"

"몰라."

"뭐가 모르겠니?"

"뭐가 뭔지 모르겠어."

"희련아."

"······."

"넌 말이다. 넌 어쩌면, 네 자신 속엔 뭐가 있어. 네가 고독할 수밖에 없구 고통스러울 수밖에 없는 인자 같은 것 말이다."

은애의 목소리는 낮았다. 희련은 충격을 받은 듯 몸을 약간 앞으로 내밀었다.

"그건 말이야, 오빠의 경우도 마찬가지인지 몰라. 넌 불행을 너 스스로 만들고 있어. 어쩌면 넌 아무것도 용납하려 하지 않는 천성인지도 몰라. 알겠니? 난 막연히 생각했었다. 옛날에도 말이야."

은애의 말은 잔인했다. 은애 자신은 너무 느낌이 절실하여 시부렸던 것이다. 희련에게 상처를 주려 했던 것은 아니었다. 희련도 상처를 받았다기보다 놀랐던 것이다. 자신이 의식하지 못했던 것을.

"정 그러려거든 아무도 안 사는 섬에나 가서 혼자 살아, 살란 말이야. 뭐 나도 자신이 있어 하는 말은 아니지만 내 자신 너보다 더한 좋잖은 요소가 있지만 말야, 널 보고 이러니저러니 따질 자격도 없지만, 하지만 병은 병이고 나는 나야. 내가 나 자신으로 있는 동안 뭣이든 나 아닌 것을 용납해가며 살아

간단 말이야."

은애의 말은 정연하지는 못했다. 그러나 무엇을 나타내고자 하는가는 알 수 있었다.

장기수와의 결혼 생활을 용납할 수 없었던 희련에 비하여 은애는 일단 애정을 청산하고 정양구와 결혼했었다. 병의 기간을 제외한다면 아무튼 은애는 주어진 자기 둘레를 지키며 살아왔다 할 수 있을 것이다. 또 앞으로도 그렇게 살아갈 것이다. 병에 대한 불안을 안으면서도.

희련은 은애의 말을 음미하듯 커피를 조금씩 마셨다.

희련은 은애를 쳐다보고 있었는데 눈동자는 고정되어 움직이지 않았다. 유리알의 눈동자, 인형의 눈동자, 그 눈에 은애의 모습이 보였을까.

아무도 없었다. 사람의 흔적이라곤 있어 본 일조차 없었던 것 같았다. 그 오솔길을 희련이 가고 있었다. 쉬지 않고 그렇다고 급히 서두르는 것도 아닌 걸음걸이로. 보이지 않는 죽음의 사자에게 이끌려가는 걸음걸이가 그러했는지 모른다.

양편의 숲은 먹빛같이 짙어서 마치 터널 속을 지나가고 있는 것 같았다. 그런데 기억의 유리창 밖에는 뿌연 안개비가 내리고 있었다. 그 뿌연 안개가 걷혀진 유리창 밖에는 벚꽃이 찬란하게 만발해 있었다.

'언제였던가? 어디였던가?'

필통이 탈각거리는 란도셀을 짊어진 조그마한 계집아이 희련이는 벚꽃이 하늘을 가린 그 터널 같은 밑을 지나가며 떨어진 꽃잎을, 쌉쌉하고 들큼한 꽃잎을 주워 먹었었다.

지금은 벚꽃이 아닌, 구름같이 감미로웠던 벚꽃이 아닌, 짙푸르게 아니 먹빛같이 짙게 하늘을 찌르고 있는 낙엽송의 숲 속인 것이다.

무성영화같이 아무 소리가 없었다. 새소리는 물론 바람에 흔들리는 나뭇잎 소리도 들려오지 않았다.

어느덧 숲은 끝이 나고 암벽이 나타났다. 잿빛 태양이 이글거리는 불모의 지대. 모든 생명을 거부하는 사화산일까. 암벽은 양편에서 희련을 향해 압축되어온다. 일찍이 이곳에서는 무서운 불길을 뿜어낸 일이 있었을까. 바위를 녹이고 지각地殼을 찢고 그 뜨거운 용액이 흘러내린 일이 있었을까.

암벽은 차차 차차 좁아들었다. 희련은 그 지대를 계속해 가고 있는 것이다.

아슴푸레하게 목소리가 울리어온다. 목쉰 소리, 암벽 사이의 좁은 공간을 비집고 이 벽 저 벽에 부딪혀가며 목쉰 소리가 울리다가 사라져간다. 희련의 몸은 양쪽 암벽에 바싹 닿았다. 하늘이 좁다랗게 허리끈같이 보였다. 그러고 보니 수천 길 계곡 아래를 걷고 있는 것 같았다. 드디어 희련의 몸은 암벽 사이에 바싹 끼어들었다. 한 발 한 발 앞으로 발을 내밀 때마다 그의 몸에서는 피가 흘렀다. 무서운 무게가 몸을 죈다.

'이제는 더 나갈 수 없구나. 더 나갈 수가 없어.'

희련이 울부짖었다. 목쉰 소리가 울리어왔다. 비좁은 암벽, 이 벽 저 벽에 부딪혀가며 목소리가 울리어온다.

'너는 너, 나는 나다!'

'우린 서로가 영원히 고독할 수밖에 없는 존재다. 나로 인해 네가 고독했던 것은 아니다. 너 자신으로 인해 고독했던 거다. 나 역시 마찬가지다!'

'우린 서로 무한히 찾았음에도, 찾다가 서로 만났음에도 손이 닿질 못했다. 우린 꼭 같은 존재, 꼭 같은 분신, 영원히 궤도 밖으로 벗어나지 못하는 자기 혼자만의 유성이다.'

희련은 별안간 심한 기침을 했다. 손수건을 꺼내 기침을 막는다. 한낮의 꿈, 환각이었다. 그동안 은애는 혼자서 무슨 말을 하고 있었던 걸까.

"너 감기 들었구나."

"음……."

하다가 희련은 허둥지둥 잊고 있었던 봉지를 꺼내,

"먹어, 귤이야."

했다.

"기집애두."

은애는 어이없어하다가 귤 하나를 집어 들고 껍질을 벗긴다.

귤을 까서 먹는 동안 은애는 한결 마음이 누그러지고 서먹해하던 거리감도 없어진 모양이다. 그러나 희련은 한낮의 꿈을 환각을 계속 느끼고 있는 것 같았다.

"나 또 올게. 또 오지."

드디어 희련이 일어섰다.

"영이 아빠 오거든 만나고 가."

"싫다."

"그럼 저녁이나 먹고 가."

"아냐. 또 온대두."

"마음대로 해. 이젠 네가 오거나 말거나 내 쪽에서 갈 테니까, 쫓아내도 갈 테니까 그리 알어."

"너가 오니?"

희련은 기묘한 눈빛이 되었다.

"왜? 사람 집에 사람이 가는데, 그래 나하고 무슨 원수졌니?"

"집을 팔았는데."

"뭐라구?"

"오긴 어디로 와?"

"아니!"

"……."

"집을 팔다니!"

"팔았어."

"정신 나간 소리 말어."

"팔았다니까. 팔았는데, 뭘."

"왜!"

"다음에 얘기할게. 이사한 다음에 얘기하지."

"무슨 소릴 하는 거야? 이사?"

"……."

"이 애! 희련아, 집은 왜 팔았니? 지금 얘기해."

은애는 분해서 못 견디겠는지 얼굴이 빨개져서 흥분했다.

"별일도 아니구."

"세상에 그런 법이 어딨니? 의논 한마디 없이."

했으나 은애는 불안이 왈칵 밀어닥치는 것을 느낀다.

"빚 땜에 말이야……."

"빚?"

"나 또 온다니까. 온다는대두? 오늘은 이만하구."

희련은 기어이 방을 나섰다. 은애가 뭐라건 귀담아들으려 하지 않고 대문에서는 은애를 떠밀다시피 하며 거리로 나섰다.

그는 기침을 연방 하며 언덕길을 내려간다. 작년 가을 개켜서 넣어두었던 바바리코트를 다림질도 않고 꺼내 입은 희련의 모습은 초라하고 추워 보였다.

얼마 가지 않아 우중충한 하늘에서 빗방울이 떨어졌다.

어디를 어떻게 쏘다녔던지 캄캄해져서 비에 흠씬 젖은 희련이 집으로 돌아왔다.

"나 커피 한 잔만 끓여다 주어."

희련은 식모에게 말하고 이 층 제 방으로 올라가 비에 젖은 옷을 벗고 침대에 쓰러졌다.

식모는 이내 커피를 끓여서 올라왔다.

"아니 아주머니 얼굴이 샛빨개요."

희련은 몸을 일으키다 말고 쓰러지면서 몹시 기침을 했다.

"감기 들었나 봐요."

식모는 희련의 이마에 손을 얹어본다.

"아니, 이 머리! 불덩이 같네요."

"가, 감기가 들었나 봐."

"약을 사 오든지 해야잖겠어요?"

"괜찮아. 넌 내려가 보아."

식모가 나간 뒤 끓여다 놓은 커피도 그냥 둔 채 희련은 혼수 상태에 빠져버렸다.

사흘 동안을 희련은 몹시 앓았다.

의사가 왔던 일이 생각이 났고 희정이 우는 얼굴도 생각이 났다.

점심때쯤 식모는 죽을 가지고 올라왔다.

"조금인데 이건 꼭 잡수셔야 해요."

"입이 써."

희련은 약간 어리광스럽게 말했다.

"제가 먹여드려요?"

식모는 어머니나 된 것같이 희련의 어리광스러움을 기쁘게 여긴다.

"아, 아니."

"그럼 잡수세요."

명령했다.

희련이 죽을 먹는 동안 식모는,

"날씨가 참 좋아요. 제법 봄이 온 것 같네요. 조금 있으면 개나리가 필 건데."

"개나리가 피어?"

"네. 움이 텄어요. 손톱으로 찍어보니까."

며칠이 지났다. 희련은 많이 회복되었다. 그새 은애가 다녀갔고 은애에게 아파트를 구해달라고 부탁을 했다. 따라서 집이 팔리게 된 경위도 대충 설명을 했다. 은애는 전보다 더 화를 내었다.

"친구 좋다는 게 뭐니? 넌 내가 그 지경이 되면 외면하겠구나. 알았다. 너 마음 알았어! 이 맹추야, 진작 얘기했으면 집안 팔아도 될 방법이 있단 말이야. 영이 아빠가 알아서 처리할 수 있는 일인데."

하다가는,

"이 여사? 그래 그 여자한테 의논을 하면서 나한테는 일언반구도 없어?"

펄펄 뛰다시피 했으나 은애도 차차 느껴지는 점이 있었다. 일본에 있는 강은식을 생각할 때 희련의 결벽성이 은애와의 의논을 용서치 않았을 것이라고.

　오랜만에 희련은 아래층 작업실에 내려와 창문가에 서서 밖을 내다본다. 하늘은 햇볕에 젖은 듯이 뿌옇게 보였다.

“아주머니, 아침에 전화가 왔댔어요.”

“어디서?”

희련은 돌아보지 않고 물었다.

“저, 인숙인가 그 여자지 뭐예요.”

“…….”

“아주머니 계시냐고 묻지 않겠어요. 그래 몸이 아프시다고 했지요. 바꿔달랠까 봐서요.”

“잘했다.”

“그랬더니 집에 계시냐 또다시 묻지 않겠어요? 집에 계시지 어디 계시겠냐고 쏘아주었죠.”

　이때 버저 소리가 났다.

“누가 왔나 봐요. 영이 어머닌지 모르겠어요.”

　식모는 그러고 쫓아 나갔으나 희련은 왠지 기분이 좋지 않았다.

“누구세요?”

　식모는 문을 열기에 앞서 물었다.

“문이나 열지.”

　듣지 않던 여자의 목소리였다.

　문을 열자마자 여자는 덮어놓고 뜰로 들어섰다.

"어디서 오셨어요?"

여자는 분홍빛 치마저고리에 하얀 밍크를 목에 두르고 날씬하게 손톱을 기른 손가락에는 커다란 비취반지를 끼고 있었다. 그는 짙은 눈썹 밑의 눈을 내리뜨며 식모를 째려보았다.

"만나면 안다. 이 집에 윤희련이라는 여자 좀 만나보자꾸나."

"네?"

희련은 창문에 서서 그 여자를 보고 있었다. 언젠가 식당에서 본 일이 있는 김 마담이라던 그 여자였던 것이다.

식모의 기부터 꺾어놓은 김 마담은 현관 쪽으로 걸어갔다. 당황한 식모가 뒤따른다.

현관에 들어선 여자는 신발을 벗고 마루에 올라섰다.

"어디 있지? 나 좀 보자구 해라."

"네, 저어."

식모의 눈길은 작업실 도어 쪽으로 갔다.

"아아니 말뚝같이 왜 그리 서 있는 거야? 말이 말 같잖은가?"

식모는 하는 수 없이 도어를 밀고 방 안을 들여다보며,

"아주머니, 손님 오셨어요."

하고 말했다. 희련은 창문 앞에 선 채 이쪽으로 등을 보이며,

"어디서 오셨니?"

"만나보면 아신대요."

"어디서 오셨는가 물어보아."

하자 김 마담은 식모를 밀어젖히고 방 안으로 쑥 들어왔다.

"어디서 왔느냐구? 나, 서울특별시에서 왔다."

희련이 몸을 돌렸다. 김 마담은 엉거주춤 서 있는 식모를 떠밀다시피 문을 닫았다. 하는 품이 마치 이 집의 주인 같다.

김 마담은 밍크 목도리를 끌러 소파 구석에 놓고 누가 권할 새도 없이 소파에 뻗고 앉는다.

"뉘신데 말버릇이 그렇소? 초면에 주인 허락도 없이 들어오신 것도 실례인데."

희련의 얼굴은 파랗게 질려 있었다.

"말깨나 하는구먼, 듣기보담은 똑똑하구나."

"무지막지하게."

"맞았어. 무지막지한 맛을 좀 보여주려고 내가 오늘 여기 왔다. 알기는 아는구먼."

여자는 싸늘하게 웃었다.

희련은 짐작을 하고 있었다. 인숙이 지난번에 김 마담을 들먹이며 을러대던 일과 아침에 전화를 걸어 희련이 있는지 없는지를 확인했던 것을 미루어 인숙의 책동임을 알아챈 것이다. 집 문제가 제 뜻대로 되지 않는 것에 마지막 심통을 부려보자는 것이겠다.

"당신의 말버릇은 아마 배 속에서부터 타고 나온 모양이니 귀담아듣지 않기로 했소. 찾아오신 이유나 말씀하세요."

"고거 제법이구나. 귀때기나 몇 차례 때려주고 말랬더니 수작이 되었어. 아무래도 주둥이를 문드려놔야겠는걸?"

희련은 전신을 와들와들 떤다.

"찾아온 이유야 나보다 네가 더 잘 알겠지만, 싸움에도 순서가 있고 가락도 있는 모양이니 구차스럽지만 말하기로 하지. 첫째는 집을 나한테 내주어야겠다."

"왜요? 집임자하고 상의하셨나요?"

희련도 만만하게 분노를 터뜨리지는 않는다.

"그러니까 내가 그 일을 상의하려고 여기 오지 않았나."

"잘못 오셨군요. 집임자는 나 아니에요. 이미 팔려버렸어요."

"뉘 마음대로?"

"내 마음대로죠."

"집문서를 누가 갖고 있는데? 너 그것만은 모르는 모양이구나. 집문서를 잡고 돈을 내준 사람이 최 전문지 알고 있는 모양이다마는 그 돈은 내 돈이야. 내 돈이거든."

"그러세요? 금시초문이군요. 하지만 이 집을 산 분이 빚 땜에 묻진 않겠다더구먼요. 집문서만 가지고 오면 언제든지 빚 청산은 하겠다더군요. 그리로 가보세요. 제가 주솔 써드릴까요?"

"이년 봐라?"

"아까도 말했지만 말버릇에 대해선 귀담아듣지 않기로 했으니 다시 한번 설명해드리지요. 집을 뺏을 자격이 있다고 생각하시면 그 댁에 가서 매도 계약을 함께 내미시는 거예요."

매도 계약은 한 일이 없다. 그러니까 집문서만 가지고 집을 운운할 권리는 없는 것이다. 그것을 모르는 김 마담은 아니었다. 집을 뺏는 것이 목적이 아니었다. 사실 뺏을 수도 없게 되었다. 다만 꼬투리를 잡아 희련에게 욕을 보이자는 것이 목적이었다. 집에 관한 것은 순전히 인숙이 꾸민 각본에 의해 김 마담이 연기를 했을 뿐 그 자신과는 상관이 없는 일이었다. 상관이 있다면 최일석이 희련에게 돈을 빌려주었으며 빌려준 최일석의 의도뿐이었다.

사실 최일석과 김 마담의 관계는 상당한 세월 동안 계속되어왔었고 서로가 각기 다른 남자, 다른 여자에게 한눈을 팔아왔으면서도 청산되지 않은 채 잔잔히 끌어온 사이였었다.

"하여간 이 집이 네 뜻대로 되는지 그것은 두고 보면 알 일이고 다음 내가 너에게 묻겠는데 너 누구 허락받고 최 전무를 가로챘지?"

김 마담의 눈은 이글이글 타올랐다. 이 여자에게는 질투의 감정이 괴롭다기보다 그 감정의 대상자를 상대하여 폭풍을 몰고 가듯 감정을 몰고 돌격해가는 데 어떤 희열 비슷한 것을 느끼고 있는 듯싶었다.

희련의 얼굴은 황달병에 걸린 사람같이 노랗더니 잿빛으로 변했고 입안에서 이빨 부딪는 소리가 다각다각 났다.

"어디 말 좀 해보아."

김 마담은 희련에게 바싹 다가섰다.

"성미가 무섭기로 소문난 여자야. 너 뼈나 추릴 줄 아니? 어디, 아까는 제법 똑똑한 말을 하던데 좀 지껄여보지 않겠어?"

"……."

"왜 말을 못 하니? 보아하니 나보다는 한두 살 아래인 것 같다만."

한두 살이 아니라 대여섯 살은 족히 더한 것 같았다.

"쌓이고 쌓인 게 사내들인데."

이때 희련이 소리를 질렀다.

"돌아가아!"

집 안이 쩡하고 울리었다.

식모가 쫓아왔다. 문을 여는 순간 김 마담의 손이 올라갔고 희련의 뺨에서 소리가 났다.

"아이구, 아주머니!"

식모가 울부짖었다. 다시 뺨을 때리는 소리가 났다.

"여보세요!"

식모는 김 마담의 팔을 낚아챘다.

"이년이!"

김 마담이 식모에게 몸을 돌렸을 때 희련이 손을 들었다. 그는 식모에게 나가라는 손짓을 했다.

"하지만 아주머니, 이런 법이 어디 있어요!"

"쓸데없이 끼어들었다만 봐라!"

소리를 지르고 김 마담은 희련에게로 몸을 돌렸다.

"어디 이제 정신이 좀 드나? 머리끄덩이 성할려거든……."

하는데 희련은 손수건을 꺼내어 침을 뱉었다. 그런데 이빨이
부러져서 침과 피와 함께 나왔다.

"아주머니! 이, 이빨이!"

희련은 손수건을 말아 쥐었다. 김 마담의 낯빛이 좀 변했다.
뺨을 몇 차례 때렸다고 해서 이빨이 부러질 리는 없다.

이를 악물었던 것이다. 부러질 만큼 희련은 이를 악물었던
것이다.

'상당히 독종이구나!'

김 마담은 생각했다.

"돌아가지 않겠어?"

희련의 목소리가 낮게 울리었다.

"뭐라고?"

했으나 김 마담은 한풀 꺾인 눈치였다.

"무지막지하게 덤비면 이길 줄 안다. 염치없이 악독하기만
하면 이길 줄 안다. 오물을 끼얹으면 끼얹은 측은 말짱하다."

희련의 입에서 나직하고 억양 없는 목소리가 흘러나왔다.

"뭐 어쩌고 어째?"

김 마담은 대들 듯 말했으나 이미 당황해 있었다.

"힘이 없는 사람은 이불 속에서 혼자 울 것이고 겁이 많은
사람은 도망을 치겠지. 그러나 울기만 하고 도망만 치는 건 아

니다. 끝내 절망에 빠져버리고 그 힘에 이길 수 없다고 판단했을 때 먼저 그 사람은 자기 자신을 버릴 것이다. 그런 사람에게 겁이 있겠는가? 겁이 없어진 사람이 어떻게 나올까?"

"……."

"악보다 무서운 힘을 가지는 거야."

"……."

"살고 싶겠지. 남보다 더 잘살고, 남들이 고통받는 속에 홀로 뜻과 같이 살고 있는 것에 더한 만족을 느끼는 무리들이 죽고 싶겠니?"

김 마담의 눈발이 흔들리었다.

"위협하는 게 아니에요."

희련의 목소리는 들릴락 말락 낮았으며 존대로 돌아가 있었다.

김 마담은 순간 혼란을 느꼈고 아주 난처해졌다. 뭔지 모르나 그가 예상했던 것과는 사정이 딴판이었다. 그리고 희련의 이빨이 부러진 데 그는 실상 간담이 써늘해 있었던 것이다.

"돌아가세요. 다시는 이러쿵저러쿵 내 앞에 나타나지 마세요. 인숙에게, 최 전무라는 그 사람에게도 말 전하세요."

희련은 저만큼 떨어져 있는 의자에 가서 앉았다. 그 앉은 모습은 그림자 같았다.

결국 김 마담은 우두커니 서 있다가 겨우 체면치레할 만큼 몇 마디 지껄이다가 돌아갔다.

넋이 나간 사람은 식모였다. 그는 희정이 밖에서 돌아오는 기척이 나자 미친 듯이 쫓아 나가고 희련은 이 층 자기 방으로 느릿느릿 올라갔다.

희정을 맞이한 식모는 문간에서부터 손짓발짓해가며 흥분한 나머지 눈물을 흘리면서 막 일어난 사건에 대하여 설명을 했다.

"뭐? 이가 부러져?"

희정은 핸드백을 집어 던지고 이 층으로 쫓아 올라갔다. 문은 꼭 잠겨져 있었다.

"희련아! 희련아!"

문을 쾅쾅 친다.

"언니."

"희련아! 이 문 열어라."

"잠자코 제 말 들으세요. 오늘 하루만 날 이대로 내버려두세요."

"문부터 열어라!"

"나 약속하지요. 내일 아침에 언니 만나 얘기하겠어요."

"아니다! 지금 얘기 들어야겠다."

"끝내 그러면 나 죽어요, 제발."

희정은 찔끔하고 뒤따라온 식모를 본다.

"내일 아침 내려갈게요."

식모는 희정의 팔을 이끌었다.

"아주머니 내려가세요."

아래층으로 내려간 희정은 얼굴이 새빨개져서 식모를 쳐다본다.

"여간, 마음이 그렇게 매몰찰 수 있겠어요? 자기 이빨을 자기가 깨물어 부러뜨렸어요. 무슨 짓 하실지 모르니까 우선 작은아주머니 하시자는 대로 하시는 게 좋을 것 같아요."

"그, 그럼 어떡허면 좋겠니?"

희정은 식모에게 쏠리듯 의지하며 물었다.

"영이 어머니한테 전화하세요. 믿을 분은 그분밖에 없어요."

"그, 그러자."

전화의 설명은 횡설수설이었다.

은애는 잘 알아듣지 못했으나 이를 부러뜨리고 어쩌고 하는 바람에 놀라서 이내 달려왔다.

식모에게 대강 설명을 들은 은애는 혼자 이 층으로 올라갔다.

그러나 희련은 은애의 목소리를 듣고도 문을 열려 하지 않았다.

'희련이 뺨을 맞았다구? 제 이빨을 깨물어 부러뜨렸다구?'

은애는 초조했다. 말할 수 없이 두려운 생각이 들었다. 희련이 죽어버릴 것 같은 생각이 들었다.

"문 열어. 희련아, 나 귀찮게 안 할 테니 말이야."

"무슨 큰일이 났다고 너까지 와서 이러니? 제발 나 좀 쉬게 내버려두어.”

“그래. 내버려둘게. 그렇더라도 문은 열어.”

“나 이대로 한잠 자겠어. 내일 아침에 만나자.”

“…….”

“나 약속하지. 내일 널 만날게.”

“…….”

“자꾸만 이러면 난 미쳐버려. 그러면 난 죽는단 말이야.”

“너 정말 약속하지.”

“응.”

“내일 날 만나지.”

“약속한다.”

은애는 아래층으로 내려왔다. 층계 아래 희정과 식모가 긴장하여 올려다보고 있었다.

“언니, 방에 들어갑시다.”

은애는 희정의 등을 떠밀었다.

“뭐라든?”

떠밀려 방으로 들어가며 희정이 물었다.

“내일 아침에 만나자는군요.”

“나보구도 그, 그랬어. 하지만 저, 저대로 내버려둘 순 없잖아.”

“글쎄요…….”

은애의 얼굴도 말할 수 없이 어두웠다.

"나, 냉수 한 그릇 줄래?"

"네."

식모는 급히 나가서 냉수 한 컵을 가져왔다. 은애가 냉수를 마시고 빈 컵을 내주자 희정이도 속이 타는지 냉수를 달라 했다.

냉수를 마시고 난 뒤 희정은 정신을 차리는 게 아니고 울기 시작했다. 은애는 희정이 그러거나 말거나 식모에게 그간 일어난 일을 꼬치꼬치 캐묻기 시작했다. 식모는 식모대로 잊었던 일까지 생각해내며 이야기했다.

"아침에 인숙이한테서 전화가 왔어?"

"네, 아주머니 집에 계시느냐고, 그리고 그 여자보구 아주머니가 말씀했어요. 인숙에게, 최 전무라는 그 사람에게도 말 전하세요 하시더만요."

"음, 그년의 계책이구먼."

그러자 희정은 다시,

"은애야 너 한 번만 더 가봐주어, 이 층에 말이야."

"언니, 불안하기론 저도 마찬가지예요. 하지만 그 애 성미에, 기다려봅시다."

희정은 은애를 상대로 다시 자기 탓이라는 넋두리를 하며 울기 시작했다.

이튿날 아침, 집에 돌아갔던 은애가 희련의 집엘 갔을 때였다. 현관을 들어서는 은애 눈에 층계를 천천히 밟으며 내려오는 희련의 모습이 보였다.

은애를 본 희련은 층계 중간쯤에서 멈추며 웃었다.

'너 웃니!'

은애 눈에는 눈물이 울컥 쏟아졌다.

차라리 희련이 울었더라면 은애는 덜 슬펐을 것 같았다.

희련은 그림자같이 층계에서 내려왔다. 그리고 작업실로 앞서 들어갔다. 뒤따른 은애는,

"너 뭐 좀 먹었니?"

이빨이 좀 어떠냐고 물어볼 수 없었던 것이다.

"음, 우율 좀 마셨어."

희련은 소파에 앉으며 말했다. 은애는 희련을 바라볼 수밖에 없었다.

"아파트 좀 알아보았니?"

희련이 쪽에서 먼저 말을 꺼내었다. 은애는 어처구니가 없기도 하고 다소 안심스럽기도 했다.

"대관절 어떻게 된 거냐?"

"말하고 싶지 않어, 나 잊어버리기로 했으니까. 그보다 이 집 빨리 비워야겠는데……."

"그건 내가 다 마련했어. S아파트에 난 게 있어서 말이야. 좀 좁지만 우선……."

"얼마야?"

"백오십만 원이라더군."

"음, 열흘 안으로 갈 수 있을까?"

"음, 지금 비어 있으니까. 우선 옮겼다가 적당한 것이 나면……."

"그럴 것 없어, 그 정도면 알맞지."

희련은 어디까지나 사무적인 태도였다. 은애는 그 집에서 점심을 함께 먹고 일단은 막연했으나 마음을 놓고 밖으로 나왔다. 그냥 집으로 돌아가려다 그는 다방에서 커피 한 잔을 마시고 회사에 전화를 걸었다. 그러나 정양구는 자리에 없었다.

'나온 김에 영화나 볼까? 쇼핑을 할까? 아무튼 나가보자.'

은애는 그냥 집으로 돌아갈 생각이 나지 않았다. 희련의 집을 떠나면서부터 그는 불안해지기 시작했다. 어젯밤 은애는 집에 돌아가서 희련에 관한 이야기를 정양구에게 하지 않았던 것이다. 일단 희련에게서 직접 말을 듣고 난 뒤 남편에게 의논해보리라 생각했다.

'그런데 희련은 아무 말도 하지 않았다. 옛날 같으면……. 오빠 때문에 희련은 나한테 비밀을 갖게 된 걸까. 아니야, 무슨 저대로의 생각이 따로 있는 걸까. 너무나 의연한 태도였어. 나는 압도당하고 말았다.'

은애는 시내로 나가려다 생각을 바꾸었다. 아파트에 가보리라 마음먹었다. 내일이라도 희련이와 함께 와서 계약을 하기 위해 한 번 더 확인해둘 필요가 있다고 생각한 때문이다.

택시를 타고 아파트 앞에서 내린 은애는 아파트 건으로 친정에서 소개해준 호준 엄마라는 여인을 다시 찾아갔다.

뜨개질을 하고 있던 중년 여인은,

"또 오셨군요."

하며 반색을 했다.

"어떻게 됐나 싶어서 왔어요."

"네, 그냥 그대루 있어요. 앉으세요."

탁자 위에 놓인 바구니를 치우며 호준 엄마라는 여인이 은애에게 앉기를 권했다.

"내일이라도 계약을 할까 싶어서요."

"그야 뭐 우린 언제라도."

식구가 단출한지 말끔하게 치워진 방 안은 다소 쓸쓸한 것 같았다.

'그 여자 과분데 말이야 재산은 꽤 있나 보더라.'

친정의 계모 말이 생각이 났다.

"차 끓이겠어요. 잠깐 앉아 계세요."

여자의 행동거지는 매우 정중하다.

"아, 아니에요."

은애는 당황하며 일어서려는데,

"차나 드시고 가셔야죠."

여자는 굳이 잡았다. 여자에게 방해가 되지 않는다면 은애도 서둘며 돌아갈 일도 없었다.

여자는 전기 곤로 위에 물 주전자를 올려놓고 자리에 돌아와 앉았다.

"아파트가 개인 주택보다 편리할까요?"

은애는 친숙하지 않은 사람과의 대면에 다소 저항을 느끼며
말했다.

"우리같이 식구가 적고 애들이 다 큰 사람들에게는 편리한
편이지요."

여자가 대답했다.

"그럴 거예요, 우린 애들이 아직 어려서……."

"생활이 편리하다는 거지. 사실 개인 주택만 하겠어요? 식
모가 없어도 되고 외출하기 좋구. 하지만 때때로 상자 속에 들
앉은 장난감 곰 같은 생각이 들 때가 있어요. 그래서 답답할
때는 뜨개질을 하곤 하지요."

은애는 장난감 곰이라는 말에 흥미를 느꼈다. 재미있는 비
유라 생각했다.

여자는 주전자를 들고 와서 끓은 물을 인스턴트커피가 든
커피 잔에 붓고 설탕을 탄 뒤 은애에게 들라고 권했다.

"처음에는 사방이 꽉꽉 막힌 것 같아서 편리한 것도 좋지만
나갈 생각을 여러 번 했어요. 우리 동생네는 결국 못 견디어
나갔지만 그 애네들은 앞으로 애들도 낳을 거구 식구나 생활
이 단출할 수만 없으니까."

"아, 그래서 비었군요."

"네, 그 애네 거예요. 그 애네들이 나가면서 팔기도 뭣하구
해서 세를 냈지요. 그것도 나가고 들고 귀찮더구먼요. 그래서

작자가 나면 팔려고 했었지요. 요전번에는 젊은 여자가 들었었는데 다니던 남자가 발을 끊고부터 병이, 젊은 여자에게는 흔치 않다던데 뭐 암이라던가요? 그래 꼬치꼬치 말라가더니 이살 해버렸지요. 꽤 사치스럽게 산다 했더니 부모 형제도 없는지 들여다보는 사람 하나 없고 불쌍하더구먼요."

은애는 왠지 기분이 언짢아졌다. 미신에는 관심이 없는 은애였으나 희련이 그곳으로 옮기는 일이 꺼림칙했다. 이미 희련은 은애에게 몹시 불안한 존재이기도 했었기에 더욱 기분이 좋잖았다.

이런저런 얘기를 나누다가 은애는 일어섰다.

"저 폐스럽지만 내부를 한 번 더 봤으면 싶어요. 혹 손볼 곳이라도 있으면 들기 전에 해야잖겠어요?"

"네, 그럭허세요. 손볼 곳은 별로 없을 것 같더군요."

여자는 열쇠를 들고 나왔다.

여자는 앞서가면서,

"여기선 하늘밖에 볼 게 없어요, 자연이라곤. 그 하늘도 가만히 보고 있으면 참 변화가 무상하더구먼요."

은애는 상자 속의 장난감 곰이라는 말을 들었을 때처럼 이 중년 여인에게 호기심을 느꼈다. 병들어 나갔다는 젊은 여자의 얘기라든지, 동생네가 답답해서 나갔었다든지, 아파트를 팔고자 하는 처지에서는 적당한 화제라 생각할 수 없다. 무엇이든 팔려는 사람은 그 물건을 자랑하게 마련이요, 사려는 사람은 그 물건을 헐뜯게 마련인 공통된 심리에서 상당히 먼 거리에 여자는 있는 듯싶었다. 평범해 보이는 용모, 친정어머니 말과 같이 부유해 보이지도 않는 그저 수수한 여자를 은애는 묘하게 생각하며 따라간다.

'무관심한 것 같기도 하고 초월해서 사는 것 같기도 하고.'

은애는 사는 방법이 가지가지 있다는 생각이 들었다. 아니 방법이 아니다. 사는 태도, 사는 생리. 태도가 인위적인 것이라면 생리는 천성적인 것이겠는데 그것은 눈에 보이지 않는 것이며 설령 보였다 치더라도 그것은 상황이거나 또는 움직임이겠는데 은애는 이상하게 그것은 어떤 형태만 같이 느껴졌다. 한 용모가 제각기의 모습과 분위기를 지니고 거기 있는 것처럼 한 인간이 산다는 상황도 빛깔과 형체로서 뚜렷하게 침범될 수 없는 상태로 도사리고 있는 것 같은 생각이 들었다. 그것은 뜻하지도 않게 모두가, 모두 다 고독할 수밖에 없다는 결론으로 이르게 했던 것이다.

은애는 여자가 열어준 문으로 들어갔다. 저번에도 와본 방이었으므로 새삼스럽게 다시 볼 것도 없었는데 아마 병들어서 나갔다는 젊은 여자의 얘기가 은애 마음에 걸려서 다시 방을 보고 싶었는지 모른다.

방 안은 전번 때와 같이 물론 비어 있었고 깨끗했다. 은애는 부엌과 침실 욕실을 다 둘러보고 베란다에 나가보았다.

오 층 아래가 까마득했다. 은애의 몸이 휘청하고 흔들리었다. 현기증이 나는 것 같았다. 순간 땀이 바짝 솟는다.

그는 희련이 베란다에서 떨어져 죽는 것 같은 환각에 사로잡혔던 것이다.

'기분이 좋지 않다. 아무래도. 생각을 달리 해봐야겠어. 그 애는 지금 위험한 상태란 말이야.'

은애는 베란다에서 떠나지 않고 우두커니 서 있었다. 맞은 편에 산등성이가 보였다. 판잣집이 들어선 산등성이의 구불구불한 길을 강아지가 달려가고 아이들이 쫓아갔다.

여자는 팔짱을 끼고 거실에 우두커니 서 있었다.

"여기 베란다가 말예요……."

은애는 거실에 서 있는 여자에게 말을 걸었다.

"위험하죠?"

"글쎄요. 애들이 있는 집은…… 어른들이야 어떻겠어요?"

"어째 현기증이 나는군요."

"애들 있는 집은, 또 넓게 쓰고 싶은 사람들은 그곳을 쌓아 올려서 방으로 잡아넣기도 하더구먼요."

그러는데 이 빈 아파트 방에 버저가 울리었다. 거실에 있던 여자는 어리둥절해하다가 나가본다.

"네? 아아, 그인 이사했어요."

"이살 했다구요?"

남자 목소리였다.

"네. 얼마 전에 옮겨갔어요."

"어, 어딜 갔습니까?"

"글쎄요. 어딜 가느냐고 물었지만 대답을 안 하더군요."

"대답을 안 해요……?"

은애는 거실로 들어왔다.

현관 쪽에서는 아무 소리도 나지 않았다. 남자는 떠나지 않고 엉거주춤 서 있는 모양이었다. 여자 쪽에서 답답했던지,

"몸이 몹시 쇠약해 있더군요. 혹 시골로나 내려가지 않았는지요."

"시골로…… 시골로 내려갔겠습니까?"

남자의 목소리는 절망적으로 들렸다. 그런데 은애는 그 목소리가 어디서 많이 듣던 목소리 같았다.

'가야겠네. 가서 좀 생각해보자. 그리고 희련이하고 의논해서 다른 곳을 구해보는 게 좋겠구먼.'

밖에서는 여전히 떠나지 않고 남자가 서 있는 모양이었다.

"혼자 떠났습니까?"

약해진 남자 목소리가 다시 울렸다.

'이상하다? 어디서 꼭 듣던 목소리 같군.'

"네, 혼자였던 것 같아요. 뭐 짐이래야 거반 처분하고 가방 하나 들고 갔으니까요."

여자는 짜증을 내는 것 같기도 했고 상대방 남자를 힐난하는 것 같기도 했다.

"혼자……."

은애는 거실에 우두커니 섰다가 현관 앞으로 갔다. 신발을 신고 떠나려고 여자가 가로막고 서 있는 등 뒤에서 밖을 내다보았다.

"앗!"

은애는 놀라움을 깨물었으나 남자의 우울한 눈이 은애 얼굴을 보았다. 그러나 남자는 은애를 얼른 알아보지 못할 만큼 자실 상태에 빠져 있었던 것 같다.

그는 정양구였던 것이다.

정양구의 눈이 천천히 움직이는 것 같았다. 다음 순간 그의 눈이 놀라움에 크게 벌어졌다.

"여보, 다 당신이."

은애는 여자를 떠밀고 나섰다.

"안녕히 계세요. 가보겠습니다."

여자는 어리둥절해하다가,

"네, 안녕히 가세요."

당황하여 말했다.

"갑시다."

은애는 남편의 등을 한편 어깨로 밀었다.

"가세요."

다시 밀었다.

정양구는 양다리에 쇠뭉치를 천 근이나 매단 것 같은 무거운 발길을 옮긴다.

아파트를 나선 그들은 어느 쪽에서도 입을 떼지 않고 무작정 걷기만 한다.

더러 빈 차가 지나갔음에도 그들은 그냥 걷고만 있었다. 가구점, 페인트 가게, 식료품 센터, 전기 상회, 별의별 상점들이 즐비하게 늘어서서 그칠 줄 모를 것 같은 생활의 거리를 그들은 무인지경인 양 걷고 있는 것이다.

낯선 얼굴들이 지나가고 있었다. 클랙슨이 요란스럽게 울리고 있었다.

하늘에는 황혼이 묻어온다. 구름발 사이로 번져오고 있는 붉은 황혼은 머지않아 도시를 감쌀 것이며 어둠이 다시 황혼을 먹어버리면 값싼 등불과 네온사인이 어둠을 헤집고 솟아날 것이다.

"여보."

은애가 걸음을 멈추었다.

"차 한잔하시지 않겠어요?"

정양구는 아내의 얼굴을 뚫어져라 바라본다. 꺼뭇꺼뭇한 점이 무수하게 돋아난 얼굴은 해쓱해 보였다.

"왜?"

은애는 남편을 외면하며,

"우리 이대로 돌아가면, 집에 돌아가면 말예요, 저 감정이 흔들릴 거예요. 제삼자의 입장에서 얘기하고 싶어요."

"제삼자?"

"지금 전 화내고 있는 거 아니에요. 들어갑시다."

은애는 정양구의 양복 자락을 잡아끌었다.

도심지 아닌 다방은 조용했다. 별로 손님이 있는 것 같지도 않았다. 은애는 카운터와 먼 곳에 자리를 잡고 앉는다. 레지는 이내 와서 차 주문을 받아 갔다.

정양구는 묵묵히 앉아 있었다. 은애도 입을 떼지 않고 앉아 있었다.

커피 두 잔이 탁자 위에 놓이자 은애는 그것을 들고 한 모금 마시었다.

"당신, 그 여잘 사랑했었군요."

은애는 커피 잔을 놓으면서 말했다.

"모르겠어."

정양구는 마치 은애 아닌 사람에게 말하듯이, 아니 이미 서로가 다 남미에 대하여 너무 잘 알고 있는 사이기나 하듯 대답했다.

"그럼 사랑하지 않았단 말인가요?"

정양구는 얼굴을 찌푸렸다. 무척 괴로워하는 표정이다. 그는 담배를 꺼내 붙여 물고 몇 모금 빨고 난 뒤,

"그것도 모르겠어. 불쌍해."

"당신은 저에게 묻지 않는군요."

"……."

"당신은 지금 눈앞에 제가 보이지 않는 모양이죠."

"······."

"당신은 그 여자에 관해서 저에게 얘기한 적이 없었잖아요."

정양구는 비로소 정신이 드는 모양이었다.

"무슨 말을 당신한테 물어야 할까······."

"아주 넋이 나갔구먼요. 하지만 전 당신을 미워할 수 없네요."

"미워해. 난 나쁜 놈이야."

정양구는 내뱉었다.

"나 아까 그 아주머니한테서 얘기 다 들었어요."

"무슨 얘기를?"

"그 방에 살았었다는 여자 얘기 말예요."

정양구는 피우던 담배를 재떨이에 북북 문질러 껐다.

"당신도 복이 없는 사람이네요. 나 같은 여자에다가 또 그 여자도."

"지나간 얘기야. 더 말할 것 없어."

"아니지요."

"뭐가 아니야?"

"그 여잘 찾으세요······."

"찾다니?"

"보상을 해주어야 할 것 같아요."

"보상?"

"물론 당신이 해야겠지만, 저에게도 책임은 있는 것 같아요.”

“천사 같은 소리 하지 말아! 위선이야, 아니면 날 놀리는 거야?”

“오해하시는군요. 나 그렇게 나쁜 여잔 아니에요.”

“그럼 왜 그따위 소릴 하는 거요?”

“나 그 여잘 한 번 봤어요. 작년 초여름인가, 백화점에서…… 나이 어리더군요. 당신네들은 무척이나 행복해 보였어요. 그랬는데 젊은 나이에 병이…….”

“병이 들었거나 말거나 당신이 무슨 상관이지?”

정양구는 증오에 가득 차서 은애를 노려본다. 나쁜 것 같으니라구, 너 지금 쾌감을 느끼는구나, 나쁜 것 같으니라구, 정양구의 눈은 그런 말을 하고 있었다.

“마음대로 생각하세요. 나 선심 쓰는 거 아니에요. 그 여자가 죽을 수밖에 없는 병에 걸려 다행이라 생각이나 하고 있는 줄 아세요?”

“죽을 수밖에 없는 병?”

“당신은 모르셨나요? 그럼 제가 말하지요.”

“왜 몰라!”

“그래요? 아셨어요?”

“물론 안다.”

“그 아파트 임자가 말했어요. 드나드는 남자가 있었다고. 그 남자가 발길을 끊고부터 그 여자는 병이 들었다구요. 하긴 그 병이 암이라니까 어차피…… 그 아까 아주머니가 가끔 먹을 것을 갖다주었대요. 찾아오는 사람은 아무도 없었대요. 그 나쁜 남자가 내 남편이었다는 것은 꿈에도 생각지 못했어요. 제가 당신을 거기서 보았을 때 당신은 또 뭐라 비꼴지 모르지만 당신의 그 표정에서 당신이 나쁜 남자가 아니었었다는 것을 알았어요. 아슬아슬한 속에서, 전 묘하게 안도감을 느꼈어요. 감상인지 몰라요. 전 걸어오면서 생각했어요. 당신이 왜 그 여자에게 발걸음하지 않았는가 하구요. 그건 저의 병 탓이었어요. 그걸 전 알아요."

하고 나서 은애는 복잡한 얼굴이 되었다. 자기 자신이 무슨 말을 했는가 의아해하는 것 같았고 생각을 다시 원점으로 돌려서 더듬어 내려오는 것 같았다.

정양구는 식어버린 커피를 마치 물 마시듯 단숨에 마시고 일어섰다.

"갑시다."

그는 뚜벅뚜벅 걸어 나갔다. 커피값을 치르고 나가는 그의 뒤를 은애는 할 수 없이 따라 나간다.

택시를 잡은 그들은 함께 타고 집으로 향했다.

'은애가 아팠기 때문에?'

정양구는 걷잡을 수 없는 마음이었다. 남미가 먼저 배신하고 떠났었다는 사실을 그는 애써 상기하려 했다. 그러나 떠난 이유가 꼬리를 물고 따랐다.

'불쌍한 계집애!'

눈앞이 흐려졌다.

운전사의 뒤통수가 커다랗게 확대되어 공간을 차지하는가 하면 조그마한 점으로 축소되기도 한다.

회한 같은 것도 아니었다. 차단된 벽 속에서 곤두박질을 치고 있는 목숨, 눈을 가리고 싶은 광경이었고 그 곤두박질을 치고 있는 목숨은 또한 자기 자신인 것 같기도 했었다.

아니 온통 목숨을 지닌 모든 그것은 다 그렇게 있으며 그러다가 밀폐된 속에서 홀로 가는 것인 듯 숨이 막히는 기분이었다.

"여보."

"……."

"알음이 있음 알아보세요."

"……."

"안 되면 신문광고라도 해서 말예요."

"……."

"여보."

"악취미야!"

정양구는 바락 소리를 질렀다. 도심지를 빠져나간 택시는 한참을 더 달려서 그들의 집, 아이들이 기다리고 있는 그들의 집 앞에서 머물렀다.

저녁을 끝내고 신문을 보고, 그리고 아이들과 식모는 잠이

든 모양이었다.

밤은 깊어진 모양이다. 이웃집 고양이가 발정을 했는지 별나게 우는 소리가 들리어왔다. 묘소에서 들려오는 죽은 사람의 울음소리 같았다. 아니 목숨을 저주하는 주문 같았다.

은애는 벽에 기대어 앉아 뜨개질을 하고 있었다. 그는 이웃집 고양이의 울음이 그 병든 여자의 울음같이 여겨졌다. 자리속에 들어 아까부터 잠든 것처럼 누워 있는 정양구도 고양이 울음이 들려올 때마다 눈시울이 흔들리는 것을 보아 그는 잠들지 않고 있는 눈치였다.

"여보, 나 아무래도 생각을 잡을 수가 없어요. 말로 해버리면 되레 정리가 될지 모르겠어요. 옛날 나 그 여자 봤을 때 질투했어요. 그 여자뿐만 아닐 거예요. 당신이 바람피운 여자 그 모두에 대해서 말예요. 일시적인 기분으로 그랬다 하더라도 말예요. 그럴 때마다 전 결혼한 동기를 생각하게 됐던 거예요. 당신이 저하고 결혼한 동기도 함께 생각했어요. 누굴 한번 좋아했다면 그것으로 애정은 끝난다는 묘한 착각 같은 것에 사로잡혔던 거예요. 생활이다, 생활이다 하고 생각했던 거지요. 타협하고 적당히 균형을 잡아가며 살아가는 거라구 말예요. 그건 어거지였어요. 나 지금도 정직히 말하면 쓸쓸한 거예요. 당신 마음 다 가지지 못하는 것, 당연하면서도 투정을 부리고 싶은 마음이 가득해요. 하지만 당신이 오늘 그렇게 충격을 받는 모습을 보지 않았더라면…… 뭐라고 말하면 좋을까…… 나쁘다고 할까요. 비인간적이라 할까요. 그런 사람이었다면 저는 당신을 경멸했을 거예요. 사람한테 참된 모습이 없다면 함께 살 수도 없지요. 그건 애정 이전의 거예요. 당신이 저를 사랑하건 사랑하지 않건 그 일 이전의 문제 아니겠어요? 참된 순간이나 모습이 없는 사람은 누구도 사랑할 수 없고 무슨 일을 하든지 그것은 무의미할 것 같아요. 향락할 자격조차 없는 사람일 것 같아요. 당신은 절보고 위선자다, 선심 쓰느냐 하시지만 말예요, 그렇게 생각하신다면 그렇게 생각하셔도 좋아요. 이젠 죽을 사람이니까 안심하고 인심을 베푸는 척하는 거라 생각하신다면 그래도 상관없어요. 죽어 없어진 사람에겐 질투를 안 하나요? 상처한 사람한테 시집간 내 친구 하나는 더 못 견디어 하던데요, 뭐. 기억까지도 질투하는 거 아닐까요? 전 당신을 사랑해요. 지금 전 정말 질투를 하고 있으니 말예요. 옛날엔 질투 같은 것 해본 일 없었어요."

정양구는 여전히 자는 체 누워 있었다. 은애는 남편이 잠이 들었는지 깨어 있는지 개의치 않았다. 깨어 있으면 말을 듣고 있을 것이며 잠이 들었다면 독백으로도 무방한 것같이 보였다.

"사람을 믿는다면 그 믿음만으로 살 수 있을 거예요. 설령 애정이 없는 존경만으로도. 괴롭겠지요. 견딜 수 없겠지요. 하지만 어떤 결함이 있다 해도 최소한 휴머니티가 있다면 그것을 바라보고 살아갈 수 있을 것 같아요. 하지만 그게 없다면 그건 생명이 없는 거 아니겠어요? 여보 그 여잘 찾아보세요. 수소문해서 안 되면 신문광고라도 내세요."

다음 말을 잇기 전에 정양구는 자리에서 벌떡 일어나 앉았다.

"잠도 못 자게 왜 이러는 거요!"

"당신 아무리 그래도 나 화나지 않아요."

"은애."

"……."

"나 똑똑히 일러두겠어. 관여하지 말어! 본인이 알건 모르건 은애의 이해나 호의는 그 여자에 대한 모욕이야. 내가 불쌍하다 하는 것하고 은애가 불쌍하게 생각하는 것하고는 거리가 멀어. 건방진 년들이 걸핏하면 남 불쌍하다 불쌍하다 하며 제 자신이 불쌍하다는 것은 모르고 있는데 어설픈 동정같이 고약한 취미가 어디 있어!"

"……."

"은애가 설교하지 않아도 돼! 내막이나 알구 하는 소리야? 배불리 처먹었으면 미안하게 생각하고 국으로* 있을 일이지 배고픈 사람보고 불쌍하다 불쌍하다? 뭘 어떻게 해주겠다는 거야!"

정양구의 눈은 이글이글 타고 있었다. 은애에 대한 역정은 아니었다. 은애를 정말 그렇게 생각하고 있는 것도 아니었다. 정양구는 마음이 쓰라려지는 자기 자신이 미웠던 것이다.

밖에서 여전히 고양이가 울고 있었다. 고양이 울음 이외 들려오는 소리라곤 아무것도 없었다.

"동정은 죄악이야!"

정양구는 울부짖듯 말했다.

"이제 고만하세요."

은애는 뜨개질을 그만두고 잠옷으로 갈아입는다.

불을 끄고 은애는 자리에 들었다.

부부는 서로의 발이 닿는 것도 두려워하고 옹그린 채 잠이 들기는 들었다.

다음 날 아침 정양구는 여느 때와 다름없이 출근을 했다. 그가 집을 떠난 뒤 희련으로부터 전화가 왔다.

"아파트는 어떻게 됐니?"

대뜸 용건부터 꺼내었다.

"글쎄…… 다른 곳으로 구해보면 안 될까?"

"그럼 그거는 안 되는 거니?"

"그렇진 않지만 너무 좁고 말이야."

"그건 상관없어."

"하지만 여기저기 옮기는 것도 귀찮지 않을까?"

은애는 말하면서 삭막해 보이던, 콧날이 오똑하니 보이던, 머리가 긴 소녀 같은 여자의 얼굴을 눈앞에 떠올린다.

"여기저기 옮길 것도 없어. 그만하면 충분해. 살림 같은 것 다 정리하고 갈 테니까."

"하지만……."

"비어 있다면서."

"그렇긴 해."

"그럼 나 너한테 가겠다. 오늘이라도 계약을 해놔야겠어."

희련은 전화를 끊었다.

'어째서 일들이 이렇게 되지? 저절로…….'

은애는 애써 베란다 위에서 내려다보았을 때 현기증 나던 일, 병들어 나갔다던 여자의 일을 잊으려 했다.

머뭇머뭇하고 있던 늦겨울의 잿빛 하늘은 이제 말짱 걷혀졌다.

개나리와 진달래가 꽃바람 속에 시샘하듯이 함께 피더니 벌거벗은 어느 산 귀퉁이에서 혹은 울타리 없는 판잣집 뜰에서 그 소박한 꽃들은 모습을 감추고 말았다. 어느새 노곤한 봄 아지랑이가 강가에서 묻어오고 철쭉이 한창임을 자랑하고 라일락의 짙은 향기는 골목길에 번지고 있었다.

이름조차 까마득하게 잊힌 어느 화가, 그 화가의 이복자매가 살았던 집, 지금은 주인을 달리한 그 집에도 라일락은 향기를 뿜어내며 변함없이 늦봄을 즐기고 있을 것이다.

덧없이 사계절이 지나가고 다시 봄으로, 그리고 지나간 어제의 그 정오가 다시 서류철이 수북하게 쌓인 삭막한 정양구 책상 가까이 다가왔다. 사무실의 직원들은 오늘 점심은 뭘로 하느냐고 고민을 하고 있었으며 권태로운 시간을 하품으로 잡아먹고 있었다.

"비라도 쏟아졌으면 좋겠다. 노곤해서 정신을 못 차리겠군."

"점심은 그만두고 어디 가서 한잠 늘어지게 잤으면 좋겠다."

정양구는 벗어놓은 윗도리를 걸치고 밖으로 나왔다. 회사 일로 일본인을 만나 함께 식사를 하기로 돼 있었던 것이다. 식사 전에 요담을 끝내야 하기 때문에 일찍 나온 것이다.

'사람도 많고 창문도 많고 자동차도 많다!'

정양구는 걸으면서 담배를 붙여 물었다. 죽음의 사태가 연방연방 나건만 그러나 도시에는 변한 것이 아무것도 없다는 생각을 한다. 변한 것이 있다면 사람은 더 많아지고 상황은 보다 복잡해졌다는 것이요, 많아지고 복잡해진 거대한 도시는 사회면의 요란한 기사를 깔고 문대며 더욱더 태연자약해져 가고 있다는 점이다. 무신경해져 가고 있다는 점이다.

일본인하고 상담을 끝낸 뒤 점심을 함께하고 커피를 한 잔 씩 마신 뒤 정양구는 그와 헤어져 밖으로 나왔다.

팔을 들어 시계를 본다. 세 시였다.

토요일의 세 시는 더욱더 많은 사람들을 거리로 끌어내는 시각인 모양이다.

정양구는 회사와 반대되는 방향으로 걷기 시작했다. 바지 주머니 속에 두 손을 찌르고 어슬렁어슬렁 걸어간다.

그는 고궁으로 들어갔다. 바지 주머니 속에 두 손을 찌른 채 그는 벤치에 엉덩이를 놓았다.

'빌어먹을…… 편지 답장을 써야겠는데 뭐라고 쓰지?'

생각이 난 듯 하늘을 올려다본다. 여태까지 서울에는 하늘이 없었던 것처럼 신기스럽게 흘러가는 구름을 바라본다.

'내버려두어? 온다니까…… 올 때까지 내버려두어? 빌어먹을!'

그의 눈이 구름에서 미끄러져 내려온다. 무수한 창문, 눈알을 빼어버린 해골의 눈구멍같이 뚫린 무수한 창문을 가진 빌딩이 우뚝우뚝 시야에 들어찬다.

'어디든 다 마찬가지 아닐까요? 지구상에는 이미 사람이 살고 있지 않는 것 같은 착각이 듭니다. 시곗바늘이 멈추어보십시오. 어떻게 되나. 시간마다 착오가 생기지 않습니까. 그러니 뛸 수밖에 없지요. 우린 다만 가고 있는 게 아닐까요.'

방금 식사를 함께하면서 젊은 일본인이 한 말이었다. 도수가 짙은 안경 속의 조그마한 눈이 정양구를 빤히 쳐다보며 말했던 것이다. 한탄하는 눈빛은 아니었다. 어쩌면 눈알이 빠져버린 해골의 눈구멍 같은, 저 많은 빌딩의 창문과도 같은 눈이었는지도 모른다.

정양구의 시선은 더욱 아래로 내려왔다.

'……?'

어디서 본 듯한 남자와 여자가 나란히 이쪽을 향해 걸어오고 있었다. 어쩌면 달력 같은 데서 조잡하게 찍어낸 사진에서 본 얼굴들이었는지 모른다. 영화관 앞에서나 거리에서 흔히 부딪치곤 했던 그런 사람이었을지도 모른다.

　움직이는 물체를 바라보듯이 정양구는 다가오고 있는 남녀를 멍하니 바라본다. 전혀 생소한 사람들이었다. 자세히 자세히 바라볼수록 더욱 기억에 없는 얼굴들이다.

　여자는 오렌지 빛깔의 투피스를 입고 있었다. 남자는 베레모를 머리 한 귀퉁이에 올려놓고 있었다. 노곤한 날씨인데 미니스커트 밑에 드러난 여자의 두 다리는 푸르죽죽하고 추위를 타는 것같이 보였다. 반대로 카메라를 둘러멘 남자의 어깨는 축 처져서 땀이라도 흘리고 있는 것같이 보였다.

　연인들 같기도 했고 젊은 부부 같기도 했고 생판 타인들 같기도 했다. 기쁜 얼굴도 아니며 그렇다고 성낸 얼굴들도 아니었다. 관광안내서나 달력 같은 데 공급할 사진을 찍기 위해 나타난 남녀인지도 모를 일이다. 여자의 체구는 그런 사진에 알맞게끔 미끈하다고 정양구는 생각했다.

　그들과 정양구와의 거리는 보다 더 가까워졌다.

　"아니 정 선생님 아니세요? 정 선생님이 이런 곳에 웬일이시죠?"

　여자의 목소리는 드높게 울리면서 정양구가 앉은 관람석을 무대로 회전시켜놓고 만다. 동행인 베레모의 남자는 움찔하며 멈추었다. 그는 입속에 남은 것을 찾아내어 씹어보는 것처럼 우물적거리며,

　"아, 정 형이시구면."

했다.

순간 정양구는 느릿느릿한 동작으로 벤치에서 일어섰다. 손을 내밀어 악수라도 청할 것으로 알았는데 그는 땅바닥에 침을 뱉었다.

"무척 한가하신가 봐요. 아니면 누구 기다리세요? 좋은 사람?"

여자는 또다시 말을 걸어왔다.

"오래간만이군요."

여자 말에 꼬리를 이어주어야 할 의무라도 있는 것처럼 남자도 다시 우물적우물적 말을 걸었다. 끝내 정양구가 침묵을 지키는 것을 본 남자는 슬며시 눈을 피해 어깨에 걸친 카메라 줄을 만지작거린다.

"우리 말예요, 머지않아 청첩장은 보내겠지만요, 쉬 결혼할 거예요. 우리 약혼했어요."

"꼭 오십시오."

다시 남자의 말이 여자 말을 뒤따라왔다.

정양구는 발끝을 한번 내려다보고 다시 그들의 얼굴을 쳐다본 뒤 슬그머니 비켜나듯 떠난다.

"내 참, 별안간 벙어리가 됐나?"

여자의 코웃음 소리가 뒤에서 들려왔다.

"화낼 것 없어."

남자의 목소리도 들려왔다. 인숙과 장기수였던 것이다.

정양구는 눈알이 빠진 눈구멍 같은 빌딩의 창문을 올려다보며 걷는다.

'천생연분이야. 저들이 힘을 합하면 일 층이 이 층 되고 삼 층이 사 층 되고 오 층 되고 육 층 되고, 눈알이 빠진 눈구멍 같은 창문이 온 천지를 덮게 될 거야. 힘이거든, 힘! 힘이고 말고…… 창문 하나마다 황금의 열매가 열리고…….'

희련은 죽었다. 벌거벗은 어느 산 귀퉁이에서 혹은 울타리 없는 판잣집 뜰에서 그 모습을 감추어버린 개나리나 진달래처럼 희련은 세상에서 없어지고 말았다.

아파트로 옮아가기 며칠 전에 희정은 절로 떠났다.

"나, 중 되지 않을 테니 걱정 말아."

"바람 쐬고 돌아오세요."

"가봐서 좋으면 눌러 있고 싫으면 곧 돌아올게."

"돌아오게 될 거예요."

희련은 희정의 없는 팔, 소매만 힘없이 처져 있는 곳을 멍하니 바라보다가 다시 눈 밑의 상처를 바라본다.

"다녀오세요."

"저금통장 잘 간수해. 넌 정신이 없어서 걱정이다."

"걱정 마세요."

가구를 팔고 전화를 팔고 아파트를 얻고 남은 돈이 제법 수월찮아 저금통장을 만들었던 것이다.

'엉겅퀴는 찢기고 부러져도 산다.'

희련은 떠나면서 또 눈물을 짜는 희정을 쳐다보았다.

"이사 가는 거 보기 싫어서 말이야."

희정은 뜰을 한 바퀴 돌아보고 떠났다.

아파트에 짐을 옮기던 날 희련은 저금통장과 도장을 은애에게 주었다.

"이거 날 주면 어쩌자는 거지?"

"난 정신이 없어서 말이야, 언니도 안 계시고 어떡허니? 나다닐 텐데, 네가 내 재산관리 좀 해주려무나."

"기가 막혀서, 내가 왜 네 재산을 관리하냐?"

"할 수 있니? 바보 같은 날 친구로 가졌으니 짐을 져야지. 이용할 수 있으면 이용해주구. 언닐 믿을 수 없거든. 또 사고 내면 어떡허니? 나보다 언닌 더 바보란 말이야."

모처럼 희련은 어리광스럽게 말했다.

"흥, 나는 믿니? 언제 또 마귀가 찾아올지 모르는데…… 하여간 맡아주지. 영이 아빠에게 의논하겠어. 단단한 회사에 넣든지, 설마 삼부 이자는 안 주겠니?"

은애는 희련의 뜻을 그렇게 받아들였다. 그것에 대해서 희련은 아무 말도 하지 않았다.

함께 저녁을 먹고 집으로 돌아온 다음 날 아침 정양구가 현관에서 신발을 신으며 출근하려 하는데,

"여보……."

하고 은애가 불렀다.

"어쩐지 꿈자리가 뒤숭숭해요. 무슨 일 설마 없겠지요?"

참을 수 없어서 하는 말 같았다.

"거 시시한 소리 말아요."

"하지만…… 어쩐지 섬뜩하고 기분이 영 이상해요. 당신
조심하세요."

"늙은이 같은 소리 말아요. 꿈자리는 무슨 꿈자리야?"

정양구는 핀잔을 주고 출근을 했었다. 오후 세 시쯤 되었을
까? 정양구는 은애로부터 전화를 받았다.

"뭐라구?"

"희련이가 죽었어요! 희련이가!"

우는 소리가 울려왔다.

"잘 죽었다! 그따위 살아서 뭘 해!"

정양구는 순간 저도 모르게 소리를 지르고 수화기를 내동댕
이쳤다. 그의 안색은 질려 있었다.

사무실 안의 눈들이 일제히 정양구에게로 쏠렸다.

정양구는 바바리코트를 들고 허겁지겁 사무실을 나서다가,

"초상이 났소. 아마 내일은 나오지 못할 게요."

누가 죽었느냐고 물어볼 새도 없이 정양구는 층계를 밟고
뛰어내려 갔다.

장례식이 끝난 뒤 은애는 그동안 희련에게 얹혔던 사건들을
남편에게 들려주면서 울었다. 뺨을 맞았던 일, 이빨을 부러뜨

렸던 일, 인숙의 음모를 생각날 때마다 얘기하면서 울었다.

"어쩌면 유서 한 장 남겨놓지 않고 죽었을까. 모질고 독한 기집애. 바보 같은 게 어찌 죽을 생각을 했을까. 나쁜 년!"

"잘 죽었다, 잘 죽었어. 그따위 성질 살아서 뭘 해? 죽어 마땅하지."

은애가 넋두리할 때마다 정양구는 벌컥벌컥 화를 내곤 했었다.

"성질 땜에 죽었나요?"

"그럼 왜 죽었어!"

"악인들이 둘러싸서, 악인들이 죽인 거예요!"

"악인들은 없다. 기운 센 놈들이 있을 뿐이지."

"희련은 죽은 게 아니에요! 죽인 거예요! 한 사람이 그 앨 죽였나요? 여러 사람이 덤벼들어서 죽였지. 오빠도 살인자의 한 사람이에요! 내가, 내가 다시 보는가! 죄인들이야! 범죄자들이에요!"

"아무도 죽이진 않았어. 살 수 없으니까 죽은 게요. 살 힘이 없어 죽었지. 그렇지, 살아가려면 살아남으려면 죄인이 돼야 하는 게요. 강하다는 것은 남을 먹는 일이며…… 진실을 외면해야 하는 일이며, 아니 죄의식을 갖지 말아야 하는 일인지도 몰라."

정양구는 고궁을 나와 지하도로 내려갔다.

일본서 강은식한테 편지가 온 것은 며칠 전의 일이었다. 그동안 여행을 했었다는 말이 쓰여 있었는데 문맥이 다소 상징적이어서 여행의 행선지가 어디였는지 의문스러웠다. 근간에 나가겠다는 것과 틈이 있으면 회답을 바란다는 말이 쓰여 있었다.

'회답을 하면 뭘 해? 나오겠으면 나오는 거구. 한 여자가 죽었다고 변해진 건 하나도 없어. 그 양반이 나온다고 해서 변해질 것도 없구, 장기수가 송인숙하고 신혼여행을 떠난다 해서 달라질 것도 없다. 자동차는 꾸역꾸역 밀려가고 건물은 차츰 하늘로 치솟아 오르고 사람은 많아질 뿐이다. 약한 사람은 이 거대한 운행運行 속에서 함께 돌아갈 생각이면 제가 저지른 죄악을 쉬이 잊어야, 말끔히 잊어야, 그렇지 않으면 시곗바늘은 멎는다. 한번 멎으면 그 시간뿐만 아니라 시간마다 착오가 난다. 앞차 한 대가 멎으면 수백 수천의 차량이 멎어야 하는 것처럼. 오늘은 그런 시대다. 잊어야지. 죽은 사람도 잊고 자기 죄도 잊어야지.'

정양구는 사무실로 돌아왔다.

토요일의 오후 사무실은 텅 비어 있었다. 정양구는 자기 책상 앞에 가서 픽 주질러앉았다.

"부장님은 안 나가세요?"

나갈 채비를 차린 여사무원이 물었다.

"응."

"그럼 저 먼저 갑니다."

사무실 안은 완전히 비어버렸다. 소제부가 복도를 쓸고 있는 기척이 들려왔다.

정양구는 신문을 끌어당겨 펴 든다. 신문은 물에 물 탄 듯 언제나 비슷한 보도, 비슷한 사건이 실려 있었다. 그러나 정양구는 구석구석 깨알 줍듯이 읽어 내려간다.

신병을 비관, 여자의 음독자살…… 정양구는 한구석에 밀어붙인 조그마한 기사 속에서 남미 이름을 발견했다.

그는 언제까지나 이름을 쳐다보고 있었다.

전화벨이 요란스럽게 울렸다. 수화기를 든다.

"누구요?"

성급하게 물어왔다. 대답이 없자,

"미스 리 거기 없소? 있으면 바꿔주시오."

덜렁이 사원 미스터 한의 목소리였다.

어휘 풀이

- 가등街燈: 가로등의 준말. 교통안전, 미관 등을 위해 길가에 설치한 등.

- 후라이: '허풍'의 방언.

- 깔까리: 조젯(Georgette)을 일컫는 말. 날실은 왼쪽으로, 씨실은 오른쪽으로 되게끔 번갈아 꼬아서 짠 얇은 견직 또는 면직물.

- 씨쁘둥하다: 마음에 차지 아니하여 아주 시들한 기색이 있다.

- 나이브하다: 소박하고 천진하다.

- 야코: '콧대'를 속되게 이르는 순우리말.

- 생꽝스럽다: 낯이 선 듯하다.

- 지리하다: 지루하다. 시간이 오래 걸리거나 같은 상태가 오래 계속되어 따분하고 싫증이 나다.

- 동서하다: 한집에 같이 살면서 남편과 아내의 관계를 보전하다.

- 알진볼트: 주세페 아르침볼도(Giuseppe Archimboldo, 1527?-1593). 이탈리아의 화가. 식물, 동물, 사물 등으로 사람의 얼굴을 표현하는 독특한 화풍으로 유명하다.

- 레테르: 라벨(label), 꼬리표.

- 장이 바치: 물건을 만드는 사람을 낮추어 부르던 말.

- 요정料亭: 고급 요릿집.
- 시뿌득하다: 마음에 차지 않거나 내키지 않아 김이 새다. 시들하게 여기다.
- 국으로: 제 생긴 그대로. 또는 자기 주제에 맞게.

작품 해설

인간의 본질을 향한
작가의 자유로운 의문들

조윤아(가톨릭대학교 학부대학 교수)

1. 작가로서 고뇌하는 죄의 난제

『죄인들의 숙제』는 《경향신문》에 1969년 5월 24일부터 1970년 4월 30일까지 연재된 작품이다. 이후 1978년 범우사에서 단행본으로 출간하면서 '나비와 엉겅퀴'라는 새로운 제목을 붙였으나, 2020년 마로니에북스에서 다시 발행될 때 본래의 제목인 '죄인들의 숙제'로 돌아왔다.

1969년은 박경리의 대표작 대하소설 『토지』가 연재되기 시작한 해로 박경리의 문학적 행로에서 아주 중요한 시기이다. 그해 9월 월간 《현대문학》에 『토지』가 첫선을 보였는데, 당시 《경향신문》 9월 1일 6면에 실린 『죄인들의 숙제』는 3분의 1이 진행된 상황이었다. 200자 원고지 9~10매 정도 분량으로 총 288회

연재한 『죄인들의 숙제』는 박경리의 장편소설 중에서도 상당히 긴 편에 속하며, 『토지』 집필과 발표 시기에 연재한 소설이라는 점에서도 주목할 만하다. 이후 『토지』 연재와 동시에 발표된 장편소설은 『창』과 『단층』 두 편뿐이다.

『죄인들의 숙제』, 『창』, 『단층』, 이 세 작품은 가족 관계가 주된 주제로 다루어져 여타 남녀 간의 사랑과 질투를 다룬 대중적 연애 장편소설과 다른 궤도의 작품이라고 할 수 있다. 『단층』은 아버지와 아들, 『창』은 부부, 그리고 『죄인들의 숙제』는 자매간에 얽힌 피치 못할 애증과 죄와 벌의 고뇌를 다룬다. 특히 시대적 배경으로 인해 발생한 문제가 가족 관계에 깊은 상처를 입히고 어느 한쪽이 다른 한쪽에게 죄를 범하는 사건이 일어나는데, 때로는 무엇이 죄인지 명확하게 깨닫지 못하거나 죄의식으로 인해 남은 삶을 자포자기하기도 한다.

작가는 이들 작품을 구상하고 창작할 즈음에 유독 '죄', '죄인', '죄의식'을 문제 삼는다. 그것도 가족이라는 특별한 관계에서 비롯하는 '죄인 됨'의 상황을 파헤치고 깊이 들여다본다. 쉽게 마음대로 끊어낼 수 없으며 서로에게 윤리적 책임과 의무가 발생할 뿐만 아니라 이성적 논리로 설명하기 어려운 '사랑'이 발현되는 가족 관계야말로 인간의 본질에 대하여 수없이 질문과 대답을 지속하게 하기 때문이다.

박경리가 단편소설을 주로 발표한 습작 시기에 사회를 향한 두려움과 불신 혹은 인간에 대한 경계심과 의심을 나타내었다면, 이후 작품에서는 스스로 죄의식을 드러내는 주인공을 형상화하면서 외부로 향했던 눈을 점차 인간 내부로 돌리고 있다. 작품 활동 초기 외부 세계를 향하여 날 선 눈빛을 보낼 수밖에 없었던 이유는 남편과 아들의 이해할 수 없는 죽음 때문이었을 수도 있고, 딸과 사위에 대한 사상 검증 때문이었을 수도 있다. 가족을 해체시키거나 불안에 떨게 하는 세상을 향하여 방패와 창검을 들지 않을 수 없었을 것이다.

그렇게 10여 년 동안 쉼 없이 글을 써나가면서 작가에게도 변화가 일어난다. 『죄인들의 숙제』는 누군가를 벌하려고 '죄'를 언급한 것이라기보다, 이해하지 못할 죄는 없으며 결국 모든 인간이 죄인일지도 모른다는 의문을 던지기 위해 죄와 죄인을 불러온 것만 같다. 오히려 인간에 대한 측은지심, 즉 인간애人間愛의 메시지를 담기 위해 길고 긴 이야기를 하고 있는 듯하다. 도스토옙스키가 『죄와 벌』에서 깊고 오래된 화두를 불러일으킨 것처럼.

박경리가 1966년에 발표한 전작 수필집 『Q씨에게』에는 유명한 작가들이 자주 등장하는데, 특히 도스토옙스키에 대한 지속적인 관심과 분석은 작가로서 어떠해야 하는지 고뇌하고 있음을 보여준다. 박경리는 "용기를 잃었을 적에 생각나는 작품"이 도스토옙스키의 초기 단편 「프로하르친 씨」이며, 이 작품이야말로 "어떤 모양으로 사람은 이 세상에 있어야 하는가를 생각하게 하는 작품"이라고 밝힌다. 그러면서 프로하르친과 『죄와 벌』의 라스콜니코프를 비교한다. 흥미로운 점은 프로 하르친이 "무서운 인내심으로 자신의 보루로서 물질을 지킨 것뿐이며 타인에게 아무런 피해를 주지 않았음에도 오히려 피해자로서 구원받지 못한" 결말을 맞으며, 라스콜니코프는 "관념적인 초인적 개인주의가 범죄와 결부되어 악덕한 수전노 노파는 물론 선량한 노파의 동생까지 살해하는 가해자"이지만 "오히려 구원을 받는 결말"이라고 지적하면서 다음과 같이 죄와 죄의식 그리고 사랑(구원)에 대하여 짚어본다.

목적, 위대한 자질을 타고난 인간의 목적을 위해 범속한 인간을 없애는 것은 죄가 아니며 한 마리의 유해한 '이'를 죽이는 것과 다를 바 없다는 라스코오리니코프의 합리적인 범죄 구실은 그러나 그는 죄의식에서 도망칠 수 없었고 그 자신 역시 한 마리의 '이'에 불과하였다는 뉘우침은 신앙과 사랑의 구원을 받게 되지만 물론 프로할징 씨도 죽기 전에 아주 희미하게 그런 징조가 안 보였던 것은 아니었으나 그에게는 끝내 사랑의 기적은 일어나지 않았던 것입니다. (『Q씨에게』, 현암사, 1968, 30-31쪽)

도스토옙스키의 대표작이자 세계적인 명작 『죄와 벌』에 등장하는 청년 라스콜니코프의 살인 행동과 동기, 그리고 그의 죄의식과 구원(용서)의 문제는 도덕과 법률 가운데 살아가야 하는 인간 사회에 여전히 중요한 논점이 된다. 그런데 박경리는 이와 더불어 아무에게도 해를 끼치지 않았으나 돈밖에 모르고 돈을 쓸 줄도 모른 채 놀림거리가 되어 죽음에 이른 프로하르친의 죄와 구원에 대해서도 생각하게 하는 것이 바로 '작가'라고 말한다. 이 두 사람을 "동격에 놓을 수 있는 작가의 자유", "도덕이나 법률이라는 불완전한 규제를 걷어 젖히고 보다 깊은 곳으로 내려가 인간을 보고 느끼는 작가의 가치관"이 중요함을 짚어낸다. 그리고 스스로 작가로서 자유와 가치관을 발휘하여 『죄인들의 숙제』를 집필함으로써 과연 누가 죄인이며, 누가 벌을 어떻게 받고 있으며, 그것은 과연 타당한지, 인간은 어떤 모습으로 살아가야 하고 과연 용서는 어떻게 이루어지는지 등등에 대한 의문들을 독자에게 화두로 던져놓는다.

2. 고전적 계모담과 고정관념의 해체

구전口傳문학에 뿌리를 두고 있는 '계모담'과 '자매(형제)담' 두 이야기 유형은 가족의 인물관계로부터 발생하는 갈등 구조이기에 친숙성과 개연성을 담보하여 소설이나 드라마 등에서 여전히 흥미롭고 대중적인 이야깃거리로 차용되곤 한다. 이원수의 연구(『가정소설 작품세계의 시대적 변모』, 1992)에 따르면, 계모에게 학대받는 어린 주인공이 등장할 경우 그를 향한 연민으로 강한 공감대를 형성하면서 '계모형 가정소설'이 더욱 대중들의 집중적인 관심을 받게 되고, 이 과정에 이른바 '배다른 자매(형제)'의 갈등이 요동치면서 극적인 재미가 더해진다. '계모담'과 '자매(형제)담'은 이렇게 연결고리를 지니는데, 문제는 이렇듯 계모가 등장할 경우 「신데렐라」나 「콩쥐팥쥐」에서처럼 부정적인 인물로 묘사되어왔다는 것이다. 따라서 『죄인들의 숙제』가 단순히 자매간의 갈등을 다룬 것이 아니라 계모와 '배다른 자매'를 등장시켜 이전과는 다른 이야기를 한다는 점에 주목해야 한다.

『죄인들의 숙제』는 '이복자매'를 주인공으로 등장시킨 박경리 작가의 유일한 작품이다. 소설 『은하』(1960)에서도 계모가 등장하지만 이 인물은 한 가족이 되기 이전부터 가족 구성원인 본처, 그리고 딸과 갈등이 있었기에 처음부터 '부정적 계모' 유형을 따른다. 이 계모에게서 출생한 자녀가 없고 가정을 유지할 의사를 보이지 않으므로 계모를 향한 복수나 이복자매의 갈등은 없다. 『은하』가 발표된 지 10여 년이 지난 시점에 쓰인 『죄인들의 숙제』에서 계모는 전처의 소실을 학대하는 부정적 계모가 아니라 오히려 피해자의 모습으로 등장한다. 이 작품에서 전처의 딸은 희정인데, 그의 아버지 윤치열은 아내와 딸을 처음부터 책임지지 않았다. 대부분의 '계모형' 소설에서 아버지와 전처 그리고 딸의 관계는 돈독하며 계모가 새롭게 가정에 들어오면서 이들 사이에 불화가 일어나는 패턴을 보인다. 그런데 『죄인들의 숙제』는 처음부터 아버지가 전처와 딸에 무책임하였던 것으로 설정되어 기존의 '계모형' 소설과는 전혀 다른 전개를 예고한다.

윤치열은 부모가 정해준 조혼 상대였던 아내와 결혼한 후에도 아내를 고향에 버려둔 채 "밤낮 객지 바람을 쐬구" 다닌다. 그러던 중 아내의 죽음에 충격을 받아 "일본서 방탕"한 생활을 하다가 돌아와 우연히 화방에서 만난 김향이와 결혼하는데, 전처의 딸 희정이 열두 살이 된 해이다. 아버지가 돌아와 결혼을 하였음에도 '젊은 계모'에게 아이를 맡길 수 없다는 외할머니 때문에 희정은 부모 없이 계속 외가에서 안하무인으로 자란다. 당시 '계모'는 조강지처의 위상을 위협하는 존재로 왜곡되어 부정적으로 바라보는 경향이 사회적으로 만연해 있었고, 더군다나 '젊은 계모'는 살림 경험이 부족할 뿐만 아니라 적은 나이 차이로 인해 전처의 자녀를 제대로 교육하고 보호할 수 없을 것으로 여겨졌다.

결국 외할머니가 세상을 떠난 후에야 희정은 아버지의 가정에 합류할 수 있었는데, 부부는 21세 성인이 될 때까지 딸 희정을 돌보지 않았다는 "미묘한 공범의식 같은 것"을 느끼면서 "죄의식에 사로잡혀" 반복적으로 싸움을 하고 희정은 그런 상황을 즐기고 오히려 갈등을 부추긴다. '계모 가정'에서 약자는 전처의 딸이라는 고리타분한 인식을 역으로 이용하면서 희정은 악의적으로 부모의 관계를 악화시킨다. 『죄인들의 숙제』에서는 젊은 계모를 악인으로 규정해온 선입견을 뒤집고 오히려 그동안 약자로 여겨져 온 전처의 딸이 보여주는 악행을 부각한다. 희정의 약자 행세는 계모인 '희련의 어머니'를 가정에서만이 아니라 외부 사회로부터도 비난받도록 하는 데까지 나아가며, 결국 전쟁의 폭격으로 '젊은 계모' 홀로 사망하면서 희생자가 되고 만다.

자매는 서로 조력자나 협력자가 되기도 하지만, '프로타고니스트–안타고니스트'로 대결 구도를 형성하기도 하는데, 대결과 공존의 관계이면서 동시에 갈등의 골이 깊은 자매가 『죄인들의 숙제』에 밀도 있게 형상화되어 있다. 전처의 딸인 희정은 열두 살이나 어린 희련을 돌보며 '못된 장난'을 하곤 한다. 위험한 계단 위에 희련을 올려놓고 울음을 터뜨리면 달려가 안아주는, "공포감을 줌으로써 절대적인 자기를 인식"시키는 행위를 반복한다. 그리고 이러한 행위는 외적인 형태만 달라질 뿐 세월이 흘러도 반복되며, 이로 인해 희련은 점차 지쳐간다. 희련은 부모를 대신하는 언니의 희생으로 자신이 성장하였다는 죄의식 속에서도 언니에게서 벗어나려 해보지만 결국 모든 시도는 수포로 돌아간다. 새로운 유형의 계모와 이복자매 이야기를 통해 독자는 때때로 혼란에 빠질 수도 있다. 희련의 죄의식에 공감하면서도 희정의 죄를 묻기도 하고, 희련의 죄의식을 나무라면서도 희정을 이해하게도 될 것이다. 과연 인간 개인의 생존본능과 인간다운 공존의 삶이란 어떻게 조화를 이룰 수 있는지 고뇌하게 될 것이다.

3. 엉겅퀴와 나비 그리고 라일락

『죄인들의 숙제』에는 열세 가지 소제목이 있는데, 그중 첫 번째 소제목이 '엉겅퀴꽃'이다. 언니를 피해 집에서 도망쳐 나온 희련은 뜬금없이 친구 앞에서 엉겅퀴가 싫다고 한다.

> "너 엉겅퀴풀 알지?"
>
> 별안간 희련이 물었다.
>
> "……?"
>
> "봄에 보랏빛 꽃이 피는 엉겅퀴 말이야. 풀인데 어쩌나 가시가 모진지 찔리기만 하면 며칠씩이나 손가락이 아려."
>
> "그게 엉겅퀴야?"
>
> "응, 그런데 말이야, 그게 뚝 부러진 것을 봤을 때, 그때도 난 엉겅퀴라는 것이 밉고 싫었어. 그 질기고 뻣뻣하게 말라버린 꼴이 말이야."
>
> "무슨 소릴 해?"
>
> "질기고 강한 건 싫단 그 말이지."
>
> "질기고 강하지 않음 낙오한다." (25쪽)

친구 강은애는 "질기고 강하지 않"으면 낙오한다고 말하지만, 희련은 오히려 그래서 싫다고 한다. 언니의 모진 가시와도 같은 말에 상처를 입고 질리도록 돈에 집착하는 모습에 진절머리를 낸다. 희련이 어린 시절 들판 길에서 보았던 '보랏빛 엉엉퀴꽃'은 소박하며 수수하게 피어 있어 아무도 돌아보는 사람이 없었지만 독초도 아니었기에 미움을 살 이유도 없는 꽃이었다. 그런데 그 엉경퀴를 꺾으려고 잡으면 가시에 찔리게 되며 아무리 해도 너무 억세고 질겨 잘 꺾이지 않는다. 그런 엉경퀴꽃을 가리켜 "홀로 피고 못난 탓일까"라는 생각을 하는 것을 보면 때론 희련 자신을 가리키는 것처럼 보이기도 한다. 전쟁 통에 부모를 잃었음에도 이복언니에게 의존해서 끈질기게 살아남은 자기 자신이 싫었던 것인지도 모른다. 그러나 정황상 언니로부터 괴롭힘을 당하는 악몽을 꾸고 그 맥락 속에서 엉경퀴가 싫다고 친구에게 말하고 있으므로, 또한 언니의 희생으로 온실 속 화초처럼 자라 유약한 면모를 보이기도 하기에 엉경퀴꽃은 희정을 가리키는 것으로 보인다.

그렇다면 '나비와 엉경퀴'라는 제목으로 단행본이 출간되었을 당시 '나비'는 무엇을 가리키는 것이었을까. 경남 통영 산양읍 미륵산 아래 한적한 곳, 하관에 맞추어 하동군에서 가져왔다는 나비들이 유리병에서 나와 하늘로 날아간다. 박경리 작가가 고인이 되어 고향에 돌아왔을 때, 그의 관 위에서 날아가는 나비들과 함께 그의 영혼도 춤을 추며 날아가고 있는 듯했다. 나비는 죽은 자의 영혼을 상징하거나 정령을 뜻하기도 하므로 이 이야기의 결말과 관련이 있는 듯도 하다.

서울 명동 거리에 다방이 자리하고, 그곳에서 커피에 '계란'을 넣어달라는 주문이 오가며, 레인코트를 차려입은 여성들이 빗길을 거닐고, 양장점으로 옷을 맞추기 위해 모이는 사람들만큼이나 『죄인들의 숙제』에서 복고풍을 그려내는 것은 라일락꽃이다. 버스정류장에서 주택가 골목으로 들어서면 "향수 같은 라일락 내음"이 풍겨온다. 희련은 라일락의 향기를 맡는 순간 "행복이" "배어 나오는 것을 느낀다"고 했다. "샘같이 소리도 없이 솟아나는 것 같기도 하고 어린 시절 굴러가는 공을 따라가다가 문득 하늘을 보았을 때 푸르고 높아서 몸이 붕 뜨는 것 같았던" 느낌과 흡사하다니, 단 한 번만이라도 느껴보고 싶은 순간이다. 평화와 안식, 이 모든 느낌은 희련이 그랬던 것처럼 엄마와의 추억이 아니라면 불가능한 것이리라. '젊은 날의 추억' 혹은 '첫사랑'이라는 꽃말을 가지고 있는 라일락이 '고독한 사람' 혹은 '독립'이라는 꽃말을 가지고 있는 엉겅퀴와 어우러져 함께 정원이나 들판 어디에든 피어나기를, 소설을 덮으며 죄의식 없이 상상해본다.

죄인들의 숙제

초판 1쇄 인쇄 2024년 4월 22일
초판 1쇄 발행 2024년 5월 3일

지은이 박경리
펴낸이 김선식

부사장 김은영
콘텐츠사업2본부장 박현미
책임편집 곽수빈 **디자인** 정명희 **책임마케터** 최혜령
콘텐츠사업6팀장 임경섭 **콘텐츠사업6팀** 곽수빈, 임고운, 정명희
마케팅본부장 권장규 **마케팅1팀** 최혜령, 오서영, 문서희 **채널1팀** 박태준
미디어홍보본부장 정명찬 **브랜드관리팀** 안지혜, 오수미, 김은지, 이소영
뉴미디어팀 김민정, 이지은, 홍수경, 서가을, 문윤정, 이예주
크리에이티브팀 임유나, 박지수, 변승주, 김화정, 장세진, 박장미, 박주현
지식교양팀 이수인, 염아라, 석찬미, 김혜원, 백지은
편집관리팀 조세현, 김호주, 백설희 **저작권팀** 한승빈, 이슬, 윤제희
재무관리팀 하미선, 윤이경, 김재경, 이보람, 임혜정
인사총무팀 강미숙, 지석배, 김혜진, 황종원
제작관리팀 이소현, 김소영, 김진경, 최완규, 이지우, 박예찬
물류관리팀 김형기, 김선민, 주정훈, 김선진, 한유현, 전태연, 양문현, 이민운
외부스태프 교정교열 김가영 본문 조판 스튜디오 수박

펴낸곳 다산북스 **출판등록** 2005년 12월 23일 제313-2005-00277호
주소 경기도 파주시 회동길 490
전화 02-704-1724 **팩스** 02-703-2219
이메일 dasanbooks@dasanbooks.com
홈페이지 www.dasan.group **블로그** blog.naver.com/dasan_books
용지 아이피피 **인쇄** 한영문화사 **코팅 및 후가공** 평창피앤지 **제본** 국일문화사

ISBN 979-11-306-5248-1 (03810)